U0687720

文脉中国 小说库
wenmaizhongguo xiaoshuoku

让我住进你心里

落蝉 著

中国文联出版社

图书在版编目（CIP）数据

让我住进你心里 / 落蝉著 . -- 北京：中国文联出版社，2018.9（2023.3 重印）

ISBN 978 - 7 - 5190 - 3884 - 7

Ⅰ.①让… Ⅱ.①落… Ⅲ.①言情小说—中国—当代 Ⅳ.①I247.5

中国版本图书馆 CIP 数据核字（2018）第 213517 号

著　　者　落　蝉
责任编辑　刘　旭
责任校对　李佳莹
装帧设计　中联华文

出版发行　中国文联出版社有限公司
地　　址　北京市朝阳区农展馆南里 10 号　　　　邮编　100125
电　　话　010 - 85923025（发行部）　　　　　85923091（总编室）
经　　销　全国新华书店等
印　　刷　三河市华东印刷有限公司

开　　本　710 毫米×1000 毫米　　　1/16
印　　张　24
字　　数　379 千字
版　　次　2023 年 3 月第 1 版第 2 次印刷
定　　价　89.00 元

版权所有　　侵权必究
如有印装质量问题，请与本社发行部联系调换

目录

让我住进你心里

【一】

公元 2118 年，S 市。

"小偷！抓小偷啊——他抢了我的包！"

午后，一条不算繁华的马路上，一声女人的尖叫突然响起，但并没引起周围人们多大的关注。一个瘦小男人抢了女人的 Chanel 挎包后迅速逃走，附近行人只有少数扭头看了看。都市人情冷漠，没有人前去帮忙追逐小偷。

路边一家小面馆里，一把椅子摇晃几下后，在没有任何人碰触的情况下蓦地漂浮到半空中，店里几个吃面的人看着椅子正惊讶疑惑之际，它突然飞出店外，迅速追向小偷的方向。路边行人的目光纷纷被这把椅子吸引，目瞪口呆地看着横空出现的椅子飞去重重撞击小偷的后背。小偷遭受莫名其妙的一击，狼狈扑倒在地，挎包也飞出几步开外。小偷骂咧着脏话起身想去拾起挎包，更令人不可思议的一幕出现了——挎包竟然漂浮到半空中，抖动几下后，迅速向原主人飞去，停到主人跟前。挎包主人张大嘴看着近在咫尺的包，迟疑地不敢伸出手去碰触它。挎包就那么悬浮在半空中，周围驻足观望的人逐渐增多，发出不少惊呼声。东西竟然会自己飞来飞去，这是什么怪事？

原本只是坐在车里路过的傅子悦，像感受到某种不寻常的气场召唤。他警觉地扭头看到这一幕，立即命令司机尤皓停车。他们的劳斯莱斯正行驶在中间车道，尤皓听到老板的一声命令，毫不迟疑地迅速把方向盘向右一拉，完全不顾右后车道行驶而来的车辆，后方司机紧急刹车，好险，差点就撞上了，后方司机愤怒地连连按喇叭，经过他们车时司机不爽地对尤皓比了比中指，"不就开了辆劳斯莱斯嘛牛气什么啊。"尤皓立即暴躁地攥紧拳头，胳膊上青筋突起，以他一贯的脾气，就该堵住那辆车的路，然后把司机揪出来狠狠揍一顿，揍得头破血流才能罢休。可是现在不行，尤皓扫过后视镜看了看后排的老板傅子悦，老板的头正伸出窗外寻找着什么，尤皓知道老板突然叫他停车一定是有理由的，他只好吞下这口恶气。

"原来是你搞的鬼，一个小丫头。"傅子悦勾勾嘴角露出一抹微笑，把目光锁定在街边角落一个女孩儿的身上。那是一个看起来非常普通的女孩儿，很年轻，脸蛋不漂亮，但是看着十分干净清纯，一米六左右的个子，扎着马尾，穿一身灰色的运动套装，白色帆布鞋，背着粉色双肩包，像是学生妹的模样。那个女孩儿躲在一棵大树下，正全神贯注地盯着不远处的挎包，在外人看来她或许只是某个好奇的旁观者罢了，可是傅子悦能看出她的异样，她正在使用某种特殊的能力来操控那个挎包，包括之前自己飞起来的椅子，也定是她使用特殊能力操控的。

女孩儿见挎包主人迟迟没有伸手去拿包，围观的人越来越多，引起这样的骚动已经超出她的预料，她不想让这个助人为乐的小插曲成为某个轰动的"事件"，更害怕有人发现是她的作为。为了快点结束这个插曲，她死死盯着那个 Chanel 挎包，集中全部注意力，运用某种自己也说不清楚从哪儿来的力量，使挎包链条自己挎到那个女人的肩上，然后她松口气，装作若无其事地迅速朝相反方向离开。

挎包的主人试探性地摇晃几下挎包，又把它向空中抛起，包受到重力吸引掉到地上。刚才漂浮在半空的怪异现象消失了，挎包又变回了原来那个普通的挎包。围观的人群发出一阵唏嘘声。不过这一切不是幻觉，有那么多双眼睛看到这几分钟的经过。怪事儿，围观的人议论起来。

"看到那个女孩儿了吗？"傅子悦收回目光。

"嗯。"尤皓回答。

"跟过去，看看她是什么来路。"傅子悦命令。

三日后，金融街某幢大厦六十六层楼的办公室里，明媚的春日阳光透过宽大的落地窗照射进来，一叠文件放到傅子悦的办公桌前，尤皓把对个女孩儿所有能调查到的资料收集完毕。傅子悦扫了一眼资料上粘贴的照片，

让我住进你心里

不知尤皓从哪里偷来的，女孩儿的蓝底学生证件照，看起来一副不谙世事的清纯模样。对，就是她！

"退下吧。"傅子悦淡淡地说。

尤皓退出傅子悦办公室。

门口，夏星菌堵住尤皓的路，问："老大调查这个叫梦晓芸的丫头干吗？"

尤皓皱起眉，提高音调说："你竟敢偷看我收集的资料！"

"老大干吗要关注那个女孩儿？"夏星菌不肯罢休地问。

"呵呵，你不过跟老大滚滚床单而已，还真就把自己当老板娘看待，管着男人不许在外寻花问柳了啊？"尤皓嘲弄地说。

"你——"夏星菌怒眼相对。

尤皓吹着口哨回到自己的办公室。

夏星菌站在傅子悦办公室门口直跺脚。她偷看过那个叫梦晓芸的女孩儿的资料，傅子悦调查她的资料干吗？她看起来完全不是可以跟我们做生意的客户。夏星菌讨厌出现在傅子悦身边的任何一个女人。

资料上显示那个女孩儿叫梦晓芸，今年二十岁，S市人，是音乐学院大二学生，主修钢琴，同时每周二、四的晚上和周末下午在一家叫"艺蕴"的小型琴行里兼职做钢琴老师，教授对象多为小学生。通过尤皓三天的跟踪观察，发现她没与任何人有过多接触，似乎喜欢独来独往。她的中学生活看起来也很简单，就是个普通的学生，成绩中等，热衷于打网球、羽毛球和乒乓球。小学六年时间都没有去学校念书，而是请了家教在家里学习。看到这一栏，傅子悦皱了皱眉，正常的小孩为什么家长不把她送去学校念书？他耐心地继续往下看，这个尤皓办事是什么逻辑，把梦晓芸的资料按照从现在到过去的时间倒退着罗列。

梦晓芸在小学时被确诊患有自闭症。幼儿园也只读了五个月就退学，然后一直待在家里学习，直到初中才重新步入校园。傅子悦注意到一条关键信息：她三岁多时在医院里接受过一系列的脑部检查，检查结果显示一切正常。为何要做脑部检查？傅子悦再次皱了皱眉，资料上没有说出原因，但可以猜到应该和幼儿园中途退学有关，去医院做检查的时间几乎和退学的时间吻合。那一年，发生过什么事情？这是从梦晓芸的全部资料上看起来唯一有点异常的线索。傅子悦拨通公司内线电话，不容尤皓找借口，命令他把梦晓芸幼儿园同学和老师的全部名单在明天上班前交上来。

傅子悦起身站在落地窗前，他喜欢这种俯视芸芸众生的感觉，似乎一切都在他的掌控中。他在心中想着：梦晓芸，你真的就是我一直寻寻觅觅想要找的那个人吗？

片刻后，傅子悦看了看手表上的日历，今天刚好是星期二，梦晓芸晚上会在琴行里授课。他穿上外套，扯下梦晓芸资料上那张蓝底的学生照夹入钱包里。他决定去艺蕴琴行走一趟。

"你现在要出去吗？"办公室门口，身为董事长助理的夏星菌看到傅子悦穿着外套走出来，起身间。

"有点事要办。"

"晚上约了 H 银行的李行长吃饭，别忘了。"夏星菌提醒。

"帮我取消晚餐。"

"啊？你也知道今晚这个会面很重要耶，关系着我们正在进行的这个项目！"

"需要我再重复一遍吗？"傅子悦冷冷地说。

傅子悦凛冽的眼神扫过夏星菌的脸，夏星菌不由自主得身体一颤。他虽然没有再做出任何动作，她依然心惊肉跳，她畏惧他的眼神。

开着红色兰博基尼跑车停到艺蕴琴行所在的商场停车库，车刚熄火，经过的两个女人就三步两回头地看向傅子悦，或许，是看他的车。一辆豪车是泡妞的好装备，傅子悦屡试不爽，女人看到这辆车总是会双眼放光，完全不用他多说什么就会主动贴上来。当然，他一米八的身高，衣着得体有品位，模样也十分英俊，浓眉大眼，挺拔的鼻子，总是似笑非笑的嘴唇，没有不招女人喜欢的理由。除了他的眼神，若傅子悦突然严肃起来，目光凛冽，任何人看一眼都会觉得被一种恐怖的电流袭遍全身。

艺蕴琴行的老板叫简雨欣，三十出头的模样，也是音乐学院毕业，和母亲一起开了这家只有两间教室、附带卖二手钢琴和吉他二胡等乐器的小小琴行。规模不大的琴行想要与别的琴行竞争，只有靠价格更低廉来吸引客源，所以来此学习的几乎都是小学生，多来自普通工薪家庭，由母亲或奶奶外婆辈接送，极少见到年轻男人的身影。此刻，傅子悦踏入店中说想咨询学钢琴，简雨欣立即两眼放光，在母亲起身之前就跳去接待傅子悦。简母在柜台后面笑着嘀咕："平时从未见你做过前台工作，今日看到帅哥倒很积极了。"

"我们琴行的老师都是一流的，环境也很好，您的小孩儿在这儿学习一定会收获很大。"简雨欣热情地介绍。

这儿的环境一目了然，就两间小教室，还有一角陈列得还算整齐的乐器。傅子悦一眼就扫视完全局。

"请问您的小孩儿是男孩还是女孩？"简雨欣问。

"我没有孩子。"傅子悦说。

"啊？不是小孩来学啊？那是……"

"我想学习。"傅子悦笑。

他的笑容……好迷人啊。简雨欣看着傅子悦眼冒桃花，一副花痴模样。琴行里第一位青年男性学员，个子、身材和面孔完全可以媲美那些男模，灰色细格子衬衣搭配宝蓝色休闲西装，看起来气宇不凡。简雨欣的脑子里已经幻想出自己和傅子悦并肩坐在钢琴旁表演双人弹奏的画面，手指默契地在琴键上舞动，奏出情意绵绵的乐曲，两人不经意地扭头相视而笑，哦，整个世界都为之融化了……

"听说这儿有一位姓梦的老师教钢琴教得不错？"傅子悦问。

简雨欣的幻想被打断，"姓梦？你怎么知道的？"

"呵呵，一个朋友告诉我的，他女儿以前在这儿跟着梦老师学习钢琴。"傅子悦随意编个理由。

"那小丫头的经验尚浅，只教过小孩子，对成人的教学一窍不通。我觉得你跟着我学习会比较好。"简雨欣笑眯眯地说。

简雨欣不断热情地劝说傅子悦跟自己学琴。傅子悦不耐烦地扬了扬眉，他讨厌跟不必要的人有过多接触，他说的每一句话做的每一件事都有目的，不会无聊地浪费自己的精力。傅子悦突然紧紧盯住简雨欣的双眼，她的眼神立即变得呆滞黯淡，眼球居中，眼皮一眨也不眨。

傅子悦瞄了瞄前台处正对着电脑看电视剧的简母，尽量压低声音，命令道："帮我预约晚上七点梦晓芸的钢琴课，我要上两个小时。原本她这个时段别的学生的课程由你来接手。"

简雨欣听话地点点头，然后走去前台在记事本上把课程表重新安排了一下。她依然目光呆滞，眼皮一眨也不眨。

傅子悦付过款，这儿的课程是按小时计费，他买了二十节课。每次连着上两个小时，那么他跟梦晓芸一共有十次接触的机会。见面十次，应该足够敲开一个自闭症女孩戒备的心门吧。

"那我先走了，晚点再来。"傅子悦恢复笑容，跟简母打了声招呼。如果他愿意，他的笑容温柔迷人得老少通吃。"请问梦老师通常几点到琴行呢？"傅子悦问。

"她啊基本上都是六点半左右到琴行，那丫头的生活安排十分规律，现在这会儿应该在楼上的电影院看电影了吧，然后晚餐每次都是在拉面馆吃碗什菜拉面，然后再过来。"简母笑着说。简母很开心女儿今天竟然谈成了一笔交易，现在城市里琴行太多，竞争十分激烈，像她们这样的小琴行如果不是收费比其他地方低了百分之一二十的话，很难招到学生。

"很好，我正愁接下来的两三个小时没事做。"傅子悦勾了勾嘴角。

傅子悦才刚离开，简雨欣的眼皮就眨了眨，目光恢复神采。她看了看手中的笔，又看了看记事本，奇怪，我为什么就答应安排梦晓芸给他上课呢？

电影院大厅里，傅子悦看着电影排片表计算了一下时间，已经开播并且要在六点前结束的电影有两部，他不知道梦晓芸此刻正在看哪部影片，他把两部电影的票都买了。傅子悦琢磨着依一个自闭症患者的性格，不会挑选中间那些好位置，因为前后左右都是人，她会觉得不舒服，那么，最后一排的角落……果真，最后一排靠墙的位置，梦晓芸就坐在那儿，旁边几个位置都是空着的。

身旁的空位突然有个人坐下，梦晓芸不由得缩了缩身子，往靠墙那边移动一点，双眼依旧盯着荧幕，却能感觉到旁边人的呼吸以及各种动静，打扰了她看电影。前面那么多空位，他为什么就刚好买了我旁边这个视野差的位置呢？这是梦晓芸将近一年来在这儿看电影第一次被人打扰，抓起爆米花的手几次颤抖得使爆米花滑落地上。

傅子悦察觉到梦晓芸各种紧张不安的迹象，这种性格的人，若是打不开她的心扉，事情会相当难办啊。但是，只要成功取得她的信任，她又会比其他人对你更加死心塌地。傅子悦对于自己想做的事情总是有把握。

傅子悦家里有专门的电影放映厅，各种设备都是顶级的。他喜欢看电影，却从不去电影院，他喜欢在昏暗中一个人喝着红酒看。经常有女人打电话来约他出去看电影，他都拒绝，他的约会程序很简单，直接去酒店开房，没有多余的步骤。没有晚餐，没有电影，没有逛街，没有鲜花，连接吻都没有。每次见面结束后，傅子悦都会给对方一沓现金，女人开心地把钱放进包里，撒娇着说期待下次约会。瞧，这个世界就是这么现实，无数女人想跟他约会。傅子悦只挑样貌和身材都顶级的，职业五花八门，明星、模特、主持人、白领、学生以及夜总会的小姐，只要是他想要的女人，没有得不到的。

花一个多小时坐在这种廉价的椅子上，看一部从中场开始不知前段情节的电影，傅子悦感觉很煎熬。但为了办正经事，他只得忍耐。

"这电影没有它的第一部好看。"电影结束，傅子悦突然扭头看向梦晓芸。昏暗中，他冲她微微一笑。

梦晓芸迅速瞥了他一眼，又低下头看向自己的膝盖。

每次要等电影院里的人都散场走光了，梦晓芸才最后一个离开，她不喜欢被人群推挤的感觉。下楼时她也不喜欢乘坐电梯，狭小空间里挤那么多人，她会呼吸急促感觉随时都会窒息晕倒。傅子悦先离开，站在售票大厅的角落等着梦晓芸，她许久才缓慢走出来，他跟在她身后，走扶梯一层楼一层楼地绕着下了五层楼，他叹气，连电梯都不愿意坐的人这自闭症该有多严重。

果真如简母所说，梦晓芸坐进味千拉面馆要了一碗什菜拉面。她是个习惯了某样东西某个地方后就一直只去那儿的人。傅子悦装作不经意地坐到她旁边桌。梦晓芸低头在手机上看新闻，小巧秀气的侧面轮廓，皮肤白皙，一点妆容都没有，头发扎个马尾，穿着粉色宽松的长款毛衣配白色运动裤，看不出身材如何，一双白色匡威帆布鞋，看起来就是个普普通通的女学生。这不是傅子悦喜欢的那种漂亮惊艳的类型。

007

傅子悦把手机闹铃换为贝多芬的《月光奏鸣曲》，设置一分钟后闹铃。片刻后，贝多芬的钢琴曲响起，傅子悦缓缓地从包里拿出手机，装作接电话的模样把手机放到耳边说了几句话。与此同时，梦晓芸听到这首自己喜欢的曲子，偷偷扭头朝傅子悦看了一眼，又迅速收回视线。

傅子悦已经两次成功地让梦晓芸注意了自己。这才只是个开端，后面还有漫长的接触过程等着他，真是考验傅子悦那极差的耐心啊，他还从未对任何女人如此花心思，或许，他并未把梦晓芸当作女人看待，她……更像是一个工具。

下午已经在梦晓芸身上耗费了两三个小时，傅子悦终于找到一个测试她能力的良机，他需要再亲自确认一下她是否就是自己想找的那个人。走出拉面店，顺着扶梯上到四楼时，傅子悦注意到一个六七岁模样的小男孩正使劲伸长脖子探出防护栏往楼下看。他大步从后越过梦晓芸，加速从扶梯上走到四楼。他走至小男孩身边，在不引起小男孩父母注意的情况下悄悄拍了拍小男孩的肩膀。小男孩回头看了看傅子悦，四目相对，电光火石间，小男孩的目光突然变得呆滞，眼皮一眨也不眨。"跳下去。"傅子悦轻声命令。小男孩竟然听话地爬上防护栏要往楼下跳。商场是一个环形中空的设计，四层楼的高度一个小孩不摔死也会摔个残疾，对于别人的生命傅子悦漠不关心，他只需要达到自己的目的。

待小男孩的父母发现不对劲想去阻止时，只来得及抓住小男孩的一只鞋。他摔了下去。

"有人跳楼了！"傅子悦大声喊。

正顺着扶梯往五楼去的梦晓芸听到这声呼喊，赶紧把视线往楼下看。迅雷不及掩耳之势，一楼露天咖啡厅的一张沙发突然自己飞起来，在半空接住小男孩，就算沙发柔软，小男孩也差不多摔了两层楼的高度，掉在沙发上感觉一阵疼痛，哇哇大哭起来。沙发缓缓降落。看到这一幕的人全都目瞪口呆，沙发它竟然……竟然飞起来了！小男孩在沙发上的哇哇大哭提醒着他们这一幕不是幻觉。

还好小男孩没受伤。若不是迫不得已，梦晓芸才不会来不及思考后果就在大庭广众使用自己的特殊能力，太危险了，现在想想只觉得后怕。梦晓芸警觉地左右张望，大家的目光都看向小男孩和那张沙发，没有人注意到她。她正想松口气之际，目光突然扫过一双眼睛，有个男人正盯着自己！梦晓芸心头一紧。

傅子悦冲梦晓芸微微一笑。很好，她就是多年来他一直想找的那个人。

梦晓芸逃也般地离开，心怦怦乱跳。老天，他不会注意到沙发那件事情是我干的吧？梦晓芸狂奔进琴行，再回头看了看身后——没有人跟上来。

她大口喘气，脸色吓得惨白，身体微微颤抖。她安慰自己：那男人只是个陌生人而已，他就算说出去也不会有人知道是我干的。

"小梦，看你跑得上气不接下气，上课时间还早着呢。"简母嘴里嚼着菜含糊不清地说。

梦晓芸笑笑，"阿姨好。师姐呢？"

"她啊，在洗手间里化妆。"简母像是有重大秘密要跟梦晓芸分享，她招了招手，把梦晓芸叫到跟前，像是有重大秘密要跟她分享，"待会儿有个大帅哥来上课。"

梦晓芸耸耸肩，她对帅哥没兴趣。

洗手间的门打开，简雨欣看着梦晓芸的背影就来气，双手叉腰翻了个白眼。为什么那个帅哥特意指定要跟梦晓芸这丫头学琴呢，我竟然鬼使神差地答应了，气死我了！

梦晓芸回头，真诚地赞美道："哇，师姐你今天好漂亮。"

"是吗？"简雨欣面露喜色，心里想着：看在你说了句实话的份上，我就暂且原谅你。

梦晓芸难得看到简雨欣化妆，而且还穿了一条黑色紧身连衣裙，黑色丝袜，搭配红色高跟鞋，还抹了艳丽的大红色口红，跟梦晓芸平日熟悉的那个邋遢随性的师姐形象完全不符。

"师姐这是要出去约会吗？"梦晓芸问。

简母在柜台后忍不住笑得喷出饭来，电脑荧幕上都粘上饭粒。"待会儿有帅哥要来，她特意去楼下商店买了一身衣服和鞋子，还怕小腹鼓起来，连晚饭都不敢吃呢。"

简雨欣瞪了母亲一眼，然后又继续叉腰警告地对梦晓芸说："待会儿有个成年男人跟你学习钢琴，你要好好教，别给我搞砸了！"

"我之前那个学生呢？她不来上课了吗？"梦晓芸已经备好课。

"由我来接手。"简雨欣没好气地说。转瞬，想到一个妙计，她嘿嘿笑着去搂住梦晓芸，态度转了一百八十度，语气温柔地说："晓芸啊，要不这样吧，待会儿那位傅先生来上课时，你就跟他说你钢琴弹得不是很好，劝他跟我学习吧，好不好？"

"好啊。"梦晓芸毫不犹豫地答应。她也乐意教小孩子，跟成年人接触总会弄得她很紧张。

"真是我的好妹妹！"简雨欣激动地亲了一下梦晓芸的脸，开心得手舞足蹈，哼着小曲从柜台的抽屉里拿出镜子端详自己的美貌。抛抛媚眼，嘟嘟嘴，我怎么就这么好看呢，那个帅哥一定会被我迷住吧。下午都怪我没有化妆打扮，不然他一定会要求我来做他的钢琴老师。

梦晓芸完全没察觉简雨欣亲吻她脸颊后留下一个鲜艳的口红印。她坐在教室的钢琴旁，开始练琴。她喜欢弹钢琴，不需要与人合作，不需要与人交谈，也不需要与人分享，是属于她一个人的快乐。

很小的时候，大概六七岁的模样，那时梦晓芸已经躲在家里不愿意出门好长一段时间了，也不愿意开口说话，父母问她什么时她只会点头或是摇头，父母对她这种状态焦虑不已，带她去医院做过几次检查后她就抗拒再去医院，她害怕那个地方，也害怕那些穿着白大褂的人，以及一双双探究的眼睛和冰冷的机器。就算平时父母只是想带她出门玩她也惊恐地瞪大眼，以为父母是骗她的，他们又要带她去医院了，她尖叫着把自己反锁在房间里。医生开的一些治疗药物她也抗拒吃，那时她还不清楚这些药丸是什么东西，她条件反射地畏惧，父母只得把药丸磨碎混合在果汁里让她喝进去。只是吃了一两年的药也不见女儿病情好转，父母后来也就不再强制喂她吃药了，甚至，有些开始对她这个女儿放弃治疗，商量着是不是该再生一个孩子。就在父母努力继续造人的这会儿，梦晓芸的注意力被隔壁邻居放在客厅的一架钢琴吸引，她不知道那是什么东西，她坐在飘窗上看到邻居的孩子用那东西发出悦耳的声音，邻居孩子练琴时她就一直看着它，夜深人静大家都熄灯睡觉了她还继续盯着它看。她爱自己跟自己玩，她能够让一些小东西飞起来，她跟它们做游戏，指挥它们在半空中移动，她像个小小将军，这是属于她一个人的秘密乐趣。她忘记是何时发现自己拥有这种能力，她曾经试图跟父母分享，得意地让父母看她使遥控器、苹果、碗等东西漂浮在半空，父母惊恐地张大嘴，赶紧制止梦晓芸这样的行为，带她去各个医院检查身体，并且警告她不许在别人面前展示这种能力。梦晓芸偷偷听到他们讨论这种行为时用了"怪物"这个词，她是个怪物吗？

某次邻居的小孩练完琴后忘记关上琴盖，梦晓芸一时心血来潮，控制琴键上下跳动，钢琴发出一阵杂乱无章的声音。真好玩，梦晓芸咯咯笑出声，这是她第一次使某样东西发出声音，就像它在跟她交谈一样。邻居主妇听到琴键跳动发出声音，惊讶地走到钢琴旁，梦晓芸赶紧从飘窗跳到地上，钢琴又恢复宁静。一两年没有开口说过话的梦晓芸，突然把母亲拉到飘窗前，指着邻居客厅里的那架钢琴，发出结巴沙哑的声音说："妈妈，我想要那个东西。"母亲以为自己的耳朵听错了，晓芸她……说话了！女儿并不是天生哑巴，其实她以前会说话的，只是在四岁时突然莫名不愿意张口讲话，检查下来身体一切正常，医生也束手无策。为了确认女儿真的又能正常说话，母亲让梦晓芸再重复一遍，听到那许久未使用的喉咙发出的沙哑声音，母亲激动得流下眼泪。女儿终于又愿意开口说话了，做父母的无论如何也要满足孩子的要求。

父母都是普通职工，一架钢琴的价格对于他们来说太高了，而且他们以为小孩子只是随便说说而已，或许过不了多久就会对它失去兴趣，那样的话几千块钱就浪费了。父母买了一架小巧的电子琴送给梦晓芸，骗她说她年纪太小，这是小孩子弹的钢琴。没想到梦晓芸从此对它着了迷。梦晓芸不认识琴谱，也没有经过任何专业学习，自己却慢慢摸出其中规则，杂乱无章的声音渐渐也变得像某种歌谣。它成为她最爱的游戏伙伴、交谈的朋友和她睡梦中的守护神。见女儿除了睡觉外一直如痴如醉地弹琴，脸上也经常浮现出笑容，还不时对着电子琴自言自语，父母商量后决定为梦晓芸找个钢琴老师进行正规学习。他们起初还担心梦晓芸不愿意出门上课，她已经两年没有出过门，但请老师上门授课的话课时费要昂贵一些，何况家里也没有正规的钢琴。母亲试探性地问："晓芸，妈妈带你出去跟老师学习弹琴好不好？弹真正的钢琴。"梦晓芸仰起小脸看着母亲，说："好。"这个回答太意外了，父母欣喜不已，女儿终于愿意出门了，她会变回一个正常的人……

傅子悦走进艺蕴琴行，教室里传出的钢琴声立即吸引他的注意，透过敞开的教室门可以看到梦晓芸半个背影，没想到她竟然弹得这么好。傅子悦不懂音乐，但他有着好品味，知道什么样的东西是上等的。调查的资料上显示梦晓芸没有获得过任何钢琴比赛的奖项，看来，她是不愿意参加任何钢琴比赛，凭她的水准怎么可能没有获过奖。很多琴行招聘老师时看到简历上没有填写获得奖项这一栏，立即就把这个人否定掉，琴行也是需要靠老师获得的各种奖项来吸引生源。音乐学院的学费很昂贵，十几年来父母为了让梦晓芸学习钢琴一直省吃俭用，却舍得花钱给她请好老师。为了分担父母的负担，一向不愿意跟外人有过多接触的梦晓芸决定出去找份兼职工作，到这家琴行授课也是个偶然，之前她已经投过很多简历，都石沉大海，这是第一家打电话来通知她面试的琴行，这家琴行付给老师的课时费十分低，没有什么老师愿意到这儿授课，老板简雨欣在看到梦晓芸的简历时也本想把她给否定，没有获得过任何钢琴比赛的奖项，也太差了吧，但是，简雨欣转而想到梦晓芸毕竟是在音乐学院读书，自己也是那个学校毕业的，知道招生考试时对专业要求有多严苛，能够考进那所学校的学生钢琴水平应该不会太差。这才给了梦晓芸一个面试的机会。而这家小小的琴行也很符合梦晓芸的要求，环境单纯，人不多，学生年纪都很小，老板母女俩也容易相处，梦晓芸在这儿渐渐有了一种家的感觉。而简雨欣最喜欢梦晓芸的地方是她上课从不迟到也从未要求加工资。

"放心吧，把教室门关上的话隔音效果很好，两个教室上课时完全不会串音受影响。"简雨欣见傅子悦进店就盯着那个有钢琴声传出的教室看，赶紧解释。

傅子悦才不在乎这个。只要教室关上门，别人看不到他和梦晓芸就行。

"需要喝点茶吗？"简雨欣看到傅子悦就两眼发光。她搔首弄姿，试图吸引他的注意。

傅子悦看到这个女人盛装打扮的模样，勾起嘴角笑。他知道自己的魅力，也清楚女人像只发情动物时的目的。

"红茶还是绿茶？"简雨欣晃了晃手中的两瓶康师傅饮料。琴行只有一个公用饮水机，这两瓶饮料是简雨欣特意去超市买来为傅子悦准备的。她猜想他应该会喜欢喝其中的某种吧。

"谢谢，我不渴。"傅子悦完全不给情面。他爱喝茶，但不喝这种廉价的调制茶饮料。

简雨欣受挫的表情完全显现在脸上。

傅子悦径直走进教室，简雨欣赶紧跟上去，平时很少穿高跟鞋的她踩着八厘米的高跟，走路太急崴了一下脚，不由自主"哎呀"叫唤一声。傅子悦回头时刚好看到简雨欣身体前扑扶住墙的狼狈姿势。

丢死人了。简雨欣在心里嘀咕，尴尬地冲傅子悦笑笑。

梦晓芸被外面的动静打扰，手指在琴键上停下，缓缓地扭头看向教室门口。她的目光扫过傅子悦的脸，不由得身体一紧，双眼瞬间瞪得浑圆。这个男人……他一直跟踪我到这儿吗……他想干吗！梦晓芸的心里十分不安。

"呵呵，晓芸啊，我来介绍一下，这位是今晚开始在这儿学琴的傅先生，你要好好教啊。"简雨欣整理一下裙子和发型，走到两人中间介绍道。

"您好。"傅子悦大方地向梦晓芸伸出手，他的笑容优雅迷人，足够令大群女人倾倒。

梦晓芸只冲他点了点头，又继续把目光放回琴键上。

傅子悦的右手尴尬地停在半空。

简雨欣慌忙伸手去握住傅子悦的手，打圆场说："抱歉啊傅先生，我们这位老师呢比较内向害羞，有什么礼数不周到的地方请多多包涵。如果您想换一位老师的话我会立即安排。"还能换哪位老师呢，琴行里一共就她和梦晓芸两位钢琴老师。简雨欣眼神期待地看着傅子悦，在心里说：选我，选我，我会柔情又周到地指导你学习。

"差不多可以上课了，请问我是坐在这儿吗？"傅子悦指了指梦晓芸身旁的椅子。

简雨欣的希望再次落空。

傅子悦在梦晓芸右手边坐下，两人的身体相隔十几厘米，他能够感觉到她急促的呼吸，傅子悦提醒自己对于梦晓芸这种性格的女孩儿必须要有足够的耐心。

"那么……我们开始……开始上课。"梦晓芸努力使自己镇定，琴键上的手指还是忍不住微微颤抖。

简雨欣似乎想站在两人身边看他们上课，母亲在外面喊起来，她的学生已经到了。简雨欣叮嘱梦晓芸几句，依依不舍地离开，把教室门合上。

十几平方米的狭小空间里，只剩下梦晓芸和傅子悦两人独处。

"我没有任何钢琴基础，也不认识五线谱。我不像那些小孩子学琴是为了考级，我只想能够弹奏一些简单的曲子就行。"傅子悦主动开口。

"那么……我们从……从最基础的……开始吧。"梦晓芸结巴地说。

按照正常上课的程序，讲解，示范，指导，纠正。只是弹琴时傅子悦会故意做错动作，用指腹按动琴键，梦晓芸伸手去纠正傅子悦的手指时避免不了肌肤接触。每次碰触到他，梦晓芸顿时会有一种被针扎般刺痛难受的感觉。她的脸一直憋得通红，呼吸急促，说话结巴，几次把身体往左边移动一些好和傅子悦多拉开一点距离。梦晓芸好想逃回家。就算这个学生一直表现得彬彬有礼，也没有故意找话来聊天，很配合她的教学过程，但梦晓芸依旧无法放松。两个小时的课程里她始终心神不定，坐立不安。梦晓芸不是那种只为赚钱敷衍了事的老师，很多老师为了让学生进步缓慢可以多买些课时，几分钟就可说清的东西硬是要多浪费几十分钟。梦晓芸是个对学生极其认真负责的老师，她知道不时抬头看看挂在墙上的时钟这样的行为对学生太不尊重。但是今日，她还是忍不住抬头去看。一分一秒都变得无比漫长，何时才能够终结？

指针终于指向九点，梦晓芸解放一般松口气，迅速为课程收尾。我挺过来了，好棒！梦晓芸在心里琢磨着该怎么跟傅子悦建议，下次课她不想再教他了，让简雨欣做他的钢琴老师吧。

"谢谢梦老师，那我们后天晚上再见。"傅子悦露出迷人的微笑。这样的笑容对女人很有杀伤力，但梦晓芸连看都没看他一眼。傅子悦顿时有种挫败感。

梦晓芸站起身，深呼吸几口气，正面朝向傅子悦，低着头视线看向地面，鼓起勇气刚想张口说推荐简雨欣做他老师……

"你脸上怎么有个口红印子？"傅子悦打断了梦晓芸想说的话。

决？梦晓芸不由得抬起头。她完全不知道，之前简雨欣亲吻她左脸颊时留下两片鲜艳的红色唇印。

"我这儿有手帕……"傅子悦从外套口袋里掏出手帕，叠成四折方块状。

与此同时梦晓芸已经伸手抹了抹右边脸颊。

"在左边啦。"傅子悦笑，向前走了几步，用手帕为梦晓芸擦掉口红印子。雪白的手帕染上红色。

梦晓芸的身体瞬间石化般，几秒后才恢复知觉。她惊慌失措地往教室门方向冲，想逃走。

"等一等。"傅子悦拉住梦晓芸的胳膊，把她拉向自己。两人的脸面对面，鼻尖几乎快要碰着，梦晓芸害怕得就要尖叫，傅子悦捂住她的嘴。

"嘘——镇定，你该不会想让别人知道你救了那个小男孩的事吧？"

梦晓芸惊恐地瞪大眼，威胁很管用，她至少不再想尖叫了。傅子悦松开梦晓芸的胳膊，她后退两步，戒备地看着他，几个小时来她第一次敢正眼直视他。

"我们来交换条件如何？你继续教我钢琴，我也不会告诉别人那个小男孩的事情。它是只属于我们两人之间的秘密。"傅子悦说。

"你发誓。"梦晓芸不知自己该不该相信他。

"我发誓。"傅子悦对天竖起右手。

梦晓芸依然忐忑不安。

"不过——"傅子悦故意拉长声音。

"不过什么？"梦晓芸再次紧张起来。

"不过以后上课时请梦老师不要再频频抬头看时间了。"傅子悦取笑道。

梦晓芸红了脸。

"那么，我们后天见。"傅子悦礼貌地欠了欠身。

傅子悦的手触到门把手时，梦晓芸突然叫住他。

"等一等。"她支吾着，"那个……那个……我想问你……你对小男孩那件事是怎么看的？"

"呵呵，乐于助人是美德。"

"你不觉得奇怪吗？我能够……能够……"

"能在大庭广众之下冒着这样的风险也要救人，梦晓芸，你是个善良的好姑娘。"傅子悦说。

善良？梦晓芸愣住，他居然说她善良。她还以为他会把她当作怪物看待，曾几时，别人就是失声尖叫着叫她"怪物"……

回到家，傅子悦在卧室脱衣服准备洗澡，洗手间的灯突然亮起，一只裸露着的长腿从门口伸出来，在半空优美地划出一个弧度，带领出一个只穿着性感情趣内衣和黑色高跟鞋的美女。她拥有完美靓丽的脸庞、纤细的小腰、丰乳翘臀，身体靠在墙边摆出一个妖娆的 S 造型。

傅子悦皱了皱眉，他不喜欢别人不请自来。

夏星菌继续散发着魅惑的气息，走近傅子悦身边以他为中心跳起贴身舞。她在诱惑他，她知道他最喜欢这类调情游戏。

没想到傅子悦一把推开她，冷冷地说："闹够了吧？以后不许再擅自跑进我家！"

夏星菌悻悻然，她本想给他一个惊喜。"好啦，以后不会了，今晚反正我也已经来了，让人家陪你一晚嘛。"夏星菌撒娇说。

面对这样一个性感尤物的投欢送抱，傅子悦居然能淡定得无动于衷。

"把衣服穿上回家吧，我今天累了。"傅子悦说。

"子悦……"

傅子悦严厉地扫了夏星菌一眼。

夏星菌熟悉他各种眼神中的含义，此时这种眼神是不容她继续撒娇纠缠，她是个懂得适可而止的女人，所以才能待在傅子悦身边这么多年。夏星菌强颜欢笑，说："好啦，不跟你开玩笑了，其实我今晚来是有东西要交给你。"夏星菌走去洗手间把衣服穿好，对着镜子看了看自己精致的容颜，那是她花了四十多万去韩国整容得来的完美无缺的脸。这么好看的脸，他怎么就不能爱上她呢？

傅子悦坐在客厅沙发上，等着看夏星菌带来的东西——一页名单，梦晓芸念幼儿园时所有同学和老师的名单。他交代尤皓去完成的事情，尤皓转而求助夏星菌，凭她的本领去偷盗记录名单。夏星菌的条件是，这份名单得由她拿去给傅子悦邀功。尤皓乐得脱手，这种麻烦事有人抢着去做更好。名单很完整，夏星菌把那些人现在的住址、电话以及学校或职业都调查仔细。她有很厉害的黑客资源，能花钱让他们进入任何地方的电脑系统。

"这个女孩儿，我听说她能操纵物体。"夏星菌说。

"嗯。"

"告诉我，子悦，你不是因为喜欢上她才要去调查她。"夏星菌说。

"我喜欢什么类型的女人，你应该最清楚。"傅子悦似笑非笑地看着夏星菌。每当他露出这样的表情，女人总是没有招架能力，为之着迷。

夏星菌把这句话当作傅子悦的调情。对，她知道他喜欢什么类型的女人，一定要妖娆性感，这个梦晓芸看起来完全不是这种风格，她只是个乳臭未干的黄毛丫头而已，自己为何要跟那丫头一般见识。

"我们的团队足够强大，不需要再招人了吧。"夏星菌说。

"我自有打算。"傅子悦不悦，还轮不到别人来干涉他。

"你取消了今天的晚餐，李行长很不高兴，生气地说那笔资金不想拨给我们了。"夏星菌说。

"他做不了主。"傅子悦冷笑。

"我知道，你有办法令他在合同书上签字。"夏星菌只是搞不懂，今天的晚餐就是一个控制李行长的好机会，傅子悦居然放弃了，惹得李行长不高兴再制造机会就难了。傅子悦临时有事出去干什么？有什么事情比这个计划了好久的项目还重要？

傅子悦把名单放到一边，脚搭在茶几上伸了个懒腰。

"我这就回家，如果你乐意让我帮忙处理这份名单，我会很好地替你完成。"夏星菌识趣地笑笑，知道他在暗示她走人。

"好。"傅子悦说，"你帮我弄清楚梦晓芸刚进幼儿园念了不到半年时，突然发生什么事情，使她没有再继续念书，并且查查她那时在医院里都做了些什么检查项目。"这是梦晓芸得自闭症的关键，他若要成功走进她的内心，必须以此为突破口。

夏星菌妩媚地一笑，在傅子悦嘴唇上留下一个吻，踩着十厘米的高跟鞋扭动腰肢款款离开。夏星菌知道傅子悦的目光定然在身后看着她，她故意把步伐走得婀娜多姿、风情万种。走至门口时，夏星菌习惯性地直接从门上穿越过去，门对夏星菌来说就像不存在一般，她大半截身体已经露在走廊上，小部分依然留在屋子这边……

与此同时，傅子悦的咆哮声响起："夏星菌！我说过多少次了叫你别这样做！"

夏星菌立即把已经露在走廊上的那截身体退回来，露出抱歉的笑容说："知道啦，下次我会特别注意。"然后她拧开门，从敞开的大门走出去。

傅子悦叹口气，夏星菌这种不谨慎的性格迟早会弄出大祸。他看了看沙发上那页名单，梦晓芸，他希望快点取得她的信任。

其实傅子悦已经成功在梦晓芸心中留下一个印象。当晚梦晓芸无法入眠，脑海里总浮现出傅子悦的笑脸，他说："你是个善良的好姑娘。"呵呵，梦晓芸抿嘴笑，他不觉得她是个怪物，他看到了那个奇怪的现象，却没有用异样的目光看待她，也没有落荒而逃。梦晓芸回味着这句话，整个心都变得柔软，她躺在床上对着空气轻声念出他的姓：傅。F，u，两片嘴唇轻轻摩擦，没有多余的动作。梦晓芸还不知道他的全名，只能不断发出这个音，心里竟然有点小小激动。

原本风平浪静的生活似乎被扔进一块小石子，激起涟漪。周四下午梦晓芸依旧像往日那般在学校食堂吃过午饭，然后乘地铁赶去琴行所在的商场，准备一个人坐在最后一排靠墙的角落看一场电影，晚饭吃碗什菜拉面后去琴行教授两个小时的钢琴课，然后乘地铁回家。这是她每周二、四和周末的固定安排。她的生活非常井然有序。

吃着爆米花等待电影开始，梦晓芸的身边突然坐下一个人，她有些被打扰地往墙边缩缩身子，偷偷看了身旁那人一眼，是他！梦晓芸莫名有点小喜悦，好巧，他怎么在这里！

"好巧啊。"傅子悦笑。他手中拿着跟梦晓芸同样的大桶爆米花和橙汁，他不爱这类食品，只是为了制造一点和她的相似之处。

梦晓芸微微一笑，算是打过招呼。她低下头吃爆米花，掩饰自己的慌乱。周二那次看电影坐在我身边的人也是他，真巧，中间那么多好位置他不买，偏偏也喜欢坐在角落吗？

傅子悦没有试图聊天打扰梦晓芸，两人沉默地看完电影，能彼此听到对方吃爆米花的声音。在电影院看电影还是比不上家里舒服，座位舒适度不提了，音响效果和视觉效果都差很多，傅子悦在心里叹口气，但愿下周不要再受这样的折磨，普通小市民的廉价生活就是这样令人难以忍受。

电影结束，傅子悦扭头冲梦晓芸笑了笑，说："梦老师，要不要一起吃晚饭？"

梦晓芸摇头。

傅子悦也不强求，他礼貌地说声他先走了。

梦晓芸待散场人都走光了才起身离开。拉面馆里，梦晓芸习惯性地走向角落的位置，看到傅子悦已经坐在那儿，不免惊了惊。好巧！晚饭时间拉面馆里空位可选择的不多，梦晓芸无奈地走向傅子悦身旁的位置坐下。

"嗨。"傅子悦冲梦晓芸笑。

"嗨。"梦晓芸回以一笑。

没有继续交谈。梦晓芸注意到傅子悦点的也是什菜拉面，莫名对他产生一种亲近感。

"上次课梦老师教的基础知识，我回家练习了两天。"傅子悦突然开口。

梦晓芸脸微微一红，一个成年男人总是称呼她为老师，感觉有些别扭。"以后可以不用叫我老师，叫我……我名字就行。"

"好的，晓芸。"傅子悦勾勾嘴角笑，看来事情进展顺利。

梦晓芸的脸更红了。这样称呼是不是太亲切？除了父亲以外，还没有哪个男生这样叫过她。

傅子悦故意放慢速度进食，他想等着梦晓芸。梦晓芸也故意放慢速度进食，就是想等他先走。这样僵持下去也不是办法，七点钟两人都得上课，梦晓芸抢先喊服务员买单，傅子悦也准备结账。

"我请客吧。"傅子悦对梦晓芸笑笑。他把一百元钱递给服务员，说两桌的钱。

梦晓芸执意不肯。她不是贪图小便宜的人，干吗无缘无故要一个不怎么熟的人请客？

傅子悦按住梦晓芸去掏钱包的胳膊，对服务员递递眼色，服务员笑笑，离开去找零钱。

梦晓芸本能地紧张。她"嚯"地站起身，起身时太慌张，膝盖撞到桌角，"哎呀，好痛！"

"对不起。"傅子悦说。这个词会从他嘴里说出来，连他自己都感到意外。他从来不觉得对不起任何人，如今在这个小姑娘面前他真是能卑躬屈膝啊。

"没……没关系。"梦晓芸逃也般地跑出拉面店。

片刻后，梦晓芸又气喘吁吁地跑回来，把面钱递给傅子悦，说："给你钱，我不能让你请客。"

这样的举动真是令傅子悦诧异。

见傅子悦没有收钱的意思，梦晓芸想把钱硬塞进他的外套口袋里，他躲开了。

"下次吧，下次你请客。"傅子悦大步流星地走出面馆，梦晓芸只得跟在后面。

艺蕴琴行里，简雨欣已经盛装打扮等着傅子悦的到来。她特意烫了一头大波浪卷，穿着职业套裙，既然上次走妩媚风格没有引起傅子悦的兴趣，那么这次换职业女性的干练风试试。简母对着电脑看偶像剧，不时瞄瞄女儿，偷笑着。

"啊——傅先生！"简雨欣刚看到傅子悦踏进店里，就热情地迎上去。他好帅啊，穿了一件灰色条纹休闲西装，白色衬衣，牛仔裤，咦，那双皮鞋上的标志是爱马仕吗？他穿这么贵的鞋子啊？

"您好。"傅子悦真是讨厌这个过分热情的老板，麻烦，这种闲杂人等他没空理会。

梦晓芸随后也到了，跟简雨欣和简母打过招呼，径直走进教室。都怪那个姓傅的，害她吃饭耽误许多时间，现在都没什么时间练琴了。家里的钢琴老旧，音质很差，换一架新的好的钢琴又需要太多钱，所以梦晓芸抓住一切在学校在琴行可以免费练琴的机会。

简雨欣继续卖弄风骚地缠着傅子悦叽叽喳喳说个不停，傅子悦无奈，只能使用自己的特殊能力来摆脱她。两人目光交汇时，傅子悦盯住简雨欣的双眼，命令道："回到柜台后面去。"

简雨欣的眼神立即变得呆滞，不再有任何言语，乖乖地走到柜台后面。

傅子悦走进教室把门合上。

片刻后简雨欣恢复神智，奇怪，我怎么站在这儿，他们两个怎么这么早就把门关上开始上课了？简雨欣搔搔后脑勺，对刚才的事情完全没有记忆。可恶的梦晓芸，上次明明答应了要拒绝再给傅子悦上课的嘛，虽然梦晓芸发誓说她对傅子悦一点兴趣都没有，但自己和傅子悦缠缠绵绵弹琴的幻想被打破，简雨欣十分不满。简雨欣整日待在琴行，社交圈子十分狭窄，好不容易遇到个大帅哥，她一定要把握住这天赐良缘。

简雨欣蹑手蹑脚地走到教室门口，把门轻轻推开一条缝看了看里面，那两人就像普通师生关系一般坐在钢琴前，身体隔开一段距离，也没有什么亲密举动。简雨欣松口气，她脑子里又冒出一个打算。

今晚的课程简雨欣故意提前几分钟结束，在洗手间迅速补了补妆，重新抹上红色口红，然后站在前台处等着梦晓芸下课。她的眼睛看着那个教室门，同时头也不回地对母亲说："妈，待会儿我就不跟你一起回家了，你帮忙关一下店吧。"

简母见女儿跟自己说话时连看都不看自己一眼，嘲笑道："你想跟那个男人出去吃夜宵啊？"

"妈……"如意算盘居然被母亲点明，简雨欣脸上讪讪的。

很快，教室的门打开。梦晓芸几乎是跑着出来的，她匆匆跟简雨欣和简母打声招呼就跑走了。简雨欣和简母都奇怪地看看梦晓芸跑走的方向，又扭头看看教室门口的傅子悦。

傅子悦耸耸肩。

前一刻，课程结束时，傅子悦提议送梦晓芸回家。梦晓芸拒绝了。主动送女人回家对于傅子悦来说是破天荒头一次，居然还被拒绝！傅子悦不可思议地受挫。他笑着说就当作交换条件吧，她欠他一碗面的钱，就让他送她回家作为抵消。哪里有每次见面都要讲交换条件的人啊，简直不可理喻！梦晓芸心里嘀咕着。她掏出三十块钱，往钢琴上一放，逃也似地跑走了。

有趣。傅子悦把那三十块钱放进裤兜里，原来还有女人不惦记着他的钱，不能用钱搞定的女人更麻烦。

"发生什么事了吗？"简雨欣问。

"没有。"傅子悦礼貌地欠欠身，准备离开。

简雨欣赶紧跟上去。穿着高跟鞋走路不能太快，紧身裙子也限制着她的步伐，她那着急的模样真是滑稽。

简母看着女儿的背影无奈地笑了笑。

一前一后走进电梯，简雨欣看到傅子悦按了B1楼停车场的按键——有车一族，很好。简雨欣笑着搭讪，问傅子悦要不要一起吃夜宵，被拒绝后又问他住在哪个方向，厚脸皮地说她就住在附近，能不能载她一程。

傅子悦勾了勾嘴角，死缠烂打的女人他见多了，这才是女人看到他时的正常反应。那个梦晓芸难道连七情六欲都被封闭了吗？他在她眼里一点魅力都没有？莫非她还没有谈过恋爱？

见傅子悦没有否定，简雨欣就当作他同意了，欣喜若狂。她叽叽喳喳地想套出他的身份信息，工作、年龄、有无女朋友等等。傅子悦烦透了，但想着或许可以从她身上套问出一些关于梦晓芸的情况，也只能暂且忍受。

当看到傅子悦打开一辆兰博基尼的跑车车门时，简雨欣惊呆地把嘴张成大大的 O 形。天啊，他居然开这么贵的车！简雨欣是第一次坐进这种豪车里，天啊，她交了什么好运居然遇到高富帅，这是多少女人梦寐以求的啊！简雨欣紧张地抿了抿嘴唇，淡定，我不能表现得像个见财眼开的拜金女，老天，他为什么会这么有钱！

"不上车吗？"傅子悦问。

简雨欣完全被这辆豪车弄乱了方寸。她像个没见过世面的女人，车的底盘太低，简雨欣往车里坐时头撞到车顶，"哎哟"叫唤一声，又赶紧捂住嘴担心傅子悦注意到她丢脸的行为。

"真是好车啊。"简雨欣努力使声音保持平静。

傅子悦笑笑。

报出家的地址，简雨欣一时紧张得不知该怎么聊天。开这种豪车的人能看得上她吗？应该有很多女人追求他吧？简雨欣偷偷扫视车的内部情况，原来兰博基尼里面是这个样子，方向盘好像跟其他车不一样？等红灯时，看到路边行人纷纷朝这辆车看过来，简雨欣的心里升起一股虚荣的得意，她坐在兰博基尼里耶！她好想自拍一张自己坐在兰博基尼里面的照片，算了，不能丢人现眼，反正以后还有机会坐的，想到这里简雨欣就心花怒放。

傅子悦他们从车库出来时就一直有一辆白色的奥迪车跟在兰博基尼后面，车里的夏星菌戴着棒球帽和大框墨镜，小心地尾随又不至于使傅子悦发现。她平时的坐骑是一辆法拉利敞篷跑车，这车是为了跟踪傅子悦专门准备的。

很快就到达小区门口，简雨欣多么希望自己的家住得更远一些，那样两人就会有更多相处时间。简雨欣依依不舍地说："那么，我走了哦。谢谢你送我回家。"

"等等——"傅子悦说。

简雨欣瞬间狂喜，他是不是想邀请我一起吃夜宵？简雨欣含情脉脉地注视着傅子悦，等待他发出邀请。

傅子悦掏出手帕，说："你下巴粘上口红了，我帮你擦掉。"

决？好丢脸，一定是刚才抿嘴唇时粘上的。简雨欣窘迫又欢喜。傅子悦用手帕为简雨欣轻轻擦掉唇角晕染的口红。简雨欣激动得想放声尖叫，他的动作好温柔，他一定也爱上我了吧？

"那么，下周见。"傅子悦说。

简雨欣呆呆地点头。

不远处，白色奥迪车里的夏星菌看到刚才那一幕，他对那个女人居然做出那么亲密的举动……夏星菌气得咬牙切齿。

简雨欣下车时整个人走路都感觉是飘的，站在路边久久注视那辆兰博基尼消失的方向。她尖叫、欢呼、跳跃，仿佛已经得到傅子悦暧昧的暗示。

"砰——"白色的奥迪车撞上简雨欣，她整个人飞出一米多远，重重倒地后滚了好几圈。车撞击简雨欣时有意减慢速度，似乎不想撞死她，但至少也要撞个伤残。奥迪车撞人后立即加速扬长而去……

周末，梦晓芸改变自己习惯已久的路线，下午不是直接从家去琴行，而是早早吃过午饭后去医院看望简雨欣。她听说学姐被车撞了，腿骨折，手腕错位，轻微的脑震荡，需要住院观察几日。肇事司机的车牌是套用假牌照，警察至今未找到人。梦晓芸特意叫母亲熬了鸡汤放进保温桶里带去医院。

"手千万不能留下后遗症啊，不然就无法弹钢琴了。"简雨欣看到梦晓芸就哭诉。她的腿打着石膏，手腕缠着绷带，额头、脸颊和身上也有多处擦伤。简雨欣不停诅咒着那个肇事司机。

梦晓芸安静地听着简雨欣抱怨，她话不多，完全不知该怎么安慰人。梦晓芸坐在病床边显得有些紧张不安，身体总是不由自主地颤抖，手指攥紧衣服下摆，待简雨欣喝过鸡汤，梦晓芸听了会儿简雨欣交代的事情，没在医院停留太久就提着保温桶离开。医院的消毒水味道令梦晓芸觉得无比难受，她讨厌医院，她以为已经过了十几年自己应该不再畏惧这个地方。十几年来梦晓芸没有踏入过医院半步，还好身体一直健康，偶尔有点小毛病也只是去药房买点药吃吃，此次主动到医院看望简雨欣也是觉得学姐平日对她很好，不来看看过意不去。梦晓芸知道自己已经长大成人，不可能永远生活在父母的庇护下，必须要培养自己独立大胆的能力，虽这样鼓励自己，在走廊上遇到穿白大褂的医生或是护士时梦晓芸依旧忍不住浑身颤抖地避到墙边，后背紧紧贴着墙壁，低着头不敢看他们，她害怕，怕他们会把她关起来，用各种冰冷的仪器研究她的身体……

已经三月下旬，春日的阳光一天比一天暖和明媚，梦晓芸仰起脸眯着眼看了一会儿太阳，紧绷的神经渐渐舒缓。地铁入口前方的空地上，一个年轻男子正在表演着街头杂耍，脚下骑着独轮车，把三个彩球在空中抛来抛去地接住，零星几个行人停下来观看，往地上的美国西部牛仔式的帽子里扔进几颗硬币。梦晓芸不是喜爱围观热闹的人，只是不经意地扭头看了看，突然，她看到那个男子骑着独轮车经过一个观众时，伸手迅速从那观众的口袋里拿走了钱包，然后他的手又迅速伸进旁边另一个观众的口袋……一切发生得好快，表演男子在盗窃了两个观众后还能继续装作若无其事地接住抛在高空的球，似乎没有别人注意到这个盗窃过程，被盗的那两个观众继续看着表演。

梦晓芸不假思索地大声喊起来："小偷！他是小偷！"

有人回头看了看她，梦晓芸手指着表演者。见大家没什么反应，梦晓芸小步跑到被盗的两个观众跟前，说："喂，他刚才表演时趁你们不注意偷了你们的钱包耶！"

一个人赶紧摸了摸自己的外套口袋，钱包在呀。另一个人目光凶狠地瞪了梦晓芸一眼，转身准备离开。

表演被这个突然冒出来乱叫嚷的女孩打扰，表演男子拾起地上装钱的帽子，把独轮车和道具包往自行车上一挂，跳上自行车骑着就走。一连串的动作速度之快，似乎只是眨了眨眼的工夫，大家还没反应过来时，那男子已经骑着自行车驶出十几米远了。

他逃走了！梦晓芸情急之下盯住那辆还能隐约看见的自行车，用意念使它的车轮停住不动。男子使劲蹬自行车，车轮就是怎么蹬也蹬不动，两股力量对峙时他连人带车摔倒在地上。梦晓芸忍不住偷笑一声，然后回头对那个观众说："嘿，你钱包被偷了怎么还不快去追啊？"

"我钱包没被偷啊。"那人奇怪地看了梦晓芸一眼，走开了。

我明明看见……突然，梦晓芸的胳膊猛地被一只手强劲有力地拉住，刚才那个杂耍表演者正饶有趣味地看着她。

诀？他刚刚还离我那么远，怎么一眨眼的工夫就站在我面前？梦晓芸想甩开那男子的手，他用力抓着她的胳膊不放；她张嘴想尖叫，他赶紧捂住她的嘴；她抬起膝盖用力往他跨下顶去，他敏捷地躲开……

"嘿，小姑娘怎么能踢那种地方啊！"男子说，"我们讲和，好不好，我放开你，你也不许尖叫。"

梦晓芸睁着无辜的大眼睛点点头。

那男子松开梦晓芸的嘴和胳膊。

"啊——"梦晓芸放声尖叫，没有遵守诺言。

那男子在一瞬间就消失得无影无踪。

诀？梦晓芸眨眨眼，周围的行人奇怪地看着发出尖叫声的她，她仿佛经历了一场梦境，环顾四周完全看不到那个男子的痕迹。刚才发生的一切是我的幻觉吗？梦晓芸摸摸自己的嘴唇，想确认是否还残留着男子用手捂住她嘴时的温度。真奇怪。

这个小插曲梦晓芸没有太放在心上，简雨欣拜托梦晓芸先代替自己上几节课，新老师不是一时半会就能聘请到的。梦晓芸答应在大学里没课的情况下她一定赶去。心地善良的梦晓芸总不好意思拒绝别人，晚上简雨欣发微信来说："医院的饭菜简直太难吃了，中午的鸡汤好好喝哦，明天能不能再帮我带过来？我会付钱的。"梦晓芸苦笑，她才不会要学姐的钱。

无奈，梦晓芸再次去医院，她鼓励自己说这是对她的磨炼，她不可能一辈子都不跨进医院。在病房里听了会儿简雨欣对住院生活的抱怨，八个人一间的病房，又乱又嘈杂，晚上还有人打鼾，六点半就被送早饭的护士吵醒，最讨厌的是腿上打着石膏不能下床，每次想要上厕所时还得叫护士把尿盆递给她直接在病床上方便……简雨欣一个人住在医院里闷坏了，好不容易逮到一个人聊天，叽里呱啦说了一大堆，最后还是梦晓芸看了看手机说去琴行上课快来不及了，简雨欣才大口把鸡汤迅速喝光。

梦晓芸步行去地铁站，看到昨日那个男子又在地铁入口处的空地上表演，同样的戏法，少数围观者。原来昨日不是我的幻觉啊，真的有这么一个人存在。梦晓芸想起昨日他的行为，决定小小惩罚他。梦晓芸不动声色地站在人群后，集中注意力盯住那男子手上往空中抛出的一个彩球，使它偏移方向朝他额头砸去，他的额头被球击中的同时，梦晓芸又使他脚下踩着的独轮车向右偏倒，那人狼狈地摔了个狗吃屎。观众哈哈大笑。梦晓芸忍不住扑哧笑出声。

那男子的目光越过观众朝梦晓芸看来。

梦晓芸赶紧往地铁站里溜。等待地铁到来的时候，一个男子提着折叠自行车和一个大包站在她身边咳嗽两声，梦晓芸扭头，赫然看到那个被她惩罚的表演者。

顾明哲冲梦晓芸嘿嘿一笑，说："你的本领不错啊。"

咦？梦晓芸警觉地往旁边移动几步。什么本领？难道他看出我做了什么吗？

地铁进站，顾明哲尾随梦晓芸走进车厢，她为了躲避他换了好几节车厢，走到哪儿他就是跟到哪儿，每次梦晓芸扭头瞪他一眼，他就露出嬉皮笑脸的模样。

可恶！梦晓芸狠狠地瞪着他，问："你跟着我干吗？"

"这地铁又不是你家开的，我想站哪儿是我的自由。"顾明哲穿着嘻哈风格的黑色运动套装，反戴着藏青色鸭舌帽，架着一副黑框眼镜，右耳戴着五个闪闪发光的耳钉，看起来一副吊儿郎当的痞子样。

无赖！梦晓芸在心里骂一声。本来还有六站路才到目的地，为了躲开这个男子莫名其妙的纠缠，梦晓芸准备提前下车。地铁门打开，梦晓芸没有立即动身，待地铁响起即将关门的警示声时，她迅速冲出去，身后的门几乎在她下车的瞬间关上……

"呼——"梦晓芸大口吐气，这下终于甩掉他了。

"咳咳。"顾明哲在她身后故意咳嗽两声。

梦晓芸回头，眼睛瞪得老大。那个人……他怎么阴魂不散啊！

"你……你再跟着我……我就报警了啊！"梦晓芸结结巴巴地威胁道。

"哦？你以什么罪名来告我呢？"顾明哲笑嘻嘻的。

"你……你偷窃。"梦晓芸说。

顾明哲饶有趣味地看着梦晓芸，他最引以为豪的能力就是自己的速度，他能瞬间移动，这是他与生俱来的本领。一个人眨一下眼的时间，对顾明哲来说可以变得像几百秒般漫长，周围的一切相对于他来说就是静止不动的，他从梦晓芸背后的双肩包里拿出钱包，取出里面的身份证和学生证看一看，然后再放回她的书包。这一连串的动作只是梦晓芸眨一下眼的瞬间完成，没有任何人察觉到顾明哲刚才做过什么。

梦晓芸完全不知道自己证件上的信息已经被顾明哲看过了。

顾明哲见梦晓芸没有什么特别反应，耸耸肩。呵呵，还以为她能识破我的动作呢，那么昨天我伸手进那两个观众的口袋时怎么就能被她看见呢？也许只是偶然。不过，这个提着保温桶，穿着普通看起来平凡得不能再平凡的丫头，也有某种异于常人的本领，她能操控我的自行车和彩球。顾明哲对于自己的同类总是带着好奇，他不知道在 S 市有多少像他一样拥有特殊能力的人，大多数人都会很好地隐藏自己，他遇到过的一共不超过十个。

下一列地铁进站，进出的行人从他们身边经过，梦晓芸犹豫着不知该不该上车。

"昨天你看到的，只看对了一半。"顾明哲说。

"什么？"梦晓芸没听懂。

"不知道你怎么就看到我从一个观众的口袋里拿走钱包，我的动作很快，还从未被任何人抓住过我行动的瞬间。"

"常在河边走，哪有不湿鞋。"梦晓芸看不惯他炫耀偷窃的本事。

地铁门合上，梦晓芸错过了一班地铁。再这样耗下去，到琴行上课就得迟到了，梦晓芸的脸上露出焦急的神色，后悔今天不该卖弄小聪明惩罚这个男子，招来不必要的麻烦。

"我说了，你只看对一半。我从一个人的口袋里拿走了钱包，因为那个钱包不是他的，他偷了身边人的钱包，我只是拿来又还给原主人罢了。"顾明哲说。

这个解释……讲得通吗？她错怪了好人？老天，若她真错怪他了怎么办，她还使他摔倒出洋相，毁了他的表演，以后还有人再继续看他表演吗？他辛苦表演赚点小钱也不容易啊……梦晓芸越想越内疚自责，低着头说："对……对不起。"

"哈哈，不过我很高兴遇到你，毕竟像我们这样的同类人还是很少见。"顾明哲笑声爽朗，"梦晓芸，我们做朋友吧。"

决？梦晓芸愣了愣，"你怎么知道我叫什么名字？"

"嘿嘿，我就是知道。"

"谁跟你是同类人了。"梦晓芸抵触地说。

顾明哲靠过去，低头在她耳边说："我知道你的与众不同，你除了能够控制物体，还有什么异常的能力吗？"

什么？他居然发现了我的秘密！梦晓芸惊恐地连连后退，保温桶从她颤抖的手中摔落，她顾不得去捡，转身就往出口方向拼命跑。

她跑什么跑？顾明哲感到奇怪。他没有追上去，弯腰捡起地上她落下的保温桶，晃了晃，好像是空的，闻起来有股食物的香味。顾明哲把它放进自己的道具包里，慢慢走出地铁口，琢磨着在哪个商场门口的空地上再进行杂技表演。顾明哲是个无业游民，靠街头表演赚点小钱，这点钱压根就不够他生活，以他瞬间移动的本领他本可做些偷窃的行为，反正他偷了别人的钱包也不会被抓到，那样得到钱多么轻松容易，可以舒舒服服地成天吃喝玩乐。可是顾明哲不干那样的事情，他是个有道德底线的人，老天眷顾他给了他常人所没有的特殊本领，他不会用它来做卑鄙无耻的事情。

而有些人，把老天给他们的恩惠当作谋财害命的工具，自以为强大，是世界的主宰。

傅子悦就是其中之一。他觉得没有自己得不到的东西，一切只取决于自己的心情。他现在正在进行的一个项目，需要与银行的资金合作，就差行长的一个签字盖章。那个瘦小精明的老家伙狮子大开口，暗示傅子悦要给他好处。傅子悦已经给了他甜头，那老头现在又反悔说事情不好办，资金需要再等一等。傅子悦知道李行长是什么意思，他想要更多好处，傅子悦最痛恨别人要挟他，敢跟他玩心计，呵呵，也不看看自己是谁！

周末的晚上，傅子悦订了一家好饭店，要和李行长共进晚餐。自从上次傅子悦为了去见梦晓芸临时取消和李行长的晚餐，李行长生气了，之后傅子悦两次邀约，李行长都说没空。今天还是夏星菡亲自出马，利用美色引诱李行长前来，在电话里用娇滴滴的声音说只是她和他两人的甜蜜约会，还暧昧地暗示或许饭后还能有点什么特别安排，李行长那个色鬼才笑眯眯地赴约。推开包厢的门，穿着性感紧身连衣裙的夏星菡笑盈盈地扭动腰肢迎上来，深 V 的领口露出她丰满雪白的事业线。

"李行长，好久不见，人家想死你了。"夏星菡撒娇地挽起李行长的胳膊，把他拉到座位上。

李行长的眼睛从进门起就一直色眯眯地盯着夏星菡的胸部看。

"那娘们儿已经开始发骚了。"隔壁包厢里，尤皓仔细听了听动静，对傅子悦笑。

傅子悦穿上西装外套，整理一下领带，临走时对尤皓说："按计划办事。"

尤皓比了个 OK 的手势。

在此需要郑重介绍一下这三个人组成的团体。

傅子悦今年二十八岁，白手起家成为一家涉及房地产、金融、科技、传媒领域的集团的老板，他有着特殊的能力，两眼和别人的目光交汇时，他就可以控制别人的行为，被控制的人会失去自我意识只能按照他的命令行动。有了这种能力，生意上的事情就顺利多了，公司越做越大，钱赚得越来越多，傅子悦年纪轻轻就已经成为 S 市成功的企业家。俊朗的外表，一米八的身高，不俗的穿衣品味，住着顶级豪宅，开着顶级豪车，再加上出手阔绰，挥金如土，是无数女人挤得头破血流想得到的钻石贵公子。

夏星菌是集团董事长的助理。她也不是个省油的灯，一米七三的身高，凹凸有致的魔鬼身材，大长腿，白皙的皮肤，去韩国整容回来的精致面孔，风骚妩媚，走到哪儿都吸引大把男人的目光。可惜她就是爱傅子悦，爱得走火入魔，甘愿为他做任何事情。当然夏星菌能够跟在傅子悦身边多年也是由于她拥有特殊的能力，她的身体能够随意穿越各种物体，墙、门、柜子等对她来说就像不存在一般。夏星菌在十七岁时就遇到傅子悦。那时她还是个不谙世事的小姑娘，只是有点爱慕虚荣，喜欢各种名牌。出生于普通工薪家庭的她每个月没有多少零用钱，她便利用穿墙的本领随意进出别人的房子偷盗，得来的钱全部用来买奢侈品。后来夏星菌遇到傅子悦，他给她描绘出一个美好未来的蓝图。她加入他的团队，本来就不爱学习的她没有继续念大学，父母对她又打又骂都没用，直到她自己买了大房子，买了好车，过得衣食无忧，夏星菌在父母面前说话才终于变得理直气壮。

尤皓是傅子悦的司机兼保镖，他有着北方人那种高大魁梧的身材，从小学习武术，打架很厉害，不过属于肌肉发达头脑简单的类型，非常容易冲动，稍微经人挑衅就血气方刚失去理智。尤皓只听从傅子悦的吩咐，或许可以说他是畏惧傅子悦的能力，他见识过傅子悦怎样控制别人，知道傅子悦想要控制他的话轻而易举，虽然傅子悦从未对他下过手。尤皓是在跟了傅子悦后才开始发达，傅子悦从不在金钱方面亏待他，他也算是小富豪一个，所以他尊称傅子悦为老大，其实他比傅子悦还年长两岁。尤皓的听力异常灵敏，集中注意力的话能够听到几公里范围内所有的声音，连蚂蚁走路的声音都逃不过他的耳朵。这不，刚才尤皓坐在包厢里隔着墙就听到了隔壁包厢夏星菌和李行长的对话，对傅子悦来说是打探机密的好帮手。

三个人组成的团队，默契配合着完成了很多事情。

傅子悦推开隔壁包厢的门，李行长一看晚餐不是和夏星菌的单独约会，而是被骗到这儿来，立即脸色铁青。

"放肆！竟敢诱骗我过来！"李行长猛拍一下桌子，愤愤地起身就要走。

"哎呀，李行长……"夏星菌赶紧拉住李行长的手试图撒娇，被李行长甩开。

夏星菌还想说什么，傅子悦竖起食指摆动了一下，夏星菌立即乖乖地不再行动。接下来就交给傅子悦吧。

"李行长，您好您好，能约您出来见面真是难得啊。关于我们公司新开发的那个楼盘资金的事情，我想跟您再详细谈谈。"傅子悦礼貌地说。

"没什么好谈的。"李行长口气不好地说。

傅子悦依旧脸上挂着微笑，表面看起来有着极好的涵养。他向李行长走了两步，猝不及防地伸手就朝李行长脸上揍去一拳，李行长完全没料到会发生这一出，"哎哟"叫唤一声，戴着的金丝眼镜摔落在地上。

夏星菌不可思议地瞪大眼，老板居然打李行长！那生意怎么还能谈得下去……

李行长张口就想骂人……蓦地，他整个人僵直不动，目光变得呆滞起来。

这下好了，这只老狐狸肯乖乖听话了。傅子悦甩了甩刚才揍人的那只手，整理了一下西装外套，重新变成衣冠楚楚的绅士。逼他动手，真是麻烦。傅子悦的眼睛能够控制别人的意识，但是也有一个严重的缺陷：对方不能戴眼镜，框架眼镜、隐形眼镜或是墨镜等都不行，眼球前有障碍物阻挡，他就不能控制对方。傅子悦把自己的秘密隐藏得很好，身边的这两个伙伴跟了他多年都不知道他这个缺陷，世界上只有一个人知道这个秘密，只是他们成了仇人。

李行长乖乖听话坐回餐桌旁。

"早点听话不就好了吗，态度不要那么嚣张，不然就不会挨那一拳。"傅子悦说。他不想让夏星菌知道他是有意要打掉李行长戴的眼镜。

夏星菌把合同书放在李行长跟前。

"签字。"傅子悦命令。

李行长听话地在合同书上签字。

夏星菌拿出半夜穿墙进李行长的办公室偷来的印章，在李行长的签名处盖上章，然后她又把两颗安眠药碾碎放进水杯里，傅子悦命令李行长把那杯水喝掉。很快，李行长在饭店包厢的长沙发上睡着了。

搞定！傅子悦勾了勾嘴角笑。剩下的事情就交给尤皓处理。次日这老头会在附近酒店的床上醒来，他身边还会躺着一个赤身裸体的美女，他的衣服会酒气熏天，他什么都不记得。这个陪他睡觉的美女会按照尤皓教她说的话，告诉李行长昨晚饭桌上他喝多了。事后美女会得到两万块钱，为了钱她很乐意这么做。

傅子悦的生意就是这么顺风顺水地越做越大，他办事心狠手辣毫不留情，表面看起来又可以装作翩翩绅士，豪掷千金的生活作风令无数男女想跟他套近乎。傅子悦享受着被光环笼罩的感觉，不能浪费了上天赐予他的常人所没有的能力，用它来带给自己财富和地位何乐而不为呢！

不像梦晓芸，她一直痛恨自己与常人不同，压抑隐藏自己的超能力，她多么希望自己就是个普普通通的平凡女生。梦晓芸在人群中总是低着头，让自己能有多么不起眼就多么不起眼，偶尔别人无意中看她一眼，她就惊恐万分。中学时开家长会，老师给梦晓芸的评语是不合群，她几乎不和同学老师说什么话，不过她乖巧安静，学习成绩尚算可以，没有人找她什么麻烦。进入大学时父母希望梦晓芸住在学校宿舍里，跟同学们成为朋友，多跟别人交流，这样她以后步入社会工作时才能独立自主，他们对女儿内向的性格十分担忧。梦晓芸尝试过住在学校宿舍，一个寝室六个女孩，她睡在上铺，起初大家还能友好相处，她们习惯性地结伴一起去上课一起去食堂吃饭或是一起出去玩，梦晓芸却总是拒绝她们的邀请，她每天早晨一定要比她们先起床，先离开寝室，晚上也是最后一个回到寝室，回来就倒头睡觉。她们叽叽喳喳地聊天，她装作睡着，其实是避免与她们多交流，梦晓芸害怕被别人问起过往的经历，就干脆避免接触吧。渐渐地，寝室里其他五个女孩也就不再搭理梦晓芸，每天碰面也只是礼貌地互相看一眼。有时梦晓芸在寝室门外听到她们正高谈阔论，她一推门进去声音就戛然而止，梦晓芸敏感紧张起来，她们刚才是在背后议论她吗？由于睡在上铺，半夜梦晓芸下床去上洗手间时，有时会影响到睡在下铺的女孩。女孩无意地咕哝着抱怨一句，梦晓芸心里就像被针扎到，内疚感会好几日都挥之不去……不出一个月，梦晓芸死活都要搬回家里住，父母问她原因她又说不上来，她只是觉得寝室里每个女孩都用异样的眼光看待她，仿佛她是个怪物，她很不安。

梦晓芸的生活唯一与社会接壤的地方，就是艺蕴琴行。周二晚上又得去琴行教课，梦晓芸原本平稳的生活规律现在有点被干扰，一个突然闯入的男人弄得她十分心神不宁。这天梦晓芸依旧像往常那样下午先去琴行楼上的电影院看一场电影，她不知自己在期待什么，等到电影散场时旁边的座位都是空的，曾两次坐在那个位置上的男人今天没有出现，梦晓芸一时有些失落。她自嘲地笑，之前只是巧合而已，他怎么可能生活习惯跟她一样呢，工作日的下午人家当然得工作嘛。

连练琴时都不能好好专注，琴声总是突然莫名中断，梦晓芸搞不懂自己身上发生了什么变化。简母走到教室门口伸头往里探了探，说今天的琴声很乱嘛。梦晓芸窘迫地笑笑。聊了几句学姐的伤势和后几天的代课情况，简母又坐回电脑前看韩剧，五十多岁的人了，对欧巴们和那些幼稚浪漫的桥段却很是着迷。

傅子悦步入琴行。简母立即两眼发光，笑眯眯地站起来，女儿今天不在，她要替女儿好好招呼这位帅哥。

"哎呀傅先生，你每次上课都提前来，这样的学习态度真好。"简母说。

傅子悦点头笑笑。

"我女儿出车祸腿骨折了，现在在家休养，她叫我向你问好。"简母说。

出车祸？傅子悦皱了皱眉。这样也好，少了个难缠的麻烦。他完全不知道那天晚上夏星菡一路跟踪他并开车撞了简雨欣，她的嫉妒心反而算是帮了他忙。

梦晓芸隐约听到外面的动静，立即变得惊惶，弹出一阵杂乱无章的琴声。她赶紧缩回手，生怕泄露自己的心事。梦晓芸一向是两耳不闻窗外事地弹琴，没有什么动静能够打扰到她，此刻，她却竖起耳朵想听听外面的动静。梦晓芸听到傅子悦和简母的寒暄，听到他的脚步声渐渐靠近，她低头看着黑白琴键，胸腔里住着只蹦蹦跳跳的兔子，活跃得令她无法自然呼吸。

傅子悦坐到梦晓芸身边的椅子上，他身上淡淡的香水味，真好闻。她以前怎么就没闻到呢，梦晓芸的唇微微颤抖，说："今天下午你没有去看电影。"

　　"什么？"傅子悦闪过一丝惊讶。

　　"今天的电影挺好看的。"简短的一句话，却是梦晓芸难得的聊天。

　　"好可惜，下午我工作太忙走不开。"傅子悦说。

　　呵呵，真有趣，开始在意我了吗？傅子悦勾勾嘴角，没想到进展这么顺利。他已经在这个女孩身上花了很多时间，也没有那个闲工夫再制造在电影院或面馆的巧遇，去那种低档的地方对他来说是种折磨。比这个丫头漂亮一百倍的女人他都可以不费吹灰之力得到，那种情场老手才是他的最爱，经验丰富，不需他多说什么就懂得他的意图，省事省心。

　　面对梦晓芸，傅子悦只能迎合着她的意思，不多话，面带微笑，举止有礼。这样的相处方式会令她觉得安心，她最害怕别人对她问东问西，仿佛想窥探她内心的小秘密，虽然她除了拥有莫名的超能力以外也没有其他秘密。第一次，与一个成年人，而且还是一个异性，能够如此友好舒服地近距离相处，梦晓芸的内心在悄悄起着自己也没察觉到的变化。

　　两个小时的课程结束，傅子悦提出送梦晓芸回家，梦晓芸依旧摇头拒绝。他们一起离开琴行，若不是迫不得已，梦晓芸不会去坐电梯，电梯那狭小的空间使她感觉窒息，就连去十几层楼的地方她都要爬楼梯。还好商场有扶梯。傅子悦跟着梦晓芸一起从扶梯一层一层地换乘下楼，他一向被女人宠坏了，相处时也都是女人绞尽脑汁地勾引他，傅子悦原本也是少言冷漠的性格，现在却努力想话题来使梦晓芸开口说话。他提前做了一番功课，谈起自己平时爱听的钢琴曲，喜欢的钢琴家，以及经常去剧院听某某音乐家或是哪个交响乐团的演奏，梦晓芸偶尔会"嗯"一声或是点下头表示她在听着。

　　"就让我送你回家吧，这么晚了你一个人回去我不放心。"走至商场门口，傅子悦说。

　　"我天天都一个人回家，有什么不放心的。"梦晓芸说。

　　"那不一样，因为以前你还没有我。"

　　两人之间的距离只有十几厘米，傅子悦低头看着梦晓芸，刚好比她高出一个脑袋的高度，她能感觉到他呼出的热气轻抚她的额头，她的脸微微泛红。"以前你还没有我"——这句话好温暖，还从未有人对她说过如此动听的话。

"晓芸，我希望你不要害怕我，我们是同类人，知道吗？"傅子悦深情地看着她。

梦晓芸看着傅子悦的眼睛，惊愕地眨了眨眼。同类人？难道……

"是的，我也有异于常人的能力，所以我能理解你的感受。"傅子悦说。

梦晓芸伸手捂住张大的嘴，是我听错了吗，他也有超能力……

"惺惺相惜，这个词的意思你应该懂吧？我通常不会告诉别人我有超能力的事情，也许说了别人也不会相信，还会嘲笑我，或是被吓得离我远远的，那种滋味很不好受。这么多年来，我一直想找个跟我一样的人好好聊一聊，你说，为什么偏偏老天就让我们跟别的大多数人不一样呢？"傅子悦的语气充满忧伤。

梦晓芸感同身受，她犹豫着，然后大胆地伸出手拍了拍傅子悦的肩膀表示安慰。

傅子悦笑，"晓芸，你知道能够遇到你我有多开心吗？"

梦晓芸的嘴唇动了动，仿佛有千言万语，末了，受不了怦怦乱跳的心脏，说声"我先走了"，她落荒而逃。

傅子悦摇摇头，恢复冷漠的表情。本以为这次已经能够搞定她，这个丫头怎么这么难对付啊，不过，倒也激起他挑战的乐趣。傅子悦勾了勾嘴角，她终归会属于他！

梦晓芸澎湃的心潮久久不能平静，地铁的窗户上映出她通红的脸，是车厢里太燥热了罢。"我们是同类人"，"惺惺相惜"，"能够遇到你我有多开心"，这些话反复在脑子里响起，梦晓芸脑袋都快要炸开了。他的超能力又是什么？梦晓芸有些好奇，跟我的一样吗？他的全名叫什么？梦晓芸只听过简雨欣叫他傅先生，她竟然开始想知道他的事情，他遭遇过别人用异样的眼光看待他吗？他是怎么正常地与人交往？他害怕吗？他的形象在梦晓芸脑中挥之不去。

回到家，狭小的客厅里赫然放着一个庞然大物，占用了客厅所剩无多的空间。梦晓芸看着那东西愣了愣，片刻后欢喜地拖鞋只换了一只就跳到它旁边，哇，父母给我买了新的钢琴！手指激动地抚摸着琴盖，胡桃木色的云杉木，梦晓芸喜欢的颜色。梦晓芸抬头看了看坐在沙发上看电视的父母，冲他们笑笑，迫不及待地掀开琴盖弹奏了几个琴键，哇，音质好棒，梦晓芸的眼角眉梢都是满满笑意，她终于有架新钢琴了。突然，梦晓芸看到钢琴上的 Logo——施坦威，这是世界顶级钢琴。一架普通的施坦威钢琴都要几十万，父母居然舍得为她花这么多钱！

"爸爸，妈妈，你们没必要送我这么好的钢琴，其实一架普通的钢琴就够了。"梦晓芸激动又有些歉意地说。

"这不是你参加钢琴比赛获得的奖品吗？"母亲疑惑地问。

梦晓芸的表情转为惊愕，钢琴比赛的奖品？我从没参加任何钢琴比赛啊。

"晚上七点多送来的钢琴，送货的人说这是你获奖的奖品，我们就签收了。难道不是吗？"母亲觉得奇怪。

梦晓芸合上琴盖，送货的人送错了吧？刚才的欢喜激动瞬间烟消云散，梦晓芸恋恋不舍地抚摸着琴盖，久久凝视它，这么好的钢琴，能天天弹奏该是多么幸福的事情。

"对了，鞋柜上放着一个信封，跟钢琴一起送来的。应该不会送错啊，送货的人还特意问我这儿是不是梦晓芸家。"母亲说。

梦晓芸拿起信封看了看，雪白的信封上没有写任何字，里面装着一张卡片，笔力挺劲地写着："希望你喜欢我送的礼物。"署名是傅子悦，后面还有一串数字，是他的电话号码。梦晓芸猛地合上卡片，不敢相信自己的眼睛，深吸几口气又打开卡片看了看。傅子悦？是他吗？他为何送我这么贵的钢琴？

"上面写了什么？"母亲好奇地问。

"送货的人送错了，明天我就叫他们来拿走。"梦晓芸说。

"不是你获奖的奖品啊？哎呀，我还以为得到一架钢琴，多好的事情啊，你不是一直都想要一架真正的钢琴嘛……"母亲感叹道，"卡片给我看看，你知道怎么退回去吗？"

梦晓芸紧张地把卡片塞进裤子口袋里，说着"我知道"，就慌忙走进自己的房间。母亲对女儿这种奇异的行为已经见怪不怪，没有多问。

钢琴的事情折磨了梦晓芸一夜，她完全无法入睡，在床上翻来覆去地想着"傅子悦"这个名字，她终于知道了他的全名。他说这架钢琴是给她的礼物，还希望她喜欢。她很喜欢，真的无比无比喜欢，那是她一直以来做梦都希望拥有的东西，她总幻想着某一天她赚足了钱一定要去买一架施坦威的钢琴。现在，这架梦寐以求的钢琴就放在客厅，梦晓芸好希望它是属于她的，但是不能……不能要，傅子悦莫名其妙地送她这么贵的东西干吗？"我们是同类人。"傅子悦曾经这么说过，他说话时看着梦晓芸的目光那么深情，像一片春日阳光和煦的湖，明亮清澈。梦晓芸半夜几次忍不住起身，悄无声息地走去客厅，她抚摸着那架钢琴，把脸贴在上面抱住它，她真的好想有一架这样的钢琴！

凌晨四点多，梦晓芸下定决心，她必须把钢琴退回去。她发短信给傅子悦，说："你好，我是梦晓芸，钢琴我不能要，还没有使用过是可以退货的，你在哪家琴行买的？我上午叫琴行的人来搬走吧。"点击发送，梦晓芸才安心地闭上眼。

电话铃声突然响起。号码好像有点熟悉，梦晓芸惊醒，慌忙滑动静音键，四处找那张卡片来核对电话号码，千真万确是傅子悦打来的。梦晓芸久久望着手机犹豫着要不要接听，片刻，手机恢复黑屏。

"晓芸，睡了吗？"傅子悦发短信来。

"没有。"梦晓芸在手机上输入这两个字，删掉，又重新输入，再次删掉，然后又输入。待发现自己不小心点击了发送时，后悔地想删掉，已经迟了。

傅子悦有着严重失眠的习惯，他自嘲是因为自己作恶多端被惩罚的缘故吧。所以他喜欢泡夜店，把自己灌醉了就能倒头大睡，或是吃一颗安眠药，两种方法都伤身体和大脑，他有时也会担心长期如此神经紧张会不会某天特异功能就被毁坏了，只需一瞬间他就变回普通人。呵呵，普通人，傅子悦玩味着这个词，那些匍匐在地上的蝼蚁众生们，卑微又不堪一击。

傅子悦加了梦晓芸的微信，久久没等到她通过验证。他发短信，问："你懂得那种与常人不同的困惑吗？"

梦晓芸一时恍惚，她当然知道，她一直都被困惑着。难道……他跟我一样困惑？"惺惺相惜""我们是同类人"，傅子悦说过的话又在梦晓芸脑中回荡。她轻声自言自语："很高兴认识你，傅子悦。"

手机似乎心有灵犀地响起，傅子悦磁性的男中音说："这么晚还不睡对身体不好，我放支曲子帮你催眠吧。"电话那端响起钢琴曲，是肖邦的降 b 小调夜曲，梦晓芸经常会练习的曲子。傅子悦没再说话，梦晓芸静静

让
我
住
进
你
心
里

地听着钢琴曲，两人仿佛有一种默契，他是懂她的。那乐曲的音符在梦晓芸眼前跳跃着，跳跃着，渐渐地，她的眼皮就沉沉地合上……

　　施坦威钢琴继续放在梦晓芸家的客厅里，琴盖紧闭，她一次都没有弹过。梦晓芸无数次向往地想伸手触摸那架钢琴，手指停留在半空中，末了，又叹着气收回手。梦晓芸久久凝视钢琴，用它弹奏的曲子音质一定超棒，触感也会超赞，她想象自己穿着白色长裙坐在它跟前演奏的画面，在脑海中这样过过瘾也就够了。父母不理解这架钢琴的来源，梦晓芸也不许他们碰钢琴，她说以后会把它还回去。父母还想多问什么，梦晓芸就把自己关在房间里，弹奏着那台陪伴自己多年的廉价电子琴，有些音都已经偏调了，只能用来练练手感。

　　和傅子悦每周两次的见面变成梦晓芸十分期待的事情，两人之间的交谈渐渐多起来，梦晓芸的紧张和戒备感一点一点消失，转而对傅子悦隐约产生了一种依赖。梦晓芸完全不知道自己身上发生的变化，傅子悦已经察觉，他笑，很好，事情朝着他希望的方向发展。后来傅子悦提出开车送梦晓芸回家时，梦晓芸也犹豫着点点头，她看到他的兰博基尼跑车，完全不知道这车有多贵，她对于物质从来不怎么在意，完全不像别的女孩看到这种车时两眼放光对他的态度立即积极热情起来，梦晓芸的身上依旧散发出淡淡的安静气息，傅子悦有些意外，也不免对她另眼相看。每一次见面，梦晓芸都提出要退回傅子悦送的钢琴，傅子悦说她配得上这架钢琴，他希望它能带给她快乐，因为，他想要她快乐。梦晓芸的脸发热发红，他随口说的一句话她都能在心里反复念叨许久，天啊，她几乎记得他说过的每一句话，除了父亲以外，从小到大梦晓芸还未与任何男子说过这么多话，她仿佛已经把傅子悦当作……朋友了吧。

　　梦晓芸没有朋友，比较熟悉一点的人就是简雨欣。待简雨欣的腿拆掉石膏拄着拐杖回到琴行，已经迫不及待地想见到傅子悦，听母亲说他一直按时来上课，真棒，简雨欣心想：或许可以借腿脚不方便走路为借口来博取同情，让傅子悦上完课后可以开车送她回家。简雨欣的如意算盘已经打好。

在家卧床休养的一个月时间身上长了不少肉，为此简雨欣颇感烦恼，不过依然自信自己的美貌可以打动傅子悦。简母就一直搞不明白女儿身上那莫名其妙的自信是遗传谁的，三十岁的大姑娘了还没嫁出去，整天只知道犯花痴，近来居然还脑子进水地想去韩国垫高鼻子，看来自己得出手帮帮女儿。

星期二，简雨欣已经打扮得花枝招展地在琴行里等待傅子悦，梦晓芸依旧是老样子提前到达琴行，和简雨欣寒暄几句，坐进教室开始练琴。手指每次碰触到琴键，梦晓芸就会想起傅子悦送她的那架施坦威钢琴，那么好的钢琴，放在客厅的角落里，胡桃色的云杉木饱满光泽……思绪不小心打岔，钢琴声变得杂乱，梦晓芸最近总是无法集中注意力弹琴。

"啊——傅先生！"教室外传来简雨欣欢呼的声音。梦晓芸努力让自己不要竖起耳朵偷听外面的动静，可惜无济于事。简雨欣激昂的女高音缠住傅子悦不停地说话，梦晓芸不能中断琴声，那样会让人产生怀疑，她刻意弹奏些轻音符，好使自己能够隐约听到外面的动静。

傅子悦花了几分钟时间才脱身，今天简母那个老太婆一直在柜台后睁着双贼溜溜的小眼睛盯着他看，他无法使用超能力来命令简雨欣滚开。这个烦人的老板娘，应该继续躺病床上才好！傅子悦估算着自己以后应该不用再装模作样地到琴行来学琴了，他的付出该轮到收获回报的时刻。

"在这种小小的琴行教课有趣吗？晓芸，你有没有考虑过去更高贵的地方演奏？"上课时，傅子悦问。

"我喜欢这里。"梦晓芸说。就是小，人少，才是她需要的。

"以你的钢琴水准，完全可以试着举办小型演奏会，我有一些这方面的资源……"

"专心上课。"梦晓芸提醒。

不食人间烟火的女孩总是难以诱惑，没有太多可攻陷的弱点。傅子悦懂得适可而止。

两个小时的授课时间过去，梦晓芸完全没有抬头去看钟，近来她为傅子悦上课时总是不小心就超时了。跟他相处……很舒服。

"不好意思，打扰了两位。"简雨欣没敲门就推门而入，说："梦晓芸，下课时间已经过了十几分钟啦。"

梦晓芸抱歉地抿抿嘴。

简雨欣拄着拐杖站在门口,笑盈盈地看着傅子悦,说:"傅先生啊,你之前买的二十个小时的课程快结束了耶,你对我们老师的授课评价怎么样?今天要不要再加买一些课程啊?"

评价?梦晓芸顿时紧张地屏住呼吸。

"晓芸是个很好的老师,钢琴也弹得非常棒。"傅子悦说。

梦晓芸的脸通红。他夸奖她,还是当着别人的面。

晓芸?简雨欣皱皱眉头,叫得这么亲热,他们两人难道趁我不在时关系密切起来?这丫头,我得跟你好好聊聊!

"呵呵,我们琴行的老师都很棒。那么傅先生要继续买课吗?"简雨欣问。

傅子悦回头看了看梦晓芸,她慌忙低下头假装毫不在意的样子。

"这个嘛……我平时工作挺忙的,也不知道还能不能继续有这么多时间过来上课。我再想想吧。"傅子悦说。

不知道还能不能过来?梦晓芸惊了惊,难道……以后见不到他了?

"好的好的,下次来上课时再说也不迟。"简雨欣笑得很夸张。

三人一前一后地走出琴行。临走时简母还特意责备地冲简雨欣叫喊:"死丫头,你腿刚拆了石膏慢点走路啊!"又笑呵呵地拜托傅子悦:"小傅啊,帮忙扶着一下我家闺女啊,她用拐杖还不怎么习惯。"

既然老人家都放话了,傅子悦只能绅士地放慢脚步,简雨欣开心地伸手拉着他胳膊,不再借用拐杖,把身体重量都靠向傅子悦。"谢谢,你真好。"简雨欣撒娇地说。突然发现傅子悦把坐电梯的方向搞错了,简雨欣赶紧拉住他说:"走错路了,是这边啦。"

傅子悦走的是扶梯的方向,梦晓芸不乘电梯。无奈,傅子悦只能陪着简雨欣去乘电梯,简雨欣的手紧紧抓着傅子悦的胳膊,身体也依靠着他,十分小鸟依人的模样,话多得烦人。

梦晓芸一层一层地走下扶梯,她扭头呆呆地看着半透明的电梯迅速下滑,他们两人亲密的样子令她莫名觉得难过,可能以后就见不到他了……梦晓芸体内的超能力不自觉地涌出来,控制住她目光凝视的电梯……

诶?电梯怎么停住了?电梯里的两人惊了惊,在二楼和一楼之间时电梯突然静止不动,简雨欣不停地按开关按钮都没有任何反应,难道电梯坏了?简雨欣嘴上嚷嚷着好倒霉,心中却狂喜,可以和傅子悦单独相处久一些，困在这狭小空间里说不定会发生一点什么浪漫事情。简雨欣偷笑着。

傅子悦心里闪过一丝疑惑，电梯只是突发故障这么简单吗？

梦晓芸完全不知道自己无意中做了什么事，待她到达一楼时，穿着维修制服的两个工人匆匆从她身旁跑过，梦晓芸这才意识到电梯停留在半空不动，下面站着一些人对着电梯指指点点……电梯坏了吗？梦晓芸疑惑地眨眨眼。那股意念的力量突然松懈，电梯猛地下降，几乎是砸向地面，电梯里的两人被震动得差点摔倒。简雨欣尖叫着紧紧抱住傅子悦，待电梯已经平稳，她还趴在他身上不动，胸部挤压在两人之间。

傅子悦咳嗽一声。

简雨欣扭捏地站直身体，故意把胸挺了挺。呵呵，她对于自己的胸部最满意，货真价实的 D 罩杯。

梦晓芸看到他们走出来，慌忙扭头朝大门走。

梦晓芸知道他们两人就在她身后，她能听到学姐的说话声，她叫自己快快离开这儿，脚却不由自主地慢下来。

三人几乎同时走出商场。

"我帮你叫辆出租车。"傅子悦对简雨欣说。

"你今天没开车来吗？"简雨欣间。

"没有。"

"你可以跟我一起坐出租啊，反正顺路嘛。"简雨欣说。

一辆出租车停到路边，傅子悦扶着简雨欣过去，简雨欣欢快的声音对着等红绿灯准备过马路的梦晓芸招呼道："晓芸，后天见喽。"

梦晓芸挤出微笑点点头。

傅子悦拉开车门，待简雨欣坐进去的刹那，两人的目光交汇，他的眼神突然变得凛冽，锁定简雨欣的眼睛。她的瞳孔黯淡，呆呆地变成任他摆布的木偶。傅子悦拿了一百元给司机，关上车门。

终于摆脱掉那个讨厌的女人，傅子悦松口气。回头时，傅子悦的眼睛对上梦晓芸惊恐的眼神。刚才他一刹那的变化，梦晓芸似乎感觉到什么，又不敢确定。绿灯亮起，梦晓芸慌忙走上斑马线，傅子悦追上去，一把拉住梦晓芸的手，把她拉回自己身边。梦晓芸仰起脸看着傅子悦，额头离他下巴的距离只有几厘米，人潮从他们俩身边穿过，他们静止地站在那儿。她盯着他那双眼睛仔细看，想找出什么与常人不同的地方，深邃的迷人的双眼，她看得似乎要陷入那片幽不可测的黑洞中。

"走，我送你回家。"傅子悦温柔地说。

梦晓芸呆呆地任他拉着她的手走。坐进车里，梦晓芸才犹豫地问："你的眼睛……是不是有什么奇异之处？"

傅子悦笑，她对异于常人的气场很敏感嘛。

"我可以控制别人的意识。"傅子悦主动交代。

"控制？那么刚才……你控制了学姐！"梦晓芸惊讶地张大嘴，"这就是你的特殊能力吗？"

"对。"

"你是怎么控制别人的？"梦晓芸好奇。

"用眼睛，当别人看着我的眼睛时，我就可以控制对方的意识，而别人清醒后也对发生的一切一无所知。"

"好可怕的能力。"梦晓芸吐吐舌头。

这是第一次，梦晓芸亲眼看到傅子悦在她面前使用超能力，原来他真的跟她是同一类人，她在这个世界上并不孤单，或许还有好多像他们这样的人，把自己隐藏于普通人的世界中。他们生活得怎么样？也经常困惑吗？害怕被正常人发现吗？蓦地，梦晓芸想起那个男子，那个在地铁口表演杂技的男子，他也曾说过他和她是同类，他的超能力又是什么？

梦晓芸瞬间的失神，傅子悦以为她是害怕，他伸出手覆盖在她手背上，说："晓芸，我不会对你使用那种能力，我向你承诺。"

手背传来温暖的电流，梦晓芸低头看着傅子悦的大手，给人安心感。

"你是怎么发现自己能够用眼睛控制别人的啊？那时你有没有立即告诉其他人？他们会不会相信你？你有没有很困惑或是害怕的时候……"梦晓芸有一大堆好奇的问题，那些发生在她身上的感受，她迫切想与人分享，想知道他们同样承受过的那些经历。他们一路聊着，到梦晓芸家楼下了还继续坐在车里聊天，傅子悦编造着与梦晓芸相似的痛苦感受，不被人理解的孤独，夜深人静时祈祷变回正常人的那份无助……

"我们都一样，所以我们要更加珍惜彼此这难得的相识。"傅子悦握着梦晓芸的手，把它放在自己心窝处。

她的手能够感受到他强有力的心跳节奏。梦晓芸彻底迷失在那片温柔的幻象中……

【二】

"叮叮叮"，自行车的鸣铃声。音乐学院门口，顾明哲骑着一辆自行车追上刚从校园走出来的三个女生。上午的课程刚结束，三个女生准备去学校附近的茶餐厅吃午饭，走在右边的那个女生叫叶珊珊，背着一个红色香奈儿挎包，穿着一袭白色波西米亚长裙，顺直的长发随风飘起，背影看起来颇有些仙女范儿。

顾明哲捧着大束红玫瑰，在叶珊珊面前跳下自行车，说："珊珊，我刚才对你鸣铃你怎么不搭理我啊？"

另外两个女生侧头看了看顾明哲，偷笑着。叶珊珊表情冷漠地说："没听见。"

"这几天我送你的玫瑰花你收到了吗？我看你都没发个消息来说一声，是不是门卫忘记把花给你了？"顾明哲连续五天都给叶珊珊快递玫瑰花到学校，这是他追求女生的方式，想着每天她一早进教室就在同学们惊羡的目光中收到玫瑰，一定会很开心很得意。

叶珊珊却觉得很烦。"你干吗跑到学校来找我？我说过多少次了，别来烦我！"

"给你。"顾明哲把大束玫瑰花递上。

"天天送花有什么用啊，你连车都没有，叫珊珊怎么跟你约会啊？莫非坐在你自行车后面兜风啊？"走在中间的女生嘲笑道。

"你说错了，人家是有车的，自行车也算车啊。"左边那个女生奚落地笑。

叶珊珊的脸面挂不住,推开顾明哲递上来的玫瑰,玫瑰掉落地上。她连看都没看一眼,说:"别跟着我,我说过我不会喜欢你啦!"

"就是!不要再缠着我们珊珊啊,真是癞蛤蟆想吃天鹅肉。"另外两个女生刻薄地说。

三个女生嘲笑着加速走开。

被打击一番,顾明哲"切"一声,现在的女生怎么这么现实啊,才大二就这副德行。他捡起地上的玫瑰,花了六十八元买的呢,就这么被糟蹋了。顾明哲嘴上说着自己看走眼,遇到一个拜金的女生,但谁叫他喜欢美女呢。顾明哲骑上自行车,自行车又怎么啦,锻炼身体又不会遇到堵车,多方便。他一手抱着花,单脚撑地使自行车倾斜地在地上划了半个圈,要帅地来个急转身,却没注意到后方有人,自行车轮直接把后方走来的女生绊倒,女生尖叫着往前扑……顾明哲急忙扔下自行车和花去扶她,然后在自行车还没倒地前把它拉回身边,又去接住花。一系列动作一气呵成,只是一眨眼的瞬间,女生还未反应过来时一切又都恢复正轨了,他捧着花骑在自行车上单脚着地,她稳稳地站着,似乎她刚才被绊倒只是错觉。

"嘿,是你啊!"顾明哲欢呼,像对待哥们儿一样猛地拍了女生的肩膀一下。

梦晓芸嫌弃地缩了缩肩膀,看着眼前这个穿着痞气,右耳戴着好多耳钉的男生,我们认识吗?是哪位校友吗?

"送给你的。"顾明哲把玫瑰花递给梦晓芸。

很少有男生追求梦晓芸,曾有几个男生献过殷勤暗示过她,但她完全不懂暗示,她是个没有情趣的女孩。梦晓芸怯怯地收下玫瑰,脸红地低下头,闻到玫瑰的花香。这是她第一次收到男生送的玫瑰。

"你好,请问你是……"

"哈哈,你记性真差。保温桶,你掉的保温桶还记得吗,还在我家呢,我都帮你洗干净了。"顾明哲笑,没想到今天竟然会遇到这丫头。

保温桶?想起来了,梦晓芸猛地一惊,是他!那个看出她有特殊能力,对她说"我们是同类"的人!梦晓芸惊慌失措地把玫瑰花往顾明哲身上一扔,扭头就跑。他是怎么找到我学校来的?他想干吗?他会不会把我的秘密暴露出来?梦晓芸好害怕。

"喂,你跑什么跑啊?"顾明哲骑着自行车跟上,今天第二次被女生扔了玫瑰，真衰。

"你认错人了！"梦晓芸拼命地跑。

"那你停下来说话啊，你这样跑累不累啊？"顾明哲骑着自行车倒是很悠闲，梦晓芸已经跑了很长一段路，终于气喘吁吁地停下来，弯着腰双手撑着膝盖大口喘气。

顾明哲趁这空当迅速从梦晓芸的书包里掏出钱包看了看学生证，没错，就是那天遇到的那个女生！她的书包里还有一叠琴谱，原来是个玩乐器的啊。顾明哲的动作很快，梦晓芸完全没有察觉到自己书包被翻了一番，但是当他准备拉上她书包的拉链时，梦晓芸在一瞬间捕捉到这个动作，她身体一甩，甩开了顾明哲的手。

"你……你……小偷！"梦晓芸发现自己书包是敞开的，紧张地看了看钱包，还在里面。

"你能看到我的动作？"顾明哲惊了惊，这是第二次被这丫头捕捉到自己的动作，奇怪，他一向对自己的速度很自豪，没有人能够发现自己一刹那的行动。看来，这个同类不简单啊。

梦晓芸还记得之前见面时，他是怎么一瞬间从十几米开外站在了自己跟前，他的速度太异于常人——看来逃跑是没用的。梦晓芸鼓起勇气直视顾明哲，问："你跑到学校来找我干吗？你……你……你有何居心？"

呵呵，大姐，我怎么会为了你这种长相平庸的女生特意跑到这儿来啊！顾明哲在心里翻了个白眼。他今天心情很不好，被叶珊珊当着同学的面拒绝，现在连这种货色的小丫头也扔掉他的玫瑰。顾明哲把玫瑰迅速往梦晓芸还没拉好拉链的书包里一塞，说："拿着，不要这么不友好嘛，大千世界几十亿人口中能遇到一个同类人超级难得耶。"

"以后……以后不要来学校找我。"梦晓芸说。

顾明哲像对待哥们儿一样用胳膊勾住梦晓芸的脖子，把她勾向自己。他嬉笑着威胁："嘿嘿，你的同学们应该还不知道你是个特殊分子吧，走，跟我吃午饭，我就帮你保守秘密。"

梦晓芸挣扎着推开他。这个人……就是个无赖！

顾明哲一脸坏笑。"走，上车，我们吃午饭去。"顾明哲拍拍自行车后座。

犹豫片刻，梦晓芸说："这顿饭我请客，然后请你以后不要再出现在我眼前。"

"哎呀，废话那么多，先吃了再说，我饿死了。"顾明哲抢过梦晓芸的书包挂在自己肩上，冲她甩甩头。

梦晓芸只得坐到自行车后座，她真是无比讨厌这家伙。

"坐稳了哦。"顾明哲故意加快自行车速度。

梦晓芸不由得紧张地抓住他的衣角。

待自行车经过一家茶餐厅，顾明哲透过玻璃看到叶珊珊和她的两个同学在里面吃饭，他猛地急刹车，梦晓芸重心不稳地前扑，刹那间伸手紧紧抱住顾明哲的腰，上半身和他的身体贴在一起，胸部被挤压，他腰间的温度透过薄薄的T恤传到她的胳膊上……梦晓芸慌忙跳下自行车，窘迫得满脸通红。他……故意调戏她！梦晓芸气呼呼地瞪着顾明哲，一把抢过自己的书包。

附近马路边一只小狗抬起后腿正对着一棵树撒尿，梦晓芸灵机一动，集中注意力盯着那只小狗。突然，那只小狗腾空而起飘过顾明哲腿边，几个路人看到这一幕惊讶地眨眨眼，待他们回过神来时小狗已经平稳地站在地上，仿佛刚才的一幕只是错觉。顾明哲只顾着回头看坐在茶餐厅窗边的叶珊珊，没有躲闪，小狗的热尿溅在了他裤脚和鞋子上。

梦晓芸扑哧偷笑。活该，就是要惩罚你！

"你……"顾明哲低头看看被狗尿淋湿的裤脚和鞋。

梦晓芸一副"与我无关"的表情。

顾明哲瞬间移动，用那条沾了狗尿的裤脚蹭了蹭梦晓芸的运动裤。梦晓芸根本来不及躲闪。

"哈哈哈，这下我们身上的味道一样了。"顾明哲大笑。

梦晓芸真想让他身后杂货店的那把大型遮阳伞掉下来砸伤他，但大街上来往行人太多，又是在学校附近，梦晓芸不能过度暴露自己，只能干瞪着顾明哲。

"你老是用自己的特殊能力来害人，这样不好，你知道吗？做人还是要正派一点。"顾明哲又像对待哥们儿一样用胳膊勾住梦晓芸的脖子，梦晓芸挣扎着被他勾着走。

把自行车停靠在茶餐厅门口，两人走进去。"你说的这顿饭你请客啊，就当你向我赔礼道歉。"顾明哲无赖地敲诈。

梦晓芸在心里默默诅咒他。

"我看到几个熟人，等会儿我跟她们说话的时候你不许说任何话，知道吗？"

"我为什么要听你的？"

"嘿嘿，咱们是同类人呀。"顾明哲把胳膊搭在梦晓芸的肩膀上，被梦晓芸瞪眼打开他的手。

把柄握在别人手里，被威胁的滋味真不好受。梦晓芸无比后悔自己当初多管闲事，怎么就遇到这种无赖，她才不要跟他是同类！

顾明哲故意坐到叶珊珊隔壁桌。

看到梦晓芸和顾明哲在一起，她书包里还插着一束玫瑰花，叶珊珊那桌的三个女生偷笑起来。这束玫瑰该不会就是叶珊珊之前扔掉的那束吧？

"我女朋友。"顾明哲指着梦晓芸对隔壁桌的几个女生说。

梦晓芸刚要张口否认，顾明哲在桌下踢了她一脚。

"呵呵，晓芸，第一次知道你有男朋友嘛。"叶珊珊说。

"你们认识？"顾明哲问。

"我们是同班同学啊。"叶珊珊笑。

梦晓芸有苦说不出，她被顾明哲要挟着不能讲话。

"哈哈，真巧啊。"顾明哲假笑着。他是在一家酒吧里结识的叶珊珊，他晚上在那儿表演魔术为酒吧增添气氛，以前演奏钢琴的女孩离职了，临时找到来应聘的叶珊珊顶替，她穿着一袭白色长裙长发披肩地坐在钢琴前，当晚顾明哲就决定追求这个具有仙子气质的女孩。只是没想到，原来她只是个拜金女。

顾明哲自作主张地替两人点了餐。梦晓芸一点胃口都没有，看他埋头吃得津津有味的模样，想着等他吃完饭两人就此分道扬镳。

隔壁桌的三个女生先吃完，眼神奇怪地看了看梦晓芸，发出一阵笑声走开了。梦晓芸咬咬嘴唇，她一直在学校里表现得默默无闻，不愿引起任何人的注意，刚才她们看她的眼神令她十分不自在。见顾明哲快吃完了，梦晓芸赶紧叫店员买单，埋头掏钱包时，顾明哲已经把钱递给店员。

决？梦晓芸疑惑，"不是说……我请客吗？"

"跟你开玩笑的啦，我怎么可能让女生请客。"顾明哲挤了挤眼。

"那么……我们各走各的了。"梦晓芸抱起书包就要走。

顾明哲跟上，说："你去哪儿，我送你啊。"

"不用。"

"你电话号码是多少？以后我可以打给你啊。"

"我没有手机。"梦晓芸撒谎。

顾明哲已经伸手迅速从梦晓芸书包里拿出手机，得意地在她眼前晃了晃，现在手机都更新换代好几批了，这丫头还用着几年前的三星手机，很好，不拜金。手机没有设置开机密码，顾明哲直接在梦晓芸的手机上拨通自己的电话号码，然后把手机还给她。

梦晓芸真是要气炸了。

次日，梦晓芸有男朋友的事情就在班级里传开了，她走进教室时，看到围坐在叶珊珊身边的几个女生扭头看了看她，发出一阵笑声，她敏感地觉得她们是在笑话她。梦晓芸平常都是最早一个走进教室，坐在最后一排角落的位置，没有什么人会去注意她，今天地铁出故障，她在地铁站里等了半个多小时才来一班地铁，害她一路奔跑到教室时，同学们几乎都到齐了。梦晓芸不喜欢这种被人注视的感觉。

"请问，梦晓芸在吗？"快递小哥捧着大束玫瑰花站在教室门口。

全部人的目光都回头看向最后一排的角落。

"梦晓芸，你的快递。"快递小哥大声喊。

梦晓芸极不情愿地在众人的目光中从教室最后一排走到门口接过玫瑰，这段距离真长啊，长得她都快被一束束目光给烤晕。

"呵呵，那个姓顾的今天改为送梦晓芸玫瑰了啊，移情别恋的速度真是够快。"叶珊珊的闺蜜笑。

"我家珊珊才不稀罕这种玫瑰呢！"另一个闺蜜说。

梦晓芸窘迫得面红耳赤呼吸不畅，把玫瑰花往座位旁的地上一放，不去管它。其实她是喜欢玫瑰的，从小到大还没有哪个男生送过她花呢，前几天看到叶珊珊每天都收到快递来的玫瑰时梦晓芸心里还十分羡慕。此刻，她却希望真的没有人送她花才好。

连着三天都有快递送玫瑰花到教室来。梦晓芸看都没仔细看它，每次下课见同学们都走光后，她就把玫瑰扔到垃圾桶里。花里插着的小卡片她完全没注意到。顾明哲发来的微信好友请求梦晓芸没有点击通过验证，她本想发短信警告他别再送花来了，犹豫着还是没发送出去。他就是个无赖，还总是滥用自己的超能力，在人群中也不知道收敛，他就不怕被抓去作为研究对象吗？

周五下午的课结束，同学们三五成群地走出教室，叽叽喳喳地讨论着晚上去哪儿玩。梦晓芸今晚也有个约会，这么多年来她的第一个正式约会，她好紧张。周二晚上琴行的课程结束后，傅子悦送梦晓芸回家，他说他有两张理查德·克莱德曼的钢琴音乐会的票，还是贵宾席，想约她一起去看。梦晓芸没有回答。他又说如果她不去的话他也不想去，票就浪费了。梦晓芸点点头，她想再见到他，如果他真的不到琴行继续学琴了，她该怎么才能再看到他？

梦晓芸平日都穿得很休闲运动，衣柜里只有一套礼服，一次都没穿过，那还是母亲特意为她参加钢琴比赛准备的，结果她一次比赛都不愿意参加。既然是去正规剧院听音乐会，礼仪上还是得注意，放学后梦晓芸在洗手间换上礼服，是一件黑色抹胸及膝连衣裙，但梦晓芸在礼服外面穿了一件灰色的运动外套，白色匡威帆布鞋，这样一身装扮看起来好怪异，毫无美感和时尚感。她本就是对外表不在意的女孩。

音乐学院里美女如云，每到周五放学就有很多车跑来接美女，造成学校门口交通拥堵。傅子悦那辆红色的兰博基尼跑车停在学校正门口，十分显眼，来往的人纷纷瞩目，还有不少学生拿着手机对它拍照。傅子悦戴着墨镜，表情冷酷，他还不习惯亲自开车来接一个女孩，这种男女间正常的约会对他来说也是破天荒第一次，他还是更喜欢去酒店直奔主题。

梦晓芸拉开车门，压抑住内心的紧张，怯怯地说："嗨。"

"嗨。"傅子悦摘下墨镜，他的眼睛好迷人。

道路堵得车无法移动，梦晓芸注意到很多人看向他们，她觉得奇怪，是因为这辆车的形状比较奇特吗？她完全不知道车的品牌和价格，只觉得它的模样跟她平时在大街上常见的车辆很不一样。

"喜欢我送你的玫瑰吗？"傅子悦问。

决？梦晓芸愣住，"玫瑰？什么玫瑰？"

"这三天我都订了玫瑰送去你学校，没有收到吗？"傅子悦看着她。

"是你送的玫瑰？"梦晓芸惊呼，她还以为是顾明哲那个无赖送的，天啊，我怎么把傅子悦送的玫瑰扔进垃圾桶啊！他送的玫瑰，那么美丽的玫瑰，应该插在花瓶里精心呵护才对。梦晓芸顿时懊悔不已。"很……很喜欢，"梦晓芸脸都红了，"但我不知道那是你送的。"

"花里没有放卡片吗？"傅子悦问。难怪这几天都没收到她任何消息，他还以为是她性格高冷不容易追求呢，现在他放心了。

"没……没看到。"梦晓芸责备自己不该看都没看一眼就把花扔掉，好心疼。

"你喜欢就好。"傅子悦把手覆盖住梦晓芸放在膝盖上的手背，温暖的大手。

梦晓芸没有挣扎，脸更红了。

车慢慢行驶，梦晓芸偷偷瞄了一眼傅子悦，他的右手一直握着她的左手，侧面轮廓好英俊。墨镜遮盖了他那双能够摄人心魄的眼睛，她好想盯着它仔细看看，好神奇的双眼，和常人的眼睛会有何不同呢？他们是同类人啊，梦晓芸微笑，所以她一点也不害怕他。

下车时梦晓芸把外套脱掉塞进书包里，她穿着小礼服却背着大大的双肩包，还搭配帆布鞋，傅子悦看着不免皱皱眉头。他穿一件褐色格子西装，白色衬衣，藏蓝色休闲西裤，系着黑色领结，时尚又不失礼节，再加上他帅气的外形和模特般的身材，走在人群中非常出类拔萃，可身旁的女伴就……

梦晓芸不肯把书包放车里，她担心书包会被人偷走，里面有很多重要的琴谱和笔记呢。梦晓芸第一次到现场看名家的钢琴演奏会，入了大厅才知道自己的穿着有多土，很多女士穿着华丽礼服踩着细高跟鞋，手里拿着好看的手包，发型和妆容都很精致，梦晓芸置身其中就像只丑小鸭，她紧张起来，手指不免攥紧裙摆。

傅子悦察觉到梦晓芸的异样，牵起她的手，在她耳边说："如果你去台上弹奏，一定也会惊艳全场。"

梦晓芸低头微笑，她梦想着有那么一天，可是她连上台的勇气都没有。她连参加大学的入学面试时都怯场，看着台下六位评委老师，梦晓芸脑袋里顿时一片空白，手颤抖得无法触碰琴键，老师们等了几十秒还不见梦晓芸弹奏，眼神疑惑地交头接耳，梦晓芸咬紧嘴唇眼泪都快流出来，当时她好想冲出考试教室，跑回家里躲起来。但是她真的好想进音乐学院念书，学习她喜欢的钢琴……当时梦晓芸猛地站起身，老师们还以为她要退场了呢，结果她结巴地问可以把教室的灯光全部关了吗，她太紧张了……回想起当时，多亏老师的开明和理解，梦晓芸最终才能用实力进入音乐学院。

"自信心这种事情是可以慢慢培养的，我可以帮你啊。"傅子悦似乎能知道梦晓芸心里在想什么，"晓芸，不瞒你说，我以前得过自闭症，这个事情我身边很少有人知道，但我愿意告诉你，你看，我现在不是很好地融入了社会吗？"为了博取梦晓芸的亲近感，傅子悦撒谎称自己和她同样得过自闭症。

"你……也得过自闭症？"梦晓芸不可思议地睁大眼，顿时有了惺惺相惜的感觉。自闭症，她一直不愿意提到这个词，小时候为了这个病吃过不少苦头，去医院检查，看心理医生，接受治疗课程，每天吃药……

"你懂得自闭症的那段经历有多么艰辛吗？"傅子悦揉揉梦晓芸的头发，还故意叹口气，假装回忆起来就忍不住忧伤。

梦晓芸的心都要融化了。"你……为什么会得自闭症？"

"我们坐进去说。"傅子悦拉起梦晓芸的手。

订的位置是包厢，把他们和人群隔开来，梦晓芸喜欢这样的安排。她不知道包厢的价格会比坐在大厅里昂贵很多。傅子悦已经订好这儿的简餐，还配有红酒，离演奏会开始还有三十多分钟，他会好好利用这段独处的时间。

傅子悦说起他幼儿园时的回忆，当然，这是在调查到梦晓芸得自闭症的原因后刻意编造的。那时他还小，不知道自己跟别人是不同的，也还不完全理解自己的超能力，只发现偶尔用眼睛盯着别人时对方就乖乖听他话，非常好玩。那时傅子悦长得瘦小，某次班级里最壮的男生欺负一个女生，他挺身而出却打不过那个男生，那个男生把他推倒，骑在他身上，挥拳准备向他揍去时，他突然盯着男生的眼睛大吼一声："住手！"男生的拳头居然就停在半空没动了。他被男生压着爬不起来，只得说一句："走开，让我起来！"男生乖乖地听话，整个人也呆滞了一般，别人无论怎么推他叫他那男生都没有反应，就像一个木偶。事后那个男生恢复正常意识，听伙伴讲起这件事，觉得非常丢脸，要找傅子悦报复，却再一次被傅子悦控制了意识，并且在教室里当着同学的面打了自己几个耳光，被同学们嘲笑。那男生怀恨在心，四处散播谣言，说傅子悦有妖术，是个怪物，渐渐地同学们都开始和傅子悦保持距离，没有人再跟他玩耍，在背地里叫他"怪物"……从那时开始，傅子悦也以为自己是个怪物，封闭起自己的内心，不愿意跟任何人接触和交流。不过他现在已经完全克服了这种恐惧，其实他就是个正常人啊，只不过比别人多了一点特殊本领，那是上天对他的眷顾，他只有成为更优秀的人才能回报老天。

"所以，我一直努力让自己变得更优秀。"傅子悦握着梦晓芸的手深情地说。

梦晓芸激动得无法说话，完全沉沦于傅子悦眼中那汪幽邃的"湖"。他竟然和她有着同样的经历！"怪物！怪物——"一帮小孩子稚嫩嘲笑的声音总是会在梦晓芸耳边响起，十几年了还是挥之不去，形成她心底最深的恐惧……

那时梦晓芸三岁多，刚念幼儿园不久。午休时，班级里块头最大的外号叫"小胖,的男生欺负一个叫小雅的女生，他抢走她的游戏机，说等他玩够了再还给她。小雅不肯，跳着去抢游戏机，小胖个头高一些，举着游戏机像耍猴子一般捉弄她，旁边另外几个小男生竟像看好戏一般拍手称好。小胖得意之际，被小雅趁机抱住胳膊咬了一口，小胖痛得用力推开她，小雅重重摔倒在地。梦晓芸被善良的天性驱动，用稚嫩的声音叫道："喂，老师说过男生不可以欺负女生，小胖你就把游戏机还给小雅吧。"小胖嘲笑地看梦晓芸一眼，"切"一声，拿着游戏机转身要走。小雅坐在地上呜呜哭起来。这时，突然发生了一件怪事：原本被小胖拿在手中的游戏机竟然自己飞起来，飞到主人小雅的跟前停下，小雅瞪大眼看着停在半空的游戏机，迟疑着不敢伸手去拿。小胖大步走去准备重新夺走游戏机，游戏机竟然再次自己飞起来，在小胖的头顶上移动着，小胖伸长手跳着去够，却怎么也够不着。午休的同学们都不睡觉了，看着游戏机在半空中飞来飞去捉弄小胖，并不断发出哄笑声。蓦地，小胖发现异样，那个叫梦晓芸的女生表情严肃全神贯注地一直死死盯着游戏机，他停止去追逐游戏机，恼羞成怒地掉转头冲向梦晓芸，把她推倒。同一瞬间，游戏机也掉落到地上，似乎摔坏了。"刚才都是她搞的鬼，她会变戏法，她是妖怪！"小胖气呼呼地大喊着污蔑梦晓芸："怪物，你为什么会妖法，你一定是个怪物！大家快来看啊，她是个怪物！"这么一喊，大伙儿都惊恐起来……那次以后，梦晓芸无论出现在幼儿园的什么地方，都会有小孩嬉笑着冲她喊"怪物"，有些小孩是开玩笑，有些却真的很恐惧她，见她就躲得远远的，还有人朝她扔小石子……梦晓芸不敢再去学校，哭闹着怎么也不肯出家门。

听完傅子悦儿时的相似经历后，梦晓芸变得放松起来，她全身心地信任他。晚餐送到包厢来，是西餐，牛排、鹅肝、比萨和水果色拉。傅子悦歉意地说今天来不及带梦晓芸去餐馆正式地吃一顿，他第一次请她吃饭就这么敷衍，希望她不要生气。梦晓芸哪里会生气，她好开心，长这么大她还是第一次吃西餐，而且还有红酒，天啊，以前她一滴酒精都未碰触过，原来红酒是这样的滋味，说不出来是好喝还是难喝，反正酸涩甜的味道混在一起，感觉怪怪的。梦晓芸偷偷看着傅子悦是怎么用刀叉吃牛排，她不会用刀叉，只得模仿他的动作。突然，梦晓芸有了一个调皮的想法，她嬉笑着叫傅子悦看她怎么切牛排。她集中注意力盯着叉子，运用意念的能力使它叉入牛排中稳定住，然后又让小刀自己把牛排切成几块，都不用她动手费力，牛排完美地切割好。她用叉子叉起一块肉放进嘴里，得意地冲傅子悦嘿嘿笑。

"好厉害啊！"傅子悦赞叹道，"你的能力有什么限制条件吗？会不会在某些情况下不能发挥作用？"

梦晓芸想了想，"暂时还没发现。"

不错，不像他，控制别人时对方一定不能有任何遮挡物在眼睛前。"晓芸，你真的是个好女孩，而且你总是用自己的能力偷偷帮助别人，能遇到你让我觉得自己好幸运。"

梦晓芸脸红地低下头。

台下爆发出一阵热烈的掌声，梦晓芸赶紧放下叉子，全神贯注地看着舞台。听音乐会时梦晓芸都没有再碰食物，专心地倾听，是对大师的致敬。傅子悦纯粹是为了制造和梦晓芸单独相处的机会才来听音乐会，两个小时的时间对于他来说漫长得有些无聊，他不时喝几口红酒，看看梦晓芸专注的侧脸，她的穿衣品味真是差劲，他准备叫夏星菌去买几套衣服送给她。

其实下午在傅子悦离开公司时夏星菌就开始尾随他，一路跟踪到音乐学院，现在又坐在大厅混杂于人群中。夏星菌要知道傅子悦和这个女人之间到底发生些什么事情，出现在傅子悦身边的任何一个女人，她都仇恨，都会想办法用恶劣的手段打击报复，傅子悦是属于她的，只能是她一个人的！夏星菌在十七岁时就跟了傅子悦，没有人比她更了解他，而这些接近他只是为了从他身上谋取利益的可恶女人们，哪里比得上她，她可是为了他愿意做任何事情呀！

中场休息时，梦晓芸激动地与傅子悦谈起刚才理查德·克莱德曼的精彩演奏，她难得连续不断地说了这么多话，他微笑地听着，不时喝一口红酒，一瓶红酒都快被他喝光了。傅子悦把最后一点酒为梦晓芸续上，劝她喝一点，梦晓芸笑着说这是她第一次喝红酒。酒精使梦晓芸的脸发红发烫，人也变得兴奋起来，完全没察觉自己居然在不停地说话。梦晓芸谈起自己小时候整天被父母关在家里，只能用超能力控制物体假装它们在跟自己玩耍，后来接触到钢琴才变得快乐起来，她很喜欢躺在床上用超能力操纵琴键跳动，使它们发出悦耳的声音，每天玩都玩不够。她还谈起中学时喜欢过打羽毛球和网球，本是上体育课时被强制着参加这类运动，后来发现用超能力控制球的飞动方向的乐趣，她每天有空时都要跟同学打几场，那时梦晓芸是喜悦的，感觉自己融入了他们，被接受被认可……

这些事情，傅子悦在调查资料上都看过了，梦晓芸的生活真的好单纯。傅子悦有些漫不经心地扫视大厅的观众，休息时好多人都走到演奏厅外面聊天透气，座位上空荡起来，夏星菌失去人群的掩护，暴露了自己。傅子悦突然看到夏星菌的身影，不由得眼里闪过一丝寒光，他微笑着靠近梦晓芸，说："下面有一个女人总是举着望远镜看我们，你说，我们要不要把她的望远镜拿走啊？"

"啊？谁？"梦晓芸伸出头准备往下看。

傅子悦搂住梦晓芸的肩膀把她拉回来，故意把嘴凑到她耳边说话，他知道这样亲密的举动会令楼下的夏星菌抓狂，一定会举着望远镜更加仔细地看他们。"不要这么刻意去看，在你左下方靠近中央的位置，对，你就这么偷偷看过去，看到了吗，穿黑色裙子举着望远镜的女人。"

梦晓芸点点头。

"把她的望远镜抛到别处去。"傅子悦说。

梦晓芸听话地使用意念控制住那个望远镜，使它滑落到地上，然后又在地上往前排滚动了几排的位置，让那女人看不到望远镜掉哪儿去了。

夏星菌知道自己已经被他们两人发现，恼怒地起身离开。呵呵，梦晓芸这丫头有两把刷子嘛，这么远也能控制物体，不是个好惹的货色。

傅子悦勾勾嘴角笑，看来只要是梦晓芸眼睛能够看到的物体，无论距离多远，都能够被她控制。好棒的能力。

"她为什么要用望远镜看我们？"梦晓芸问。

"我似乎能嗅到一点同类的味道。"

梦晓芸瞪大眼，"你的意思是……她跟我们一样也有特殊能力？"

"好像，但我不能确定。"傅子悦说。

下半场演奏开始，理查德·克莱德曼重新出现的舞台上，全场灯光熄灭，只剩下舞台上打下一束光照在他和钢琴上。"那是施坦威的钢琴吧？"傅子悦故意问。他不懂钢琴，但是特意去网上查过，他送给梦晓芸的那架施坦威钢琴她还没有弹过，她每天都会发微信问他退货的地址，这么固执还真是麻烦。

梦晓芸看着光束下那架钢琴，脸上露出向往的表情。

"也只有施坦威钢琴才配得上你。"傅子悦说。

"我家那架钢琴怎么退回去？再不退的话会不会就退不了了啊？"

"那是我送你的礼物，晓芸，接受好吗？"傅子悦说。

梦晓芸摇头。

"我送出去的东西从来不会收回。反正你放在家不碰它那它慢慢也就坏了，暴殄天物啊。"傅子悦说。

梦晓芸咬咬嘴唇，那是她梦寐以求的钢琴，她好想用它来弹奏，可是……

"晓芸，你是个好姑娘，我也不想为难你，或许这样吧，有空时你就到我公司来帮忙，用工资慢慢抵扣怎么样？"傅子悦引诱梦晓芸。

"我能在你公司帮什么忙呀？除了弹奏钢琴我什么工作都不会做。"梦晓芸惊讶地睁大眼。

"你能控制物体啊，哈哈，我的建筑工地上有很多搬东西的重活儿，你不是用超能力就能搞定嘛！"傅子悦只是开个玩笑。

"不会被别人发现我的特殊能力吧？我要做的话也只能偷偷地做。"梦晓芸却当真想了想，的确，这个工作她能做。

"逗你玩的，我怎么舍得让你做那种工作。"好单纯，这丫头居然真信了，傅子悦哈哈大笑，揉了揉梦晓芸的头发。

梦晓芸觉得这是个很宠爱的动作，整颗心都变得柔软。

傅子悦回家，隔着门就看到屋里的灯亮着。他皱皱眉，只有一个人敢如此张狂地进出他家。傅子悦在屋里各个角度都装有摄像头，就是为了防着夏星菌。在他们刚认识不久时，夏星菌经常偷偷地穿墙进入傅子悦家，翻找各种蛛丝马迹。某次她在地板上找到一根长头发，大声地质问傅子悦是不是带别的女人回家。呵呵，笑话，他从不带别的女人回家，他只会在酒店里见她们，那根长发应该是打扫卫生的阿姨掉下的。那次以后，傅子悦就知道夏星菌这个控制欲强的女人会趁他不在时钻进他家。他质问她时她从来不会承认，他只得装摄像头，并且大声吼着说她再不乖就不要她了，她才肯收敛一点。

"哟，回来蛮早的嘛，听完音乐会也不做点别的消遣？"夏星菌慵懒地躺在沙发上，穿着性感丝质睡衣，露出修长光滑的大腿，食指和中指夹着烟放入红唇间的动作十分诱惑，嘴唇嘟起轻轻地吐出一个烟圈，眼神迷离，很多男人此刻一定已经把持不住了，恨不得立即把她扑倒。

傅子悦却不爽地把窗户打开，表情冷漠，说："把烟给我灭掉，在我家不许抽烟。"

夏星菌笑着把烟灭掉。

"你还要叫我说多少次，没有我的允许不准钻进来！"傅子悦语气不好地说。

"你也说过，如果我有正经事情要找你谈，你会第一时间见我。"夏星菌妩媚地笑。

"说来听听。"傅子悦冷若冰霜地坐到沙发上。

夏星菌伸出涂着猩红色甲油的脚去碰触傅子悦的大腿，被傅子悦避开。她笑，嘲讽地说："呵呵，有了新欢就忘记旧爱了吗？"

"一直跟踪到剧院去，你觉得有趣吗？"傅子悦冷冷地说。

"只是恰巧你们也去听那场钢琴演奏会。"夏星菌狡辩。

傅子悦懒得跟她理论。"正经事呢？"

"你呀，最近怎么变得这么着急了，你不是最喜欢享受前戏的吗？"夏星菌妩媚地笑。她慢慢坐直上半身，手指在自己白皙的肌肤上抚摸着，红唇微启，魅惑迷离的眼神。她一点一点褪下吊带真丝睡裙，里面穿着全套黑色情趣内衣，E罩杯的胸部坚挺诱人……她就是个妖精，魅惑男人是夏星菌的拿手好戏。她在傅子悦眼前炫耀着女人的资本，知道他的双眼此刻已经离不开她的身体，欣赏着，再也无法按捺住自己……

夏星菌又一次成功诱惑了傅子悦，他变成一只疯狂的兽，只有在这种时刻她才能确定他是完全属于她一个人的。他是她的！

"告诉我，你只爱我。"夏星菌趴在傅子悦的胸膛上说。

傅子悦从来不回答这种问题。

"就骗下我也很困难吗？"夏星菌幽幽地问。

"以后再敢跟踪我，破坏了我的正经事，你知道会是什么后果。"傅子悦眼神凛冽。

夏星菌心里闪过一丝害怕。傅子悦的眼睛，算是她在这个世界上最畏惧的东西吧。夏星菌一直很好奇那些人被傅子悦的双眼控制时是什么滋味，失去自我意识，什么记忆都不会留下，杀人放火自残都没有任何感觉，多么可怕。

傅子悦起身去冲澡，仰起脸对着水狠狠冲刷，激情过后他又恢复冷漠。他是个没有心的人，他想，他的心早就丢了。这个社会很现实，你对别人心软就会被别人吞噬，有钱才是硬道理，钱是万能的，一切都可以明码标价，包括女人，别跟他谈什么狗屁爱情，爱情在金钱面前根本不堪一击。

穿上浴袍回到卧室，傅子悦看到夏星菌还懒懒地躺在床上，抱着抱枕蜷曲着身体似乎想睡觉了，此刻的她褪下强势的刀枪不入的盔甲，看起来像个柔弱小女生。傅子悦皱皱眉，夏星菌是知道他的规矩，他不会留任何人在他家过夜，除了她以外他根本就不会带任何女人到他家来，他算是给足了她特权。傅子悦推推夏星菌，夏星菌睡眼惺忪地看向他，她在装柔弱，他为何如此铁石心肠？

"到客厅去，我们谈谈正经事。"傅子悦说完就起身去客厅。如果夏星菌之前是用正经事的借口骗他，她就死定了！

夏星菌的确有正经工作要跟傅子悦谈。

有一个富豪叫钱合生，表面看起来是个做贸易的合法商人，实际上控制着很大的地下钱庄、地下博彩业以及走私交易。钱合生昨晚到S市来了，想在S市开拓他的地下博彩业，需要寻找几个当地有势力有门路的合伙人一起坐庄，听说林氏集团董事长的二公子林煜今天跟钱合生已经见过面了，似乎对坐庄很有兴趣，不知两人有没有谈成合作。林煜对夏星菌垂涎很久，她怎么打听到这个消息的傅子悦也猜想得到，傅子悦对这个合作项目有兴趣，大量地洗钱，大量地赚钱。

"好姑娘。"傅子悦捏着夏星菌的下巴赞美她。夏星菌的下巴注射了玻尿酸，整容成很好看的上翘幅度，但捏起来手感和真正的下巴还是有区别，现在整容的女人实在太多，傅子悦泡过的女人有百分之九十以上都是整容美女，她们是自欺欺人同时也欺骗了他。

夏星菌妩媚地做了个飞吻的动作。她知道，只有实际地帮到傅子悦的事业，成为他最好的工作伙伴，这样两人的关系才能长久。她永远都会是那个陪伴在傅子悦身边直到最后的女人！

傅子悦当晚就想好计划。他那严重失眠的习惯于他来说有时也是好事，夜深人静时适合思考问题，睡眠的时间缩短，一天可利用的时间变长，这样才不浪费光阴。傅子悦喝了点红酒，站在窗边俯瞰漆黑的城市，他喜欢站在高处，喜欢那种居高临下的威严感，唯我独尊。当然站得高的人也是孤独的，没有可靠近的人，风刮得比低矮处更猛烈。所谓高处不胜寒，大抵就像他这般。本来二十八岁的男人应该还带点迷茫带点冲动带点青春活力，他却如年过四十的中年男子一般，老谋深算，野心和天赋把他逼到了很多人望而生畏的高度，白手起家已经拥有十几亿资产，资产还会继续不断地增加，像雪球一般越滚越大，没有他得不到的东西，只有他不想要的。

一瓶红酒下肚后，兴致变得高昂，傅子悦坐在钢琴旁触动琴键，他只会弹奏简单的乐谱，他发现弹奏钢琴可以使他的心变得平静。钢琴声响起时，傅子悦偶尔会想到梦晓芸，那个女孩儿干净的面孔，似乎和他们这帮人完全不同，但是傅子悦知道在本质上她和他是一样的，他们都对世间百态毫不在乎，从骨子里散发出冷漠，他们都活在自己的世界里，只有自己世界里的规则才是这个人类社会的游戏准则。

天亮后，傅子悦指示尤皓去跟踪林煜，林煜想拿下这个地下赌场的合作机会，今天当然还会积极去跟钱合生洽谈，跟着林煜就能找到钱合生本人。

尤皓当时正在自己别墅的地下室里搂着三个美女狂欢作乐，他是个纵欲的人，大部分钱都花在毒品、赌博和美女身上。尤皓把别墅的地下室打造成色情玩乐之地，顶尖的音响和打碟设备，各种灯光效果，花样繁多的情色道具，他每夜就在这儿通宵过着糜烂的生活。地下室里音乐声很吵，但尤皓为傅子悦的来电进行了特殊设置，傅子悦的电话一打来铃声就通过蓝牙连接到音响里，电话铃声震耳欲聋。才清晨六点多，是傅子悦准备睡觉的时间，他要先把今天的事情交代好才能吃颗安眠药安心入睡，他睡觉时会关掉手机，以免被任何人打扰。

尤皓听到电话铃声立即推开怀中的美女，起身关掉音乐，喝口水润润自己干涩的喉咙。尤皓装作在睡梦中被电话吵醒的迷迷糊糊的声音，不想让傅子悦知道他通宵狂欢，他曾经两次因此误了老板的大事，那时尤皓看到傅子悦铁青着脸凛冽的眼神，强壮如他也是害怕傅子悦那双眼睛的。

傅子悦交代完工作，末了说一句："你还是注意点节制，别把自己身体给毁了。"傅子悦从来不碰毒品，他不会让任何东西控制自己。

尤皓嘿嘿笑两声，看来瞒不过老板嘛。又一个赚大钱的机会来了，尤皓喜欢赚钱，此刻美女在他面前也突然变得索然无味，他扔给她们一人一万块钱，叫她们穿上衣服滚蛋。

尤皓开了那辆专门用于跟踪的破别克车，戴上棒球帽，贴上假胡子，用墨镜遮住眼睛。尤皓把车停到林煜家附近，开始集中注意力放到听觉上，周遭的一切声响突然嘈杂地灌入尤皓的耳朵，细微到飞虫扑腾翅膀的声音他都能清晰听见，各种声音实在太多，一时刺得他耳膜很难受。尤皓烦躁地揉揉耳朵，这种天生具备的能力曾经折磨了他很长时间，小时候尤皓还不懂怎么控制这种能力，每时每刻耳边都响着各种喧嚣声，晚上也无法入睡，就算在耳朵里狠狠塞满棉花还是不能隔绝，他备受煎熬，告诉父母自己听到的那些声响，父母却奇怪地看着他，笑话他是编造故事，他们怎么听不见？似乎是十一二岁的时候尤皓才渐渐开始掌握控制听觉的能力，一点一点艰难地练习后开始变得得心应手，他能够在平时自动隔绝掉那些不想听到的声响，不过每次再重新集中听力时，刺耳的声响一股脑儿轰炸尤皓的耳膜，带来强烈痛感，耳膜似乎都要被刺破，令他相当难受。

一层一层筛选声音，过滤掉那些无关紧要的，林家别墅里的各种声响变得异常清晰起来。水龙头放水的声音，刀在菜板上切动的声音，餐具摆放到桌子上的声音，翻动报纸的声音，狗打了个喷嚏的声音，走动的声音……

"老爷，早。"一个女仆人叫道。林老爷已经起床了，他开始看报纸吃早餐，现在才七点多，林老太太和两位公子都还在睡觉，宅子里有两个仆人，一条狗。

尤皓百无聊赖地听着，估计林煜这种富家公子起床会很晚，他还需要在这儿监听好几个小时呢。尤皓放倒椅背，听着音乐抽烟，闲得瞌睡不由自主地冒出来，眼皮沉沉地往下掉，几次在快入睡时尤皓猛地惊觉，狠狠地摇晃几下脑袋，再次取出一根烟抽，听一听宅子里的声响。这期间林老爷已经出门，林老太太在责备仆人做事不利索，不知是林家二位公子的哪个在电话里夸夸其谈自己昨晚的猎艳经过，尤皓烦躁地抖动着脚，为了防止自己睡了误事，他干脆看起手机里储存的"小电影"，香艳的画面使他全身细胞立即又活跃起来。

耳朵终于锁定住林煜的声音。是林老太太叫了一声儿子的名字，林煜开始冲母亲撒娇。看来两位公子里林煜更受母亲疼爱。尤皓立即关掉手机，正襟危坐，平时吊儿郎当可以，现在这赚大钱的工作可不能耽误了。

傅子悦猜得没错，林煜今日果真和钱合生有约。快到午饭时间，尤皓一路跟踪着林煜的奥迪 A8 轿车，来到一处私人会所，尤皓小心地把车停到附近街道拐角处，和会所隔了一个红绿灯的距离，没有人会料想到他在这儿也能监听到会所里的一切动静。傅子悦打电话来简单问了问情况，他只睡了五个多小时，已经足够了。

会所里，林煜约了钱合生在这儿共进午餐，钱合生昨夜通宵打德州扑克，到现在还没睡，林煜叫人去找了四个身材火辣的模特，左右簇拥着钱合生，说下午休息时她们会好好服侍老板。钱合生哈哈大笑，很乐意接受这样的安排。两人交谈期间林煜多次提到这次地下赌场合伙坐庄的事情，钱合生都含糊过去，没有给予明确答复，看来还想看看别的人选，林煜只得一直赔笑。尤皓听见林煜去上洗手间时咕哝着骂了一句"该死的老狐狸"，尤皓嘲讽地笑起来，就算你天生家产多又怎么样，还不过是普通人类，对很多事情只能坐以待毙，不像我们家老板，想让别人做什么别人就必须乖乖地做什么，根本不用生闷气。

尾随着钱合生回到酒店后，尤皓大概已经猜出傅子悦的下一步计划是什么。当然需要我们美丽性感又非常开放的夏星菌出马。尤皓听着酒店房间里的激情声音，对那香艳的画面想入非非，听到其中两个女人一起去上洗手间时交谈说"那个死老头花样真多"时，尤皓一阵哈哈大笑，为了赚钱而来的女人啊。

当钱合生玩乐过后终于累得在床上沉沉睡去的期间，尤皓已经登记入住到钱合生所在的隔壁房间。夏星菌拖着行李箱赶到，她瞟了一眼躺在床上胡子拉碴尽显疲态的尤皓，笑了笑说："哟，看来你体力也不支了嘛。"

"把你压在身子下面的体力还是绰绰有余。"尤皓哼一声。

夏星菌看到桌子上残余的白色粉末痕迹，依她对尤皓的了解，当然知道那是什么。她对尤皓说："办正事时你最好少碰点毒品，我们都还记得你之前是怎么把事情搞砸的，害大家损失了几千万。"

"还轮不到你管我，注意下你自己吧！"尤皓没好口气地说。

"我只是给你建议。"夏星菌也语气不好。

两人的不合关系并不是从一开始就这样，夏星菌刚加入他们的团队时尤皓对夏星菌还垂涎三尺，那会儿夏星菌还没有整容，没有现在漂亮身材也没有这么好，也不像现在这般妖媚心机，甚至还有些模样清纯。不过夏星菌从一开始起就对傅子悦心生爱慕，对尤皓的殷勤理都不理，还向傅子悦告状说尤皓骚扰她，能不能把尤皓这个讨厌的司机换掉。尤皓用他那灵敏的听力听到后，气得暴跳如雷，竟然把我当成是个司机！人心有时就是这样，得不到一样东西，就尽情地诋毁那样东西，以显示自己的不屑。

尤皓确认过隔壁房间的钱合生除了发出打鼾声外没有其他动静，夏星菌脱掉鞋，从靠近门的墙壁穿越到隔壁房间，赤着脚小心走路不发出声响。夏星菌把监视器分别粘贴到门上方和客厅的办公桌后的窗帘侧墙上，然后用相机拍下钱合生的护照和一些资料的照片，拿走了他的苹果电脑。

尤皓在自己的电脑上确定好两个监视画面，然后叫联系好的黑客迅速黑掉了钱合生电脑的开机密码，尤皓立即转了一笔钱到黑客的账户里。大家都干净利落，不多说什么废话，这样才能长期合作。尤皓插上移动硬盘开始复制钱合生电脑里面所有的资料，资料很多，复制需要一些时间，这时夏星菌已经在洗手间里开始洗澡，尤皓听着水冲刷的声音，心里一阵骚动，在脑子里幻想了一下夏星菌赤身裸体的香艳画面，忍住想去偷看的冲动。这娘们，为什么不在家里把澡洗好再过来，故意在我旁边刺激我，实在可恶！

"喂，衣服穿好了吗？我要尿尿。"尤皓听到水流声停止，故意大声喊道。

夏星菌赤裸身体套上一件浴袍，腰带松松垮垮地随意一系，毛巾包裹着湿漉漉的头发走出洗手间，给了尤皓一个白眼。尤皓把电脑往她手上一放，说："去还电脑吧。"他装作不受诱惑，看都不多看夏星菌一眼，去洗手间方便，门也不关，小便的声音传出，气得夏星菌咬牙切齿，他也太不把自己放在眼里了！

穿墙进到隔壁房间，夏星菌刚才也没警惕地叫尤皓听听隔壁动静，大大咧咧地就钻过去了，把电脑往它之前的位置上放好，准备离开时，突然听到马桶冲刷的声音。夏星菌心头一紧，不妙，钱合生中途醒来上厕所了。夏星菌转身要逃走，裹着头发的毛巾突然掉下来，她来不及重新把头发裹好，伸手从地上拾起毛巾，湿漉漉的头发甩下几滴水到地砖上。夏星菌想以最近的直线距离穿越回到隔壁房间，墙和她之间还隔着茶几和沙发，她根本没把它们当障碍物，任何物体在她看来都形同虚设，只要她愿意，她的身体可以完好无损地直接穿过它们。但是偶尔也会有失误的时候，有时还未准备好或是心太着急，这种能力就会突然失灵。就比如今天这个时刻，夏星菌着急地向隔壁房间冲去，却直接被茶几给绊倒，不由自主地发出一声惨叫，手上拿着的那块裹头发的毛巾再次摔落到附近地上。

钱合生听到声响，疑惑地竖起耳朵，他还处于睡意迷糊的状态，不确定声响是从客厅发出的。

夏星菌的膝盖被茶几撞得好痛，她真想骂脏话，却只能咬着嘴唇不让自己再发出呻吟声。该死，怎么穿墙的能力突然失效了？一向做事很镇定的她莫名紧张得心怦怦直跳，不能再出岔子啊，万一被钱合生看到了她的脸下一步计划就无法实行，破坏了傅子悦的大项目，后果可想而知。夏星菌忍着膝盖的痛，祈祷着，没时间多思考了，她绕过茶几和沙发，站在墙前深呼吸，身体猛地撞向墙……

"靠，你衣冠不整地投欢送抱，故意诱惑我啊？"尤皓从洗手间出来，刚好被穿墙而来的夏星菌撞个满怀。

夏星菌蓬乱着湿漉漉的头发，浴袍的腰带松散开，暴露出少许胴体。

尤皓搂着夏星菌，色眯眯地盯着她裸露的胸部看。

夏星菌一把推开尤皓，站直身体拉好浴袍，刚才的害怕全部转化为生气，瞪着尤皓大声骂道："你想害死我啊，叫我过去都不听听隔壁的动静，那姓钱的已经醒来去上厕所了你知道吗，我差点就被他发现，你怎么办事的啊！你有没有团队合作精神！你早晚会被那该死的毒品和好色给害死……"

尤皓的暴脾气哪里经得了被这般辱骂，破口大骂起来，各种不堪入耳的词脱口而出。夏星菌也不甘示弱地数落尤皓的各种劣迹，每句话都带有脏话和讽刺的字眼，说得十分恶毒。尤皓彻底被激怒了，伸手就打了夏星菌一个耳光，夏星菌白皙的脸上立即出现几道红色印子。

"你……"夏星菌愣了愣，她没想到尤皓会打她。

夏星菌的演技的确是高超，短短几秒时间就挤出眼泪。女人露出柔弱的一面，使尤皓一时疏于防备。他发怔之际，夏星菌狠狠地用膝盖顶了尤皓的胯间部位。男人那地方稍微用力一击就会奇痛无比，尤皓惨叫着捂住胯下。夏星菌迅速穿墙跑到另一侧的隔壁房间，房间空着，她可以倒到床上喘几口气了。

尤皓在房间里暴跳如雷，夏星菌对着他胯下的一击真是痛得他想杀了她。他蹲在地上，一直捂着胯下部位破口大骂。在尤皓和夏星菌争执期间，他们都没注意到电脑上播放的监视录像。那时钱合生走到客厅看了看，没有人，他笑着自己太敏感了吧，那声惨叫应该是别处传来的。他准备回床上继续睡觉，转身之际，看到地上一条白色的毛巾，是刚才在这儿玩乐的女人丢这儿的吗？钱合生很困，没有多去在意。如果他走过去仔细看看，会发现毛巾附近的地板上还有好几滴水滴。尤皓和夏星菌幸运地躲过这一劫。

夏星菌打电话向傅子悦告状，哭诉着尤皓差点让她被钱合生发现，还对她恶言恶语，甚至还打了她一个耳光，现在她的左脸还红肿着，被毁容的模样叫她待会儿怎么还能诱惑得了钱合生！傅子悦当然不会单一地只相信夏星菌所说的，这两人间的矛盾他老早就知道，团队合作早晚会被他们这样捅出娄子来，傅子悦生气，却也无奈，在现实生活中能寻找到一个具有超能力的人很难，他们中的大多数都把自己隐藏得太好，他想招兵买马重组团队不是一件易事，只能走一步算一步，等待老天眷顾他再遇到合适的人选。

傅子悦打电话给尤皓，调解两人目前的紧张局势，尤皓真是极不乐意地答应跟夏星菌和解。

夏星菌穿着浴袍板着面孔回到尤皓的房间，尤皓同样没好脸色。两人完全没有任何交谈。尤皓躺在床上养精蓄锐，偶尔扫一眼电脑上的监视画面，夏星菌用酒店小冰箱里的冰冻饮料冰敷着有些红肿的左脸，在心里不停地咒骂着尤皓。

晚上八点多钱合生才起床，尤皓早已等得睡着，夏星菌已经对着镜子精心化好妆，她推推尤皓，指指电脑荧幕，连话都不愿意跟他讲一句。

在监控录像上看到钱合生准备出门，夏星菌也同步拉开门走出房间。

"哎呀，我房卡忘记拿出来了。"夏星菌故意站在门口跺脚自责地嘀咕一句。她披着蓬松的大波浪卷长发，穿一条黑色 V 领紧身连衣裙，凹凸有致的身材完美地展现出来。

从隔壁房间走出来的钱合生看了看夏星菌，眼光不由得往她事业线处扫了几眼。他笑着问："需要我去房间打个电话给酒店前台，叫他们上来开门吗？"

"呵呵，谢谢，不用麻烦您了，我下楼吃个饭再去前台重新拿张房卡吧。"夏星菌冲钱合生妩媚一笑。

两人并排着走。

"小姐约了人在酒店吃饭吗？"钱合生问。对于美丽的女人，他总不会错过结识的机会，何况还是这么极品的美女，刚好是他喜欢的类型——皮肤白皙、大胸、翘臀、长腿、瘦高的个子，以及美丽妖艳的脸庞。这么棒的外形条件，是某位演员或是模特吗？

"我一个人吃啦，刚从机场到酒店，也不知该去哪儿吃饭，就在酒店里随便吃点东西吧。"夏星菌娇滴滴地道。

一同走进电梯里，钱合生决定临时改变行程，说："我也是一个人准备在酒店吃饭，要不我们一起吧？"

"哇，有人一起吃饭最开心了。"夏星菌说。

钱合生把跟林煜约好的饭局推掉，说晚些空了再跟他联系。林煜已经叫来了平时爱赌博的几个有钱大佬和一帮美女模特等候着，现在主客突然说不来，他顿时气得破口大骂。但现在是他有求于别人，只能先忍气吞声。

夏星菌和钱合生的晚餐吃得很愉快，她把钱合生迷得神魂颠倒，还不时撒娇着以肢体接触，让钱合生以为今晚可以得到她。中途钱合生接了个电话，不时喊对方一句"小老弟"，还叮嘱对方晚些一定要来赌一局。夏星菌趁机聊起赌钱，她介绍自己的职业就是荷官，今晚是特意飞到S市来主持一家私人会所里的德州扑克赌局。根据之前的调查，钱合生最爱玩德州扑克。夏星菌一步一步把钱合生套入自己设好的计划里，成功说服钱合生晚些跟她一起去那家私人会所玩玩。钱合生不会轻易参加陌生人设的赌局，圈套骗子太多，万一中了别人下的套就惨了，但夏星菌刚才说出的几个参与者的名字他都听过，是s市赌界里响当当的风云人物，他还认识其中两个人，也一直想结识另外几个。有那些大人物在，钱合生的警戒心顿时减轻许多，心想：这女人竟然能跟这些大人物认识，看来不是什么简单角色。

在一家十分隐蔽的私人会所里，傅子悦安排好赌局，参与者是S市几个有头有脸的爱赌博的大佬。钱合生还邀请了自己的一个小老弟来参加。钱合生对夏星菌说他那个小老弟赌博的本领如何如何高超，百战百胜，并且最难得的是他又完全不沉迷于赌博，只是偶尔去M市或是赌场赚点生活费，赢钱点到即止，毫不贪心，钱合生对那个小老弟赞美有加。夏星菌笑笑，并没把那个小老弟当回事儿。

夏星菌成功地完成了自己的任务，见到傅子悦时，得意地冲他抛了个媚眼，傅子悦勾勾嘴角笑，这是他对她的赞许，她懂的。

"钱总，久仰您的大名，没想到今晚能在这儿见到您本人，真是万分荣幸。"傅子悦热情地招呼钱合生。

钱合生见自己的两位老朋友也在场，亲切地和他们交流起来。傅子悦装作不经意地说起自己近日听到的传闻，林家二公子似乎想跟钱总在S市合作项目，他对此也很有兴趣。钱合生笑起来，他还真中了别人的套，居然设美人计把他骗来，他倒想瞧瞧这个年轻人的本事。在座的除傅子悦和夏星菌以外都是老江湖，这个看起来一表人才的帅哥有什么本事年纪轻轻就混到如此地位，能跟这些S市风云人物共处一室，而且还是白手起家，不可小觑啊。

大家表面上谈笑风生，其实各人心里都在打着如意算盘。

傅子悦的电话响起，尤皓紧张地说："顾明哲在外面，吵着要进来，被门卫给拦住了。"

傅子悦一惊，以为自己听错了。顾明哲？有多少年没有听到这个名字了，此刻听起来像某种幻觉，一向淡定面不改色的傅子悦也一时发怔。

钱合生也接了一个电话，然后对傅子悦说他邀请来的一个小老弟在门外被拦住了。

傅子悦叫尤皓放顾明哲进来。

"可是，老大，顾明哲那小子……"尤皓在电话里担心地说。

"没事，让他进来。"傅子悦故作淡定。这么多年了，真的是那个人重新出现了吗？

顾明哲扛着自己的折叠自行车推门而入。他穿一身嘻哈的运动装，棒球帽，戴着黑框眼镜，右耳上有五个耳钉，一副街头少年的模样。见到钱合生，顾明哲把自行车往地毯上一扔，热情地拥抱钱合生，"好久不见啊，大哥。"顾明哲把棒球帽的帽檐往后一拉，咧嘴露出十分爽朗的笑容。

"你怎么骑自行车来的？"钱合生拍拍顾明哲的脸。

"骑自行车方便又锻炼身体嘛。"顾明哲不以为意地说。

钱合生开怀地笑，他就是喜欢顾明哲这点——真实，他什么三教九流的人没见过，像顾明哲这般不装模作样的人倒是极少。钱合生向大家介绍这位小老弟。

傅子悦和顾明哲的眼光交错，只是一刹那的时间，但两人的眼神里已经闪过无数次交锋。好久不见，两人都在心里嘀咕，这是次完全没料到的会面，纯属意外，但顾明哲知道傅子悦在这儿一定不会干什么好事，傅子悦也知道顾明哲在这儿一定会破坏他的好事。

夏星菌听到"顾明哲"这个名字时，心里也惊了惊，不免暗暗观察。这就是传说中那个顾明哲吗？夏星菌没有见过顾明哲本人，只是在傅子悦和尤皓偶尔的几次交谈中听到过这个名字，那个顾明哲曾经也是他们这个团队的一员，还是傅子悦从小一起长大的好兄弟，拥有着超越常人的速度，只是待夏星菌加入这个团队时顾明哲已经离开，不知是什么原因，但听说傅子悦和顾明哲闹得很不合，顾明哲甚至还多次故意破坏傅子悦赚钱的好事，两兄弟反目成仇。眼前这个吊儿郎当的年轻人，一定也不会只是个普通角色，不然怎么能受到钱合生的青睐？

原本胜算在握的局势，因为突然冒出来的顾明哲而被破坏，傅子悦心里生起排山倒海的恨意。为什么，顾明哲你为什么总是要跟我作对！

赌局开始。

夏星菡这个美丽的发牌员坐在牌桌的一端，她发牌时一弯腰就露出自己诱人的事业线，在场的男人除了傅子悦和顾明哲外都不时瞄瞄她的事业线，老头子们打牌就喜欢这种美丽性感的荷官。

打德州扑克，一共有七个人参与，前几局傅子悦和顾明哲都是正常出牌，两人都输了钱，傅子悦并不擅长赌博，也很少赌博，他不喜欢沾染上任何不良嗜好，生活非常自律。今晚傅子悦纯粹是陪钱合生玩玩，但傅子悦知道顾明哲的能力，只要顾明哲想赢钱就一定会赢钱，并不是顾明哲赌博技术有多高超，而是他的超能力能够令他瞬间移动看到别人的底牌，这样就知道自己下一把该不该跟筹码，知己知彼方能百战百胜。傅子悦的思绪一时有些发怔，细想来，那应该是十年前的事了，他和顾明哲每个月都会飞去 M 城赌博两天，两人用超能力完美配合，每次都赢很多钱归来，很快两人就成为赌场重点盯住的对象，不过从监控并没发现他们有什么异常行为，赌场不能拿他们怎么样。两人从一开始每次小赢几十万就收手，到后来变得贪心不足，想要几百万，甚至几千万，还引来黑帮跟踪警告，还好两人的超能力能够应付，不然后果不堪设想。顾明哲吵着要收手，傅子悦却不愿意，多么容易的赚钱方式，年少轻狂，挥金如土的感觉真是棒极了……

顾明哲的思绪也不能很好的集中，好几年没见到傅子悦了，没想到他现在还在干那种下三流的勾当，就不能正正当当地做个生意人吗！无意中闯入傅子悦的计划里来，顾明哲倒想看看傅子悦这次又想打什么歪主意。

几局过后，顾明哲开始使用自己瞬间移动的超能力协助自己赌博，一眨眼的工夫所有人的两张底牌他都清清楚楚，每局自己是赢是输完全可由自己掌控，他当然不会一直赢，总要故意输一下，这样才不会引起大叔们的怀疑。在场的人只有傅子悦知道顾明哲的伎俩，想到这里，顾明哲不由得伸手往上推了推自己的眼镜，他不怕傅子悦，戴了眼镜后，傅子悦就无法控制他的意识，顾明哲的双眼视力非常好，戴着一副无度数的眼镜只是为了防止自己被傅子悦操控。顾明哲痛恨那种被操控的感觉。

不知坐在对面的那个香艳的发牌美女是何来头，看样子像是跟傅子悦一伙儿的，那就不可能只是个普通人，她拥有什么样的超能力？顾明哲还不知道夏星菌的底细，警惕地防备着她。夏星菌也不时偷偷地看顾明哲几眼，带着好奇，带着探究。每次夏星菌偷看他时，顾明哲都会冲她露出邪邪的坏笑，有时还眨眨眼，弄得夏星菌心虚地手忙脚乱。

赌局进行到凌晨两点多，顾明哲不是个贪心的人，只小赢几十万块，如果他愿意的话随便捞个几百万不成问题。顾明哲还多次在偷看到钱合生的牌后暗暗帮助钱合生抬高筹码，尤其要故意和傅子悦作对，令钱合生成为了这场赌局最大的赢家，而傅子悦输了三百多万。傅子悦冷笑，他知道顾明哲跟他作对，还不时推推眼镜像是示威。几百万，一点小钱而已，傅子悦并不在乎。

傅子悦想再跟钱合生单独聊聊生意上的事情，钱合生却说他要请顾明哲吃夜宵叙叙旧，傅子悦不想跟顾明哲有过多的接触，示意夏星菌跟着一起去吃夜宵，想办法约钱合生明日再出来谈谈。

钱合生和夏星菌坐上尤皓开的劳斯莱斯，顾明哲说他会骑自行车跟上他们。临走时，顾明哲和傅子悦的双眼交锋，像有无数刀光剑影。

傅子悦淡淡地说："你的日子过得还是那么没有出息啊。"

"是啊，不像傅总，现在是S市的风云人物啊，年轻有为，受人尊敬。"顾明哲嘲讽地笑，把折叠自行车打开。

"你就那么喜欢跟我作对吗？"

"说对了，我就是很喜欢跟你作对！"顾明哲的脸上难得闪过一丝阴冷的表情。

他们都心知肚明，两人的关系为何会恶劣到如今这地步。

"好自为之。"傅子悦说。

"呵呵，这个词比较适合你吧。"顾明哲骑上自行车，飞快地消失在傅子悦的眼前。

【三】

流言蜚语总是传播得很快，尤其在音乐学院这种美女如云，拜金女更是如云的环境里。梦晓芸勾搭上一个开兰博基尼的帅哥的事情已经在校园里传开了，梦晓芸走在校园总会敏感地察觉到别的女生对她指指点点。"就是她耶，上周五放学看到她坐进一辆兰博基尼里面"，"天啊，她长得很一般啊"，"有些人就是深藏不露啊，不要被她表象给迷惑了"……女生间叽叽喳喳地议论着，令梦晓芸很不自在，连上课时坐在旁边的女生也好奇地问她，是不是交往高富帅男朋友了，梦晓芸辩解说只是普通朋友。一直低调地尽量不引起任何人注意的梦晓芸，突然置身舆论之中，完全不知如何应对，只想逃跑，不愿到学校来上课。

班级里长得最漂亮的叶珊珊第一次主动前来和梦晓芸说话，聊起自己听说的传闻："难道你已经和顾明哲分手了吗？"

顾明哲？梦晓芸听到这个名字时愣了愣，一时没想起是谁。经叶珊珊点醒，梦晓芸苦笑，她才不可能和那种无赖交往呢，哪儿来的分手。

叶珊珊热情地邀约梦晓芸和她的两个闺蜜放学后一起吃晚饭，梦晓芸有些受宠若惊，她不知道该怎么交朋友，心里一直渴望能有一群朋友，可以一起上课、一起吃饭、一起泡图书馆、一起逛街……"一起"这个词令梦晓芸很向往，她极少和别人"一起"，她总是孤孤单单一个人。

梦晓芸几乎是脱口而出地答应叶姗姗的邀约，随后又有些忐忑，她缺乏与人相处的经验，尤其像叶珊珊这种在校园里被称为女神的人物，她的光芒使梦晓芸自卑，她知道自己永远也成为不了这样的女生。叶珊珊的两个闺蜜也是同样漂亮，梦晓芸能够跟她们一起吃饭，开心又紧张。

　　几人在学校附近的一家咖啡店吃简餐，叶珊珊和她两个闺蜜都需要保持身材，天天晚饭只吃点蔬菜色拉或是水果，梦晓芸点了意面、鸡翅和薯条，毫不顾忌卡路里。叶珊珊在心里轻蔑地笑，长相平庸和穿衣品味有问题也就算了，还如此不顾忌身材，真搞不懂梦晓芸这种女生怎么可能坐进一辆兰博基尼里。周五放学时，叶珊珊也在学校门口看到了那受人瞩目的一刻，一辆红色的兰博基尼跑车，一个看起来很英俊的男人。那是无数女生梦寐以求的对象，她一直寻找机会接触这种高档次的男人。但是她最多在夜店里遇到过几个开超跑的男人，互留电话号码后没聊几句就感觉对方只是想约炮。叶珊珊才不愿意如此轻易就把自己的身体献出去，她讲究投资回报率。

　　跟梦晓芸没聊几句，叶珊珊就把想知道的信息全部问出来了。叶珊珊不停地夸奖梦晓芸，说她乖巧、学习认真、钢琴弹得真好、皮肤很好、不做作……还是第一次有人说梦晓芸有这么多优点，梦晓芸一向不招人喜欢，也没有自信，叶珊珊亲热又温柔的态度使她没有任何防备，非常老实地把怎么认识的傅子悦以及两人接触的经过讲了一遍，甚至连他送了她一架施坦威钢琴都说了出来。梦晓芸并不是想炫耀，但在另外三个女生听来，却是赤裸裸的显摆。丑丫头，认识了一个高富帅有什么好得意的，过不了多久你就会被甩的！叶珊珊在心里恶毒地诅咒，却依然面带微笑，亲切地喊梦晓芸为"好妹妹"，说有机会的话下次大家可以一起叫傅子悦出来玩。

　　待晚餐结束梦晓芸和她们三个女生分开时，一个女生冲着梦晓芸的背影不屑地说："哼，吹牛的吧，施坦威钢琴耶，怎么可能有人出手这么大方，才见几次面就送给你！"

　　"就是，我可不相信。"另一个女生说，"这要是传出去，会笑死人的。"

　　单纯的梦晓芸完全不知道别人在背地里对她的议论，她以为自己今天交到三个朋友，这是一个很好的开始，她需要融入这个社会。回到家，看到客厅里那架施坦威钢琴，梦晓芸欢喜地把脸贴到琴盖上，它是她的宝贝，能够弹奏它是她每天最开心的事情，她甚至不允许父母碰触它，每天都会小心翼翼地擦拭，不让它蒙上一点灰尘。这架钢琴，梦晓芸已经把它当成是自己的了，没再向傅子悦提起要退回去的事儿，他说过会让她在他公司里工作来抵消费用，这似乎是一个卖身契，她得工作多少年才能抵消这几十万块钱啊。但梦晓芸不在乎，能够每天弹奏这样的钢琴，工作再辛苦她都愿意。

梦晓芸坐在钢琴前连续弹奏了两个多小时，名贵的钢琴就是不一样，音质和触感都超好，梦晓芸完全停不下来。门铃突然响起，梦晓芸还投入于弹奏中，完全没注意到是自家门铃在响，卧室里的母亲走出来开门，门外站着隔壁邻居，来抱怨梦晓芸半夜弹琴影响到别人睡觉，他们家的小孩才上小学需要早睡，母亲替她向邻居道歉，说以后不会再让她弹到这么晚了。送走邻居，母亲看着梦晓芸的背影摇摇头，这丫头何时才能学会为人处世。

被母亲强迫停止弹琴，梦晓芸心里有些不快，如果可以的话她真想弹奏一夜。梦晓芸小心地合上琴盖，罩上白布，依依不舍地对钢琴道晚安。仿若，也是在对另一个人道晚安。看到它就似乎看到了傅子悦，思念变得一发不可收拾，满脑子里想的都是傅子悦，这两天他没有联系她，他在忙工作吧，明天他会去琴行继续学琴吗？

原本已经习惯了很有规律的生活方式，轻易就被一个人给搅乱。周二整个白天梦晓芸都很紧张，晚上在琴行有钢琴课，又可以见到傅子悦，梦晓芸有好多话想跟他说，她还精心准备了一支适合他弹奏的曲子。他现在可以学习完整的乐曲了，再过些时日，他一点一点进步，他们还可以合作演奏。想起两人并肩坐在钢琴前默契配合的画面，梦晓芸忍不住咬着嘴唇偷笑。这种感觉，好奇妙，她还未明白这是爱情到来了，她不懂什么是爱情。

今天琴行里多了一位不速之客，梦晓芸才踏入琴行，就看到叶珊珊和简雨欣正在投机地聊天，梦晓芸礼貌地跟她们打招呼，简雨欣赶紧向梦晓芸介绍说这是新来的钢琴老师。

叶珊珊装作很惊讶的样子说："哇，晓芸你也在这家琴行工作啊，好巧哦。"其实叶珊珊正是从梦晓芸口中知道傅子悦每周二周四晚上在这儿学习钢琴，才特意来应聘的。原本这种琴行给出的低薪水她才瞧不上呢。

"你们认识？"简雨欣问。

"我们是同学呀。"叶珊珊好看地笑着。

"那更好，这样大家都可以相处融洽。"简雨欣说。她今天特意打扮过，等着傅子悦来一定要劝说他继续买课时，希望邀请他吃夜宵能够成功，至少也得让他送她回家。

叶珊珊今日也是特意打扮，穿着最能衬托她仙女气质的白色长裙，精致的淡妆，一颦一笑都是得体迷人之态。

相比之下，梦晓芸真是随意得不像话。她是觉得什么舒服就穿什么，大多时候都是一套运动衣一双帆布鞋，素面朝天。说好听点这叫朴素，清纯，但在大多数人眼里真是土里土气。

简雨欣的学生已经到来，她招呼小朋友先进教室，抬头看了看时间，今天傅子悦迟到了。

"晓芸，我得去教课了，待会儿傅先生来时你帮忙招呼哦。"未见到傅子悦，简雨欣有些不情愿。

叶珊珊还想继续留在这儿等，等着傅子悦到来，她会借机介绍自己，先在傅子悦眼里留下一个印象，最好还能交换一下微信号码，她总会抓住每一个接近有钱人的机会。

等到将近晚上八点，傅子悦还是没有出现在琴行，梦晓芸也不免担心，他一向上课很准时，今天是怎么了，他生病了吗？梦晓芸开始胡思乱想，记得上次钢琴课结束时学姐问傅子悦还要继续买课程吗，当时他说工作太忙，不知道还有没有时间过来上课。难道傅子悦不再来上课了？梦晓芸不敢想象。她想见到他，好不容易才遇到一个懂她的人，她不想这么快就失去他。

简雨欣的课程结束，送小孩子出来，看到梦晓芸还坐在沙发上，惊讶地睁大眼，问："傅先生还没有来？"

梦晓芸摇头。

简雨欣从抽屉里翻找出登记册，看到傅子悦报名那日在资料上写的电话号码，她拨打电话时才发现那串数字只有十位数，少了一个数字。老天，他怎么粗心地少写了一个数字？

正在简雨欣咕哝着电话号码是错的该怎么办时，梦晓芸怯怯地说："那个……我这儿有他的手机号。"

"你怎么会有傅先生的号码？"简雨欣的双眼顿时瞪得老大。

"他们很熟的呀，傅先生还到学校来接过晓芸呢。"叶珊珊笑着说。

"是吗？晓芸你已经和傅先生成为朋友了？"简雨欣的脸色阴沉下来，盯着梦晓芸间。

"我……"梦晓芸张张口。

"学姐你不知道吗？天啊，我还以为你是他们关系发展的见证人呢，听说傅先生出手可阔绰了，没认识多久就送了晓芸一架施坦威钢琴呢，是施坦威啊，至少也要几十万块钱吧，天啊，羡慕死人了。"叶珊珊故意这么说。

简雨欣的脸色更不好看了。在她眼皮子底下发生的事情，她怎么一点也没察觉，他们两个单独在小教室里相处，一来二往就生出感情了吗？梦晓芸你这臭丫头，你明明知道我喜欢傅子悦，还要跟我抢，真是后悔把你安排给他做老师，当初是我为他授课该多好！简雨欣气坏了，梦晓芸这丫头居然什么都没告诉她，他们何时开始第一次约会的？他竟然送了她一架施坦威钢琴啊，那可是施坦威啊！老天，这丫头怎么这么好运，平时看起来闷不吭声的乖巧模样，原来心里有这么多小算盘，我真是小瞧你了！

"把傅子悦的电话号码给我。"简雨欣口气不好地对梦晓芸说。

梦晓芸把傅子悦的电话号码报出来。她没有看手机，直接就背出了傅子悦的电话号码，再次令简雨欣吃了一惊。梦晓芸完全没发觉自己能背出傅子悦的号码有何不妥，她并没有特意去记傅子悦的电话号码，她手机里保存的号码不多，全部都能背出来。

简雨欣拨通傅子悦的电话，响了很久那边都没人接起。

傅子悦从不接陌生号码的来电。

"或许他今天有事吧。"简雨欣闷闷地说，"他买的课时到今天就结束了，晓芸啊，你知道他还会继续来上课吗？"

"不知道。"

"你们不是在约会吗？他没有向你说起啊？"简雨欣问。

"没……没有……我们没有约会。"梦晓芸急急地辩解，"我们只是……朋友。"

朋友？简雨欣狐疑地看看梦晓芸，但愿你们只是朋友。

叶珊珊在心里叹口气，她白在这儿等了一个多小时，连个人影都看不到。

傅子悦压根就忘记了今晚要去艺蕴琴行上课。他这两天被顾明哲搞得怒不可遏，完全无暇顾及梦晓芸。

此刻，傅子悦正在和顾明哲进行一场赌局。

一向办事胜券在握的傅子悦有些挫败感，他已经和钱合生周旋了两日，想和钱合生合作在 S 市的赌场项目。另一个死对头林煜他丝毫没放在眼里，用自己的超能力两次成功阻止了林煜与钱合生的会面，使钱合生觉得林煜是个不讲信用的人，气得掉头去跟傅子悦接洽。钱合生戴着一副眼镜，这样事情就难办了，傅子悦不能直接控制钱合生，只能按照正常流程办事。而且每次钱合生出来时都把顾明哲带在身边，也不知道顾明哲在钱合生耳边说了关于傅子悦的什么坏话，钱合生对于傅子悦的办事能力是不怀疑的，但对于他的人品还不够信任，每次洽谈也不给个明确的答复。合作的事情进展得并不顺利。

今晚，钱合生放话出来，只要傅子悦或者他叫来的人在赌桌上赢了他的小老弟顾明哲，他就可以仔细考虑与傅子悦的合作。这番话钱合生也与林煜说了，林煜听完后哈哈大笑，觉得是小事一桩，立即叫手下联系了两个高手充当军师，丝毫没把顾明哲这个无名小卒放在眼里。

林煜特意叫人去调查顾明哲。资料上显示顾明哲是弃婴，从小在孤儿院里长大，成绩一直很优异，大学就读于 S 市一流大学，不过在大二时因为一起盗窃并伤人的事件坐了一年牢，也因此被学校退学，此后一直没有固定的工作，出境记录显示他每个月都会去一次 M 城，偶尔去一次赌城，看来都是去赌博了，不过应该不是什么高手，看他胳膊上连块手表都没戴，一副平民的打扮，靠赌博为生的生活过得很拮据嘛，为何钱合生会如此欣赏这个小子？林煜没有太在意，自信自己找来的顶尖高手可以赌赢顾明哲。

只有傅子悦皱起了眉头，他了解顾明哲。顾明哲同样也了解傅子悦，知道傅子悦超能力中的缺陷。他明明视力很好却一直戴着眼镜，就是时刻防备着傅子悦。

赌局相约在晚上八点半开始，钱合生安排的地方，他不相信林煜和傅子悦，担心去他们的地盘会在布置上动什么不干净的手脚。林煜本想做东邀请大家去高档会所共进晚宴，钱合生和傅子悦两边都谢绝了邀请，林煜近日真是被他们大煞威风，极其没面子。钱合生和夏星菌跟着顾明哲去路边一家破旧的小店吃黄鱼面去了，顾明哲说这家店的黄鱼面绝对是 S 市最好吃的，八十八元一碗，一直生意火爆需要排长队。顾明哲经常到这家店吃面，和老板相熟，老板是个魔术爱好者，对顾明哲运用超能力表演的一些小戏法赞叹不已，只要顾明哲到店里来吃面，从不需要排队。顾明哲带着钱合生和夏星菌绕过门前排着的长队直接走到店里，说今天他带两个贵客过来吃面，老板立即招呼店员在一张已经坐有六个人的圆桌前硬插了三张椅子。这家店的老板服务态度一向如此犟，生意这么好还是不肯扩大店面装修，桌椅简陋，也不会对客人有什么好脸色，可这儿的食物的确非常美味，客人们也只得忍受。

夏星菌很不习惯坐在这种简陋嘈杂的小店里吃饭。她对黄鱼面没有丝毫兴趣，若不是为了陪在钱合生身边勾引他，以及探听他和顾明哲之间的对话，才不肯踏入此地。夏星菌今晚穿了一条宝蓝色的修身连衣裙，依旧是 V 领隐约露出事业线，一双黑色十厘米高跟鞋，一进小店就引来大家的频频注目。

"这面果真鲜美。"钱合生由衷赞叹。他家里条件一般，高中就辍学闯荡江湖，一直做各种偏门生意，也破产过两次，跑路到越南躲过几年，所幸运气好又能东山再起，能屈能伸，奢侈玩乐他样样精通，路边小摊他也吃得津津有味。

"夏小姐好像不太习惯？"顾明哲看着夏星菌别扭的模样笑。

"这儿有点闷热。"夏星菌挤出微笑。四月末，室外的气温十分舒适清爽，小店里却四处冒起热腾腾的面汤烟气，身上黏乎乎的，夏星菌担心她精致的妆容会不会被面汤热气晕染破坏。

另一边，傅子悦一个人坐在半岛酒店的法国餐厅里吃饭，看着窗外的夜景，喝着红酒，就算晚上有背水一战，他依旧要好好地享受一顿晚餐。傅子悦坐在靠窗视野最好的位置，看着清浦江对岸霓虹闪烁，他想起十三岁时自己和顾明哲第一次打劫路人，看中一个刚从高档饭店里出来喝得醉醺醺的男人，男人正站在路边等出租车，傅子悦故意经过撞了他一下，待男人回头时盯着那人的眼睛命令他不许动，然后顾明哲瞬间移动拿走了男人的包和手表。他们去卖表时店家看着这两个稚嫩的小孩，一看就是偷来的手表，把价格压得很低，二十多万的一块表他们只卖了五千块，不过足够两个穷孩子兴奋的了，第一次有了这么多钱，不知道该怎么花才好，两人买了十几灌啤酒在清浦江边喝得醉生梦死，他们大声呐喊："只要我们兄弟同心，我们一定会过上好日子的，等着瞧吧！"

　　那时的梦想，傅子悦已经实现了，他不再是那个站在橱窗前看着烤鸭流口水的少年。他脱胎换骨，成为了社会的精英，无数人来巴结讨好他，拥有的钱一辈子都花不完。按理说傅子悦应该满足了，可他不知道欲望的尽头在哪儿……

　　今晚的生意，傅子悦不允许自己失败，必须想办法把顾明哲的眼镜取掉，不然赌桌上傅子悦是无法赢过顾明哲的。这个时候，傅子悦想起了梦晓芸，有她在身边协助自己多好，轻松就能把顾明哲戴的眼镜移走，让一切都可受自己的控制。必须尽快把梦晓芸收入囊中，傅子悦收回自己看风景的视线，喝掉杯中最后一口酒。梦晓芸也是个难搞的人，欲望少的人真麻烦。傅子悦忘记了今晚要去艺蕴琴行上课，并不知道梦晓芸为了今晚与他相见期盼了好几日。

　　八点二十分，顾明哲比林煜和钱合生他们都先到了会所。傅子悦派尤皓开劳斯莱斯载着钱合生。吃完饭后顾明哲执意要骑自行车过去，说骑自行车锻炼身体又不会遇到堵车。他的速度的确比他们快。顾明哲扛着一辆折叠自行车走进会所，看到大厅门口站着六个钱合生的手下，穿着黑西装黑皮鞋，面无表情，一副戒备森严的模样。自行车不能带进去，门口的人告诉顾明哲，顾明哲笑眯眯地把自行车交到他们手里，还被黑衣人拿着扫描器扫描全身，确定身上没有带异常的东西，才放他进去。顾明哲笑了笑，他低估了这次赌局的重要性，钱合生与谁合伙做生意跟他无关，若不是看到傅子悦也在，他才不想卷入其中。顾明哲喜欢破坏傅子悦的好事，看到傅子悦对他恨之入骨却又拿他没办法时的表情，有一种莫名的乐趣。

　　傅子悦已经坐在赌桌前。

　　顾明哲吹着口哨走过去，拉开傅子悦身旁的椅子坐下。

　　傅子悦转动椅子，正面看着顾明哲。

　　"来一根吗？"傅子悦递上雪茄。

　　"这种高档货我是享受不起。"顾明哲把双腿交叉往赌桌上一跷，笑嘻嘻地看着傅子悦。

"就算没读完大学也不要放纵自己这副作风,明哲,我对你很失望。"傅子悦看着顾明哲把脚放在桌上的坐姿,皱了皱眉头。他对自己一向高要求,举手投足一定是优雅绅士的。他们儿时曾一起发誓,一定要进入上流社会。现在傅子悦做到了,年纪轻轻就拥有了自己的庞大帝国。而他这位以前的好兄弟,依旧是一副落魄模样不求上进。

　　"放心,我也没有太瞧得起你。"顾明哲说。

　　"还在恨我?"傅子悦抽了一口雪茄,吐出的烟雾模糊了他脸上一闪而过的伤感。

　　"我很感谢你让我下定了决心,若不是你当初推了我一把,我或许就跟你一样是个坏人。我很庆幸我跟你不一样,傅子悦,做了那么多坏事后,你晚上还能安心睡觉吗?"

　　两人的目光交锋,刀光剑影,仿佛经过一场势均力敌的血战。

　　顾明哲故意往上推了推眼镜,表示自己的嘲笑:你控制不了我!

　　"我是个慈善家,资助了很多小孩读书,每年给我们的孤儿院捐款三百万,让那里的孩子能够吃好、住好,有好的老师。你呢,你又做过什么?每周去孤儿院给小孩子表演魔术?那种骗人的把戏对他们有实质的帮助吗?"傅子悦冷笑。

　　"原来你一直有调查我。"顾明哲也在心里发出冷笑。孤儿院现在的确变化很大,建了新的宿舍楼、教学楼、操场,还有了一个图书馆,小孩子每天早晨都有牛奶喝。那是他小时候最渴望喝到的东西。顾明哲第一次尝到牛奶的滋味,是六七岁,他和傅子悦很喜欢爬到围墙上看外面的世界。那日,一个妈妈牵着小孩从围墙外走过,小孩的手上拿着一盒牛奶正在喝。顾明哲和傅子悦呆呆地看着那个小孩,情不自禁地吞了吞口水。"我们要不要试下那种能力?"傅子悦问。他们早已发现自己和身边其他人的不同,他们各自有一种特殊的能力,连他们自己都还未完全搞清楚那股能力是怎么回事,只是小心翼翼地躲避在没人的角落里才互相施展那股能力玩耍,像是做某种游戏。这是属于他们两人的秘密,使他们有一种惺惺相惜的感觉。他们是彼此在这个世界上唯一的亲人,他们曾经这么认为。傅子悦这么建议后,顾明哲忍不住点点头,他第一次跳下围墙跳到外面的世界,摔在地上滚了几圈,胳膊和脸都磨破了,内心的激动之情冲淡了疼痛,一眨眼工夫,顾明哲就追上去抢走了那个小孩手中的牛奶,迅速回到傅子悦脚下。围墙太高,傅子悦伸长胳膊也拉不到顾明哲的手，那对母子也追过来了，怒气冲冲地瞪着顾明哲，顾明哲小心地拿着那盒牛奶，他还一口都没喝，要等着和自己的好兄弟一起分享，他努力往上跳，怎么也够不着围墙上端傅子悦伸来的手。眼看着那对母子就要走到身边，却突然失神了般一动不动，然后听到傅子悦命令一声："过来。"母子俩听话地走到顾明哲身边，目光呆滞，没有其他举动。傅子悦得意地哈哈大笑，叫顾明哲踩在那女人的肩膀上爬上围墙，这是他们第一次用超能力合作，喝到了只剩几口的牛奶，真的好美味。

原来孤儿院的改变都是傅子悦的捐款换来的，算他还有一点良心。顾明哲的思绪有一瞬的发怔。

"明哲，破坏我跟钱合生的合作对你也没什么益处，如果这次你能帮我一把，我可以承诺每年向孤儿院捐款五百万，让那里的小孩子生活得更好。明哲，我们都了解那里是什么样。"傅子悦说。

"呵呵，傅总这么大胆地贿赂我，就不怕被别人知道吗？"顾明哲已经看到大厅里装的好几处监控，看来钱合生精心布置过这儿，今晚发生的一切都会被记录下来。顾明哲笑，他知道钱合生不仅仅是监视傅子悦和林煜，还想仔细观察他，钱合生一直对顾明哲的赌博技术很好奇，很想知道顾明哲是否在出老千。顾明哲一点都不担心自己，他的速度这种监视器还捕捉不到。

"我已经对监控做过手脚了。"傅子悦笑。下午他已经吩咐夏星菌用穿墙术进入会所里，破坏了声音监控，然后又调动了监视器的拍摄角度。现在傅子悦正坐着的这个位置，几台监视器都无法拍摄到他的正脸，也就无法监测到他的眼睛有何异常。

"不愧是傅子悦，做起坏事来经验十足。"顾明哲哈哈大笑。

"两位在讲什么笑话吗，怎么笑得这么开心，分享一下让我也乐一乐啊。"这时大厅的门被推开，林煜大笑着走进来。他带了两个德州扑克高手，一副势在必得的模样。

傅子悦勾了勾嘴角，转动椅子背对着林煜，点燃了已经熄灭的雪茄。

见傅子悦这副高冷的姿态，林煜在心里不满地哼了一声。他看向顾明哲，笑着说："呵呵，终于见到了传说中的顾先生，久仰久仰。"

顾明哲仍然把脚跷在桌子上抖动着，扭头笑眯眯地看向林煜，一副吊儿郎当的模样。

"我一直很好奇，像钱合生那样叱咤风云的长辈怎么会对一个无名小卒赞叹有加，我想顾先生一定有着过人之处吧，我很期待这场赌局。"林煜说。

"过奖了。"顾明哲对这种富贵人家出身、天生有优越感的公子一向很厌恶。

"傅总，你也准备进军博彩业了吗，怎么突然对这个行业有了兴趣？"林煜拉开傅子悦身旁的座位坐下。

"我对赚钱的行业都有兴趣。"傅子悦微笑道。

"哈哈，志同道合，志同道合啊！"林煜大笑着拍拍傅子悦的肩膀，有些用力。

傅子悦皱皱眉头，伸手挥了挥肩膀，似乎是嫌刚才被拍过的地方脏了。

林煜被傅子悦这个动作激怒了，冷笑着说："这个项目我拿定了，你别想跟我抢。"

傅子悦似笑非笑地与林煜对视几秒，然后深深抽了一口雪茄，把烟雾喷到林煜脸上。

林煜的两个跟班立即火冒三丈地冲上来，一副要教训傅子悦的架势，没想到突然势头一转，一人用力扇了林煜一耳光。林煜完全没料到会发生这样的事情，错愕地没有躲闪，只觉两边脸颊火辣辣地痛。

下一秒，两个跟班恢复意识，立即吓傻了：我们怎么就打了老板？

"你们……"林煜怒瞪着眼。

"对不起，对不起，对不起。"两个跟班哆哆嗦嗦地不停道歉。

顾明哲在心里说了声"活该"。这种气焰嚣张的富家子弟，真是看不清状况，怎么可能斗得过傅子悦。傅子悦单枪匹马地坐在这儿，没有带任何保镖，他压根就不需要任何人保护他。

钱合生走进来时，林煜的两个跟班正在不停地抽打自己耳光。

"呵呵，林总正在教训手下吗？"钱合生笑着问。

林煜的面子挂不住，叫那两个跟班滚远点。八点半，人员到齐了，赌局正式开始。

夏星菌这个美艳的发牌荷官独坐赌桌的一面，对面坐着的六个男人今晚都没空去窥觑她暴露的事业线。林煜带来的两个高手压力重重，林煜曾发话如果他们无法令他赢得这场赌局，就让他们在 S 市再混不下去！钱合生则是一副看好戏的姿态。今晚赌桌上的主角不是他，他只是陪大家玩玩，想再一次仔细观察顾明哲是怎么在赌桌上做到把握十足的。他对此一直很好奇，觉得其中一定有蹊跷。今晚监控摄像头会把赌桌上的一切都拍摄下来，钱合生可以从监视录像中仔细研究顾明哲的一举一动。傅子悦抽着雪茄看起来很轻松的模样，他没有请军师，今晚的赌局完全不是凭赌博技术，他只能赌运气。

赌局紧张地进行着。

顾明哲每局都运用瞬间移动的能力看林煜的底牌，就算他有两个军师在旁边指导，三个大脑加起来也摸不清顾明哲的套路。顾明哲根本就没有套路，知道自己输时就不跟筹码，确定自己这局能赢就猛下筹码。顾明哲刻意要让林煜输得很惨，他看不惯那种富家子弟嚣张的作风。林煜的两个军师站在林煜身后，后背逐渐冒出冷汗，不停地交头接耳讨论这局是跟筹码还是不跟。怀疑顾明哲似乎总能猜到他们牌的大小。好几次林煜拿得一手好牌，以为自己肯定赢定了，和顾明哲不停推加筹码比拼。待亮牌时，顾明哲恰好就比他们大一点点，气得林煜破口大骂。

"林公子，赌桌上咱们还是需要有点素质。"傅子悦淡淡地说。

林煜抓狂，不过见傅子悦也输了不少钱，只好咬咬牙暂且忍下这口气。

傅子悦从不看自己的底牌，每次跟筹码全凭试一试的态度，经过多轮下来，他发现了顾明哲一个漏洞，那就是顾明哲总想协助钱合生赢钱，每当顾明哲看到钱合生拿到好牌的时候，他就会在前几次压筹码时提高筹码，然后中途退出，留下钱合生成为这局最后的赢家。呵呵，顾明哲你这是在拍马屁吗？你曾经不愿曲意逢迎的那股傲气去哪儿了？傅子悦在心中对顾明哲轻蔑地哼一声。经常在顾明哲协助钱合生的时候，傅子悦总会去博一把，偶尔也赢几局。林煜的两个军师以为自己是输得没了方寸，殊不知很多次他们都被傅子悦的眼睛控制了意识，明明会赢的牌却在最后选择弃权，看到傅子悦亮出底牌，他们悔恨地跺脚，刚才怎么会一瞬间地失神选择退出了呢？林煜又是对军师一顿臭骂。

傅子悦勾勾嘴角浅笑，顾明哲还是太善良，没有选择跟他作对，在他跟林煜对冲时弃权退出，让傅子悦白白赢了很多钱。

真是一场有趣的赌局。钱合生笑，他隐隐觉得今晚的牌打得有些奇怪，却又具体说不上来哪里不对劲。

夏星菌时刻留意着顾明哲，老大选择不看底牌一定是有他的防备，顾明哲的超能力除了速度快之外还有什么过人之处吗？能够让老大也忌讳的人一定很不简单，可是夏星菌从尤皓嘴里问不出太多关于顾明哲的事情。

顾明哲感觉到夏星菌的目光，抬头冲她挤挤眼。

夏星菌迅速转移视线，不小心对上傅子悦投来的凛冽的眼神。夏星菌的心理素质再好也难免有些慌乱，知道傅子悦是在警告她。顾明哲为什么敢跟老大抗衡呢？夏星菌脑子里依旧不停地琢磨着，突然闪过一个念头：老大自己不看底牌，是因为怕被顾明哲看到吗？夏星菌猜测着所有的可能性，为什么老大不直接用超能力去控制顾明哲呢？难道……老大无法控制顾明哲！

除了顾明哲之外，没有人知道傅子悦能力上的缺陷。其实夏星菌经常戴着美瞳，而尤皓也戴着眼镜，傅子悦并不能直接控制他们两人的意识。有时傅子悦也会想：如果自己的两个手下知道了真相，还会那么死心塌地跟着他吗？他们是害怕他，才不敢违抗他！

赌局进行了两个多小时，傅子悦桌前的筹码稍微多了一点，林煜的筹码几乎都堆到顾明哲那边。又一次输掉后，林煜跳起来拍桌子大骂，指着傅子悦说："一定有诈！你是不是在房间里布置了什么手脚，我怎么可能每局都输得那么奇怪！"

"林公子，你忘了这儿是谁安排的地方吗？我怎么可能乱动手脚。"傅子悦勾勾嘴角。

"你……"林煜无力反击，这是钱合生的场地，他又不能质疑钱合生。

林煜的两位军师是在德州扑克界混了多年的高手，对于今晚的赌局也一头雾水，完全失去自信，每一次押筹码都要交头接耳讨论半天，感觉自己被顾明哲和傅子悦耍得团团转，却又说不出到底是哪里不对劲。

"你为什么不看底牌？"林煜问傅子悦。

"我自认牌技不如人，只能赌运气。"傅子悦笑着说。

"钱总，你怎么看？"林煜问钱合生。

钱合生耸耸肩，他派了人在监视器前盯着，只要看到任何不对劲的地方就给他来电话报告，目前他还没有接到电话。钱合生抽着雪茄，一副漫不经心的模样，其实也在仔细盯着顾明哲和傅子悦，他抓不到他们的任何蛛丝马迹。傅子悦从头到尾都不看自己的底牌，是有些奇怪。

"这是一场很有趣的赌局。"钱合生笑。

大家都配合地哈哈假笑。

"我决定，我也赌下运气。"林煜执意不再看底牌。傅子悦不看底牌这招确实诡异，不是有什么阴谋就是在防备着什么。林煜疑心自己的底牌其实早被别人看到，所以每次都输得那么刚刚好。他怀疑的对象不是傅子悦，而是顾明哲。这个小子能够坐在这儿跟比他来头大无数倍的江湖人物交锋，还能保持如此怡然自得的姿态，凭的到底是什么？

傅子悦勾勾嘴角，这下赌局真的开始变得有趣了。大家都选择不看底牌，看顾明哲到底该如何维持自己的"赌圣"风范。

完全凭明牌盲打，这样大胆的赌局大家都是第一次见识。林煜和钱合生小心地察言观色，不放过任何蛛丝马迹，果真见顾明哲败下阵来，不再那么有自信能控制全局。他虽然还装作一副轻松的模样，但毕竟年轻稚嫩，脸上隐约露出的紧张表情逃不过那两位老江湖锐利的双眼。尤其在顾明哲连续输了五局后，他再押筹码时明显多了几秒的思考时间。

傅子悦得意起来。这种时候他的超能力得以完美发挥，他喜欢这种掌控全局的感觉。假作不经意地与对方的眼神交汇，命令对方押大筹码或是弃权退出，一切做得不动声色。偶尔自己也故意输几把，半个多小时下来，大家的筹码几乎都堆到他的面前。

"傅总的运气果真好。"林煜冷笑道。

"承让，承让。"傅子悦笑。

林煜毕竟年轻气盛、养尊处优惯了，没被如此愚弄过，逐渐恼羞成怒。钱合生看在眼里，暗自摇了摇头。

今晚的赌局，林煜在金钱和人格上都输得很惨。

傅子悦成为笑到最后的人，凌晨两点赌局结束时，钱合生向傅子悦伸出手，说："傅总，希望我们能够合作愉快。"

"我很荣幸。"傅子悦笑。

"以后明哲会帮我处理一些在 S 市的事务，希望你们能合得来。"钱合生说。

傅子悦看了一眼顾明哲，轻蔑地笑了笑。你不是曾信誓旦旦地说自己从今以后要做个正派人，你难道不知道钱合生是靠什么发家致富吗？你做别人的手下，会比跟我携手共闯天下更有前途吗？

"以后我们就是好兄弟了。"傅子悦向顾明哲伸出手。顾明哲迟迟没有跟傅子悦握手，气氛一时有些尴尬。他们看着彼此。好兄弟，这个词多么讽刺，他们曾经是生死与共的好兄弟，同睡一张床穿一条裤子平分一个面包吃，说过要一辈子有福同享有难同当……

"以后还得请傅总多多关照。"顾明哲终于伸出手，拍了傅子悦的手一下，算是化解僵局。

赌局结束后，傅子悦竟然主动邀请夏星菌跟他一起回家，夏星菌十分意外。她坐在副驾驶位上，看着傅子悦脸色铁青，把车开得超快。夏星菌没有多问，明白老大心情不好是因为顾明哲的关系。

傅子悦一路都没有说话，回到家，打开灯，往沙发上一躺，用命令的口吻对夏星菌说："想办法取悦我。"

夏星菌嫣然一笑，缓慢地褪去裙子，露出里面性感的黑色内衣，高跟鞋还穿在脚上，显得更加撩人。夏星菌最擅长的就是魅惑男人，每一个表情每一个眼神都散发出诱人的气息，这并不是天生能够拥有的，是她多年来常站在镜子前训练的结果。她想征服傅子悦，花心思迎合他的所有喜好，学习各种舞蹈和服侍技巧，她自信天底下没有哪个女人能比她对他更好。夏星菌在傅子悦眼前跳起性感的舞蹈，他的眼睛一直追随着她的身体。她看到一架钢琴，他的客厅里何时多了一架钢琴？夏星菌跳到钢琴边，刚想趴在钢琴上摆出撩人的姿势，傅子悦突然冷冷地说："不许碰钢琴！"

决？夏星菌愣了愣，很快恢复常态，继续跳舞，只是在心里嘀咕：看样子老大对这架钢琴很在乎？还以为他只是为了接近梦晓芸才去学习钢琴，没想到他竟然对钢琴产生兴趣了，真是一个危险的信号。

傅子悦今晚的心情很不好，需要在夏星菌身上发泄出来。他像一只野兽，粗鲁狂暴，女人在他眼里不过是一个玩物，他只需要女人的身体，却不需要爱情。欢愉过后，傅子悦又恢复了冷漠的态度，夏星菌趴在他的胸膛上想跟他说说话，除了工作上的交谈外，他们很少有机会聊天。此刻的夏星菌像个小女人，渴望着温暖，渴望着关爱。

"等这个项目处理好了，我们一起出去旅行，好不好？"夏星菌用食指的指腹在傅子悦的胸膛上画圈。

"再说吧。"

"我看你平时也没什么娱乐活动，赚了这么多钱，也该好好放松享受。"

"你想放假的话，我可以准许，这两年你也没休过年假，是该出去玩一趟。"傅子悦淡淡地说。

"我想跟你一起去度假。"夏星菌撒娇。

"我事情太多，走不开。"傅子悦起身去冲澡。

夏星菌听着洗手间里传来的流水声，狠狠地捶打枕头，表情变得狰狞。她已经跟在傅子悦身边七年了，他何时才肯给她一个名分？但待傅子悦赤裸着上身，只穿着一条松松垮垮的麻质睡裤走出来时，夏星菌又立即转变为妩媚之态，微笑着起身，美好的胴体在灯光下展露无遗。她走去亲吻傅子悦的侧脸，傅子悦却冷冷地说："很晚了，洗好澡早点回去休息吧，这几天你也很累了。"

"你是在关心我吗？"夏星菌强颜欢笑。

"我当然关心你。"傅子悦的表情变得柔和一些，伸手抚摸夏星菌的脸颊。多么精致美丽的面孔，可惜是人为再造的，就算手术做得再高明不露痕迹，依旧缺乏一种生动感。

夏星菌按住傅子悦抚摸脸颊的手，娇滴滴地说："可以破个例吗，今晚让我睡在这儿？"

"这个问题我们还需要讨论吗？"傅子悦又恢复那种不可亲近的表情。

夏星菌识趣地不再继续。她知道，他太强大了，强大到只能选择孤独，她很想走进他的内心瞧一瞧。关于傅子悦以前的故事，夏星菌调查不出任何资料，傅子悦把他儿时的成长简历全部抹去了，他的人生从十八岁进入大学时才正式开始，之前的一切没有任何记录。顾明哲的出现，令夏星菌再次对傅子悦十八岁以前的时光充满了好奇。夏星菌笑了，今后她有很多机会见到顾明哲，她会全部打探出来的。

傅子悦直到次日中午醒来，才看到简雨欣昨晚给他发的短信。那个简陋的琴行傅子悦是不愿意再去，他接近梦晓芸的目的已经达到，不需要再浪费时间。梦晓芸，傅子悦轻声呼出这个名字，接下来他该如何安排她？傅子悦坐在钢琴前随意地弹奏了一会儿。以前他起床后喜欢站在窗户前俯瞰这座城市，居高临下的感觉令他很享受，现在他喜欢用钢琴来放松身心，真是一种无心插柳得到的乐趣。

片刻后，傅子悦想到一个办法。他给梦晓芸发微信："上次提到的来我公司帮忙的事情，还有兴趣吗？"

"我能做什么？"梦晓芸迅速回复。她的内心有点小激动，傅子悦终于联系她了，她好想问他昨晚为什么没有去上课？她好想好想见到他。

"我一直想给公司的员工们创造更多的福利，他们很多都是有孩子的人，我准备每周为他们的孩子开一节免费的钢琴课，你愿意来帮我吗？"

"好啊，我喜欢小孩子。"梦晓芸回复。这样的工作她乐意去做，傅子悦似乎真的了解她，她跟小孩子打交道时会很放松，跟成年人接触就容易紧张。

"等我这几天忙好，我来安排。"傅子悦说。

梦晓芸捧着手机微笑，这下她安心了。

这几天傅子悦都在跟钱合生交涉生意上的事情，顾明哲也在场，两人之间举止客气又充满敌意，傅子悦不知道顾明哲掺和进这种事情来到底要干吗，只能小心翼翼地静观其变，并且不许夏星菌和顾明哲有太多接触。

"他不是你能诱惑得了的人。"傅子悦这样对夏星菌说。夏星菌极少遇到自己搞不定的男人，她倒想试试看，畏惧着傅子悦对她的叮嘱，也不敢那么明目张胆地去勾搭顾明哲，只是见面时，夏星菌静静地站在傅子悦身边，不经意地会冲顾明哲抛去一个媚眼或是抿嘴一笑，顾明哲知道夏星菌的小伎俩，偶尔也故意对夏星菌挤挤眼。这种情况被傅子悦逮到时，傅子悦回头冷冷地瞪夏星菌一眼，夏星菌立即表现得乖乖的。

被训练得很好嘛。顾明哲在心里发出冷笑。有些时候顾明哲不得不佩服傅子悦，做事干净利落，心狠手辣，手下能忠心耿耿，把公司管理得也很好，是个做大事的人。他自己不行，他没有多大抱负。

带着夏星菌出去和顾明哲交涉过一次后，傅子悦就叫夏星菌不要再参与这个项目。她的好奇心太重，他有些忌惮她跟顾明哲的相处，所以将接下来的事情交给尤皓去打理。

"老大为什么那么讨厌顾明哲？"两人走出傅子悦的办公室后，夏星菌间尤皓。

"小心哦，好奇心害死猫。"尤皓笑。

"你认识老大时，顾明哲跟老大的关系已经恶劣了吗？"夏星菌不依不饶地问。

"是的。"尤皓回答。

夏星菌迅速在心里算了算时间。她调查过顾明哲的资料，他有案底，在监狱里坐了半年牢，那是在尤皓和傅子悦认识之前。顾明哲的罪名好像是入室抢劫及杀人未遂。在那之前，他们两人是大学同学。"他们两人是念大学时才认识的，还是更早以前就认识？"夏星菌间。

"无可奉告。"尤皓耸耸肩。他一直遵行少说话的原则，能管住自己的嘴总会少犯些错误。

"这个项目做好了，大家都能分到不少钱，辛苦你了。"夏星菌微笑着把手搭在尤皓的肩膀上说。

尤皓笑，两人认识这么多年，夏星菌勾引人的那点小伎俩他还能不了解？尤皓伸手拉起夏星菌放在他肩膀上的手，放在嘴边吻了一下。

夏星菌立即眼送秋波。

"想从我这儿打听到什么事情，代价可是很大的。"尤皓故意挑逗地说。

"你想要什么？"夏星菌妩媚一笑，被尤皓握住的那只手的大拇指摩擦着尤皓的手背。

"我想你要滚开！"尤皓一字一顿地说。

"你——"夏星菌怒瞪着眼，气坏了。

尤皓得意地用肩膀撞开夏星菌，让她别挡着道，大笑着走开。夏星菌这种女人，最初认识时还对她有些想法，现在尤皓是碰都不敢碰她，谁知道碰过她后会惹上什么麻烦。尤皓明白夏星菌所做的一切行动都是带有目的性的。

夏星菌当然不会就此罢休，傅子悦和顾明哲之间明摆着有过很多故事，如今的关系也很微妙，她一定要知道。

不过现在还有一个人也需要夏星菌操心。傅子悦交代她在公司里开辟一个地方建立钢琴教室，员工的孩子每周五下午可以免费来学习钢琴，而钢琴老师就是那个梦晓芸。哼，梦晓芸，夏星菌想起这个名字就来气。

钢琴教室的事情，夏星菌利用一天时间就全部安排好了。她的工作能力一向优异，向傅子悦汇报时，傅子悦简单地说了一句赞扬的话，就令她开心不已。

"梦晓芸那边的事情，也可以交给我去联系。"夏星菌提议。

"不用，我会处理。"傅子悦说。

夏星菌张张嘴还想说什么，见傅子悦低下头看文件，识趣地退出办公室。

梦晓芸的资料夏星菌之前全部都看过，普普通通的女学生，模样看起来还算老实本分。下午看到傅子悦出去办事后，夏星菌也离开公司，决定去音乐学院走一趟。夏星菌开着一辆红色的法拉利敞篷跑车，一路招来行人的频频注视。她的时尚品味极佳，今天虽然穿着职业装，也不忘显露出她的窈窕曲线，女人味十足。走在音乐学院的林荫小道上，夏星菌看着那些普普通通的男女，自我感觉更是优越，若不是遇到傅子悦，她现在或许也才大学毕业，一个月几千块钱的工资，经常还得加班挨上司骂，想买个名牌也得省吃俭用，那样的生活多么悲苦。夏星菌一点也不觉得念大学有什么用处。

提前从资料上得知今天下午梦晓芸四点才下课，夏星菌看看手表，百达翡丽在阳光下闪闪发光，还有十几分钟。夏星菌无聊地在校园里兜了一圈，遇到好几个男生大胆地前来搭讪，她高冷地扬起下巴，她才不愿意在穷小子身上浪费任何时间。

"晓芸，哇，梦晓芸，是你吗？"

梦晓芸下课走出教室，在教学楼附近被一个女人热情地叫住。她奇怪地看了看这个陌生女人，我们认识吗？

"好巧啊，没想到在这儿遇到你。你是这儿的学生吗？"夏星菌笑容亲切地说。

"请问……你是……"

"你忘记我了啊？我是夏星菌啊，我们幼儿园念一个班耶，你的样子好像一点也没变嘛。"夏星菌故意把"幼儿园"这三个字说得提高音调。

听到"幼儿园"这三个字，梦晓芸立即惊得花容失色，那里发生过她最恐惧的经历。

"我不认识你，你……你……认错人了。"梦晓芸转身就走。

"你不是梦晓芸吗？看着好像哦。"夏星菌死皮赖脸地追上去。

"你认错人了。"梦晓芸拔腿就跑，一路狂奔到地铁站，转身看后面没有那个女人的身影，才弯腰双手托住膝盖大口喘气。

幼儿园的同学，天啊，她怎么还记得我！梦晓芸紧张得心怦怦直跳。那些小孩冲她大喊"怪物"的声音在她脑海里挥之不去……她不是怪物，她不要被别人当成怪物……

幸好只是偶遇，希望以后再也见不到。梦晓芸在心里安慰自己。

晚上收到傅子悦的微信，梦晓芸心中的阴影稍微挥散一些。傅子悦说公司里的钢琴教室已经布置好，周五放学他会叫司机去接梦晓芸。傅子悦都已经懒得亲自去接她了。可是梦晓芸无所谓，捧着手机笑得好开心，她又可以见到他了。

只是周五下午梦晓芸再一次成功制造了一个劲爆的话题。尤皓开着一辆劳斯莱斯等候在音乐学院门口，来往的学生都好奇地朝这辆车张望，还有不少学生拿着手机拍照，猜测着这辆车是要接哪位美女校花。好几个女生特意等在劳斯莱斯附近，等着看到底是何方人物会坐进车里。

不一会儿，梦晓芸缓缓走出校门，左右张望着。尤皓之前联系梦晓芸时说他开的是一辆劳斯莱斯，以为这样她就知道了，这辆车如此显眼，在大街上一眼就可以认出。结果梦晓芸不知道这种车长什么样子，具体问了车的颜色、车牌号，然后在校门口一辆一辆地看那些黑颜色车的车牌号辨认。尤皓见梦晓芸看其他车已经有一阵子了，还没有朝他走来，直接打电话提醒她："左转，对，往前走，继续往前。"梦晓芸终于看到尤皓开的车，兴冲冲地拉开车门坐了进去，完全不知道自己上车这一幕已经被很多学生偷拍了。梦晓芸前往傅子悦公司的途中，这段小视频和照片已经在学生间的微信群里传疯了，目击者和看到照片视频的人都很好奇这个女生是谁，很快有人认出了她，听说不久前才有个开兰博基尼跑车的帅哥来学校门口接她，怎么现在又换成一个开劳斯莱斯的男人了？啧啧啧，这个梦晓芸真是厉害，怎么能认识这么多富豪，而且也太张扬了吧，还特意叫这些豪车等在学校门口，生怕别人不知道吗？尤其是女孩之间的议论，语气酸溜溜又十分轻蔑，认识梦晓芸的人在群里扒着她的各种情况，不过除了这两次豪车事件外她的校园生活也没什么可留话柄之处。很多人只能感叹真是被她那文静的外表给骗了，人家勾引男人的功夫强着呢。

梦晓芸完全不知情，她没有加入任何同学间的微信群，微信好友只有父母、简雨欣母女，以及傅子悦。梦晓芸坐在宽敞的后座，从书包里取出备课资料，安静地看着，为了待会儿的钢琴课她昨晚准备了一个多小时，丝毫不敢怠慢。梦晓芸愿意一直为傅子悦打工，她会把那架斯坦威钢琴的钱还给他的。

虽然从小生活在这座城市，但梦晓芸对 S 市还十分陌生，除了家、学校以及授课的琴行，她极少去其他地方。就连浦东，梦晓芸也是第一次过来，穿过长长的延安路隧道时，她好奇地看着窗外，这个洞到底通向何方，这么一直开下去好像能直达天堂。

一路上他们都没有任何交谈，梦晓芸没有好奇地间尤皓要带她去哪儿，没有问他的职业他的年龄等，这么安静的女孩儿真是少见，和尤皓平时接触到的女人风格完全不同。

傅子悦的公司位于金融街一栋十分高上大的写字楼里。尤皓把车停到地下车库，带着梦晓芸走到电梯处。梦晓芸怯怯地问："那个......我们可以走楼梯吗？"

"丫头，我们要去的是六十六楼。"尤皓笑道。

梦晓芸犹豫，这个高度走楼梯是不太可能的，可是她又害怕坐电梯。

电梯门打开，尤皓大步走进去，见梦晓芸还愣在外面，喊了她一声。

"那个……我……坐电梯会很紧张。"梦晓芸说。

尤皓第一次听说这种事，莫非你平时就不坐电梯吗，你要走楼梯上六十六楼？时间一到电梯门就自动合上，尤皓迅速地按了打开键，两人又再次面对面。"不上来吗？"尤皓问。

梦晓芸抿了抿嘴唇，狠下心走进电梯。此时电梯里只有他们两个人，这个封闭的空间暂且还未令梦晓芸感到不舒服。电梯上升到一楼后瞬间挤进来十几个人，梦晓芸开始有些呼吸不畅。她站在角落里，别人不断地往她这边挤来。肢体接触时，她仿佛触电一般，全身紧绷，想更往角落里缩，可是身体已经紧紧贴着墙壁再无退路。六十六楼，好漫长的时间，不断有人出去、有人进来，梦晓芸整张脸都憋红了，心脏似乎要跳出来了，她终于忍不住在电梯停到三十二楼时冲出了电梯。来到走廊上，梦晓芸大口喘气，刚才她真的快要窒息了。

尤皓在梦晓芸跑出电梯时才回过神来，前面站满了人，他已经来不及挤出去，眼睁睁看着电梯门合上。该死，什么情况？尤皓完全不懂梦晓芸这种自闭症患者的心理，也没有闲心去了解。电梯里手机没有信号，尤皓

让我住进你心里

在三十四层楼走出电梯，立即打电话给梦晓芸，她很坚决地说："我走楼梯上去。"

"还有三十多层楼你怎么走啊？累个半死不说，得花多长时间啊？"尤皓努力忍住想骂人的冲动，他给傅子悦打去电话汇报情况。尤皓抱怨地说："梦晓芸那丫头脑子有什么毛病啊，不肯坐电梯，偏要走楼梯。"

傅子悦接触梦晓芸的时间稍长，知道她这种害怕的心理。这种女孩真是麻烦，傅子悦在心里嘀咕，可面对梦晓芸时，他又露出一副温柔的笑脸。他亲自下到三十二楼去接梦晓芸，她站在电梯附近，见他出来，激动地迎上去。

"我陪你坐电梯上去，就我们两个人，别人都不会进来，放轻松好不好？"傅子悦耐心地哄梦晓芸。

"怎么可能就我们两个人在电梯里。"梦晓芸说。

"相信我，我可以办到。"傅子悦说。

"可是……这样是不是太冒险？万一被别人发现了……"梦晓芸想起傅子悦的超能力。

"为了让你放松，这点小冒险算什么。"傅子悦笑。

梦晓芸脸红地低下头。

"有时感觉这样也像个小游戏，挺好玩的。不过，可能还得需要你帮下忙，如果别人戴了眼镜我控制对方就需要花费时间，为了效率高些，需要你协助我取掉他们的眼镜。你能办到吗？"傅子悦问。他不会让梦晓芸知道自己超能力中的缺陷，随便编造一个借口，她也没多想。

"我们一起冒险。"梦晓芸仰起脸说。

电梯门打开，里面挤满了人，傅子悦还从没为了这样的小事使用超能力，真是暴殄天物。傅子悦站在电梯口用手抵住门，电梯门无法合上，里面几个人不免抱怨地向他看来，他先控制了几个朝他看来的人，让他们出去，但有三个戴着眼镜的人他无法控制，他回头冲梦晓芸使使眼色，说："该你了。"

梦晓芸有些紧张，她通常都是躲在角落里偷偷地使用超能力，这么在众目睽睽之下集中意念取掉别人的眼镜真的好冒险，不过有傅子悦在身边，两人配合完成，也是十分新鲜刺激。

很快电梯里的人全都站在电梯外。

傅子悦和梦晓芸走进电梯，门合上的刹那，他们两人相视而笑。

"知道自己做了一件坏事，可又忍不住觉得有趣。"傅子悦说。

梦晓芸微笑，"是很有趣。"

电梯上升时突然电梯门又打开，门口站着一个戴框架眼镜的男人，梦晓芸还来不及多想就条件反射地运用意念取掉了那人的眼镜，然后傅子悦扫视了那人一眼，那人立即呆若木鸡地站住不动，电梯门再次合上。

很默契的一次配合。

傅子悦和梦晓芸互相看了看对方，再次笑了起来，越笑越大声，哈哈哈笑了好久。梦晓芸觉得自己好久没有笑得这么开心了，有傅子悦在身边，她觉得很有安全感。

如果她一直都能这么听话就好了。傅子悦勾了勾嘴角，很好，看来自己已经取得了梦晓芸的信任。

尤皓在公司里仔细辨别着老板和那个女孩的声音，发生了什么事情让两人笑得这么开心？他好奇，这个看起来柔弱的女孩能帮上他们什么忙？她和这个团队完全不是一个风格，老板似乎极力想把她拉入团队，夏星菌那个嫉妒心强的女人估计会发疯吧，无聊时有好戏看了。

果真，梦晓芸一进公司时夏星菌的脸色就开始不好。尤皓在一旁暗暗观察着那三个人的一举一动，装作一副无关痛痒的姿态。

公司的钢琴教室布置得很温馨，全透明的玻璃隔墙，喷着彩绘的卡通图案，屋顶飘满了彩色气球。夏星菌办事一向令傅子悦满意。有小孩儿的员工们听到这是免费的福利，纷纷为自己的孩子报名，一共来了九个孩子，从七岁到十三岁不等，大多都毫无钢琴基础。孩子们在教室里叽叽喳喳不停地制造噪音，追逐打闹，负责看管他们的夏星菌真是要抓狂，恨不得暴打他们一顿。待隔着玻璃墙看到傅子悦走过来，夏星菌气急败坏的表情立即转化为面带微笑，有熊孩子从她身边跑过撞了她一下，她也仅是暗自骂了一句脏话，脸上却依旧充满笑意，她要在傅子悦面前表现出一副温柔贤惠的姿态。

"这就是我为员工的小孩们准备的钢琴教室。"傅子悦侧头对梦晓芸介绍。

"好童趣的样子。"梦晓芸说，"你真是一个有爱心的老板，你的员工们好幸福。"

傅子悦勾勾嘴角笑，有爱心，呵呵他从来没觉得自己有爱心。他没有爱，也没有心。

"希望这样的安排你还算满意。"傅子悦说，"放轻松，授课时没有别人来打扰你，如果员工们路过时透过玻璃墙观看会令你紧张，你可以拉上窗帘。"

"嗯。"梦晓芸微笑。

"晓芸，终于等到你了。"夏星菌心中憋了一把火，走出来迎接。

梦晓芸看到夏星菌，立即惊得花容失色，赶紧躲到傅子悦的身后去。这……不就是前天在学校里遇见的那个……她的幼儿园同学！这人怎么会在这儿！

"怎么了？"傅子悦回头看了看紧张地拉着他衣角的梦晓芸。

"我来自我介绍一下，我叫夏星菌，傅总的助理。"夏星菌假装热情地说。

梦晓芸把脸埋在傅子悦的背后。他真高，肩膀好宽阔，可以完全把她的脸挡住。

"晓芸？"傅子悦扭头唤了一声。

"可以……先叫她离……离开吗？"梦晓芸结巴地说。

傅子悦奇怪地顿了几秒，对夏星菌说："你先回去工作吧，把小张叫过来，这儿的事暂时先由前台小张帮忙。"

"为……"为什么，夏星菌没有把下面两个字说出来，傅子悦从来不多解释，也讨厌麻烦啰唆的人，她暂且忍下这口恶气。这个梦晓芸，一来就给她下马威，还小鸟依人地缩在傅子悦身后！等着瞧，以后有你好看的！

待夏星菌离开，梦晓芸紧张的心还是不能平静。那个女的说她是自己的幼儿园同学，那么……她还记得幼儿园发生的那件怪事吗？还记得大家给我取了个什么绰号吗？梦晓芸脸色苍白，她害怕有人再次把她幼儿园的事件捅出去，害怕再被同学们用异样的眼光看着，嘲笑地叫自己怪物，她只想过平静的生活……

"你以前见过夏星菌？"傅子悦察出异样。

"她……她是我幼儿园同学。"梦晓芸老实交代。

傅子悦皱皱眉，夏星菌怎么突然就成为梦晓芸的幼儿园同学了？她们两人的年纪不对。

"在这儿你完全不用担心任何事情。"傅子悦安慰地说。

梦晓芸仰起脸看着傅子悦，他的目光令她安心。

协助梦晓芸招呼小孩儿的事情由前台小张来办理，那也是一个长相非常漂亮的女孩，不过给人的感觉比夏星菌要平易近人许多。为什么傅子悦公司里的员工都是美女？梦晓芸不经意地在心里嘀咕一句。小张听从老板的吩咐还特意把窗帘拉上，让梦晓芸授课时免受其他员工的打扰。

钢琴教室的事情，傅子悦不再去管，两个小时的课程他没有那么多闲工夫去参与。他走回自己的办公室，路过夏星菌的办公桌时，手指在她办公桌上敲击了两下。夏星菌抬头看傅子悦，嘿嘿笑了两声，眼神里有躲闪。

"不要从中耍什么小聪明。"傅子悦表情冷漠地说。

"我做的一切都是为了你。"夏星菌说，"既然以后梦晓芸会加入我们团队，我当然要和她好好搞好关系先成为朋友。"

"以后她的事情，你不要插手。"傅子悦说。

夏星菌目送傅子悦走进办公室关上门，恨得咬咬牙。梦晓芸，我一定不会让你得逞！

【四】

"傅子悦不再来上课了吗？"艺蕴琴行里，简雨欣问梦晓芸。

梦晓芸敏感地觉得学姐看她的眼神不对劲。近两日学校里四处都是这种不怀好意的眼神，看得她浑身不自在。一切还不是因为傅子悦用豪车接她，梦晓芸起初对那两辆车并不在意，经过叶珊珊的讲解，才知道傅子悦的车竟然都那么贵。梦晓芸每次去上课都感觉好无助，她只想安静地、不引人瞩目地生活。所幸她交到了一个朋友，同班的叶珊珊对她很好。叶珊珊还安慰开导她，叫她别在意别人说什么，那些人只是嫉妒而已。

"我……我不知道。"梦晓芸的确不知道啊。

"你和傅子悦最近不是走得很近吗？"简雨欣狐疑地扬眉。她已经从叶珊珊口中得知傅子悦两次到学校去接梦晓芸，梦晓芸还去他公司里给员工的小孩子上钢琴课。听到这消息时简雨欣气坏了，果真安静寡言的人城府最深。

"他没跟我提过来上课的事情。"梦晓芸说的是实话，他们间聊天并不多。

"你现在要不要打电话过去问问，如果傅子悦不再来上课的话我就把这两个小时的时间安排给别的学生。"简雨欣没好口气地说。

"还是学姐去联系他吧。"梦晓芸紧张地攥紧衣角。

简雨欣气得想骂人，如果傅子悦肯接我电话现在还需要求着你去联系他嘛！下午时简雨欣就给傅子悦打去了三个电话，那边都没接听，那是傅子悦的私人号码，只有少数几个人知道，他不会接听陌生号码来电。简雨欣还试图加这个号码的微信，发送好友申请过去，也一直没得到验证通过，简雨欣郁闷坏了。

"你和傅子悦比较熟，你帮忙问问。"简雨欣缓和了一下语气，她怎么能说自己打去的电话被拒接呢。

叶珊珊也在一旁等着，她特意叫琴行把自己的课程安排在周二晚上，这样就可以方便见到傅子悦。叶珊珊很自信如果傅子悦见到她一定会对她留下印象，她身材气质极佳，穿衣品味也不赖。

梦晓芸顿了顿，拿出手机。电话拨过去，傅子悦很快就接了起来。他还有些诧异梦晓芸怎么会给他打电话，发生什么状况了吗？她不像是那种没事会打电话找他聊天的麻烦女生。

"那个……"梦晓芸看了看简雨欣，一紧张就会使她说话结巴，"请问你还会继续来琴行上课吗？"

"我太忙了。"傅子悦说，"我现在还在公司里加班。"

"哦，以后你有空了还会再来吗？"梦晓芸有些失落，虽然她每周五还可以在傅子悦的公司里见到他，但她想见他更多次。

"晓芸，我的空闲时间很不固定，或许以后你可以单独来教我，我家里有钢琴。"傅子悦说，"我知道你老板现在应该在旁边等你讲完电话，待会儿你就告诉她我不再去琴行上课了。还有，你单独为我上课的事情要保密。"

简雨欣在一旁等得真是着急，恨不得叫梦晓芸把手机按免提，这样她就能听到他们的对话。待梦晓芸挂掉电话，简雨欣急躁地问："怎么样？"

"傅子悦说……他不会来了。"梦晓芸低着头小声说。她没有把傅子悦后面说的那句话讲出来，那是一句很让人脸红的话，原来，他也还想多见到她。

简雨欣愤愤地跺了一下脚，亏她今天还特意打扮得这么漂亮。"那我重新给你安排课程。"简雨欣对梦晓芸说。她的如意算盘打破了，好不容易遇到一个条件优秀的男人，结果被一个毫不起眼的小丫头给撬了墙角，改日她一定要细细盘问梦晓芸。

叶珊珊瞬间无比失落，她的如意算盘也被打破，浪费了这么多时间耗在这儿。她假装接了个电话，装作遇到急事的模样，然后抱歉地对简雨欣说她今晚无法上课了。"正好晓芸的学生没来，就麻烦她帮我代课吧。"

叶珊珊说。

走出艺蕴琴行后，叶珊珊在心里骂着，她再也不要到这个破琴行来了。晚上没事做，叶珊珊在微信群里问着大家晚上有何安排，有朋友在酒吧里订了一个卡座，问她有没有兴趣，她欣然答应。叶珊珊很喜欢泡吧，在这儿可以遇到形形色色的男人，其中不乏优秀者。

刚在卡座上坐下，叶珊珊就找好了今晚的猎物，右手边过去的第二个卡座，三个保安站在那儿，拉着隔挡带把卡座围成一个私密空间，使这个卡座免受舞池人群的骚扰。桌上放着十几瓶香槟，卡座里五个男人看起来很洋气的样子，尤其是坐在中间的那位，衬衣加牛仔裤的装扮，侧面轮廓十分英俊。叶珊珊在座位上和别人敷衍应付着，眼神不断朝那个卡座望去，今晚叫她来玩的人其实也算不上朋友，是以前在酒吧里认识的，一直想泡她，若不是她无聊才不愿意跟这种人到酒吧玩呢。叶珊珊借口上洗手间，从这个缠着她的男人身边溜走。

叶珊珊在酒吧里惯用的泡男人套路，就是站在目标人物的附近，点燃一根烟，眼角余光看到目标朝自己这边注视过来时，就装作不经意地把眼神从他那边扫过，然后看向别处两秒，又把眼神回到他身上，两人的目光交错后，她会冲他微微一笑。模样和穿着都十分清纯散发出仙女气质的女孩身上，总带着某种魅惑的气息，这样的女孩儿很吸引男人。

傅子悦注意到了叶珊珊。他每周会到酒吧一两次，喝酒解闷，应酬客户，最主要的目的是寻找猎物。他需要女人，一次性的关系，没有纠缠的烦恼。如果那个女人足够有魅力，让他愉悦，傅子悦才会联系她第二次。傅子悦举起酒杯冲着叶珊珊笑了笑，他们之间隔着大约两米远的距离，他招手叫来酒保，在酒保耳边说了几句话，酒保识趣地走到叶珊珊身边，说那位先生想请她喝一杯，不知她可否赏脸？

叶珊珊再次冲傅子悦微微一笑。

在酒吧里的相识，就是如此简单。几杯酒下肚，耳语片刻，两人的关系就变得十分亲密，傅子悦把手放在叶珊珊的腰上，她没有丝毫躲避，两人都心领神会，事情朝着期待的方向发展。傅子悦这种类型的男人刚好是叶珊珊喜欢的那款，香水、袖扣和皮鞋都显示出他不俗的品位，手表是一百多万的万国限量款，希望不是戴的假货。酒吧里很多男人会用假的奢侈品来武装自己，欺骗那些只会看牌子的小姑娘们，有些人连开的车都是借朋友的，就把那些无知的小姑娘泡到手了。叶珊珊可不会那么容易被骗。

傅子悦不懂花言巧语，他只会用物质来收买女人，这样比较轻松。他直接向叶珊珊开价，手摩挲着她的手背，在她耳边轻声说："待会儿跟我走，给你一万块钱。"

叶珊珊故作恼怒地推开傅子悦："你把我当什么了。"

傅子悦立即收回手，和叶姗姗保持距离，正襟危坐。不能谈拢那也就没有再说话的必要了。

叶珊珊等了片刻也没见傅子悦继续来献媚，有些慌了，一万块钱耶，出手好大方，她想要这笔钱。叶珊珊主动把身体向傅子悦贴过去，好看地笑着，找各种话题跟他聊天，就想等他再次提起钱的事情。不能一听到钱就答应，要故意拒绝几次，欲迎还拒，待对方多求她几次，这样自己的主动权更多一些。这是一种套路。

女人的这种小心思，傅子悦还能不懂？他在心里冷笑着，越是长得漂见的女人，越是容易用钱搞定。

卡座里的五个男人，有三个都泡到了女人，他们喜欢结伴出来泡妞，除了傅子悦外其余四人都是富二代，整日花天酒地，挥霍着家里的财产。傅子悦不屑跟这类人深交，他从骨子里瞧不起他们，但他需要他们，一些在外表和物质上都和他在一个层次上的酒肉之交。

凌晨一点多，傅子悦搂着叶珊珊离开酒吧，他跟她已经谈好交易，还提前转账一万块钱给她，叶姗姗才放心地跟他去酒店。叶姗姗并不知道他就是傅子悦，他骗她说自己姓顾。酒吧门口停着一辆红色的兰博基尼跑车，之前来酒吧时叶珊珊就注意到这辆车，她还琢磨着会是谁的呢，她好想结识这辆车的车主。没想到傅子悦按了按钥匙，兰博基尼的车灯立即闪烁两下。

中大奖了！叶珊珊心里窃喜，在酒吧混了这么久，终于遇到自己一直想寻找的那种男人了。年轻，英俊，多金，同时还出手大方。坐进兰博基尼里，叶珊珊的虚荣心油然而起，她连拍了好多张自拍照，还特意把方向盘上车的标志拍进去了，傅子悦皱皱眉，说："注意，别把我拍进去。"他已经习惯了，女人坐在他的车里总爱这样。只有一个例外，傅子悦的脑中闪过梦晓芸的名字，所以那个女生格外难搞定。

"你喝了那么多酒还敢开车，不怕被警察抓住吗？"车子开了一会儿后，叶珊珊才想起这个问题。

"不怕。"傅子悦说。他一路超车闯红灯，觉得速度不快就浪费了这辆好车。

也不怕罚款，真是土豪啊。叶珊珊在心里对他更多了一丝爱慕之情。

快到外滩隧道时，开始有些堵车，前面有警察在查酒驾。

"前面有警察！"叶珊珊惊呼。

傅子悦丝毫没有犹豫地继续往前开。警察敲敲窗户，举着酒精测试器叫他吹口气。傅子悦看了那警察一眼，用超能力控制住那警察的意识让他走开，警察听话地走开了。

车扬长而去。

叶珊珊惊呆了，"警察为什么不查你，他认识你吗？"

傅子悦勾勾嘴角笑，并未回答。

叶珊珊更加崇拜这个男人。

车开到金融街丽思卡尔顿酒店楼下停下，叶珊珊心里一阵激动，连住的酒店都这么好。

一辆白色奥迪 A4 无牌轿车停在了酒店附近，夏星菌看着傅子悦搂着一个女人走进酒店，在车里恨得攥紧拳头。时间一分一秒地过去，夏星菌紧盯着酒店大门，她恨不得穿墙进入傅子悦的房间，把那个女人揪出来暴打一顿。夏星菌忍耐着，等待更好的机会。五十多分钟后，一袭白色裙子的叶珊珊走出酒店大门，她站在路边等出租车，没注意到一辆白色轿车迅速向她冲过来，踩大油门撞向她，她毫无防备地被撞飞到几米开外。那辆白色轿车丝毫没有减速地扬长而去……

叶珊珊在医院经过抢救后，暂时脱离了生命危险，肇事司机还没抓到，目击者称那是一辆无牌车。那个路段的监控不知为何全被破坏掉了，找到凶手有一定难度。这个消息在班级里传开后，梦晓芸惊呆了，昨天晚上才和叶珊珊分开没多久，居然就发生了这种事情。她蓦地想到学姐简雨欣一个多月前出车祸的事情，也是被一辆无牌车撞伤，肇事者直到现在还未找到。现在的司机好可怕！梦晓芸嘀咕。她并没有把两次事件联系到一块儿去，她只是可惜身边突然少了一个会找她聊天的人。

傅子悦完全不知道叶珊珊出车祸的事情，她伤情如何与他又何干，不过是用了一次就不再需要的女人。傅子悦现在棘手的问题是跟顾明哲打交道，顾明哲总是跟他对着干。他想做成的事情，顾明哲一定要给他搅黄。若换作是别人敢如此跟他针锋相对，傅子悦老早就把那人给解决掉了。

两人到今天这个地步，令傅子悦很心酸，他们曾经是彼此在这个世界上唯一的亲人，曾发誓要携手闯出一片天地。

周五下午时分，顾明哲第一次来到傅子悦的公司。他依旧是一身嘻哈风格的休闲打扮，右耳上戴着的五个耳钉使他看起来怎么都不像在公司里正常上班的人。顾明哲扛着一辆自行车推开了傅子悦公司的大门。

"我找傅子悦。"顾明哲对前台说。

"请问有预约吗？"前台小张上下打量顾明哲。

"你们老板教你们用这种眼光接待客人的吗？"顾明哲很不喜欢 S 市女人这种精明的眼神。

"请问您预约的名字是什么，我帮您查一下。"前台挤出微笑。

"没有预约，直接叫傅子悦出来就是了。"顾明哲把自行车往墙边一靠，一副吊儿郎当的模样。

"没有预约是不能见老板的。"前台皱了皱眉，这个男人看起来像个无赖。

顾明哲直接大步走进公司内部。

"喂——喂——不能这样闯进我们公司！"前台着急地起身追上去拉扯顾明哲，"大家快帮忙拦住他！"几个男员工起身拦在顾明哲跟前。

尤皓耳朵灵敏地听到外面的动静，走出办公室，他怎么不知道顾明哲今天要来？尤皓还算听闻过一些顾明哲的事情，知道顾明哲瞬间移动的能力。那时他刚认傅子悦为老大不久，顾明哲从监狱里出来后，来找过老大好几次麻烦。后来顾明哲不知为何失踪了，尤皓还以为再也见不到他了。

"你们就这样对待老板的贵客吗？"尤皓大吼一句。

顾明哲看了看尤皓，冷笑一声。傅子悦身边有两位高手对他忠心耿耿，难怪他近几年事业做得风生水起。

尤皓态度十分客气地邀请顾明哲去傅子悦的办公室，顾明哲也没有跟前台再计较，他习惯了人们势利的脸色，S 市这座大都市，狗眼看人低的情况太多了。顾明哲边走边四下看着傅子悦的公司，装潢得很气派嘛，在这么黄金地段的写字楼里，在这么高的楼层，这一切都是傅子悦当初规划的模样。

"夏星菌，通报一下老板。"尤皓走至傅子悦办公室门口，对门外的夏星菌示意。

顾明哲不待通报就径直推开门走进去，夏星菌和尤皓根本来不及拦住他。

"喂——"夏星菌的声音。

傅子悦的办公室里左右两面墙都是落地窗，没有拉窗帘，阳光直直地照射进来。他抬头眯着眼看向顾明哲，顾明哲右耳上的五个钻石耳钉在阳光下闪闪发光。十三岁那年他们一起在右耳打了五个耳洞，后来洗澡时弄湿了伤口，两人的耳洞都化脓了，互相为对方涂抹碘酒时痛得龇牙咧嘴的画面还记忆犹新。后来傅子悦为了要塑造成功商人的正经模样，取掉了耳钉，耳洞慢慢愈合，但仔细看时还是会发现曾经打了耳洞的痕迹。

"傅总的办公室好气派啊。"顾明哲自顾自地走去沙发上坐下，把腿伸直搭在茶几上，夹趾拖鞋无节奏地晃动着。

傅子悦冲站在门口的尤皓和夏星菌摆摆手，他们识趣地退出去把门关上。

"你怎么来了？"傅子悦问，也没有起身，就这么旋转椅子面朝顾明哲。

"来跟傅总谈谈公事。"顾明哲呵呵笑。

夏星菌站在办公室门外，耳朵贴着门，试图偷听里面的谈话内容。

"你还不如直接问我，我听得一清二楚。"尤皓嘲笑道。

"我才不会求你。"夏星菌给尤皓一个白眼。

"哟，变清高了嘛。"尤皓笑，临走时拍了拍夏星菌因贴耳在门上的姿势而翘起的臀部。"不得不说，你的臀部的确性感有弹性。"

"混蛋！"夏星菌回头怒眼骂一句。

"嘘——别让里面听到你的声音，我会帮你保密的。"尤皓挤了挤眼，大摇大摆地走开了。他根本就不需要偷听，里面的交谈他听得清清楚楚。

傅子悦也知道尤皓能听到他和顾明哲的谈话，所以他说话十分小心。只跟顾明哲谈公事，不提两人过往的一切。

尤皓偷听了一会儿就出发去音乐学院接梦晓芸去了。那丫头也真是麻烦，好好的劳斯莱斯好车不坐，说是太张扬了，还提出要求，去接她时要在离学校两个红绿灯的距离等她，免得被同学看到。尤皓开着自己专门跟踪人用的破别克车去接梦晓芸。

两人一路上依然相对无言，尤皓放着喧嚣的舞曲，身体不由自主地跟着节奏扭动，梦晓芸安静地坐在后座看着窗外。尤皓有时会从后视镜里看看坐在后排的梦晓芸，很好奇傅子悦是要把她也收进他的后宫团吗？

前方道路因两车相撞的事故变得拥堵起来，尤皓最受不了堵车，烦躁地骂了两句。待车子接近事故现场时，梦晓芸注意到侧翻的车下压着一个中年女人，女人只有上半身露在车外，挣扎着呻吟着，几个男人正在帮忙推动那辆侧翻车，似乎无济于事。

"等等！我们得帮帮那个被车压住的女人。"梦晓芸突然开口说。

"警察很快就会来了。"尤皓对助人为乐这种事情一点也没兴趣。

"她看起来很痛苦。"梦晓芸说。

"小姐，几个男人在那儿推车都没推动，我们怎么帮啊。"尤皓不耐烦地说。

"我会一点特殊的本领。"梦晓芸小声说，不是迫不得已，她不愿意让别人知道她拥有这种本领。傅子悦曾说过尤皓也是他们的同类，他应该不会用异样的眼光看待她吧？"能麻烦你把车驶到靠左边一些吗，离事故现场稍微远一点，免得别人发现。不过又不能太远，我看不到那辆侧翻的车的话就无法使它移开。"

尤皓虽然心里有抱怨嫌麻烦，还是照做了。第一次在大街上看到梦晓芸时，他就见识到了她的特殊本领，他知道她想怎么做。尤皓丝毫不管后面的车就强制变道，被后面车的司机抱怨着连按喇叭，尤皓笑着说："你最好把后面那辆不停按喇叭的车也掀翻。"

梦晓芸远远地注视着事故现场，眼前不断有车经过，阻挡了她的视线，使她不能全神贯注地盯住那辆侧翻的车。第一次想操控某样东西时变得这么艰难，梦晓芸紧绷全身每一处细胞，不断在脑中命令那辆车快点漂浮起来，可是车似乎纹丝不动。梦晓芸的后背冒出冷汗，怎么就不成功呢，我突然变回普通人了吗？

车不可能一直停在马路上不动，尤皓尽量放慢速度，车还是渐渐驶离事故现场，那辆侧翻的车从梦晓芸的视线中彻底消失了。梦晓芸怀疑地看了看放在身旁的书包，她想试验自己的超能力是否消失了，她双眼死死盯住书包，书包立即听话地漂浮起来。哎，梦晓芸叹口气，为何刚才救人时就无法做到呢，她好自责，那个女人的痛苦呻吟声似乎还响在她的耳边，仿佛一切都是她的错。

尤皓从后视镜里看到了梦晓芸对书包做的试验，间："刚才因为距离太远所以就无法操纵物体吗？"

"不知道。"

"你的超能力有什么限制条件吗？"尤皓问。

梦晓芸没有回答，扭头看向窗外。她不习惯跟别人讨论这个话题，虽然她从傅子悦的口中得知尤皓也是他们的"同类"，她还是更希望以一个普通人的身份跟他相处。只有在傅子悦身边，梦晓芸才能找到那种理解与认同感。

车停到车库后，梦晓芸的紧张感又一次泛起，为何傅子悦的公司要在这么高的楼层。看到尤皓按了电梯的按钮，梦晓芸攥紧书包带子，试图让自己不要害怕。那个封闭狭小的空间，如果只有他们两个人就好了，如果一直到六十六楼都没有人进来就好了……想着想着，梦晓芸脑中突然冒出来一个好注意，兀自笑起来。

"在想什么事情这么好笑？"尤皓问。

"呃……我害怕乘电梯。"梦晓芸说。

"上周已经看出来了，怎么说，今天又要叫老大下来接你吗？"

"不用，我想出一个办法。"梦晓芸低下头小声说，"待会儿进电梯后麻烦你不要看着我，眼睛随意看向任何地方都行，千万不要看着我，不然我会紧张。"

尤皓皱皱眉，这丫头的要求还真多。

电梯门打开，尤皓先大步跨进电梯。

梦晓芸深呼吸几口气，走进电梯，但愿这次不要超能力又突然失灵。待电梯门合上，梦晓芸就死死盯着电梯门看，每到一层楼电梯都停下，电梯门刚有一丝要打开的动静，梦晓芸就用意念的能力迫使电梯门合上，外面的人怎么按开门键都没用。然后电梯继续上升，梦晓芸再一次使用这招，重复了几十次，一直得高度集中注意力才行，她整个人都累坏了，感觉比狂奔几公里还劳累。

终于到达六十六层。梦晓芸大呼口气，她真的体力严重透支，现在好想躺到床上一动不动。

坐个电梯还这么麻烦。尤皓在心里嘀咕。不过他表面上故作微笑，说："控制电梯门这招，亏你也想得出来，佩服佩服。你就那么怕和别人一起坐电梯啊？"

"嗯。"梦晓芸不好意思地低着头。

"上周你和老大也是这样上楼来的？"

"不是。"

"那是如何坐的电梯？"尤皓好奇。

梦晓芸的脸微微一红，那是属于她和傅子悦之间的秘密，才不要跟别人分享呢。

尤皓正等着梦晓芸回答呢，突然一声惊呼打断了他们的对话。

"梦晓芸！"

一个男人扛着自行车从傅子悦的公司门口走出来，突然跳到梦晓芸身边，嬉笑着拍了拍梦晓芸的肩膀，似乎关系很熟的模样。梦晓芸抬头看了那人一眼，赶紧躲到尤皓的身后。是他！怎么这么冤家路窄！

"顾总，这么快就走了啊。"尤皓笑着跟顾明哲打招呼。

"你们是朋友？"顾明哲问。

"你们也认识？"尤皓回头看了看梦晓芸，她把脸埋在他的肩膀上，似乎有些害怕顾明哲。

"那我先走了。"顾明哲嬉笑着说，心想着那丫头怎么跟他们在一起，莫非也被傅子悦拉入团伙了？顾明哲感到惋惜，看起来这么单纯的女生，跟着傅子悦一起做坏事那就糟糕了，估计是被他们骗了吧？

傅子悦站在办公室的窗台边俯瞰脚下的城市，他情绪很差，跟顾明哲之间的交谈并不愉快，虽然大家从头到尾都是面带微笑，说话客客气气，其中的针锋相对却是显而易见，在处理事情上顾明哲总是在为难他。傅子悦不想看到这样的局面，他宁肯顾明哲还是像前几年那般杳无音信。你干吗要回来呢？傅子悦动动嘴唇无声地问。而且你还寻找到了新的后台，跟在别人手下做事就比和我一起构建商业帝国要开心吗？他忘记去迎接梦晓芸，任她在前台小张的引领下去钢琴教室为员工的小孩儿上课。

两个小时的时间过得很快，虽然小孩子很烦，闹腾又难管教，隔一会儿就有几个孩子在教室里追打起来，前台小张经常呵斥着去拉住他们。梦晓芸只是微笑地看着他们闹腾，说话温温柔柔，孩子们都喜欢她。

课程结束时，夏星菌来邀请梦晓芸去老板的办公室。梦晓芸见到夏星菌还是有些害怕，她压根就没仔细考虑自己的幼儿园同学的年龄应该跟自己差不多，怎么就已经工作了，"幼儿园"这个词是她内心深处恐惧的最初起源。

敲开傅子悦办公室的门后，夏星菌站在梦晓芸身边并没准备离开。傅子悦坐在椅子上对夏星菌说："你先出去吧。"夏星菌笑着点头，转身后就阴沉着一张脸，她为什么不能在场！

"上课累了吧？"傅子悦走至梦晓芸身边，温柔地把手放到她的肩膀上。

感受到傅子悦手心的温度，梦晓芸觉得安心。"不累。"她仰起脸冲他笑。

傅子悦拉着梦晓芸走去落地窗前看风景时，扭头向门口投去面无表情的一瞥，夏星菌惊慌地赶紧把门合上，刚才她一直把门推开一条小缝偷偷地看里面的情况，竟然被傅子悦发现了，糟糕！

"哇，这儿的视野真好。"梦晓芸站在落地窗前遥望，可以看到好远的地方。

"待会儿带你去一个地方吃饭，景色比这儿看到的还棒。"傅子悦微笑。

还可以跟傅子悦一起吃饭，有更多相处时间。梦晓芸心里乐开了花。

"今天坐电梯不害怕了吗？"傅子悦想起这个问题。

梦晓芸得意地笑，她说她想出了一个绝妙的主意，以后迫不得已要坐电梯时就可以用上了。他们站在落地窗前聊天，和傅子悦在一起时梦晓芸总有那么多话可以说，比她平时一周说的话还要多。他夸奖她想出的坐电梯方法真是绝顶聪明，又安慰她说没救出车祸现场被车压住的女人不是她的错。反正无论傅子悦说什么，梦晓芸都觉得充满柔情，身心愉悦。

"你的能力有什么限制条件吗？"傅子悦好奇，"比如会在什么情况下突然莫名地失灵？"

梦晓芸想了想，好像今天下午的故障是第一次发生，以前她还没有操控物体失败过。

"是不是只要你能看得见的东西，你都能操控它们？"傅子悦问。他的超能力是有限制条件的，偶尔会遇到阻碍无法发挥。他很好奇那些同类们是否也有这样的缺陷，夏星菌有，尤皓也有。傅子悦掌握着他们的缺陷就能更好地掌控他们。只有顾明哲，傅子悦认识顾明哲二十多年来还没发觉他的超能力有会失控的状态。

"有几次，我听到隔壁的家长正在打小孩，当时我没看见家长是用什么东西打小孩，但是我能听到鞭打的声音，小孩子的哭泣声令我好着急，情急之下我也不知道自己做了什么，打骂声突然就停止了，衣架从家长的手中飞到我身边，然后掉到地上。"梦晓芸回忆说。

还可以控制眼睛看不到的物体？傅子悦立即来了兴趣，希望了解得更详细。梦晓芸真是个单纯的孩子，很容易就交代出所有傅子悦想知道的东西。而且，他能清楚地感受到她对自己的仰慕和信任。傅子悦在心里发出冷笑。

傅子悦为梦晓芸特意准备了晚餐穿戴的服饰，每次见梦晓芸都是穿着宽松的休闲装扮，着装品味实在不敢恭维，傅子悦喜欢走在他身边的女伴是全场最靓丽的风景线。夏星菌帮忙去挑选的连衣裙和高跟鞋，性感又不失端庄，不过是按照夏星菌自己的喜好，宝蓝色连衣裙完美勾勒出身体曲线，高跟鞋八厘米的细跟使人不会走得太累又能婀娜多姿。

梦晓芸看着沙发上放着的包装袋，蹙起眉，问："为什么要送我东西？"

傅子悦以为女人都是喜欢收到礼物的，看到这些东西梦晓芸应该露出欢喜的表情，迫不及待地换上，然后报以感谢的笑容，因为这些都是她平时买不起的品牌。

"我喜欢看你穿得美美的跟我去吃饭。"

"是不是嫌我平时穿的衣服太难看了？"梦晓芸难过地低下头。

"怎么会这么想，我是看重你才会送你东西。"傅子悦把手轻轻放到梦晓芸的肩后，他知道这个动作会令她放松。

花了点时间才劝服梦晓芸收下他送的礼物，傅子悦觉得跟这样的女孩打交道真的好累，但愿他花的精力值得，晚餐时就能见分晓了。

梦晓芸从包装袋里取出连衣裙，抱歉地看着傅子悦，说："好像……不太适合我。"

"试试看。"傅子悦鼓励地看着梦晓芸。

傅子悦的办公室里配有一间更衣室，里面整齐陈列着衬衣、西装、皮鞋和领带皮带袖扣之类的东西，他有时一天会换两三套衣服，去不同的场合见不同的人会换不同的着装，他对于穿着十分讲究。梦晓芸看到这么大的更衣室，惊讶地张大了嘴。裙子的吊牌已经细心地剪去，梦晓芸不认识名牌，不知道这条裙子就要六千多块，不然她一定不会收下。梦晓芸站在镜前看着自己换装后的模样，他好体贴，连内衣都为她准备好了，是聚拢效果非常好的文胸，使梦晓芸那平时因穿运动型内衣以及宽松外衣而被忽略掉的 C 罩杯的胸突然变得明显起来，裙子极好地勾勒出她的身型，她都不敢相信自己的身材看起来竟然这么好。这样的装扮令梦晓芸有些羞涩，虽然裙子并不暴露，但这种贴身的款式她还是第一次穿。梦晓芸扭捏着，鼓起很大勇气，极不习惯地踩着这么高跟的鞋子走出更衣室。见到傅子悦，梦晓芸的脸瞬间涨红，低着头，紧张地绞着手指，像一个等待大人夸奖的小孩。

"哇，都快认不出来了。"傅子悦眼前一亮，由衷地说。他带着欣赏的目光重新打量梦晓芸，原来她的身材还是有点料，此刻她多了几分女人味，虽然没化妆的脸看着依然普通，至少也能吸引别人朝她多看一两眼了。

梦晓芸立即喜上眉梢，眼睛弯成小小月牙。

下班时间已过，公司里好多员工都离开了，夏星菌还守候在傅子悦办公室门口，见到梦晓芸走出来时，不免惊了惊，她换一身装扮后整个人都变了，一种威胁感油然而生。今晚是这么多年来第一次，由另一个女人陪伴傅子悦完成一场危险的游戏，夏星菌恨得咬牙切齿。

"领带有点歪了。"夏星菌面带微笑地走近傅子悦，为他拨正领带，并故作亲昵地把手停顿在他肩上几秒。

敏感的梦晓芸注意到了这个细节，这个漂亮的女助理爱慕着她的老板呢。

在清浦江边的一家本帮菜餐馆，靠窗的位置，梦晓芸和傅子悦一边吃饭一边欣赏对岸的夜景。认识傅子悦后，梦晓芸才知生活中原来还有这么多乐趣，她那一成不变的乏味却又安全的生活在一点点被侵蚀。

刚才穿着八厘米的高跟鞋走路，一路摇摇晃晃，几次差点摔跤，还好傅子悦及时搀扶住她，梦晓芸真不习惯穿这种鞋子走路。她好想换回那双舒适的帆布鞋，此刻，长长的餐布一直垂到地上，梦晓芸确定自己的脚被餐布遮挡住了，偷偷踢掉高跟鞋，光脚踩到地毯上，脚终于放松舒服了。

"喜欢这里的菜吗？"傅子悦问。

梦晓芸赶紧从脱掉高跟鞋的窃喜中回过神来，像做坏事被抓住一般结巴地说："喜……喜欢。"

傅子悦对梦晓芸微笑，眼神却越过她的肩扫视了后侧不远处的一桌，那桌坐着三个中年大叔，一瓶茅台已经喝得快见底了。傅子悦一直温柔地面带笑容，耐心地替梦晓芸夹菜，绞尽脑汁找话题聊天。他极不擅长聊天，尤其跟女人在一起。他习惯了看她们使出浑身解数来撩拨他，像看一场表演。此刻角色调换了，他在卖力地表演。

"我看到一位客户，晓芸，跟我过去打个招呼吧。"傅子悦说。

梦晓芸立即起身，忘记还光着脚。

傅子悦绅士地伸出手，示意梦晓芸可以挽着他走路。他的视线放在不远处那桌的几个男人身上，没注意到梦晓芸明显比之前来时矮了一大截。

走了两步路，梦晓芸察觉到脚底的异感，"哎呀"叫唤一声，赶紧丢开傅子悦跑回餐桌，掀起桌布，把头埋进桌下寻找高跟鞋。傅子悦见梦晓芸旁若无人地用纸巾擦了擦弄脏的脚底，重新穿上高跟鞋，无奈地叹口气。那丫头通向优雅的道路还有很多需要学习的地方，傅子悦要改造她。待梦晓芸穿鞋之际，傅子悦低声说："尤皓，听到了吗，注意行动。"

停车场里，一直注意听着楼上餐馆里动静的尤皓走下车，开始行动。

傅子悦拉着梦晓芸的手走至自己观察了好久的那桌人旁，露出职业性的微笑："江总，您也在这儿吃饭，好巧啊。"

那桌的三个大叔有两个戴着眼镜，其中被傅子悦称为江总的男人也戴着眼镜，起身跟傅子悦握手寒暄，两人笑呵呵地碰了一杯酒，端着酒杯放于嘴边之际，傅子悦突然用眼睛死死锁住梦晓芸的双眼，梦晓芸的眼神瞬间变得黯淡无光。

"我来介绍一下，这位是音乐学院钢琴专业的梦小姐，现在在我公司里兼职为员工的小孩教授钢琴课。"傅子悦笑着介绍，"来，晓芸，敬江总一杯。"

从不喝酒的梦晓芸竟然听话地端起傅子悦递过来的一杯白酒喝下。

傅子悦低下头，在梦晓芸的耳边轻声说："把他们两人的眼镜取下。"

瞬间，江总和另一个中年大叔的眼镜从他们脸上漂浮到半空中，几乎是在同一瞬间，傅子悦伸手抓住那两副眼镜，他们看向他，眼睛与傅子悦对视的刹那，他们三人的表情都变得呆滞起来。

"跟我走！"傅子悦下命令。

梦晓芸和那三个男人都被傅子悦控制了意识，傅子悦曾经对梦晓芸说过：他永远都不会用超能力控制她。他欺骗了她。傅子悦拉着梦晓芸，失去自主意识后的她穿着八厘米的高跟鞋也能稳稳地跟上傅子悦的步伐。尤皓已经等在电梯门口接应，见他们五人走出餐馆，尤皓默契地扶过梦晓芸，一行人走进电梯。

"让她先在车里睡一会儿。"傅子悦对尤皓说。

傅子悦带着那三个被控制的中年男人坐进一辆别克商务车，今晚的任务进展顺利，他露出满意的笑容。尤皓扶着梦晓芸坐进劳斯莱斯里，喂她喝下一杯安眠药，可以使她沉睡几个小时。尤皓开车跟在傅子悦的车后面，他们来到郊外的一处空地，人迹稀少，能清晰地听到各种虫类的鸣叫。梦晓芸睡得很深沉，一点也不知道发生在她身边的事情。

商务车里，傅子悦干净利落地办完事情，被控制意识的江总乖乖在一份文件上签字盖上手印。傅子悦拿到了自己想要的东西，冷笑一声，说："早点听话，就不用吃接下来的苦了。"傅子悦已经与这位江总在生意上周旋多日，江总的态度一直很生硬，完全不肯与傅子悦好好合作，无奈江总一直戴着一副框架眼镜，傅子悦不能直接控制他，等待了这么久，终于找到良机。傅子悦走回劳斯莱斯上，接下来那三个男人就交给尤皓处理。"不要打伤他的脸。"傅子悦交代。他需要好好教训一下那个江总，近日来江总的傲慢态度令傅子悦生了几次闷气，终于到解恨的时候。

"我最拿手这个。"尤皓笑，揍人是他的拿手好戏，一身肌肉不是白长的。

傅子悦开动劳斯莱斯，送梦晓芸回家，待她醒来，她脑中只会留下被控制意识前最后一秒的记忆：她跟着傅子悦去另一桌敬酒。然后傅子悦会跟梦晓芸解释：你才喝两杯白酒居然就醉了，倒在车上睡着后就叫不醒你，我只能在你家楼下一直陪着你。傅子悦会露出迷人的微笑，温柔的语气，呵护地揉揉梦晓芸的头，抱歉地说是他不对，不该让她去敬酒，都是他的错……当然，梦晓芸会相信他，并且感激他一直在车上陪伴她。

梦晓芸又碰到了顾明哲。周一放学后，梦晓芸抱着一叠琴谱低着头匆匆走出学校大门，突然身后跳出来一个人猛地拍了她肩膀一下——"晓芸妹妹！"见梦晓芸被吓得失声尖叫，琴谱散落一地，顾明哲恶作剧得逞般哈哈大笑。

梦晓芸看清是顾明哲后，狠狠地瞪了他一眼。

"晓芸妹妹，咱们又见面了。"顾明哲已经迅速拾起地上的琴谱，递给梦晓芸。

梦晓芸没好脸色地拿回琴谱。冤家路窄！每次见到顾明哲，梦晓芸脑子里都会冒出这个词。

"我请你吃晚饭啊。"顾明哲笑嘻嘻地说。

梦晓芸才不想跟他过多接触，转身就自顾自地朝地铁站的方向走。

顾明哲脸皮厚地推着自行车跟上，"晓芸妹妹，咱们是朋友嘛，你看S市这么多人里我们难得碰到一个同类人，应该多交流。"

梦晓芸头都不抬一下，疾步走自己的路。

"真无情，看你跟尤皓傅子悦他们都相处融洽，为什么见我就想逃呢？"顾明哲问。

因为你是个讨厌鬼！梦晓芸在心里骂了一句。不知为何，从第一次见到顾明哲时起，梦晓芸就一直很讨厌他。

"跟我吃晚饭，我就不把你有特殊才能的事情告诉你同学。"顾明哲使出杀手锏。

梦晓芸终于停下脚步，回头瞪着顾明哲。

顾明哲骑着自行车载梦晓芸去一家面馆吃饭，他说那里的黄鱼面是全S市最好吃的。一路上顾明哲叽叽喳喳说个不停，梦晓芸极不情愿地坐在自行车后座上，心想他话怎么那么多。面馆在一条树木茂盛的老式弄堂里，还未到下班高峰时期已经开始排队，顾明哲把自行车锁在路边，大摇大摆地走进店内，伸手跟老板打了声招呼，立马就有伙计把一张坐着五个人的方桌腾出两个空位来。顾明哲拉开椅子坐下，回头看了看梦晓芸，说："坐下啊。"

跟傅子悦对待梦晓芸的态度简直是天壤之别，傅子悦温柔又细心，带梦晓芸去吃饭的地方都是环境优雅菜品精致，一举一动都散发出绅士风度。不过梦晓芸也不会在意这些，她全程臭着一张脸的原因是她真的太讨厌顾明哲了，竟然再一次用她有超能力的事情要挟她。

顾明哲继续叽叽喳喳地找话说，起初梦晓芸都不想搭理他，他用她同学叶珊珊作为突破口，问起珊珊的近况，梦晓芸才开始跟他聊天，说叶珊珊出了很严重的车祸，还在医院里治疗，肇事司机至今没有被抓获。顾明哲对此只是耸耸肩，叶珊珊只是他的过去式，他瞎了眼才会被叶珊珊单纯的外表所迷惑，拜金女不是他的选择。顾明哲对肇事司机是谁也没兴趣。顾明哲像个调查户口的人般不停地问梦晓芸各种问题，很快就把她的基本情况了解清楚了。生活简单的老实姑娘，怎么就跟傅子悦混一块儿去了？问起傅子悦的事情时，梦晓芸的口风就变得严实起来，她想起上周五在傅子悦的公司门口遇到顾明哲，难道他们也认识？单纯的梦晓芸哪里经得住顾明哲这个江湖老油条的软磨硬泡，最终还是道出了她认识傅子悦的经过，以及现在她在傅子悦的公司里工作偿还钢琴的债务。

还债？顾明哲咧了咧嘴笑，真有趣，亏傅子悦想得出这样的招数。

"你知道傅子悦的能力吗？"顾明哲问。

"知道。"

"你不怕他？"

为什么要害怕？梦晓芸奇怪地看着顾明哲。

"小心提防着那家伙，别被他给控制了。"顾明哲发出警告。

"他不会控制我。"梦晓芸笑道。

"为什么这么肯定？"

"他说过他永远不会用超能力来控制我。"梦晓芸天真地说。

顾明哲在心里翻了个白眼，问道："你的眼睛是不是有点近视？"他注意到梦晓芸有时会眯起双眼。

"一点点。"

"你黑眼珠太小，戴副美瞳会显得眼睛大很多，那样更好看一些。"顾明哲说。

梦晓芸没有回应，她本就是对外貌不太在意的女孩。

"傅子悦喜欢女人戴一副框架眼镜，他说那会显得女人很知性优雅。"

顾明哲继续瞎编。

梦晓芸眨眨眼。顾明哲明显看出梦晓芸对傅子悦有想法。

"你下次见傅子悦时可以戴副框架眼镜试一试，保证他会对你另眼相待。"顾明哲嬉笑地说。儿时顾明哲对傅子悦发过誓，说永远不会把傅子悦这个秘密告诉别人。顾明哲遵守着自己的承诺，但是给梦晓芸一个小提醒，不算违规吧？

梦晓芸当时没把顾明哲的提醒放在心里，待几日后经过一家眼镜店时，不由得脑中冒出顾明哲说的那句话："傅子悦喜欢女人戴一副框架眼镜。"梦晓芸犹豫片刻后，还是走进了眼镜店，在售货员的推荐下挑了一副棕色方框的眼镜。看着镜子里戴着眼镜的自己，似乎真的多了几分知性，她抿嘴偷偷微笑，看来她真的开始爱上了一个男人，这种微妙的感觉真棒。

"我戴眼镜好看，还是不戴好一点？"梦晓芸问简雨欣。她开始在意起自己的外貌，需要别人给予建议，唯一关系好点的人就只有学姐。

简雨欣端详片刻，说："不错，你适合戴眼镜，看起来成熟几分。"

梦晓芸低着头微笑。

简雨欣疑惑地皱皱眉，这小丫头，一副看起来像恋爱中的小女人模样，莫非她已经跟傅子悦开始交往了？

每周五下午是梦晓芸最期待的时间，因为可以见到傅子悦。上学前梦晓芸特意洗了头发，不再是马尾或是丸子头的造型，长长柔顺的头发披散在肩后，应该看起来多了几分女人味吧？梦晓芸开始琢磨着是不是该给自己添置一些新衣服了？见夏星菌和公司的前台都涂抹着颜色鲜艳的口红，她是不是该像她们一样，为自己买一支口红？最近梦晓芸的脑子里多了许多想法，一切都为了让傅子悦能够更在意她。

刚进学校，梦晓芸的视线就被教学楼下围着的大群学生所吸引，他们发出叽叽喳喳的议论声，仰着头看向教学楼上方指指点点。梦晓芸不是个喜欢凑热闹的人，她在不远处稍微放慢脚步，只是想看一眼究竟发生了什么事情。

教学楼顶的防护栏上站着一个女生，身影单薄，站在防护栏十几厘米宽的台阶上摇摇晃晃，随时有摔下楼的危险。六层楼高的教学楼，掉下来摔不死至少也得摔个伤残，才早晨八点多，怎么就有女生想不开想轻生呢？

此时是上学的高峰期，陆陆续续有学生加入围观的人群，好奇地想看看这出闹剧会如何收场。人群里的议论声一直没消停，还有不少起哄声，有一些认识那个女生的学生大声喊着"不要跳楼啊"，有学校教职人员和保安跑上楼顶，劝说着女生，女生回头看看他们，发出警告说不许靠近她，再靠近她就跳楼了！双方僵持着，局面十分紧张。教职人员试图跟女生沟通。女生抽泣得全身颤抖，重心不稳身体摇晃得更厉害了。她冲楼下大声喊着一个男生的名字。

原来是为情所困。楼下围观的人群议论的更厉害了。

梦晓芸看得好着急，没有人报警吗，为什么还没有警察过来在楼下铺上防护垫？紧张的局面过了十几分钟，女生丝毫没有退缩的趋势。梦晓芸作着最坏的打算，如果那个女生真的跳楼，她不能袖手旁观，可是她又害怕暴露自己，附近可是有这么多双眼睛啊！梦晓芸左右看了看，慢慢走至一棵大树旁，这儿离人群大概有将近十米远，有树干的遮挡应该安全一些。梦晓芸关注着天台上的女生，不时四下搜索着周围有什么适合做救援的物体。不远处有一个橘红色垃圾桶，有大半个人的高度，是目前为止她看到的最适合的物体，麻烦的是使它飞起来时里面的垃圾估计会飞出来……

女生继续站在楼顶防护栏上摇摇晃晃，一会儿歇斯底里地尖叫，一会儿放声大哭，完全不听劝说。一位教职人员口中安慰着女生别想不开，有话坐下来好好交流，他观察着女生的反应，趁女生失神的一刹那，他猛地往前跳去，想趁其不备把女生拉回平地上。女生被这一举动吓了一跳，惊慌地下意识想闪躲，一只脚踏空在护栏外，身体失去平衡，重心不稳地朝楼下掉落……

"啊——"教学楼下的人群发出惊恐的尖叫。跳楼了！

此刻，梦晓芸情急之下也顾不了那么多，运用意念操控着垃圾箱，使它飞去迅速接住那个跳楼的女生，垃圾箱飞行的速度太快，盖子晃动开来，里面的垃圾纷纷掉落一地，被垃圾砸中的学生赶紧谩骂着躲开。在哄闹声中，垃圾箱成功接住跳楼女生，女生的重量和惯性压迫着垃圾箱下坠俯冲，冲力太大，就算有东西托住女生她也会摔伤的，梦晓芸使出浑身力气控制着那个垃圾箱往上空抬动，迫使垃圾箱由迅速坠落状态改为向上漂浮，然后再慢慢地往下降落……

正当梦晓芸力量严重消耗额头冒汗之际，突然听到耳边有人"天啊"叫唤了一声，她看到身前不知何时站着一个男生，那男生仰起头看着半空中漂浮着的垃圾箱，又看了看此刻正在使用意念的梦晓芸，她做贼心虚般慌张地痉挛了一下，意念的力量瞬间松散，刹那间，垃圾箱失去力量的控制，迅速朝地面坠落，发出一声巨大的撞击声……

人群惊呆地安静几秒，然后爆发出尖叫，纷纷朝那坠落的女生围过去，梦晓芸身前的男生也惊呼着跑去，没有人注意梦晓芸，只有她一个人呆呆地站在原地不动。梦晓芸不知道那个女生伤势如何，是否还活着，都怪她，原本那个女生可以安全地着地，现在却跟从楼顶跳楼无异……

自责，内疚，悔恨，各种情绪折磨着梦晓芸，她转身狂奔出校门，此时她情绪很激动，泪水湿了眼眶，随时会爆发地大哭。

早晨九点多，梦晓芸出现在傅子悦公司门口。公司前台小张看到梦晓芸这么早就来了，不免惊了惊，老板傅子悦还没有到公司呢，夏星菌也没在，他们通常中午才开始来上班。"梦小姐，请问您和傅总约好了吗？"小张问。

梦晓芸摇摇头，失魂落魄的样子。

"请问您这么早来公司有什么事吗？"小张问。

"我找傅子悦。"梦晓芸说。

敢直呼老板的名字，这丫头和老板的关系很不寻常吗？小张继续保持着职业性的微笑，说："老板还没到公司，要不我带您去休息室先喝点茶？"

"那我在他办公室等他吧。"梦晓芸说。

小张惊讶地眨眨眼，她还不敢贸然地闯进老板的办公室呢，这个女生也太嚣张了吧，她以为自己是老板夫人吗？

"请问……老板知道您早晨要过来吗？"小张问。

梦晓芸摇头。

看这位梦小姐的表情似乎有点不对劲，像副失恋了的模样，不会是对老板纠缠不休的女生吧？小张微笑着说老板办公室门锁着，她只能先带梦晓芸去休息室等一等。小张把门带上后，立即给夏星菌打去电话汇报情况。夏星菌不耐烦地叫小张别管那丫头。

夏星菌挂了电话后恨恨地骂了一句，唯一令她感到欣慰的是，梦晓芸不是跑去傅子悦的家找他，看来那丫头还不知道傅子悦的家在哪儿！

　　夏星菌并未把梦晓芸去公司的事情告诉傅子悦，她躺回床上继续睡觉，他们这伙人都是爱夜间活动的动物，每天不到凌晨三四点是不会睡觉的。夏星菌睡觉时不会关机，防止傅子悦有突发事情需要联系她，傅子悦睡觉时有关机的习惯，早晨没有任何人能够联系到他。梦晓芸等在公司的休息室时给傅子悦打了一个电话，听到对方已关机的提醒，她难过地用双手捂住脸。她此刻好需要傅子悦的安慰，她害死了一个同学，原本她可以救下那个女生，都怪她，她害死了那个女生……自责和悔恨折磨着梦晓芸，她全身不断颤抖，无法原谅自己，她忍不住涌出泪来，就这么哭哭停停，时间一晃一两个小时过去。前台小张特意几次走到休息室听听里面的动静，听到几声抽噎，不免更加确定了心里的猜测：这个梦晓芸一定对老板有企图，现在却被老板厌恶了，哭哭啼啼地跑来公司纠缠老板。

　　傅子悦将近十一点才醒来，开机，看到未接电话的提醒，其中有梦晓芸的来电。他并未太在意，反正下午钢琴课时就可以见面，他觉得没必要花这么多心思跟她卿卿我我。傅子悦按照自己平日的生活规律，先去一家高档的餐厅独自吃 Brunch，他对食物的要求颇高，既要色香味俱全，又要环境高雅，他很享受独自用餐的过程，算是他一天中唯一让自己放空的时间。待下午一点多傅子悦走进公司时，梦晓芸已经离开，前台小张起身笑眯眯地冲傅子悦致意，并没有多此一举地告诉老板上午梦晓芸在公司等了他好久的事情。

　　此时梦晓芸已经和顾明哲待在一起。

　　梦晓芸在傅子悦公司的休息室里等了太久，还不见他来，内心的折磨困扰得她情绪接近崩溃，她需要一个倾诉者，需要别人告诉她——那个女生的死不是你的错。梦晓芸的通讯录里没有几个号码，无意中看到和傅子悦的名字出现在同一页面的顾明哲，一时冲动，拨通了那个号码。顾明哲接起电话时十分意外，还习惯性地油嘴滑舌开梦晓芸的玩笑，却突然听到梦晓芸发出一阵哭声。顾明哲着急地问她发生了什么事情，她却只是哭；他问她在哪里，她报出了傅子悦公司的地址。顾明哲立即就赶来了，还以为傅子悦欺负她了呢。

　　梦晓芸刚走出大厦，顾明哲就骑着自行车来到她身边。他单脚撑地，饶有趣味地打量她，笑嘻嘻地说："刚哭过啊？"

梦晓芸没吱一声，倒很自觉地坐到后座上。

"去哪儿？"顾明哲问。

"随便。"梦晓芸说。

"抓牢了啊。"顾明哲吹响一声口哨，把自行车骑得飞快。

梦晓芸不由得抓紧顾明哲的衣服下摆。

转弯时，顾明哲故意迅速急转弯，梦晓芸条件反射地抱紧他的腰，顾明哲咧嘴笑。

顾明哲带梦晓芸来到世纪公园，湖边的草坪上，他伸了伸懒腰躺下，身体摆出一个"大"字。顾明哲经常白天没事时就跑到这儿来晒太阳，捧着一本小说，可以待一个下午。

梦晓芸也学顾明哲的样子躺到草坪上，眯起眼看着太阳，心情莫名就放松一点，这样晒太阳真的好舒服。

"被傅子悦甩了？"顾明哲突兀地冒出一句。他的说话风格就是这样，嘴贱得欠打一般。

梦晓芸翻了个白眼。

"傅子悦就是那样的男人，喜欢美女，又喜新厌旧，谁为他付出真心啊谁就是傻瓜。"顾明哲说。

"不许你这样说他！"梦晓芸激动地提高音调。

"哟，被他伤害了还要为他说话啊，真服了你。"

"他没有伤害我，他才不会伤害我。"梦晓芸生气地扭头瞪着顾明哲，开始后悔联系了他，这人太讨厌了。

"那你在傅子悦的公司里哭什么？还求着给我打电话。"顾明哲取笑道。

犹豫片刻，梦晓芸说："我……杀……杀了一个人。"

顾明哲惊得跳起来说："是傅子悦控制你杀的人，还是你自己有意识地杀人？"

"搞什么啊，你怎么老是诋毁傅子悦！"原本内疚自责的梦晓芸被激出怒气，"你是不是嫉妒傅子悦，所以总是说他坏话！"梦晓芸还击地嘲讽。

"我嫉妒他？哈哈哈哈，笑话。"顾明哲给梦晓芸一个白眼。他重新躺回草坪上，双手枕着头，来了兴趣，问："讲来听听，你为什么杀人了？"

梦晓芸慢慢讲起早晨的经历，她不知道当时站在她旁边的男生是否看出了她的异样，她不该因为害怕暴露自己而害死那个女生，就算她被别人当成怪物，她还可以转学，重新开始。都是她的错，她害死了那个女生……

说着说着，梦晓芸又哭起来。

"你确定那女生死了？"顾明哲松了口气，这种事情也能让她独自神伤这么久，看来她还是很善良的。

"她从那么高的地方掉下来……"梦晓芸愣了愣。

"也就是说你没有亲眼看到她摔下来的情况就跑开了？"顾明哲问。

梦晓芸摇摇头。

"瞎难过，万一人家还活着呢，没看到结果就在这儿自责半天，蠢死了。"顾明哲说。

梦晓芸瞪着顾明哲，他要不要这么欠揍，也不说点安慰的话。

"这种事情同学间应该会八卦的，你问问其他同学。"顾明哲说。

梦晓芸为难，她没有其他同学的联系方式。

"难道你平时都不跟同学们来往吗，就这么封闭自己？这么害怕别人知道你有特殊能力？"顾明哲还有些不敢相信。

顾明哲还不了解梦晓芸，不知道她有严重的自闭症，大大咧咧地说："走，我带你去看看那女生还活着没。"顾明哲起身，拍拍屁股上的草屑，向梦晓芸伸出手。

梦晓芸迟疑几秒，把手放到顾明哲的手心，他拉她起来。

"抱紧咯，赶时间，我带你见识一下如何几分钟骑行二十公里。"顾明哲歪着嘴角笑笑，蹬动自行车，比超级跑车的速度还快。梦晓芸还未感受过这种速度，她紧张地紧紧抱住顾明哲的腰，眼睛死死闭着不敢睁开。整个身体的重量都像消失一般，轻盈地漂浮于空气中，像飞翔的感觉，梦晓芸想。

"到了。"顾明哲回头看着把脸紧紧贴在他后背的梦晓芸笑。

梦晓芸许久才回过神来，突然感到一阵反胃，跳下自行车，蹲在路边干呕起来。

"真拿你没办法，我先进去问问情况。"顾明哲没看到梦晓芸惨白的脸。

很快顾明哲就问到结果走出来，拍拍自行车后座对梦晓芸说："上车，我们去医院。"

"远吗？我们走路过去吧。"梦晓芸对自行车有恐惧感了。

"啰唆，到底想不想快点知道那女生是否还活着？"顾明哲说。

"慢点骑。"梦晓芸提醒，刚说完，顾明哲就一溜烟载着她飞快地奔向医院。停好车后，梦晓芸又是大口喘气，花了几分钟时间才恢复正常呼吸。

顾明哲则在一旁幸灾乐祸地窃笑。

在医院急诊部，顾明哲在前台处问到了那个女生的情况，她有多处骨折，没有生命危险。

"现在不用自责了吧，你救了那女生一命。"顾明哲笑嘻嘻地说。

心中的一块大石头终于落下来。梦晓芸笑了，第一次觉得顾明哲这个人也不算讨厌。

"谢谢。"她低声说。

"哈哈，晚上请我吃小龙虾。"顾明哲像对待哥们儿一样拍了梦晓芸肩膀一下。

梦晓芸蓦地看到墙上挂着的时钟，指针已经指向两点半，糟糕，钢琴课要开始了。"抱歉，我要走了，我还得去上课。"梦晓芸说。

"喂，没这么小气吧，说到要请客就转移话题。"顾明哲做了个鄙夷的表情。

"明天，明天我一定请你吃小龙虾。"今晚不行，一周才见到傅子悦一次，晚上应该会和他一起吃饭吧？梦晓芸想。她心情大好，不由得对顾明哲露出一个灿烂的笑容，然后背着书包转身就往外跑。

"那个……能麻烦你再送我回傅子悦的公司吗？"跑了十几米，梦晓芸又气喘吁吁地折返回来说。

还有二十多分钟就开课了，梦晓芸害怕打车也来不及，她不想迟到。顾明哲用自行车载着梦晓芸再一次超速行驶，几分钟就到达了傅子悦公司楼下。连续三次感受这样的超速度，梦晓芸终于稍微适应一些，这次下车后没有恶心想吐，眩晕一会儿后眼前就恢复了正常，她看到了傅子悦公司所在的大厦，明媚的阳光反射在大厦玻璃上，那么高的楼，他站在那么高的位置，视线够也够不着。

"你眼睛哭得好肿，要不要我把眼镜借给你戴？可以遮挡一下，免得傅子悦看着嫌你丑。"顾明哲说。

他说话的方式真的很欠揍耶！梦晓芸原本还想感谢顾明哲送她到这儿来，此刻却只想瞪他一眼。梦晓芸摸了摸眼睛，哭了那么久，应该肿得很难看吧。她从书包里拿出之前配的那副棕色方框眼镜戴上。

顾明哲扑哧一笑，真是说什么她都信啊，她就那么喜欢傅子悦那个坏蛋吗？

前台小张见梦晓芸若无其事地再次走进公司，表面上笑意盈盈，心里却在嘀咕：以为你戴一副眼镜遮挡着，就没人知道你哭过吗？小张带着梦晓芸去钢琴教室，梦晓芸却突然提出先去傅子悦的办公室打个招呼。小张在心里哼一声，我倒要看看你能在这家公司里待多久！

夏星菌坐在傅子悦办公室外面，看到小张带着梦晓芸过来，不免流露出怒意。小张顿时明白自己做错了什么，有人要见老板必须先跟夏星菌通报，自己不能擅自做主。

"夏总，那个……"小张想解释。

夏星菌对小张做出一个"你死定了"的表情，转瞬又冲着梦晓芸微笑，说她先打个电话向傅总请示一下。

傅子悦同意梦晓芸进来。

看着梦晓芸大摇大摆地走进傅子悦的办公室，夏星菌真是气炸了，回过头对着前台小张就是一顿臭骂，把不爽的情绪发泄在小张身上，叫小张立即收拾东西走人，公司不需要这种员工……

其实梦晓芸也没什么事要急着见傅子悦，她早晨压在心中的那份负罪感已经释怀，也没想过要质问他为何不接她电话，她只是想微笑着对他说声"嗨"。

"你怎么突然戴起眼镜了？"傅子悦皱了皱眉头，这令他不安。她这是什么意思，知道他的秘密了？知道上周他控制过她？想用眼镜来保护自己？

他怎么一眼就注意到我戴眼镜，他到底喜不喜欢我戴眼镜的样子呢？梦晓芸羞涩地笑，并没有说起自己早晨哭肿双眼的事情。"最近眼睛近视度数变高了，就配了副眼镜。"

"还是不戴眼镜可爱，你眼睛那么好看，被挡住了多可惜。"傅子悦说。

其实梦晓芸的眼睛并不是大而有神的那种，她是单眼皮，从小到大还没人说过她眼睛好看呢。"真……真的吗？"梦晓芸慌忙取下眼镜。

"嗯，这样可爱多了。"傅子悦微笑。

梦晓芸在心里骂：可恶的顾明哲，故意逗我玩呢，你不是说傅子悦喜欢戴眼镜的女人嘛！

次日，梦晓芸在艺蕴琴行的授课时间快结束时，顾明哲已经提前到达琴行。进门的休息处坐着几个中年妇女和外婆奶奶辈，是等着接小孩的。简雨欣穿着便服蓬头垢面地招呼着她们，突然看到进来一个年轻男人，扛着折叠自行车，穿着十分新潮，耳朵上还戴着几个闪亮的耳钉，简雨欣不免丢下那帮阿姨们过来招呼顾明哲。

"您好，是想咨询学习乐器吗？"简雨欣笑得花枝招展，她一见到长得好看的男人就是这副德行。

"我等梦晓芸。"顾明哲说。

简雨欣立即不再笑脸相迎。顾明哲自顾自地在琴行里走来走去，摸摸这个乐器又摸摸那个乐器，刚拿着二胡制造了一阵噪音，又玩起吉他来。简雨欣没好气地看着他，他一点都不像个作风端正之人，和傅子悦比起来差了十万八千里，今晚梦晓芸是要跟这个男人约会吗？

待梦晓芸在一帮小孩儿后面走出教室，顾明哲立即笑眯眯地跳过去搂住她肩膀，"晓芸！"

梦晓芸挤出微笑，虽然她不再像以前那么反感顾明哲，却也没到亲密的程度。她只是欠了他一顿小龙虾。

"为什么不戴眼镜了？你戴眼镜很好看耶。"顾明哲注意到这个细节。

"骗子，子悦说我不戴眼镜可爱，你这样捉弄我很有趣吗？！"

"呵呵，子悦，都这么亲热地称呼了，还好意思说你不喜欢他？"顾明哲故意哈哈大笑。小丫头，我是想保护你，你干吗听他一句话就不戴眼镜了！

梦晓芸被顾明哲笑话得涨红了脸，她推开他搂着她肩膀的手，安慰自已说请他吃完小龙虾就离他远远的。最好不要单独跟他吃饭，梦晓芸间简雨欣要不要跟他们一起去吃小龙虾，简雨欣立即答应。她没有男朋友，时间一直很闲。

顾明哲为难地说："我的自行车只能载一个人耶。"

"附近就有一家龙虾馆，走路过去很快就到了。"简雨欣迅速应答。第一次遇到骑着自行车来泡妞的男人，以为自己还是中学生啊。简雨欣对顾明哲的印象不好，虽然他长得还可以，身上却总散发出一股流氓气。

简雨欣要朝电梯方向走，梦晓芸拉住她说："还是乘扶梯下楼吧。"

顾明哲闻言嘲笑地说："这世上还会有人不敢坐电梯啊！"

梦晓芸也没解释，并不想把自己患有自闭症的事告诉别人，只要傅子悦能够了解她就够了，她不稀罕其他人也懂她。

三人走路去附近的小龙虾馆吃饭，梦晓芸从小一日三餐都是在家里吃，父母从来不让她乱吃零食，开始在艺韵琴行兼职后每晚也是固定地吃碗拉面，难得吃了三次西餐还是傅子悦带她去见识的。梦晓芸第一次见到小龙虾是什么样子，以为就是曾经听过的"龙虾"，偷偷学着两人的样子剥开小龙虾的壳。和顾明哲一起吃过两次饭，地方都是环境简陋、人声鼎沸，顾明哲和简雨欣一直在叽叽喳喳地抬杠，一瓶啤酒下肚后，两人的话更多了，有点棋逢对手的感觉，梦晓芸根本插不进话，她低头慢慢地剥小龙虾壳，还不熟练，剥得很慢，他们两人已经倒掉了满满一盘壳时她才吃了几个。顾明哲有点嫌弃梦晓芸的淑女样儿，自己吃的同时不忘丢几个剥好的小龙虾进她碗里。梦晓芸也没说谢谢，安心地吃那些剥好壳的小龙虾，听简雨欣和顾明哲水火不相容地不停抬杠。

他们都没有注意到不远处，一个男人正举着相机拍下了他们一起吃饭的画面。

周一，傅子悦刚进公司时就看到这些照片放在他的办公桌上，他很诧异看到梦晓芸和顾明哲居然坐在一张餐桌上亲密交谈。这两人怎么走在一块儿？他们没有任何交集，怎么就认识了？傅子悦脸上表情严峻，叫夏星菌进来跟他解释照片是怎么回事。

"你一直派人跟踪梦晓芸？"傅子悦问。跟踪顾明哲当然是不可能，顾明哲消失的那几年，傅子悦曾试图找到他的踪迹，却毫无线索，顾明哲的速度别人是追不上的。

"我只是想帮你。"夏星菌笑。她当然不会告诉傅子悦，她每天都会调出梦晓芸的手机通话记录清单查看她是否跟傅子悦通过电话，看看梦晓芸对自己到底是否会造成威胁。发现梦晓芸和顾明哲认识，完全是意外的收获。

"下面你知道该怎么做了。"傅子悦说。

夏星菌笑，这么多年的默契，她当然知道傅子悦想让她干什么，她是他的得力助手，没有任何女人可以撼动她的地位。"我会好好关注他们。"夏星菌说。

傅子悦做了一个"退下"的手势。他再次拿起照片仔细看，自言自语道："明哲，你就那么爱跟我作对吗？"

想了想，傅子悦决定去音乐学院走一趟，虽然他没必要见她如此频繁，他自信已经把梦晓芸纳入了自己的掌控中。现在顾明哲却冒出来故意捣蛋，傅子悦要在事情恶化前先发制人。

在更衣室里挑选了一身休闲的T恤和牛仔裤，搭配适合的墨镜和手表，傅子悦走出办公室。夏星菌看傅子悦穿的不是见客户的衣着，问："你现在要去哪儿？"

傅子悦皱了皱眉。

夏星菌知道自己着急说错话，说："抱歉。"

傅子悦冷冷地离开。

"傅总您好。"经过前台处，前台立即起身笑着向傅子悦致意。

换前台了吗？傅子悦中午来公司时还没注意到，此刻只是放慢脚步多看了一眼，然后不在意地走开了。

傅子悦开着兰博基尼跑车进音乐学院，照例是引起一阵轰动。外来车辆不允许进学校，在学校大门口，门卫把傅子悦的车拦下，叫他掉头开走。傅子悦取下墨镜，锁定门卫的双眼，命令道："把门打开。"门卫立即听话地把门打开，傅子悦开着车扬长而入。

下午时分，多数学生还在上课，校园里零散走着一些学生，看到这辆酷炫的跑车经过，纷纷拿起手机拍照。傅子悦直接把车停到教学楼下，打电话给梦晓芸。

没有几个人知道梦晓芸的号码，她的手机几乎都是安静地躺在书包里，此刻突然在课堂上响起来，梦晓芸一时还未反应过来。手机再次响起，梦晓芸才意识到是自己的手机。

是傅子悦！看到这个名字梦晓芸心里就一阵狂喜，忘记这是在课堂，立即就接起他的来电。

"我在教学楼下，下来啊。"傅子悦霸道地说。

"可是……我在上课……"

"逃课吧。"

"不太好耶……"梦晓芸是乖学生。

老师咳嗽一声，发出警告："后面那位同学，现在是在课堂上，请不要讲手机，专心听课。"

同学们纷纷回头看着梦晓芸。

梦晓芸窘迫地红了脸，慌忙挂断电话。

梦晓芸迟疑地偷偷瞄了瞄老师，她坐在倒数第二排，靠近后门的位置，她上课一向是选择角落的位置，尽量不引起别人的注意。梦晓芸此刻只觉得热血沸腾，再也受不了让他在楼下多等她一分钟，迅速把书本放进书包里，也不顾会不会被老师发现而记她旷课，趁老师转身在黑板上写字的瞬间，从后门溜了出去。

看到梦晓芸气喘吁吁地跑出教学楼，傅子悦得意地笑了。他下车，冲她挥挥手。梦晓芸看到傅子悦，整颗心都融化了，眼里只有他，完全不看脚下的路，结果跑得太快踩到一块小石子，一下摔倒在水泥路上。梦晓芸撑起身体，不敢抬头看前来扶她的傅子悦。她真是恨死自己为何这么丢脸。

"有哪里受伤吗？"傅子悦关切地问。他扶梦晓芸起来，拍拍她身上的灰尘，帮她拾起书包，一连串的动作那么温柔，梦晓芸心里泛起浓浓甜蜜。

"没事。"梦晓芸小声说，然后笑着问，"我们去哪儿？"

傅子悦笑，"跟着我走就是了。"

两人上车的画面被附近的学生拍到。照片很快就在各个学生微信群里传疯了，还有人认出这就是之前停在学校门口接人的那辆兰博基尼，看来那个梦晓芸不是只被短暂地玩玩而已，他们还在继续交往啊……那些看热闹的人激烈地发出各种评论，而两个主角却毫不知情。车开至大门时，门卫奇怪地拦下这辆车，傅子悦打开窗，取下墨镜，门卫刚张张嘴打算说什么，眼神突然就变得呆滞，傅子悦一声令下："把门打开。"门卫就照做。

副驾驶位上的梦晓芸明白刚才那刻发生了什么，惊得大气不敢出。傅子悦这么滥用自己的超能力，一点也不害怕被别人看作是怪物，还能在社会上活得如鱼得水，梦晓芸好崇拜他，也好羡慕。

"你不害怕有失误的时候吗，万一被别人知道了怎么办？"梦晓芸小声说。

傅子悦揉揉梦晓芸的头发，温柔地说："晓芸，你不该害怕自己拥有这份超能力，该感到害怕的是那些普通人。"

梦晓芸懵懂地点点头，她的世界观开始发生变化。

车一路行驶到一处老洋房外停下，梦晓芸跟着傅子悦下车，疑惑地看着这座外墙上爬满了爬山虎的房子。房子外没有挂任何招牌，门内站着一个西装笔挺的男人，见有客人来，为他们拉开门，笑容满面地引他们入内。这里曾是民国时期的豪宅，现在改造成服装设计工作室，屋内的每一处布置细节都显示出主人不俗的审美品位。

"我们到这儿来干什么？"梦晓芸问。一路进来时就看到走廊上陈列着一些衣服，休息室里也是，她能看出这里是服装店，而且是非常高档的服装店。

"帮你设计礼服。"傅子悦说。

"我不需要什么礼服啊。"梦晓芸提高音调。之前一起吃饭时傅子悦就送过她一套裙子和鞋，他是嫌弃她平时穿的衣服太丑吗？梦晓芸敏感的心有点受伤。

"相信我，你需要很多套礼服。"傅子悦喝了一口红酒，微笑着说。他没太在意梦晓芸脸色的变化。

设计师是个中年女人，谈吐举止很有气质。她和傅子悦热情打招呼，看样子傅子悦是熟客。傅子悦向梦晓芸介绍这位设计师，姓张，可以叫她张姐，简单说了一下张姐的履历，以及为一些大咖设计过的衣服。梦晓芸完全没听进去，一直在心里嘀咕着傅子悦是不是嫌弃她穿衣难看，她好难过。

"梦小姐平时喜欢什么样的打扮风格？"张姐问。

梦晓芸低着头，咬着嘴唇不说话。

傅子悦笑着揉揉梦晓芸的头发，替她说话："这孩子怕生，张姐你做主帮她设计几款适合她的礼服。"

张姐上下打量梦晓芸，梦晓芸极不喜欢别人盯着她看，感到浑身不自在，心里又有些赌气，我穿什么衣服为什么要别人给我做主！张姐替梦晓芸量好全身的尺寸，然后拿出几张模特的样本图片给梦晓芸看，有小女生类的可爱清纯风，也有稍带独特设计感的优雅风，张姐问她喜不喜欢，梦晓芸咬咬嘴唇，说："不喜欢。"

"那梦小姐喜欢什么风格的衣服？"张姐有些尴尬。

"女人味十足的。"梦晓芸说。其实她很喜欢夏星菌的穿衣风格，每次见到夏星菌，衣服全没有重样过，气场十足，知性、优雅、高贵、美丽，又性感，那才是成熟的女人。梦晓芸觉得既然夏星菌天天待在傅子悦身边，眼神里流露着对傅子悦的爱慕之情，穿衣风格一定也是迎合着傅子悦的喜好。梦晓芸想要变成夏星菌那样成熟美丽的女人。

张姐又拿出几张范本图，按照梦晓芸的要求都是女人味十足的礼服，不过依梦晓芸的身体条件，身材娇小偏瘦，曲线也不太明显，脸庞还带着浓浓的学生气，很难穿出这类礼服的味道。梦晓芸看着图片里那些美丽的模特，好生羡慕。

"我可以穿这些衣服吗？"梦晓芸问。

"我会依照梦小姐的整体气质做一些改进。"张姐微笑。

傅子悦一杯红酒喝完，很好，梦晓芸的确需要几套礼服，傅子悦可不想出入高档场合时身边的女伴丢他的脸。敲定好设计细节，付过订金，傅子悦带着梦晓芸离开。她跟在他身后，将近二十厘米的身高差衬托得她就像一个小妹妹。

上了车后，梦晓芸问："你带过多少个女生到这儿来做衣服？"

傅子悦蹙了蹙眉说："呵呵，某人说话带着点醋意哦。"

梦晓芸窘迫地脸红，不由得结巴起来，"那个……不是……"

"你是第一个。"傅子悦说。

梦晓芸眨眨眼，随即露出灿烂的笑容。她就这么单纯地相信了他说的话。不过傅子悦说的也是真话，他才懒得带那些女人过来做衣服，给她们钱叫她们自己去买就好了。

"谢谢你送我衣服。其实……那些衣服做好我也没什么机会穿，那种礼服好像是出席什么时尚活动、晚宴之类才穿的吧？"梦晓芸说。

"跟我在一起，你还害怕没有出席的机会吗？"傅子悦勾勾嘴角。

跟他在一起，一起，哦，这个词听着真令人开心。梦晓芸总是能从傅子悦随口说出的话中找到自己想要的答案。

"过几天有一个客户要在家里举办家庭晚餐，会有好几家的小孩子表演钢琴演奏，我希望看到你也去弹奏一曲，一定相当惊艳。"傅子悦说。

梦晓芸有点为难。在这么多陌生人面前弹奏钢琴，她一定会紧张害怕，可能手指还会不听使唤地出错……

"晓芸，以你这么优秀的钢琴水平，在一家小小的琴行里授课太屈才，你应该在舞台上举办自己的钢琴音乐会，会有无数人陶醉鼓掌。你现在首先需要的是克服自己的胆怯。我会帮你，带着你一步一步走上音乐的巅峰。相信我，我们从最小型的聚会开始，一点一点壮胆，直到你准备好登上音乐厅的舞台。"傅子悦把手覆盖上梦晓芸放在膝盖的手，温柔地抚摸它，掌心的温度令她安心。

梦晓芸屏住呼吸体会着这份肌肤接触，身体每一个细胞都被激活，跳跃着，好欢喜。

她的模样像在低头思考刚才那番话，傅子悦继续用温柔攻势劝说梦晓芸，他的车在往自己家的方向行驶，他问她："何不我们两人一起合作弹奏一曲？像我这种从小没摸过钢琴的人，如果能在大家面前弹奏出一首完整的曲子，一定会让大家吃惊。"

梦晓芸面泛桃花，她总是轻易就被傅子悦说的这类话打败。

傅子悦把车停到家的地下车库，他要她好好教他一支曲子，免得在家庭晚餐上出丑。他家在三十六楼，需要乘电梯上去，傅子悦在梦晓芸耳边温柔地说："放松，我陪在你身边，你什么都不用害怕。"梦晓芸的手一直被傅子悦握在手心，她的注意力集中在那份肌肤接触的美妙上，乘电梯的紧张感减轻了许多。

这个家……好大！梦晓芸走进傅子悦的家，第一感觉就是这儿真空旷，很大的空间，却没摆设什么家具，黑白两种色调，看着都寂寞。傅子悦买下了整层楼，五百多平米的家里就他一个人住，家里还装了电梯通向楼顶，楼顶的空间被他布置成花园露天吧，坐在那儿喝着酒遥望城市是他难得的清闲消遣。露天吧至少可以接待十几个人开派对，可惜从没有人来玩过，傅子悦不喜欢别人打扰他的私人空间，骨子里他是极度反感热闹的。

梦晓芸很喜欢这个花园，顶上有玻璃板隔挡，这些花木生长得十分茂盛，还有蝴蝶和蜜蜂飞舞。梦晓芸蹲下闻闻花香，又跑至露台边俯身望望楼下，惊得赶紧缩回头。

"好高，真吓人。"她吐吐舌头。傅子悦好像一点也不恐高，他的家和公司都在很高的地方，他喜欢高处吗？

"你一个人住这么大的房子，不害怕吗？"梦晓芸扭过头看傅子悦。

傅子悦笑着摇摇头，他没有可害怕的东西。

距离傅子悦说的家庭晚宴还有五天时间，两人要合奏一支完整的钢琴曲，傅子悦还特意指出不能是太简单的曲子。梦晓芸努力在脑子里搜索着，理查德·克莱德曼的《爱的协奏曲》还算适合，可以挑选几章，她弹奏主体部分，傅子悦配合。他已经掌握了钢琴的基本知识，勤练几日应该可以胜任。说干就干，两人坐在钢琴前开始练习。钢琴位于客厅靠窗户的位置，阳光很好，跳跃在琴键上舞蹈，这架钢琴和梦晓芸家里那架施坦威钢琴一模一样，她抚摸着就感觉温馨，他送给她梦寐以求的钢琴，他对她真好。梦晓芸认真地指导，示范，纠正，傅子悦学得很快。弹奏钢琴时，傅子悦是放松愉悦的，儿时傅子悦看着电视里那些小孩弹奏钢琴，父母在一旁露出欣赏的表情，他就无比羡慕，因为他没有感受过家庭的温暖。

两人肩并肩，手指不时会触碰到。不知是谁先扭头看向对方，四目相对，电光火石，蓦地心生出无数柔情。傅子悦低下头，轻轻地在梦晓芸的双唇上印了一个吻。梦晓芸呆呆地闭上眼，那短短一秒的接触，似乎打开了另一个世界的大门……

周六下午，傅子悦带着梦晓芸去客户家参加家庭聚会。这类聚会大多都是父母带着孩子一起出席，孩子们在花园里玩耍，女人们交流育儿或美容购物心得，男人们站在一起谈论着时事和工作，场面十分温馨。傅子悦极少出席这类聚会，工作应酬通常都是带着夏星菌。她大方美丽，懂得人情世故，酒量也很好，是应酬的最佳女伴。这次他带着梦晓芸来，认识的几个客户以为她是他的女友，留意地打量梦晓芸。

梦晓芸今晚穿着定制的粉色小礼服，设计师张姐根据梦晓芸的自身条件在她要求的成熟女人风格中加了一些梦幻元素，露出她消瘦的肩膀和蝶翼般的锁骨。她刚换好礼服时，简直不敢相信镜中的仙子就是自己。张姐还给梦晓芸搭配了项链和耳环，梦晓芸没有打耳洞，只能用夹式耳环。尤皓开车接了梦晓芸再去接傅子悦，傅子悦坐进车时，不免赞叹地说："晓芸，你今晚真美。"梦晓芸羞涩地低下头，她渴望得到他的夸奖。

在别人家里作客，且全部都是陌生人，梦晓芸好紧张。主人的房子有一个很大的花园，翠绿的草坪，玫瑰、蔷薇、茉莉和栀子花开得很茂盛，空气中弥漫着淡淡花香，有两条大狗在奔跑，七八个小孩子追逐嬉戏，欢笑声不断。在 S 市能够拥有这么大的花园，好令人羡慕，梦晓芸一向对物欲没什么感觉，此刻也只是微笑着想，自己若是在这儿成长的话小学那段闭门不出的日子也不会那么无聊了。梦晓芸一直跟在傅子悦身边，他向她介绍别人时，她抬头匆匆挤出一丝微笑，又重新低下头，根本就没去记对方姓什么。傅子悦问梦晓芸要不要坐到女士那边去跟她们一起喝茶聊天，梦晓芸猛地摇摇头。他跟男人交谈生意上的事情时，她就安静地站着，见他移动脚步，她就赶紧跟上。别人跟她说话时，她总是结巴地不知该说什么。真是个糟糕的女伴啊，傅子悦心里想。

吃过晚餐，家长们在客厅里围成一圈，几个小女孩表演了舞蹈，一个小男孩拉了小提琴，还有几个钢琴节目，小孩的独奏，孩子和母亲的合作演奏，每个节目都赢得阵阵掌声，大家其乐融融的画面真温馨，梦晓芸喜欢这份浓浓的家庭爱意。她知道自己一直不是个乖孩子，性格太孤僻极端，总是令父母操心。虽然家庭和睦，但她与父母之间总是相敬如宾，缺少亲热和交流。

傅子悦向大家介绍说自己也想献丑一曲，他牵起梦晓芸的手，大家爆发出掌声。梦晓芸从刚才的失神中收回思绪，见大家都盯着她看，手心直冒冷汗。

"该我们演出了。"傅子悦在梦晓芸耳边轻声说。

梦晓芸的身体瞬间就僵硬起来。

"放轻松，我在你身边。"傅子悦冲她笑。

梦晓芸的紧张感真的就消散许多。

两人只并肩坐在一起合作练习过一次，后面几日时间傅子悦都是在家里自己练习，夜里时傅子悦会给梦晓芸打视频电话，两人各坐于自己的钢琴前弹奏自己的那部分乐谱，梦晓芸通过手机指导纠正傅子悦，这样每天练习半个小时，基本也能完整地弹奏下来了。几天前被邻居敲门投诉过多次后，父母曾对梦晓芸下过命令：过了晚上九点，就不能弹奏钢琴，那样会影响别人休息。傅子悦总是要忙到夜里十一二点才有空，只要他打电话来，梦晓芸就兴奋地坐到钢琴前跟他同步弹奏。夜深人静时钢琴发出的声音显得特别响亮，父母被吵得无法睡觉，到客厅来制止，梦晓芸压根儿就不听他们劝说，在她心里，他比一切都重要。

并肩坐于钢琴前，梦晓芸冲傅子悦微微一笑，两人第一次合作表演，还是当着这么多人的面，其实梦晓芸心里一直有点小期待。钢琴发出一个音符后，梦晓芸就投入地置身音乐中，傅子悦只需要辅助地弹奏，难度并不大，就算他出现几个小错误也被梦晓芸老练地掩饰过去了。两人的合作……竟能如此默契完美！

一曲弹奏完毕，热烈的掌声响起，梦晓芸喜眉笑眼地看着傅子悦，激动得身体微微发颤。他们刚才好像进行了某种爱的宣示，身边全是见证人。

"这位梦小姐是音乐学院钢琴系的学生，她弹奏钢琴的水平我觉得完全可以和那些大师们媲美，下面我们来听她独奏一曲怎么样？"傅子悦向众人说。

梦晓芸脸上的笑容僵掉，之前你没有说过要我单独演奏的啊！

大家已经掌声欢迎梦晓芸独奏一曲，傅子悦把手放到梦晓芸的肩膀，用鼓励的眼光看着她，"你可以做到的。"傅子悦说，"一步一步，从小型聚会开始，慢慢登上音乐大舞台，我会一直陪在你身边。"

一番话融化了梦晓芸的心，她深吸一口气，告诉自己不用紧张。

大家等待着，梦晓芸的手指放在琴键上迟迟没有按下去，一秒、两秒、十秒，二十秒……有些人开始不耐烦了。傅子悦饶有趣味地站在一旁，等待着情节发展。梦晓芸的手指发抖，嘴唇也微微颤抖，一颗心怦怦乱跳。虽然她一直死死盯着黑白琴键，也能感受到周围无数双眼睛在看着她。他们在看着她，他们在看着她……越想就越紧张，手指完全不听使唤，梦晓芸好想立即转身就逃离这儿，跑回自己那个安全的小房间。

掌声突兀地响起，傅子悦再次鼓掌，给予梦晓芸鼓励。梦晓芸抬头看了看傅子悦，他的笑容那么温暖，眼睛里闪烁着信任，哦，我在害怕什么呢，他陪在我身边的啊！梦晓芸的手指蓦地在琴键上按响一个音符，逼迫得她只能继续弹奏下去，脑子有些迟钝，还没想好自己要弹奏哪支曲子，发出一阵杂乱无章的声音。观众里有人已经明显想离开。正待这种情绪蔓延开时，琴声突然变得连贯——斯特的《爱之梦》。音乐一旦走上正轨，梦晓芸的注意力就全身心扑入了钢琴弹奏中，闭上眼，任手指在琴键上舞蹈。她的钢琴演奏水准堪称一流，迅速吸引了大家的注意力，连小孩子都听得全神贯注。

一曲完毕，大家爆发出持久的掌声。

"太棒了，真的太棒了！"几位太太称赞。

"姐姐能不能再弹奏一曲？"一个小女孩稚嫩的声音。

梦晓芸愣了愣，抬头看向傅子悦，傅子悦赞许地微笑点头，说："他们喜欢听呢，再来一曲？"

小女孩走到梦晓芸身旁，把小脑袋趴在钢琴边看着她，天真的眼神，满怀期待。梦晓芸冲小女孩笑笑，继续弹奏起来。她的紧张感消失了，弹得如鱼得水，高超的技艺令人惊叹，听着就是一种享受。

傅子悦走到这家男主人的身旁，跟他交谈起来。这家主人的女儿今年八岁，已经学习钢琴一年多了，并且十分喜欢弹钢琴。傅子悦推荐梦晓芸，她虽然年纪很小，但很有教学经验，可以作为他女儿的家庭钢琴教师。女主人听到他们谈论的话题也加入进来，问了下梦晓芸的情况，没有获得什么大型比赛的奖项，也没在什么出名琴行里授课，虽然听起来弹奏得还不错，但他们不是内行人，不太懂音乐水平，全凭国际获奖证书和名气来判断老师。主妇说闺女现在已经有位钢琴老师，拥有二十多年的教学经验，教出过很多优异的学生……主妇说着说着，黑眼珠突然不动了，眼皮一眨也不眨，眼神毫无聚焦点。她已经被傅子悦控制。

"我看你家闺女似乎很喜欢晓芸。"傅子悦回头，看到小女孩已经和梦晓芸并排坐着一起弹奏，梦晓芸不怕和小孩子接触，耐心地回答她的问题，并且开始配合小女孩一起弹奏简单的曲子。

"是的。"主妇回答。

"让晓芸试教几次课也不错，年轻并不代表技术不好。"傅子悦说。

主妇开始附和着傅子悦说话，劝说丈夫可以叫梦晓芸到家里来教两次课试试。男主人戴着一副无框眼镜，傅子悦无法控制他，只能通过控制他妻子来达到自己的目的。男主人耸耸肩，无所谓，家庭事情上一向是妻子打理，事业上的问题就够他忙活了，他哪儿有那么多时间去研究一个钢琴老师。

"你觉得梦老师可以就聘请她吧。"男主人说。

几日后，梦晓芸成为了这家小孩的家庭钢琴老师。男主人姓邵，是一个房地产商。梦晓芸听从傅子悦的安排，他说邵先生的女儿邵甜甜很喜欢她，希望她能胜任这份工作。工作很轻松，每周六下午授课两个小时，周三晚上授课一个半小时，工资是在艺蕴琴行授课的三倍。现在梦晓芸的空闲时间基本都在打工，做三份工作，赚的钱完全能够负担每月的生活费和学费，或许还能有点小存款。傅子悦劝说梦晓芸把艺蕴琴行的工作辞了，他不希望看到她这么辛苦。梦晓芸笑着婉拒，她很开心能够自力更生，当然，这也是因为傅子悦帮忙。

几次家教课下来，梦晓芸跟邵甜甜已经相处融洽，小女孩很可爱，总是冲着梦晓芸甜甜地笑，学习累了时还爱把头依靠到梦晓芸的肩膀上。邵甜甜的母亲一直在家陪着女儿学钢琴，佣人会准备丰富的水果和零食放于钢琴旁，甜甜的母亲每次还叫梦晓芸早点到她们家一起吃饭呢。只是一直没见到邵甜甜的父亲。每次上完课后，梦晓芸都会在微信里跟傅子悦聊几句在邵宅的情况，他很关心她，还提出派司机接送她去授课，梦晓芸拒绝了，那样多张扬，乘地铁和走走路挺好的。

把梦晓芸安排在邵宅工作，傅子悦另有目的，觉得时机成熟时，傅子悦开始派夏星菡出马。两人在傅子悦家里激情缠绵之后，夏星菡懒洋洋地躺在傅子悦怀里，手指抚摸着傅子悦肌肉结实的胸膛，贪恋着他的温暖。

"那丫头给的情报靠谱吗？"夏星菡问。

"不会出错。"傅子悦回答。他想起身去洗澡，做完那事儿后他总是匆匆去洗手间，不愿意再躺在床上温存。

"再陪我躺一会儿，就一小会儿。"夏星菡拉住傅子悦的手撒娇，她的脸庞还留有红潮，娇美的模样会令无数男人心软。

傅子悦回头淡淡地看了看夏星菡，说："起来吧，还有正经事情要做。"夏星菡看着傅子悦去洗手间的背影不情愿地嘟嘟嘴。她就是如此深爱着这个男人，为他做任何事情都心甘情愿，自从梦晓芸参与进来后，夏星菡总是缺乏安全感，这种感觉很糟糕。临走时夏星菡又一次要傅子悦保证："再次答应我，除了保洁阿姨外，这个家里只有我一个女人可以来。"

"好。"傅子悦干脆地回答。梦晓芸已经来过这里一次，但没必要让夏星菌知道。女人的嫉妒心和占有欲，非常可怕。

周三晚上七点，梦晓芸在邵宅教钢琴课，那时邵母会陪伴在客厅，佣人要随时服务，应该也一直在一楼伺候着，邵总这个时间点通常不会在家，是行动的好时机。通过实地了解邵宅的布局，以及梦晓芸的描述，傅子悦指示夏星菌从一楼的客房穿墙进入邵宅最安全，然后再穿墙进入楼梯下的隔板间，这一过程不会被人发现。从楼梯上到二楼时会有一定的风险，楼梯在客厅和饭厅之间的一个拐角，没有遮挡物，容易暴露，需要特别小心。

"我不希望你被人抓住，小心行动，我等你回来喝香槟庆祝。"傅子悦这么对夏星菌说。

夏星菌难得打扮得如此朴素，她离开傅子悦家后在车里换了一身运动装和运动鞋，戴上棒球帽和黑框眼镜。夏星菌从后视镜里看了看自己，此刻的模样是属于二十四岁该有的样子，刚从大学毕业，每月工资不高还买不起名牌，对生活没有任何品味追求，平庸地混杂于人群中不会引起别人多看一眼。

晚上六点五十五分，夏星菌把车停到邵宅所在小区附近，慢悠悠地走向小区大门，四下搜索着，注意到前方一个推着婴儿车的主妇似乎是要进这个小区。夏星菌赶紧大步跟上，装作不经意地和那主妇并排走，然后扭头看着婴儿车里的小孩，对主妇露出和善的笑容说："你儿子真可爱，睫毛好长哦。"

"谢谢，我儿子的睫毛天生就很长。"主妇说这话时很自豪。

"好羡慕啊。"夏星菌装出羡慕的模样。

走至大门，主妇拿出门卡打开门，夏星菌尾随而入，同时继续跟主妇搭讪着，有说有笑的模样像是同行的朋友在聊天。没有被门卫特别注意，混进小区已经成功了第一步。继续陪着主妇走了一段路后，夏星菌礼貌地道别和她分开。邵宅花园外的铁门锁着，门口装有摄像头，屋里隐约传出钢琴声，钢琴课已经开始。一楼灯光明亮，二楼和三楼一片漆黑。夏星菌放慢脚步装作是散步经过，迅速观察片刻，避开大门处监控摄像头的拍摄角度，找准花园侧边的一处栅栏穿越进去，快速跑过花园，按照傅子悦在纸上画的别墅构造图的指示，从别墅左侧靠拐角的地方穿墙而入，进到室内，一片漆黑，夏星菌的双眼在黑暗中慢慢适应，开始模糊看到房间的构造，应该是客房没错。

按照事先设定好的方案，客房有一面墙是连着楼梯下的隔板间，夏星菌谨慎地伸出半截脑袋往外看了看。邵母坐在客厅沙发上翻翻杂志，又不时抬头看看女儿，邵甜甜和梦晓芸坐在钢琴前，背对着楼梯的方向，佣人不知道在哪里，倒是个隐患。确定暂时不会被她们看见，夏星菌脱掉鞋提在手里，弓着背走至楼梯底部，屏了一口气，迅速钻出楼梯赤脚往楼上跑，上至二楼，松了口气，她喜欢这种刺激冒险的感觉，平平淡淡的生活不适合她，会把她憋疯的。

傅子悦的公司最近在竞标一块地皮，邵先生的房地产公司是他们的竞争对手，而且似乎与政府谈得进展不错，傅子悦需要知道邵先生的出价和一些项目资料，夏星菌已经半夜去邵先生的公司办公室里搜过，一无所获，笔记本电脑也被邵先生下班时带走了，只能寄希望于他家里能找到想要的东西。夏星菌赤脚悄无声息地进入主卧，嘴里咬着手电筒，把光调至微弱，双手小心地在抽屉里柜子里翻找起来，不能破坏格局留下被人翻过的痕迹，这是一门技术活儿，夏星菌从小就钻进别人家里行窃，对此很有一手。在主卧和书房找了许久都没有任何发现，夏星菌担心地看了看时间，不能在这儿耗太久，随时可能会有人上楼来。夏星菌又穿墙进入邵甜甜的卧室搜找，小女生的房间布置得像童话公主般，一看就是很受父母宠爱的丫头，夏星菌很讨厌这种一出生就仿佛拥有了全世界的女孩。夏星菌心里的阴暗面作祟，总想搞点什么破坏，她翻找了邵甜甜的衣柜后，突然做出一个令人咋舌的举动，她迅速在邵甜甜的衣柜里撒了一泡尿，然后合上衣柜门，脸上浮现出奇怪的微笑。

潜入邵宅已经十七分钟，还是一无所获，夏星菌再次看了看手表，开始有些焦急。她把整个二楼和上面的阁楼都翻找一遍，除了看到两个抽屉里放着一些日常的单据和不重要的文件，连户口簿或是现金之类的东西都没看到，家里不可能不存放大堆现金的，夏星菌了解富人的习惯，家里应该有个保险柜，放在特别私密的地方，夏星菌想起几个房间的墙上都挂有好几幅画，画后有暗格是富人惯用的伎俩，夏星菌决定试试看。她查看了书房和主卧墙上的画，没有任何异常，然后又回去了邵甜甜的房间，位于床头上端有幅一米多宽的儿童油画，很沉重，看起来总有点不对劲，在小孩子房间里挂这么大幅油画干吗？她小心地跪在床上，想移动开那幅油画，那油画固定得比书房和主卧的那些画结实多了，夏星菌的嘴里咬着手电筒，试了片刻也没发现能移动油画的接口，似乎是固定死在墙上。一筹莫展时无意中眼神扫过有窗的那面墙，窗帘两端都各竖立一个陈列柜，放着各种精致的小摆件和小娃娃，夏星菌突然想起，墙角的墙壁是最厚的，空调刚好在一个陈列柜的上端，那么意味着空调主机在陈列柜所在的墙外面，这面墙很容易搞出点什么猫腻来！夏星菌一阵激动，赤脚悄无声息地走至陈列柜旁，往左边一拉，柜子背后的保险箱暴露出来。呵呵，邵总把贵重东西放在自己女儿的房间里，真是意想不到。夏星菌把头和手伸进保险箱里翻找着，终于看到自己想要的项目计划书，迅速浏览背下自己需要的内容。

此行目的成功完成！夏星菌很得意，看了看时间，晚上七点四十三分，很好，没有耽误太久。她关掉手电筒，听了听楼下的动静，然后小心地朝楼梯走去。在二楼偷偷地张望几秒，可以看到邵甜甜和梦晓芸坐在钢琴前，邵母继续坐在沙发上吃着水果翻看杂志，佣人依旧没有出现在视线范围。夏星菌迅速跑下楼梯，发出的浅浅脚步声被钢琴声音盖住。

"哎呀——"一声惊呼，从厨房端着燕窝出来的佣人突然出现在夏星菌眼前。夏星菌被这叫声惊得愣了一秒，迅速使用穿墙术从楼梯上直接掉进楼梯下的隔板间，隔板间里存放着各种杂物，夏星菌垂直掉下来时胳膊和腿都磕碰到杂物。她咬着牙不敢发出声音。

奇怪，是我眼花了吗，刚才明明看到楼梯上站着个女人，怎么瞬间又消失了呢？佣人端着盛有三碗燕窝的盘子站在原地，朝周围看了又看，没有那个陌生的身影，看来真是自己眼花了。

夏星菌躲在隔板间呼吸着浑浊的空气，身体微微颤抖。刚才太吓人了，佣人怎么突然冒出来，她暴露自己了吗？仔细听外面的动静，楼梯旁的脚步声逐渐走远，钢琴声没有停止，不像是造成了什么混乱的模样。夏星菌可以清晰地感到自己心脏强有力的跳动。一秒，两秒，三秒……夏星菌数着数，六十秒过去，外面没有任何异常动静，她无法再忍受隔板间里污浊的空气，硬着头皮从隔板间直接穿越过去冲进客房，然后狂奔到花园里，躲在栅栏的阴影下张望，确定附近没人经过后，夏星菌穿越栅栏快步走在小区的小路上，装出一副悠闲的模样。

夏星菌突然察觉脚下不对劲。她低头一看，自己竟然赤脚没有穿鞋！糟糕，运动鞋掉在邵宅里忘记拿了！经历了被佣人看到的那一幕，现在已经无法再回去拿鞋，太危险，自己怎么能如此大意把鞋给遗忘了呢！待邵家的人发现屋子里莫名多了一双不知是谁的鞋，会如何想？夏星菌不敢把此信息告诉傅子悦，他一定会大发雷霆，自己的功劳也得不到任何奖赏了。

再次走进傅子悦家里，夏星菌已经换成光彩亮丽的装扮，她没有敲门，直接穿墙而入，听到钢琴声传出，他何时变得这么爱弹钢琴了？傅子悦弹得太专注，没有注意到夏星菌擅自进来，她热情地从后面环抱住他的脖子，把脸贴在他头顶，钢琴声戛然而止，傅子悦蹙了蹙眉，他已经警告过夏星菌多次，不许不敲门就穿墙进来！他手指还停留在琴键上，身体没有动，问："事情办妥了？"

"搞定！"夏星菌说着又抱紧傅子悦一些。

傅子悦露出微笑，伸出手抚摸夏星菌胳膊的肌肤，转身看向她，问："资料在哪里？"

"在这儿！"夏星菌指指自己的脑袋。

傅子悦起身，"来，我们需要开瓶香槟庆祝下。"

香槟早已被傅子悦放在冰桶里冰镇着，就等夏星菌成功归来。酒窖里存有各类名酒，傅子悦挑选了一瓶库克开花之树鹌鹑香槟。

傅子悦举起酒杯说："这一杯，敬你，感谢拥有你这么得力的助手。"

"只是助手吗？"夏星菌挑衅地看着傅子悦。

"还是我最棒的女人。"傅子悦勾勾嘴角笑，他知道夏星菌想听什么，但"女朋友"或是"爱人"这些字眼是他永远不会说出的承诺。

"敬我们。"夏星菌与傅子悦碰杯，一口喝掉香槟。总有一天，她会让他说出那句话！

【五】

"妈妈，妈妈，看我今天早上在屋子里找到一双鞋，是你的吗？"早饭时间，邵先生和邵太太都坐在餐桌旁，邵甜甜从楼上连蹦带跳地走下楼梯，提着一双鞋边走边喊。

邵甜甜兴冲冲地把鞋举到母亲眼前，一双女士运动鞋，邵太太一看就不是自己的，责备地说："在吃饭呢，快把鞋拿开。"说完回头看向佣人，说："帮甜甜把鞋拿开，这双鞋是你的吗？"

"太太，不是我的。"佣人从小姐手中拿过鞋，问："太太，这鞋需要放进鞋柜吗？"

"先扔到门口去吧。"邵太太吩咐。

佣人突然想起昨晚端着燕窝从厨房走出来时看到的一幕，不知该不该说。明明看到一个女人的身影站在楼梯上，怎么突然就身体一截一截似乎钻进地里消失了呢？一定是眼花了，佣人决定还是闭口不说吧。

吃过早餐，佣人伺候着邵甜甜去楼上换上学的衣服，佣人打开衣柜门，一股明显的异味扑鼻而来，平时衣柜里都放有除湿、防蛀和清香的药剂，怎么会突然有这种异味产生？佣人弯腰在衣柜里检查起来，还担心是不是有老鼠死里在里面，后来看到几件衣服上都被染有黄色污渍，鼻子凑去闻了又闻，这股味道……有点像尿骚味……该不会是小姐在衣柜里小便了吧？佣人不敢断言，毕竟邵甜甜已经八岁了，过了尿床的年纪，但这几件衣服上的味道的确可疑。佣人叫小姐坐在床上稍等几分钟，她下去找邵夫人有点事要先处理。邵甜甜乖乖地点头。

"这……"邵夫人闻了闻几件衣服上的味道后，露出为难之色，"你问过甜甜了吗？"

"没有，我不敢下判断，所以先来请示夫人。"佣人说。

"估计甜甜不是故意的，还从来没有过这种事情发生。咱们也不要乱质问吓着她，待下次她再做出这种举动时再教训她吧。"邵夫人还是疼爱女儿的。"你好好把衣柜清理一下。"

"是，夫人。"佣人说。她还是没有把昨晚看到楼梯上人影的事情说出来，也完全没把这两件事联系在一起。

邵夫人送女儿去学校时，邵先生还坐在沙发上看报纸。见邵夫人的车开出小区，尤皓透过车窗看了看，把鸭舌帽的帽檐压低了一些。尤皓早晨七点多就把那辆破别克车停到邵家所在的小区附近，在车里等候了两个多小时，终于见邵先生的车从自己身边经过，尤皓打着哈欠，从裤袋里掏出小袋装有白色粉末的东西。隔一段时间就会有这么一场跟踪活动，平日过惯了散漫生活的尤皓通常天亮了才开始睡觉，昨天又是通宵玩乐，现在只能靠它来提神。

尤皓一路尾随邵先生的车，偷听着那辆车里的动静，邵先生在路上打了两个电话，谈的都是与下午竞标大会有关的事情，尤皓把用得到的几点信息反复在脑子里背了几遍。邵先生坐的那辆车没有直接去公司，而是开到了一家茶楼附近，司机下车来为老板开门，邵先生提着公文包步入茶楼。尤皓在车里露出微笑，果真如傅子悦所料，邵总会在下午会议前见个特殊的客人。尤皓慢慢地把车开过茶楼，就像普通过路的车一般，这样不易引起人的警惕，然后停到一个红绿灯距离外的路边，下车后，一边走路一边集中注意力在各种嘈杂的声响中搜查着邵先生和另一个男人的交谈。邵先生称那人为"李科长"，他们寒暄了几句后，谈起了下午竞标大会的事情，李科长透露了几条内部的信息。尤皓仔细听着，走进茶馆，顺着声音的强弱程度寻找到邵先生所在的那个包厢，自己坐在其对面的包厢里喝茶。

"果真如你所料。"尤皓给傅子悦发微信。老大没有回复，现在他应该还在睡觉，一伙人都是夜猫子，尤皓也不抱怨此时只有自己在工作，今天下午的竞标大会结束后，他就可以好好地睡个觉了，只要分到他那部分钱就成。尤皓知道，离开了傅子悦他赚不到这么多钱。

尤皓把听到的重要信息一条一条记在手机里，然后发送给傅子悦。

他打了一个哈欠，接着一连串哈欠袭来，嘴巴收也收不住。尤皓从裤袋里取出那袋白色粉末又吸了一点，狠狠地甩甩头，再次恢复清醒。这个恶习千万不能被傅子悦知道，傅子悦教训过他几次，说这样迟早会误事，叫他一定要戒掉，尤皓一直骗傅子悦说自己已经戒掉了。

听到对面包厢里李科长提出要离开的讯息，尤皓赶紧拿出微型相机，把包厢门小心地推开一点点缝隙，微型相机的镜头透过缝隙可以看到对面包厢的门口，尤皓耐心地等待着，终于等到李科长走出来，有些秃顶的中年男人，先见其啤酒肚再见到其脸。邵先生送至门口，和李科长握了握手，李科长左右张望一番，先行独自离开。这时，邵先生把包厢门合上，为了避嫌，过了一刻钟后才走出来。虽然两人一前一后地离开，但他们站在包厢门口握手的一刹那被尤皓用微型相机拍摄下来，尤皓得意地笑，这下算是成功地完成任务了。

下午一点半开始的竞标大会，傅子悦穿了一身高级定制西装，夏星菌身着得体大方的职业套装，成为全场最靓丽的吸睛组合。尤皓也在洗手间里刮了刮胡子，换上白色衬衣和黑皮鞋，喷了古龙水，整个人顿时看起来精神很多。尤皓先在停车库里和傅子悦会合，替傅子悦拉开车门，笑嘻嘻地说："老大果真神机妙算。"

"照片呢？"傅子悦问。

尤皓把邵先生和李科长的握手照片洗了出来。

"很好。"傅子悦看着照片勾勾嘴角。

"我留在车里待命。"尤皓露出得意的笑容。

"你看起来很疲惫。"傅子悦说。

"没有啊。"尤皓笑着耸耸肩。

"眼里全是血丝，是不是又吸食过那玩意儿？"什么都难逃傅子悦的眼睛。

"没有，我早戒了。"尤皓装作轻松地说。

夏星菌在旁边发出一声冷笑。

尤皓立即怒气冲冲地瞪了瞪夏星菌。

"在车上休息会儿吧，有什么事情我会叫你。"傅子悦拍拍尤皓的肩膀。

"希望这次一举成功！"尤皓信心满满。

傅子悦和夏星菌走进会议室，在人群里搜索一番，朝李科长走去。

　　"李科长，好久不见。"傅子悦笑着和李科长握手寒暄，客套了几句后，傅子悦说有份文件想让他先看看。夏星菌递上一个文件夹，那张握手的照片夹在文件夹左边，右边的纸上罗列了早上李科长和邵先生的对话内容，以及昨晚潜入邵先生家里偷看到的资料上的一些数据，资料末端标出一个银行卡卡号。看到这串数字时，李科长的面色瞬间煞白，虽然那张卡不是在他名下，却有着无比重要的用途，受贿的款项都会流通到这张卡上。

　　文件夹在李科长眼前晃了晃，李科长想伸手去拿，夏星菌瞬间合上了文件夹。

　　"李科长，这份文件对今天的竞标有帮助吗？"傅子悦故作笑容地问。

　　"你……"李科长说不出话来。

　　"希望我们能一起喝庆功酒啊。"傅子悦继续面带微笑地说。

　　邵先生回头看了看他们交谈的背影，没有想太多。

　　竞标大会上，原本以为胜券在握的邵先生被傅子悦竞标书上开出的价格和条件步步紧逼，每样价格，傅子悦就刚好比邵先生的价格低那么一点点，怎么会那么巧合，太不可思议，邵先生心生疑问。原本和李科长谈好了在这次竞标上李科长会助他一臂之力，中途李科长却推荐了傅子悦的公司，实在令邵先生意外。两个多小时前李科长才打的保票，怎么突然就反悔了呢？

　　最后结果，傅子悦暂时胜出。

　　会议结束后，邵先生气急败坏地叫住李科长，说有话要跟他谈谈。李科长不敢在人群中和邵先生走得太近，说："我们以后再聊这事。"

　　邵先生哪里肯轻易放过李科长，虽然努力伪装着脸部表情，还是掩藏不住愤怒。

　　"我们现在就需要谈谈。"邵先生说。

　　李科长知道自己无法轻易甩掉邵先生，但他不能在众人面前和邵先生靠得太近，会落下闲话。他匆匆留下一句"二十九楼的楼梯间见"就离开了。

　　尤皓在停车库里窃听到这条讯息，立即向傅子悦汇报。

　　"该你出马了。"傅子悦对夏星菌微微一笑。

夏星菌也露出迷人的微笑，一副"你放心吧"的表情。

　　邵先生和李科长一前一后地走至二十九楼的楼梯间，邵先生的助理守在安全通道的门外，警惕地张望着。这层楼是属于后台技术支持人员的办公室，鲜少有管理层的人员过来，算是相对安全的地方。

　　夏星菌乘电梯到达二十八楼，推开安全通道的门，脱掉高跟鞋，以免走路发出声音，她小心翼翼地往上走了几步，隔着一个楼梯的拐角录下了邵先生和李科长的谈话内容。待他们一前一后地离开后，夏星菌哼哼冷笑着重新穿上高跟鞋，步履优雅地从二十八楼离开。

　　当晚，三个人在酒吧里开了十几瓶香槟狂欢庆祝，尤皓叫了六七个美女陪伴，他已经连续两天没有睡觉，此刻看起来却还是神采奕奕。傅子悦搂着夏星菌，有她在的场合他都只能和她调情。夏星菌在傅子悦身上施展着各种魅惑，她想拉他起来跳舞，他总是摆摆手，继续喝酒，夏星菌在沙发上坐不住，酒精和音乐使她全身细胞都在躁动。她起身独自去舞池跳舞，舞姿妖娆，很快就吸引了一群色狼围绕过来。夏星菌在震耳欲聋的音乐声中放纵摇摆自己的身体，不时回头抛给傅子悦一个媚眼。傅子悦举着酒杯冲她笑笑，又是一杯酒喝下肚。他双眼敏锐地在拥挤的人群中搜索着美女，确定好自己想要的目标。

　　看到目标美女离开卡座走去洗手间的方向，傅子悦瞄了一眼夏星菌，她在舞池中和那些色狼跳得正嗨，也起身朝洗手间走去。

　　美女站在洗手间外抽烟，傅子悦刚走到她身旁，她的目光就看了过来。这类美女的眼光很毒，扫视一眼大抵就知道对方戴的手表是什么牌子，全身上下的穿着大概值多少钱，以此来衡量有没有搭讪的必要。显然，傅子悦在她的狩猎范围内。

　　"你好，赏脸喝一杯酒吗？"傅子悦问那美女。

　　美女吸烟的姿势很撩人，红唇微启，似笑非笑地看着傅子悦。经验老道的傅子悦已经从她的眼神中看出把握。他不算泡妞高手，对待美女就那几个套路，夸奖、闲聊、提出换个地方喝东西。当然那个地方不是酒吧，而是酒店。他也不喜欢拐弯抹角，通常直接开出价格。这套招数对那些正经女人没用，只对拜金女才有效。美女艳丽的红唇再次微微动了动，似乎在脑子里盘算会不会有危险。

　　"你支付宝账号给我，我先转五千块给你。"傅子悦知道女人担忧什么。

美女很开心地把支付宝账号给了傅子悦。两人站在酒吧洗手间外的过道上，花了十分钟不到的时间，就这么谈好了交易。

"我在楼下等你。"傅子悦勾勾嘴角笑。

"等我再抽一根烟。"美女抛了一个媚眼。

傅子悦从后门通道走出去，那儿有个保安守着，通常不让人通行，傅子悦是这儿的常客，出手豪爽的客人总会得到很多便利。保安一看是傅子悦来了，赶紧乐呵呵地开门，献媚地笑着说："傅总慢走啊。"傅子悦随手给了保安两百块小费。他的劳斯莱斯停在酒吧正门口，酒吧就是这样，为了显摆很多土豪光顾的样子，总是把那些最豪的车停在门口。

美女背着香奈儿包走出酒吧，左右张望着，傅子悦摇下车窗招手，美女立即露出惊喜的表情。傅子悦很熟悉这种表情，女人们看到他的车总是这副模样，有种中大奖的感觉。傅子悦勾勾嘴角冷笑。车旁的保安立即看懂形势，赶紧为美女拉开车门。

"傅子悦去哪儿了？"夏星菡跳累了回到卡座，喝了杯酒休息片刻，还是不见傅子悦人影，问尤皓。

"老大去哪儿又不会跟我报备。"尤皓搂着美女说。

夏星菡叫来卡座边的服务生，要他去问楼下的保安。得到车已经不在的消息，夏星菡气得拉起正坐在尤皓大腿上的美女扇了一耳光，美女莫名其妙地被打，哪里肯隐忍，跳起来对着夏星菡破口大骂，摇晃尤皓的胳膊要他替她做主……

尤皓郁闷，好好的气氛被这疯女人给破坏了，两人本就有点势不两立，为了金钱才假装和和气气地相处，现在竟然敢动老子大腿上的女人，太不给老子面子！两夜没睡觉本就容易脾气暴躁，再加上酒精的作用，尤皓此刻完全失去理智，跳起来就朝夏星菡的脸上连甩了两巴掌。

此时傅子悦的手机正调成静音放在包里，他的享乐时分，不允许被无关紧要的事情打扰，他做事从来就不会顾及别人的感受，一切都是由他主宰！夏星菡被尤皓打，连保安也不敢去拉扯，毕竟尤皓是这儿的常客。事后夏星菡站在大街上歇斯底里地打傅子悦的电话，直到听到手机里传来模式化的声音：您拨打的电话已关机……夏星菡气得狠狠摔掉手机，荧幕在地上摔得粉碎。

夏星菌打车冲到傅子悦家，穿墙进入后发现家里没人，气坏了——傅子悦居然从她身边溜走去泡别的女人，把她当什么了！夏星菌越想越失控，她从十七岁就跟了傅子悦，整整七年了，在外人看来她只是他的助理，工作上非常得力的助理，他从未以女朋友的身份把她介绍给别人，他有把她当作女朋友吗？他连"爱"都没说过一次！可夏星菌就是那么喜欢傅子悦那副高高在上冷漠的姿态，她犯贱，对，是她犯贱，她可以为他做任何事情，她这样为他付出所有到底是为了什么！夏星菌一边骂着一边肆意发泄怒火：茶几上的茶具被她摔得粉碎，挂在墙上的名画也被她拽下来扔地上，电视被她用高跟鞋砸碎……夏星菌突然看到了平时备受傅子悦爱惜的钢琴，它遗世独立般地立在那儿。她开始把怒火发泄到钢琴上，狠狠地用椅子一下又一下地砸在钢琴上……

凌晨两点多，傅子悦回家了。打开灯，就看到屋里一片狼藉，夏星菌躺在沙发上，挑衅地看着他。傅子悦蹙蹙眉，脸色阴沉地环顾四周，地上各种玻璃碎片，突然注意到那架钢琴，琴盖掀开着，琴键已经坑坑洼洼残缺不全，他的脸色更阴沉了，眼神阴冷得吓人。夏星菌毫不畏惧地直视着他。

"你脸上怎么弄的？"傅子悦稳住自己的怒气，声音里听不出情绪。

"尤皓打的。"夏星菌说。

"我帮你拿冰块敷下。"傅子悦脱掉西装外套，摘下手表和袖扣，挽起袖子去厨房的冰柜里取冰块。

从傅子悦的脸上完全看不出他在想什么。他用纱布包了一袋冰块，走路时踩着地上的碎片发出咔吱咔吱的声音。傅子悦把冰袋递给夏星菌，夏星菌没有接，坐起身凑去他身旁闻了闻，哈哈大笑道："不是你家里沐浴露的味道哦。"

傅子悦挑了一下眉毛，依旧保持涵养没有发怒。家里被毁得一塌糊涂，尤其那几幅画和钢琴，损失达上千万。不过傅子悦不在乎钱，只是嫌重新装修麻烦。

"女人的脸很重要，不要把自己给毁了。"傅子悦还是保持着递冰袋的姿势。

"你是不是跟别的女人去上床了？"夏星菌质问。

"我做事情需要跟别人汇报吗？"傅子悦冷冷地说。

夏星菌还是害怕跟傅子悦闹翻，她不想离开他。所以她换了一副撒娇的表情，仰起脸说："我要你帮我敷。"

"撒娇前请先看看自己都做了什么事吧。"傅子悦把冰袋扔到沙发上，起身去酒窖拿了一瓶威士忌，还好那女人没有毁他的酒窖，不然他真的会发飙。喝了一杯威士忌，傅子悦缓了缓自己的情绪，夏星菌还有很多利用价值，他不会就此跟她翻脸。只是，这个女人往后也会是一个大麻烦。

回到客厅时，夏星菌在用冰块敷太阳穴。那儿被尤皓揍了一拳，已经肿了好大一片。夏星菌这才在意起自己会不会毁容，太阳穴为了看起来更饱满是用玻尿酸填充的，下巴也是做的假体，不知道有没有被打歪。傅子悦依旧面无表情，站在窗户前喝酒，任夏星菌叫骂。

夏星菌骂累了，说："我累了，今晚我就睡这儿了。"她丝毫没有对把客厅弄得一片狼藉表示歉意。

傅子悦挑了挑眉。她不要太放肆，把他的家毁成这样，还要破坏他不留人住宿的规矩？

"好不好？"夏星菌仰起脸撒娇。可惜她肿着的脸此刻毫无美感可言。

"星菌，要懂得适合而止。"傅子悦冷冷地说。

"我跟了你七年！"夏星菌的情绪突然爆发，狠狠地把冰袋扔向傅子悦，砸到他腰部，"这么多年，我一直容忍你在外面玩女人，你就不能在我面前收敛一点吗，为什么跟我在一起时还要出去偷腥！你有没有考虑过我的感受！你什么时候才肯在别人面前承认我是你女朋友……"夏星菌歇斯底里地大喊着，像个疯子。

傅子悦的脸色越来越阴沉，蓦地，哭喊声戛然而止，夏星菌的眼珠突然定格不动，目光黯淡没有焦点，整个人也呆呆的。她之前哭泣时取掉了美瞳，眼前没有了遮挡物，她被傅子悦控制了。傅子悦还从未用超能力控制过夏星菌，她多次看到他这样控制别人的意识，一直对他有畏惧感，她曾问他，会不会某天他也这样控制她？他说不会。

终于安静了。傅子悦不耐烦地叹口气，一脸厌恶的表情。

傅子悦拿了一片安眠药和一杯水递给夏星菌，命令道："吃了它。"夏星菌乖乖地把安眠药吃掉。很快，她就在沙发上沉沉睡去。

尤皓接到傅子悦的电话立即抛弃床上的两个美女，赶来傅子悦家。说实话，他这还是第一次进入傅子悦家。进了屋，看到一片狼藉，尤皓露出震惊的表情，这女人，真是疯了。

"把她带走。"傅子悦说。

"我就说这个疯婆子迟早会闯出大祸来，老大，你平时太让她春风得意了。"尤皓借机诋毁夏星菌。地上四处是玻璃渣子，鞋踩在上面发出咔吱咔吱的声音，尤皓走近沙发，才清楚地看到夏星菌脸上多处青肿瘀血，是他打的，现在他意识稍微清醒些了，知道再怎么对夏星菌不爽也不该出手这么狠。尤皓心里略有歉意，不过为了面子依旧嘴硬地数落夏星菌的不是。

尤皓扛起睡得很沉的夏星菌，问："家里要不要我叫人来收拾？"

"不用。"

"被破坏成这样，老大你不教训教训这疯婆子吗？"

"不值几个钱。"傅子悦面无表情地说。

尤皓知道自己不该再多嘴了，扛着夏星菌离开，说他会处理好夏星菌。

"想来，还是梦晓芸那丫头乖巧，容易掌控。"临走时尤皓说。

傅子悦勾了勾嘴角，走到钢琴旁边，看着散落一地的琴键，一时心情有些低落。它陪伴着他度过了好多无眠的夜晚，他喜欢弹奏它，现在却就这么毁了……

夏星菌醒来时，发现自己睡在一张陌生的床上，她警惕地坐起身，看看自己，衣服穿戴得整整齐齐，不像遭受过侵犯。这个房间一看就是男人的装修风格，不过不是傅子悦家。我昨晚后来怎么了？夏星菌还记得她跑去傅子悦家里，发疯般地搞破坏，他回家后两人还交谈过，然后……然后……就没有印象了。夏星菌头皮发麻，心脏莫名突突跳得厉害，傅子悦是不是用眼睛控制她了？想到这儿夏星菌就觉得恐惧。她起身推开门出去，在屋里兜了一圈，看到在另一个房间睡觉的尤皓，夏星菌冷笑着说"果然"，傅子悦把她打发给尤皓，他竟然都不愿意让她睡在他那里。夏星菌的怨气还没消，她是又怒又怕，不想就此和傅子悦闹翻，也没有再闹的必要了。

"喂，起来！"夏星菌推了推尤皓。

"疯女人。"尤皓咕哝着，尤皓不情愿地睁开眼，他现在严重缺乏睡眠。

"我是怎么到这儿来的？"夏星菌没好气地问。

"那还用说，当然是我扛回来的。"

"老大是不是对我使用了他对付别人的那招？"夏星菌嘴角干裂结痂，眼周青肿不堪，却有种怪异妖冶的美感。

尤皓盯着夏星菌看呆了。

夏星菌冷笑，突然脱掉身上的裙子，露出魅惑的表情。

尤皓戒备地问："你脱衣服干吗？"

"你不是一直想得到我吗？"夏星菌解掉胸罩，把它绕在手上甩了几圈。

那美妙的肉体在尤皓眼前展露无遗。尤皓的身体立即有了反应，他虽然一直和夏星菌不和，也不得不承认夏星菌的身体太有诱惑力。夏星菌弓着背爬上床，她像条蛇精一般缠绕住尤皓。尤皓失去理智前最后想着：死就死吧……

事后，两人对发生的事情只字未提，夏星菌要了尤皓的车钥匙开车回家，临走时对尤皓说："告诉老大，我请假几天。"

傅子悦对于夏星菌几日不出现在公司，还是有些感叹，她的助理工作做得十分不错，临时顶替的助理办事总是惹他生气，他一天要发火好几次，那助理只知道哭哭啼啼地认错。傅子悦的家里这几日在重新装修，他住在酒店里，开的总统套房虽然很豪华，每天夜里一个人站在窗边喝着酒，总觉得缺少些什么。他曾想过每天叫不同的女人来陪伴自己，想想还是算了，待她们离场后，更显寂寞。这个时候，有架钢琴就好了，傅子悦喝着威士忌想。酒精是个奇怪的东西，喝下几杯，脑子反而清醒，各种陈年琐事纷繁而至，再多喝几杯，进入微醺状态，神经终于放松，带给他一个好睡眠。每晚傅子悦都离不开酒，不然无法入睡。

那日夏星菌偷偷录到的邵先生和李科长在楼梯间的谈话，傅子悦叫尤皓复制了一份寄给邵先生，他可以想象邵先生听到这段录音时的表情。傅子悦要叫邵先生自动放弃再跟他竞争这块地的打算，他相信邵先生懂得他想表达什么。邵先生在书房里听了录音后，气得脸色发青，有人威胁他！这次竞标对谁最有利？当然是傅子悦！只要他退出继续竞争，这块地就是傅子悦的了，一定是傅子悦寄来的！

邵先生问老婆，梦晓芸在这儿教授钢琴课的时间里，有何异常行为？邵太太不解，梦晓芸在这儿期间没有乱跑动，她一直在客厅里看着她们上钢琴课，最多也就去趟洗手间。邵先生强烈要求辞退梦晓芸，他不能留傅子悦的人在自己家里，他应该被盯上多时了，傅子悦完全清楚他这次竞标大会上的各种数据，可恶！

梦晓芸莫名其妙地被辞退，邵太太打电话来说女儿突然不想继续学钢琴了。梦晓芸叹口气，还好当初没有听信傅子悦的劝说放弃在艺蕴琴行授课，不然现在她就完全没有收入了。梦晓芸看着手机刚收到的银行短信，提示邵太太已经打来课时费，多付了一天的工资，算是弥补她么？

"邵甜甜那儿的工作丢了。"梦晓芸给傅子悦发去微信诉苦。

"晓芸，你不要想太多兼职的事情，你好好练琴，秋天时我为你举办一场小型音乐会。"傅子悦冷笑，邵先生怀疑是梦晓芸搞的鬼吗？她怎么可能有这么大能耐。

音乐会，尤其是独奏，那是每个学钢琴的人的梦想，梦晓芸从不敢奢望。她不适合站在舞台上，会害怕，会退缩。她没有远大抱负，弹奏钢琴纯属个人爱好。生活中若没有钢琴，她不知该如何度过这漫长的时光。

这两次去傅子悦的公司为员工小孩儿授课，梦晓芸都没有见到傅子悦，也没有见到夏星菌。尤皓开车接送她，她忍不住问起傅子悦的近况，"他……最近很忙吗？"尤皓回答老板出差去了。尤皓从后视镜里看了看梦晓芸失落的模样，在心里偷笑，这丫头一定被老大迷得神魂颠倒了。

夏星菌说自己要养脸伤，去 M 城玩几天散散心。在 M 城，她看到了傅子悦，不过没让傅子悦发现她。夏星菌在 M 城遇到傅子悦，并不是偶然，她之前查到他预订的机票信息，便决定跟过去。她爱他就是到了如此偏执的地步。那会儿夏星菌刚在韩国修复完脸，被尤皓揍的那一顿使她之前整容过的脸出现了瑕疵，下巴的假体有些歪了需要重新做，脸上再次用玻尿酸填充苹果肌和丰太阳穴，嘴唇也用玻尿酸修补一番，手术后才三天，脸肿胀得像个猪头，夏星菌也顾不上这张脸无法见人，立即买了机票飞去 M 城。意外的是，在赌场里，夏星菌竟然看到了顾明哲！夏星菌戴着一顶棕色 BOB。头短发，一副黑色大框墨镜，为了遮盖脸上还未消散的瘀血敷了厚厚的粉。为了不引人注意，她特意穿了十分保守的宽松运动服。傅子悦在 VIP 厅赌博，门口有两个穿黑西装的保安守着，普通人进不去。夏星菌在附近的赌桌上小赌，不时瞟瞟 VIP 厅的大门。

六个多小时后，VIP 厅的门打开了，傅子悦第一个走出来，脸色十分不好。看来他遇到高人了，夏星菌好奇之际，又看到顾明哲随后走出来。冤家路窄，能让傅子悦不淡定的人，看来也只有顾明哲了。

顾明哲走出赌场，在商业区闲逛起来，看样子赢钱了很高兴，在潮牌店买了几件衣服，又走进蒂芙尼店在柜台前观望。夏星菌跟了进去，站在柜台前装作看首饰。她见顾明哲向售货小姐要了几条项链出来试看，是女人的款式，准备买来送给某个女人吗？

"哈，顾先生，好巧啊！"夏星菌假装偶遇地叫道。

顾明哲扭头，看了看身边这个戴着墨镜的女人。

"是我啊，夏星菌，傅子悦的助理。"夏星菌热情地伸出手。

"是夏小姐啊，没认出来。"顾明哲故作激动地笑，"看夏小姐这副样子，怎么像刚从韩国回来啊。"

"呵呵，顾总好眼力啊，你懂的啊，女人嘛，总希望自己完美。"

"夏小姐已经非常漂亮了，还继续追求完美，值得尊敬啊。"顾明哲揶揄地笑。

"顾总在给女朋友买礼物吗？"

"随便逛逛。"

夏星菌不愿就此离开，热情地拉着顾明哲，主动帮着挑选了一条蒂芙尼经典款钥匙项链，还笑着说，能收到这条项链的女生是多么幸福啊。夏星菌想套出这条项链会送给谁，顾明哲当然也不是毛头小子，在社会上混了这么多年，哪儿能不知道像夏星菌这种女人跟他套近乎的目的何在。他油腔滑调地跟夏星菌周旋着，而且还观察出一些有趣现象。起初顾明哲以为夏星菌是傅子悦派来故意跟他搭讪的，夏星菌说既然在 M 城都能偶遇，真是太有缘了，一定要请他吃饭。在酒店里吃法餐，夏星菌点的菜和红酒都很有品位，不过价格也贵得惊人，顾明哲笑，既然她说她请客，他也做得出来买单时要服务员把账单递给她，他就是这么一副无赖样儿。

两人闲聊，顾明哲说："你老板今天输了这么多钱，一定很郁闷吧？"

夏星菌装出错愕的表情："老板也在 M 城吗？天啊，一定不能让老板知道我在 M 城，我借口工作压力大要休年假，可不能让他知道我刚去韩国整了容。"

　　夏星菌在室内吃饭时也戴着墨镜，顾明哲当然知道她不可能是用墨镜来应付傅子悦，傅子悦那个秘密怎么可能轻易让别人知道。今天赌钱时也真搞笑，偏偏有一半的人都戴了眼镜，傅子悦的超能力得不到太多发挥，被顾明哲毫不留情地赢走了很多钱。

　　一顿饭吃了快两个小时，顾明哲答应帮夏星菌保守秘密。他隔几个月就会来M市一趟，每次都是点到即止，在大厅里小赢个几十万就收手。照理说顾明哲有这样的超能力，光靠赌博就可以成功跻身上流社会，住豪宅开好车，身边不缺美女献殷勤，但他偏偏不是贪心的人，赢的钱够他挥霍就满足了。顾明哲这次在M市赌了三天，没想到会碰见傅子悦。傅子悦挑衅地问敢不敢去VIP厅赌。他奉陪，并且让傅子悦一败涂地。傅子悦一共输了三千多万，顾明哲只要了其中的五百多万，故意帮助另外几个人各赢了几百万，大家都开开心心地离开，除了傅子悦。

　　"跟我作对，你就那么开心吗？"临走时，傅子悦与顾明哲擦肩而过，问了这么一句话。

　　"我就喜欢看你不开心的样子。"顾明哲一副无赖样笑嘻嘻地回答。

　　傅子悦这次前来M市，就是听到消息顾明哲去赌钱了，他买通了这儿的工作人员，只要顾明哲出现在赌场，他们就会向他汇报。

　　"我们找个地方坐下来谈谈。"傅子悦说。

　　"还有美女等着我呢，拜啦。"顾明哲不留情面地说。

　　"是工作上的事情。"

　　"工作上的事就去公司谈，我现在在度假呢。"顾明哲吹着口哨离开，他就喜欢看傅子悦恼火却又拿他没办法的样子。钱合生和傅子悦合作的那个项目，顾明哲挂着副总经理的职位，替钱合生处理S市这边的事务。每次开会时傅子悦总是当着另外几个合伙人的面批评他吊儿郎当不务正业，顾明哲还总是反驳傅子悦的工作提案，当傅子悦提出要跟钱合生亲自交涉时，顾明哲就是不肯把钱合生的直线手机号告诉他，傅子悦只有钱合生工作用的手机号，经常打过去时助理说老板正在忙，稍后回电。照这样下去，项目怎么还能好好合作！钱合生说了中国这边的事务全权交给顾明哲负责，傅子悦很好奇，顾明哲是如何取得钱合生如此深的信任，那小子不是说过不想再混战江湖么？

顾明哲也没撒谎，的确有美女等着他。他才走出赌场，夏星菌后脚就跟过去找他。顾明哲也不拒绝夏星菌的勾搭，很好奇这个女人接近自己是何目的，也乐得不赌钱时有人陪他打发时间，又是喝茶又是吃饭喝酒，还不用他买单，何乐而不为呢？夏星菌在心里冷笑，她第一次遇到和女人出去不主动买单的男人，这得多恬不知耻啊，我倒要好好扒扒你的底。

夏星菌从 M 市回来后，就叫黑客调出顾明哲手机的通话记录，也没见顾明哲平时跟什么人联系，经常几日都没打过一次电话。夏星菌追踪了顾明哲这么久，还一直不知道他住在什么地方，这也是令傅子悦头疼之处。顾明哲总是神出鬼没，行驶速度过快也无法跟踪，不知道他平时都干些什么。他既然买了女人用的项链，应该有女朋友吧？该不会……是送给梦晓芸的吧？夏星菌想，她自信总会查到蛛丝马迹。

梦晓芸在琴行上完课，走出教室，就被躲在墙角突然猛拍她肩膀一下的顾明哲吓得失声尖叫。家长和小孩都回头看向她。恶作剧得逞的顾明哲哈哈贼笑。梦晓芸狠狠地瞪着顾明哲，顾明哲继续哈哈大笑。

"走，我请你去吃小龙虾。"顾明哲像对待哥们儿般伸手勾住梦晓芸的脖子。

梦晓芸挣脱开，防备地和顾明哲保持一段距离，她才不想跟他吃夜宵。

简雨欣看到这个男人坐在外面等了一会儿了，她对顾明哲还有印象，毕竟来等梦晓芸的男人他是第一个，他们还一起吃过一顿小龙虾呢。简雨欣认识梦晓芸这么久，一直没见她交男朋友，现在难得有个男人来追求梦晓芸，这丫头还一副无知的模样，简雨欣觉得自己应该出手帮她一把。

"哎呀，这不是上次一起吃小龙虾的帅哥嘛。"简雨欣走至两人之间。

"哈哈，老板娘，你记性真好。"顾明哲恭维地说。

"怎么，今晚你们有约会啊？"简雨欣问。

"是啊，老板娘要不要跟我们去吃小龙虾，我从 M 市给你们带了礼物哦。"顾明哲笑嘻嘻地说。

听到还有礼物，简雨欣立即两眼放光。

梦晓芸几乎是被他们硬拉着去的。下楼时，顾明哲又是一阵抱怨，怎么还有人不敢乘电梯，偏要一层一层地走扶梯，这是心病，需要好好地克服，他自告奋勇地说他多带梦晓芸乘几次电梯她就会习惯了，梦晓芸冲他翻了个白眼。

今天顾明哲特意打扮一番，穿着刚从 M 市买的新衣服新鞋子，在外形上加分不少，只是一路推着那辆自行车，立即让女人失去搭讪的兴趣。简雨欣八卦地对顾明哲问东间西，像做户口调查一般，她怕梦晓芸这丫头太老实容易被骗。一路盘问下来，简雨欣真想给顾明哲一个差评。居然没有一份固定工作？父母都不在世了？没有车，自行车怎么算车呢！那你既然是 S 市人，房子总该有吧？什么，买房的是傻瓜？喷喷喷喷，简雨欣忍不住都想骂人了，这种男人还想勾搭妹子，谁会那么傻被你占便宜啊。简雨欣觉得自己有必要私底下好好跟梦晓芸谈谈，像顾明哲这种无赖啊以后就不要再搭理了。

等待小龙虾上桌的时候，顾明哲突然从背包里拿出一个蒂芙尼的纸袋，笑嘻嘻地递给梦晓芸，说："喏，给你的礼物。"

梦晓芸还未接过，简雨欣手快地拿过来，从纸袋里取出盒子，看得心花怒放，这礼物太赞了。等等，这项链是真的还是假的，这小子怎么可能出手这么大方啊，不会送假货吧？简雨欣小人之心地想，要拿去专柜验货才行。

"喜欢吗？"顾明哲问梦晓芸。他还从未送过女生如此昂贵的礼物。

"干吗送礼物给我？"梦晓芸不解风情地问。

"还不谢谢人家，这丫头，真不懂礼貌。"简雨欣赶紧替梦晓芸打圆场。

"我给大姐也带了礼物哦。"顾明哲又从背包里拿出一个纸袋。

什么，大姐？简雨欣瞪圆了眼，看在有礼物的份上，暂且原谅你这次。是一支圣罗兰的口红，艳丽的大红色，简雨欣最喜欢的颜色。

"你这次去 M 市是不是赢钱了啊？"简雨欣随口一问，不然他怎么可能这么大方地买礼物。

"小赢几百万。"顾明哲故意装作不在乎地说。

简雨欣惊得想跳起来，叽叽喳喳地盘问细节，两人互相抬杠，闹个没完。梦晓芸安静地坐在一旁，礼物和她的书包就放在旁边的凳子上。她没有因收到这份礼物而对顾明哲的态度有所改变，压根就不知道这条项链是什么牌子，值多少钱，若她知道价格后一定不会收下这份礼物。

"我觉得这小子想追你。"待顾明哲去上洗手间之际，简雨欣悄声对梦晓芸说。

"别乱讲。"梦晓芸抿嘴笑了笑。

"不过这小子满嘴跑火车，居然说自己赌钱赢了几百万，谁信啊。这种男人你还是别爱上他。"简雨欣说。

"我和他只是……朋友。"梦晓芸辩解。

周三放学后，梦晓芸如往常一般在食堂吃过午饭就乘地铁去艺蕴琴行，但她今天没有按惯例去看午场电影，而是拉着简雨欣陪她在商场里逛街，说想买几件新衣服，需要有人帮她参谋一下。梦晓芸对打扮不太讲究，今天突然要逛街，是想着后天去见傅子悦，她想……想美美地出现在他眼前。这个商场的服装属于低端品牌，几百块一件的衣服，梦晓芸还算负担得起。

逛街真是累人的活儿，梦晓芸感叹。最后她终于挑到两条裙子，一条粉色一条白色，虽然离她想要的感觉还差了一大截距离，但至少也有点女人味了吧！梦晓芸很好奇夏星菌穿的那些衣服是在哪儿买的，在穿衣打扮方面，夏星菌是梦晓芸的偶像。

"脖子看着有些空，要不要配条项链？"当梦晓芸穿着一条 V 领的裙子在简雨欣眼前展示时，简雨欣随手拿起附近首饰台上的一条项链，在梦晓芸脖子前比画。

"这条项链也一起买了吧。"简雨欣建议。

蓦地，她想起前日顾明哲送的那条项链，她已经有了一条项链了，何必还浪费钱呢。

"以后有空了你应该去打个耳洞，女人嘛戴戴耳环挺好看的。"简雨欣在首饰台前挑选耳环时随口说。

梦晓芸突然心动，想起那次和傅子悦参加家庭聚会时，设计师为她量身定制的小礼服搭配配饰，因她没有耳洞就只能用夹式耳环，夹在她耳垂上难受了几个小时。当时设计师也建议梦晓芸应该去打个耳洞，说女人需要戴耳环的。

"陪我去打耳洞吧。"梦晓芸神采奕奕地说。

"现在？"

"嗯！"梦晓芸肯定地点头。

就在商场的一家店里打了耳洞，梦晓芸到底是缺乏经验，以为耳洞打好后立即就能戴着美美的耳环了，谁知穿好孔后店员才告诉她注意事项，三天内耳垂不能碰水，每天要用碘酒消毒伤口，睡觉时注意不要侧着睡压到耳洞，千万别让伤口化脓……梦晓芸听懵了，伤口还需要恢复啊？她压根就没想到会有伤口，以为一瞬间耳洞就打好了，还想着后天去见傅子悦时要戴上搭配裙子的耳环呢……

周五尤皓去梦晓芸学校附近两个红绿灯远的街角接她时，远远从后视镜就看到梦晓芸今日穿着与往常很不相同，难得穿了裙子、高跟鞋，一看就是特意打扮过。

"傅子悦他……今天在公司吗？"梦晓芸上车后，忍不住问。

"在。"尤皓说。

梦晓芸对着窗外笑起来。

"你确定你想跟我一起上楼？"梦晓芸睁大眼睛间。车在大厦的地下车库停好后，两人走至电梯，尤皓提出和梦晓芸一起乘电梯上去。以前两人都是分开走，待尤皓先进入电梯离开后，梦晓芸踌躇许久才猛吸一口气走进另一部电梯，电梯里必须没有人，有时身旁还有其他陌生人一起等电梯时，梦晓芸就会待他们走后继续等下一部电梯。乘电梯是一个麻烦事儿。自从上次尤皓跟梦晓芸同乘一部电梯，看到她运用意念来控制电梯迅速上升至六十六楼，就觉得这个小丫头不容小觑，把她纳入团队，有很多可以发挥她才干的地方。今日，尤皓又提出要跟梦晓芸一起上楼，感受着电梯比正常要快好多倍的速度迅速升至六十六楼的那种失重感，身体不由自主地靠着墙寻求平衡，到达目的地电梯门打开时意识还有些恍惚，双腿走路时还有些飘，需要花片刻时间才能让自己恢复正常。梦晓芸由于太过运用意念，走出电梯时双脸涨得通红，嘴巴大口喘气。

"你是怎么做到的？"尤皓好奇。

具体的情况梦晓芸也不太清楚，儿时发现自己拥有这种天赋时，梦晓芸只觉得好玩。长大后，她也试图去探究这种能力到底是怎么回事，但每次只要她在操控物体时稍有分神去寻找这种能力的蛛丝马迹时，物体瞬间就脱离她的控制了。她必须完全集中注意力才行，不能有丝毫分神。刚才在电梯里，梦晓芸把自己想象成电梯的一部分，自己和电梯是一体的，神经似乎和电梯相连。她心无杂念地使出全身力气让电梯飞速上升，压根就没去想如何才能使电梯上升。

"那锁呢？你能够让锁自己打开吗？"尤皓问不出所以然，耸耸肩继续问道。

"呃……你是说防盗门的锁吗？有几次我忘记带钥匙，回家时就试着用这种能力去开锁，成功过两次，也失败过几次。"梦晓芸很老实地交代。

"成功时是怎么办到的？"尤皓立即来了兴趣。

"想象锁的结构啊，应该是有块东西从门上伸出去插入墙里才无法打开门嘛，我就去想象那块东西。虽然没看见，我却努力去想着它，想着想着，它就缩回门里去了，然后门就打开了。"

"那失败时又是什么原因造成的呢？"尤皓继续盘根问底。

"不知道，成功和失败时我用的明明都是同样一种方法，却不知道为何有时会不奏效。"梦晓芸说。

看来你还未完全掌控自己的能力啊，尤皓想。就像他小时候，各种细微的声音都能听见，脑袋都要被那些噪音轰炸了，整日无法安宁。后来，他渐渐能够控制自己的听力，什么想去听，什么不想去听，完全凭他的需求。这需要长期的训练。这丫头的潜力或许连她自己都不清楚。

走至钢琴教室门口，尤皓拍拍梦晓芸的肩膀叫她好好上课。他透过玻璃看了看里面追逐打闹的一帮小孩，嫌弃地皱了皱眉头。这种课程老大还准备开设多久啊，听到小孩子的闹声就烦。尤皓走进傅子悦办公室，汇报自己的新发现：那个梦晓芸，或许可以打开保险箱。

傅子悦立即来了兴趣。

尤皓迫不及待地说出了自己的计划，可以一试，但梦晓芸那丫头的能力有些漂浮不定，不能百分之百保证成功。"她需要有人好好地训练她，完全开发出她的潜能。"尤皓说。

傅子悦同意这个观点，梦晓芸的确还不了解自己到底有多厉害。

尤皓在办公室和傅子悦谈了十几分钟。他听到门外有脚步靠近，以及门把手被轻轻拧开的声音，他偷偷朝门的方向瞄了一眼，看到门被推开了一条小缝。待尤皓走出办公室，夏星菌立即靠上前，问："你们开始打算让梦晓芸那丫头参与办事了？"

"又不是第一次了。"

"你们什么时候一起行动过，为什么没告诉我？"夏星菌震惊，梦晓芸曾经参与团队的行动竟然没有通知她，她有种被隔绝在外的感觉。这次，他们商量什么开保险箱的事情，也没找她商量，他们打算让梦晓芸那丫头替代她的地位吗？

尤皓挤挤眼，准备离开。

夏星菌拉住他，问："那是什么时候的事情？"

"无可奉告。"

"老大叫你不要告诉我的吗？"夏星菌执着地问。

尤皓耸耸肩，他一向不多嘴。

夏星菌恨得咬牙。

快到下班时间，傅子悦拨通夏星菌的公司专线，叫她待会儿把梦晓芸带到办公室来。夏星菌冷哼一声，看来她以前低估那丫头了，但有她在这儿的一天，她就不会让梦晓芸那么轻易得逞！

梦晓芸今天的授课情况不太好，耳朵伤口处老是发痒，好想伸手去抓一抓，无奈手指不能离开琴键，弄得她有些心神不宁。授课结束后梦晓芸急匆匆地想去洗手间给耳洞涂抹碘酒，这几日睡觉明明很小心地平躺着睡，谁知每次醒来时都该死地压住耳朵，伤口有点化脓。刚走出教室，站在门口的夏星菌热情地拉住梦晓芸的手，说老板在办公室里等她。

"我先……先去趟洗手间。"梦晓芸窘迫地说。

"正好我也想去呢。"夏星菌微笑着挽起梦晓芸的胳膊，做出一副亲昵状。

梦晓芸挣扎着收回胳膊。她对夏星菌依然十分戒备。傅子悦还没有告诉过她夏星菌的能力，他不想让夏星菌取得梦晓芸的信任。

"需要我帮忙吗？"在洗手间，夏星菌看着梦晓芸给耳洞伤口涂抹碘酒，热情地问。

"我……自己能搞定。"梦晓芸说。

夏星菌站在一旁打量梦晓芸，这丫头今天似乎刻意打扮过嘛，呵呵，想勾引傅子悦吗？就你这副模样再怎么打扮也吸引不了男人。突然，夏星菌注意到梦晓芸脖子上戴的那条项链，蒂芙尼经典款的钥匙项链，跟上周末她在 M 市为顾明哲挑选的那条项链一模一样！夏星菌惊了惊，难道……

"哇，这条项链很赞耶，要好几万哦。"夏星菌笑眯眯地夸奖。

梦晓芸低头看了看项链，要好几万？不会吧！

"男朋友送的？"

"不……不是。"梦晓芸慌乱地说。她脑子里还想着价格，怎么可能要好几万，不就是一条项链嘛，天啊，她怎么收下这么贵的礼物！

"说来好巧，前几日我逛街时碰到顾明哲，他叫我帮他挑选一条项链说是要送人，我帮他选的那款和你脖子上戴的一模一样。"夏星菌说。

梦晓芸拿着棉签的手悬在半空，脸上露出尴尬的神色。

"哈哈，顾明哲不会在追求你吧？"夏星菌故意大笑。

"没……没有。"梦晓芸心虚地用棉签去蘸碘酒，慌乱中把碘酒瓶弄翻了……

夏星菌在心里得意地冷笑。

尤皓在自己的座位上，偷听到她们两人在洗手间的对话，不免暗叫不妙。顾明哲怎么跟梦晓芸搞一块儿去了？

夏星菌立即给傅子悦的手机发送信息：惊天大新闻哦，梦晓芸脖子上戴的那条项链是顾明哲送的，你猜他们两人是什么关系？发送完信息，夏星菌在心里幸灾乐祸地笑，这下有好戏看了。

傅子悦看到这条信息时，脸色十分难看，手指几乎要把手机捏碎。不过待办公室的门被敲响时，他立即恢复了常态，微笑地看着梦晓芸走进办公室。她脖子上戴着的那条项链折射出亮光，刺眼得令傅子悦真想一把把它扯掉。夏星菌见傅子悦一直盯着梦晓芸的脖子看，在心里发出冷笑。

"你怎么还不走？"傅子悦皱皱眉看着站在门口的夏星菌。

此时夏星菌就不计较傅子悦说话的语气不好了，关上门，继续在门口偷听里面的对话。

"谁送的这条项链？"傅子悦眼睛盯着梦晓芸脖子上的项链间。

"一个朋……朋友。"梦晓芸低头看看项链，结巴地回答。

"以后不许戴着它。"傅子悦霸道地说。

"不好看吗？"

"以后你只能戴我送你的东西。"傅子悦说。

傅子悦的这份蛮横并没有令梦晓芸觉得不悦，她反而泛起几丝甜蜜感。他是吃醋了吗？傅子悦说什么，梦晓芸总是愿意听的，就算他提出的要求有些过分，她也压根不去思考后果。

　　就像几日后傅子悦突然提出要梦晓芸帮他一个忙，说事情十万火急，问她能不能为他逃课？当时梦晓芸正在上课，即将期末考试，这种时候逃课需要冒很大的风险。梦晓芸看了又看傅子悦发来的信息，咬咬牙同意了。傅子悦说他的保险箱不知为何打不开，打电话问过修保险箱的人，说要过两天才有空处理，他等不及，现在急需的资料在保险箱里，只能麻烦梦晓芸立即赶过去。

　　她很想帮助傅子悦解决燃眉之急，想必他一定会露出开心的笑容。

　　"我能打开保险箱吗？"梦晓芸担心自己的能力有限。

　　"不就是一把锁嘛，不要担心太多。"尤皓开车去接她时笑着鼓励她。

　　车停在市区的一处老马路上，这儿不像是傅子悦公司附近，傅子悦公司附近全是现代化的摩天高楼，压迫得人喘不过气。梦晓芸问他们要去哪儿，尤皓介绍说那里是老大开的一处私人会所，就是喝喝茶吃吃饭用的。梦晓芸相信了。车子不敢直接停到会所门口，进出会所的车辆会被监控器拍到，尤皓不能让梦晓芸留下出入的痕迹。尤皓了解会所里每一处监控器的位置，走了五六分钟的路程到达会所斜对面的街角，等红灯之际，尤皓仔细听了听会所内的动静，没有发现什么异常。会所是一处欧式老洋房，两扇厚重的黑色大门紧闭，门口没有挂任何牌子，看不出里面是干吗用的，但从高出围墙露出的房顶就可估计它曾经的辉煌。会所内部经过重金改造，非常高贵大气，平日进出的也全是非富即贵之人，门禁十分森严，两扇黑色大门只在提前有报备过的人到来时才缓缓打开。那时，路过的行人总忍不住好奇地朝门内张望一番。

　　尤皓并没有从会所大门直接走进去，而是带着梦晓芸绕道到了后面的小门。小门在老旧的居民楼旁，毫不起眼，门锁紧闭，只作备用。小门外有一处监控器。傅子悦拟定了两个计划，A计划是让梦晓芸移动这处监控器，使它拍摄方向偏移门的范围；B计划是他短暂地关闭这处监控器，出现几十秒的空白，待他们进门后再重新开启。不过B计划会留下刻意做过手脚的痕迹，若有人调出监控查询，会发现这几十秒的空白。

　　两人站在街对面，尤皓向梦晓芸指了指监控器，说："丫头，需要为难你了，因为这里是私人会所，每个进出的人都需要登记，这次带你进去属于违规，不能让任何人知道，所以需要你用超能力移动一下监控器，让它的摄像头方向朝向右侧，但又不能太靠近墙，只是稍微向右侧偏移一些。"

"为什么不能让别人知道？"梦晓芸问。

"走正常程序进去的话太麻烦，要耽误好多时间，事后让老大给你解释吧。能先把监控器移开吗？"

梦晓芸点点头，她没有多想，她没有什么坏心眼。

"只是稍微向右侧移动，你慢慢一点一点地移，不要移动太多，我说停就停！"尤皓叮嘱。方向偏移太多会让人发觉不对劲之处，他只需他们进出门时不会出现在监控器内就行。

"呃……好，但我做事时你不要在旁边说话打扰我。若你觉得移动到位了，就猛地推我一下就行。"梦晓芸说。

尤皓再一次体会到梦晓芸能力的缺陷之处，这个缺陷太严重了，运用超能力时不能被人干扰？有人干扰就完全无法施展了吗？

移动监控器的方向是件容易的事情，梦晓芸集中注意力几秒时间就让监控器朝右侧移到尤皓满意的位置。虽然只是道小门，开门程序也够严谨，先用钥匙拧了拧，然后刷卡才能进入。这道门的钥匙和门卡只有傅子悦、顾明哲和另一个经理这三个人有，每次刷卡时系统都会留下刷卡记录，原本让梦晓芸运用超能力开锁就不会留下任何记录，无奈梦晓芸还没有完全进入团队角色，还需一步一步诱导。现在不能在她身上冒太大风险。留下的刷卡记录，过后傅子悦会叫黑客抹掉。

院子里也有两处监控器，尤皓叫梦晓芸用同样的方法移动监控器的方向，两人顺利进入会所内部。

尤皓听了听动静，确定上楼时不会遇到任何人，才带着梦晓芸走向楼梯。一路上又有三处监控器，梦晓芸完全听从尤皓的指示，没有多问，使它们的拍摄角度改变，没让自己的身影被捕捉进去。终于来到一个房间看到傅子悦，梦晓芸一阵欢喜，急急地述说她这一路到这儿有多么困难重重，看到他就安心了。傅子悦微笑着抚摸梦晓芸的头发，她喜欢他这份温柔。

尤皓垂在身侧的手偷偷比了个 OK 的手势，傅子悦点了下头。

"晓芸，抱歉唐突地把你带到这儿来，事情比较紧急，晚上一起吃饭时我再慢慢向你解释，现在你就先听我的安排，好吗？"傅子悦的语气充

155

满柔情。

梦晓芸点头。

保险箱镶嵌在墙上，固定得很死，完全不能取下来。夏星菌虽然有穿墙的本事，可以把头伸进保险箱里看里面的东西，确定他们需要的那样东西在里面，却不能把保险箱内的东西拿出来，这是个麻烦事。以前傅子悦就曾多次感叹若有个具备这种能力的人在就好了。

"晓芸，拜托了。"傅子悦充满期待地看着梦晓芸。

梦晓芸好紧张，她不想辜负傅子悦的期待。傅子悦把这款保险箱的结构图纸铺展在梦晓芸眼前，这样她就能清楚地知道保险箱的锁的每一个细节。傅子悦指出大概需要移动哪几个部件才能使这道锁打开，这几个细节傅子悦都用红笔标出记号，他精心研究过了，也了解梦晓芸的能力到底该如何发挥，不只肉眼能够看到的具体实物，连脑子里能够想象到的东西，只要想象得够具体够真实也能操纵它。这才是梦晓芸真正厉害之处，她只是还未完全开发出自己的潜能，不用急，他会慢慢开发她。

梦晓芸盯着锁的构造图仔细看了又看，确定完全记住了每一处细节后，她开始把目光看向保险箱上的锁，肉眼看到的锁很简单，只是一个外壳，她需要在脑中想象这道锁内部的构造，各个精细部件是如何相连相扣，需要移动什么地方才能环环解除。梦晓芸极少只发挥想象来控制东西，对此技法很生疏，她盯着锁看了三四分钟时间，锁完全没有任何反应。

看到梦晓芸身体颤抖，额头流下汗水，傅子悦试图安慰她，伸手揉了揉梦晓芸的头发说："别紧张，放轻松慢慢来。"

这么一触碰，梦晓芸的身体猛地震动一下，恢复正常意识，那股能力立即消失无踪。她对傅子悦露出抱歉的眼神，说："好像不成功。"

"没事，再试几次看看？"傅子悦耐着性子。

梦晓芸伸手抹掉脸上的汗，拿起图纸仔细地又看了看，回忆刚才有哪些细微构造没有想到。然后她再一次集中注意力盯住保险箱，在脑中把这道锁的构造想得更加具象化，仿佛它的内部整个层次分明就在眼前，每一个细节都那么清晰，她让这个零件往上抬一下，让那个零件往后缩一缩，每一个步骤环环相扣，不容出任何差错。梦晓芸高度集中注意力，使出浑身力量操控那些零件，几分钟过去，保险箱的门突然"眶"一声弹开。

啊！傅子悦惊得张了张嘴，成功了！

梦晓芸眨眨眼，歪着脑袋询问地看着傅子说："我……做到了？"

傅子悦笑着在梦晓芸额头上印下一个吻，"真是我的好姑娘。"

梦晓芸低下头羞红脸，他 亲了她！她瞬间觉得刚才的努力是值得的，她乐于能帮上忙，并不要求任何回报，但傅子悦居然亲了她……意外的收获，好激动，好欢喜，梦晓芸好想蹦跳着尖叫！

"宝贝，让尤皓带你去隔壁房间休息一下，我很快就把工作忙完。"傅子悦温柔地揉揉梦晓芸的头发。

梦晓芸眨眨眼，她没听错吧，他叫她……宝贝？梦晓芸的内心狂喜，腿快站不稳了。

待梦晓芸离开，傅子悦赶紧打开保险箱看看里面的东西。这间是钱合生的办公室，作为这个赌场的大股东，这个保险箱的密码只有钱合生一人掌握，很多重要的资料都放在里面，包括傅子悦需要的那把钥匙。傅子悦迅速翻了翻那些资料，都是夏星菌探头进去看过的，他没有闲工夫仔细阅读，他只需要那把钥匙。保险箱里有一串钥匙，一共七把，傅子悦准备得很充分。他从手提包里取出七盒软泥，一把一把地把钥匙按进软泥里，软泥上留下清晰的钥匙形状，他露出满意的笑容。

尤皓突然急匆匆地推门进来。"老大，不好了，顾明哲来了。"刚才，尤皓突然听到一个女声笑着娇滴滴地骂了一句："明哲，你很坏耶。"那是夏星菌的声音，她故意喊出顾明哲的名字，以此来提醒尤皓，她知道尤皓能听见。

傅子悦赶紧把钥匙放回保险箱里，尤皓帮忙收拾桌上的七盒软泥。扫视现场，没有留下什么痕迹，然后迅速锁上这间办公室的门离开。

过道上，尤皓轻声说："夏星菌和顾明哲一起来的。"

傅子悦皱了皱眉头。就是为了防止办事时顾明哲突然到会所来，傅子悦才派夏星菌借口谈公事去邀约顾明哲喝茶，想办法拖住顾明哲一两个小时，待他们离开后再给她发送指令。为何这个时候夏星菌和顾明哲会出现在会所？傅子悦心生疑问。

两人进到隔壁办公室，傅子悦对梦晓芸交代说如果待会儿遇到其他人询问，就说是来参观的，千万不能提保险箱的事情。梦晓芸点点头。

"突然有个客人要来，好姑娘，可能要委屈你先去洗手间躲避一下，我没叫你出来你不能自己跑出来，知道吗？"傅子悦揉揉梦晓芸的头发。时间紧迫，他来不及找个安全的地方让她躲避。

梦晓芸没多问，听话地拿好手机去洗手间。傅子悦扫视办公室，确认梦晓芸没有落下什么东西。

傅子悦和尤皓坐到沙发上泡茶，装作交谈公事的模样。

"咚咚咚"有人敲门，还未待傅子悦说"请进"，那人已经拧开门把手推门进来。

"呵，傅总好雅兴，今天怎么有空过来？"顾明哲笑嘻嘻地一屁股坐到沙发上。

傅子悦表情冷峻地扫了一眼跟着进来的夏星菌，夏星菌知道他是在责备她，她心里有些七上八下，却故作镇定。傅子悦交代夏星菌想办法去支开顾明哲，却没有告诉她为何要这样做，她估计是跟会所的事情有关，他们想好怎么在那台保险箱上做手脚咯？是让梦晓芸那死丫头帮忙吗？以前每次团队行动时，三人都会仔细交谈行动步骤，此次夏星菌却有种被隔绝在外的感觉，这把她气坏了。

"今天不太忙，正好过来查查账。"傅子悦露出职业性的笑容。

"哦，正好，我也是过来查查账。"顾明哲说，眼神有意无意地扫视几眼办公室。

夏星菌也在偷偷扫视办公室，梦晓芸那死丫头呢？茶几上的开水刚烧好，尤皓往茶壶里倒入开水，开始泡茶，看来他们也是刚刚才坐在这儿，有点手忙脚乱的痕迹，梦晓芸也应该藏不远。夏星菌琢磨着那丫头是否藏在洗手间里，她冷笑，她才不会那么傻地直接说自己要上洗手间，破坏了傅子悦的好事他一定不会原谅她，她要让那丫头主动暴露自己！

"你们继续查账，我坐在旁边听听，不会打扰你们工作吧？"顾明哲拿起茶杯，放至嘴边吹了吹，"好茶啊，傅总身边就是好东西多。"

傅子悦冷笑，看向夏星菌，间："星菌，今天你怎么和顾总一起来这儿？"

顾明哲抢先回答："我想请美女喝茶，外面随便喝喝茶嘛都要几百块钱，我想着不如到傅总的办公室拿点好茶叶在院子里喝喝，环境又好还免费，多好啊不是？"

傅子悦配合顾明哲哈哈大笑起来，两人就这么干笑了两声，其中已经包含了千言万语。

　　傅子悦叫尤皓继续汇报工作，他等着看顾明哲下一步会如何行动。尤皓也是久经沙场之人，压根就不需要事先准备就可淡定地谈起公事。顾明哲喝着茶听了听，然后有意开始打量起这间办公室。傅子悦的身边空空如也，他从保险箱里偷窃了东西应该放在什么地方呢？没有放在身上，顾明哲已经利用瞬间移动翻找了傅子悦裤子两侧的口袋，尤皓身上也翻找过了，毫无收获。顾明哲不知道傅子悦从保险箱里拿走了什么东西。他虽然参与会所的事务，但觉得会所并不只是赌场这么简单。还有一些事情他毫不知情，他一直在试图弄清。傅子悦经常会随身带着一个手提包，东西应该放在包里。顾明哲又趁机在他们交谈的间隙运用瞬间移动在办公室里翻找一遍，除了四个上了锁的抽屉打不开，其他地方都没有。顾明哲那一系列行动只在眨眼的工夫就完成了，神不知鬼不觉，待他们看向他时，他已经坐在沙发上悠闲地喝茶。那么，目标在那几个抽屉里了，傅子悦能藏抽屉钥匙的地方只可能在他压着沙发的臀部口袋里。至于能藏人的地方嘛……顾明哲看了看洗手间紧闭的门，梦晓芸那丫头到底还是被牵连进来了，该死！顾明哲不会那么傻地去把梦晓芸揪出来，他要保全她，会装作不知道她的存在，顾明哲只是不想让保险箱里那东西落入傅子悦手中，无论那是什么东西，傅子悦拿去一定不会做好事。顾明哲在等待机会从傅子悦身上拿到那几个抽屉的钥匙，可傅子悦的戒备心很重，叫他无从下手。

　　时间一分一分地过去，顾明哲没有离开这间办公室的意思，尤皓只能继续找些工作的事情来跟傅子悦交流。

　　夏星菌在手机上给一个人发去梦晓芸的电话号码，叫他立即用不可追踪的网络电话拨通。很快，房间里响起一阵不属于沙发上四个人的手机铃声……

　　"喂？"梦晓芸急急地接起电话。那端没有说话就挂断了电话。

　　四个人都听到了那阵手机铃声，不过没有人主动提起。出现了短暂几秒尴尬的安静，四人间连眼神都没有任何交流，各自看向别处。片刻后，水壶烧好开水的鸣声打破安静，尤皓笑呵呵地说："我们换一种茶喝喝吧。"他动作麻利地把茶壶里的茶叶倒掉，洗净，重新倒了一点茶叶进去。

　　梦晓芸没听到什么交谈声，她壮了壮胆，轻轻把门推开一丝缝隙，偷偷地朝外张望。沙发上坐了四个人，她看到夏星菌的侧影，还有一个男人背对着她，不知是谁。干吗必须让我藏在这里不许出去？梦晓芸在心里嘀咕一句。

夏星菌见没人去质问刚才响起的手机铃声是怎么回事，有点不甘心，她是打定主意要置梦晓芸于难堪之地。夏星菌再次给人发送指令：继续打刚才那个电话。

洗手台上的手机铃声再次响起，梦晓芸慌乱地转身去拿手机，左脚把右脚给绊了一下。她条件反射地尖叫一声，踉跄着扑向洗手台。梦晓芸用手撑着洗手台，还好没摔倒。殊不知她已经不小心把门绊开一条大缝。她接起手机，"喂喂"两声，那端又挂掉了。

这次洗手间里的动静太大，沙发上的几个人都不可能再假装视若无睹。

"晓芸，你是不是吃坏肚子了？怎么在洗手间里待那么久啊？"傅子悦先声夺人。

梦晓芸愣了愣，犹豫不定之际，傅子悦又喊了声："出来喝点热茶应该会舒服一点。"

梦晓芸先探了个头出去，看到大家都把眼光看向她，尴尬地笑笑。原来刚才背对着她的人是顾明哲，都是认识的人，梦晓芸没那么拘束了。她下意识地坐到傅子悦旁边。

笨丫头，你到底知不知道你现在搅和到什么局里去了！顾明哲真想狠狠地把梦晓芸骂醒。他注意到梦晓芸脖子上空空的，没有戴着他送的项链，不喜欢吗？

那条项链，梦晓芸已经放回盒子里，准备找机会把它还给顾明哲，它太贵重了，若她早知道价格说什么也不会收下。况且，傅子悦不喜欢见她戴着别人送的东西，还告诉了梦晓芸一些关于顾明哲的往事。

上周五结束傅子悦公司的钢琴课后，两人去江边的意大利餐厅用晚餐，吃着美食，喝着红酒，欣赏江边的夜景，那种感觉好惬意。一阵闲聊后，傅子悦把话题转移到正题上，他再次问起梦晓芸脖子上那条蒂芙尼项链。梦晓芸也真老实，回答说那是顾明哲送的，她还把头朝傅子悦够了够，压低声音说："告诉你一个秘密，你一定不能告诉别人哦，顾明哲也具有超能力。"当时傅子悦忍住讪笑，装作很震惊的样子，说："你也发现了？"梦晓芸像遇到知音一般，能够与他分享秘密，感觉两人更亲密了一些。梦晓芸把自己认识顾明哲的详细过程告诉了傅子悦，既然是误会顾明哲是小偷才认识他的，很好，傅子悦抓住这条线索，把话题引到真正的偷窃上去。他告诉梦晓芸：顾明哲曾经因为偷窃被抓坐过牢，应该是个惯犯了吧，所以现在两人在某个项目上有合作关系，他却不敢信任顾明哲的人品……

所以今天梦晓芸看到顾明哲时，连笑都没冲他笑一下，她差点还把他当作朋友了，她觉得傅子悦说的话没错：应该离这种危险的人远一点。

"喝点热茶身子会舒服一点。"傅子悦递一杯茶给梦晓芸。

梦晓芸接过茶杯时，和傅子悦相视而笑。

"晓芸，你怎么在这儿啊？"夏星菌还是问了。

三个男人眼神都带着责备，齐刷刷看向夏星菌。

夏星菌故作镇定地面带微笑。

梦晓芸眨眨眼，求助地把脸朝向傅子悦。

"我带她过来逛逛。"傅子悦说。他看看手表，笑着表示他和梦晓芸要离开了，叫夏星菌陪顾明哲去院子里喝茶。

夏星菌不情愿地起身，强作热情地招呼顾明哲去院子里喝茶。傅子悦等着他们先走，他需要把装有钥匙模子的手提包带走。

"那么傅老板，改日再一起喝茶咯。"顾明哲向傅子悦伸出手。

傅子悦蹙蹙眉，顾明哲那家伙从来不会跟人行握手礼，他警惕起来。抽屉的钥匙在傅子悦臀部后面的口袋里，刚才他一直坐在沙发上，估计顾明哲已经瞬间移动在他身上搜找过一番了，钥匙被压在臀部下无法被拿走。此刻傅子悦已经站起身，顾明哲是否会行动……傅子悦知道自己抓不住顾明哲的速度，他试图伸手去臀部的口袋里握住那串钥匙……

"小心！"梦晓芸蓦地一声尖叫，然后只见顾明哲突然踉跄着摔倒在地。

痛……你这笨蛋！顾明哲倒在地上真想大骂梦晓芸一顿。

一切发生得太快，另外三人都懵住了。傅子悦最先反应过来，动了动嘴角，闪过一抹微笑。真是我的好姑娘。他成功地把钥匙紧紧握在手里。

"我……我……"梦晓芸受惊。她刚才看到顾明哲利用瞬间移动的超能力向傅子悦身上扑去，来不及思考就制止了顾明哲，使他左脚猛地往后退，然后重心不稳地摔倒。

傅子悦揉揉梦晓芸的头发。梦晓芸仰起脸看向他，张张嘴唇想解释什么。傅子悦用食指按在她的嘴唇上，示意她不要说话。

夏星菌怨恨地看着他们两人亲昵的举动。

"顾总，怎么突然摔倒了，我扶你起来。"尤皓反应过来，笑嘻嘻地弯腰去扶顾明哲。

顾明哲气死了。梦晓芸那死丫头，她到底知不知道自己在干什么！

"尤皓，送顾总出去吧。"傅子悦下达逐客令。

顾明哲刚才摔得很惨，脚崴着了，走路一腐一拐。目送他们离开，看到办公室大门合上，傅子悦抱住梦晓芸狂热地吻了她额头好几下。

"晓芸，好宝贝，刚才真是谢谢你。"他很少说"谢谢"这两个字，之前还没有人能够在顾明哲瞬间移动时看清他的身影，梦晓芸的能力简直超乎傅子悦的想象。他再一次审视梦晓芸，她的用途……以后还大着呢。

梦晓芸全身发烫，红色从脸颊蔓延至耳根脖子，狂喜得忘记呼吸。

"刚才，顾明哲想对你做什么？"梦晓芸好奇。

"他的老本行，偷窃。"

"啊？"梦晓芸惊得瞪大眼。

"我包里有点机密的东西，你帮我抱好包，防止顾明哲再打什么歪主意，好吗？"傅子悦柔声说。

梦晓芸点点头，他们工作上的事情她毫无兴趣，没再多问。

"刚才……你能看到顾明哲的瞬间移动？"傅子悦需要确定。

"只是偶尔才能看到那个瞬间，大多数情况下我也不知道他到底动没动。"梦晓芸老实地说，把手提包紧紧抱在怀里。

"你也就这点本事？"院子里，夏星菌嘲讽地对顾明哲冷笑。

"傅子悦到底从保险箱里拿走了什么东西？"顾明哲问。

"我怎么知道。"夏星菌恨恨地说。她知道他们是拿保险箱里的那串钥匙，她才不会那么傻告诉顾明哲呢。

顾明哲还想问什么，夏星菌竖起食指放至嘴唇上。顾明哲立即懂了，尤皓虽然开车走了，但还能听到他们的谈话。

尤皓的确按照傅子悦的吩咐一边开车一边偷听着会所院子里两人的谈话，他觉得夏星菌有问题，却没有告诉傅子悦。他也在心中打着小算盘……

半夜，夏星菌按响傅子悦家的门铃。傅子悦在露台上抽雪茄，给夏星菌发去信息：进来。夏星菌穿门而入，她稍微学乖了点，或者是有点心虚，知道要先按门铃了。环顾四周，客厅已经重新装修好，跟以前一模一样没有任何改动，连那台该死的钢琴都买了同款放在老地方。夏星菌忍着心中的怒火，换上一副笑容可掬的面孔走去露台。傅子悦背对着她坐在吧台旁，俯瞰着城市夜景，雪茄烟雾环绕着他，背影看起来拒人于千里之外。夏星菌从后面抱住傅子悦的肩膀，把脸贴着他的脸颊，在他耳边轻轻呵气："我的身体想你了。"

傅子悦笑，一把把夏星菌拉至自己腿上坐着，伸手抚摸她那完美无缺的面孔。夏星菌今晚打扮得十分性感，浑身散发着魅惑的气息，一颦一笑都那么美丽动人，她的手指在傅子悦的胸膛上慢慢游移，眼神散发出挑逗的光芒，艳丽的红唇微张，凑到傅子悦的脖子旁试图用舌尖撩拨他，傅子悦却突然推开她，说："白葡萄酒已经冰镇好，咱们先喝酒吧。"

吧台上放着两个酒杯，看来他猜到她会过来，已经提前为她准备好。夏星菌心里有些发颤，故作镇定地从傅子悦腿上下来，优雅地从冰桶里取出白葡萄酒，用白色方巾擦干瓶身的水，熟练地把方巾系于瓶嘴下方，开瓶，缓缓为杯中添置半杯白葡萄酒。夏星菌的每一个动作都刻意精致，她知道傅子悦的视线一直没有离开过她，他在欣赏她，这也是他们调情的一种方式。呵，他们才是棋逢对手，梦晓芸那丫头怎么满足得了他的欲望！想到梦晓芸，夏星菌有片刻的失神，正在倒酒的手抖了一下，瓶口差点把酒杯压翻。她听到傅子悦轻轻冷笑的声音。夏星菌装作不以为意，扭头冲傅子悦微微一笑，把酒杯递给他。

"我们该庆祝什么呢？"傅子悦把玩着酒杯问。

"庆祝今天成功拿到了钥匙。"夏星菌笑。

"呵呵，是啊，值得庆祝。"傅子悦大声笑起来，转瞬，把半杯酒泼在了夏星菌脸上。

突如其来的一泼使夏星菌僵住了，她来之前就做好了心理准备，却没想到傅子悦会泼她酒。夏星菌拿起纸巾小心地按压脸部。傅子悦看着夏星菌的动作，脸上已没了笑意，眼神冰冷得可怕。

"我有跟你提过今天钥匙行动的事吗？你是故意把顾明哲引来的

吧？"傅子悦冷冷地问。

"我怎么可能故意把他引来？他老谋深算，我压根就拖不住他。"夏星菌理直气壮地辩解。她从傅子悦桌前拿过酒杯，又替他倒了半杯酒。

傅子悦举着酒杯看了看她，夏星菌心有余悸地挤出微笑。

"是吗？"傅子悦问。

"我永远不会背叛你。"夏星菌说。

傅子悦一饮而尽。夏星菌继续为他添酒，没想到却被一把抓住头发，扯得头皮生疼。她不敢挣扎也不敢尖叫，脸上终于闪过一丝慌乱。

"我再问一遍，你是不是故意把顾明哲引来的？"傅子悦冷酷的双眼简直令人毛骨悚然。

"没有！"夏星菌肯定地回答。

傅子悦松开她。

夏星菌站直身体，微微喘气，头皮痛得发麻。

傅子悦脸上的表情柔和了些，把酒杯递给她。夏星菌心脏跳得厉害，努力让自己接过酒杯的手不要颤抖。夏星菌不知道的是，她为了爱美而戴的美瞳救了她，有隐形眼镜对眼球的遮挡，傅子悦无法控制夏星菌的意识，也就问不出她的实话。

"把裙子脱了，站在露台的边沿上去。"傅子悦命令的语气。

夏星菌看看露台的边沿，五六十厘米的宽度，站在上面稍不留神就会摔下去，三十多层的高度会摔得人必死无疑。她倒吸一口冷气，咬咬牙，缓缓地脱掉裙子，希望在这个时间里听到傅子悦说声"算了"。但他没有说任何话，只是一边喝酒一边看着她。把它当作一种调情，危险的美感，会令傅子悦热血沸腾。夏星菌穿着性感的黑色蕾丝内衣，丁字裤，赤脚站在狭窄的露台边沿，顶楼的风很大，吹乱了她的长发。她身体颤抖，随时可能有生命危险，却又故作镇定地努力散发出妖冶的气息。傅子悦欣赏着，身体爆发出强烈的欲望。他放下酒杯，慢慢走向夏星菌，向她伸出右手。她把手放入他的手心。

"怕不怕我推你下去？"傅子悦问。

"怕。"夏星菌说。

他喜欢别人对他露出软弱的姿态。

傅子悦勾勾嘴角，握住夏星菌的手，他猝不及防地把她手往后一推，夏星菌身体立即后仰，重心倾斜到露台外，似乎瞬间要摔下楼去。夏星菌失声尖叫时，傅子悦又猛地抱住她，把她拉回露台的平地上，她身体瘫软在他怀中。

那一刻，夏星菌真的以为自己会坠下楼，整个身体几乎失去依靠，唯一的牵连就是傅子悦握着她的那只手。她的命掌握在他手中，夏星菌似乎还从未如此感到害怕过。

傅子悦狂热的吻落在夏星菌肌肤上，刺激的游戏令他愉悦。他并没有原谅她，只是突然想要她。夏星菌的身体渐渐在温暖的舌尖下恢复知觉，战栗着，心有余悸却又充满快感。他们都是人格扭曲的人。

"告诉我，你不会爱上梦晓芸。"夏星菌捧起傅子悦的脸庞，她需要他的承诺。

"我和她只是逢场作戏。"傅子悦说。

有了这句话，夏星菌抛开杂念完全投入到属于他们的缠绵中。

"知道吗，他只是跟你逢场作戏！"顾明哲气呼呼地对梦晓芸也说了这句话。

次日，顾明哲去音乐学院找梦晓芸。中午放学时间，三五成群的学生走出教学楼，顾明哲站在大树底下朝经过的女学生吹了吹口哨。她们扭头看看他，他笑嘻嘻地喊着："嗨，美女。"她们哄笑着走开了。

直到学生差不多走光了，背着书包扎着马尾的梦晓芸才慢腾腾地走出来。顾明哲看到梦晓芸就头痛，好端端的一个姑娘，怎么就搭上傅子悦那个坏蛋了！

他挡住梦晓芸的去路。梦晓芸仰起脸，还未反应过来，就被拉着书包肩带往前走。

"我请你吃饭。"

"喂……"梦晓芸挣扎，用力想往后退。

顾明哲一把勾住梦晓芸的脖子，拉向自己。她在他腋窝下挣扎着。

"你昨天犯法了知道吗？非法打开别人的保险箱，警察知道了会把你抓起来。你还是乖乖跟我一起吃饭好好谈谈这事儿吧。"

挣扎消失。顾明哲以为梦晓芸明白事理了，把胳膊松开。

梦晓芸趁机推开顾明哲，扭头就跑。她根本没经大脑思考，自己哪里跑得过他啊，他一瞬间就又挡住她的去路。梦晓芸想尖叫，顾明哲迅速捂住她的嘴，另一只手钳住她两只想乱挥动的胳膊，把她死死抱入怀中。梦晓芸上半身动不了，情急之下抬起膝盖狠狠地朝顾明哲胯间踢去，顾明哲敏捷地一闪。

"喂，淑女是不能使用这种招数的。"顾明哲无语，"别乱动，安静点。我要跟你谈正经事，现在松开你，你要保证你乖乖地跟我走。"

梦晓芸头动不了，只能用眼睛示意同意。

顾明哲有些怀疑地松开梦晓芸，梦晓芸连连后退几步，眼神里充满敌意。她最痛恨别人对她动手动脚，有肢体接触。

"我们需要谈谈。"

"跟你没什么好谈的。"梦晓芸没好气地说，转身就走。

"喂，你再不回来我就把你具备的那点特异之处公布在你学校官网上。"

梦晓芸的身体僵硬了片刻，回头狠狠瞪着顾明哲。

顾明哲得意地笑。

梦晓芸真希望自己从未遇到过这个男人，握着她的把柄，老是威胁她，人渣。

两人坐在学校附近的一家火锅店，顾明哲点了一桌的肉，吃得津津有味，梦晓芸却毫无胃口。

"吃呀你。"顾明哲说着，把涮好的一片牛肉夹进梦晓芸的碗里。

"你不是有事要跟我谈吗？"梦晓芸动动筷子。

"填饱肚子才有力气说话。"顾明哲说。

梦晓芸真心不想再跟这个人相处哪怕一秒钟。昨晚和傅子悦吃饭时，他说明天顾明哲应该会去学校找她，要小心。那时梦晓芸还天真地觉得傅子悦是多虑了。傅子悦说："顾明哲会编造谎言来套你的话，到时候你就按照我交代你的说，千万不要相信那个骗子……"

"昨天你进入会所，我却没看到监控里有任何你进入的记录。"顾明哲打个饱嗝，终于肯谈到正事。满桌的肉都被他吃光，胃口真是好。

梦晓芸只吃了顾明哲夹到她碗里的东西，她翻了个白眼说："我凭什么要对你交代。"

"我是那家会所的副总经理，我需要保证会所的安全，如果你不好好

让我住进你心里

配合，我可以把事情移交给警察来处理。"顾明哲威胁地说。

听到警察两个字，梦晓芸的心紧了紧，有那么严重吗？她想起傅子悦向她保证的：有我在，放心，就按照我教你说的做。梦晓芸故作镇定地说："你想知道什么就去问你上司呗，我只是进去参观参观。"

"傅子悦不是我上司，他永远也不可能成为我上司。"顾明哲突然变了语调。

粗心的梦晓芸并未在意，她完全不知道他们两人曾经的瓜葛。

"你知道你昨天都干了什么吗？偷窃！那个保险箱并不是傅子悦的，而是属于会所的大股东钱合生的，傅子悦从里面偷了东西，你是在协助犯罪你知道吗？"顾明哲说。

"哼，编吧！"梦晓芸在心里嘀咕。

"傅子悦从保险箱里拿走了什么东西？"顾明哲问。

"不知道。"梦晓芸耸耸肩。她的确不知道，打开保险箱后她就和尤皓去隔壁喝茶了。

"晓芸，不要被傅子悦的表象欺骗了，他一直运用超能力做些肮脏的勾当，用伤天害理这个词来形容他都不为过……"

"你才是个骗子，你才伤天害理呢！你这个坐过牢有犯罪前科的人有什么资格说别人！"梦晓芸大声地打断顾明哲的话，她不允许别人侮辱傅子悦！旁边几桌的人都朝他们看过来。

"你以为傅子悦是喜欢你吗？他只是利用你。你的能力可以协助他做很多事情，若你只是个平凡女生，他才不会接近你呢！"顾明哲的脸色很不好，内心暗道：你知不知道就是他陷害我坐牢的！

"胡说！"梦晓芸大声吼。

"知道吗，他只是跟你逢场作戏！"顾明哲气呼呼地说。

梦晓芸气急败坏地抓起调料碟就朝顾明哲扔去。顾明哲敏捷地躲开了，背后那桌的人却遭了殃。一个男生的肩膀被碟子砸中，另外两个人的衣服溅到调料，纷纷回头跟顾明哲理论。梦晓芸趁机抱起书包往外跑，待顾明哲回头，店里已经不见她的踪影。他想追出去，却被隔壁那桌人拉住。服务员也来拦住他："先生你还没买单。"

顾明哲真是烦透了，掏出三百块钱给服务员，然后顾不上在大庭广众之下会暴露自己，瞬间就消失在那几个人的视线里。正在跟顾明哲理论的那桌人和服务员见一个人突然就消失了，面面相觑。

顾明哲迅速朝地铁站方向追去，一路跑到地铁站也没看到梦晓芸的人影。梦晓芸其实就躲在火锅店隔壁的便利店里，透过商品架看到顾明哲离开，她迅速走出便利店，朝相反方向走，上了一辆不知去哪儿的公交车，反正先离这个骗子远远的再说吧。

"果真跟你说的一样，顾明哲来找我了。不过我已经成功把他甩开。"梦晓芸给傅子悦发去微信，还附上一个得意的剪刀手表情。

"做得好，不愧是我的好姑娘。"傅子悦回复，附带一个亲吻的表情。

梦晓芸看到这个表情真是乐坏了。她还想继续跟傅子悦聊天，傅子悦借口说在忙工作，梦晓芸立即又有些闷闷不乐。

傅子悦现在没空理梦晓芸。中午起床后，傅子悦一行人就前往银行，有重要事情要办。在车上傅子悦询问夏星菌监控顾明哲的电话记录情况怎么样，夏星菌说没见顾明哲打过电话给钱合生。那就好，钱合生应该还不知道保险箱被盗之事。

"你确定顾明哲不知道钥匙的事情？"傅子悦严厉地看着夏星菌，他已经开始不信任她了。

"反正我没走漏过口风。"夏星菌说。

尤皓在车里等着接应，负责监听，傅子悦和夏星菌走进银行。钱合生在银行有个保管柜，经过一个多月的暗查，傅子悦已经确定自己需要的东西存放在这个保管柜里，他需要一把能打开这个保管柜的钥匙。昨日盗印了七把钥匙的模子，找工匠按照模子重新打造了钥匙。夏星菌已经反复熟悉那七把钥匙的形状大小，待银行工作人员带他们走至保管柜时，夏星菌看着那个钥匙孔很小，估摸着用最小的那把钥匙去开锁一试了一下插不进去。夏星菌立即换了另外一把小钥匙一还是插不进去。银行工作人员疑惑地看着夏星菌。

"连钥匙是哪把你都忘记了啊，你是怎么做事的！"傅子悦故意语带责备地说。

"抱歉，老板，太久没开这个柜子了。"夏星菌唯唯诺诺地说。小号的钥匙一共有三把，如果这次不成功，那么钥匙就不在这里面了。夏星菌祈祷着。终于，第三次开锁成功。

看到保管柜打开，银行工作人员出去回避。

让我住进你心里

两人都松了口气，钥匙果真没弄错。保管柜里只有一个带锁的小盒子，又需要钥匙打开，这次用最小的那把钥匙没错了。夏星菌打开盒子盖，里面存放着一个小型 U 盘，她笑眯眯地递给傅子悦，"晚上又可以开庆功 Party 了！"

三人把 U 盘带到一个隐秘地方，黑客已经在那儿等着他们。U 盘连接电脑，需要破解几道密码才能进入，这个黑客是高手，已经和傅子悦他们合作过多次，处理这种事情不在话下。破解成功，U 盘里的内容全部备份到电脑里后，尤皓给了黑客一个信封，黑客看了看信封里的钱，笑嘻嘻地说了声"合作愉快"，戴上棒球帽和墨镜离开。

U 盘又重新放回银行的保管柜里。

三人回到公司，开始查看电脑里的 U 盘备份，需要的资金交易账号都存在里面。和钱合生合作的会所表面上是一家高档棋牌室，但赌博的金额非常大，不是一般百姓玩得起的。那里白天鲜少有人进出，半夜却热闹非凡，院子里停的都是超级豪车，还有专门给司机休息放松的按摩室，各色经过专业培训打扮精致的美女担任服务生和发牌员，内部厚重的窗帘拉得严严实实，不让灯光透出，隔音效果也非常好。从路边望去，就像个普通的沉寂的老洋房。他们还操控着多家博彩公司，以网页的形式进行各类赌博，资金额非常大，盈利也十分可观。可这些只是表面现象而已，也只是顾明哲所知道的情况，实际上里面隐藏着更大的秘密—洗钱。钱合生只叫顾明哲帮他处理会所的事情，洗钱方面的事务他有叫傅子悦参与，但傅子悦在里面也只是一个小角色，傅子悦哪里肯满足做一个小角色。花费一番工夫后，终于弄到钱合生洗钱的资金账号，傅子悦的脸上露出得意之色。

夜里，又是一场狂欢 Party，这次的事情若成功，三个人就等着大把大把的钱进入自己的口袋。但狂欢刚开始没多久，就被一个电话终止了。尤皓接完电话后在傅子悦耳边说了几句，傅子悦脸色大变，起身就离开。夏星菌正跳得高兴，看老大和尤皓都脸色不好地离开，赶紧跟上。

"怎么回事？"坐进车里，夏星菌问。

"会所发生盗窃事件。"见傅子悦望着窗外没有说话，尤皓只得解释。

夏星菌疑惑，识趣地没有多问，一切到了会所自然知晓。

"我说这是不是顾明哲那家伙故意做的假象！"尤皓开着车不满地抱怨。

跟傅子悦的想法一样。制造失窃的假象，然后令钱合生恐慌，顾明哲以为这样就可以探究保险箱里到底有什么东西了。呵呵，顾明哲，你太天真了！

车的行驶速度突然慢下来，前面有警察在查酒驾。三人都喝了不少香槟，却似乎一点不担心。车行驶到警察旁，警察看了看，哟，劳斯莱斯哦，好车！但警察并不会因此就放弃检查，警察敲敲窗户叫尤皓摇下车窗。后排的傅子悦把窗户摇下来。该死，这个警察戴着眼镜！

"嘿，同志，你过来，我有话想问你一下。"傅子悦脸上挂着笑容说。

警察走到后排车窗。

傅子悦招招手，示意警察靠近一些。警察弯了弯腰，傅子悦敏捷地伸手摘下警察的眼镜。警察刚想反抗，眼神和傅子悦的眼神交汇，立即整个人都呆住了。

"退到一旁，放我们通行。"傅子悦命令道。

警察乖乖照做。

车行驶过去，傅子悦冷笑着把眼镜扔到窗外，摇上车窗。回头，看到尤皓在后视镜里注视着他，傅子悦立即目光严肃地瞪了一眼，尤皓赶紧收回眼神，专心盯着前方。傅子悦又扫视一眼夏星菌，她已经扭头望向窗外。

老大莫名其妙拿走警察的眼镜干吗？尤皓和夏星菌心中都闪过这个疑问。似乎，这样的事情不是第一次发生了，有几次应付客户时，傅子悦也有过这样突然的举动。

来到会所，业务经理赶紧把傅子悦迎到办公室，交代会所突然遇到的状况。傅子悦看到自己办公室被翻得一片狼藉，皱了皱眉。夜晚是会所生意刚开始的时候，此刻宾客爆满，业务经理不敢惊动客人，也还没有报警，等着傅子悦来了商量。

业务经理说："遭遇盗窃事件是顾总首先发现的，几间老总的办公室下面人平时都是不敢进去的，所以待顾总走进自己的办公室，说被人翻得一片混乱，我们才知道会所里遭遇盗窃。顾总要我们检查其他几个老总的办公室，我们不敢。但顾总坚持，我们便只能跟着他去查看了您和董事长的办公室，都是一片狼藉。监控录像已经查过，没有发现任何闲杂人等进来的记录，也不知道盗窃事件是何时发生的，估计是今天白天。傅总您看，这事情应该怎么处理呢？"

"顾总人还在吗？"傅子悦勾勾嘴角，间道。

"在他的办公室。"业务经理回答。

"好了，你去忙客人的事情吧，这件事就让我和顾总处理。"傅子悦说。

支开了尤皓和夏星菌，傅子悦敲开顾明哲办公室的门，里面被翻得很乱，为了保护现场没有作任何收拾。顾明哲把腿跷到桌子上，正在玩手机游戏。他抬头看了看傅子悦，嬉笑道："傅总来了啊。稍等，我这关马上就打完。"

傅子悦坐到顾明哲对面的椅子上。十几分钟过去，两人就这么无声地对峙着。

"喂，听到什么没有？"夏星菌等得不耐烦，间尤皓。

一直竖起耳朵偷听着隔壁动静的尤皓摊摊手。"嘿，待会儿要不要去我家玩玩？"尤皓笑着问。

夏星菌白了他一眼。

"别装得这么矜持，咱们又不是没玩过。"尤皓哼一声。

对，那次便宜你了！夏星菌在心里骂一句，想着隔壁的两个人在搞什么鬼，进去这么久了也没发出声音。

"喂，你觉不觉得今天老大拿掉警察的眼镜有点奇怪？"夏星菌间尤皓。

"没注意。"尤皓装作不知道。

"你说，老大的超能力不可能完美无瑕吧，总该有什么缺陷吧？"

"你少管点闲事好不好，别把自己给害死了。"尤皓警告。其实他心里一直也在琢磨这个问题，但管那么多干吗呢，有钱赚就行了。

隔壁办公室里终于有了动静。"耶，闯关成功，傅总你是我的福星嘛。"顾明哲放下手机，嬉笑着看向傅子悦，依旧吊儿郎当地把两条腿架在桌子上摇晃。

"顾总你对这起盗窃事件有什么看法？"傅子悦面带微笑。

"我不是一直等着傅总你来发表意见嘛。"

"那个盗贼似乎很厉害，居然没在监控里留下任何记录，奇怪啊，看来那人对会所的监控系统十分了解，应该是内部人所为。"

"是啊，就像昨日傅总你带朋友来参观会所，也没在监控里留下任何记录。"顾明哲挑衅地笑。

"顾总这儿有被偷什么东西吗？"傅子悦依旧好脾气地面带微笑。

"我办公室里一点值钱的东西都没有，倒不知傅总那儿少了什么东西啊？"

"很幸运，看来小偷也并不想偷我什么东西。"

"就等董事长过来看看他办公室里有没有少什么东西。"顾明哲说。

钱合生要来？傅子悦蹙了蹙眉。

顾明哲似乎知道傅子悦心里在想什么，主动回答："董事长这个时候应该已经上飞机了，待会儿还要麻烦傅总的司机去机场接一下董事长。"

"你检查过董事长的办公室了吗？"

"董事长交代，他没来之前不许任何人进他办公室。"顾明哲笑。

尤皓偷听到谈话，在心里骂一句：靠，我只是个司机吗？他已经不待傅子悦吩咐，知道自己该做什么了。他赶紧对夏星菌使使眼色，说："快，去钱合生的办公室看看里面是什么情况。"

这种事情只有夏星菌能够办到。她穿墙进入钱合生的办公室，没有开灯，借助手机微弱的光线查看这里的情况。办公室里被翻得很乱，东西四处散落，最糟糕的是，保险箱上有好几道被重物砸过的痕迹。夏星菌给现场拍了一些照片。

待傅子悦回到自己的办公室，夏星菌把照片拿给傅子悦看。傅子悦冷笑，故意制造想开保险箱的痕迹吗？这起事件一看就是顾明哲制造的，他的速度很快，监控器压根就捕捉不到他的身影。

好好的一个庆功之夜，就被顾明哲那家伙给毁了。钱合生的航班还有一个多小时才到，尤皓不爽地前往机场等待，傅子悦去楼下打德州扑克，他心情不是太好，所以今晚对别人出手十分狠，很快就赢了大堆筹码。业务经理走进包厢，把陪伴在傅子悦身边的夏星菌叫出去，为难地说："顾总来打招呼了，傅总这样在自家会所里赢客人太多钱传出去不好，得为会所的声誉着想啊。"夏星菌叹口气，叫业务经理不要管了，然后回到傅子悦身边，在一轮结束之际，轻声在傅子悦耳边劝告。傅子悦立即推掉桌前的筹码，大声呵斥夏星菌："你给我滚出去！"

夏星菌的脸色煞白，当着这么多客人的面被呵斥，她面子挂不住。傅子悦怒气冲冲地径直走出包厢。

夏星菌赔笑着对客人解释："抱歉，今晚傅总的心情不太好，大家一定要见谅，这些筹码就当还给各位赔罪。"

能拿回钱，大家脸上的表情稍微缓和一些。

能激怒傅子悦的人，的确只有顾明哲。夏星菌不敢再去惹老大。

几个老总办公室发生的盗窃事件，底下的人都不知道。钱合生说这件事情不能声张，也不需要报警。他连夜乘飞机从赌城赶来S市，一个人关在办公室里，不许任何人进去。良久，钱合生走出来说，没有发现少什么东西。

顾明哲笑笑，"大家都没少东西，看来是虚惊一场。"

钱合生没在会所久留，叫顾明哲陪他去酒店。临走时顾明哲又是招牌式的嬉笑表情冲傅子悦眨眨眼，傅子悦克制住自己的愤怒，脸上挂着职业性的微笑。待他们一走，傅子悦转瞬就横眉怒目地对尤皓命令道："跟着他们。"

钱合生和顾明哲一路上交谈的内容都是怀疑这次盗窃事件有可疑之处，顾明哲很想套出那个有砸痕的保险箱里到底有何重要东西。钱合生的口风很严，顾明哲没有问出任何隐情，不过钱合生似乎在怀疑傅子悦，叫顾明哲以后对傅子悦多加注意。

次日一早，尤皓一路跟踪钱合生，发现他去了银行。呵呵，那个老头子，这么紧张那个U盘，不过它此时正好好地在银行的保险柜里待着。

【六】

　　既然决定和顾明哲这种坏人划清界限，梦晓芸要把他送她的那条项链退还给他。梦晓芸发微信给顾明哲问他家的地址，说要快递东西给他，顾明哲看到信息后，原本对梦晓芸的好感顿时消失：呵呵，还以为你很单纯呢，你现在真的成为傅子悦的走狗了吗，想来套问我的地址！顾明哲不会让傅子悦知道他住在什么地方，谁知道那家伙会用什么方法来对付他。"你若再继续跟着傅子悦混下去，我会看不起你。"顾明哲这样回复。梦晓芸看到这条微信气坏了，你看不起我？我才看不起你呢！退还项链的事情就此搁置，梦晓芸也不会去戴它，她不是那种贪小便宜的女生，她把它一直放在书包里，想着或许哪天碰到顾明哲了再还给他。

　　和傅子悦的相处，似乎进展不错，每每想起他，梦晓芸的心里就泛起甜蜜。傅子悦每周都会带梦晓芸去很有情调的高级餐厅吃饭，去做 SPA 和美容，还送漂亮的衣服鞋子给她，偶尔也会带她去参加一些社交活动，把她介绍给别人认识。期间梦晓芸稀里糊涂地就被傅子悦控制了意识，利用她的超能力做了一些她自己完全不知道的坏事。梦晓芸很乖巧听话，这是傅子悦最喜欢她的地方，少了很多不必要的麻烦，相处四个月以来也完全没有令他生厌，所以他对她很好，这样两人的关系才能维持下去。

　　梦晓芸最近最开心的一件事情，就是为自己的小型钢琴独奏会做准备。学校已经放暑假了，整整两个月的假期是学生时代才有的幸福。以往暑假时梦晓芸都是待在家里弹琴或是去艺蕴琴行授课，或许在外人看来十分枯燥单调，梦晓芸却很享受。暑假期间是琴行生意最好的时候，经常忙　，都忙不过来，简雨欣最盼望这两个月了，可以小捞一笔钱。暑期培训班的学生已经提前一两个月就报名完毕，简雨欣也已经为梦晓芸每天都排满了课程，梦晓芸却突然说她今年暑假有事，只能每周去授课两天，简雨欣听后急得跳起来。再重新请老师很麻烦，而且像梦晓芸这种能力好又工资低的老师非常难找。简雨欣试图劝说梦晓芸一周多上几天课，可是这次梦晓芸的态度很坚决，她的钢琴独奏会，她的梦想，她必须全力以赴，不能让傅子悦失望。

梦晓芸没日没夜地在家练琴，但她对自己完全没有自信。每每这个时候，梦晓芸会向傅子悦诉说自己的恐惧，傅子悦都会温柔地鼓励她，他说他会把一切都安排妥当，梦晓芸自然安下心来。

整整准备了两个月的时间，梦晓芸的钢琴演奏会在东方艺术中心拉开帷幕。傅子悦特意叫熟悉的设计师为梦晓芸量身定制演出礼服，设计师张姐之前已经为梦晓芸做过一次礼服，了解她的情况，这次做了一套全身镶满粉色花朵的拖地长裙，露肩的款式，露出梦晓芸白皙的皮肤和好看的锁骨。穿上这身飘逸有质感的裙子后，梦晓芸看起来非常有仙女范儿。在张姐的工作室第一次试穿这件礼服时，梦晓芸看着镜中的自己震惊得无以复加。演出前傅子悦还安排了专业的化妆师和造型师来为梦晓芸化妆和做头发，当她打扮完毕站在傅子悦面前时，傅子悦也是眼睛一亮，原来她这么具有可塑性，完全不再是最初他认识的那个丑小鸭，她只是不会也不爱打扮自己而已，她完全可以变成一个让人惊艳的女人。

这次钢琴演奏会傅子悦找了专门的活动策划公司负责，一切照他的指示安排。对于夏星菌，傅子悦是隐瞒着的，却不知她怎么就得到风声，真是个难缠的女人。夏星菌提过几次想过来帮忙，傅子悦只是笑笑，连演奏会的具体日期都没告诉她。他不允许现场出现半点差错。

"你说，他们会不会觉得我的钢琴水平太烂，听不下去了中途离场？"梦晓芸担心地问。

"什么都不要多想，你这么棒，怎么会有人中途离场呢。"傅子悦温柔地揉揉梦晓芸的头发。

听傅子悦这么一说，梦晓芸安心许多。

只有二十个观众，都是傅子悦花钱请来的群众演员，提前培训了演奏会时需要注意的事项。在艺术中心一个小型演出厅里，男男女女穿着正装，坐在位置上小声交谈着等待演奏会开始。梦晓芸从厚厚的幕布后拉开一条缝，瞅了瞅演奏厅内，又立即紧张地缩回头，冲身后的傅子悦咬咬嘴唇，她还是很害怕。没待梦晓芸开口，傅子悦就安慰她："待会儿幕布拉开，我就一直站在你抬头就能看到的位置，我会一直陪着你。"演出前的大半个小时里，傅子悦已经不停地说了好多安慰鼓励的话，他觉得累，但是想到能够收获的利益，又只能付出耐心。

主持人站在台上开始介绍今晚演奏会的钢琴家，台下立即安静下来。虽然那些群众演员对钢琴演奏并没什么兴趣，但拿了报酬他们就会好好扮演角色。梦晓芸又把幕布拉开一条缝往外探了探头，担心地向傅子悦确认："待会儿我出去时，台下真的一片漆黑什么都看不见吗？"

"放心，你弹琴时完全感觉不到台下有人存在。"傅子悦面带微笑，心里却叹了口气。跟她相处怎么这么累，他要快点把她训练成一个独立强大的女人。

听到主持人说"欢迎我们的钢琴家梦晓芸女士登场"，梦晓芸猛地吸了几口气，手指攥紧裙子不知所措，她又看向傅子悦。傅子悦真的想发飙了，换作是别的女人他早就掉头离开了，可是，她有很多利用价值，他劝说自己不要暴躁，又说了一番鼓励的话，梦晓芸终于有勇气朝拉幕布的小哥点点头，示意他可以把幕布拉开了。

幕布缓慢拉开，梦晓芸哆嗦着朝台前走去，礼服裙摆太长，梦晓芸才走两步就踩着裙摆把自己绊了一跤，趔趄着前扑，差点就要倒地了，还好身后的傅子悦及时跑来拉住她，她才稳住了身体，没有摔得太狼狈。梦晓芸这时真想退缩，耳边响起了傅子悦的话语："有我在，放心。"说来也奇怪，梦晓芸的心立即就平静许多。台下的观众训练有素，没有发出任何嘈杂的声音，似乎对刚才那一幕毫不在意。接着，热烈的掌声响起来，主持人也机智地再次介绍梦晓芸，说的全是各种吹捧的话语，她自己听着都微微脸红，恐惧感消散了一些。

对着台下的观众深深地鞠了一躬，梦晓芸坐到钢琴前，大口吸气让自己镇定。台下的灯光这时已经关掉，整个大厅里只有她头顶上方射下一束灯光。除了钢琴外，一切都淹没在黑暗中，周围安静得仿佛没有任何人存在。这样的安排令梦晓芸安心，她抿了抿嘴唇，抬头朝左侧的黑暗看了看，虽然看不到任何东西，但傅子悦说过他会一直站在那儿陪伴着她，梦晓芸冲黑暗中微微一笑，终于把手指放到琴键上。悠扬悦耳的钢琴声响起……

钢琴名曲一曲接着一曲地弹奏，过程似乎十分顺利，台下的有些观众还很惊讶，原本以为今晚只是一个土豪为了捧自己的女朋友花钱请群众演员撑场面，那女人的水平就算不是很糟糕那也一定只能称得上平庸，没想到水准竟然如此高，听着真是一种享受。傅子悦躺在后台的沙发上，闭着眼听那些流动的音符，也觉得是种愉悦的享受。都说内心封闭的人在艺术上的造诣会更甚常人，此话不假，钢琴就是梦晓芸向这个世界倾诉内心的纽带，她的内心世界其实非常丰富，只是尚未被人开采，是一片纯净的处子之地。

傅子悦正听得投入之际，琴声突然变得杂乱无章，可以感觉到弹琴者焦躁地试图把琴声拉回正轨，但手指简直乱成一团。发出一阵拉长的刺耳声后，外面突然一片死寂。傅子悦皱了皱眉头，不知是怎么回事，立即起身往外一看，不知何时观众席顶上的几排灯光全部被打开，亮如白昼。虽然群众演员们提前被打过招呼，在演奏过程中无论发生什么事情都禁止发出一切声响，他们遵守规定，台下寂静无声，可是灯光猛地亮起后，梦晓芸看到台下那么多双眼睛注视着自己，她开始紧张不安，头脑失去思考能力，手指完全不听使唤，身体颤抖得越来越厉害。她无法忽视那么多双眼睛，他们的目光像刺一般扎向她的皮肤，她向自己的左侧看去，想向傅子悦求救，那儿拉着厚重的幕布把舞台和后台隔绝开，没有看到任何身影。傅子悦说过他会一直站在那儿陪伴着她，她却看不到他。最后梦晓芸恐惧地起身想跑回后台，因动作太急，她踩到裙摆把自己绊倒，结结实实地摔倒在地上。傅子悦拉开幕布看向台上时，梦晓芸已经趴在地上忘记起身，她好想哭，好想躲到一个任何人都看不到她的漆黑的洞里，她紧闭双眼，似乎这样别人就看不到她了。还好台下没有发出任何声响，不然她的神经会被刺激得崩溃。

一只温暖的大手拉起她，梦晓芸缓缓睁开双眼，终于看到了那张熟悉的面孔。她几乎要失声呐喊：你刚才去哪儿了！傅子悦扶起梦晓芸，把她拉入后台，幕布把她和那些眼睛隔绝开。

"我是不是把事情搞砸了？"梦晓芸大哭起来。

"没事没事，你弹得很好。"傅子悦安慰她。

"他们现在一定在嘲笑我。"

"不会，他们会理解你。"傅子悦说。他只是奇怪，演奏厅的灯光照明为何突然全部亮起来了。

梦晓芸有些埋怨傅子悦说话不算话，他明明说好会站在钢琴侧边的角落里一直陪着她，但她更多的是被自责淹没。自己真没出息，才二十个观众而已她就害怕成这样，他精心筹备的演奏会被她搞砸了，她辜负了他的期望。再重新回到舞台上弹奏是不可能了，傅子悦叫梦晓芸靠在沙发上休息一下，他走去间工作人员是怎么回事。负责策划这次演奏会的三个工作人员互相交涉一番，其中一人在总控室关掉大厅所有灯光后就回到后台了，他们受过叮嘱，知道要待演奏会结束才可以开灯，不可能是他们中的人干的，不知是谁按了灯的开关。傅子悦的脸色发青，眼神十分吓人，策划公司的那几人都不敢正眼看他。不知为何，傅子悦立即想到了夏星菌。

傅子悦打视频电话给夏星菌。

该死！夏星菌看到打来的是视频电话，慌乱地看向四周。她从总控室出来后原本是要去车库的，转念想了想，很好奇梦晓芸的钢琴演奏会突然开灯会变成什么样，于是再次走进演奏厅。看到观众席上的群众演员依旧安静有序地坐在座位上，只是舞台上空留一台钢琴，没有梦晓芸的身影，夏星菌得意地笑了笑，哼，果真被影响了。她刚走出演奏厅，手机就响了起来，夏星菌暗叫不妙，搜索着能够躲身的地方。

"你在哪里？"视频刚接通，傅子悦就语气生硬地问。

"上厕所呢。"夏星菌躲在洗手间里，还好附近就有个洗手间，她躲在里面可以冒充这儿是任何商场里的洗手间。视频里夏星菌这边的画面是蹲在马桶上的姿势，她用开玩笑的口吻说："嘿嘿，要不要把摄像角度往下拉一点？"

"出去后找个正常的地方说话。"傅子悦的脸色很恐怖。

夏星菌无法继续挑逗，问："你难得想跟我视频聊天嘛，有什么急事吗？"

"等你出去说。"

"我……要酝酿大号。"夏星菌装作尴尬的模样。

傅子悦的眼神一瞪，夏星菌就不敢再敷衍。那边似乎没有要挂断视频电话的意思，这么一直监视着，她一出去就露馅儿了。

"我上厕所的面孔应该很狰狞，等我结束后再回电话给你吧。"夏星菌说。

"不要挂电话！"傅子悦不容反驳地说道。

夏星菌在心里叹口气，这下真的糟糕了，只得向尤皓求助。

"嘿嘿，你一直盯着我，我会酝酿不出来，我先把手机放一边可以吗？"夏星菌笑嘻嘻地问。

傅子悦没有回答，夏星菌就当他同意了，把摄像角度稍微往上抬了抬。夏星菌迅速切换手机荧幕，给尤皓发去微信，叫他立即给傅子悦打个电话，找个工作上的事情交谈一会儿。尤皓当然不是这么听话的人，他干吗要按照夏星菌的吩咐行事。夏星菌气得咬牙，说："现在没时间跟你解释，今晚让你欲仙欲死作为交换如何？"

尤皓咧嘴笑，"成交。"

傅子悦的手机上突然打进来一个电话，视频被自动中断了。看到尤皓的号码，他蹙了蹙眉，还是接了起来。尤皓在电话里汇报了一些工作情况，其实并不是什么特别的急事，为此打断对夏星菌的监视令傅子悦十分不悦。待傅子悦再给夏星菌打去视频电话时，夏星菌已经气定神闲地坐在艺术中心里的一家咖啡馆里。表面上夏星菌算是躲过一劫，其实大家都心知肚明。夏星菌心情很不好，为何发生状况时傅子悦第一时间想到的就是她，难道他一直都不信任她？她为他付出了那么多，七年，她把最好的七年青春都献给了他。

"梦晓芸你等着，我绝对不会让你过上好日子！"夏星菌眼神恶毒地说。

梦晓芸非常自责内疚，不停地向傅子悦道歉，说她把演奏会毁掉了，辜负了他的精心准备，她无法原谅自己。傅子悦花了好长时间才安抚好梦晓芸。她说她打死都不要再举办什么演奏会了，她不适合站在舞台的聚光灯下，找一家小琴行授课过普普通通的小日子才是她未来的生活方向。傅子悦一时也不敢再向梦晓芸提过激的要求，她真像蜗牛一般遇到一点异常就蜷缩进自己的壳里躲起来，如此懦弱的性格怎么可以做成大事，换作别人他早就破口大骂了。

演奏会的事情成了梦晓芸的心结，她尽管认为自己成不了钢琴家，J

她偏要逞强，一尝试就崩溃了，才二十个观众的小型演奏会她都撑不下去，如何站在世界顶级的舞台上！傅子悦为她编织的那个梦只是一个幻象，现在梦想破灭，她再也没有勇气去想。梦晓芸又回到那种把自己关在房间里的日子，她经不起任何挫折，还是躲在自己的小世界里最安全。父母很担心梦晓芸现在的状态。当时梦晓芸说自己要在东方艺术中心举办钢琴演奏会的时候，她那么神采飞扬，父母很少看到女儿笑得这么灿烂，也为女儿开心。父母想去演奏会现场，被梦晓芸拒绝了，那时她还存有少许顾虑，怕万一现场出什么状况，她不想在父母面前丢脸。那时梦晓芸还嘲笑自己的乌鸦嘴，演奏会还未开始呢就想着会出现的各种糟糕事情，她鼓励自己，她不要再做那个逃避现实的懦弱少女，她要成为能和傅子悦并肩站在一起的魅力优雅的成熟女人。可结果呢？她还是搞砸了。

一周过去了，梦晓芸依然把自己关在房间里，吃饭都是母亲给送进去。她一直躺在床上胡思乱想。厚重的窗帘紧闭，白天黑夜对梦晓芸来说没有区别。

傅子悦站在办公室的落地窗前看着这座高楼林立的城市，为自己倒了一杯威士忌，计算着利益得失。

现在团队已经不再处于他的绝对掌控中，几个人各怀鬼胎，纯粹是靠金钱利益才黏在一起，随时都可能散伙。夏星菡和尤皓私底下耍的那点小把戏怎么可能骗得了傅子悦，不过是他们还有利用价值，他假装不知道罢了。人呐，哪儿有那么容易忠心耿耿，就算如顾明哲那般从小同甘共苦情同手足的好兄弟都会背叛，更何况他们两个！想到顾明哲，傅子悦更加头痛，那家伙要跟他针锋相对到何时？真的想把他弄得倾家荡产才开心吗？

傅子悦和顾明哲十四岁时就逃离孤儿院携手闯荡江湖，那时他们壮志凌云，兄弟俩一条心。刚从孤儿院出来时，两人的日子过得非常辛苦，没有地方住，盖着一条捡来的破毯子相拥在桥洞下睡觉，从面包店里偷来的面包平分着吃……那时他们还未成年，找不到工作，只能靠偷窃为生。最初他们也并不贪心，只偷能填饱肚子的食物即可，半个多月后，顾明哲咬牙狠心偷了别人的一个钱包，里面有七百多块钱。他们坐进餐馆里点了一大桌的肉，吃得狼吞虎咽，胃撑得塞不进任何食物了他们还不愿意停下筷子。两人平时一直没有吃饱过，瘦得皮包骨头，哪里经得住这般胡吃海塞，最后两人都蹲在店里直接呕吐起来，看到吐出来的那些还未经过消化的食物，两人觉得无比心疼，却又相视着哈哈哈大笑起来。他们说："以后我们天天都要这样吃一桌的菜。"此后，他们不再甘心于每天只偷点面包充饥，开始偷钱包，从几天偷一个钱包，到两三天偷一个，到一天一个，到一天好几个……内心的贪欲逐渐增大，他们手上开始有了闲钱，买了新衣服，买了手机，天天喝酒吃肉，租的房子也从几平米没有窗户的地下室换成旧居民楼的一室户，再换成两室户，再换成高档小区装修豪华的大房子……他们一点一点向上爬，甚至觉得自己可以成为站在金字塔顶尖的大人物，那些看起来衣着光鲜牛哄哄的平凡人类可以做到的事情，他们拥有着如此强大的超能力不是更轻而易举吗？他们兄弟连心，完美默契地合作，似乎无所不能。傅子悦好怀念那段时光，他生命中最美好的时光，只是，回不去了，永永远远回不去了。是他搞砸了吗？还是应了那句老话：共苦容易，同甘难！

不知不觉间，傅子悦已经喝了三分之二瓶威士忌，他很少白天喝酒，除非心情特别烦躁。傅子悦把玩着酒杯看着已经开始拥堵的街道，下班的高峰期，写字楼里的小白领们鱼贯而出，可怜的蝼蚁们，一个月拿一点点工资，衣着光鲜的表象下可能捉襟见肘，这个社会的大部分就是由这批人组成的，被他踩在脚下的这批人。傅子悦完全不后悔自己当初做的选择，他很享受金钱带来的各种特权，要得到某些东西，就得牺牲一些东西，还好，他只是牺牲了自己的心。

傅子悦暂且把梦晓芸的事情放置一边，周五晚上是他放纵的时间。傅子悦在金融街的一家法国餐厅里，边欣赏夜景，边喝红酒吃牛排。一个穿着高级定制西装的英俊男人，总会吸引大批人的目光，男人的，女人的，揣测的，爱慕的。今晚，傅子悦毫不意外地也有艳遇，不远处那桌的两个女人不时偷偷看向傅子悦，交头接耳，然后叫服务员送了一杯红酒到傅子悦那桌，傅子悦礼貌地举起酒杯向她们笑了笑，并让服务员倒了两杯他桌上的红酒送去那桌。经常在社会上混的女人当然明白这代表什么，于是有了胆量，两个女人举着酒杯走到傅子悦桌前，微笑着问："可以坐下吗？"认识，就是这么简单。三个人短暂地交谈了一会儿，傅子悦邀约她们去楼上的酒吧坐坐，套路就是如此，大家各自心知肚明。一个多小时后，其中一个女人就跟傅子悦去了附近的酒店。

这是一场猎艳游戏，说不清是傅子悦中了那个女人的套，还是那个女人中了傅子悦的套，反正各取所需，大家都开心。

夏星菌看到傅子悦搂着那个女人走进酒店大堂的身影，自嘲地笑了笑。她是管不住他的，他去找这些女人来次一夜情，总比去和梦晓芸细水长流的好。

夏星菌决定先下手为强。

晚上快十点了，梦晓芸的手机响起，她躺在床上扭头看了看枕边的手机，一个陌生的号码，她没去管它，任手机响个不停。极少有人会打电话给梦晓芸，平时连个广告的骚扰电话都没有，这么晚了是谁打来的？梦晓芸的脑中闪过傅子悦的名字，转瞬又自嘲地笑笑，不会是他，她是想他想疯了吧。不知过了多少天了，似乎是很久很久，久到傅子悦都忘记她的存在了吧，他在演奏会那日送她回家安慰她一番后，就再也没联系过，原本他们也不是经常会没事聊天的人，认识半年来一直都是偶尔才发条微信或打个电话，梦晓芸不喜欢与人太频繁地联系。但是这段时间梦晓芸什么事情也不做，每一分每一秒都变得无比漫长起来，她有了太多时间可以胡思乱想，她开始有了埋怨，傅子悦为何都不联系她？他干吗要怂恿她举办什么钢琴演奏会？她明知自己办不到，还是决定信任他，结果他却没像他说的那样在演奏会时一直陪在她身旁，当大厅的灯光莫名突然亮起来时，她却看不到他！若她当时一扭头就看到他的身影，说不定会重新恢复镇定，或许事情的发展就会不一样，至少不会搞得那么糟糕……越想，梦晓芸的心情就越难过，傅子悦为什么这么久了都不来联系她！

电话又响起来，似乎不是随便打来的骚扰电话，梦晓芸终于肯接起电话，手机里是夏星菌热情的声音。夏星菌说："晓芸啊，我是夏星菌，我现在在你家楼下，傅总叫我来看看你。"

梦晓芸立即挂断电话。夏星菌这个名字令梦晓芸恐慌，她还误认为夏星菌真的就是她的幼儿园同学，那么，她不是正常人这个秘密夏星菌知道吗？

夏星菌没料到电话会被立即挂断，骂了几句，用傅子悦作为借口也没有效果吗？夏星菌当然不会如此轻易就放弃，她写了一条长短信发送给梦晓芸，谎称傅子悦近来是多么担心梦晓芸，但他工作实在太忙抽不出时间来看她，自己今晚带着老板为梦晓芸准备的礼物前来……

短信发送出去，夏星菌在车里烦躁地等待着，那死丫头真难搞，都过了十几分钟还没有回复她，夏星菌只能硬闯了。夏星菌下车，拉了拉自己的裙子，从后备厢里取出一个精美的纸袋，踩着十厘米的高跟鞋，在地上发出有节奏的嗒嗒声。夏星菌此次前来早有准备，小小防盗门对她来说就像不存在一般，她站在门外听了听屋里的动静，老人家睡得早，此时在门外听不到任何声响。夏星菌脱掉高跟鞋，套上一双鞋套以免弄脏自己的脚，小心翼翼地把头伸入防盗门内看了看，见客厅一片漆黑，才大胆地走进屋内。夏星菌一眼就看到昏暗中那架施坦威钢琴占据了半个客厅的空间，这么小面积的老式居民楼里放着价值几十万的钢琴，看着真别扭！夏星菌忍不住低声骂了一句脏话。傅子悦对女人的付出，夏星菌是了解的，每次给那些女人一两万块钱，极品女人最多送个十几万的手表，他还从未如此大手笔地给一个女人送过礼物。

夏星菌蹑手蹑脚地穿墙进入梦晓芸的房间。房间里只亮着一盏台灯，梦晓芸躺在床上一动不动。夏星菌把鞋套脱掉，重新换上十厘米的高跟鞋，她要时刻注意自己的形象。高跟鞋踩在地板上，才走一步路就发出声响，梦晓芸猛地睁开眼睛，看着眼前站着的人影，下意识地要发出尖叫声。夏星菌赶紧上前捂住梦晓芸张大的嘴，梦晓芸的喉咙里发出一声闷响。

"是我，夏星菌。"夏星菌笑吟吟地报出自己的名字。

梦晓芸睁着一双惊恐的眼睛，一时忘记挣扎。

"嘘——傅总叫我带了礼物来看看你。"夏星菌示意了一下另一只手中提着的袋子。她慢慢松开捂住梦晓芸嘴巴的那只手，在床边坐了下来。

"你……你是怎么进来的？"梦晓芸警觉地蜷缩起身子，往墙壁的方向退了退，被子遮盖了她眼睛以下的部位。

"难道你不知道我的能力？"

"什么……什么能力？"

夏星菌的笑容更加古怪了，难道傅子悦一直没有告诉这丫头我的特殊能力吗？为什么？

"某种特殊能力。"夏星菌回答。她举起手中的袋子，用另一只手横

183

穿过纸袋，于是她的胳膊和手指分别位于纸袋的两面，纸袋竟然没有任何破损。

梦晓芸看得目瞪口呆。

夏星菌又示范了一次，把手从床单上往床下伸展，半截胳膊都插入进床里，停顿几秒，又把胳膊从床里抽回，在半空中展示涂有大红色甲油的手指，示意它的完好无损。"这就是我的特殊能力，我的身体可以任意穿越所有东西。"夏星菌得意地说。她一向对自己这种能力很自豪，这是非常实用的能力，为她带来很多便利。

不知为何，梦晓芸紧张的心顿时松弛下来，夏星菌似乎不再显得那么可怕了。梦晓芸坐起身子，依旧拉着被子不放，盖住肩膀以下的地方，被子就像一件保护层。梦晓芸朝房间门的方向看了一眼，确定门是紧闭着的，她看向夏星菌，压低声音问："那么，你知道我的情况吗？"

"知道。"夏星菌当然知道梦晓芸所指的是什么。

"到底知道什么呢？"梦晓芸的表情显得有些着急。

"你，跟我们一样。"夏星菌笑。见梦晓芸只是睁大眼盯着她看却没有接话，顿了顿，夏星菌又补充道："我、傅子悦、尤皓、顾明哲，还有你，我们是同类人，所以你完全不用害怕，我们都一样。"

我们是同类人，我们都一样。这些话深深地触动了梦晓芸，她对夏星菌的恐惧感明显消失了，抓紧被子的手放松下来，试图在脑子里思考一番。太久没有跟人打交道，梦晓芸的脑子很迟钝，思维似乎都在打结。

"今天下午的课你没有来公司，我们都很担心你。晓芸，像我们这种人应该互相信任，互相帮忙，以后你烦恼时不要再一个人闷在屋子里，你可以跟我聊天啊，我是过来人，经历得比你多，你的那些感受我都懂。"夏星菌尽力让自己听起来像个知心大姐姐。她必须取得梦晓芸的信任，最好还能成为"朋友"。

"你不会懂。"梦晓芸喃喃道。

夏星菌也不争辩，她把礼物递给梦晓芸。台灯昏暗的灯光下，梦晓芸脸色憔悴，一看就知道她这几天过得不好，夏星菌只是在演奏会上作了个小手脚，这丫头就被打击成这副状态，心灵真是脆弱啊，以后要把这丫头玩死还不是易如反掌！

梦晓芸提着纸袋掂量了一下，分量有些沉，她狐疑地看了夏星菌一眼，犹豫着打开纸袋。礼物是夏星菌挑选的一整套化妆品，从眼霜、面霜到粉底液、眼影、睫毛膏，以及刷子、修眉刀、小剪刀等，每一步化妆需要的东西，全部齐全，口红还买了四种不同的颜色，连香水都挑了三种不同的香味。梦晓芸一直素面朝天，需要这些东西。

"化妆技巧我可以慢慢教你，女人嘛，应该把自己打扮得漂漂亮亮，才能吸引男人的目光。"夏星菌试图从梦晓芸脸上看出情绪的变化。

良久，梦晓芸幽幽地问一句："他叫你来看我的？"

这个他，当然是指傅子悦。夏星菌在心里发出一声冷笑，哟，动真情了吗？

两人断断续续地又说了会儿话，气氛缓和不少。梦晓芸不擅长跟不熟悉的人交谈，多亏夏星菌口才好，不断说起自己特别的经历以及傅子悦的一些小故事来吸引梦晓芸的注意。她发现梦晓芸爱听这些有关超能力的故事，于是得寸进尺地问："明天我再来看你，把我们几个人经历的一些事情好好跟你讲讲，好吗？"

房间里安静了二三十秒，梦晓芸破天荒地点了点头。Yes! 夏星菌在心里发出一声得意的欢呼，以前想方设法接近梦晓芸却都没有成功过，还以为这丫头在装清高呢，原来这丫头是害怕跟这个正常社会接触啊，怕自己被当作是一个"异类"。夏星菌终于找到了梦晓芸的突破口。

夏星菌脱掉高跟鞋，穿上鞋套，两根手指勾起高跟鞋站起身，整理了下自己的裙摆。整个过程动作十分优雅，梦晓芸呆呆地看着夏星菌，她真的很美。

夏星菌回眸一笑，红唇微启，"再向你展示一下我的能力，明天，希望我能正式从正门被邀请进来。"说完，夏星菌姿态优美地像走台步一般，从房门直接穿过去。

虽然已经知道了夏星菌的超能力，梦晓芸还是被惊得猛吸了一口气。

蓦地，夏星菌又穿了回来，只露出上半截身子进房间内。梦晓芸惊叫一声，赶紧伸手捂住自己的嘴。夏星菌冲梦晓芸得意地一笑，又把身子抽回客厅，提着高跟鞋走出这个家。

在床上呆呆地盯着卧室门看了许久，确定夏星菌是真的离开后，梦晓芸才心情复杂地扭头看了看床上摆放的一堆化妆品。傅子悦他……为何不亲自来看我？

次日，当傅子悦从宿醉中醒来，茫然若失地环顾酒店空荡荡的房间时，一种欢愉后的寂寞感油然而生。床头柜上还放着残存红酒的酒杯，那一段追逐猎物的过程是最有趣的，得到后，便索然无味。

傅子悦今天该去处理一下梦晓芸那边的事情了，虽然麻烦，却有必要在她身上继续花些时间。他点了送餐服务，然后叫尤皓给自己送一套干净的衣服过来，同一套衣服他从不穿两天。坐在窗前吃着 Brunch 俯瞰周末慵懒的城市，傅子悦拨通了梦晓芸的电话。

夏星菌已经早早就到了梦晓芸家，她知道傅子悦通常会睡到中午才起床，如果他今天心血来潮想起联系梦晓芸，她得抢在他前面。夏星菌手捧一束百合花按响了门铃，梦母第一次见有朋友来家里看望梦晓芸，很是惊讶，热情地招呼夏星菌。当母亲走到床边说有个姓夏的同学来看望她时，梦晓芸猛地掀开被子，问道："你没有让她进来吧？"此时夏星菌已经站在梦晓芸的卧室门口，带着故作亲切的笑容。

夏星菌举止大方，梦母执意要夏星菌留在家里吃午饭，她走出卧室前还在夏星菌耳边轻声说："你帮我好好开导开导晓芸。"

两人聊了一会儿，梦晓芸的手机突然响起，她看到屏幕上显示的名字，立即惊慌失措。

夏星菌瞄了一眼手机，说："不要说起我在你这儿。"

梦晓芸迟疑地看了看夏星菌，任手机响了好几声，才鼓起勇气接起电话。

手机一共响了七声，夏星菌在心中默数。呵呵，傅子悦真是有耐心，任手机响了这么久还不挂断电话。

"在家里吗？"傅子悦问。

"嗯。"

"下午尤皓来接你，我们去江边坐坐。"傅子悦用他一贯的命令语气，他喜欢别人听从他的安排。

他没想到梦晓芸会拒绝。梦晓芸支支吾吾地说今天有事，其实她是还未准备好，现在的模样太憔悴了。

见梦晓芸讲完电话，夏星菌尽量让自己的语气听起来漫不经心，问："你是拒绝了老板的邀约吗？"夏星菌没有用"约会"这个词，只有她和傅子悦的见面才称得上约会！

梦晓芸点点头。

"为什么？"夏星菌十分惊讶，甚至能够想象得到傅子悦被回绝时脸上一定闪过不可置信的表情。

"我……我现在太丑了。"梦晓芸结巴地说。她心底里一直有深深的自卑感，尤其是现在连她最引以为豪的钢琴演奏都无法进行了，更是丧失了最后一丝信心。

夏星菌在心里笑。若梦晓芸没有特殊能力，傅子悦连瞧都不会瞧她一眼。她要等，等待最佳时机来临时彻底令梦晓芸崩溃。

"这有什么好担心的，化妆是我最擅长的了。"夏星菌热心地说。

梦母做了一桌子菜，对女儿这个朋友非常上心，拉着夏星菌的手家长里短地聊天，甚至还和她交换了电话号码。夏星菌的社交能力极强，一张甜嘴哄得梦母十分欢喜。梦晓芸坐在一旁，反而更像一个外人。

难得有人主动跟自己接触，而且还是"同类人"，梦晓芸的防备心松懈许多。她让夏星菌为自己化了一个妆，从衣柜里取出之前傅子悦送的衣服穿上，终于肯走出家门。梦母惊讶不已，打扮一番后的女儿似乎变了一个人。

夏星菌首先带梦晓芸去做头发。梦晓芸总是扎着马尾，一两年才剪一次头发，被夏星菌带到她熟悉的造型师那儿，完全听凭摆布，整个理发过程都闭着双眼。一个多小时后，夏星菌亲切的声音传来："晓芸，睁开眼睛看看你的新发型。"

梦晓芸这才睁开眼，看着镜中的那个人时差点没认出那就是自己。以前及腰的长发剪短到齐肩的位置，发尾烫了卷曲的弧度，抹了发蜡抓得蓬松，两侧的头发随意地垂在脸颊上，遮住了耳朵和侧脸，原本的圆脸看似瓜子脸。整个发型使梦晓芸看起来很有女人味，又不失俏皮可爱。她仔细地盯着镜中的自己，似乎要把每一缕头发都看清楚。

"还差一样东西。"夏星菌从包里取出一支口红，用食指抹了少许，弯下腰均匀地涂在梦晓芸的嘴唇上。多了这一抹亮丽的桃红色，梦晓芸整个人洋气许多。

"其实你可以变得很漂亮，我可以一点一点教你。"夏星菌笑着说。

此时的梦晓芸完全对这种魔力着了迷。她原本对自己的外表毫不在意，淹没在人群中不被任何人注意是最好不过的。但自从认识傅子悦，她开始奢望变成他喜欢的那种女人。

这一天梦晓芸几乎是任夏星菌摆布。换了新发型，买了一堆化妆品，购置了几套衣服鞋子……每当夏星菌拿起一样东西说傅子悦可能会喜欢这个，梦晓芸就毫不迟疑地把它买下。当然，夏星菌带梦晓芸去的是大众化的商场，东西不贵，她可不想让价格把梦晓芸吓跑。夏星菌看着梦晓芸提着一堆廉价的东西却欢喜的表情，不免露出鄙夷的神色。耐心地陪了梦晓芸一天又送她回家后，夏星菌在车里暗自发泄了许久，等着瞧，她才不会让自己的付出白白浪费！夏星菌很好奇今天傅子悦被拒绝后会找何事消遣，她极力按捺住想跑去傅子悦家的冲动。

经过夏星菌的开导，梦晓芸再次回到学校上课，她若无其事地回到教室中，同学们似乎也并未在意她的消失和存在。

新剪的发型需要用发蜡抓出蓬松感才有型，梦晓芸懒得去折腾头发，把它们别至耳后扎起来，依旧穿着以前的宽松运动套装，下了课就匆匆离开，不在学校多作停留，学校里的一砖一墙一花一草她都来不及品味。梦晓芸低着头，如果有一天她真的消失了，除了父母以外没有人会再记得她吧。傅子悦呢？他会在乎她的消失吗？想到傅子悦，梦晓芸心里既温暖又酸楚，她希望他能想起她。

周日和夏星菌一起去购物花了太多钱，梦晓芸需要赶快打工赚钱。这一个多星期简雨欣打了无数个电话，梦晓芸都没有接。现在梦晓芸站在地铁口，往常这个时候该是她乘地铁去琴行的时间，固定的生活规律已经被破坏，她犹豫着今天要不要过去。学姐应该生她的气了吧，她做事总不会考虑别人的感受。

迟疑地打电话去琴行，电话里立即传来简雨欣一连串的大骂："打了这么多电话你居然一个都不接，你以为这儿是想来就来想走就走的地方啊……"高分贝的声音持续了十几分钟，简雨欣的怒气发泄完了，顿了顿，知道不能把梦晓芸骂走，毕竟像梦晓芸这般钢琴水平高超，并且薪水要价不高的老师太难找了。接着，简雨欣说："你晚上过来吧。"

梦晓芸松了口气，还好没有丢掉工作。

生活重新回到了已经习惯的轨迹，放学后去琴行所在的商场电影院看场电影，坐在最后一排的角落吃着爆米花喝着可乐，散场后去楼下吃碗味千拉面，然后去琴行授课。这是一种非常安全的生活模式，梦晓芸曾经以为生活会一直这么有规律地持续下去，大学毕业后继续在这家小小的琴行授课，足够维持自己简单的生活。然而就在那个春暖花开的季节，有个人闯入了她的世界，波澜了她死海般的心。他们一起走过春天、夏天，现在步入秋天，梦晓芸希望那个人继续陪伴她走过冬季，经历四季轮回。

遵照夏星菌的建议，梦晓芸这几日都忍住不主动联系傅子悦。傅子悦曾经发过一条微信来间梦晓芸近况如何，她也没有回复。夏星菌让梦晓芸调整好自己的精神状态，不能一副憔悴的模样跑去见傅子悦，并说那次演奏会上发生的突发状况令傅子悦很自责，这段时间工作状态都不大好，她不能再加深他的自责，一定要美丽地出现在他面前。

钢琴课的事情一直由夏星菌负责，傅子悦从不过问，他忙得忘记了日子，忘记了今天下午公司里会有钢琴课，他没有安排尤皓去音乐学院接梦晓芸。近来他虽然对梦晓芸不理自己颇为焦虑，但也没认为那是多严重的事情。梦晓芸只是需要时间走出阴影，傅子悦自信待他需要她时，她又会再次乖乖听话。

第一次一个人去傅子悦的公司，她在市民广场换乘地铁时还走错了路。这个站算是 S 市路线最复杂的地铁站，多条轨道交汇，出口众多，人流量也非常大，在全然陌生的地方，身边是拥挤的步履匆匆的行人，梦晓芸驻足停留，视线越过一颗颗的脑袋，想寻找路标，她三次被经过的行人撞到，他们还以责备的目光瞪她一眼，仿佛她不该站在那儿不动堵住别人的道路。梦晓芸十分慌张，就差放声大哭了。终于，在一面墙上找到了指引标志，在恐惧感要把她袭倒前拯救了她。梦晓芸这才意识到，以前傅子悦安排尤皓接送她是多么贴心。

总算安全抵达了傅子悦的公司。梦晓芸特意去地下车库等电梯没人时才走进电梯，不知是否是太久没有使用特殊能力，她试图像以往那样控制电梯直接上升，却失败了。电梯到每一层楼都开门，人潮进进出出。梦晓芸缩在角落里直打哆嗦，在电梯到达六十六楼时她已经脸色苍白，几乎迈不开步子。她靠在电梯外的墙上大口喘气，看着傅子悦公司的名字在对面墙上金光闪闪，心里稍微踏实一些。梦晓芸对自己说：我要坚强，要像个成熟独立的女人！

前台按照夏星菌的指示把梦晓芸带到会议室，然后通报给夏星菌。夏星菌立即赶去，推开门时迅速整理笑容，让自己看起来是个亲切又温柔的知心大姐姐形象。

"晓芸，你脸色怎么看着很不好？"夏星菌坐到梦晓芸身边，握住梦晓芸的手。

梦晓芸把手缩了回来，简单说了一下来时路上遇到的一些状况。

今天梦晓芸特意穿着上周末夏星菌帮她挑选的白色连衣裙，修身的款式勾勒出身体曲线。但棉质裙子在地铁上被挤得皱巴巴的，梦晓芸紧张时还会不由自主地攥紧裙角，那儿的抓痕特别明显，使裙子看起来像是廉价的地摊货。梦晓芸的头发也乱糟糟的，烫过的卷发需要发蜡打理才有型，梦晓芸完全不知道该怎么弄，更糟糕的是，她居然背着一个又旧又难看的书包，夏星菌对梦晓芸的审美观完全无语。

夏星菌叹口气，间："化妆品带了吗？"

梦晓芸从书包里拿出一袋东西。她不会化妆，特意提前过来让夏星菌帮她打扮。夏星菌本想让梦晓芸惊艳地出现在傅子悦眼前，现在看来不太可能了，自己还要伺候这丫头化妆，这丫头真的以为自己是公主啊！

"喏，你看，女人啊还是需要学会打扮自己。"夏星菌把镜子递到梦晓芸眼前。

梦晓芸才看一眼镜子就被吸引了，仔细端详起自己，忘记去接过镜子，任夏星菌一直为自己举着镜子。

夏星菌再次在心里发出一阵谩骂，真把我当奴才了吗？！

化妆就像魔术，可以改变人的模样。长长的睫毛，大大的眼睛，苍白的脸色也变得红润，粉色的口红使嘴唇娇艳欲滴。梦晓芸忍不住看了又看。

"是不是想立即就奔去老板的办公室？"夏星菌收回举着镜子的手。

"不……现在不要。"梦晓芸急急地说，"我……还没准备好，等上完课再去见他吧。他……真的一直都很想见我吗？"

"是啊，你怎么可以怀疑老板对你的真心呢？像今天这种员工孩子们上的钢琴课，老板完全是为了你才开设的……"

梦晓芸低头微笑，她相信了。

送梦晓芸进了教室，夏星菌对着合上的教室门狠狠地瞪了一眼，又恢

让我住进你心里

复了面无表情的高冷姿态。夏星菌走回自己的办公桌时，尤皓站在那儿把玩着她桌上的小盆栽，一副笑嘻嘻的面孔。

"你怎么突然变成知心大姐姐了，哄小孩儿很有一套嘛。"尤皓冲夏星菌挤挤眼，刚才夏星菌和梦晓芸的对话他全都听到了。

"你无不无聊啊，没事就爱偷听别人讲话吗？"夏星菌没好脸色地说。

"呵呵，你什么时候也能像对待梦晓芸那般温柔地待我？"

"你不就喜欢别人对你狠一点吗？"夏星菌嘲讽地笑。

这当然是指在床上的时候，尤皓有时爱玩点刺激的游戏，叫夏星菌用皮鞭狠狠地抽打他，这令他更有快感。

"在公司挑逗我对你没有好处，话说，你也好久没去我家了，今晚要不要好好放纵一下？"尤皓笑。

"没空。"

"你准备今晚当个大媒人，看着梦晓芸投入老板的怀抱吗？你何时变得如此大方了？"

"我是为我们团队着想，为了我们能赚更多的钱。"夏星菌冷冷地说，"那些资金账号有你忙的了，你这几天不处理好的话小心下周钱合生那边对账，你吃不了兜着走。"

尤皓明白夏星菌是在赶他走，他之前刚从傅子悦的办公室里出来，两人交谈了半个多小时，是关于和钱合生合作赌场的资金问题。他们上次从钱合生的银行保险柜中偷走了钱合生的洗黑钱账户，找了黑客攻击其中几个不太显眼的，那几个账户流通的钱最后都到了傅子悦手中。

不知钱合生是否已有所察觉，突然要提前召开股东大会清算资金。傅子悦对此并不恐慌，钱合生追踪不到傅子悦做的手脚。傅子悦交代尤皓这几日找人好好把账做平。生意场上，从来都是不择手段、唯利是图，这是傅子悦的处事原则。

他和一个模特约好四点半在酒店见面，叫对方开好房间等他。处理工作到将近四点，傅子悦准备出发。

"你这是要出去吗？"夏星菌起身问道。

"对。"傅子悦没有停下脚步，继续往外走。

"等等。"夏星菌急急叫道。

傅子悦回头，皱了皱眉头。

"梦晓芸现在在公司里。"夏星菌郁闷地说，好好的惊喜没有了。

傅子悦上下看了夏星菌两眼，等她解释中午怎么没有汇报这件事情。于是夏星菌只能把她这一周来的努力修饰了一下说出来。她说这一切都是为了帮傅子悦排忧解扰，她已经成功取得梦晓芸的信任，以后梦晓芸的事情可交给她打理……

"做得不错。"傅子悦夸奖道，虽然他心里知道夏星菌这么做的目的并不会太单纯。

能被傅子悦夸奖，夏星菌很开心，她还需要得到奖赏，她今晚要去他家，他会允许的。

"那么，你晚餐和梦晓芸一起吗？"夏星菌问。

"你去安排吧。"傅子悦回到办公室，取下袖扣，解开领口的两颗扣子，站在落地窗前为自己倒了一杯威士忌。他给那个已经在酒店开好房等着他的模特发送了一条微信：临时有事，改日再约。接着转账三千块钱过去，当作弥补房费和损失。模特连续打了三个电话，又发送了几条撒娇抱怨的微信，傅子悦都没再理会。

五点半，梦晓芸结束钢琴课，看到孩子们一个一个被家长接走，开始紧张不安。终于，又能见到傅子悦了！梦晓芸几乎完全忘记了半个月前傅子悦在演奏会上对她造成的打击，想念占了上风，她想见他，她要见他，他是她二十年生命里除父母外唯一害怕失去的人。

夏星菌很贴心地出现在教室门口，要带她去傅子悦的办公室。梦晓芸像见到救星一般，露齿笑着背起书包。偌大的书包和她的一身打扮实在不搭，夏星菌没有指出来。待梦晓芸走近说话，夏星菌一眼就注意到她嘴唇上的口红已经晕染，嘴角上粘了一点，门牙上也有几丝红色。梦晓芸紧张时总会不由自主地用牙齿去咬嘴唇，平日里她完全没有擦口红的习惯，浑然不知自己的丑态。夏星菌不动声色，当作没看见，在心里嘲笑着让你在傅子悦面前出点丑才好！

两人走进傅子悦的办公室。傅子悦已经换了一身衣服，泡好茶坐在沙发上，梦晓芸站在夏星菌身后像个手足无措的孩子。半个月没见，梦晓芸面对傅子悦时就像对着一个陌生人般别扭。

傅子悦露出迷人的微笑。

夏星菌拉着局促的梦晓芸坐到沙发上，熟练地为两人沏功夫茶。她真的是多才多艺，在各种场合都有她的施展空间。当然这能力也不是天生就具备的，就拿泡茶这一手艺来说，夏星菌专门找老师培训了十几次，对选茶、品茶和每类茶的沏泡工艺都有很深的了解，此刻才能如此优雅从容。

傅子悦欣赏地看着夏星菌的一系列沏茶动作。经常有客户到公司来谈事时都指定要夏星菌在一旁沏茶，他们看夏星菌的眼神很暧昧，一个女人能够轻易吸引男人的目光，那么这个女人就是成功的。

而一旁的梦晓芸此时的模样好滑稽，还不知道自己的口红已经花了。有夏星菌在场，傅子悦不方便为梦晓芸擦去那些痕迹，他需要为她留点情面。何况夏星菌看到时居然也没跟梦晓芸指出来，明摆着想看梦晓芸出丑。

几口茶喝下后，傅子悦示意夏星菌出去，夏星菌有些不情愿地离开，她亲手把一个女人送向心爱的人怀中，这份酸楚他可知道？

办公室突然只剩下他们两个人，梦晓芸更加不知所措，低头端着茶杯放至嘴边掩饰自己的慌乱，口红在茶杯上留下一个印子，却不自知。她紧张地把茶杯从右手换作左手交替拿着，指腹上也粘上了口红。

傅子悦无奈地看着像没有生活自理能力的小孩一般的梦晓芸，温柔地说："坐到我身边来。"他拍拍自己身旁的沙发。

梦晓芸听话地坐过去。

傅子悦拉过梦晓芸的双手，梦晓芸立即面红耳赤，谁知他突然抽了张湿纸巾擦拭起她的手指，梦晓芸愣了愣，随即看到湿纸巾上出现红色的污迹。梦晓芸还刚想思考那红色是怎么回事，傅子悦又捏起她的下巴，替她擦掉嘴角的口红。傅子悦命令道："张开嘴。"梦晓芸再次愣了愣，脑子里来不及思考，嘴巴不由自主地张开。他替她擦去门牙上几丝口红，湿纸巾上又留下一片污迹。

梦晓芸疑惑地看着傅子悦把湿纸巾扔进垃圾桶，又不由自主地抿了抿嘴唇。

"抹了口红就不要再乱咬自己的嘴唇了。"傅子悦柔声说。

咦？梦晓芸眨眨眼，终于明白是怎么回事了，瞬间脸发烫，简直想找个洞藏起来。

夏星菡站在办公室外，把门推开一条缝隙，看到刚才傅子悦为梦晓芸擦拭口红痕迹那温柔的动作，恨得咬牙切齿。哼，等着瞧，你这死丫头！

把梦晓芸再次拉回自己计划的轨道后，傅子悦这几日可以专心对付赌场那边的事情了。赌场开业三个多月以来利润十分可观，暗地里的洗黑钱交易也大量进行。最大的股东钱合生这次风风火火地临时召开股东大会，似乎是发现有人在资金方面做了手脚。

股东大会于周三上午九点开始。一帮人多为夜猫子，早起对他们来说很不习惯，钱合生则是在会所里打了通宵的德州扑克，没有睡觉直接就上三楼的会议室开会。傅子悦是个很克制的人，虽然爱玩，但从不堕落，没有任何不良嗜好，唯一头疼的就是失眠症严重。他昨晚十二点就强迫自己上床睡觉，吃一颗安眠药，可以有四五个小时的深度睡眠，足够令他今天一早精神饱满。他出门前好好地收拾了一番，西装笔挺，英俊清爽，身上的每一个细节都一丝不苟。

尤皓在关键时刻也表现很好，没有掉链子，昨晚也是吃了一颗安眠药早早睡觉，今早七点半就等候在傅子悦家楼下。

见到老板，尤皓汇报说："一切安排妥当。"

傅子悦点点头。

秋日早晨的阳光很柔和，傅子悦的双眼一直追逐着太阳，直到看花了眼，眼前出现无数色彩斑斓的光圈，眨眨眼似乎就能看到彩虹。他喜欢玩这个让眼睛被太阳光照得视觉眩晕的游戏。

尤皓从后视镜里看了看老板，还以为傅子悦正在思考今天这步棋该如何应对。

会所里通宵赌博的客人们刚散场不久，乌烟瘴气，一片狼藉，保洁阿姨正在收拾。傅子悦皱了皱眉，径直走上三楼会议室的露台。傅子悦以为他是第一个到场的人，没想到露台上已经坐着一个人——顾明哲，在秋日早晨的阳光下悠闲地在用早餐，戴着头戴式耳机，听着音乐摇头晃脑十分惬意的样子。傅子悦神色冷峻地走过去，拉开顾明哲身旁的椅子坐下。

前一刻还很悠哉的顾明哲，看到傅子悦后立即把放在桌上的眼镜戴上。傅子悦嘲弄地冷哼一声，说："认识这么多年了，没必要这么防备我吧？"

"对于你，当然要防人之心不可无了。"顾明哲依然是一贯嬉笑的语气说道。

"对于今天的股东大会，你知道多少？"傅子悦问。

顾明哲伸出食指指了指头上的耳机，示意他在听音乐没空聊天。

"很美的早晨。"傅子悦看着院子里几棵高大的桂花树说。

顾明哲没有搭理傅子悦。

很快，经理就叫人把傅子悦的早餐送来了。九月桂花香，两人相对无言，金色的阳光在他们身上跳跃，又都是模样俊美的男子，远远看过去是一幅多么美好的画面。

曾有无数个清晨，傅子悦和顾明哲都是这样相对坐着吃早餐，他们从孤儿院、破旧地下室、老式居民楼的一室户，到更大更豪华的房子，一起生活了二十年，几乎从早到晚形影不离。曾经那么单纯的小小幸福，为何会演变成如今的相对无言甚至敌意满满的气氛？

傅子悦工作专用的手机响了几声，他打开微信，看到一个小视频，是一个男人躺在床上睡觉的画面，那男人似乎睡得很沉，视频最后一秒是一个美女伸手比出 V 字手势的得意表情。接着夏星菌发来一行字：确认无误。傅子悦不动声色地收起手机。

"你心里一定在发出冷笑。"顾明哲突然开口说话，把耳机摘下挂在脖子上。

傅子悦抬头看着顾明哲。他们熟悉彼此脸上出现的任何表情的含义，任何细微的小动作都瞒不过对方。

"我知道你上次带梦晓芸闯入会所时就开始在背后搞鬼，小心了，钱合生不是那么好惹的。"顾明哲发出警告。

"尤其是还有你在他身边做帮手。"傅子悦勾勾嘴角笑。

两人四目相对，眼神间是一阵电光火石的交锋。

"我希望你清楚，钱合生做的生意并不是那么干净，你当初发誓说不会再做伤天害理的事情，自己却还是违背了。"傅子悦嘲笑地说。

顾明哲直视傅子悦的眼睛，那双眼睛经过这么多年的磨炼变得更加深不可测，仿佛一个可以吞噬良知的黑洞。他重新戴上耳机，仰起脸看向院子里的秋色，在心里冷冷地说：我一直知道我在做什么，傅子悦，你别逼我走到那一步！

两个人就这么默默地看着云卷云舒，直到会议室的门被推开，钱合生和另外几个股东走进来，夏星菌也跟在他们身边。钱合生面露倦容，身上带着浓浓的雪茄和冰毒的味道，顿时破坏了会议室里淡淡的桂花香。他一进来就对身边的经理说："这屋里怎么这么亮，把灯调暗，窗帘关上。"钱合生吸食冰毒提神，眼睛十分怕强光。另外三个股东有两个昨晚就来到会所陪钱合生赌博，另一个今天一早过来也是先去钱合生的包房打招呼，只有傅子悦不爱对人献媚，从不肯低声下气，但他派了夏星菌去包房跟那一帮老头子周旋。

"呵呵，原来傅总早到了啊。"见到露台上的两人，钱合生笑呵呵地说，目光却在傅子悦和顾明哲之间来回扫视，似乎在寻找不对劲的地方。

顾明哲知道钱合生那眼神是在怀疑他是否和傅子悦有私底下的勾当，他很无所谓地摘下耳机，双手插进运动裤口袋里走进会议室。

九点过了七分，五个股东已经坐在会议室里，还剩下一个股东没到。钱合生叫顾明哲给许成业打电话，那边却一直没有人接听。另一个股东李品军开始在座位上说起风凉话："老许也太没有纪律性，说好的九点准时开会，迟到了也不打个电话来说一声，叫我们几个人干等他啊！"

几个人又在会议室里等了片刻，期间夏星菌为大家沏功夫茶，她一袭深V的裙装一弯腰就露出事业线，几个老头子的眼睛都不时往夏星菌身上瞟，又要装作不在意的样子，模样确实滑稽。

"哎呀，还是傅总好眼光啊，有个这么得力的女助理。"一个股东说。

"傅总年轻有为，我们做长辈的也自叹不如。"另一个股份最小的蔡总说。他是这里面最两面派的人，靠放高利贷起家，常安排美女来会所陪伴客户，不知道暗地里偷偷地用自己的钱放水给客户多少次了，借会所来做自己的生意。

傅子悦听了只是笑笑。他观察着钱合生，钱合生的脸色十分不好，不耐烦地叫顾明哲继续地给许成业打电话。等到九点二十分钟还不见许成业出现，钱合生发怒地大骂起来。

"不等他了，我们开始吧。"钱合生说。

几个人正襟危坐，小弟们都自觉地离开会议室。顾明哲是钱合生的心腹，坐到钱合生身后参与了这次秘密谈话，而夏星菌是这儿级别最低的人，收拾茶具时特意留到最后一个，待那帮小弟都离开后，她缓缓起身准备朝门口的方向走去，傅子悦叫住她："小夏，你留在这儿帮我记录会议内容。"夏星菌回头，用征询意见的眼神朝钱合生看了看，见钱合生没有提出反对，微笑着款款走至傅子悦身后拉了一把椅子坐下。那几个老色狼又是有意无意地看了夏星菌几眼，傅子悦要的就是这个效果，夏星菌在这儿可以帮他分散一些注意力。

开始谈正事，大家对了对近期的账务，资金拖欠情况很严重，大多客人来会所赌博都不是现金交易，他们输了的钱由会所先垫付，金额多数巨大，有些客户拖欠了好久都没还账。钱合生本就是黑帮出身，不怕这些赖账的人，若要撕破脸他有手段找一帮流氓去强行要账。钱合生只是借题发挥，先发泄不满，把一叠账单狠狠摔到桌上，面带怒色，把股东都教训一遍。然后进入今天的正题，钱合生怒火更深地向身后招了招手，示意顾明哲来阐述。

顾明哲清了清嗓子，慢条斯理地说会所里毒品交易的事情近日被警察盯上了，且收到警方内部消息说他们似乎想搞一次大行动，把会所一锅端，并且，几个资金流通的账号也被警方盯上，一定是有内鬼泄露信息……

听到"内鬼"这两个字，几个股东都面面相觑，正经对待起来。他们中谁没有利用会所的资源为自己捞过好处呢？但说起跟警方合作，这事态就严重了。

"你们对此怎么看？"钱合生厉声问道。

会议室里安静片刻，李品军突然冷笑一声，说："老许的电话还没有接通吗？他是不是猜到今天会议的内容，所以不敢出现了？"李品军和许成业一向不和，这句话一出，在场的人都议论起来。许成业平日是跟警方的人走得很近，会所在S市能够一帆风顺，都靠许成业能摆平警方的检查，但说不定他也同时在出卖一些消息给警方。

李品军继续口无遮拦地借题发挥，说着许成业的一些有嫌疑的举动。在会议上如此明目张胆地攻击对方，不像一个行为谨慎的生意人的作风。但大家并没注意到李品军的反常，他说话时眼神呆滞，除了嘴巴在说话外，身体僵直没有任何动作。李品军这样的举止，顾明哲是再熟悉不过——品军被傅子悦控制了！

顾明哲看向傅子悦，只见傅子悦单手托腮，手指遮住了嘴巴，装作是在认真听李品军讲话般眼睛一直盯着他。或许没人注意到傅子悦的嘴巴在

197

手指的遮挡下张动着无声说话，他说一句，李品军就完全跟着重复一遍。这一招真是狠啊，借刀杀人，把自己的罪行转移到别人身上，自己又可完全置身事外，后期的麻烦交给李品军和许成业互相去斗争吧。

傅子悦突然注意到顾明哲正在盯着自己看，心里咯噔一下，知道顾明哲已经看出异样。注意力被分散，傅子悦暂时停止对李品军的控制，李品军恢复了自我意识，完全不知道自己刚才说过什么。

钱合生又叫顾明哲继续打电话给许成业，但依旧没有人接听。这样一来另外几个股东又开始说起风凉话，为了自保把责任推卸到一个人身上，而且那个人还不在现场，真是个绝好的替罪羊。钱合生不是轻信谗言的人，他叫大家一起调查，暗示各位都收敛下自己的小动作，他一定要揪出内鬼！

会议进行了一个多小时，钱合生宣布散会，他需要回酒店睡觉了。大家各自心怀鬼胎，发生这样的事情都需要互相防备，搞不好自己就载进去了。

顾明哲跟随钱合生朝门的方向走，几个股东也起身相送，待傅子悦正跟钱合生说客套话的瞬间，顾明哲冒着或许会被发现的危险，施展自己瞬间移动的本领，迅速拿起傅子悦落在桌上的手机，输入四个数字。多年来傅子悦设置密码的习惯没有改变，0907，是个日期，他们逃离孤儿院的日子。成功开机后顾明哲看了看夏星菌发送给傅子悦的视频，里面的男人正是今天早晨没有出现的许成业，赤身裸体地躺在床上睡觉，还有一位美女陪着。顾明哲知道这是傅子悦的一贯伎俩，派美女去勾引许成业，然后给许成业下药令他神志不清，让大家都以为他是故意不出现在股东大会上。顾明哲把手机放回桌上，又重新站回到钱合生身边，这一系列动作只发生在一两秒的时间内，没有人注意到顾明哲刚才的行为，连傅子悦也因为跟钱合生说话而忘记防备。

傅子悦怎么可能跟警方有合作？顾明哲觉得奇怪，傅子悦是个做事讲求回报的人，他这么做的目的何在？顾明哲结识钱合生有两三年了，近来才成为钱合生身边的助手，对钱合生多少也有些了解，钱合生绝不是什么好惹的对象。傅子悦这步棋下得很险，稍有失策会招惹来杀身之祸。顾明哲一定要弄清楚这件事！

事后许成业醒来，也没搞懂自己昨晚在KTV唱歌时怎么就大醉不醒了。

司机说送他和一个美女去了酒店开房，他对此一点印象都没有。许成业慌忙联系钱合生，结果可想而知，被大骂了一顿，心情已经很不好，然后又听说今早的会议上李品军一直言语攻击他，说他在背后跟警方合作出卖业务消息，许成业立即大发雷霆，带了一帮小弟就冲去李品军的公司大闹一番，弄得两人的关系十分难堪。会所另外几个股东听到后保持中立态度，暗暗高兴有出头鸟帮他们转移麻烦了。

钱合生听到这些事情后当然脸色也很不好，李品军和许成业这两人都算钱合生的部下，是他安排他们成为会所的管理者，内部人斗争引来别的合伙人笑话，他脸面何在！李品军和许成业那两个家伙不再值得钱合生信任，于是他把更多的业务交代给顾明哲去办。顾明哲借此也更进一步得到了钱合生的青睐。

傅子悦当然听说了这几日顾明哲的风光，算是他成全了顾明哲。待钱合生一离开 S 市，傅子悦就叫夏星菌去安排一个秘密会谈，凌晨一点多夜深人静时偷偷与人会面比较安全。当晚更早的时候，傅子悦还与梦晓芸一起吃了晚餐，叫她到家里来教了自己一个多小时的钢琴。他的钢琴弹奏水平提高得很快，原本只是把钢琴当作一个接触梦晓芸的工具，后来却渐渐喜欢上了。尤其是半夜一个人时，弹奏钢琴令他放松。在家里与一个女人单独相处，傅子悦对梦晓芸却完全没有肉体上的欲望，最多只是握住她的手，或是揉揉她的头发。而且她现在每次见他时都化了浓妆，脸上敷了厚厚一层粉，令傅子悦不愿意抚摸她的脸颊。还是素面朝天更适合梦晓芸，傅子悦并没向梦晓芸指出这点。她特意的打扮反而显得有些滑稽，因为她完全不懂得打扮。

尤皓开车送梦晓芸回家，他心里觉得刚才那一个多小时里傅子悦和梦晓芸一定发生过什么。有时尤皓也很同情这个乖巧安静的姑娘，她是无法摆脱傅子悦的魔爪了。想当初，十七岁的夏星菌也是个单纯的小丫头，除了爱慕虚荣外想法还算天真，如今却已经是一个游走于男人之间的老油条，工于心计，手段高明，连尤皓都自愧不如。

凌晨一点多，尤皓戴着鸭舌帽和夜视眼镜再次等在傅子悦家楼下。他已经换了一辆破旧的商务车，在夜深人静时需要低调点。

"夏星菌说周警官已经出发了。"待傅子悦上车，尤皓汇报说。

这辆车很破旧，不知多久没有清洗过了，车身上堆积着厚厚的灰，内部也是一团糟。傅子悦一上车就十分厌恶地皱起眉头，说："来之前花个十几分钟把车清洗干净也没时间吗？"

尤皓嘿嘿笑笑，他刚才抽空去赌了几局，匆匆赶来，这辆车也是交代手下人去搞的。尤皓现在办事已经懒得亲力亲为，好日子过久了，做事情的态度也开始散漫。

"在大事上我还是不会出错的。"尤皓解释。

傅子悦闭目养神，也不愿意多教训尤皓。

车行驶到靠近浦东机场的荒郊野外，熄火，隐藏在一处没有路灯的空地上。尤皓仔细听着附近的动静，没有任何可疑的声响。很快，另一辆车驶来，车上下来一个男人，走进傅子悦这辆车里，一身浓烈的烟味。

"靠，你们做事比我们还谨慎，这大半夜的约在这种鬼地方见面。"周警官上车就扯着嗓门说。

傅子悦在黑暗中蹙了蹙眉，他不喜欢跟这种连表面功夫都不做的作风粗野的人打交道。"近来风声比较紧，做事还是小心为妙。"傅子悦说。

见尤皓还坐在驾驶位上，周警官说："他怎么还待在车里？"

"没事，自己人。"傅子悦说。

"我现在不相信任何人。"周警官暴躁地说。

傅子悦做了个手势，尤皓很识趣地下车。

"事情怎么传到那个老东西耳朵里了？他在警察局里安插了内应吗？"周警官不爽地问。

"你们内部人员的底细，还是仔细调查清楚的好。"

"你那边一点线索都没有吗？"

"暂时没有。"傅子悦说。

"这内鬼不要被我逮到，我不整死他！"周警官大骂。

两人交换了一下信息，决定最近都暂时收手，警方不要再查那些洗黑钱的账户，待这一阵风声过去，钱合生那边放松点警惕，再设局套出警察局里跟钱合生接头的内鬼。

尤皓突然敲了敲车窗。

周警官不满地咕哝着："你手下想干吗？"

傅子悦摇下车窗，尤皓急促地说："附近有人！"

傅子悦和周警官都警惕地皱起眉头。

"什么人？你看清了吗？不要大惊小怪。"周警官问。

尤皓朝傅子悦看了看，等待指示。

"今天就到此为止，我们再联系。"傅子悦对周警官说，"你下车时最好把脸捂住，启动车子时也不要开灯，不要让别人看到你！"

"靠，你这么胆小怕事！有谁这么厉害能一路跟踪我们到这里吗？"

周警官下车时左右看了看，四周一片漆黑，没有发现有车辆的灯光闪烁，这种地方平时也不会有人经过。谨慎起见，周警官先开车离开。

"你刚才发现了什么？"尤皓坐回驾驶位后，傅子悦问。

"应该是人走动的声音，只听到一两声，不是十分确定，但那声音就在附近，不会超过十米的范围。"尤皓说。

确实不寻常，还是谨慎为妙。傅子悦叫尤皓开车时也不要打开车灯，小心追上周警官的车看他是否被人跟踪了。傅子悦坐的这辆车的车窗贴膜处理过，别人看不到傅子悦的脸。

车子开出一段距离后，傅子悦突然间尤皓："你待在外面时是不是抽烟了？"

尤皓说"是"，还未意识到什么。

"如若附近真有人在监视，你点燃打火机靠近脸时，你的脸就已经被别人看到了。"傅子悦表情严峻起来。

尤皓明白事情的严重性，他是傅子悦身边的人，看到他的脸就等于暴露了傅子悦。

"专心听动静。"傅子悦提醒。

尤皓保持距离地跟上周警官的车，周警官那家伙完全不听警告早已把车灯打开，一路把车开得飞快。车子需要在小路上开七八分钟才能进入有路灯的大马路，这一段路程尤皓专心听着附近的动静，似乎听到一些异常的声响，却又不能确定。那不是车辆发出的声音，但也不可能有人能跑步追上车子，但那一阵一阵若隐若现传来的声响不是风声也不是昆虫鸟类能制造出的声音，好奇怪的异音，到底是什么呢？尤皓专心地捕捉那声响，突然有几声特别明显的声音从他们车旁擦过，尤皓立即朝右张望，似乎看到某种黑影嗖一下超过了他们车。外面太暗视线不好，尤皓当机立断打开远光灯，踩下油门迅速追上去。傅子悦见尤皓有了行动，也探头四处张望，心里已经有了不好的预感。

他们追上周警官的车，只见一个黑影在周警官的车前放慢速度，使得那影子的轮廓稍微能够看清。只是两三秒的时间，那影子就消失不见了。

"你看到了什么？"傅子悦问。驾驶位上的视线比后排好一些。

"不能确定，但刚才的确有一团东西跑过去。"尤皓说。

"那人刚才是放慢速度想去看周警官的脸！"傅子悦冷冷地说。

"你是说……刚才那团影子是一个人？怎么可能！"尤皓从后视镜里扫视了傅子悦一眼，傅子悦的脸色很不好。

傅子悦给周警官打电话说："你的脸已经被人看到了！"

周警官哈哈大笑，说傅子悦太过紧张，他一路小心观察四周，附近压根儿就没有别的车辆经过。

"你自己小心点，别说我没警告你。"傅子悦也不多言。

两辆车很快就各走各的了。

"是顾明哲。"良久，后排传来傅子悦轻轻的又很肯定的声音。

尤皓愣了愣，随即明白。顾明哲瞬间移动的速度当然能够追赶上车辆，若不是顾明哲刚才有几秒的时间放慢速度去看周警官的脸，那更会神不知鬼不觉。就是那几秒时间顾明哲暴露了自己。

傅子悦目露凶光，表情十分吓人。这个世界上能够激起傅子悦情绪波动的人，只有顾明哲。不可原谅，任何人都可以来对付我，就只有你顾明哲不行！

"还找得出顾明哲的声音吗？"傅子悦问。

"他的速度太快，我追踪不上。"尤皓老实说。

"在会所里堵他也不是办法，他很少过去……"傅子悦沉思。

"那小子一直神出鬼没，我们前几年寻找了他那么久，也没找出他的人影，还以为他在S市消失了呢。他现在又突然在我们面前冒出来想干吗？搅这摊浑水，故意要跟我们作对吗？"尤皓愤愤地说。

的确，怎么也查不到顾明哲的住处，顾明哲一直防备着傅子悦，只有他想出现时他们才能见到他，平时他也很少去会所，就算要去也会故意跟傅子悦他们的时间避开。在这种敏感的时期打电话骗顾明哲出来见面更是不可能，顾明哲不是那么好骗的人。傅子悦闭目靠在椅子上，良久，他缓缓说道："用梦晓芸作饵，钓顾明哲出来。"

梦晓芸完全不知道自己被设计进一个圈套中。昨日傅子悦跟梦晓芸通了一个电话，说他要去美国出差几日，这几天就不跟她多联系了，叫她乖乖的不要让他担心。梦晓芸笑，她三点一线的生活，有什么可担心的。然而今日，梦晓芸就接到夏星菌的电话，说等她放学后去学校找她玩。

其实夏星菌不想接受这个任务，她好不容易才取得梦晓芸的信任，两个人像朋友一般相处，现在却要她做一次坏人，说不定还会招来梦晓芸的怨恨，从此再也不相信夏星菌，那夏星菌之前做过的那么多努力就全部白费了。但傅子悦说这是目前能想出来的唯一办法，在傅子悦半哄半强求下，夏星菌答应帮忙布下这个局。

"校园生活真是惬意，好羡慕你，我每天工作简直累成狗了。"夏星菌挽着梦晓芸的胳膊在校园散步，口是心非地说。

九月末，秋高气爽，校园里有条银杏小道，金灿灿一地落叶，看着就像偶像剧里拍摄浪漫镜头的场地。这条小道是校园里情侣散步的最佳之地，梦晓芸只是每天从旁边交叉的道路经过，在十字路口扭头朝这条小道张望几眼，然后匆匆低头离开。今天梦晓芸特意带着夏星菌来到这里，她激动地介绍说："这是学校里这个季节最美的地方。"

夏星菌没觉得这个地方有什么美丽之处，还是更喜欢逛国金商场，一路买买买。

梦晓芸欢喜地踩在落叶上，发出咔嚓咔嚓的声音。一阵风吹过，吹落大片银杏树叶，梦晓芸故意跑到那阵树叶雨下张开双臂仰脸朝天转了两圈，笑得像个孩子。

夏星菌不悦地看着梦晓芸，真想装作不认识这个又土又笨的家伙。但夏星菌还得装出笑脸，附和着说："是啊，这里好美，能每天在这儿散步幸福感会爆棚哦。"

"太棒了，原来你也这么觉得。"梦晓芸抬头冲夏星菌灿烂地笑。

此时夏星菌比梦晓芸整整高了一个头，她穿着八厘米的高跟鞋，走了这么久已经有些脚酸，好想立即离开这个鬼地方。

梦晓芸找到一片轮廓曲线特别完整好看的银杏叶，金灿灿的叶面上没有任何斑点瑕疵。她捏起叶梗高高举起，仰起脸迎着阳光观察，那片金黄更显娇嫩。

"送给你。"梦晓芸把它递到夏星菌眼前。

"什么？"夏星菌瞪大眼。

"它是我捡到的银杏叶里最完美的一片。"梦晓芸说。

夏星菌见梦晓芸不像是开玩笑的样子，只得接过，放进自己的香奈儿包里，挤出微笑说："谢谢。"

夏星菌极力忍着抓狂的心情，一直面带微笑地讨好梦晓芸，请她吃了一顿大餐。前戏铺垫了将近两个小时，夏星菌心好累，平时跟那些老色狼周旋也不曾这么费劲。晚餐快结束时，夏星菌终于把话题转移到正轨上，邀请梦晓芸去傅子悦的会所。

"怎么样？跟我一起过去嘛，这样对你了解老板很有帮助。"夏星菌殷勤劝说。

顿了顿，梦晓芸点了点头。

这下有好戏看了。夏星菌在心里阴险地笑。

夏星菌开着法拉利跑车，一路狂飙到会所。她原本还想在梦晓芸面前炫耀自己的跑车，见梦晓芸毫无反应，也只能不爽地在心里骂一句："土包子，你是不是连这是什么车都不知道！"

晚上八点多，会所的客人陆陆续续地到场。白天的冷清和夜晚的纸醉金迷形成了强烈对比。来这儿的人都是非富即贵，门口的几个保安也都是人精，知道哪些客人大有来头，热情地上前迎接。夏星菌的跑车开至会所门口时，一个年纪比她还大的保安亲切地叫她"夏姐"。她把车钥匙丢给保安叫他去泊车，自己昂首挺胸地走进会所，梦晓芸背着书包跟在身后，像个刚进城的农村丫头。

这里跟梦晓芸上次来时的感觉完全不同。到处是年轻妖冶的女人，岁数有些大的男人，空气不太流通，烟味很浓。夏星菌一路跟男人们打着招呼，这个总那个总地娇滴滴地叫着，和他们举止亲昵。梦晓芸局促地站在夏星菌身旁，双手攥紧书包带子，被带到三楼走廊尽头处一个空着的包厢。这层楼属于办公区域，鲜少有人，客人们通常也不会上来。这个包厢是这层楼唯一一间赌厅，用作客满时备用之需。

夏星菌语气温柔地说："好妹妹，你先在这儿坐着等我一会儿，我去跟几个朋友聊几句就回来。"

"你会去很久吗？"梦晓芸紧张地问，她单独待在一个陌生的环境里很害怕。

"就几分钟，你乖乖在这儿等我。"

夏星菌离开时把包厢门带上，留梦晓芸一个人在里面。会所里每个包厢的隔音效果都非常好，在走廊上完全听不到包厢里的嘈杂。夏星菌先给尤皓发去一条信息：办妥。然后安排两个男人站在楼梯口守候，告诫他们待会儿除了有个指定的男人外不许任何人进出这层楼。安排妥当，夏星菌把手机设置成飞行模式，这样就接收不到任何电话。终于可以不用再应付那个丫头了，让她自生自灭去吧。夏星菌穿着高跟鞋款款走下楼，间了大堂经理今晚有哪些贵客会来，然后在洗手间里补了补妆，去那几个有贵客的包厢跟他们打招呼。一个包厢里七个男人，夏星菌可以从第一个男人的大腿上周旋到第七个男人的大腿上，打情骂俏，但是不会让他们占到便宜，她知道该怎么掌握主动权。夏星菌喜欢跟男人们玩这种暧昧游戏，这成为她生活中的一剂调味品，并且能从男人那儿获得很多物质和工作上的利益。他们也乐于跟夏星菌这种"高级"的女人小小嬉闹一番，反正又没有什么损失。

梦晓芸还天真地在另一个包厢里等着夏星菌。密封的空间，没有窗户，一张赌台占据了包厢的大部分空间，靠墙处有一张长沙发和两张单人沙发，沙发中间的茶几上摆放着一套茶具。梦晓芸坐在长沙发上百无聊赖，实在不知该做什么，她又不喜欢玩手机，就摆弄起茶几上的茶具。门突然被推开，走进来一个醉醺醺的中年男人，把正在仔细观察茶杯上花纹的梦晓芸吓了大跳。她手一抖，茶杯滑落到茶几上，滚了几圈又摔到地上。糟糕！梦晓芸担心地弯腰去捡茶杯，还好地面铺有地毯，茶杯没有摔碎。待梦晓芸惊恐未定地把茶杯放回茶几上时，那个中年男人已经来到她身旁，往长沙发上一躺，醉意朦胧地直勾勾盯着梦晓芸看。

"嘿，小丫头，你在这儿干吗？"

"我……我……"梦晓芸结巴着，想起身坐到另一边单人沙发去，被男人伸长脚一勾，又被拉回沙发上。男人的脚压在梦晓芸的大腿上，梦晓芸想推开他的脚，他干脆另一只脚也伸过来，从她腰后穿过，两只脚死死钳住她的腰，使她无法动弹。

梦晓芸尝试了几次想扳开男人的脚，无济于事。"你……你放开我！"

梦晓芸憋红着脸说。她说话的声音还是太温柔，显得十分好欺负。

"你是躲在这儿偷懒吗？哈哈，被我抓住了，我要告诉你们老板去！"男人脸色很红，眼神十分不怀好意，似笑非笑地看着梦晓芸。

"我又不在这里工作。"梦晓芸急急解释。

"别想跑！"男人整个身子都贴上来，呼吸散发出浓浓的酒味。他伸手捧起梦晓芸的脸，强制把嘴凑上去想亲她，梦晓芸尖叫着躲闪。男人笑得更邪恶了，说："不要跟我来这套欲迎还拒，让我亲两口，我就不告发你。"

"走开……别碰我……离我远点……"梦晓芸挣扎，可是无法挣脱他。

男人的力气很大，又喝醉了酒，完全是一副丧心病狂的样子，强制着三次亲到了梦晓芸的脸颊，还想凑过去亲她的嘴，梦晓芸的脸颊被他的手用力扳着连话都说不出来。她祈祷夏星菌此时能推开门来拯救她。可惜，夏星菌接到那个男人已经进去的消息后，走来把这道门从外面给锁住了。

男人被梦晓芸的挣扎弄烦了，突然加强攻势，把梦晓芸压倒，她的头被按住紧贴沙发无法动弹。梦晓芸此刻真是被吓坏了，脑子几乎失去思考能力，只是条件反射地挣扎，眼看那个男人的嘴马上就要亲到她嘴唇上来，梦晓芸还从未被哪个男人吻过嘴唇，那是她的初吻，一定要献给傅子悦——她心爱的男人，可不能就这么被这个男人夺去！梦晓芸情急之下视线扫过茶几上的茶杯，心一横，使用意念操控，让它猛地砸向男人的后脑勺，撞击力很强，"砰"的一声，茶杯撞碎了。

男人哇哇叫着松开梦晓芸，伸手捂住后脑勺。梦晓芸趁机挣脱开他起身就要跑，却被男人用力拉扯住，他面目狰狞地咆哮："死丫头，居然用茶杯砸老子，看老子今天会不会放过你！"

梦晓芸尖叫着，喊了两声救命，她哪里敌得过男人的力气，再次被男人紧紧抱住，嘴也被男人的手掌捂住。借着酒劲儿，男人的手开始在梦晓芸身上乱摸。

尤皓坐在车里听到梦晓芸的求救声。他一直听着那个包厢里的动静，但不是担心梦晓芸，因为那个男人遵照吩咐不会对她做出什么太出格的事情，最多只是调戏和吓唬她。

"砰——"又是一声沉闷的撞击声，一只茶杯飞来，砸到男人的肩膀上，更加激怒了男人，他揪住梦晓芸的衣领，一巴掌朝她脸上打去："死丫头，你在跟老子玩什么鬼把戏！"

梦晓芸脸上火辣辣地疼，眼泪几乎流了出来。

茶杯一个接一个地飞到半空，全部向男人砸来，男人躲闪着，松开了梦晓芸。梦晓芸立即朝门口跑去，拧了拧门把手，却拧不动，她慌乱地扭动门把手下的反锁开关，试了几次都无法打开门，这门是怎么回事！她踢着门，大声呼喊救命。

"想逃？砸伤了老子你还想跑！"男人粗鲁地向梦晓芸扑去。

梦晓芸躲开。一个跑一个追，绕着长方形赌台僵持着。梦晓芸几次想操控赌桌旁重重的椅子，无奈那需要更加集中注意力才行。

梦晓芸既要躲避男人的追赶，又想去操控椅子，反应就慢了半拍，被男人突然掉转方向迎面逮住。

"哈哈哈，我叫你跑！"男人怪笑着把梦晓芸压到赌台上。

"砰——"一声巨大的声响，这次不再是茶杯那种小小的撞击，而是一张很重的椅子飞至房顶然后垂直落下砸到男人的头部。男人失声尖叫双手捂住头，一摸，就是满手鲜血。

梦晓芸推开他又跑去拧门，踢门，门怎么也打不开。

"你……你……"男人捂着头一步一步向梦晓芸逼近。

梦晓芸一咬牙，后背紧贴着门，也不躲闪了，眼睛死死盯住另一张椅子，完全没去顾及男人已经走到她跟前，伸出手掐住她脖子。男人手上的血腥味传进梦晓芸鼻中，梦晓芸脖子上的皮肤凹陷，呼吸不畅……不能挣扎反抗，视线不能分散，要专心集中注意力盯住那张椅子，梦晓芸操控起椅子让它从后面猛地撞向男人的头部。男人毫无防备，全身瘫软地滑落到地毯上。

梦晓芸呆若木鸡地紧贴门站着。男人倒在地上一动不动，头部几处伤口在流血。良久，梦晓芸恢复了一点意识，迟疑地伸出脚踢了踢男人，见他没反应，又喊了他两声，还是躺着没动。梦晓芸赶紧蹲下身推了推他的肩膀，然后颤抖着伸手在他鼻子处探了探——没有呼吸。

"啊……"梦晓芸失声尖叫，全身颤抖得厉害，安慰自己说一定是他正面压在地上压迫到心脏了，翻转身来他就能正常呼吸了。男人的身体很沉，梦晓芸费了好大的劲儿才将他翻过来。她伸出手在他胸口四处摸着想感受他的心跳，然而没有任何跳动的迹象，她不愿意相信这个事实，把耳朵贴到他胸膛上，努力听了好久，左耳听了又换右耳听，他完全没有任何心跳！

"喂，你别装晕了，醒醒，给我醒醒！"梦晓芸喊着，用力推操着那个男人，男人像个玩偶般任她摆布。梦晓芸茫然地跪在地上，一时失去了任何思考能力。

这下该如何是好？她杀死了一个人，成了凶手，会被抓起来坐牢吗？她不是有意要杀他的，她只是自卫，谁知道椅子的冲击力有那么大，会有人相信她是无辜的吗？"我能操控椅子，让椅子飞起来去砸他的脑袋"，这样的话说出去别人都会嘲笑她吧，会说梦晓芸脑子有问题，她可以在审讯的人面前现场表演她操控椅子的能力，证明她不是开玩笑，但那样会吓坏他们，他们会觉得她是个异类，会把她关起来做研究吧？梦晓芸恐惧极了，她好想逃，逃离得远远的，逃到一个没有任何人能找到她的地方。她是个怪胎，原本就该乖乖地待在家里不出门，干吗要试图融入这个社会……

梦晓芸急急地起身从书包里掏出手机给夏星菌打电话，但反复打了五次都没通。她急坏了，环顾包厢，想寻找窗户逃跑，却没有任何出口。她不敢相信地又去洗手间看了看，这儿是个完全封闭的空间。怎么会这样，连窗户都没有……

梦晓芸试图运用超能力打开门锁，她曾经几次出门忘记带钥匙时这样打开过家里的防盗门，之前也用同样的方法帮助傅子悦打开过保险箱，她安慰自己说一定要镇定，不能胡思乱想，好好集中注意力，她可以打开这道门。可惜这道门在今天清晨已经被偷偷换成了密码锁，而且结构非常复杂，就是为了防止梦晓芸运用超能力把锁打开。梦晓芸盯着门看了很久，在脑中想象着锁隐藏在门内的结构，每一个齿轮该如何移动才能顺利解开。梦晓芸紧绷全身每个细胞，虽然人一动不动却十分耗费体力，背上额上都滴下汗水。她已经尽了最大努力，但门一直没开。终于，梦晓芸崩溃了，脑子一片混乱，再也无法集中注意力，牙齿打战，脚软得需要扶住门才能站立。

她要出去，要离开这里，她要疯了！梦晓芸不顾一切地用力拍打着门，声嘶力竭地大喊。她想到了傅子悦，可是他在美国啊，无法像童话故事里

让我住进你心里

的英雄般在关键时刻赶来救她。如果傅子悦在就好了，梦晓芸好想扑入他怀中寻求温柔的安慰。

"您拨打的电话暂时不在服务区……"梦晓芸不肯相信自己的耳朵，不停地打了十几次电话，都是同样的声音响起。傅子悦，求求你，接一个电话，就算你在美国也一定能想出办法来救我，求求你快接电话！梦晓芸哭着，手机几次滑落到地上，她颤抖着捡起来又继续打。这种情况下她不可能给父母打电话，他们知道她杀人了会怎么想？他们会包庇她吗？她还可能把他们也拉入危险中。手机里就保存了几个电话号码，通讯录一眼就扫完了，情急之下，梦晓芸决定给尤皓打电话求救。尤皓是傅子悦身边的人，同时也知道她有超能力的秘密，他跟她是同类人，应该会帮她想办法，梦晓芸天真地想。拨下尤皓的号码，那边居然关机，怎么可以发生这种事情，为什么每个人都联系不上！

通讯录里其余几个号码包括简雨欣、几个老师，还有顾明哲的。梦晓芸的视线来回扫视后停留在顾明哲的名字上，现在只有他可以求助了，没有别的选择。犹豫片刻，梦晓芸紧咬嘴唇，拨下了号码。顾明哲是梦晓芸唯一的希望了，以他那超级快的速度，就算在很远的地方也能迅速赶到，她一定要快点离开这个恐怖的房间！

谢天谢地，顾明哲的电话接通了。

"喂。"那边传来慵懒的声音。看到梦晓芸给自己打电话，顾明哲十分意外，他已经好久没去在意这个女孩儿了，以为她已被傅子悦收买成为帮手。前两天顾明哲还亲眼看到梦晓芸半夜从傅子悦家所在的大楼走出来，以为她和傅子悦发生过关系，因此对她更加嗤之以鼻。

"快来救我！"电话一接通梦晓芸就急急大喊，"我在会所里，门锁住了怎么也打不开，你能不能立即赶过来救我出去……"

这话没头没尾的，顾明哲没听懂，打断梦晓芸："叫会所里的人给你开门不就是了。"

"不行不行，不能叫他们，现在只有你能救我了！"梦晓芸急得又哭出来。

什么情况？顾明哲听到梦晓芸的哭声，皱了皱眉，她在搞什么鬼，故意装可怜想骗我？

"我在会所里，就是傅子悦开的那个会所，有个人喝醉酒闯进来想伤害我，我把他打晕了……我怎么也联系不到夏星菌和尤皓，傅子悦现在又在美国，电话关机，我不知道该怎么办啊　　　求求你快来带我出去，门不知道为什么就是打不开，我怎么呼喊外面都没有人应，我只有求助你了……"

顾明哲当然没有立即相信。他现在不信任梦晓芸，她是傅子悦身边的人，谁知道这次傅子悦又在教她耍什么把戏。顾明哲懒懒地打了个哈欠，说："会所里现在人流量很大，你随便联系谁就有人来给你开门了，你没有他们电话的话我可以叫经理来开门。"

"我不能叫别人来开门……"

"为什么？"

"因为……因为……"梦晓芸支吾着。

"编不下去了吗？没有别的事情的话我就挂电话了。"顾明哲不耐烦地说。

"不要挂，我现在真的需要你！你就赶过来帮我开个门，好吗？"梦晓芸急急大喊。

顾明哲冷笑，说什么"需要我"？呵呵，他不吃温柔攻势这一套。

"我真的只有找你了……求求你……不能让别人来开门，我刚才撒了谎，那人不是被我打晕了，是被我……被我……杀死了……"梦晓芸说到死字，就浑身恐惧地打冷战。

"丫头，你这玩笑开大了。"顾明哲无法相信。

"真的，我不是故意要杀死他的，我只是自卫，谁知道椅子飞过去的冲击力那么大……我好害怕，我不想坐牢……"梦晓芸一边哭一边哀求。

顾明哲沉默。梦晓芸说傅子悦那几个人的电话都联系不上，哪里会那么巧？她是被他们指导着设局引诱他还是她无知地被他们设了局？无论哪种情况都不妙。梦晓芸说她杀了人，此话可真？如果是真的，那事情就糟糕了……

"顾明哲……顾明哲……我求你了……我不想坐牢，我真的只是自卫，带我离开这里好吗……"梦晓芸放弃自尊地乞求。

"你先挂掉电话，我发个视频聊天来。"顾明哲说。

梦晓芸愣了愣。

顾明哲需要确认一下现场。他跟梦晓芸视频聊天，看到了地上躺着一动不动的男人，看到了男人流血的后脑勺，看到了歪倒的两把沉重椅子，还看到了一地的杯子碎片，现场似乎是有过一场争斗的模样。那儿是会所三楼的一个包厢，平时鲜少开放，梦晓芸为什么在里面？

"你等我一下。"顾明哲挂掉电话，还是决定走一趟。他先打电话给会所大堂经理，询问夏星菌现在是否在会所里，经理说夏星菌之前来过，不久前刚出去，夏星菌来的时候身边是跟着一个女孩，但离开时好像就她一个人。确认过后，顾明哲骑上自行车就飞奔向会所，梦晓芸那个蠢丫头，这次又被别人设计害了，你做事到底能不能用点脑子！

尤皓在附近听到梦晓芸讲电话的声音，脸上露出冷笑。好了，鱼要上钩了。他猛地抽了几口烟提神，接下来要提高警惕准备好好大干一场。

"顾明哲快到了。"尤皓在团队三人的群聊里发信息。

"收到。"夏星菌回复。她在跟几个贵客周旋一番后，已经踩着高跟鞋姿态优美地离开会所，坐进街边的一辆又脏又破的车里。车子从下午就违章停在这儿，窗户上已经被贴了罚单。夏星菌把罚单随意往后排一扔，戴上一顶贝雷帽和墨镜，披上黑色运动衣，瞬间变成一个不起眼的路人。从车里刚好可以远远看到会所大门。

尤皓专心听着附近的动静。其实他一直都很想挑战顾明哲的速度，想尝试在顾明哲高速移动时捕捉到他的踪迹，可惜都以失败告终。前几日半夜和警察局的人秘密见面时，他失误了，没有听到顾明哲一路尾随他们车辆的声音，害得他们和警官的脸暴露，以后的行动会受到阻碍不说，说不定还会惹来很大的灾祸。这几日傅子悦在观察钱合生那边的反应，没有发现任何异常，似乎顾明哲并没有立即向钱合生告密，不然钱合生一定会暴跳如雷地来找傅子悦算账，敢在有黑帮势力的钱合生身上搞鬼，那可是要命的事情。

顾明哲那小子揣着这个消息不用，难道另有企图？耳边各种声响不断，尤皓过滤掉很多无关紧要的杂音，不服气地想逮到顾明哲出现时的那股声音。顾明哲一定是骑着自行车前来，速度快得像风一般"嗖"一下呼啸而过，能够捕捉到那声音是极难的，必须专心再专心，尤皓认真办起事来十分投入，和平时玩乐时的堕落模样判若两人，也正是由于他把工作和生活分得很清楚，才能得到傅子悦的赏识。不是什么人都能进入这个团队的。

但是这一次，尤皓又失败了，他只听到了自行车到达会所门口时停下的声音，然后瞬间顾明哲就不知从哪儿冒出来，用门卡刷开厚重的铁门，把自行车往保安那儿一扔，就急急跑进会所。

又没捕捉到顾明哲的声音！尤皓生气地猛拍方向盘。

"目标已到，你们可以出发了。"紧盯会所大门的夏星菡看到顾明哲出现，给周警官发送了这条消息。

周警官带领着一队警察火速前往会所，说收到消息称那儿发生了一起谋杀案。

顾明哲不理一路碰到的大堂经理和工作人员以及客户的打招呼，直直跑上三楼。三楼的楼梯口站着两个男人，伸手栏住顾明哲。

这两个男人穿的是会所统一制服，不过之前顾明哲从未见过他们的脸。

"上头有交代，不许任何人出入这里。"一个男人说。

"你们听谁交代的？"

"对不起，请您下去。"男人说。

顾明哲没时间去理会，迅速打晕他们。

三楼走廊尽头就是梦晓芸所在的包厢，顾明哲看到那道门上多了一道密码锁，这不是会所里的门统一用的那种锁。真是心思缜密啊，这样一来梦晓芸就无法利用超能力打开这道锁。这种事情只可能是傅子悦那伙人干的，他们目的何在，不可能是想囚禁梦晓芸，那么……他们的目标其实是自己！顾明哲还不能确定自己前几日半夜跟踪傅子悦和警察局的人见面时是否暴露了行踪，那次行动他小心翼翼，他们不能在他高速行动时捕捉到他的踪影，只可能是怀疑他，担心把柄落入他手中，设计要引诱他出来？顾明哲叹口气，明知这是陷阱他还是心软了，不能对梦晓芸这丫头见死不救，她的本性不坏，还没有完全沉沦入那个邪恶的物质世界，顾明哲希望把梦晓芸从傅子悦的魔掌中拉出来。

咚咚咚。顾明哲敲了敲门。

梦晓芸一直蹲在门边害怕地瑟瑟发抖，此刻听到敲门声立即充满希望地大喊："外面是不是有人？你是谁？"

"顾明哲。"顾明哲回复。

太好了，终于有救星了！梦晓芸抹了一把泪，拧动着门把手大喊："快帮我开门，快！"

顾明哲看着密码锁，需要找人来强制把门撬开吗，那样费时费力，但还有其他办法吗？他尝试着在按键上输入四个数字，没想到锁立即就打开了。0907，那是顾明哲和傅子悦逃离孤儿院的日子，他们曾习惯性用这个日期来设置各种密码。呵呵，傅子悦，你知道我会输入这个数字，你想让我打开这道门……

"顾明哲！"梦晓芸急急地打开门，扑入顾明哲怀里。

顾明哲冷冷地站在那儿，视线越过梦晓芸的肩膀看到地上躺着的男人，男人一动不动，地毯上还有血迹。

"你来了就好了，你来了就好了……"梦晓芸喃喃道，手指紧紧抓着顾明哲胸前的衣服。

顾明哲推开梦晓芸，梦晓芸哆嗦着站不稳，扶着门框，她要离开这里，可惜她全身无力，她跑不动……梦晓芸回头冲顾明哲说："我们快走吧，我好害怕……"

"你先进来，把门拉上，我们得先把这人处理一下。"顾明哲表情严峻地说。

梦晓芸简直一刻都不想再在这个房间里停留，但她只能求助于顾明哲带着她离开。梦晓芸又回头望了望走廊，还天真地希望夏星菡突然出现。她重新走进包厢，把门轻轻拉上，留了一条缝以免门被锁住。

顾明哲走至倒地的男人身边，伸手在他鼻下探了探，没有呼吸。他又俯下身把耳朵贴在男人胸腔上方听了听，没有心跳声。这个男人死了！顾明哲检查这个满身酒气的男人的伤口，脸上和头部都有多处伤痕，尤其是后脑勺有一处凹陷的伤口十分严重，应该就是它导致了男人死亡。或许别人会疑惑像梦晓芸这样柔弱的女孩怎么可能敌得过一个男人，但顾明哲知道她能操控起这个房间里任何能移动的东西去阻挡这个男人，情急之下她失手杀死了他。她是正当防卫。呵呵，把一只醉酒的野兽和一个女孩关在封闭的空间里，谁都知道会发生什么事情，亏傅子悦那个没心的人做得出来！

"行动！"听着包厢里动静的尤皓给已经赶到会所的周警官发送这条消息。

周警官留在警车上不方便进去，五个便衣身上佩戴着枪下车，其中一人用门卡在大门旁的机器上刷了一下，厚重的大门缓缓打开。门内的保安看到有人打开了门进来，来人不是会所的工作人员，立即奇怪地上前拦住询问。其中一个便衣是傅子悦伪装的，他戴了一顶有刘海的假发，戴着棒球帽，贴了假胡子，保安一时没认出他。傅子悦盯着保安的眼睛，命令道："让开。"那个保安乖乖地退到一边。

五个人走进会所，戒备心很重的大堂经理立即前来招呼。"几位老板是来吃饭的吗？"大堂经理笑眯眯地问。会所的实际营业项目是保密的，工商登记上写的是经营饭店。

傅子悦压低嗓子叫了声："张经理。"

大堂经理抬头朝傅子悦的方向看来，目光和傅子悦的目光一对上，眼神立即变得呆滞。

傅子悦熟门熟路地带着四个警察直奔向三楼。楼梯口的地上倒着两个身穿会所工作制服的男人，傅子悦停下脚步，装模作样地伸手在两人的鼻子下探了探，回头对那几个警察说："还有呼吸。"

几个警察现在就想冲进包厢。傅子悦拦住他们，说："等等，听我指挥。"

包厢里，顾明哲正在琢磨着该怎么处理尸体，警察不可能相信梦晓芸说的所谓用某种能力操控椅子不小心把男人砸死了，若她想在警察面前证明自己的超能力，那么她的特殊身份就会曝光，那些正常的人类会怎么想？他们是隐藏在正常人类社会中的小小群体，虽然拥有超能力，但是面对数量庞大的正常人类他们还是无法对抗。顾明哲不希望梦晓芸被警察抓住，他得帮她。

尸体得扛走，顾明哲环顾四周后发现只有地毯可以用。地毯上沾有血迹，正好一起处理掉。顾明哲用随身带的小刀在地毯上割出一块长方形，把所有带血迹的地方都包括在内，然后用力猛扯地毯，地毯紧实地粘在地面上，顾明哲费了好大的劲还只拉起一小部分。梦晓芸不明白顾明哲还在那里折腾什么，靠在门边哆嗦着不断催促他快点离开这里。

顾明哲被叫烦了，抬头吼了一声："你能不能闭嘴！别傻站在那儿不做事，过来帮我啊。"

梦晓芸由于恐惧本就全身无力，双手抓住地毯的一截，想学顾明哲那样用力往上扯，才刚一发力，身体就重心不稳地往后仰，摔倒在地。胳膊压到地上的茶杯碎片，皮肤划破，有血渗出。

"哎呀……"梦晓芸疼得呻吟一声。

顾明哲看了看梦晓芸，无语地叹口气。

梦晓芸面红耳赤，对于自己的笨手笨脚十分自责。

与此同时，听着包厢里动静的尤皓觉得最佳行动时机来临，给已经等候在三楼楼梯口的傅子悦打去电话。感觉到口袋里手机震动，傅子悦立即对那几个警察招招手，行动！

突然，包厢门被一脚踹开。梦晓芸呆呆地回头，看到四个男人冲进来。

"不许动，我们是警察！"一个男人大喊。

梦晓芸吓傻了，警察怎么来了？

傅子悦站在门外没有走进来。

糟糕！最坏的情况发生了，尸体暴露在警察眼里。顾明哲反应很快，一把将梦晓芸拉至自己身后，不让她的脸被警察看清楚，然后同步地弯腰想去直接扛起尸体，然后拉着梦晓芸迅速逃离。顾明哲的速度超常，在警察眨眨眼的功夫就可以溜之大吉。但是傅子悦料到顾明哲想要带走尸体，他抓不住顾明哲的行动，但他可以盯住尸体。有一个警察之前就已经被傅子悦用眼神控制，警察进门后傅子悦立即命令他扑向地上的尸体，几乎是在顾明哲抱住尸体准备往肩膀上一扛的刹那，一个警察突然跳过来把尸体抱住不放，顾明哲没料到警察还有这么快的反应力，没有时间让顾明哲仔细思考对策，他只能选择丢下尸体，一把抱起梦晓芸一溜烟儿跑掉了。待警察回过神来时，包厢里已经没有两个嫌疑犯的踪影。警察们面面相觑，他们两个是怎么逃跑的？

傅子悦脸上露出冷笑，他不用去追赶，因为他并不想现在就抓住顾明哲，只需要留下尸体，把杀人的罪名冠到顾明哲身上……

顾明哲抱着梦晓芸一阵风似的就来到会所门口，大门紧闭，他叫门卫快点开门。保安对于突然冒出来的两个人影很是诧异，什么都不敢多问，只是乖乖听话，谁叫顾明哲是董事长身边最红的人呢。厚重的铜门缓缓打开，顾明哲从墙边扶起自行车，拍拍后座对惊恐未定的梦晓芸喊："快上来！"

梦晓芸已经被吓傻，此刻愣愣的毫无反应。

顾明哲只好强制性抱着梦晓芸上了自行车。她身体十分僵硬，意识也不够清醒，他害怕她坐在后座抓不稳会中途掉下去，只能把她放在前座，两只胳膊从她身体两侧穿过握住车把。待铁门打开一个可容他们穿过的缝隙，顾明哲脚蹬自行车迅速冲出去。

周警官的车在门口等候着。他已经从对讲机里听到手下报告顾明哲逃了，大发雷霆。周警官把手枪上膛，枪口对准铁门打开的方向，准备顾明哲一出来就向他开枪。虽然傅子悦在告诉周警官只需要抓住顾明哲就可，但周警官下了狠心，他担心自己的秘密会暴露，知道自己秘密的家伙决不可留活口！铁门打开的空间渐渐增大，周警官死死盯着那个方向，看到一辆自行车载着两个人出来，刚准备扣动扳机，只是一刹那，那两个人影突然就消失了。

警察追出去，几双眼睛在街边四处张望，没有看到顾明哲和梦晓芸那两人的踪迹。周警官在车里拍着方向盘大骂，一群蠢货，怎么就叫那两人给跑掉了！

"追踪得到顾明哲的方位吗？"傅子悦打电话问尤皓。

"抱歉。"尤皓郁闷地说。他的听力还是比不过顾明哲的速度，只是在顾明哲和梦晓芸离开会所时听到"嗖"的一声，然后就彻底失去他们声音了。

"继续关注会所里的动静。"傅子悦吩咐，然后又给夏星菌打去电话："来清理现场。"

夏星菌接到指示，戴着贝雷帽和墨镜从车里下来，左右看了看没有人，穿墙进入会所。她避开监控摄像头来到三楼包厢，傅子悦在里面等着。

"她书包还落在这儿。"傅子悦指了指沙发

夏星菌看着包厢里的一片狼藉，之前醉酒男人闯进来一定和梦晓芸有过一番争斗，那个死丫头，被侵犯了才好！

"警察现在又进来了。"尤皓联系傅子悦。

傅子悦拉了拉棒球帽的帽檐，对夏星菌说："速度要快。"他刚才留在这儿负责拍摄凶杀案现场的照片，但没把梦晓芸的书包拍进去。傅子悦走下楼去，录口供时还需要他去控制大堂经理的意识

夏星菌迅速卸下装在门上的密码锁，然后拿出一块和门的颜色花纹材

质一模一样的高仿木皮粘贴到门上，把之前损坏的地方遮盖住。她把换下的锁扔进梦晓芸的书包里，带着书包穿墙离开这儿，回到车上后夏星菌摘下贝雷帽和墨镜，脱掉运动外套，对着镜子整理了一下头发，抹上艳丽的口红，然后提着爱马仕包踩着高跟鞋重新回到会所。

会所里，警察正在和大堂经理录口供。警察突然出现在会所时，大堂经理十分惶恐，以为他们是要严查会所的非法业务。能够坐上大堂经理这个位置，也是处事圆滑、心理素质强大之人。他一直对着警察笑眯眯的，邀请他们到办公室详谈，然后交代手下赶紧给几个会所老板打电话去。傅子悦和两个警察跟着大堂经理来到办公室，另外两个警察一个在楼上看守犯罪现场，一个在守着那两个倒地昏迷的工作人员。

一个警察向大堂经理发问："你们这里刚发生了一件谋杀案，你可知情？"

大堂经理差点没被口水呛着。天！谋杀案……

"现在有个男人的尸体正躺在你们三楼的一个房间里，你知道那个男人的身份吗？"警察问。

"什……什么男人？"大堂经理强装镇定地问。

警察把凶杀案现场的照片给大堂经理看。

一个陌生男人的脸，面容有些狰狞，脸上还有血迹。现场是一番争斗过的迹象，看那儿的摆设是三楼走廊尽头的包厢，平时那个包厢的门几乎都关闭着，没人进出那里。

"认识吗？"警察问。

"不认识。"

"你们这儿进出门禁如此森严，是否每个进来的人都需要登记验证？"警察问。

"对。"

"那怎么放他进来的？"警察提高音调。

大堂经理的背上直冒冷汗，这个男人他的确不认识，也没看到他何时进入会所，或许是在自己去别的包厢和客户打招呼时进来的。会所四处都有监控录像，把监控调出来就知道了。但是……监控录像里还有别的客人进出的画面，有些客户的身份是不能曝光的，落入警察手里那就麻烦了。

"顾明哲是这儿的什么人？"一个戴着棒球帽的警察突然开口问。

大堂经理抬头向那个一直站在后面的警察看去，觉得这人的脸有点面熟，但目光刚和对方对视上，意识就被傅子悦控制了。经理开始说出傅子悦需要他说出的话，简单介绍了一下顾明哲在会所的职务，说他今晚到会所后就直接上楼去了。具体时间是什么时间不清楚，或许从监控录像里可以看到。大堂经理并没有说出顾明哲来之前给他打过一个电话确认是否有个年轻女孩和夏星菌一起来到会所，他的手机里有来电记录，傅子悦待会儿会想办法拿到那个手机。

警察要求立即去监控室看看监控录像，大堂经理被傅子悦控制着意识，乖乖答应了，带着那三个警察前往监控室。

傅子悦故意放慢脚步走在最后，他包里的手机又震动了两下，是尤皓发来的"事情已办妥"的暗号。有个听力超群的帮手真是方便，远远地就能知道会所里发生的一切事情，没有人会怀疑其实他们一直处于被监视状态。

监控室里，值班的工作人员趴在桌子上，似乎在偷懒睡觉。大堂经理走过去拍拍那人，那人没有反应，经理推了推他，那人身体瘫软地就滑落到地上。一个警察立即上前扶起那人，原来已经昏迷，还有呼吸，暂时没发现什么伤口，看来这儿也遭受过袭击。

傅子悦趁机走至大堂经理身侧，无声地命令道："把手机给我。"经理立即乖乖把手机交给傅子悦，傅子悦迅速把手机放入自己包里，然后装模作样地去询问那个昏迷的工作人员伤势怎么样。那人没有任何流血的迹象，应该不严重，警察顾不上去料理工作人员，把他丢一边，先去观看监控，调出了那个死者进入会所那一刻的录像。那个男人是从会所的后门刷卡进来，后门的门卡大堂经理说他那儿有一张，顾明哲有一张，还有就是董事长有一张放在保险柜里。后门是留作关键时刻让特殊客人出入用，其他人都不能从后门进出。那个男人怎么用卡刷开门进来？莫非是顾明哲给他的门卡？但是后面的监控录像突然就全部消失了，应该是袭击工作人员的人拿走了。

从监控得知，死者是八点二十一分进入会所，警察们接到报案的时间是八点二十五分，然后火速赶来，到达会所的时间是八点三十三分。上头说是一个女孩打电话来报的案，她声称在洗手间里听到外面有两个男人在争执，其中一个男人高喊着要杀死对方，她怕真的发生意外，立即悄悄报警。

电话其实是夏星菌叫黑客打去的，把号码套用成梦晓芸的手机号，用电脑合成梦晓芸的声音。一切都安排得有条不紊，让外人看来这真的是一桩凶杀案。虽然细细追究起来会发现还是有很多破绽，但警察局里有周警官扛着，只要事情的流程看起来是那么回事儿，周警官就可以想办法把这件事情说成是顾明哲故意谋杀。

"你们都在这儿啊，听说会所发生什么事情了，我过来看看。"夏星菌踩着高跟鞋风骚地走进监控室。监控室和储物仓库只隔了一面墙，夏星菌之前重新进入会所后，先去一间临近储物仓库的包厢里和客人打了打招呼，然后借口上洗手间，脱掉高跟鞋，赤脚从洗手间穿墙进入储物仓库，然后又穿墙进入监控室，悄无声息地在工作人员的身后用电击器猛地向他脑部一击，那人就被电晕了。然后夏星菌迅速地把监控录像取走，穿墙回到包厢的洗手间，擦干净脚后重新穿上高跟鞋，把监控录像放入爱马仕包里，回到包厢和客人交谈几句，接了个电话后告诉客人说会所有事需要她去处理一下，她去去就回。这样一来，夏星菌刚才的不在场证明就有了。

见夏星菌过来，傅子悦立即对大堂经理消除控制。大堂经理恢复了自我意识，突然发现自己站在监控室里，而且警察们也在，他惊慌起来，这……我们怎么会在这里？如果监控录像把某些客户的身份曝光那事情就严重了，我们怎么就进来了呢？经理一时想不明白，但现在的情况也不允许他细细思考。

"张经理，请问这几位是……"夏星菌看向大堂经理。

大堂经理暂且抛下脑子里的疑惑，只能先把后面的事情处理好。他咳嗽两下，说："会所里发生了一点状况，夏小姐您来了正好，这几位是警察，过来调查一下事情。"夏星菌的公关能力是超强的，大堂经理见她来了反而松了口气，有人帮自己分担一下责任。在自己眼皮底下居然发生了凶杀案，监控录像还被盗，这是多么大的失责，待会儿那几个股东接到消息后不知会如何怪罪自己。

219

夏星菌简单了解了一下命案情况后对大堂经理说："这儿交给我处理，你先去忙会所的其他事情吧。"

大堂经理巴不得快快脱身，他对夏星菌献媚地笑着拜托几句，退了出去。

楼上的警察用对讲机汇报说那两个昏迷的工作人员已经醒来，夏星菌陪着这几个警察上楼，接下来没有大堂经理在旁边掺和，事情就好办许多，那两个伪装的工作人员身份也不会被揭穿。

两个穿着会所统一制服的伪装者醒来，警察向他们问话，为何会在楼梯口倒地昏迷。他们是被夏星菌花钱收买来做事的，按照被交代好的内容回答说晚饭后接到顾总的电话，说他有个客人要到会所来跟他谈点事情，叫他们等在会所后门，待客人来后带客人去三楼走廊尽头的包厢，然后守候在三楼楼梯口不许任何人出入。这个客人来时就喝了好多酒的样子，满脸通红，身上酒气很重，行为也很粗鲁，不知他是什么身份，但是顾总是会所的高层人物，所以顾总交代的事情他们不敢怠慢。他们在楼梯口等了没多久，顾总就匆匆跑上楼来，他们听见顾总进包厢后很快里面就传来争执声，他们就走到包厢门口敲门问是否需要帮忙，里面的声响消失了。他们正转身朝楼梯口走回时被打晕，接下来就不知发生什么事情了，醒来时发现警察就站在旁边……

【七】

"呕……"梦晓芸忍不住趴在地上剧烈呕吐起来。

顾明哲带着梦晓芸超高速逃跑，身体与重力和压力互相对抗着，连内脏都感到一阵压迫。梦晓芸在自行车上看着周遭世界如万花筒般变换，眼花缭乱，完全搞不清自己身处何处，有一种电影里穿越时空的感觉。顾明哲停车前只是稍许放慢了一点点速度，急刹车时两人都摔出去。倒地前顾明哲迅速扑至梦晓芸身下，让她压在自己身上以免受伤。梦晓芸完全被这一阵超速度弄晕了头脑，只觉得胃里排山倒海，翻身就趴在地上呕吐起来。晚饭吃的火锅导致呕吐物散发出浓浓的辣椒味。

顾明哲从地上爬起来，拍了拍衣服上的灰，看着院子门口被梦晓芸吐的一地污秽，无奈地叹口气。谁叫他去接了这个烫手的山芋。

这儿是顾明哲的家，在 S 市郊区的一处农家院落，附近居住的几乎都是本地农民，四周都是农田，晚上一片漆黑寂静。顾明哲选择如此地方安家，就是不希望被别人查到他的住处，而且他每次回家都是一路超速到达，别人也跟踪不到这里来。

顾明哲扶着梦晓芸进屋，让她躺在沙发上休息，他还得去处理院子外那一摊呕吐物。梦晓芸花了好长时间才从眩晕中苏醒，见顾明哲不在身边，紧张地呼唤他的名字。

"顾明哲，顾明哲——"梦晓芸环顾四周，这儿似乎是一处住宅，屋里东西随处摆放，有些乱糟糟的，是顾明哲的家吗？梦晓芸颤颤巍巍地站起身，摸索着大门方向走出去，屋外是一处很大的院落，种着好多花草和果树，还有流水的声音，小径上孤独的一盏路灯，晕黄灯光下聚集着很多蛾虫飞舞。梦晓芸没心情去欣赏这个院子，她走在鹅卵石小径上一路呼唤着顾明哲的名字朝院门走去，终于看到顾明哲从院子外探头进来。

"嘘……不要大声叫唤，这儿太安静了，声音会传播得很远。"他皱起眉头说。

"我还以为你丢下我走了。"梦晓芸害怕地说。

"当初我还真不应该跑去救你，结果给自己惹来麻烦。"顾明哲叹口气。

"对不起。"梦晓芸低头轻轻说。

顾明哲把清扫的呕吐物倒入门口的垃圾桶，关上院子的大门，然后去门边的水池清洗簸箕和拖把。梦晓芸呆呆地站在那儿看顾明哲背对她一阵忙活，四周太安静了，水冲刷的声音显得两人间的沉默更加尴尬。梦晓芸想说些道歉和安慰的话，嘴唇张了又合合了又张。

最后，她开口："要不，我还是离开吧。"

"什么？"顾明哲回头看向梦晓芸。

"我……不想牵连你，这事情是我一个人的错。我当时太过冲动，不该给你打电话叫你来救我。我没想到警察会那么快赶来，不想让你成为共犯……"梦晓芸一激动，眼泪又湿了眼眶。她当时真的没多想，只想快点离开那个鬼地方。

"我不是共犯，现在我变成杀人犯了。"顾明哲冷冷地说。

梦晓芸惊得张大嘴。

"走，我们进去，我有话要仔细问你。"顾明哲把清洗好的簸箕和拖把就扔在水池里，越过梦晓芸径直大步朝屋内走。走了几步，又回头看着还呆立原地的梦晓芸说："愣着干吗干嘛，走啊。"

梦晓芸这才迅速跟着进屋。

顾明哲从冰箱里拿出一打啤酒，递了一罐给梦晓芸，自己打开一罐靠沙发上大口喝起来。顾明哲仔细盘间今晚发生的事情，梦晓芸为何会去会所，那个男人是何人物，他们又怎么发生了争斗……梦晓芸一一老实回答。其实顾明哲还不是完全相信梦晓芸说的话，但她看起来真的很无辜，似乎对傅子悦那伙人的状态一无所知。顾明哲要梦晓芸把认识傅子悦的过程和接触的经历全部和盘托出，不能有半点遗漏。梦晓芸愣了愣，这是她的个人隐私，和这件事情有关系吗？顾明哲不耐烦地吼着要梦晓芸回答所有问题，现在这件事不是她一个人的问题了，她对他不能有半点隐瞒，不然警察追过来他也无能为力了！

梦晓芸被顾明哲这么提高音调一呵斥，又委屈得眼里噙满泪水，她的心灵太脆弱了。

也许梦晓芸真的是无辜的吧？顾明哲在心里叹口气。傅子悦处心积虑地接近梦晓芸想利用她的能力，这次却牺牲她来引诱自己陷入谋杀案中，他难道不怕因此失去她？还是傅子悦自信梦晓芸会相信他的话继续回到他身边做被他操纵的木偶？顾明哲知道傅子悦不会如此轻易地放弃梦晓芸，他会想方设法让梦晓芸回到自己身边，所以这次谋杀案中梦晓芸的身份是无辜的，罪犯只可能是顾明哲一个人！

"不可能，人是我杀的，警察怎么会说你才是杀人犯呢？"

"呵呵，原本的局就是这么设定好的，他们只是利用你把我引过去而已。"顾明哲冷笑，开始谈起傅子悦那伙人以前的旧账，他们做过多少伤天害理的事情，简直为了达到自己的目的不择手段。顾明哲一边说一边喝酒，不知不觉把第四罐啤酒喝光，用力扔进垃圾桶，几个罐子撞击发出眶当声。这一声响刺激得梦晓芸耳朵受不了，她打断了顾明哲叨叨不绝的数落，说："傅子悦真的像你说的那样坏？"

"呵呵，何止。他比你能够想象到的心狠手辣还要罪恶。"顾明哲冷笑。

"不可能。"梦晓芸接受不了这个事实。原本啤酒罐是一直紧紧捏在手心，她没有喝，冰啤酒罐使她手心不那么发烫，她需要冷静。现在梦晓芸突然也拉开啤酒盖，不喝酒的她需要喝点酒来压压惊。冰啤酒已经变成常温的，梦晓芸喝了一口，也没觉得多难喝，又连续喝了两口，一时脸部发热发红，胆子似乎大些了。

"这次人是我杀的，如果按照你的说法他们是故意把我留在那个包厢，并且安排那个醉醺醺的男人进来骚扰我，他们怎么确定我会错手杀死他？怎么又能确定我会打电话给你啊？而且，明明就是我杀死的那人，罪名怎么可能冠到你头上而说我是无辜的呢？"梦晓芸心中有很多疑问。

"哼，你等着瞧吧，看看最后杀人犯的罪名是不是在我头上！"顾明哲把桌上最后一瓶啤酒也喝完，"这几天你就乖乖在这屋里待着，哪儿也

223

不能去。这里还算安全，他们找不到你。我们就耐心看看事情的发展如何吧，不需要耗费太多时间，傅子悦那帮人的行动喜欢干脆果断。"

"如果……杀人的罪名不是冠在你头上，就说明你的言论是错误的……"梦晓芸的内心还在挣扎，她不相信顾明哲说的话，傅子悦不可能如此对待她！

"呵呵，你就等着瞧吧。"顾明哲也懒得多解释。

暂时就只能先躲在这儿，但梦晓芸不可能躲一辈子。她是杀人犯，警察会天涯海角地去追捕她。梦晓芸也不相信顾明哲说的这件事情她会置身事外，过几天就可以安安心心地回家了。想到家，梦晓芸就想给父母打个电话，她不回家睡觉他们会担心。

"你想干吗？"看到梦晓芸拿起手机，顾明哲立即紧张地抢过来。这个房子的信号经过特殊处理，方圆一百米内手机都收不到任何信号，如此做法是为了防止有人追踪到他。他不希望任何人知道他住在这里，连村里的居民都没看到过他的脸，防护工作做得非常好。在家时只有一部手机能收到电话信号，那是专门设置的手机，外表看起来非常土，打出去的电话都没有号码显示无法追踪来源。顾明哲每次回家后就把平时在外面用的那个苹果手机的所有来电转移到此手机，苹果手机只用来收收微信。屋里安装有无线网，但他不会告诉梦晓芸密码，如果她的手机连网有信号了，随便给傅子悦发个定位过去，他居住的地方就曝光了。顾明哲还是有点怀疑梦晓芸，怕她是傅子悦派来的卧底。

"我……我……我想给妈妈打个电话。"梦晓芸见顾明哲态度如此强硬，结巴起来。

"傻啊你，现在警察都盯上你了，你给家里打个电话不就让警察知道了吗！"顾明哲骂。

"警察会去我家盘问我爸妈吗？"梦晓芸惊呼。那就糟糕了，父母会知道自己杀了人，他们会伤心死的，说不定这件事很快就在街坊邻居间传开，父母怎么还有脸面见人。哎呀，警察该不会还要去我学校调查吧，那么学校里也会传开，我以后还怎么去上课啊……

"难说。"顾明哲回答。

梦晓芸心急如焚，她必须给父母打个电话解释一番。她要顾明哲把手机还给她，他不肯，两人争执起来。

"嘿，消停一下，我可是好心救了你，你不要把我也害了。"顾明哲站在几米开外说。

"拜托，我必须得给妈妈打个电话，不然她会担心死的。"梦晓芸求情。

顾明哲想了想，说："我们来交换一个条件，我允许你给你老妈打个电话，然后这几天你得把你手机都放我这儿。"

"成。"梦晓芸真是又气又恨这个家伙，总是跟她谈条件。

"你手机开机密码是什么？"

梦晓芸绷着脸报出一个数字。

"很好。"顾明哲把梦晓芸的手机塞进裤子口袋里，然后交代待会儿梦晓芸在电话中只可以说的几句话。顾明哲并不是让梦晓芸用她自己的手机打电话，而是把自己那个防追踪的手机拿出来，向梦晓芸问了号码拨过去，按了免提，这样自己就能听到她们的对话。

梦晓芸母亲的手机上显示未知号码，不知道是谁打来的，接起听到女儿的声音，质问着她晚上什么时候才回家。梦晓芸努力不让自己说话结巴，她说临时决定和朋友去南京旅行几天，过几天才回家，叫母亲不要担心。母亲怎么能不担心，女儿从小到大还没离开过S市呢。母亲立即叫梦晓芸现在就回家，不许去。梦晓芸匆匆说："我已经在高速上了，老妈你就不要担心我，我手机刚才上洗手间时摔坏了，明早我在南京再去修手机啊，就这样啊拜拜。"梦晓芸急忙挂掉电话，免得母亲多问，母亲那边也无法重拨电话打回来。

"你母亲那边似乎一点异样也没有。"顾明哲拿回自己的手机说。

"怎么没异样，那声音一听就是担心死了，我从小到大都没离开过s市，现在却突然说要去南京住几天，而且还说手机摔坏了……"

"我是说你母亲对你杀了人的事还不知情。"顾明哲把"杀了人"这三个字说的特别重。

梦晓芸打了一个寒战，想到这件事就恐惧。

"警察应该没去你家盘问过。"顾明哲肯定地说。

"为什么？"

"呵呵，还用问，因为是我杀了人啊。"

这处农家小洋楼布置得还算温馨，但是卧室只有一间。顾明哲想着这儿反正也不会有别人来，连客房都没布置。他把自己的卧室给梦晓芸住，他晚上只能睡客厅了。卧室很乱，顾明哲一个单身男人居住，闲着没事时才随意收拾一下，脏衣服四处乱扔。带着梦晓芸进卧室后，顾明哲迅速把窗台上椅子上的脏衣服收拾成一团塞进一个柜子里，从衣柜拿出一件干净的T恤递给梦晓芸，让她当睡衣穿。

接过睡衣，梦晓芸真是有千头万绪。顾明哲算是个好人吧，至少他不怕被牵连赶去救了她。

顾明哲大大咧咧地说声"晚安"，准备走出去。

"那个……对不起。"梦晓芸说。

顾明哲"哎"一声。

"还有……谢谢你。"梦晓芸诚恳地说。

其实今夜两个人都无法入睡。梦晓芸第一次在外面过夜，翻来覆去怎么也不习惯。她想着今晚发生的事情，无论如何也想不明白自己怎么就摊上这种问题了，真想抓狂地大叫。

顾明哲也没有立即睡觉，他又打开一罐啤酒，躺在沙发上边喝酒边查看梦晓芸的手机。手机上的聊天内容很少，电话也很少，不过从梦晓芸通讯录里只保存着几个号码来看，她似乎没有删除过信息。这丫头平时真的没有朋友啊，正好给傅子悦那伙人钻了空子，假装关心下她，她立即就打开心扉上当受骗。梦晓芸手机里从她认识傅子悦那天起的各种聊天和通话记录都保存完好。顾明哲看着那些记录，傅子悦看起来很关心照顾她。

"真恶心！"顾明哲暗骂。

从记录里看不出什么问题来，两人只是聊聊家常。最后的聊天记录，是前天傅子悦告诉梦晓芸自己要去美国出差一段时间，可能通话不太方便，有什么事情就联系夏星菌。哼，设计得真好，飞到国外去就让自己完全置身事外，梦晓芸无法求助他，也没有人会怀疑到他头上，末了他还可以飞回来主持大局，除掉碍事的人物，自己做英雄。那个人面兽心的家伙！顾明哲又不爽地骂了一句。从手机里看出，下午夏星菌的确联系过梦晓芸，梦晓芸说下午夏星菌去学校找她，两人一起吃晚饭，然后夏星菌突然提出要带她去会所里看看。"为什么她说带你去会所你就去了呢？"当时听到讲述时顾明哲是这么问的。"因为……我想看看傅子悦平时工作的地方，我……想更了解他。"梦晓芸是这么回答的。哎，陷入爱情的笨蛋，被傅子悦的伪装表象给欺骗了，若不是你拥有特殊的能力，傅子悦连看都懒得看你一眼，你就别痴心妄想了。顾明哲自言自语地说。

"什么痴心妄想？"梦晓芸突然在沙发后面发出声音。

顾明哲被吓了大跳，回头看到梦晓芸不知何时走到客厅来了，立即把她的手机塞裤袋里，抱怨道："喂，不要半夜在别人身后吓人好不好！你不好好睡觉跑出来干吗？"

"睡不着。"梦晓芸穿着顾明哲的大T恤，长度到了臀部下面，刚好可以作为裙子，露出她白皙纤细的小腿，这么看起来，竟然有了一丝性感的味道。

顾明哲不免上下打量了梦晓芸几眼。

梦晓芸对这眼神很紧张，本来已经坐到沙发上了，立即又把T恤下摆往下拉了拉盖住膝盖，戒备地瞪着顾明哲。

"喏，喝杯啤酒放松一下，你今晚能够正常睡觉的话那才奇怪了。"顾明哲递一罐啤酒给梦晓芸。梦晓芸都没来得及看到顾明哲何时又瞬间移动去冰箱里拿了一打啤酒放到茶几上。

"你平时就是这么滥用超能力的？"梦晓芸接过啤酒，拉开盖子喝起来。听说酒精能使人放松，让人忘怀，喝醉了就什么都不记得了，梦晓芸想试试。或许，等明日醒来发现这不过是梦一场。

"它本来就是属于我的一种技能，只要不用它做坏事，想怎么使用是我的自由。"顾明哲说。

梦晓芸又大口喝了口啤酒，这个味道似乎已经能够接受了，她觉得啤酒比红酒好喝一些，红酒的涩味她很不习惯。傅子悦每次带梦晓芸出去吃饭都会开瓶红酒，环境优雅又浪漫，但她总会有种自卑感，她融入不了那种环境。

既然大家都睡不着，还得作为室友相处一段时间，那就敞开心扉聊聊天吧。各种有趣的惊险的过程从顾明哲口中说出来像讲故事一般，梦晓芸听得着迷，那真的是不同寻常的人生啊，一个人竟然还可以那么活。那些经历中，还不时提到傅子悦的名字，梦晓芸才知道原来他们两人从小一起长大，一起经历过很多事情，曾经像亲兄弟般，但现在为何他们总是说对方的坏话呢？傅子悦曾经告诉梦晓芸，不要跟顾明哲这人走太近，他有犯罪前科，不是个好人；而顾明哲也说傅子悦为了金钱不择手段，是个衣冠禽兽。梦晓芸被弄糊涂了，就她接触的他们两人来看，她觉得其实他们为人都还挺不错啊。

"你们后来怎么没有继续做朋友了？"梦晓芸忍不住问。

这么一问，顾明哲沉默起来。屋里的气氛又变得有些尴尬。呵呵，为什么，他倒希望好好问问那个叫傅子悦的人，他们的关系为什么会变成如今这样！或许这是他们两人从未料想到的，他们曾经情同手足啊，还说过要带着另一半一起举办婚礼，一起生活在同一屋檐下，以后他们的小孩儿也要情如手足，两家人永远相亲相爱地生活。

"喏，再陪我喝罐酒，说不定我喝醉了就会告诉你。"顾明哲苦笑着又递了一罐啤酒给梦晓芸。

梦晓芸觉得自己从顾明哲脸上看出了一丝忧伤。那不是伪装出来的，似乎是从顾明哲心底自然流露出的痛苦，他们两人到底发生了什么事情，梦晓芸十分好奇。两人碰了碰酒瓶，咕噜咕噜大口喝酒，顾明哲喝着喝着就大声笑起来，他说："梦晓芸，我知道你爱傅子悦，但是那个男人真的不能爱上啊，他是没有心的人。"

顾明哲说完又继续喝酒，一罐接着一罐，茶几上的一打啤酒很快又喝光了。垃圾桶里都是啤酒罐，十二罐啤酒顾明哲喝了九罐，一向不沾酒的梦晓芸居然也喝了三罐。两人聊着聊着就倒在沙发上各自睡着。

醉酒后睡眠真的很好，一夜无梦。忘记了身在何方，发生过何事。

待梦晓芸稍微从沉睡中恢复一点意识，翻个身想换一个睡姿，猛地就从沙发上掉下来，在地上滚了半圈，头和膝盖都撞到茶几腿上，她被生生给痛醒了。梦晓芸呻吟着睁开眼，光线透入眼中，她一时还未反应过来自己在哪里。不是家，眼前所能看到的视角全是陌生的东西，是她还处于梦境中吗？片刻，梦晓芸猛地从地上跳起来，扭头左右张望，这儿真的不是她的家！

被撞的地方还好痛，脑袋也有些晕沉沉的，梦晓芸低头看了看自己身上的衣服，宽大的男式T恤，她似乎开始恢复一点意识。她在顾明哲家里。天啊，她昨天晚上难道就这么衣冠不整地睡在沙发上，T恤虽然很长，但睡觉时也很容易走光啊，她没有被那家伙占便宜吧！梦晓芸暴躁地抓抓头发，顾明哲人呢，她要跟他对质，要他亲口发毒誓她才能安心！

呼唤了几声顾明哲的名字，没有回应，一大早的他去哪儿了？梦晓芸先去卧室换回自己昨天穿的衣服，换衣服时特意戒备地把门反锁，她以后不能如此掉以轻心了。看到这间脏乱的卧室，梦晓芸实在看不下去，他也太不讲卫生了，她想起傅子悦的家，每次去都那么整洁，他们两人真是对比鲜明。想到傅子悦，梦晓芸心中又是一阵暗涌，她去他家从来就不会担心他会对她图谋不轨。有时，她还真希望他不要那么绅士，期待着能够发生一点什么。肚子有些饿，梦晓芸去冰箱里寻找食物，发现冰箱里除了啤酒外什么都没有，她又在厨房里转了一圈，也没发现可以吃的东西。哎，这儿还算是个家吗，只能称得上一个可以睡一觉的地方吧！

　　梦晓芸收拾好卧室，又忍不住想把整个房子都收拾一下。收拾时，自然就打开了其他房间的房门。放了床的房间，只有她昨晚本来要居住的那间；有一间私人电影室，布置得十分舒适；有一间房里放着很大的电脑和一些 VR 设备，柜子上放着很多游戏光盘，那些设备似乎是打游戏用的；还有个大厅里放着桌球台和乒乓球桌。梦晓芸打扫到最后一间房，拧开门把手，看到这个房间非常小，里面只有一张椅子、一张桌子、一台电脑，没有多余的东西。梦晓芸起初没在意，扫视几眼觉得这个房间可以不用收拾，待想离开时，又觉得那电脑荧幕上的图像有点不对劲，忍不住再去看了一眼。这一看，她立即惊呆了。那些图像一直没动，但不是静态的图片，似乎是正在拍摄的某个地方的画面。梦晓芸走到电脑前，仔细看起来，偶尔有一两只昆虫从画面里飞过，证明那确实是录像。监控录像？梦晓芸的脑子里闪过这个念头，不过不敢确定。顾明哲那家伙，似乎挺神秘的。梦晓芸的想法还比较单纯，没去在意这些，这个房子内部已经参观完了，她准备去院子里看看，如果再过会儿还看不到顾明哲本人，她真的要出去找个地方吃饭了。

　　走至院子，梦晓芸惊呼起来，这个院子布置得像古代园林一般，各种花草、假山、小溪、木桥、亭子，闲暇时在这儿散散步坐着看看书是件很惬意的事情。绕到房后，又是一番景象。一个篮球架，一个网球场，一个现代化的游泳池，岸边放着一把晒太阳用的椅子，茶几上几个空啤酒罐。梦晓芸笑着摇摇头，真是个怪家伙，这个家弄得真不同寻常。院子很大，有学校半个足球场那么大，高高的围墙竖了一圈，梦晓芸注意到几个角落的围墙上都装有像摄像头的东西，她恍然大悟，对哦，那个小房间的电脑上显示的其中几个画面就是这个院子啊。居然在自己家里装摄像头，也太防备森严了。

她看了看院子大门，是两扇大铜门，没有门把手，门边墙上有一道密码锁。正在梦晓芸研究着密码锁时，门突然打开了，她吓了大跳，第一反应是该不会抓她的人来了吧，她立即扭头就往屋里跑。眼看着要跑到房子门口了，一个人影突然就挡到梦晓芸身前，她直接撞了上去，趔趄着差点摔倒，被顾明哲迅速扶住。

"你跑什么跑？"顾明哲一手提着大袋东西，一手扶着梦晓芸。

梦晓芸松口气，立即瞪大眼气呼呼地看着他，"你怎么这么滥用超能力啊，神出鬼没的，很显摆自己的速度吗！"

"你刚才跑什么跑？是不是在家里做什么坏事了？"顾明哲戒备起来。

"门突然打开，我还以为警察找到这儿了呢。"梦晓芸老实回答。

"你刚才准备出门？"顾明哲狐疑地看了看她。

"对啊，我饿死了，你家里什么吃的东西都没有，我只能出去吃饭了。"

"你出去吃饭有钱吗？"顾明哲问。

梦晓芸眨眨眼，是哦，她身上没有钱，昨晚离开会所时把书包都落在那儿了，手机也没在身边。

顾明哲并不相信梦晓芸没想到这点，看来这几日得提防着这丫头。他提着大袋东西朝屋里走，在餐桌上把东西一样一样拿出来，牛奶、果汁、鸡蛋、泡面、面包、罐头肉、速冻食物和一些零食。整个过程中顾明哲一直沉默不语，表情冷漠。梦晓芸看到顾明哲身上似乎散发出一股不太友好的磁场，也不敢直接就去拿起面包吃。

"那个……你刚才出门买东西去了啊，以后你出门记得给我留张纸条呗，不然我醒来没看到你人影还担心来着。"梦晓芸鼓起勇气破解这种沉默的尴尬。

顾明哲没说话，开始把需要冷藏的食物扔进冰箱。

梦晓芸望眼欲穿地盯着桌上的面包，肚子不争气地咕咕叫了两声。呃……梦晓芸羞红地捂住肚子，好丢脸。

顾明哲回头看了梦晓芸一眼，拍拍餐桌说："自己拿东西吃。"

真是不懂温柔的家伙。梦晓芸拿了一个面包，又自己动手倒了一杯牛奶，梦晓芸真是饿坏了，吃得狼吞虎咽，反正在顾明哲面前她不需要注意自己的形象，他们不是男人女人的关系，是共患难的哥们。

顾明哲等着泡面泡好，揭开碗盖时香辣气息立即扑鼻而来，他埋头大口吃面，发出哧溜哧溜的声音。

"喂，泡面吃了对身体不好，你平时都不自己做饭吃吗？"梦晓芸问。她发现顾明哲买回来的食物几乎都是速食，光泡面就好几桶，不会他们午饭晚饭也吃这些东西吧？

"要你管。"顾明哲头也不抬地说。

梦晓芸无语，她才不想管他呢。

"那个……可以把我手机还我了吧？"梦晓芸问。

"为了我们的安全着想，它暂时还是放我这儿。"顾明哲说。

"为什么？"

顾明哲抬头白了梦晓芸一眼，"防止你给傅子悦通风报信。"

"我……"梦晓芸咬咬嘴唇，

"别给我动歪脑筋，事情解决好前我不会把手机给你。"顾明哲警告地说。

"事情什么时候才能解决好？"梦晓芸问。

"你惹出的祸还要我背黑锅，我都不急你烦躁什么。"顾明哲没好口气地说。

梦晓芸无话反驳，是她惹的祸，他能好心帮她她应该感谢才对。"这件事情……现在有什么消息吗？有没有什么新闻报道出来？"

哼。顾明哲冷笑，"他们不可能让这件事情上新闻的。"

"为什么？"

"哎，给你也解释不清楚，社会复杂，有些事情的运转模式不是你能懂的，你就安静地在这儿待几天，很快你就能回到你原本的生活中去，像什么事情都没发生过一样。"顾明哲说。

"怎么可能像什么事情都没发生过一样！"梦晓芸反驳。

"有我帮你顶罪你还能有什么事儿！"顾明哲不爽地提高音调。梦晓芸张张嘴唇，只能选择沉默。

顾明哲吃好泡面，把碗筷扔水池里，并不立即洗碗。他都是堆积好多天的脏碗才一次性清洗它们。顾明哲突然注意到水池里原本的几个脏碗已经清洗好放在厨房台上，他扭头环顾四周，家里似乎发生了一点变化，好像……变干净了。

"你打扫过卫生？"顾明哲看向梦晓芸。

"嗯。"梦晓芸说。

顾明哲的脸上终于露出一点笑容，"嘿嘿，你还是有点用处的，这几天的卫生就交给你了。"

"喂，我又不是来做家务的。"梦晓芸抗议。

"我收留你住下，还给你饭吃，你想白吃白喝啊！"顾明哲一点也不绅士地说。

梦晓芸觉得自己怎么可能忍受得了跟这家伙在同一屋檐下共处几日。

"袋子里有给你买的几件换洗衣服，你自己去洗干净晚上就可以穿了。"顾明哲指了指餐桌上刚才装食物的袋子。

梦晓芸打开袋子看，里面真的有衣服，顾明哲还是挺贴心的嘛。

顾明哲说了声"你在这儿不用拘束，只要不乱来你想做什么都行"，然后拿本书走去院子，也不管梦晓芸这一天准备怎么度过。梦晓芸在餐桌边呆呆地坐了会儿，决定帮顾明哲把吃泡面的碗洗干净，然后又去把洗衣机里洗好的顾明哲的衣服拿去阳台上挂晒。顾明哲躺在游泳池边的躺椅上晒太阳看书，眯着眼看梦晓芸贤惠地一件一件把他的衣服挂好，正嘀咕着家里有个女人其实也挺好的，蓦地看到自己的三条内裤也被她无所谓地抖了抖然后挂在衣架上，他立即坐直身体，竟然有点不好意思，她居然帮他把内裤也洗了！顾明哲搔搔脑袋，一个人大大咧咧独居习惯了，一时很不适应跟一个女人同居的感觉，该不会等会儿她的内衣内裤也要出现在阳台上吧？顾明哲扭捏不安。他一早出门去超市买东西时顺便帮梦晓芸买了衣服，还有文胸和内裤，当时他随便叫售货员为他拿了几件，售货员问他需要什么尺码的文胸时，他也像现在这样别扭，他是第一次帮女人买文胸呢，总觉得售货员看着他似笑非笑的表情很奇怪。

就几天时间，忍忍就过去了。顾明哲自言自语。他脱掉 T 恤和运动裤，直接穿着内裤跳进游泳池里，扑腾起一阵浪花。他需要冷水给自己燥热的脑袋降降温。梦晓芸在阳台上看到顾明哲，不由自主地惊呼起来，他这个暴露狂，就这么脱衣服，也不注意下这里还有个女的吗！梦晓芸背过身去匆匆跑回屋里，羞得满脸通红，刚才……她看到顾明哲只穿条内裤裸露的身体了，一个男人的身体，天，那家伙太没节操了！

等待洗衣机把新买的衣服也洗干净，梦晓芸坐在沙发上看电视，仔细看着 S 市本地电视台的新闻，不知是希望看到一点关于昨晚事件的消息还是别看到。

　　把衣服拿去阳台上挂晒，看到顾明哲还在游泳池里游泳，梦晓芸立即转身背对着他。当把女士黑色文胸和内裤挂在衣架上时，梦晓芸又羞红了脸，他居然把这个也帮她买了，而且还是黑色蕾丝……梦晓芸平时穿的都是白色朴素的运动型内衣，还不习惯这么性感的款式，而且……内衣还这么明目张胆地挂在这儿，顾明哲一抬头就能看到她的内衣飘动，好害臊……梦晓芸抿了抿嘴唇，真的要和一个男人在同一屋檐下生活啊，太别扭了。

　　梦晓芸关上阳台门时偷偷地瞄了一眼游泳池旁的躺椅，顾明哲的裤子放在上面，不知自己的手机在不在他裤子口袋里。她该怎么拿回自己的手机呢，哎！

　　继续回到客厅看新闻频道。正一边散漫地听着新闻里播报的消息，一边手指在自己大腿上想象着五线谱弹奏乐章，突然屋子大门被推开，顾明哲只穿着一条黑色内裤就走进来，全身湿漉漉的，滴落一地水痕。顾明哲一直是一个人住在这儿，自由懒散习惯了，天气暖和时经常在家就穿着条裤衩，一时忘记屋里还有个女人。

　　"啊——"梦晓芸听到关门声不由自主地扭头看去，看到顾明哲赤裸的身体，失声尖叫起来。

　　顾明哲这才意识到自己衣冠不整。家里多了一个女人真麻烦，在自己家还得随时注意形象，累不累啊。顾明哲径直往洗手间去冲澡，哎，下次注意在泳池边放块浴巾。顾明哲每天上午都会游一个小时的泳，有利身体健康和体型美观，说真的，其实他赤裸上身时看起来身材真的很好，八块腹肌，胸肌很大，胳膊也很健壮，绝对会惹得那些女生尖叫和垂涎。

　　"喂，你以后请穿好衣服好不好！"梦晓芸冲顾明哲的背影吼。

　　"知道啦。"顾明哲头也不回地说。

　　洗手间里很快传出流水声。

　　似乎有电话声音传来。隐隐约约不怎么清楚，顾明哲竖起耳朵听了听，是他的手机在响。不是他平时常用的那个手机，他已经把那手机关机，外界的任何人都联系不到他，他知道发生昨晚那件事后会所的人会疯狂地打他电话，还有钱合生也一定会想问清他到底发生了什么情况，他现在还不想作何解释，他需要看清形势的发展后再作打算，以免陷入更深的圈套。梦晓芸这个蠢丫头，害得顾明哲原本的计划全打乱了，这次事情并不是死个人那么容易处理。

只有这个手机在这个屋里有信号，而且那个手机号码除了他外只有一个人知道，顾明哲今天一直在等着那个人打电话来。顾明哲瞬间移动到泳池边，然后顾明哲又瞬间移动到那个只放着一台电脑的小房间里，把门关上，以防梦晓芸偷听他讲电话。

"喂。"顾明哲深吸一口气接起电话。

"昨晚的事情是怎么回事？"那端是一个男人沙哑带点苍老的声音。

顾明哲没有说什么客套话，直接原封不动地压低声音讲述了昨晚事情的经过，包括他的猜想，这起事件跟钱合生没有关系，是傅子悦那伙人设的局，故意引他过去，想制造成他杀人的假象。让他被关起来，就没法干扰他们的行动了。

那端沉默片刻，然后语气凝重地问："你在他们面前暴露身份了？"

"应该没有。"

"不要说应该。是有，还是没有？"

"我不确定。"顾明哲沮丧地说。

"你最近最好不要现身，等形势明确了再计划下一步行动。"

"明白。"顾明哲耸耸肩，又问："昨晚那件事，警察局那边是怎么立案的？"

"我目前也查不到具体消息，看来那件事情已经作了特殊保密要求，周警官专门负责。"

"你要提防着周警官，我上次已经确认过他的脸，他就是傅子悦在警察里的内线。虽然不知道他跟傅子悦秘密见面在谋划着什么，但应该也跟钱合生那边少不了关联。"顾明哲说。蓦地想到自己该不会就是在那次跟踪时暴露了自己吧，不至于啊，他的速度那么快，他们怎么可能看得到他，奇怪，傅子悦怎么突然对他下手了呢！

"梦晓芸现在和你在一起？"那端突然问。

"……对。"

"那丫头已经让我们计划全部打乱，本来你已经成功打入钱合生那伙人的内部取得他信任。现在好了，一个突然冒出来的无关紧要的丫头把之前我们的全部努力都毁了。顾明哲，你可要考虑清楚，这丫头不关你的事。"那端的语气带着警告和呵斥的味道。

顾明哲当然懂得事情的严峻性，他只是……对梦晓芸放不下。她跟傅子悦那伙人在本质上不一样，他不想看到她被毁掉。他的生活啊，早已回不到单纯的状态，而她还可以。

"你自己好好想想，然后等我指示。"那端挂掉电话。

顾明哲拿着手机盯着电脑上的监控镜头呆看良久。他在围墙上的各个角落都装了监控摄像头，可以随时知道是否有人靠近自己的家，这么小心谨慎地生活已经有段日子了。顾明哲本来就快从这种生活状态下抽身而退，已经接近到调查的深处了，却突然只能中断全部行动，不只害了他自己，还害了参与这次秘密行动的全部兄弟，他真的是……哎，不提了，事已至此，后悔也没用，今后只能走一步看一步，或许计划要重新改变，或许以后每走一步都会无比艰难……

门外传来脚步声，顾明哲立即从失神中戒备起来，那丫头，难道刚才在门外偷听他讲话？岂有此理！顾明哲火冒三丈地打开门冲出去，一瞬间就跳到在门外的梦晓芸跟前，一把把她推在墙上，双手按住她的肩膀，眼神凶狠地瞪着她。

"你在这儿干吗？"顾明哲问。

梦晓芸吓呆了。

"说！你是不是偷听我讲电话！"顾明哲按着梦晓芸肩膀的手加大了力气。

"你弄疼我了。"梦晓芸试图动动肩膀，可惜动不了。

"你果真没那么简单！"顾明哲冷笑。

"喂，我不明白你在说什么耶，放开我，真的弄疼我了。"梦晓芸叫。

顾明哲稍微恢复一点冷静，松开梦晓芸的肩膀，双手抱在胸前盯着她。他腰间裹着的浴袍已经在争执中掉到地上。

"你这人有什么毛病啊！"梦晓芸也不甘示弱地瞪着顾明哲。

"你站在这儿干吗？"

"我在散步消化！"梦晓芸是用吼着说的。

"好，暂且相信你一次，别让我再逮到第二次！"顾明哲丢下梦晓芸朝厨房走去。

梦晓芸气炸了，这人真是莫名其妙！她看到顾明哲只穿着内裤的背影，这个暴露狂，她捡起地上的浴巾就朝顾明哲狠狠扔去，然后转身跑去卧室把门反锁起来。

顾明哲被浴巾砸中，回头刚准备开骂就看到梦晓芸一溜烟跑进卧室。顾明哲也一肚子气，昨晚怎么就头脑发热赶去救这丫头呢！

"找到梦晓芸的行踪了吗？"另一边，傅子悦在接到大堂经理打来的汇报会所发生凶杀案的电话后立即订机票从美国飞回来，刚下飞机坐上尤皓的车，就着急想知道梦晓芸的情况。会所的几个股东都闹开了，在自己的地盘上发生了谋杀案，而且还被警察闯入，证据确凿，顾明哲那小子是发了什么疯。几个股东都是有头有脸的人，在 S 市混得很开，没想到竟然有人敢在太岁头上动土，一定要严揪这起事件。钱合生也特意飞来 S 市，晚上要开股东大会讨论这起事件。

"没有任何消息。"尤皓回答。

梦晓芸的手机已经关机，追踪不到任何信号，她父母的手机已被尤皓找黑客监控，昨晚梦晓芸有跟她母亲打去电话，但无法查到那个电话号码。现在唯一的线索就是那个未知号码的来电。

"继续查。"傅子悦吩咐。梦晓芸一定是跟顾明哲在一起，顾明哲那家伙神出鬼没，前几年傅子悦找了那家伙那么久，一直没查到顾明哲的任何消息，还以为他去国外了呢。看来，这几年顾明哲一直待在 S 市，并且，找了一个很私密的地方安家。这次傅子悦一定要弄清楚顾明哲躲在哪儿，以及——消失几年后为何又突然在自己视线里出现，他身上似乎带有某种不可告知的秘密。傅子悦一定要弄清楚顾明哲这次现身的真实意图。

钱合生那边的人也在寻找顾明哲。钱合生手下那么多人，资源很广，可就是找不到顾明哲那家伙的踪迹。钱合生思忖，一个人要想把在突发状况下能够迅速令自己像消失了一般，一定事先就选好了隐匿的地方。看来自己有欠周全，钱合生开始怀疑自己结识顾明哲不是偶遇那么简单。他们在赌场里认识，那是专门的 VIP 厅里，普通老百姓只能在大厅里赌赌，无法进入 VIP 厅，顾明哲却能进去。那晚钱合生原本输了很多钱，火气很大，身边隔了两个位置的人离开后，顾明哲突然出现在那个位置上，手气似乎很好，赢了很多钱。钱合生注意到那个小子，年纪轻轻，不知什么来头。第二天，钱合生赌钱时又遇到顾明哲，他已经赌了两个多小时了，依然是霉运，身边的赌客离开后片刻，顾明哲突然在身旁的位置坐下，钱合生瞄了顾明哲一眼，记起是昨日赢了很多钱的那小子。只见顾明哲又是一副泰然自若地赢钱的节奏，钱合生有些欣赏顾明哲的那份从容。赌了一个多小时后，钱合生突然察觉到顾明哲似乎在偷偷帮着自己，他压什么，经常顾明哲也会跟他压的一样，钱合生之前输的钱很快就赢回来了，他觉得那不是纯粹运气那么简单。当晚，钱合生邀请顾明哲一起吃饭，两人开始渐渐熟悉。顾明哲没有固定职业，也不知道钱合生是什么身份，所以两人接触时十分轻松，偶尔在 M 市或是赌场碰见，邀约着一起喝场酒。钱合生觉得顾明哲这人很讲义气，也没什么对自己不利的地方，就认了顾明哲这个小老弟。仔细想来，这么久的接触下来并没有发现顾明哲在打自己什么鬼主意，平日里两人的生活也是完全沾不到关联，所以钱合生一直以为顾明哲就是一个赌博技术高超的无业良民，因此后来才会让顾明哲跟在自己手下做事。现在看来，顾明哲这人似乎有点问题，但具体有什么问题呢，钱合生又说不上来。能取得老奸巨猾的钱合生的信任，也不是常人能办到的啊。

　　凶杀案发生后的第二日晚上，会所的几个股东都赶来坐在一起讨论这件事情。夏星菌和大堂经理也参加了，他们两人是昨晚当场参与警察调查的知情人，需要找他们两人讲讲现场情况。

　　大堂经理事先已经偷偷约了夏星菌见面通了通口风。他是个管事的人，会所的实际事务大多是经过他来管理，在自己眼皮底下居然发生了这种事情，上头一定会怪罪于他，他需要有个人来帮自己出出主意。夏星菌虽然权力不大，但她是个女人，还是个认识很多大佬的聪明漂亮的女人，听听她的建议还是好的。两人把晚上会议上需要怎么汇报事情统一了口径，夏星菌装作很热心地帮经理，引导他什么该讲什么话该省略，保自身最重要，就没必要老老实实地全部交代。夏星菌还把警察那边写的事件调查报告打印了一份给经理看，调查报告里并没有列出顾明哲在去会所前打了个电话给经理问梦晓芸是否在那儿，当时经理已经被傅子悦控制了意识，不知道自己曾经对警察说过什么，现在看了报告后想起那个电话，在心里琢磨了

237

一下，觉得自己没必要多此一举地把这件事情说出来，以免引起更多麻烦，只需要把警察了解的东西照着说一遍即可。

会所晚上依然照常营业，客人们并不知道昨晚这里发生过什么事情，上头把这事的口风管得很紧，看到过警察的几个工作人员都被严厉叮嘱必须保密。大堂经理还是像往常一般四点来到会所布置工作，笑眯眯地迎接客人，仿佛什么事情都没发生过一般，其实心里并不淡定。终于看到几个股东相继来到会所，大堂经理在门口献媚地迎接他们，然后没多久，他就接到电话要他去三楼会议室一趟。

会议室的气氛很诡异，见惯了大场面的大堂经理在推开门进去的刹那，也不免心里咯噔了一下。几个股东都抽雪茄，屋里烟雾缭绕，门一开大家都回头看着他，那一张张面无表情的脸令人看着心惊肉跳。大堂经理还未开口已经背上冒冷汗，努力使自己镇定，该说什么话他下午已经反复排练了好几次。

一张长方形的桌子，顶端坐着钱合生，两旁相继坐着其他几个股东，傅子悦的年龄最小，坐在离钱合生最远的距离。大堂经理见夏星菌不在这里，这次会议讨论的事情很机密，看来连她都不能出席。会议桌旁还有几张空的椅子，但大堂经理知道自己没有坐下的资格，他唯唯诺诺地站在门旁，双手合掌放置肚脐部位，弯腰保持谦卑的姿势。

"站近一点。"坐在钱合生左手边的李品军说。

经理笑容可掬地挪动步伐，走至李品军和董事长钱合生之间空口的后面，始终低着头恭恭敬敬的样子，其实一直在偷偷留意各个股东的反应。

"把你对昨晚知道的事情原封不动地讲一遍。"坐在钱合生右手边的许成业说。

李品军和许成业一直跟在钱合生手下做事十几年，也是钱合生在 S 市这边业务安置的"内部人员"。上次董事会时许成业被傅子悦设美人计灌了安眠药没有出席，而李品军被傅子悦控制了意识，说了一番针对许成业的坏话，把警察那边搞鬼的"内鬼"怪到许成业头上，两人为此大闹一场，现在两人虽看着风平浪静，心里却早已看对方不顺眼。现在连顾明哲也出了状况，钱合生在 S 市的三个得力干将看来都不牢靠了，怪不得钱合生会大动肝火。

经理不快不慢地诉述了一遍昨晚那起凶杀案的过程。他也是在警察突然来到会所后才知道发生了那样一件事，那个死者是何时进入会所三楼的包厢他完全不知情，应该是顾明哲拿了后门的门卡给他他才能偷偷溜进来，那人似乎很熟悉会所里的布局，直接去到三楼，应该是约了顾明哲要谈什么事情，具体的他也不清楚……

"一个陌生人进入会所你难道没有察觉吗？你是怎么做事的！"李品军呵斥着打断经理的话。

"从监控上看他是从员工区域乘货梯上到三楼，没有经过会所大堂，所以我没看到他……"经理解释。

"蠢货！"李品军又骂了一句。

大堂经理背上隐隐冒冷汗，恭敬地道歉，自我呵斥。

"继续讲。"李品军不耐烦地说。

大堂经理把接下来警察调查的过程讲了一遍，隐去了自己曾接到过顾明哲一个电话的事情，也对梦晓芸的事情装作不知情。夏星菌曾对他说过，尽管把梦晓芸的责任往她身上推吧，人是她带去的，她连累了经理很过意不去。见夏星菌这么会做人，经理当然乐意配合她，随她去怎么解释把梦晓芸带来会所玩这件事。

大致讲完，回答了几个老板的一些问题，听了一顿训话，经理退出会议室，才觉得腿在颤抖，门口站着两个钱合生的保镖，经理不能在他们面前失态，强装镇定地一刻也不能停留。下楼时遇到夏星菌上楼来，她妆容精致，踩着高跟鞋的步伐有条不紊，对着经理笑了笑。两人只是匆匆交换了一个眼神，不敢有言语，若被别人看到他们交谈信息，那就麻烦了。

夏星菌其实已经知道大堂经理在会议室里交代什么内容。尤皓跟其他几个老板的司机一样坐在车里等着老板，但他能听到会议室里所有的谈话，已经把内容知会了夏星菌，这样她就知道该怎么圆话。他们让经理和夏星菌分别去会议室交代事情，就是想看看两人的交代有何出入之处，谁也料想不到还有个人在这么远的地方就能听到一切。傅子悦在会议室里一直表现从容，那是需要很胸有成竹才能办得到的。

稍微收敛了一下平日那种在男人面前施展魅惑的作风，面对问话态度需要端正些，夏星菌知道自己在会议室里该怎么表现。傅子悦也压根就不用担心她。夏星菌大致讲了讲自己昨晚看到的情况，事情发生时她已经离开会所，有不在场证据。夏星菌解释说梦晓芸跟顾明哲约好在会所里见面，她就载着梦晓芸一起过来了。送梦晓芸上楼后就去忙自己的事情，在会所跟几个客户聊了会儿，没待多久就离开去旁边的酒吧里跟一个客户喝一杯，待重新回到会所时，就听到警察来查案的消息……夏星菌接下来讲的内容跟大堂经理交代的差不多。

"对于这件事情，你们怎么看？"待夏星菌离开会议室后，一直没发言的钱合生终于讲话了。

"明摆着嘛，顾明哲那小子在我们的地盘上杀了人。好大的胆子，根本就是没把您放眼里，亏董事长还这么器重他。"李品军尖酸地说。

另外几个股东也伺机附和李品军。

"但是动机呢？顾明哲杀人的动机是什么？"一直沉默听他们几个发言的傅子悦终于插话了。包括钱合生在内的五个股东都扭头看向他。

"杀人是需要动机的，就算是当时两人发生了什么争执，一般情况下也不可能必须得置对方于死地。所以我想我们现在需要关心的首要信息是——顾明哲为什么要杀死那个人。"傅子悦有条不紊地说。

刚才还闹哄哄数落着顾明哲的几个股东终于安静了，似乎在等傅子悦发表高见。

"那个死者的资料，不知各位有没有调查过？"傅子悦抽口雪茄缓缓间道。

没有人回答。

"那我叫星菌打印一份给各位看看。"傅子悦给夏星菌打了一个电话。很快她就拿着一叠文件上来，姿态优美地在每个股东的桌前放了一份。夏星菌进来的一两分钟里，会议室内几个男人的眼睛都有意无意地在她身上扫视，美女确实能很好地缓解气氛。

"请各位长辈先看一看。"傅子悦说。

不得不承认，这份资料把死者的各种信息列举得非常详细，身份证号码、居住地、身高血型之类的基本信息，从小到大读过的学校从事过的工作全部都写得很清楚，当然无关紧要的信息也很多，重要的内容特意在下面划了红线好让大家看得更一目了然。

"呵呵，傅总真是有门路，能搞到这种个人资料不简单啊。看来很轻车熟路的样子。"李品军拿着资料刻薄地冷哼一声。

傅子悦笑笑，也不争辩，当然，事后他会好好收拾一番针对他的人。

资料上显示那个死者叫侯君，曾经是一名警察，三年前因暴力执法被开除，后来从事放高利贷工作。看到红笔勾画出的侯君所在的那家高利贷公司，李品军立即傻眼，那不是他旗下的一家公司吗！

会议室里几个股东都看到这条用红笔画线的信息，在心里开始盘算。看来这次事件还真与咱们有点关系，并不是随随便便死个人那么简单。

"老李啊，这家高利贷公司的名字怎么看着这么眼熟啊？"许成业发话了。上次开会时他没有出席，听说李品军在会议上说了很多诋毁他的话，这次终于找到机会反将一军。

"你……你不要信口雌黄！"李品军着急了。

"哼，资料上不是写得清清楚楚嘛，那个侯君就是你手下。"许成业冷笑。

"我手下做事的有那么多人，难道每个人出了事都与我有关吗！"李品军气得拍着桌子站起身，恶狠狠地瞪着许成业。

很好，就是需要狗咬狗，这样矛头怎么都指不向自己。傅子悦不动声色地看着众人的表情变化。设局是傅子悦得心应手的事情，找个人成为死者当然也要是个精心挑选的很"合适"的人物。

许成业和李品军两人当场就争执起来，有种要大动干戈的节奏。

"都给我闭嘴！"钱合生吼。

李品军气呼呼地坐下，和许成业大眼瞪着小眼。

"老李，这个人是在你手下工作的，你给我好好调查清楚！"钱合生吩咐。

"放心，我一定会调查清楚，看看是谁敢在背后动我手脚！"李品军说这话时眼睛一直恶狠狠地瞪着许成业。

许成业见李品军把矛头对向自己，也急了，看着钱合生说："老大，这事不能交给老李一个人负责，我来协助调查。"

"好。"钱合生面无表情地说。

241

又讨论了一下这次事件可能牵涉到的一些问题，以及警方那边的情况，还有最关键的是要找出顾明哲那家伙。至于梦晓芸，只是一个大学生，看起来跟他们的业务扯不上任何关系，为何会出现在案发现场是个谜。她被顾明哲挟持离开后也失踪了，可以作为寻找顾明哲的一个突破口……

傅子悦自告奋勇说梦晓芸那块儿的事情就交给他处理，梦晓芸在他公司给员工小孩儿教授钢琴，算是跟他有点关系，他会尽力协助调查这起事件。

会议开了一个多小时，也没讨论出个什么结果，倒是把火药味弄得更浓了。各个股东明争暗斗，尤其在知道死者是李品军的手下后更乐于把责任推到他身上。钱合生叫傅子悦留下。另外四个股东面面相觑，各自离开。

"关于这起事件，我想听听你的想法。"钱合生看着傅子悦说。

现在只剩下他们两个人，分别端坐于桌子两端。在会议上傅子悦的话很少，一直没正面表态过，仅仅提供了死者的资料。那不是这个年纪的人该有的淡定姿态，不是城府非常深就是经历过很多大风大浪，钱合生不免对傅子悦另眼相看。

"在事情没调查清楚前，我没有什么意见可发表。"傅子悦似笑非笑地迎接钱合生的目光。

钱合生有老花眼，经常会戴着老花眼镜，傅子悦控制不了他。

"很好，我就喜欢你这点。"饶有趣味地打量傅子悦一番后，钱合生哈哈大笑起来。

傅子悦也配合着哈哈大笑。两人的笑容都很生硬，笑声却很响亮。

站在门口偷听里面讲话的李品军眉头紧皱，董事长单独留傅子悦下来到底想聊什么？其他几个股东早已离开，就他还弯腰弓背地在门口偷听，也不顾在钱合生的两个保镖面前丢脸。

"李总，您再不离开我真要通报老大了。"一个保镖说。

"还轮不到你对我指手画脚！"李品军回头恶狠狠地瞪了那个保镖一眼。

"李总，老大交代过规矩，别怪小辈对您不敬。"保镖上前把李品军拉开。

保镖的力气很大，脸上一副不容置疑的凶相。跟着钱合生做事十几年的李品军一向飞扬跋扈，其他人对他都是恭恭敬敬，现在却突然被两个保镖一人抢起一只胳膊扛到电梯口。

"李总，请慢走。"保镖还是面无表情。

李品军落得一副狼狈样，心里恼怒不堪，却也无奈。他拍了拍袖子，哼了一声走进电梯。

会议室里的两人还在交谈。钱合生似乎有意想和傅子悦合作一点别的业务，他在 S 市的几个手下都是漏洞百出，太令他失望，他需要考虑一下招募新的事业伙伴。说真的，钱合生还未完全摸透傅子悦的底细，他的集团在几年间迅速崛起，实力不可小觑，同时似乎有着强大的背景，只是现在钱合生还调查不出什么。

两人都很谨慎地用官腔聊了聊今后可能合作的方向，傅子悦懂钱合生是在试探他，钱合生完全没展现出想跟他合作的诚意，他也不是省油的灯，当然也就笑着与钱合生周旋。交谈持续了大半个小时，李品军一直在会所一楼等着看两人什么时候会下楼，等得焦躁不安。他原本以为顾明哲出事后他会重新成为钱合生身边最得力的干将，没想到现在董事长又看中了傅子悦。年轻新势力如雨后春笋般冒出来，这一批老将心里不服，自己走过的桥比他们走过的路多多了！

李品军等着傅子悦下楼后，赶紧去找钱合生说有话要单独聊聊。

"李总那老家伙还没走。"傅子悦坐上车，尤皓回头对他说。

"把车开到外面去偷听，不要引人注目。"傅子悦吩咐。

尤皓开着车离开。

李品军倾诉了自己的忠心耿耿，极力诋毁傅子悦，信誓旦旦地说顾明哲的事件他会调查清楚之类的废话，听的钱合生都不耐烦地要赶他走。尤皓把听到的内容原封不动地汇报给傅子悦，傅子悦冷笑，李品军那条老狗也只能垂死挣扎，他早晚会除掉那老家伙。

现在最关键的是找到顾明哲。傅子悦叫尤皓动用一切资源尽快找出那小子。

"周警官那边似乎动了杀心。"尤皓把昨日看到的周警官用枪口对着顾明哲的情形告诉傅子悦。

"我会考虑。"傅子悦说。

"如果我们要做，就要做的狠一点。"尤皓说。

"你是在担心我什么吗？"傅子悦的表情严肃起来。

在外人看来，尤皓只是傅子悦的司机和跟班，其他人并未把尤皓放在眼里，还对他颐指气使，他心里老早就积怨很深，虽然他认傅子悦为老大，但他们是一个团队，共同谋取利益，应该互相商量，而不是每次都听傅子悦的独断命令。傅子悦已经渐渐察觉到尤皓的躁动，尤皓不那么心甘情愿地听话了，而傅子悦需要的是绝对服从命令的手下！

"我怕你恋及旧情心软，误了大家的大事。"尤皓很直接地说。

"我自有打算。"傅子悦冷冷地说。

"那找到顾明哲后下一步是什么，给他定个罪送进监狱？还是让他从此完全消失？你也知道，顾明哲跟在钱合生身边做事并非表面上那么简单，他跟踪我们和周警官的见面也不会是无缘无故，我总有种不好的预感……"

"我说了我自有打算！"傅子悦打断尤皓的话。

"呵呵，我可丑话说在前头，有损我利益的事情我可不干！"这是尤皓跟在傅子悦身边多年来第一次明目张胆地摊牌，他看出这次事态有点严重，警察那边的苗头也有点不对，似乎还有什么未知的陷阱，他可不想现在这种醉生梦死的日子被毁掉。

"你最近的小心思好像多了点。"傅子悦的眼神变得恐怖起来。

尤皓从后视镜里看了看后排的傅子悦，对于那个眼神，他还是有畏惧的。如果尤皓想叛逃，被傅子悦控制住意识的话将会死得很惨，他知道自己不是傅子悦的对手。尤皓咧嘴发出几声僵硬的笑声，想把气氛缓解轻松一点，"老大你多虑了，我当然一直对你忠心耿耿，有钱大家一起赚嘛，呵呵。"

车子穿梭在霓虹闪烁车马喧嚣的钢筋水泥间，S市这座四处充满欲望的魔都，到底吞噬了多少人的心智。

三天过去，梦晓芸无法再装作若无其事，情绪彻底爆发了。早晨起来看着冰箱里最后几个速冻水饺，回头对坐在沙发上打游戏的顾明哲说："喂，家里没东西吃了，待会儿我去超市一趟吧！"

"等空了我去买点吃的，你先将就着。"顾明哲头也没回懒懒地说。

"你别又是买一堆速冻食物，难吃死了。我去买点新鲜的蔬菜肉类，自己做饭吃吧。"梦晓芸一边说一边开始烧水煮水饺。

"你会做饭？"

"试试呗，就算不会很好吃也比吃这些东西好。"其实梦晓芸从未进过厨房做饭。

"不早说你会做饭。"顾明哲继续打游戏，"你把要买什么东西写一个单子，我下午去趟超市"

"我跟你一起去。"

"不行。"

"为什么？"梦晓芸抗议。

"免得你不小心把我们都害了。"顾明哲说。

梦晓芸立即瞪圆了眼，对，她是罪犯，还把无辜的顾明哲也牵连进来，但现在大门不出的日子跟囚禁有什么分别！她开始跟顾明哲理论起来。

顾明哲终于不耐烦地扔下遥控手柄，回头瞪着梦晓芸说："我说不可以出门就是不可以！你要想出去就去警察局自首啊，我还懒得继续保护你呢！"

"我……我……我不稀罕你保护，我这就回家去！"梦晓芸被逼急了，她的性格是一旦冲动起来什么都可以不顾。

"你没脑子吗？我是你的救命恩人，你还老跟我作对！现在没你说话的份，咱们在一条船上，你想干什么由不得你！"顾明哲没好气地吼。他才应该生气抱怨才对，他布局了几年的计划都给毁掉了，他去找谁诉苦！

正在两人争执之时，身后突然传来一阵扑哧扑哧声。

"什么声音？"顾明哲警觉地皱起眉头。

梦晓芸一时也未反应过来。

声音持续响着。顾明哲紧张地站起身竖起耳朵仔细听，生怕是有人闯进这里。顺着声音的根源找去，原来是水漫出锅滴落到煤气上被火烧得作响。

"你做事到底用没用脑子呀！"顾明哲又咆哮起来。

梦晓芸理亏，但从小到大父母也没责备过她，她不甘示弱地回应顾明哲。两人又是一顿争吵。梦晓芸心一横，她决定要离开这里！

水饺还未吃完梦晓芸就扔下筷子往卧室跑。顾明哲坐在沙发上继续打游戏，没太当回事，以为她只是又把自己关在卧室里。

很快，梦晓芸换回来时穿的那身衣服，跑到顾明哲身前，挡住他看电视的视线说："把手机还给我！"

"让开，没看到我正在通关吗！"顾明哲真想踹开她。

"把手机还给我，我要走了。"梦晓芸嘟着嘴说。

顾明哲冷笑，调侃说："你能走去哪儿，去警察局自首啊，说人是你杀的。那正好，免得我担负这个罪名，我还乐得重新回到我原来的生活。"

"我去哪儿不关你的事！把手机还给我，我这就离开这里。"梦晓芸提高音调，不像开玩笑。

顾明哲还忙着打游戏呢，懒得跟梦晓芸理论，起身换了一个地方坐，刚才被挡住视线时游戏里的自己已经快被怪兽打死，他赶紧进行攻击，可惜无济于事。顾明哲气得跺脚，眼看都快闯过这关了，现在又得重新开始通关。顾明哲真想向梦晓芸破口大骂，扭头，看到客厅里已经没了梦晓芸的身影，他呆了两秒，意识到情况不对，立即扔下游戏遥控手柄，瞬间移动到院子去，一看，梦晓芸正在试图打开院子的大门。两扇厚重的铜门紧闭，设置的是密码锁，她不知道密码，门是无法打开的。梦晓芸在密码输入器上胡乱地按着数字组合，123456，111111，000000，已经三次输入密码错误，警报器开始滴滴作响。梦晓芸还不肯罢休，继续按着数字组合，输入无效，警报声变得愈加刺耳，她急躁地把手握成拳头捶打着密码输入器，同时伸腿踢向大门。

"嘿，悠着点！"顾明哲强制把梦晓芸拉着后退几步，然后迅速在密码器上输入一串数字，解除了大门的警报。顾明哲很担忧刚才那一阵刺耳的声响会引起附近农民的注意。

"快把门打开，我要出去！从现在开始我与你一刀两断，我不需要你保护我！"梦晓芸完全不肯屈服，一直大吼大闹。他怕附近经过的人听到动静，最后只得妥协，讲好条件：带她去逛超市可以，但一切得听从他的安排。

终于可以出门了，梦晓芸暂时被说服。因为顾明哲吼了她一句：要讲良心，我可是你的救命恩人！梦晓芸当然是个有良心的人，就再给顾明哲几天时间看看他能想出什么解决办法吧。顾明哲要输入开门的密码，叫梦晓芸站远一点，梦晓芸嘀咕着"我才不要偷看呢"，在几米开外偷偷瞄着顾明哲的背影，真想知道这道门的密码是什么。大门打开的一刹那，梦晓芸有种监狱里的犯人终于重见天日的感觉，迫不及待地要往外跑，被顾明哲拦住，狠狠地瞪了她一眼说："出去给我老实点，不许离我超过一米远！"

梦晓芸第一次看到顾明哲家四周的环境，举目望去，周围一片不见尽头的农田，他的房子像一座孤岛，看得梦晓芸触目惊心。这是什么地方？难道我们没有在 S 市？梦晓芸看呆了，顾明哲叫了她几声才反应过来，他拍拍自行车的后座示意她坐上去。一眨眼的工夫自行车就停到超市门口。超速度令人的身体在正常空间里挤压失重，梦晓芸紧紧抱住顾明哲的腰，良久才恢复正常知觉。顾明哲是故意的，明知道梦晓芸不能习惯这种速度，还用了比平时还要快的速度，幸灾乐祸地看着她死死抱住自己，她紧绷的身体在告诉他：她害怕。他就是想惩罚她。

身体恢复意识后，梦晓芸跳下自行车就蹲在地上一阵干呕。

顾明哲没理会梦晓芸，把自行车锁好，粗着嗓门说："走。"

梦晓芸拖着疲软的双腿跟在顾明哲身后。两人先吃饭，几日来终于吃上一顿正常的热饭，梦晓芸狼吞虎咽，感慨万千，看得一旁的顾明哲很不爽，就像这几天他没给她吃东西一样，他好心收留她保护她却似他亏欠了她一般，顾明哲从头到尾都拉长一张脸，催促着她："吃快点，买完东西赶紧走人，别忘了我们现在还是逃犯。"

跟在顾明哲身后去超市选购食物，顾明哲不时回头盯住梦晓芸，担心她中途溜走，仿佛恨不得想拿根狗绳拴住她。在生食区磨磨蹭蹭地逛了好久，梦晓芸无从下手，她从未买过菜，不知道该选购些什么。

顾明哲说："我喜欢吃牛肉和鸡肉，你天天做这两样我也吃不厌。"

梦晓芸在心里哼哼道：你难道把我当佣人看待吗！

购物车里装了满满一车的东西，似乎是打算后面几天又继续不再出门的模样，而且全程都是梦晓芸推着购物车。顾明哲在一旁指挥着她拿这样东西拿那样东西，一点也不知道对女生绅士。

"买完了吗？不买东西就走人了！"见梦晓芸还在左顾右盼，顾明哲没好气地催促。他大步走在前，梦晓芸推着满满一车的东西吃力地跟在后面。结完账顾明哲又开始发牢骚："我救了你，还得花钱供你吃供你穿，真是亏本生意。"

梦晓芸本就是自尊心极强的女孩，哪里受得了顾明哲三番五次的嘲讽，她咬了咬嘴唇，还击说："我花了你多少钱我全部都会翻倍还你的，放心吧！"

　　我的损失你可还不起！顾明哲在心里没好气地骂。被梦晓芸拖累成为逃犯，这种躲在家里不见天日的生活跟之前在监狱里的日子没多大区别。脑子里蓦地涌现出那段在监狱里的画面，该死的傅子悦，曾经害他坐了一年牢，监狱里什么样的地痞流氓都有，若不是他具有超级速度这点能力，他在里面别提会遭受多少欺负。顾明哲原本想隐忍，出狱后隐姓埋名玩失踪，试图和傅子悦划清界限老死不相往来，没想到命运再次把他们联系到一起。

　　"你等我一下，我去上个洗手间。"看到洗手间的指示牌时，梦晓芸突然开口。

　　顾明哲心里正想起深仇大恨的往事呢，被梦晓芸这么一打扰，立即不由自主地面露凶相，吼："你想干吗？想找借口逃跑啊？要上厕所回家上！"

　　"我真的想上洗手间。"梦晓芸没说假话。

　　"回家就几分钟时间，忍一下。"顾明哲用怀疑的眼神瞪着她。

　　表面看起来逆来顺受的梦晓芸其实骨子里真的很倔强，若顾明哲说话口气温柔一点，她就会乖乖听话。此刻，梦晓芸被叛逆的因子激怒，二话不说丢下购物推车扭头就朝洗手间的方向跑。梦晓芸哪里跑得过顾明哲，瞬间就被他移动到身前扭动她的胳膊，"给我老实点！"顾明哲警告。

　　"放开我！"梦晓芸大叫。

　　这一叫喊吸引了身旁群众的注意，几个推着购物车的老阿姨停下脚步看过来。顾明哲也懒得跟梦晓芸多费口舌，为了省去麻烦，他一把横抱起梦晓芸，迅速提起购物车里的两大袋东西，一眨眼的功夫就从那些人的眼皮底下消失了。移动的速度太快，梦晓芸被挤压得失去意识，被顾明哲丢到自行车前座上。顾明哲把购物袋挂到自行车手柄上，心里骂道：真沉！刚才抱着一个人还要提这么重的东西，他可是使出了洪荒之力。顾明哲一溜烟踩着自行车回到位于农田包围中的孤立小屋。关上大门后，顾明哲就丢下梦晓芸不管了，他提着购物袋大步走回屋中，任梦晓芸在院子里大喊大叫。

　　可恶！混蛋！梦晓芸恢复正常意识后发现自己已经回到这座监狱一般的房子，急得跳脚，明知无济于事还是不停地在大门的密码锁上胡乱输入各种数字组合，密码锁发出持续的刺耳警报声，逼得顾明哲不得不出来把梦晓芸强抱进客厅。梦晓芸挣扎，反抗，用力咬了顾明哲胳膊一口，疼得他松手，她摔落到地上，还滚了两圈。

痛……身体撞击坚硬的地板，梦晓芸眼泪都快流出来，她仰起脸恶狠狠地盯住顾明哲，顾明哲也恶狠狠地盯住她。顾明哲看到了梦晓芸眼中的泪光，他愣了愣，转瞬她已经从地上爬起来，扭头就朝卧室跑去。不许哭，不许在这家伙面前哭！梦晓芸告诫自己。她跑进卧室把门反锁起来，才趴在床上痛哭起来，咬着嘴唇不愿发出声音让那家伙知道。

顾明哲意识到刚才自己是有些粗鲁，懊恼地抓抓后脑勺，谁叫梦晓芸不乖乖听话！

又是一场赌气的拉锯战。

顾明哲继续打游戏，漫漫时光需要有个东西来消遣。在游戏里跟一众怪兽厮杀激烈时，口袋里那个专用手机突然响了一声，顾明哲立即细胞紧绷，扔下游戏手柄掏出手机看那条短信。"内部文件已出。"短信写到，后面附送了几张图片。发件人的号码经过屏蔽，显示的是未知号码。只有顾明哲知道是谁发送的。顾明哲点击放大图片，看到了警察局关于这起凶杀案的内部文件，凶手的名字赫然是——顾明哲！

顾明哲自嘲地咧了咧嘴，果真成了通缉犯，现在该如何力挽狂澜真是个头疼的问题，凶犯的罪名可不是那么容易洗白的。这个案子明显就是针对他来的，所有不利的证据都指向他，梦晓芸在此案中的角色只是一个无辜卷入的旁观者，顾明哲无法证明自己的清白。电视里传来游戏中的角色已经死亡的惋惜声，顾明哲连眼皮都懒得抬一下去看，他颓废地瘫倒在沙发上，思索下一步该如何是好。

就算傅子悦那帮人设计得再完美，总会有某处瑕疵，顾明哲得想办法找到突破口洗冤。沉思良久，顾明哲抬头看了看卧室的方向，确定梦晓芸一时半会应该不会出来，他走到厨房里开始拨打那个只有他可以联系的专属号码。对方沙哑的上了年纪的男性声音响起，顾明哲汇报了一下接下来他的行动，并且请求对方协助。对方很明确地说这件事情的负责人是周警官，他无法擅自为顾明哲销毁罪名，当下最好的办法还是把梦晓芸交给警方，顾明哲这样包庇她只会毁了大家。此刻顾明哲虽然对梦晓芸已经有诸多不满，依然态度坚决地说：不能把她交出去！几分钟压低声音的交谈结束，顾明哲又探头往卧室的方向看了看，确定没有被偷听。

现在罪犯名字已经公布，梦晓芸可以不用过担惊受怕的日子，恢复到她正常的生活轨迹。是否该放她回家了？顾明哲犹豫。他是希望快点把这个大麻烦赶走，但是……现在还不能放她回去，傅子悦和警方都还在寻找她，若她接受盘问时被他们捕捉到什么蛛丝马迹，顺着线索找到他家，麻烦就更大了。得再等一等，看看这起事件还有何反击的可能。顾明哲又仔细看了看刚才手机收到的几张图片，有一张是死者的验尸报告，结论是当事人头部遭受重击造成死亡。没有详细的伤情描述，正常的验尸报告不会如此简单敷衍，一看就是在周警官指使下完成的应付上头查验时的例行公事报告，这份不是原始的真实验尸报告！顾明哲突然一拍脑袋，该死，当时听完梦晓芸描述时太大意了，她说她杀死了一个人他就该相信吗，一把椅子撞击了头部撞晕或是造成头部内出血是可能的，但立即就死亡那也太夸张了。那男人的死亡原因有蹊跷！

这下有可能为自己洗白冤屈了。顾明哲难得露出这几日来第一个轻松的笑容。得再次仔细盘问梦晓芸那晚在包厢里和男人发生的所有细节。

"帮我搞到死者原始的验尸报告，他真实的死亡原因有问题。"顾明哲给那个发送图片的号码回复短信。

早已过了午饭的时间，梦晓芸还没有从卧室里出来，顾明哲等得有些不耐烦，他还想询问事情经过寻找可疑点呢，但又倔强地不肯先屈服去敲门。那丫头饿了自然会出来，顾明哲想。从超市买的一堆菜和肉，顾明哲无从下手，他一个人生活了那么多年却还不会下厨做饭。这次购物没有买任何泡面和速冻食物，因为想着梦晓芸会烧饭吃，现在难题来了，顾明哲只能选择亲自动手烧饭。

真是自讨苦吃！顾明哲骂道。这句话他这几天都会自言自语好多次。

在网上查到菜谱，试图现学现用，整理食物时顾明哲才注意到那丫头只买了蔬菜和肉，连大米和烧菜的调料都没有买，更糟糕的是，他家还没有做饭的电饭锅。有这么粗心大意的人吗，做菜需要些什么东西都买不好！顾明哲又骂道。最近的便利店在三公里以外，顾明哲快去快回可能花费几分钟的时间，他犹豫片刻，担心在他出去的这段时间里梦晓芸会做出什么出格的事情，他对她的防备心已经越来越强。算了，还是再出去一趟吧，顾明哲郁闷地耸耸肩。

轻手轻脚地走出去，打开大门时又回头看了看房子，确定梦晓芸没有从卧室走出来。踩上自行车，以超级速度赶到便利店，买了需要的东西后又迅速赶回来，谢天谢地，大门的警报器没有叫响，看来梦晓芸没有又跑出来胡乱输入密码。

　　照着网上介绍的菜谱做了红烧鸡翅、土豆烧排骨和番茄炒蛋，味道先不用考虑，至少全做熟了。顾明哲看着桌上摆放的三道菜，感叹做菜真麻烦。顾明哲又去打开电饭煲，呃……水好像加多了点，饭有点像粥……管它的，实在太饿，能填饱肚子就行。

　　菜的味道只可算刚好能够下咽，顾明哲还是吃得很满足，打了个响亮的饱嗝。他每样菜都给梦晓芸留了一点，觉得自己对她真是仁至义尽。吃饱了容易犯困，顾明哲懒洋洋地躺在沙发上，眼睛看着卧室门的方向，等待梦晓芸何时饿了走出来。不知不觉竟然睡着，待脚一瞪猛地醒来时，顾明哲惊慌地跳起来，赶紧摸口袋里的手机还在不在，担心梦晓芸趁他睡着时偷偷拿这个手机给外界打电话，虽然通话记录里没有任何显示，不代表她没有打了电话后删除记录。该死，怎么就睡着了！看到手机上的时间，自己竟然已经睡了一个多小时，顾明哲抓狂地朝梦晓芸所在的卧室走去，这一个多小时里她可以做很多坏事。

　　咚咚咚。顾明哲敲门。没有任何反应。难道梦晓芸已经不在房间里？顾明哲慌了，扭动门把手发现门被反锁，立即跑去书房找卧室门的钥匙，急匆匆地把门打开冲进去，吓得梦晓芸从床上坐起，上半身抓紧被子尖叫，"啊——你……你……想干吗？"

　　顾明哲松了一口气。"敲门半天你怎么都没反应！"顾明哲抱怨。

　　"出去！立即给我出去！"梦晓芸大喊。

　　顾明哲摔门而去，梦晓芸忍受着肚子饿直到晚上都没走出卧室。无事可做，大部分时间都用来睡觉，然后看着窗外发呆，或是臆想着手指在半空中弹奏乐曲，好想好想此刻房间里拥有一架钢琴。

　　这场冷战一直持续到晚上十点多，梦晓芸真的饿坏了，今天她只在早晨十点多吃过一顿饭，扛到现在已经站着都没力气。该死，顾明哲那家伙没别的房间可以睡觉，几日晚上都是睡在客厅的沙发上，根本没有可能找到机会不跟他碰面。梦晓芸小心地把门拉开一条缝隙，偷看外面的情况，顾明哲侧身躺在沙发上打游戏，头部以二三十度的倾斜角面对她卧室的门，不过他们之间还隔了一座沙发。哎，再等等吧，待他睡觉了再去厨房找吃的。梦晓芸小心地合上门。房间里没有时钟，手机也不在身边，梦晓芸完全不知道时间是几时几分，单纯靠窗外的天色变化分辨是白天还是黑夜。

不知过了多久，梦晓芸真是饿得眼冒金星。不行了，必须想办法去厨房拿点吃的。梦晓芸环顾四周，决定从窗户爬到院子里，然后绕到厨房的窗户外去拿吃的。梦晓芸踩着椅子爬上窗台，窗台离院子的地面有将近一个人的高度，不用担心跳下去会摔跤，梦晓芸运用意念操控着卧室的椅子飞出窗外，稳妥地停落到地上，她小心地拉着窗沿跳到椅子上，然后安全着地。哈哈，我真有才！梦晓芸得意地笑。虽说她以前老爱骂顾明哲滥用超能力，偶尔自己也尝尝超能力的便利也是极好的。轻手轻脚地绕着院子走到厨房的窗户前，该死，厨房的窗户从里面锁住了推不开，梦晓芸猫腰蹲在窗沿下，盯住两扇窗户相连的锁扣，运用意念的能力让锁扣旋转，然后使一扇窗户慢慢移动打开。

梦晓芸小心站直身体，偷偷从窗户外朝里面看了看，顾明哲躺在沙发上应该是背对着厨房，不会注意到她。她借着厨房门外透进来的微弱光线可以大概看清厨房里的结构，餐桌上有几个盘子，菜几乎都被吃完了。梦晓芸也顾不上挑三拣四，把几个盘子里剩余的食物全部聚集到一块儿，然后操控盘子飞到自己手中，蹲下身靠着墙壁迅速吃饭。这点东西完全不够填饱肚子，梦晓芸开始后悔在超市没有买点面包之类的可以立即吃的食物。她回忆在超市里都买了些啥，应该有可以直接吃的蔬菜，于是梦晓芸运用意念的能力打开冰箱，冰箱里瞬间亮起一道黄光，她被这道光线惊得差点发出一声尖叫，还好赶紧捂住了嘴。老天保佑这道光线不要被顾明哲注意到。梦晓芸在心里祈祷。拿走了几个胡萝卜和土豆，想想白菜应该也能生吃，又把白菜也拿走，然后小心翼翼地合上窗户使它恢复之前的状态，轻手轻脚地翻回卧室。

呼——晓芸长舒一口气，做贼的感觉令她心跳加速。梦晓芸看着手中的蔬菜，狼吞虎咽地吃掉它们，其实它们生吃的感觉也很不错。

就这样，直到次日中午顾明哲都没有看到梦晓芸走出房门。继续自己做饭吃，第二次做饭顾明哲明显有了经验，味道比昨日好多了。顾明哲一个人吃饭，吃着吃着却开始担心起梦晓芸。顾明哲能确定梦晓芸还待在房间里，因为他时刻注意着那房间里的动静，看到灯光有时开有时关，听到马桶冲刷的声音，听到水龙头放水的声音，一切都表明里面有人在。顾明哲很好奇梦晓芸不吃东西能撑到什么时候，最终她还是会对他妥协的。

殊不知，梦晓芸几次偷偷溜到厨房的窗户外去拿东西吃。顾明哲吃剩的饭菜又被她偷吃了一点，但梦晓芸不敢把饭菜全部吃光，那样会引起顾明哲的怀疑。其实这两日偷食物运用超能力时梦晓芸曾想到一个办法逃离这里，她可以站在椅子上，然后操控椅子飞起来载着她越过院子的围墙，这样她就自由了。不过梦晓芸很犹豫，不知道外面世界等着她的将是什么？警察是否一直在追捕她？傅子悦到底能否帮她想到解脱罪名的办法？父母会否接受一个杀人犯做女儿？这一切都是未知。说来也奇怪，梦晓芸一点杀人后的罪恶感都没有，她一直没有人类正常的七情六欲。

顾明哲却不能做到无动于衷，他开始担心起梦晓芸，那丫头已经把自己关在房间里快三天了，难道那日自己对她的态度真的太过火？无奈，顾明哲在又一次自己动手做好饭后，敲了敲卧室门，冷冷地喊："梦晓芸，出来吃饭了。"

"不吃！"梦晓芸强硬地回答。

顾明哲抓狂，他都低声下气了她还想怎样！再忍受一天，就不信她能坚持到第四天！顾明哲赌气地想。

同时顾明哲终于等到了手机响起，那个神秘的中年男人打来电话，告诉顾明哲原本死者今晨要被火化，但被他给拦截下来。他亲自出面干涉此事，要求重新验尸，周警官那边已经对他产生了警惕。他的解释是此死者和他正在调查的一个案子有关，这人是他的一个"线人"，突然死亡或许有蹊跷，恐是身份暴露惨遭报复，他要参与此案的调查。周警官很想问清楚死者参与的是什么线人行动，被他以机密为借口暂时回绝，不过周警官绝不可能如此容易善罢甘休。若不是念及顾明哲曾经牺牲了自己多年的正常生活打入敌人内部提供情报，功劳在先，他不会如此轻易地暴露自己身份。顾明哲说了一番感谢和道歉的话并提醒对方小心周警官，他会想办法调查清楚周警官和傅子悦之间到底在做什么勾搭。对方说声不要轻易行动，等待通知，就挂断了电话。

哎，梦晓芸那死丫头，真的把我们都害惨了！原本计划多么完美，顾明哲几乎就差最后一步就可把钱合生的贩毒集团剿灭，现在一切努力都白费了，梦晓芸那家伙却还理直气壮地赌气，狼心狗肺！

　　他们两人已经从众人眼中消失了一个星期，很多人都在发疯地寻找他们，这个地方只是暂时安全，难保不会被他们找到。顾明哲去监控室调出这几日的监控录像，拿着一罐冰啤酒坐在椅子前，按快进键播放这几日的监控录像，六个摄像头拍摄的画面在显示屏上整齐排列着同时播放，顾明哲漫不经心地喝着啤酒看着电脑，每个摄像头拍摄的画面除了光线变化和偶尔闯入的昆虫外几乎就像静止不动的图片，从清晨到日暮到黑夜，周而复始地循环，光线一点点变亮又一点点变暗，那些画面始终是一个样子。顾明哲做这份工作已经好多年了，一周看一次监控录像，然后把内存清零，重新开始录下一周的画面，每周一次这样无聊的消遣看得顾明哲连打几个哈欠。突然，有个监控画面里闪过一个异常的人影，然后另一个画面里也蓦地有个人影闪过，他诧异，赶紧正襟危坐，啤酒放到一边，把六个播放画面都暂停，然后一个一个地倒序按正常速度重新播放，待看到人影出现在画面上时，点击放大，惊得顾明哲真想大声咆哮。是梦晓芸那个死丫头！

　　咚咚咚——顾明哲大力敲卧室的门。

　　梦晓芸正躺在床上手指在半空中弹奏想象中的钢琴呢，突然被这阵粗鲁的敲门声打扰，不悦地皱皱眉，不想理会。

　　咚咚咚—又是连续的猛烈敲门声。

　　"梦晓芸你给我出来，别以为我不知道这些天你都偷偷摸摸干了什么好事！"顾明哲在门外大喊。

　　他知道了！梦晓芸惊了惊，脸顿时泛红发烫，偷食物吃是一件丢脸的事情。淡定，顾明哲应该是唬她的，他怎么可能知道。哼，那家伙一定是在诈她。

　　顾明哲就像知道梦晓芸的心理活动，紧接着说："难怪你能几天都不饿死，原来偷偷摸摸地去厨房拿东西吃，你的超能力就是派上这点用场吗，除了杀人就是偷东西！"

　　这招激将法很管用，梦晓芸被最后一句话刺激得一阵血气上涌，跳下床就赤脚冲到门口，猛地把门拉开，瞪圆了眼盯住顾明哲。

　　三日来两人终于面对面了，免不了一顿互相指责和互不相让。吵了一架后，顾明哲的一句话终于使梦晓芸能够安静一点，"案子的结论下来了，你想听的话就乖乖坐到沙发上咱们谈一谈。"

梦晓芸立即嘘声，呆了片刻，一颗心提到嗓子眼。"结论……怎么……怎么说？"

哼。顾明哲冷笑，扭头坐到沙发上去。梦晓芸像被牵线的木偶，机械地跟过去，这么多天来她第一次真实地面对这个问题，逃避这么久还是无法避免现实，她是杀人犯，警察会天涯海角地追捕她，她是会被处死还是在监狱里待一辈子？原本几乎都要忘记这种恐惧的感觉，现在知道结论出来了梦晓芸十分紧张局促，完全没有心思再跟顾明哲赌气，坐在沙发上双手颤抖地摩挲着膝盖，等待顾明哲把结论说出来。

看到梦晓芸突然变乖了，顾明哲哼哼两声，那丫头还是害怕的。

顾明哲从口袋里掏出手机，找到警察局内部追捕令那张图片，把手机举至梦晓芸眼前叫她看。梦晓芸想拿过手机仔细看，顾明哲戒备地打掉她的手，说："我拿着你看，可要看清楚了，凶手到底是谁的名字！"

凶手的名字赫然是顾明哲。怎么会这样……梦晓芸盯着手机荧幕不敢相信。怎么凶手就变成顾明哲了，那人明明是自己失手杀的……

"哼，该相信我之前说的话了吧，一切都是傅子悦设计的局，你只是他利用的一个棋子而已。"顾明哲没好气地说。

梦晓芸还是不敢相信自己的眼睛，盯着手机看了又看。

顾明哲把手机拿回来，放进裤子口袋里收好。

梦晓芸失去了正常思考的能力。罪名真的如顾明哲预料的那样冠在他的头上，自己成了无辜的人，他要顶着莫须有的罪名过他的后半生……不应该这样，他不应该替我顶替罪名！

一种正义感油然而生，梦晓芸突然开口愤愤地说："他们弄错了，凶手是我，我不会让你为我承担罪名！"

"呵呵，难道你要去自首？"顾明哲冷笑。

梦晓芸瞪了瞪顾明哲，却又无力反驳。

"就算你自首也没用，他们针对的对象本来就是我。"看到梦晓芸痛苦的模样，顾明哲稍微缓和一下自己的语气。但愿她只是无辜地被利用，还尚有拯救的可能。

"你不用自责。"顾明哲好心安慰。

决？梦晓芸抓狂地抱着头，她没有自责，她只是觉得一切很不可思议。

"我并没有怪你，"顾明哲努力做出友好的姿态，还是一厢情愿地以为梦晓芸在饱受内疚的折磨。"从今天起你得乖点，好好配合我以后的行动，说不定我就会原谅你。"

顾明哲把让梦晓芸回家的条件讲了出来，她得完全按照他的吩咐行事，当作他替她承担杀人罪名的报答。"我相信你是个懂得感恩的好女孩。"顾明哲尽量让自己的语气显得温柔一些。

良久，梦晓芸仿佛很努力地思考了一段时间，才点了点头。其实梦晓芸脑子里一片空白，什么都没思考，什么都无法思考，她只想回家，回到那间小小的从小生活的卧室，关上门谁也不想见。外面的生活不适合她，交朋友不适合她，谈恋爱也不适合她，还是一个人最安全。

"你饿不饿？给你做顿饭吃吧。"顾明哲问。

梦晓芸抬头茫然地看了看顾明哲，然后起身回到卧室，把门关上。

我都降低身段了你还想我怎么样！顾明哲看着合上的卧室门气得暴跳。

气归气，暂时顾明哲手中唯一的筹码就是梦晓芸了，这步棋之后该怎么走，还是需要好好计划。简单地做了一顿晚饭，顾明哲看着餐桌上的成果有些得意。他摆了两副碗筷，想和梦晓芸边吃边聊她回家后，该如何应对傅子悦那伙人的盘间。

"出来吃饭了。"顾明哲敲敲卧室的门，里面毫无反应。顾明哲又敲了几下门，里面依旧没反应。他火了，用力拧门，门没有反锁。他粗暴地推门而入，门撞到墙上发出巨大的声响。

梦晓芸睁开红肿的双眼无力地朝顾明哲看了一眼。

顾明哲刚想张嘴大骂，看到梦晓芸脸上还有哭过的痕迹，嘴巴半张在那儿。

"咳咳……那个……出来吃饭了。"顾明哲竟然也说话结巴起来。

良久，顾明哲已经一个人坐在餐桌前把晚饭吃好，还不见梦晓芸走出房间。他无奈地叹口气，想起她哭红的双眼，也不好再去催促她。她是因为要离开这儿了伤心吗？怎么可能，她巴不得快点离开这儿呢！顾明哲需要仔细琢磨下一步该怎么走，和傅子悦针锋相对是免不了，傅子悦不念及旧情，也就休怪自己冷酷。真的……到该狠心的时候了。

梦晓芸躲在房间里感伤了好久，她真的不愿意相信顾明哲口中的那个傅子悦的形象，他那么温柔体贴的一个人怎么可能做出残害别人的事情呢，梦晓芸宁愿相信顾明哲才是撒谎的那个人。窗外的光线从明亮转为黑暗，肚子已经咕咕抗议好几次了，梦晓芸终于起身，她需要吃饭，这些时日她都进食很少，身材消瘦许多，明天回家父母看到她这副憔悴模样一定会很心疼。想到要回家了，梦晓芸忍不住又红了眼眶。

走出卧室，外面静悄悄的，难道顾明哲出门了？梦晓芸乐意延迟时间再面对他，她不擅长做决定。餐桌上摆着剩菜，不像前几日那般吃的几乎没有剩余，而是足够她吃饱的量。梦晓芸有些动容，顾明哲做饭时把她那份也算上了。去超市购物时原本说好该她做饭的啊，哎，前几日不该对他态度那么恶劣，他脾气不好是情有可原，无缘无故地被警察通缉谁心里接受得了。梦晓芸终于感到几丝愧疚。顾明哲之前一直在心里抱怨梦晓芸不懂感恩太过自私，他哪里知道一个自闭症患者能够开始为他人着想实属不易啊。梦晓芸的思维方式本就不是正常人能够理解得了。

吃罢饭，主动地把碗筷洗干净，还收拾了一下厨房，这已经是梦晓芸对于友好的进步表现了。梦晓芸在客厅里看了一圈，又走去院子转了一圈，没有看到顾明哲的人影。大门严实紧闭，梦晓芸忍住又想去输入密码打开门的尝试，刺耳的警报声在夜晚会十分引人注意。回卧室的路上梦晓芸顺手把客厅的灯关掉，在黑暗中这才看到一个房间的门缝里隐隐透出光亮，是那个没有窗户封闭压抑只放着一台电脑的房间。梦晓芸走去拧开门，原来顾明哲在这里。

梦晓芸刚张嘴想说声"嘿"顾明哲回头就不满地说："喂，你不懂得敲门啊！"梦晓芸半张着嘴愣在那儿，很想还击回去，顿了顿，忍住了。梦晓芸拘谨地站在门口，似乎没有离开的意思，顾明哲转动椅子面向她，狐疑地盯着她看，梦晓芸被看得浑身不自在，她原本是想跟他说点道谢和安慰的话，台词都练好了，一面对他这副看她很不爽的嘴脸就全无歉意。

"手机可以还我了吧？"憋了半天吐出来的却是这句话，完全不是梦晓芸原本想表达的。

"不行。"

"为什么？"

"我说不行就是不行！"顾明哲的态度十分不友好。

257

"为什么我明天才可以离开，现在离开不是一样的吗？"梦晓芸最讨厌别人对她态度不友好，突然一刻也不想继续在这儿呆了。

"不一样！"

"为什么？"

"你能不能继续回房间安静待着啊，真烦人！"顾明哲提高音调。

梦晓芸委屈地咬着嘴唇，顾明哲这种态度还叫她怎么能感恩他嘛，她离开后是一点都不想再见到他！

看到梦晓芸像个挨骂的小孩子般呆立在那儿，顾明哲在心里叹口气，哎，别乱冲她发火，她还是个孩子。顾明哲缓和自己的语气，他还需要她回家后乖乖配合他呢，可不能把她给骂走了。

"手机待明天送你回家时会还给你。"顾明哲降低半个音调，有些苦笑着说："那个……去客厅喝点啤酒吧，庆祝你明天可以回归正常生活。"

冰箱里就像有喝不完的冰冻啤酒一般，天天见客厅的茶几上横七竖八倒着喝光的空啤酒瓶，竟然还有库存。还未开口，顾明哲已经兀自咕噜咕噜喝掉一罐。梦晓芸盘腿坐在沙发上，手中捧着啤酒，感受掌心一点一点变凉，从肌肤，渗透至血肉，再深入骨骼。她一直想开口问一个问题，心中却怕知道答案。

顾明哲把空啤酒罐随手往茶几上一扔，又拿起一罐啤酒，拉开易拉罐清脆的咔嚓声在两人欲言又止的沉默间显得异常响亮。

"那个……"两人几乎异口同声。

顾明哲看看梦晓芸，说："那你先说吧。"

梦晓芸似乎是把心一横，猛地大口喝了一口啤酒，想为自己壮壮胆。"傅子悦说你曾经坐过牢，你为什么会坐牢？"梦晓芸需要知道详细的情况，因为之前他们两人就此事说法不一，傅子悦说顾明哲是有前科的坏人，顾明哲却说自己是被傅子悦陷害，她现在完全不知该相信谁。

顾明哲愣了愣，他没想到梦晓芸会问这个问题。

"拜托，我想知道，这件事情对我很重要。"梦晓芸直视着顾明哲。

这事该如何说起？顾明哲和傅子悦两人一起经历了太多太多，最初是两人都还年幼，不认为运用超能力去盗窃或是在赌场出老千是不好的行为，渐渐年长后，两人分歧逐渐拉大，傅子悦沉迷于这种似乎永远不用愁没钱花的日子，顾明哲却认为应该见好就收，用积蓄去做个正经生意，过正常生活。两人经常因此吵架，矛盾越来越深，曾经情同手足发誓生死与共的燃情岁月似乎再也无法回去，顾明哲提出搬出和傅子悦一起居住的房子，既然道不同不相为谋，那就各自好自为之。总之，长话短说，那件事情发生前两人的关系已经十分恶劣，甚至有点像仇人的意味。那时他们刚升上大二不久，傅子悦已经一边读书一边成立了一家投资公司，生意似乎做得十分顺利，天天开着保时捷911跑车到学校来上课，甚是威风。虽说顾明哲那时已经和傅子悦不大往来了，但两人在同一所大学里读书，难免会听到关于傅子悦的一些风言风语，顾明哲也一直对傅子悦的动静十分留心，仔细调查后发现傅子悦开的那家投资公司只是幌子，他其实做的是类似于非法赌博的事情，给学校里的富家公子发送在线赌博的网页，傅子悦坐庄，别人在网页上跟他对赌，赌球、赌马、赌百家乐、赌21点等，那些富家公子十分沉迷。傅子悦还在学校里找了一些马仔帮他四处寻找客户发送赌博网页，起初还只是针对有钱的学生，后是见人就发送，骗得很多学生的生活费都顷刻间全无。傅子悦还做起了放高利贷的生意，让很多不甘心的学生借了钱继续赌，他们无一不是血本无归，欠的债越滚越大。顾明哲很不满傅子悦这样的行为，事情早晚会闹大，最后学校严查起来一定不会轻饶傅子悦，顾明哲想警告傅子悦迅速收手，骗骗社会上那些有钱人倒也就算了，怎可把魔抓伸进学校里。顾明哲当面找傅子悦谈了两次，都不欢而散，顾明哲总是反复念叨着要做正常的事过正常的生活，傅子悦冷笑着说：我们明明就不是正常人，干吗要扭曲自己呢！见好言相劝没用，顾明哲只能出手干涉，顾明哲给学校写了一封检举信，他以为这样就能令傅子悦稍微收敛一下。学校收到检举信后开始展开调查，顾明哲把那些马仔的名单都列举在检举信的后面，一个个接受盘问，死咬着不肯承认的人很多，但也有人被问出了端倪，还有很多欠债的学生不想还债，也纷纷检举，虽说学校还没拿到真实证据证明傅子悦就是幕后主使，这样一闹也令傅子悦的生意变得举步维艰。

259

傅子悦决定报复。他邀约顾明哲去他家里坐下好好谈一谈，他发去一个地址，顾明哲以为那是他搬的新家。傅子悦替顾明哲开门，笑眯眯地邀请他进去。那时候，顾明哲还没有像现在这样出门时一定要戴着一副框架眼镜，他对傅子悦没有戒备，他知道傅子悦眼睛的厉害，只是不曾想过傅子悦会用超能力来控制自己。顾明哲一进屋就被傅子悦夺去了自我意识，成为牵线木偶，完全是傅子悦叫他做什么他就乖乖地做什么。其实，顾明哲丝毫不知道自己那时做过些什么，失去意识的那段时间是不会留下任何记忆，他只知道自己突然清醒过来后，看到一个陌生的房间，脚下躺着一个陌生男人，而自己手中拿着一根高尔夫球杆，球杆的杆头上还沾有血迹。顾明哲蹲下身去察看地上的男人，尚有呼吸，似乎是处于昏迷状态。顾明哲还未弄清是怎么回事，警察突然就冲进来，用枪指着他，门口被堵住，他完全无法逃脱，而且还在他身上搜出从这所房子里盗窃的珠宝和现金，并且说他重伤平民。警察就这么轻易地给顾明哲定了罪，上诉也无用，他说自己是被朋友邀请过去，能够证明这个的只有当时手机收到的那条短信，但手机已被傅子悦拿走，顾明哲完全无法拿出任何证据……

"你的意思是……傅子悦骗你说那儿是他家，但其实是别人的家。他把那个主人打晕后陷害说是你干的？"梦晓芸试图消化顾明哲的讲述。

"正确。"顾明哲把第三罐空啤酒罐扔到茶几上。

梦晓芸完全无法相信顾明哲口中的傅子悦和自己认识的那个傅子悦是同一个人，一个人怎么可能有差别如此大的两面，不可能，一定有一个是假的。

"明天回去后你去配一副眼镜，框架眼镜或是隐形眼镜都成。记住，以后你见傅子悦时你一定要戴着眼镜，这样你就不会受他控制了。"顾明哲警告地说。

"戴着眼镜就不会被他控制？"梦晓芸惊呼。

"对。"顾明哲把这个秘密告诉了第三个人。他曾对傅子悦发过誓，这是他们两人间的秘密，永远不能泄露给别人知道。不知傅子悦看到梦晓芸戴着眼镜时会做何感想，他先不义，也休怪顾明哲不遵守约定。

"不过，这个秘密你不能告诉别人，任何人都不行，知道吗！"

梦晓芸愣愣地点点头。她这才意识到顾明哲这几日在家时没有戴眼镜，以前她在外面见到他，他都戴着一副黑框眼镜。他是为了不被傅子悦控制意识才故意戴上眼镜？梦晓芸又喝了一口啤酒，她需要平复自己起伏的情绪。

"你已经知道了你想知道的事情，现在，我也需要你遵守我们的约定……"顾明哲郑重其事地看着梦晓芸，开始讲出放她回家后她需要怎么配合他……

【八】

八天，梦晓芸在这所偏僻安静的农家院落里待了八天时间。她每天都想着要离开这儿，待此时真的要离开，她还是忍不住站在院子里最后凝视这个除了她家外唯一一处她居住过的地方。说实话，若不是带着抗拒的情绪，其实梦晓芸挺喜欢这个地方，有个很大的院子，有很多花草和树木，有流水和亭子，还有游泳池，一副世外桃源的景象，跟她幻想中的家很像，若再放一台钢琴，她可以整日足不出户。梦晓芸穿着来时的那身衣服，把顾明哲为她买的换洗衣服都装袋子里带走，顾明哲骑在自行车上对她催促，梦晓芸跨出大门，看着大门缓缓合上，把里面的一切都严严实实地隔绝，大门前那个监控摄像头发出的一点红光在深色的背景下显得特别突兀。

坐上自行车后座，梦晓芸忍不住问："喂，你如此小心谨慎地生活，是不是在躲避啥呀？"

顾明哲完全没给梦晓芸再多嘴的机会，踩着自行车就飞速前进。其实这次顾明哲故意稍微放慢了速度，若按照他平常惯用的速度梦晓芸这丫头下车时一定会反胃干呕，但这速度起码也时速三四百码，比汽车在高速路上行驶还快几倍，不是常人能够习惯。梦晓芸紧紧贴着顾明哲的后背，很努力地睁开双眼看着周遭各种物体扭曲变形着一闪而过，很像儿时看的那种万花筒，眼睛很快就失去辨别能力仿若盲了一般。

没一会儿工夫自行车就停到梦晓芸家楼下，怪不得顾明哲都不买汽车，汽车这个时候说不定还堵在哪个路口呢。梦晓芸还保持着紧紧抱着顾明哲腰的姿势，片刻，待恢复正常意识，她慌忙松开手跳下自行车，脸颊瞬间变得通红。梦晓芸故意绷着脸掩饰自己的慌乱，说："手机可以还我了吧。"早晨叫顾明哲还手机时他硬是不肯给她，说必须到她家楼下后才行。

顾明哲环顾四周，确定没有看到什么可疑之处。他从口袋里掏出手机，开机时偷偷把手机调成静音，这样手机恢复信号后瞬间收到很多条微信和短信时就不会发出声音让梦晓芸听到。顾明哲知道傅子悦那边一定叫人监视着梦晓芸这台手机，只要一开机就能定位出手机所在，前几日顾明哲一直没敢开机。输入手机密码，顾明哲迅速打开手机看那些信息，他的速度很快，背过身去把所有未读信息的内容全部看了一遍。梦晓芸的妈妈每天都有给梦晓芸发送短信和微信，问她在哪儿，问她发生了什么事情，要她快点回家……担心之情流露其中，她父母这几日应该急疯了吧，顾明哲是从小没有父母的孤儿，很是羡慕这种亲情。但顾明哲没时间去点开看她妈妈发的那些信息，他需要看傅子悦都给梦晓芸发了些啥。傅子悦天天发送的都是同样的内容：看到速回电，我很担心你。

"你回家知道该怎么做啊。"顾明哲冲梦晓芸扬扬脸，还未待她开口就迅速骑着自行车离开。

"知道……"回答时，眼前已经没有顾明哲的踪影。梦晓芸有些闷闷不乐地盯着刚才自行车停放的空地发呆，这家伙真是的，跑这么快干吗。

一边上楼一边查看手机，全是母亲发来的未读信息，看来母亲这几日担心坏了。为何没有傅子悦的信息？梦晓芸失落地想。走至家门口，按响门铃，母亲开门看到梦晓芸，先是一愣，接着就是一顿劈头盖脸的大骂：这些天你去哪儿了？怎么连个电话都没有？你眼里还有没有这个家？你翅膀长硬了是不是……骂完，又把梦晓芸抱入怀里大哭，你真的把我们急坏了，以后不许这样了知道吗……

梦晓芸也没多解释，母亲从她口中问不出什么，这么多年母亲已经习惯了女儿的沉默，见梦晓芸回来对这几日的失踪绝口不提，也只好作罢。母亲只求梦晓芸回答：这些天没有被坏人欺负吧？母亲很怕梦晓芸这些日子是被什么男人骗走了，是不是见网友之类的？母亲常在电视上看到这类新闻，网友借约会之名拐骗少女，女儿那么单纯，她很怕女儿受到什么伤害。梦晓芸很坚决地说：没有。

回到家就迫不及待地坐至钢琴前，打开琴盖，手指触摸上黑白琴键，梦晓芸的心情立即舒展开来。您好，久违了。梦晓芸在心里无声地打招呼。

回来了就好！母亲安慰自己，忍不住红了眼眶，女儿的脸颊都凹陷了，清瘦不少，这些日子她到底都干什么去了！母亲知道要问话不能急于一时，慢慢来，要哄着女儿，说不定何时她又愿意吐露半点。母亲去厨房做饭，想起需要给警察局那边打个电话撤销寻人启事，梦晓芸两日未归家又联系不上她的手机，母亲报了警，但警察那边也一直没有找到人。母亲拨通110撤销了之前的报案，说女儿已找到。母亲听着客厅里传来的钢琴声，又忍不住抹了一把眼泪。

另一边，夏星菌急急打电话给傅子悦，间他在哪儿，然后开车赶至傅子悦家。"梦晓芸那边有消息了。"没有按门铃，直接穿门而入，一进屋夏星菌就报告说。

梦晓芸的手机一开机，夏星菌那边负责监控的人立即就收到信号，定位出手机所在地址。几乎没隔多久，警察那边的内应也打电话给夏星菌，说梦晓芸的母亲刚才打110撤销了寻人的报案。梦晓芸那丫头终于出现了！

傅子悦才刚起床不久，赤裸上身，穿一条灰色麻质长裤躺在沙发上抽着雪茄，音响里流淌出贝多芬的钢琴曲。他扭头看着夏星菌，皱了皱眉头，她不打招呼就来，还穿门而入，真是放肆。

"一收到消息我就赶来告诉你。"夏星菌邀功地笑。她脱掉高跟鞋，款款走至沙发边，娇媚地坐到傅子悦的双腿上。夏星菌从傅子悦手中夺过雪茄，深深地吸了一口，留下一圈红唇印，又放回傅子悦口中。

"电话里也可以说，何必亲自跑一趟。"傅子悦淡淡地说。

"因为我想你了。"夏星菌白皙纤长的手指抚摸上傅子悦赤裸的胸膛，他的胸肌真健壮，看着就热血沸腾。

见夏星菌在诱惑自己，傅子悦在心里发出一声冷笑。两人认识太久了，傅子悦已经有点兴趣索然，虽然夏星菌是个相貌和身材都十分完美的女人，也是在他身边呆的最久的女人。傅子悦任夏星菌继续挑逗自己，她是他的事业伙伴，他偶尔也得满足一下她的欲望。只是，越来越接近于应付了事。

这点，聪明的夏星菌怎么体会不出来。但和傅子悦缠绵的片刻，夏星

263

菌依旧是快乐的。

傅子悦去冲澡，夏星菌躺在沙发上继续抽剩下的半截雪茄，刚才他的唇间就是散发出这个味道，她贪恋的味道。音响里还响着钢琴曲，夏星菌听得有些烦躁，他何时这么爱听钢琴曲了，以前他不是一直听爵士乐吗？夏星菌不满地走去把音响关掉。

"你今天会去找那丫头吗？"待傅子悦裹着浴巾出来，夏星菌春光尽泄地躺在沙发上直勾勾地望着傅子悦。

傅子悦重新点了一根雪茄，不回答夏星菌。他注意到音响已经被关掉。

"尤皓那边已经有些不满，他怕你在顾明哲这件事情上念及旧情一时心软……"

"我自有分寸。"傅子悦说。

"尤皓只是个有钱就能收买的人，他不会在乎跟谁混。我觉得近来他有点军心不稳。"夏星菌翻了个身，把头枕到傅子悦的腿上，撒娇地说："只有我是一直会对你忠心的，你知道，你要我做任何事情我都愿意。"

傅子悦勾了勾嘴角笑。

"下一步我们该怎么做？"夏星菌问。

"你继续监视梦晓芸的手机，其他的我会处理。"傅子悦说。又特意警告夏星菌："你不要私自行动，近来你都不许去见梦晓芸，明白吗？"

夏星菌笑着说"知道"，心里却升起不满的情绪。

"中午你想一起去哪里吃饭？"傅子悦问。他有时也需要对夏星菌施舍一点温存，好让她继续为他办事。

听到说要一起吃饭，夏星菌立即笑靥如花。

直到下午四点多时，傅子悦才给梦晓芸打去电话。他之前天天都有给她发送一条微信，既然她手机已经开机，应该能够看到那些微信，为何她回家后也不主动联系他？梦晓芸失踪的这八天时间，和顾明哲朝夕相处，是不是听信了顾明哲的谗言，开始对他有所怀疑有所防备？傅子悦的作风是从不主动给女人打电话，在梦晓芸身上，他又一次低声下气。

看到手机上显示"傅子悦"三个字时，钢琴声立即乱了调。梦晓芸整个下午一直坐在钢琴前弹奏，几日没触碰钢琴整个灵魂都仿若被抽空了一般，现在终于又能有钢琴的陪伴，梦晓芸在钢琴前如饥似渴一坐就是几个小时，浑然不觉辛苦。父母也不敢去打扰她，三人中午一起坐在餐桌前吃饭时，父亲不顾母亲阻拦不停地质问梦晓芸失联的这些时间到底做什么去了，梦晓芸就开始闹脾气，扔下筷子跑去卧室把门反锁。梦晓芸一听别人指责她就会有很强烈的抵触情绪，天生的怪性格。父母只得不再逼问梦晓芸，他们从小就拿她没办法，这个女儿啊，说她乖嘛，大部分时候真的很乖，从来不出去乱玩，安静省心，但固执起来完全听不进去任何言语。赌了一会儿气，梦晓芸又重新出现在客厅，她开始弹奏钢琴，仿若父母都不存在一般，她的眼里只有钢琴，以及，放在琴盖上的手机。她不知自己弹琴时把手机放在身边是想期待什么。

或许，现在期待的东西出现了。手机铃声渐渐逼得钢琴声都消失，梦晓芸的手指在琴键上不知所措地停留片刻，待手机重新恢复安静时，她才回过神来，惊慌失措地拿起手机跑进卧室，心脏噗噗乱跳，她努力让自己呼吸不要那么急促。

到底是期待什么呢？不是说傅子悦他是个坏人么？梦晓芸拨回电话。

看到梦晓芸的来电，傅子悦勾了勾嘴角笑，还以为她故意不想接电话。

"刚才在弹琴没听见手机响。"那边一接起，梦晓芸就急急解释。

"谢天谢地，终于能联系上你了，我好担心你。"傅子悦装模作样地说。他诉述了一通这几日联系不上梦晓芸他是如何担心焦急，天天打电话给她，祈祷她能平安无事。傅子悦说他想见她，立刻，马上。

梦晓芸不假思索就答应了。她也想见他，想知道傅子悦对这件事是何立场，想证明顾明哲说的那些关于他的言论到底是真是假。梦晓芸现在不知该相信谁了。

傅子悦开着兰博基尼跑车停到梦晓芸家楼下，梦晓芸一直站在窗户边望着楼下，看到那辆车，立即对母亲说声她要出门晚点再回来，穿上鞋，蓦地想到什么，又来不及换回拖鞋就冲进卧室，翻找出之前一时兴起配的那副框架眼镜，戴上后匆匆跑出门。母亲在厨房里准备晚餐，扭头还想问梦晓芸去哪儿，她已经砰的一声把门关上。母亲洗过手，狐疑地走去客厅窗户朝楼下看，只见梦晓芸走出大楼，楼下一辆红色的车里下来一个男人，那人把女儿拥入怀中，两人甚是亲密。然后两人坐进车里离开。

女儿交男朋友了？那个男人是谁？这些天女儿都是跟这个男人待在一

起吗？母亲心中满是疑惑，不得了，这可是个十分严肃的话题，晚上一定要好好盘问女儿。

傅子悦一见到梦晓芸就注意到她的不同，她今天戴了一副棕色方框的眼镜。傅子悦不动声色，视线没有在梦晓芸眼镜上多作停留，心里却已怒意翻涌。顾明哲那家伙违背了诺言，一定把那个秘密告诉了梦晓芸。

"谢天谢地，看到你平安无事就好！"一见到梦晓芸傅子悦就把她抱入怀中，紧紧抱着，想让她感受到他的担心，"你瘦了好多，这些天是不是过得不好？顾明哲有没有伤害你？你是逃出来的吗？"

被傅子悦紧紧抱着，他的呼吸就在她耳边，还有他温暖的体温，梦晓芸有股想哭的冲动。她渴望这一时刻好多天了。

"去我家坐坐，你应该有很多话想对我说。"傅子悦温柔地揉揉梦晓芸的头发。

梦晓芸点点头。

傅子悦一路把车开得很快。看着窗外，梦晓芸却想起坐在顾明哲的自行车后座时见到的那种物体因速度过快扭曲变形的奇异视觉。

家里是最安静私密的场所，傅子悦需要和梦晓芸进行一次长谈。原本傅子悦打算直接控制梦晓芸的意识，命令她说出自己想知道的所有信息，没料到梦晓芸却戴着眼镜来见他，令事情变得棘手。

梦晓芸一路很安静，坐到傅子悦家的露台上，也久久没有说话。傅子悦递了一杯茶给梦晓芸。待她喝完，他又为她添置一杯。整个过程中，两人都没说话。傅子悦看得出梦晓芸很局促不安，他需要耐心。就这么静静相对，待梦晓芸放在大腿上的攥成拳头的手指慢慢舒展开来，傅子悦知道时机成熟了。

"抱歉你刚回家我就把你叫出来，你父母这么多天没见到你一定急坏了，我应该让你在家多和父母相处，我就是忍不住迫切想见到你。没有让你为难吧？"傅子悦温柔地说。

梦晓芸摇摇头。

"你父母还不知道那件事情，原本警察要去你家调查情况，我托关系找人让警察局那边把对你父母的盘问给制止了，我不希望你父母知道那件事情而担心，不知道我这样擅自做决定你会不会生气？"傅子悦说。

"谢谢。"梦晓芸低下头。一低头眼镜就往下滑，梦晓芸很不习惯地伸手托了托眼镜。

傅子悦忍住心中想把梦晓芸这副该死的眼镜捏碎的怒火。

"一听说你被顾明哲劫持走，我立即就赶回国，这些时日联系不上你我真的好担心。顾明哲那家伙有没有伤害你？"傅子悦脸上满是关切地问。

梦晓芸摇摇头。

"让你无辜卷入这种事情，真是不该。我已经狠狠骂过夏星菌，也不许她以后再去接触你。晓芸，很抱歉在你受到惊吓时我没有陪伴在你身边，这些天我一直很自责，我不应该让你遭受到那种事情，我真的不希望你受到任何伤害……"傅子悦又说了一大通关心的话，他需要先打开梦晓芸的心扉。

梦晓芸听着心里暖暖的。这些天老是跟顾明哲吵架，回家后又被父母指责，她觉得好烦，傅子悦的温柔攻势在她那儿很受用。只是，梦晓芸心里始终有疙瘩，对傅子悦的为人不再像以前那般百分百信任，她想要证明，证明顾明哲说的那些言论都是错误的，她情愿相信傅子悦对她的关心全是真的……好混乱，梦晓芸不擅长伪装，她的纠结完全暴露在傅子悦的眼中。

傅子悦也不急着要梦晓芸交代顾明哲的事情，他铺足前戏，静待鱼儿乖乖上钩。傅子悦把梦晓芸的书包还给她，他说联系不上她的这些天他就天天看着这个书包发呆……

梦晓芸把书包抱入怀中，她还以为它丢了呢。看到它，仿佛又回到那个会所的包厢，想到和那个醉酒男人打斗的画面，梦晓芸的身体忍不住颤抖。

傅子悦走至梦晓芸座位旁，蹲下身，伸手抚摸她的头发。"好孩子，抱歉让你担惊受怕，现在我在你身边，以后我也会陪伴在你身边，我会好好照顾你，相信我。"傅子悦温暖的大手覆盖上梦晓芸紧拽书包的手，手心感觉到她的手指一点一点舒展，他抓起她的手，把它们拉上自己胸膛，双手包裹住它们，似乎含有无限疼爱。片刻，傅子悦又把梦晓芸整个人都抱入怀中，她很顺从，没有任何反抗，只是不像别的女人一样也会顺势伸长胳膊抱紧他，她的身体蜷缩着，像刀俎上的鱼肉。

"起来，我给你看样东西。"傅子悦拉着梦晓芸起身，他刚才一直蹲着，

267

双脚有些发麻，他还不曾对哪个女人如此低声下气过。

楼顶改造出的露台空间视野很好，三百六十度全方位无死角，可以俯瞰大片区域。傅子悦牵着梦晓芸的手走至西边，此刻正是夕阳无限好之际，云层染上大片金黄，太阳的光线变得十分柔和，像个温存恬静的小姑娘，一点一点缓缓地退出人们的视野。

"很美，对不对？你能站在这儿陪我一起看这份美景，我觉得好幸福。"傅子悦揽过梦晓芸的肩膀，本想给她机会让她把头靠在他肩膀上，她却半点这种迹象都没有。两人并肩站着，静静看了一会儿夕阳。梦晓芸曾幻想过这样的画面，画面里是她和心爱的人一起，那时她还不知道自己心爱的人是谁，现在她也不确定那个人是不是就是身边这个人。真的希望……是傅子悦……是自己所认识的傅子悦，而不是顾明哲口中那个傅子悦……

门铃突然响起，梦晓芸惊了惊，傅子悦揉揉她头发，叫她在这儿等一会。梦晓芸还以为他有客人来到，有些惊慌失措，她不喜欢跟别人接触。一个人站在这偌大的楼顶，梦晓芸才敢仔细打量这儿的每一个细节，一草一木都布置得十分精致，处处透露出良好的生活品味。梦晓芸想起顾明哲家的那个花园，花草树木未经修建，都是野蛮生长的姿态，他们两人是截然不同的风格啊。梦晓芸取下眼镜揉了揉鼻梁，"你需要一副眼镜来保护你"，这是顾明哲对梦晓芸说的原话，其实她真的不知道傅子悦需要控制她来做什么，他生意上的事情她完全不懂，她有什么可以被利用的价值呢？

"可以开饭了。"傅子悦重新出现在露台。

梦晓芸赶紧把眼镜带上。

傅子悦不动声色地微笑，他真的很反感梦晓芸脸上的那副眼镜！

刚才是送外卖的人到来。走去餐厅，餐桌上已经摆好丰盛的海鲜大餐，一瓶白葡萄酒置于冰桶中，餐桌上竟然还放了一个烛台，五只蜡烛闪烁，配合着昏暗的灯光，音响里放出轻柔的贝多芬的钢琴曲，一顿浪漫的烛光晚餐就这么轻易地变出来。梦晓芸享受着傅子悦对她的贴心，和他在一起时她什么都不用操心，他一切都会为她安排妥当，她只需要接受即可。

看到梦晓芸有些失神，傅子悦为她剥好一只蟹腿，把肉放入她碗中。

梦晓芸抬头冲傅子悦微微一笑。

"关于这几天你失联的事情，有什么要对我说的吗？"傅子悦问。

始终还是躲不开这个问题，梦晓芸只是希望把逃避尽量拉长一点。顾明哲有教过梦晓芸该如何回答，她还摸着自己的良心发誓，她会配合他，待他找到办法为自己洗掉清白后他们就再无相欠。顾明哲还告诉梦晓芸，或许那个死去的男人不是她操控椅子砸死的，死亡原因另有隐情。当时梦晓芸听后瞪大了眼睛，觉得不可思议，那男人不是她杀的？梦晓芸在顾明哲家时连着几天都做噩梦半夜醒来，看到死者面容狰狞地说要找她偿命，现在突然有个人告诉她或许她是无辜的，她但愿顾明哲不是为了哄她才这么说。

"我想顾明哲一定对你说过我不少坏话吧，"傅子悦见梦晓芸许久不说话，讪笑，喝了一口白葡萄酒，问："晓芸，你会相信他还是相信我？"

不知道，梦晓芸真的不知道该相信谁，换作是以前，傅子悦说什么她都会相信的。

"你母亲下午打电话给警察局取消了你的寻人启事，警察想立即找你问话，被我拜托人给暂时拦下。警察的问话风格很粗暴，我怕你会受到惊吓，所以我对他们说先让我来跟你聊聊，他们想知道什么信息，由我来转达。晓芸，我希望你能协助警察抓到顾明哲，他现在是通缉犯，一个人犯了法总得接受法律的制裁，就算他是你朋友你也不应该包庇他……"

"你什么都不用担心，只需要把你知道的全部告诉我，我会跟警察去交涉，你回来还是继续过你以前的生活，你的父母和学校那边都完全不会知道这件事情，我不会让警察去打扰你。晓芸，我不会再让你再受到任何伤害，以后我会一直保护你，相信我。"傅子悦深情地注视梦晓芸。

傅子悦反复叫梦晓芸要相信他，梦晓芸放下筷子，很认真地看着傅子悦，问："如果，那人真的是我杀的，你会去报警告发我吗？"

"没有如果，你不会做出那种事情。"傅子悦说，"杀人犯不是顾明哲吗？"

"对。"梦晓芸回答。顾明哲告诉她，无论如何都不能对傅子悦承认自己伤害了那个男人，她得咬定那日发生的情况就如同警察所说，她是在洗手间里无意中碰到那件事，反正把一切罪过都推卸到顾明哲身上就是。

傅子悦对梦晓芸这个回答很意外，他原本希望她对他痛哭一场，然后

269

他就可以趁机安慰她，瓦解她的心理防线，告诉她按照他的指示去做就不会有事⋯⋯

梦晓芸简单描述了一遍这次事件的经过，她没有指认顾明哲是凶手，只说自己看到他们两人时死者已经躺在地上了，然后顾明哲带着她一起离开，把她关在不知什么地方的一个房间里，直到今天早晨才放她回家。傅子悦想问清那个地方到底在哪儿，梦晓芸一问三不知。梦晓芸说顾明哲骑自行车的速度很快，她完全来不及反应就已经到达那儿，当时天已黑，她看不清门牌号，被顾明哲强制锁在一个房间里，一日三餐都是他送进来，还拿走她的手机隔绝了她与外界的联系。傅子悦要梦晓芸再详细描述一下那个地方的环境，梦晓芸说那儿很简陋，她被关的房间里只有一张小床，窗户望出去是一排破旧的矮房子，不是住宅小区的模样，要说像什么嘛⋯⋯像是仓库或是厂房？她没见有人从窗外经过，她也站在窗户边呼救过，没有任何响应。顾明哲只在送餐时才出现，也没跟她有何交谈，只是今天早晨突然打开门告诉她，她可以回家了，没有任何解释就带她离开那个鬼地方⋯⋯

傅子悦完全没听到自己想要的信息，不免蹙了蹙眉，心生疑惑，却又假装相信梦晓芸所说。

"不知警察那边听到这样的结果会否再找你去问话，我尽量牵制住他们。"傅子悦温柔地说。

傅子悦没有继续逼问她，真好。梦晓芸松了口气，她的双腿刚才一直很紧张地在餐桌下颤抖，她很庆幸自己说话时竟然没有结巴。

回到家，父母都在客厅里等着梦晓芸，他们要知道她晚上去了什么地方，那个接送她的男人是谁，这些天她玩失踪是否就是和那人在一起⋯⋯父母连珠炮弹般质问着梦晓芸，把她弄得好烦，她匆匆交代一遍傅子悦的情况就把自己关进卧室里，她依旧没有告诉父母这些天她去了什么地方，她吼着自己是成年人了可以有自己的生活。

才刚进卧室，顾明哲的电话紧接着打来，手机上显示着"未知号码"四个字，顾明哲说过他打来的电话都不会显示号码。电话来的真是及时，就像他知道梦晓芸去见过傅子悦以及现在已经回家了一般。其实，顾明哲把梦晓芸的手机还给她前，在她手机里装了一个定位跟踪装置，并且监视了她的手机号码，她去过什么地方，以及她跟谁通过电话顾明哲那边都能知道。梦晓芸万万没想到自己的手机被监视了，而且还不止顾明哲一个人监视它，夏星菡那边早就监视了梦晓芸的手机，她像个没有隐私的人。

"晚上跟傅子悦见面了吧？"顾明哲开门见山地问。

"对。"真厉害，顾明哲那家伙怎么能猜到她回家的当天就能见到傅子悦呢？

"你去见他时戴眼镜了吗？"

"戴了。"梦晓芸取下眼镜，揉了揉被压迫的鼻梁。

"你们都聊了什么？"顾明哲又问。

梦晓芸大概描述了一遍她和傅子悦的对话，当然屏蔽掉傅子悦说的那些情话，只交代和顾明哲有关的内容。顾明哲听后还算满意，如果梦晓芸在傅子悦面前真是这么说的话。

"你不觉得奇怪吗，按照正常的调查程序，警方应该单独叫你去问话，傅子悦却说可以由他来转达。呵呵，不是狼狈为奸警方怎么可以如此不按流程办事，他们压根就不需要任何证词，反正一切调查报告都是他们想怎么编造就怎么编。"顾明哲说。

梦晓芸不懂办案流程，但她很庆幸不需要找她去警察局问话，她才不愿意去那种鬼地方被一群陌生人围观呢。

"见了傅子悦后，你没被他给迷住吧？"顾明哲打趣道。

"放心，我会照你交代的办，我也希望尽快结束此事然后我们两不相欠。"梦晓芸并不想和顾明哲多聊天。

与此同时，夏星菡那边也看到梦晓芸的手机有一通通话记录。来电是未知号码，夏星菡心里有底，知道梦晓芸失踪那日曾给她母亲打过一通电话，是个无法追踪的未知号码，这两通电话应该是同一来源。夏星菡并没有立即上报傅子悦，她有自己的小算盘。她需要跟顾明哲谈一谈，并不是想引诱他现身然后出卖给警方，而是她需要跟他做一笔交易。

思来想去，夏星菡还是分别给顾明哲发送去一条短信、一条微信和一封电子邮件，但愿顾明哲能读到其中一条吧。

待假期过完，梦晓芸回归她早已习惯的家、学校和琴行三点一线的生活。表面上看起来梦晓芸的生活没有任何改变，心底却泛起层层涟漪。

还有另一个人注意到梦晓芸的失踪，不，或许用失联来形容更合适，那就是艺蕴琴行的老板简雨欣。原本该梦晓芸授课的时间她却没有出现在琴行，打她电话又处于关机状态，真是急坏了简雨欣。那会儿梦晓芸的学生都已经在琴行里等了十几分钟，简雨欣叫母亲不停地给梦晓芸打电话，梦晓芸那边一直是关机状态，当时简雨欣也有课，授课时一直心神不宁，中途抽空出来安抚等待的学生，骗小孩说梦老师在来的路上遇到车祸现在送往医院了，今晚的课只能取消。小孩很好骗，还担心地询问梦老师受伤严不严重，但孩子的母亲就没那么容易打发，家长来接孩子时在琴行里抱怨了好久。那晚简雨欣真的气坏了，微信留言叫梦晓芸看到信息立即回她电话，结果连着几天都没得到回复。琴行里就她一个老师根本忙不开，简雨欣只能咬咬牙叫一个开价最低的学生来临时上几节课。她旁听了那个临时老师的上课，水平太差了，果真是一分价钱一分货。但这句话在梦晓芸身上不适用，她是难得的工资要价很低又钢琴水准很高的老师。

气归气，当简雨欣突然看到梦晓芸给她来电时，心里还是有点雀跃。

梦晓芸说自己这几天感冒，抱歉没有通知一声就缺席，有些担心地问："我还可以回到琴行继续授课吗？"

简雨欣忍住想欢呼的冲动，装模作样地指责了梦晓芸一番。电话过后，两个人都松了一口气。

国庆假期后的第一天，梦晓芸的生活终于回到熟悉的轨道。就像她认识傅子悦之前的状态，去音乐学校上课，去琴行所在的商场看一场午后电影，去味千拉面馆吃一碗什菜拉面，然后再到琴行给小学生授课。枯燥却安全，是梦晓芸喜欢的状态。

梦晓芸到达意蕴琴行时，简雨欣从前台的电脑后抬起头冷冷地看了梦晓芸一眼，面无表情地说："来了啊？"

"对不起，以后不会发生这种不打招呼就缺课的情况了。"梦晓芸道歉。

简雨欣冷哼一声，故意要摆脸色给梦晓芸看，免得这丫头以为琴行是她想来就来想走就走的地方。

"那个……学姐，我想跟你商量一件事。"梦晓芸迟疑片刻，站在前台处手指攥紧腰间的衣角欲言又止。

什么事？要涨课时费吗？简雨欣立即脸色很不好看。

"那个……我现在周五晚上也有空了，如果周五的课还缺老师的话，可不可以安排给我？"梦晓芸支吾地说。

简雨欣瞬间松了口气，自己想多了，如果那丫头胆敢开口要涨工资她绝对会当场开除她！"你周五不去那个有钱男朋友的公司授课啦？"简雨欣只是随口一问。

梦晓芸低下头。

"你们分手了？"

"我和他一直只是朋友。"梦晓芸说。

哈哈，两人果真分手了。简雨欣见梦晓芸不再多言地走进教室，眼珠子转了转，也跟进去。简雨欣把教室门关上，免得母亲听到谈话怪她趁火打劫欺负梦晓芸。

"现在周五晚上来兼职的那个老师的教学水平挺好的，不过看在你我认识这么久又是校友的份上，如果你周五想来授课，我还是可以考虑把课给你。不过……"简雨欣开始讨价还价了，"你也知道，我们琴行不缺老师，我是觉得你勤工俭学也不容易才愿意多拿课给你上，不过那个老师的课时费比你低，你愿意再降低一点课时费吗？"

"可以。"

"好，就这么说定了，你其他的课时费不变，就周五晚上两节课的课时费打个八折。"见梦晓芸回答得这么干脆，简雨欣反而有些讪讪的。简雨欣觉得自己没有把梦晓芸所有的课时费都谈低已经很有人情味了。

两个小时的课程结束，梦晓芸微笑着送学生走出教室，学生呼唤着"妈妈"朝沙发处等待的母亲跳去，梦晓芸的视线追随过去，本来还微笑着的表情突然凝固住。沙发上，顾明哲坐在两个来接孩子的中年妇女之间抬头冲梦晓芸挤挤眼。

那家伙怎么在这儿……梦晓芸惊得花容失色。

简雨欣比梦晓芸先结束课程，早早就看到顾明哲。简雨欣还记得这个男人，她和梦晓芸还有这个男人一起吃过两顿小龙虾。

梦晓芸见简雨欣正盯着自己看，局促地跟简雨欣打声招呼说她先走了，完全没理会顾明哲就匆匆离开。

"喂，怎么装作就像我是透明人一样啊？"顾明哲跟上，从身后拍了拍梦晓芸的肩膀。

"你跑琴行来干吗？"梦晓芸回头瞪了顾明哲一眼。

"咱们毕竟也共处一室一个多星期，你怎么就对我态度如此冷漠呢？"顾明哲打趣道。

"你找我到底想干吗？"梦晓芸咬着嘴唇又瞪了瞪顾明哲。

"当然是有事！"顾明哲没好气地说，"你肚子饿不饿，请你吃夜宵啊。"

"你现在还是通缉犯，就不怕被警察看到吗？"梦晓芸紧张地问。

"放心，就算我被抓起来也不会把你供出去。"顾明哲真是服这丫头了，放着那么方便的升降电梯不坐，偏要一层楼一层楼地走扶梯。顾明哲始终不像傅子悦那样肯花心思去研究梦晓芸这种与常人异样的症状是何原因，他不知道梦晓芸有自闭症，只把她的奇怪举动归结为她性格古怪。

两人在商场负一楼的一家麻辣烫店坐下，店员提示他们说还有半个小时就打烊，顾明哲说这点时间够了。梦晓芸没有吃夜宵的习惯，而且母亲说过麻辣烫不卫生，她坐在对面看着顾明哲埋头吃得很香的样子。

"很好吃，你真的就不吃一点吗？"快吃完时，顾明哲又问了梦晓芸一遍。

梦晓芸摇头。她看了看手机上的时间，已经过去十几分钟，很好，他们相处的时间没剩多少了。

"把手机给我。"顾明哲说着夺去梦晓芸的手机。

顾明哲没有征询梦晓芸同意就从书包里掏出工具，在桌上铺了一张纸巾，开始拆解梦晓芸手机的螺丝。

"喂，你在干吗！"梦晓芸急得站起身，想去夺回手机。

顾明哲反应敏捷地钳制住梦晓芸的双手手腕，"嘿，别担心，我只是在确认你手机里有没有被别人装什么歪门邪道的东西。"

"能有什么东西啊！"梦晓芸挣扎，顾明哲的力气好大，把她手腕捏疼了。

"安静坐好，我检查了就知道。"顾明哲松开她。

梦晓芸咬着嘴唇盯着顾明哲的一举一动，搞不懂他到底想干吗？

顾明哲最初以为只有自己在梦晓芸的手机上动了手脚，后来他才意识到梦晓芸的手机同时还被别人监听着。几天前顾明哲和梦晓芸通完电话后，就收到夏星菌发来的微信，说需要跟他谈一谈。躲避警察的这段日子，顾明哲大部分时间都待在家里，但偶尔他也会跑到市区的某个地方兜一圈解解闷，毕竟隐居的生活太枯燥。顾明哲移动的速度很快，神出鬼没的，自信不会被警察抓住。顾明哲对外公开用的那个手机一直关机，但出门后他会用 Ipad 连接上公共 WiFi 登录微信看一看，然后瞬间移动离开那个地方。如果他的微信账号被定位跟踪，正好他还可以逗警方玩玩，他多次在不同的地方登录，留下多个存在的痕迹，让警方知道他始终在S 市，并且带有挑衅的意味：你们就是逮不到我！那日在看到夏星菌的微信后，顾明哲思考一番，回复了夏星菌，叫她把想谈的内容详细地发微信过来，夏星菌不肯通过微信交谈，这样会留下记录，若往后顾明哲把她出卖给傅子悦，那就是直接的证据。夏星菌想两人见面聊。顾明哲当即拒绝。夏星菌发送了一条引诱顾明哲产生兴趣的微信：钱合生洗钱账户已被盗。夏星菌虽然不知道顾明哲到底参与了什么事情，他的身份有很大的神秘色彩，但他跟傅子悦之间的矛盾很深这是显而易见的，夏星菌自信顾明哲会对傅子悦生意上的机密感兴趣。果真，很快夏星菌就收到一个未知号码的来电……

顾明哲检查着梦晓芸的手机内部，除了看到自己偷偷装的那个跟踪定位装置，没有发现别的多余的东西。顾明哲对自己监视梦晓芸手机的行为一点不觉得不妥，他只是任务需要，待他完成任务后才懒得去监视她呢。顾明哲把手机重新组装好还给梦晓芸，接着又从书包里取出一个老式的诺基亚手机递给她，只能打电话和收发短信，现在智能手机上用的那些功能它全都无法实现。"给，以后你用这个手机跟我联系，号码都弄好了，可以直接用。"

"干吗？用我自己的手机联系你不行吗？"

"叫你拿着你就拿着。"顾明哲把手机往梦晓芸的桌前一扔，"我可不想我们的通话被别人知道。"

梦晓芸眨眨眼，"是……警察监视了我手机吗？你怎么能知道我手机被监视了啊？呵呵，你顾虑太多了吧。"

"你的手机一直被傅子悦监视着，你最好相信我说的话。还有，如果你跟别的男人在手机上玩暧昧最好也注意点，说不定就被傅子悦发现了。"最后一句话是顾明哲故意打趣，他监视梦晓芸的手机这些天来，发现她真的几乎不怎么跟别人联系，好孤僻的性格。

"我才没有跟别的男人玩暧昧！"梦晓芸涨红着脸瞪着顾明哲，她压根就不懂得开玩笑。

店员来提醒他们商店马上就要打烊了。

"还有别的事情吗？没有的话我就走了。"梦晓芸急着想离开。

"碍于目前形势，我就不送你回家了。记住哦，以后用这个手机联系我。"

"那……等事情解决好后我就把它还给你。"梦晓芸思考片刻，收下了手机。

顾明哲笑，这丫头就是这点好，一点小便宜也不贪。顾明哲待梦晓芸先走，戴上鸭舌帽，压低帽檐，走出电梯后戒备地躲在墙角观察周围的情况，然后迅速骑上自行车扬长而去。顾明哲还约了一个人见面。见面的地方在市区最繁华的地段，虽然已经晚上九点多，那儿还是车流人潮拥挤，他们需要人潮来掩饰自己。

离约定街头还有三个红绿灯的距离，顾明哲慢慢减速，人影轮廓逐渐变得清晰，混杂在一群骑着电瓶车和自行车的人之间。又过了一个红绿灯，下个红绿灯的十字路口就是约定的地点，顾明哲远远望去，斑马线的一端站着七八个等红绿灯的行人，却没看到自己要见的那个人。离约定的时间还差一分零六秒，顾明哲知道那人一向守时精确到秒，不到约定的时间不会提前出现，他没有放慢脚下蹬自行车的速度，在非机动车道拥挤的电瓶车和自行车车流里突然减速或停下是不可能的事情，他继续朝前行驶，然后在红绿灯处左拐，掉个头绕一圈又重新骑到刚才张望的地方。

前方十字路口等红绿灯的行人中，突然走来一个穿着黑衣黑裤黑运动鞋戴着墨镜的中年男人，平头，身型矮胖，皮肤黝黑，手中提着一个黑色塑料袋，站在人群中就似个普通路人。那人低头看了看手表，还差三秒钟到九点三刻。他的脸朝着正前方，隐藏在墨镜背后的眼睛却微微朝自己的左侧看去，一大波骑着电瓶车和自行车的人朝这个方向驶来，他看到一个穿着一身黑戴着黑色鸭舌帽的人置于其中。那人的脸上依然面无表情，看着顾明哲一点一点向自己靠近，他把提着塑料袋的手朝前伸了伸。

顾明哲骑着自行车经过那个男人身边，以别人看不到的速度迅速从那男人手中拿过塑料袋装入自己书包里，一切发生得很快，没有人注意到刚才那一秒的时间里这两个人有何交集。顾明哲骑着自行车加快速度离开，绿灯亮起，那个男人也若无其事地走过斑马线……

回到家，顾明哲首先进入监控室看了看电脑上的监控摄像，确定屋外的每个角落都没有任何异常，然后从冰箱里拿出三罐啤酒，一边喝一边取出那个黑色塑料袋。里面装了一个大号黄皮信封，是顾明哲叫那个中年男人帮他办理的临时假身份证和一些调查资料。那日夏星菌向顾明哲透露了一个钱合生的洗钱账号，以此为诱饵要让顾明哲相信她确实有和他谈交易的诚意。顾明哲叫那个男人去查了这个账号的记录，资金流动确实异常。他们一直在查钱合生的洗钱证据，追踪了两年多还未拿到确切能指控钱合生犯罪的证据，仅凭这一个账号不能完全给钱合生定罪，钱合生的罪名多着呢，必须得一举剿灭他的犯罪集团，判他个无期徒刑才行。夏星菌既然敢用钱合生的犯罪记录来和顾明哲谈交易，必然是经过深思熟虑，她应该猜到顾明哲成为钱合生身边的人是有目的性。顾明哲也不清楚夏星菌到底知道钱合生多少机密，她所知道的消息必然也是从傅子悦手中得来，那么……傅子悦如今也参与钱合生的犯罪了吗？呵呵，傅子悦那小子深陷犯罪的泥潭是再也无法拔出脚了吧。顾明哲脸色凝重，若真走到要定罪傅子悦的那一步，他是否能抛开从小手足情深的兄弟情呢？顾明哲又打开一罐啤酒喝起来。他在等待电话。

夜里十一点一刻，顾明哲那个专用手机响起。对方就是刚才在街头把资料给顾明哲的那个中年男人，也是这两年多来一直和顾明哲接头的上司，他外号叫老黑，除了老黑以外，没有人知道顾明哲的真实身份。

"资料看了吗？"老黑问。

"看了。里面的转账记录可否查到来源？"

"都是些用别人身份证办理的幽灵账号，转完账就注销账号，没有直接指向钱合生的证据。"老黑说。

"至少可以利用夏星菌试试看。"顾明哲说。

"你不要私自行动，目前咱们还不知道夏星菌对你的情况了解多少。"

"我自有分寸。放心，我不会牵涉出你们。"顾明哲说。

"临时身份证有效期为三个月，好好利用，你的时间不多了。"老黑说。

顾明哲知道老黑说的时间是何意思，他是通缉犯，傅子悦和周警官狼狈为奸的场面被他抓个正着，他们一定会想方设法逮到他，若他没有拿到可以洗白的证据是无法逃脱法律制裁的。死者已经火化，尸检报告也是伪造，真实的死亡原因无法再查明了。此刻，顾明哲只有唯一一条路可以走——拿到可以制裁钱合生的犯罪证据，老黑就可以给他彻底消除案底，他就不再需要用别人的临时身份证了，也不需要住在这种掩人耳目的边郊农村。虽然，顾明哲还挺喜欢这所房子，安静，占地面积大，院子就像个小小园林，还有游泳池和篮球场，这么奢侈的面积在 S 市市区是完全无法弄到。

近来他对酒精的需求见长，每晚得喝七八罐啤酒才能有睡意，不然就会整晚失眠。到了靠酒精来麻痹自己神经的程度了啊，顾明哲自嘲地笑，看着那张临时身份证上和自己样貌有几分相似的照片，那个男人叫"马华"。不知老黑从哪里找个人来去申请挂失身份证然后办理了一个临时身份证，管他"马华"是谁，他现在就是"马华"。

顾明哲一边喝酒一边思考接下来的计划，直到把自己喝醉倒在沙发上呼呼大睡。是因为前段时间梦晓芸住在这儿时天天睡沙发睡习惯了么，她离开后顾明哲也几乎天天半夜醒来发现自己睡在沙发上，然后起身走去卧室继续睡觉。这个房子里似乎还残留着梦晓芸的气息。

到了该跟夏星菌好好谈笔交易的时候了。夏星菌的要求很简单，就是让梦晓芸离开傅子悦。当初顾明哲告诉老黑他把接下来的希望寄托到梦晓芸身上时，老黑语气沉重地说："你把筹码压到一个小丫头身上，这是步险棋。"但这是顾明哲目前唯一的筹码。

次日一早，顾明哲戴上鸭舌帽骑着自行车出发。S 市市区早早就开始了上班车流拥堵的高峰，这个时候就显得自行车多么方便实用。顾明哲不怕堵车，而且他还为了避免红绿灯和行人的干扰一路骑行在高架上，像一阵烟般溜过，高架上的监控摄像头完全无法拍到他的身影。顾明哲来到夏星菌的住处，这是高级住宅，安保很严，没有门卡无法上楼，顾明哲不像夏星菌那般有穿墙本领可以随意出入任何地方。顾明哲在楼下按响夏星菌隔壁住户的门禁电话，说是送快递，进展十分顺利，屋主没有怀疑就为他按下打开大门的指令，顾明哲扛着折叠好的自行车进入电梯。

此时是早晨八点十三分，夏星菌还在睡觉，她是夜行动物，每晚不折腾到三四点不会回家。夏星菌有特权，没有特别急的工作要处理的话她通常吃过午饭才出现在公司，傅子悦和尤皓亦是如此。今日这么早被门铃闹醒，夏星菌很是不爽，到底是谁在按门铃，没有人会到她家里来找她，连快递也是发公司的地址，可能是物业的人吧。夏星菌懒得起床，想等按门铃的人见屋内没反应后识趣地离开，门铃却持续不断地响，闹得夏星菌无法再入睡，脸色铁青地赤裸身体从床上起来，套上真丝睡袍去开门。

"谁啊？"夏星菌从猫眼里看到一个陌生老头。

顾明哲举着手机对准猫眼，手机荧幕上显示着一张他从网上随便下载的一个老头照片。"物业，需要您在居委会声明上签个字。"

夏星菌不满地把门打开。

顾明哲迅速溜进去。

"是你！"夏星菌看清来人，不免瞪圆了眼。

顾明哲笑嘻嘻地上下打量夏星菌，"身材不错啊。"

夏星菌真空穿着睡袍，腰间松松垮垮地系着腰带，丝绸质地紧贴身体，胸部轮廓非常清晰。被顾明哲打量夏星菌也不怒，她露出似笑非笑的暧昧表情，说："哟，大清早就有贵客来临，你是想来跟我继续睡个早午觉吗？"

"你素颜的样子和化妆后差别还是挺大的，不过我更喜欢你素颜的样子。"顾明哲完全不受夏星菌勾引，故意嬉笑着说。

夏星菌在心里骂了一句脏话。她身上的皮肤非常白皙，但脸上肌肤由于天天化妆喝酒熬夜已经被毁掉。就算用再贵的保养品以及经常光顾美容院，皮肤也暗淡无光、毛孔粗大、黑眼圈严重。还从未有谁见过夏星菌素颜的模样。

"你先在沙发上坐坐，我去洗个脸。"夏星菌想去洗手间化个妆再来面对顾明哲。

"我们长话短说，我离开后你再去梳洗打扮也不迟。"顾明哲担心夏星菌洗脸时偷偷去告诉傅子悦或警方他的行踪。顾明哲注意到夏星菌手中没有拿手机，她匆匆起床也应该没有来得及在屋内哪个隐蔽的角落开启什么监控或录音设备，顾明哲一早不打招呼自来就是不想给夏星菌准备的机会。他们这伙人心思太坏，他必须得时刻保持高度警惕才行。

夏星菌知道顾明哲担心什么。她脸上挂着训练有素的微笑，素颜就素颜吧，反正她以前多次使出浑身解数也没勾引成功他。这类坐怀不乱的男人最可怕。

顾明哲把自行车往鞋柜上一靠，脱掉鞋赤脚大摇大摆地坐到沙发上跷起二郎腿。在走去沙发的途中，其实顾明哲已经瞬间移动把屋子里每个房间都转了一遍，确定屋里没有别人。

夏星菌完全没有察觉顾明哲刚才曾从她身边消失过。

"我来是想听听你对咱们的合作有何具体计划。"顾明哲说。

夏星菌笑着也躺到沙发上，侧身斜靠着沙发，双腿微曲在沙发上伸展出一个诱惑的姿势，睡袍到膝盖上面的长度，露出她光滑白皙的美腿，涂着艳丽红色修剪成贝壳状的脚趾甲一个个看着就像美丽的艺术品，性感的睡袍不仅勾勒出她完美的胸部轮廓，深V的领口还若隐若现着乳沟，她的上半身前倾，离顾明哲的身体一个手掌的距离，头发上残留的香水味扑入顾明哲鼻中，若是别的男人这么跟夏星菌相处，早就意乱情迷，而顾明哲的眼神却始终没有移到夏星菌脸部以下的位置。

"在我们谈计划前，我想知道你为何对钱合生这么感兴趣。"夏星菌直勾勾地看着顾明哲。

"我对钱合生没有任何兴趣，我现在只对如何洗刷罪名感兴趣。"顾明哲说。

"呵呵，可是现在大家都认为你是故意潜入钱合生身边，顾明哲，你得罪了钱合生和傅子悦两个不好惹的人物，现在只有我能帮你。"

"我想你说错了，我只得罪了傅子悦。"顾明哲直视夏星菌的眼神一点也不闪躲，"我帮你达到你的目的，你帮我达到我的目的，别的我们也无须多过问。现在，你说说看你有什么能帮我洗脱罪名的证据？"

夏星菌是个聪明的女人，她不再多过问顾明哲身后隐藏的那个谜团，她只需静心观察，总会找出更多蛛丝马迹。

"我这儿有警方没找到的一些当晚会所的监控录像，以及——"夏星菌停顿片刻，很得意看到顾明哲盯着她看的眼神亮了亮，"死者的真实死亡原因。"

【九】

警方突然给梦晓芸打来电话，要她去警察局录口供。当时梦晓芸正在图书馆看书，压低声音不知所措地对着电话说了几声"嗯"挂完电话后身体不由自主地颤抖。面对警察的质问时她一定无法镇定地对警察撒谎。梦晓芸背起书包就匆匆往图书馆外跑。她需要跑到一个没有人可以听到她讲话的地方。学校里任何角落都不行，她不能让其他学生知道那件事的零星半点，虽然学校里几乎都没人会去在意她。梦晓芸跑啊跑，跑到大街上，怎么哪儿都是人啊，人群令她紧张。梦晓芸最后停在一个花园地带，偶尔几个牵着狗散步的老人走过，梦晓芸颤抖着手拨通傅子悦的电话。她最先想要求助的人依旧是傅子悦。

"警察要我下午有空的话去警察局录个口供。"那端一接起，梦晓芸就压低声音急促地说。

哦？傅子悦愣了愣，周警官不是已经和他说好不需要梦晓芸亲自录口供吗，梦晓芸那边的证词已经由他们按照自己的意图写好，为何突然又要梦晓芸去警察局作调查？傅子悦完全没有事先得到风声。

"你答应了吗？"傅子悦问。

"嗯。"刚才在图书馆里梦晓芸完全不敢多说话，对方问她下午有空吗，她就回答"嗯"，对方问她几点方便到警察局，她也回答"嗯"，对方就报了一个时间要她准时到达，她也回答"嗯"。稀里糊涂就答应去录口供。

"你等我几分钟，我去问清楚情况再回电给你。"傅子悦挂掉电话，立即在手机通讯录上找出周警官的号码，有两个号码，一个是周警官对外公开联系的号码，一个是私密号码。傅子悦拨下那个私密号码，他一时太急忘记用另一个没有用身份证登记的手机了，那是他联系特殊业务时才用的。

此时周警官正在开会教训一帮手下呢，嗓门很大怒火冲天地数落他们工作上的不是，那个特殊用途的手机放在他办公室的手提包里，响了很久没人接听。傅子悦随即拨下了那个周警官常用的手机号码。周警官看到来电，把手机调成静音，暂时叫手下先帮他安排工作，走出会议室时脸上的怒意还未消失。周警官把办公室的门反锁，看到手机依旧亮着，那端似乎他不接起电话就不罢休。

"不是说过没事不要打我这个号码！"周警官骂骂咧咧道。

"你那边是怎么回事，为何又突然要找梦晓芸去录口供？"傅子悦的语气也不好。

"有这种事情？"周警官诧异。他叫傅子悦等他回复。

周警官挂掉电话就冲回会议室，踢开会议室的门大吼："今天谁给梦晓芸打去电话叫她来录口供的？"

会议室的七个人左右看看，一个瘦小的男人弱弱地举手回答："是我……"

靠！周警官骂了一句。

这是上周刚从别的区局调来市总部的新员工，居然没有事先跟上司打声招呼就擅自联系案件的证人。周警官叫其他人散会，留下那个闯祸的员工，他之前甚至连这个员工叫什么名字都没记住，现在他看了看那人挂在脖子上的工作牌，马俊程。

按照马俊程的解释，他查看侯君死亡的案件调查记录时发现梦晓芸的证词下没有她的亲笔签名，还发现档案里也没有梦晓芸来警察局录口供的资料，这在案件正常调查流程里是不合规的，所以他就打电话叫梦晓芸来警察局补录一下口供。"抱歉没有跟您打声招呼就擅自联系证人，我是想着周 Sir 您日理万机，这点小纰漏就由我帮忙补上。"马俊程笑容可掬地说。

小纰漏？哼，不仔细查阅案件资料怎么可能发现得到这个小纰漏！周警官狐疑地看着马俊程，问："这案子又不属于你小子负责，你没事去看案件调查记录干吗！"

"我想着刚调到这个部门工作，想做点业绩出来才好立足。"马俊程脸上挂着不卑不亢的笑容解释道。

周警官心中已经骂了一大堆脏话，却不好当面发怒。这处小纰漏的确不合规，他又不能强制要求马俊程装作不知道这事儿，那小子还不是自己的人，传出去会被说他滥用职权独断专横。

"我会叫负责这个案子的小张去录口供，你干好自己的工作！是不是刚来没啥事情做太闲了啊，你既然这么想做点业绩出来我就多分配工作给你！"周警官表情严峻地打发马俊程出去干活儿。

傅子悦那边收到周警官的解释后，脸部表情也十分难看，他提醒周警官：要注意那个姓马的小子！周警官不耐烦地说他知道了，会去好好调查那小子的来历。末了周警官又强调一次："以后不要打我那个常用电话号码。"

梦晓芸站在原地焦急地等了又等，终于等到傅子悦的电话，她差点都要冲动地联系顾明哲了，她觉得此事应该通知顾明哲，或许他会帮自己出出主意，但顾明哲的手机一直关机，那个偶尔会接到的未知号码又回拨不回去，他说过只有他能主动联系她。

"你现在在哪儿？我来接你，我陪你去录口供。"傅子悦完全不征询梦晓芸的意见。

梦晓芸站在太阳底下，不知是天气太热还是太过紧张，后背渗出的汗水湿了衣服，额上也有细小汗珠渗出，梦晓芸伸手擦了擦脸，这就是不化妆的好处，随手一擦也不用考虑是否会弄花妆容。此时梦晓芸完全无心去考虑自己素颜的问题，今天的穿着也好随意，白色短袖、灰色运动裤、白色球鞋，在刚认识傅子悦时梦晓芸就是这副模样，但不知从何时起她开始注意自己在傅子悦眼中的形象，见他时总会刻意精心打扮一番，在他面前她总是自卑的。

现在梦晓芸没有多余的心思去担心这些，她想提前练习一下待会儿面对警察问话时她该说些什么，当然不能老实交代当时的情况，说她自私也罢，她决定继续让顾明哲替她担当罪名，一切还是照当初警方的调查报告上写的那样说吧。顾明哲曾经告诉过梦晓芸警察的调查报告上是如何说明她的在场情况，他也交代过她若别人问起她就尽管那么说，完全把自己和此事撇开关系。

忧虑地左右张望，终于看到傅子悦那辆形状怪异颜色鲜红的跑车出现在视线范围内。梦晓芸松了口气，准备跑到街边招手，蓦地脑中闪过一个警告，天啊，顾明哲的那个警告怎么会这么及时地自动跳出来，梦晓芸差点就忘记了。眼镜！梦晓芸从书包里翻找出眼镜戴上，她一直把眼镜放在书包里。

兰博基尼跑车停在梦晓芸身边。傅子悦亲自开车前来，能让他亲自出马还不要尤皓当司机接送的时刻少之又少。

傅子悦第一眼就注意到梦晓芸戴着框架眼镜，他心里立即泛起不爽的情绪。傅子悦还想着何时能控制梦晓芸的意识命令她交代出顾明哲的下落呢。

一路上傅子悦用温柔的语气指导梦晓芸待会儿在警察局时应该说些什么，他一切都安排好，她只需要照着他的话对警察复述一遍，然后在确认书上签字即可。傅子悦看得出梦晓芸很紧张，他耐心安慰她，握着她的手在她手背上轻轻婆娑。

警察局里，坐在电脑前办公的马俊程注意到梦晓芸来到，身边还陪同一个男人，他看过那个男人的照片，知道那人就是傅子悦。马俊程对他们二人只是抬头匆匆扫了几眼，视线不敢多停留，又继续装模作样地对着电脑一副工作的姿态，低着头手托着腮眼睛偷偷注意着周围的同事以及上司有何异常。从办公室走出来的周警官特意观察马俊程的举止，没发现他有何不对劲之处，周警官装作对手下布置工作，眼睛也只匆匆朝傅子悦瞄了一眼，傅子悦镇定地目视前方，没有跟周警官做任何眼神交流。

录口供的任务周警官已经交代自己的心腹去处理，只需要走个流程，免得以后还有人指控他调查报告上有"纰漏"。

审讯室内，只简陋地摆着一张桌子两把椅子，狭小的房间没有窗户，中央空调的温度太低令梦晓芸手脚冰凉微微颤抖。梦晓芸和一个陌生警察相对坐于长桌两端，傅子悦等候在审讯室外，按照规矩，外人不得入内。那个警察也是按照周警官的指令只是简单问了问梦晓芸关于侯君死亡案件中她都看到些什么，听完梦晓芸的叙述，警察看了看之前的调查报告上所写内容，没有什么出入，于是便叫梦晓芸在证词下方签名确认。签字时梦晓芸迅速扫视了一遍证词，看到报告上写着当时的报警电话是她打去的，她愣了愣，她什么时候报过警？

"有什么疑问吗？"见梦晓芸发呆，警察问道。

"没……没有。"梦晓芸签下了自己的名字。

走出审讯室，就看到傅子悦对她微笑，梦晓芸原本觉得自己此刻看到傅子悦应该觉得温馨，却挤不出任何笑容。

"警察没有为难你吧？"傅子悦关切地问。

梦晓芸摇摇头。审讯进展得很快，只花了几分钟时间，梦晓芸担心的情况一点都没出现，但是……这过程也太顺利了吧，反而感觉有些敷衍了事，跟电视里看到的那种咄咄逼人的场面完全不同。

在警察局里不能有什么亲密举动，傅子悦走在前，梦晓芸跟在后，两人走出警察局。呼吸到外面的新鲜空气，傅子悦揉了揉梦晓芸的头发，然后牵起她的手，她的手很冰凉，他把它包裹在自己温暖的掌心。"瞧你，都紧张得身体发冷，有我在身边你不用害怕什么。"

"事情结束了，以后你不用再为此事烦恼，该怎么抓住凶手就交给警方去做，我不会再让他们来打扰你的生活。"傅子悦凝视梦晓芸的眼神真的可以令无数少女乱了方寸。

以前梦晓芸也会迷失于傅子悦的温柔中。想了想，梦晓芸还是忍不住开口问："刚才我看到我的证词上写着……当时我打了报警电话……"

"有什么不对吗？"傅子悦装作好奇地问。

"我没有打电话报警。那么……真正报警的人是谁呢？"梦晓芸直视傅子悦。

"呵呵，这个问题我也不知道，警察的调查报告上是这么写的，如果当时报警的人不是你……那么可能有人假借你的名字去报警。"傅子悦的眼神变得更加温柔，"晓芸，如果你现在想回去向警察指出这个错误，我会陪你回去，但多此一举反而警察会问你更多的问题，谁打的报警电话又有什么关系呢，反正这件案子已经成立，你也没必要再去给自己找更多的麻烦。"

梦晓芸低下头，她不想再被警察问话。

"现在离晚饭时间还早，我们先去逛会儿街？"傅子悦问。他觉得送女人东西会让她们变得更听话。

送奢侈品这招对那些拜金的女人很管用，她们要小性子抱怨时一个包包就能令她们喜笑颜开，但这招对梦晓芸不管用。傅子悦领着梦晓芸去国

285

金中心买衣服、买鞋、买包包，他说哪款好看她就乖乖地接受，也不知道价格，也不知道自己到底喜不喜欢。傅子悦看在眼里，他不问，他把一块十几万的梵克雅宝的手表戴在梦晓芸手腕上，付钱时眼睛都不眨一下。就当作是梦晓芸的报酬吧，之前傅子悦利用她解决过几个难题的报酬。为何这么昂贵的礼物都不能令梦晓芸欣喜若狂地说着"谢谢""哇，你真好"之类的话热情拥抱或亲吻他？

晚餐结束，傅子悦送梦晓芸回家，然后他独自去酒吧喝几杯，他需要从那些妖娆主动的女人身上弥补挫败感。梦晓芸刚到家放下书包，就听到手机响起，她拿出常用的那个手机，发现不是它在响，她听着书包里继续响着的铃声愣了愣，才慌忙伸手进书包内部的隔层里掏出那个顾明哲给她的手机，那日拿到这部手机后梦晓芸一直把它塞在书包隔层里没动过，手机都快没电了。真是的，顾明哲那家伙怎么每次都那么巧在我刚见过傅子悦后就给我来电话。梦晓芸嘀咕着接起电话。

"今天过得好吗？"顾明哲标志性的嬉皮笑脸的声音。

以往梦晓芸听到顾明哲这种声音就反感，不知今天是否对他同情心泛滥的缘故，竟然不想跟他抬杠。

"有什么特别的事情发生吗？"顾明哲又问。

"没……没什么特别的事。"梦晓芸撒谎。她不想让顾明哲知道自己竟然默认那起案子的报警电话是她打去的，她害他过上东躲西藏的生活，他一定恨死她了吧。

顾明哲笑了两声。梦晓芸总觉得那笑声听起来怪怪的，或许是心理作用吧，她安慰自己，他哪里那么神通广大能知道她今天去了警察局。其实当时梦晓芸前往警察局时，顾明哲就在不远处的隐蔽角落里看着他们两人，他见梦晓芸戴着框架眼镜，还在心里默默地夸奖了她。

"我想请你帮个忙。"顾明哲说，"三天后跟我去一个地方，我需要借助你的超能力办点事情。"

梦晓芸眨眨眼，"必须要我帮忙吗？"，她不喜欢滥用那份能力。

"只有你能做到。先别问我是做什么事情，反正我不会害你就是。这是你欠我的人情。"

最后一句提醒令梦晓芸很不舒服，可恶，她知道她欠顾明哲，他干吗总是像怕她会忘记一般！梦晓芸咬了咬嘴唇，"如果是跟你洗脱罪名无关的事情，我到时候会拒绝做。"

"刚好就是跟它有关。我先说声谢谢啦。"顾明哲挂掉电话。

当晚，夏星菌向傅子悦提出去他家喝点酒的请求被拒后，她一路开车到尤皓家。尤皓开门看到夏星菌，既意外又不意外。尤皓家别墅的地下一层改造的娱乐空间里此刻还有三个女人呢，他晚上无聊就喜欢找女人来喝酒寻欢作乐。尤皓赤裸上身，只穿着一条宽松的沙滩裤，虽然这几年纵欲过度但从小练武术的肌肉底子还在，四肢十分健壮，只是肚子那儿隆起的一堆肥肉实在影响美观。夏星菌嗅了嗅尤皓身上的酒味汗味和大麻味，她一米七三的个子还穿了一双八厘米的高跟鞋，比尤皓还高出四五厘米。

"哟，稀客嘛，不请自来好像一直是你的风格。这次知道按门铃而不是悄悄地穿墙而入，也算有进步。"尤皓的眼神已经喝得迷离，故意讽刺地说。他知道夏星菌总爱没经过傅子悦允许就穿墙跑去老大家。

"把你地下室里那些女人快点给我打发走。"夏星菌径直走进屋，回头厌恶地对尤皓说。

看着夏星菌走上楼梯朝二楼方向去的婀娜多姿的背影，尤皓笑，霸道又蛮不讲理的女人，不过那身材的确是极品，他愿意为她舍弃地下室里那几个女人。

"洗好澡等我。"尤皓喊。

这是夏星菌第二次愿意到尤皓家里来，离上次六月份夏星菌吃醋发疯跑去傅子悦家大闹一场并且毁掉傅子悦家的事件已经过了将近四个月，那次夏星菌在床上的狂野表现尤皓还记忆犹新。

两日后，夏星菌和傅子悦共同坐进尤皓开的劳斯莱斯的后排，夏星菌扭头看着窗外，尤皓专心看着前方，两人完全没有任何眼神交流。傅子悦一直不知道他们两人曾经有过肉体关系，虽说不是完全清楚他们两人心中的小算盘，也察觉得出他们对自己的衷心程度日渐充满危机，近来傅子悦忙得焦头烂额，也无暇去顾及太多，傅子悦需要他们两人的协作。

晚上约了钱合生会面，在郊区一处从未去过的区域，钱合生那人办事十分小心谨慎，约好见面时间后一直迟迟不发具体地址过来，待傅子悦告诉钱合生他们已经坐上车可以出发时，钱合生才发来一个地址。傅子悦在地图上定位出那个地方，在两条路的交叉口，卫星地图上并未标记那附近有何建筑，似乎是在农村地带。傅子悦叫尤皓按照这个地址开过去。

夕阳西下，车在高速路上急速行驶。傅子悦看着窗外被夕阳染红的云层眉头紧锁。今晚的谈判对傅子悦很重要，他不知道钱合生那只老狐狸葫芦里在卖什么药，只能被钱合生牵着鼻子走。

夏星菌也一路沉默地看着窗外，她并不知道见面的地址在哪里，傅子悦没有告诉她。夏星菌上车前玩了一个小心机，把手机微信上的共享位置打开，这样顾明哲就能一直在地图上看到她处于何地。

顾明哲看到夏星菌的共享位置移动着上了高速路，脸上露出笑容，这是他们谈成的交易，夏星菌会帮他。

梦晓芸站在自行车旁边，双手抱在胸前，不耐烦地问："什么时候才能出发啊？"

"快了。"顾明哲盯着手机上的共享位置，傅子悦那行人此刻已经出了高速收费站，朝嘉兴方向行驶，顾明哲很快就能追上他们。

三天前顾明哲就约好梦晓芸今晚要跟他一起去个地方，梦晓芸是一万个不乐意，但她欠他的，她只能绷着脸听顾明哲安排。梦晓芸习惯性地出门要背着她那个毫无时尚感可言的用了多年的旧书包，里面装着大堆零碎东西，背着它令她有安全感。梦晓芸走下楼，左右张望，顾明哲躲在阴暗角落里观察了两三分钟，他对她始终有防备，担心她是否有事先通知过傅子悦。顾明哲确定周围没有危险情况后才现身，他一瞬间出现在梦晓芸跟前，吓了她大跳。梦晓芸受惊的模样很有趣，嘴巴张大，眼睛睁得浑圆，一脸呆滞的表情，没有尖叫声，身体石化了好几秒。在梦晓芸受惊的这几秒时间，顾明哲已经迅速翻看她的书包检查起来，她书包里的东西真多，连笔就带了四支，晚上出来执行任务还把琴谱和笔记本之类的东西带着干吗，顾明哲搞不懂。顾明哲看到自己给梦晓芸的手机塞在书包内部的隔层里，刚想拿出手机来看看，突然梦晓芸猛地把肩膀左右甩了两下，甩掉了顾明哲伸进书包里的手。梦晓芸后退一步，把书包从肩上取下抱在胸前看了看，拉链果真被拉开了。你……梦晓芸咬紧嘴唇瞪着顾明哲。

被她发现了……顾明哲尴尬地嘿嘿笑。这丫头厉害啊，居然又一次捕捉到了他的瞬间移动。

"翻我的书包干吗！"梦晓芸大声呵斥。

"我例行检查检查。"顾明哲理直气壮地说。

可恶！梦晓芸真想摆脱掉这家伙。

两人在楼下等待着，顾明哲看着手机地图上傅子悦位置的移动，确定好他们可能前往的方向后，终于叫梦晓芸坐上自行车。

"能不能……骑慢一点？"梦晓芸坐上自行车后座，手指没有放在顾明哲的身体上，而是抓住自己座位的两侧。

"慢了就赶不上了，抱紧了哦。"顾明哲提醒完毕，把肩后的书包背至胸前，这样梦晓芸就能更好地抱紧他，他迅速踩着自行车奔驰。

梦晓芸完全不是自愿，强劲的冲力压迫她不由自主地死死抱住顾明哲的腰，上半身几乎紧贴着顾明哲的后背。梦晓芸也没有心思去考虑男女肢体接触不雅，时速两百多码的速度令她大脑已经失去思维能力。

行驶一段路程后，顾明哲突然在高速服务区的角落停着的大卡车后显出身影，有卡车高大车身的遮挡，没有人看到不知从哪儿冒出来的两人。顾明哲停下来拿出手机重新看了看傅子悦一行人此时的方位，他们已经过了嘉兴市，还在继续行驶。跑这么远去会面，就是想掩人耳目，看来这次傅子悦和钱合生的谈话很重要。顾明哲等了等，待傅子悦和他们的距离拉开得更远再继续追过去。顾明哲并没有完全相信夏星菌，他担心这次行动只是一个骗局，并没有所谓的合作谈判，而是设局引他出现。

顾明哲和梦晓芸在服务区停留了好一会儿，梦晓芸拉着顾明哲要去参观服务区，从小到大她一直没有去过别的城市，这还是她第一次离开S市的范围，也是第一次看到高速服务区是什么样子，她满是新奇地左右张望。顾明哲看着梦晓芸兴奋的表情哈哈大笑，有时她还真的……傻得可爱。

手机共享位置上代表夏星菌的那个点突然停止不动了，顾明哲觉得奇怪，他们突然停下来干吗？顾明哲放大地图看了看，那儿还处于高速路上，周围也没有服务区可供休息，难道是尤皓把车停在路边下车撒尿去了吗？

"靠，不是约好吃晚饭的吗，这种荒郊野外的地方连房子都没看到一座，吃什么饭啊？那家伙在玩我们吗！"尤皓把车停靠在高速路侧边的紧急停车带，等了一两分钟后十分不爽地抱怨。

钱合生发送给傅子悦的地址就是这儿。

傅子悦没有说话，他依然看着窗外。天色已经变暗，荒郊野外没有灯光，他看到的只是映在车窗上的自己的脸。车刚停下时傅子悦发送了一条消息告诉钱合生他已到达，现在他在耐心等待回复。前方不远处是几条高速路的交汇岔口，通往不同的城市，傅子悦知道钱合生是在防备着他，傅子悦很不喜欢这种受制于人的感觉，一向是他手控大局。

尤皓下车烦躁地抽了一根烟，又回到车上，从后视镜里看了看傅子悦的脸色，煽风点火地说："老大，钱合生那老家伙也太没把你放在眼里了吧，叫我们在这鸟不拉屎的地方待这么久还不发个信息来，难道他们还派了车一路跟踪观察我们？"

有可能。高速路上连续不断地有车辆经过他们，或许其中就有钱合生安排的几部车间歇性地经过，观察他们这次前往是否就只有三个人。七八分钟后，钱合生终于发消息来，告诉傅子悦即将有一辆车来带他们前往目的地，叫傅子悦他们跟着那辆车走。

"靠，搞得那么鬼鬼祟祟！"尤皓骂着吐了一口痰到窗外，把车灯打起双闪。很快，就看到一辆黑色别克商务车开到他们车前停下，车灯也打起了双闪，尤皓确定好对方的车牌号，发动车子跟上去。

"我总有种不好的预感。"夏星菌突然发出声音。

"呵呵，大姐，你的超能力是穿墙，不是预言！"尤皓在驾驶位上嘲笑地说。

夏星菌扭头瞄了瞄傅子悦，尤皓也从后视镜里迅速扫视了一眼老大，傅子悦始终看着窗外，也不知在思考什么。

顾明哲终于看到地图上夏星菌所在的那个圆点开始移动，他没有立即出发，而是观察他们移动的方向，在几条高速路交汇的分叉口，他们开上了往杭州去的高速。待完全确定好傅子悦他们的行驶方向后，顾明哲叫梦晓芸快点把手中的冰淇淋吃完，他们要继续出发了。梦晓芸大口把冰淇淋塞嘴里，吃得嘴唇周围沾上一圈巧克力的黑色也不自知，顾明哲从口袋里掏出纸巾为她擦掉，这一举动令梦晓芸的脸瞬间涨得绯红。

"抱紧了啊。"顾明哲又一次提醒。

梦晓芸犹豫几秒，伸手抱住顾明哲的腰。

自行车再次在高速路上极速行驶，顾明哲中途两次停下来重新看了看手机共享位置上夏星菌的方位，最后一次看时，那个位置已经下了高速路。顾明哲等待着，蓦地位置停顿下来，片刻后，夏星菌那边关掉了共享位置。

他们应该到了，顾明哲想。他放大夏星菌最后那一刻所处的位置，在杭州边郊，地图上显示未知路名，应该是乡村小道还没有进入导航系统，顾明哲只能尽量导航靠近的地方，到时候再靠运气寻找傅子悦他们。

顾明哲载着梦晓芸火速朝那个方位赶去。

那儿是一处边郊的农民房子，狭窄的乡道，周围居住的都是农户，天色才刚暗不久就已经处于一片安静的状态。房子带着一个院子，车行驶到门口，立即响起阵阵狗吠声。门口处拴着两条巨型猎犬，露出锋利的牙齿满脸凶相。院子内有四个壮汉蹲在门边抽烟，听见狗叫，纷纷起身把烟扔到脚下踩了踩，表情凶狠地守住门。一人走出来和前面那辆别克商务车的司机交谈了几句，然后过来敲敲这辆劳斯莱斯的车窗。尤皓摇下车窗，那个壮汉探头看了看车后排的两人，对尤皓说："你跟着前面的车去院子里停车，然后你就在车里等着，只有他们两人可以进屋。"

"靠！难道我不用吃晚饭吗！"尤皓不爽地叫道。

"我们有给司机吃的盒饭。"壮汉冷冷地说。

竟然把我当作司机！尤皓心里燃起怒火，握着方向盘的手捏得青筋暴露。

傅子悦在后排咳嗽了一声。"尤皓，你就在车里等我们。"

尤皓在心里骂了好几句脏话。

夏星菌下车时伸手进爱马仕包里取出镜子和口红补了补妆，把它们放回包的时候，顺便在包内把手机微信的共享位置退出，然后删除掉和顾明哲共享位置的记录。夏星菌的表情十分镇定，没有人察觉到她的小动作。

"小姐，你的包不能带进去。"壮汉伸出手。

夏星菌挑了挑眉毛。

"不能带任何东西进去。"壮汉说，又看向傅子悦，"傅先生，也请你把包和身上带着的所有东西全部留在车上，我们现在要给你们搜身检查，请配合。"

傅子悦眼神冷峻，什么话都没说，把包朝尤皓举了举，示意尤皓下车来取。尤皓刚想打开车门，门就被那个壮汉抵住，"你不用下车，我会把东西递给你。"那人接过傅子悦的包，叫手下开包检查后才转交给尤皓。傅子悦张开胳膊配合检查，一人拿着扫描器把傅子悦全身从上到下仔仔细细扫描了一番，扫描器接触到皮带扣时发出叮叮警报声，那人弯下腰摸着傅子悦的皮带扣看了又看，确定那只是正常的皮带扣而已。

检查得好严格。夏星菌暗暗咋舌，顾明哲那家伙原本还想劝说夏星菌随身带一个录音器把整个谈话内容录制下来，夏星菌坚决不同意，她才不想自己陷入不必要的麻烦中。她为自己的英明决定感到得意。夏星菌把包包递给壮汉时叮嘱道："小心检查啊，这是爱马仕的包耶。"壮汉动作粗鲁地翻找一番，夏星菌真担心他的指甲把包包的皮给划花。两人接受检查完毕，壮汉引领他们进屋，傅子悦和夏星菌匆匆交换了一个眼神，没有交谈。

这座三层楼的村房一看就不是有人居住的样子，一楼的客厅空空荡荡连摆设都没有，上楼梯来到二楼，一处屋门前站在两个同样身材健壮的男人，一人为傅子悦和夏星菌他们打开门，待他们进去后又合上门，面无表情地守候在门口。屋内摆着一张圆桌，钱合生坐于上席，身后各站着一个保镖，见宾客已到，笑着说："呵呵，傅总，夏小姐，欢迎欢迎。"然后回头对身后的保镖说："可以叫厨房上菜了。"

傅子悦和夏星菌坐下，与钱合生礼貌地寒暄着，傅子悦看着钱合生脸上戴着的眼镜折射出天花板上电灯的光亮，心里就一阵怨恨。

看着菜一道一道地盛上桌，十分丰盛，一看就是出自大厨。这种地方还配有厨房，看来并不是一个随便找来的临时谈话之地，应该是钱合生的一个长期据点。

与此同时，顾明哲已经来到附近。他停下自行车，在乡村小道上左看右看，他定位出自己所处的地方，周围那几个地名好像就和夏星菌关掉共享位置那一刹那的地图上显示出的地名一样，夏星菌退出地图前完全都没给顾明哲打声招呼，他还来不及截图，只能凭印象。

"你在这儿等我，我去找找地方。"顾明哲冲蹲在地上缓和晕车难受的梦晓芸说。

"什么！你要把我一个人留在这儿？"梦晓芸露出惊恐的表情，这儿黑灯瞎火的，她处于什么地方都不知道，她才不要一个人留在这儿。

"我很快就回来，你不要乱跑。"顾明哲已经准备骑着自行车离开。

"不行！"梦晓芸猛地站起身拉住自行车后座，"我要跟你一起去，为什么要把我一个人丢在这儿！"

"带着你危险，等我确定下情况再回来接你。"顾明哲说。他要寻找傅子悦现在所待的具体地方，载着梦晓芸去探路太麻烦了。

"不行！我一个人害怕。"梦晓芸老实说。

顾明哲看了看这荒郊野外的环境，一个女孩子站在路边的确有点危险。顾明哲叹口气，哎，带了一个包袱过来，但他又的确需要这个"包袱"才能办成事。

"差点忘了，你快把手机调成静音模式。"顾明哲提醒梦晓芸，他可不想在敌方面前梦晓芸的手机突然响起而暴露出他们。顾明哲还交代从现在开始梦晓芸不许说任何话，两人只能通过手机上打字交流。顾明哲知道尤皓跟在傅子悦身边，尤皓的耳朵灵敏着呢，他担心他们靠近目标时说话声会被尤皓听到。

骑着自行车绕来绕去，还好这儿是村户，夜晚时各户人家都比较安静，村民也很好辨认就是村民的样子，而傅子悦去的地方一定有一帮钱合生的小弟守候，那些人再怎么伪装也不是村民的模样。顾明哲每到一座房子就停下来观察一番，然后又继续前往下一座房子。梦晓芸很好奇顾明哲在寻找什么，张口间，才刚说出一个字嘴巴就被顾明哲捂住。顾明哲狠狠瞪了梦晓芸一眼，才交代过不许说任何话这么快就忘记了，迟早会被这丫头害死。

"再说一遍，不许说话！"顾明哲在手机上迅速打出这行字。

梦晓芸心里有些不爽，她好心答应过来帮他忙，他却对她态度如此不友好。

自行车快速经过门口拴着两条猎犬的房子，人虽然看不到顾明哲一闪而过的黑影，狗却敏感地感觉到有什么东西经过，狂吠起来。院子里守候的四个壮汉立即走到院外，左右看了看，没看到附近有人或是车，而训练有素的狗也没看到刚才闪过的黑影是朝往哪个方向，脑袋扭向左边叫叫又扭向右边叫叫又冲着天空叫叫。

"乱叫什么，你们看到什么东西了？"为首的壮汉冲狗骂道。

尤皓待在车里，听到院子里的声响，竖起耳朵听了听周围的动静，没有听到可疑的声响。

那四个守门人在院外站了片刻，没发现任何异常，又走回院内。两条猎犬的叫声也渐渐停止。

几百米外，顾明哲停在黑暗中听到狗吠声消失才松了口气。那处房子一定有问题！狗的嗅觉很敏感，顾明哲小心地重新向那个方向移动，还刻意又把食指竖在嘴前做了个"嘘"的动作，警告梦晓芸不要说话。顾明哲一瞬间往前靠近了几十米，停下顿了顿，没有听到狗吠声，他又继续往前靠近几十米，再次停下顿了顿，直到移动到他觉得再靠近狗就会察觉到他们的地方，顾明哲决定就在这儿作为观察据点。

两人所处的位置离那处房子有两三百米远，农村地带没有什么遮挡视野的障碍，顾明哲从书包里拿出望远镜，把脑袋探出墙外朝那处嫌疑房子张望。从望远镜中可以看到门口趴着的两条巨型犬，院子里有人在走动，顾明哲听了听动静，多亏这儿环境安静，就算隔着一段距离，顾明哲还是能隐约听到院子里看守的那几个男人无聊的聊天声，他具体听不清他们在说什么，似乎有好几个人的声音。

就是那儿没错！

顾明哲重新躲回墙后，用专用手机把自己的位置发送给老黑，很快调成了静音的手机再次发出亮光。老黑回复短信："已出发。你自己小心。"

开始部署行动。顾明哲从书包里取出笔记本电脑和一个像玩具飞机一样的东西，一屁股坐下，背靠着墙，打开电脑把亮度调到最低，然后轻声敲击键盘操作起来。梦晓芸站在一旁看着，不知道顾明哲想干吗，刚张嘴想问一间，想起顾明哲的警告，只好作罢。顾明哲操作好电脑后，冲梦晓芸钩钩手指，示意她靠近蹲下身。

顾明哲把电脑放地上，然后拿起那个像玩具飞机一样的东西，在手机上输入字说："看好了，这是一个航拍工具，待会儿你要用超能力操控这玩意儿到我指定的地方。"航拍无人机原本可以用遥控器操控，但机器启动的话会发出嗡嗡嗡的声音，容易引起别人的注意，还是让梦晓芸用意念使它无声地飞行比较安全。

"用它去干吗？"梦晓芸在手机上打字间。

"拍摄一点东西。"顾明哲没有功夫多解释。

顾明哲确定好航拍飞机上的摄像头和电脑连接正常，电脑荧幕上同步显示出飞机上拍摄的图像，他把飞机举至梦晓芸眼前，在手机上说："我

让我住进你心里

要放手了，现在开始由你控制好它哦。"

梦晓芸点点头。她集中注意力盯着航拍飞机，顾明哲的手松开，飞机依旧停留在半空。

顾明哲冲梦晓芸伸出大拇指夸奖她"很棒"。刚准备继续传达指令，顾明哲突然想到一个点子，他在手机上问："嘿，如果狗张开嘴准备大叫时，你是不是可以强制使它们的嘴合上，这样它们就无法狂吠了？"

梦晓芸眨眨眼，应该……可以吧。她点了点头。

就在梦晓芸点头的刹那，航拍飞机突然就往地上掉落。还好顾明哲速度很快地在它触地前接住飞机，摔坏了那就惨了。

"喂，你怎么搞的！"顾明哲呵斥。

"刚才分神了。"梦晓芸在手机上解释。

顾明哲狐疑地看了看梦晓芸，他还没意识到这是梦晓芸超能力的一个缺陷，她必须完全集中注意力盯住要操控的东西才行，稍有分神就会失误。

"好好操控它，别再出现意外。"顾明哲在手机上说。

两人躲在墙后，探出一个脑袋看向目标方向，顾明哲把望远镜递给梦晓芸，然后在手机上迅速打字交代航拍飞机的行驶路线。飞机不能直线飞过去，这样容易被狗察觉，要从右边绕一大圈然后从房子背后接近目标，目标应该在二楼。顾明哲叫梦晓芸从望远镜里仔细看二楼一扇隐约透出光亮的窗户，窗户拉着窗帘，但并不是遮挡得完全严严实实，两帘窗帘的连接处露出一条二三厘米宽的缝隙。顾明哲要梦晓芸把航拍飞机操控停留到那条缝隙处，他指了指飞机上摄像头的方向，一定要把摄像头对准缝隙。

梦晓芸隔着望远镜一路盯住航拍飞机，按照顾明哲的指示用意念控制着飞机飞向那座房子，飞机和地面保持着那座村房两倍的高度，平稳无声绕了一圈接近目标，最后在指定的地方保持固定不动。一路很顺利，飞机没有被那个院子里的人和狗察觉。

顾明哲开始回到电脑前，看着电脑荧幕上显示出同步传回的视频，屋内的谈话也被录音，隔着一层玻璃音质效果不是很好，顾明哲只能先戴着耳机尽量听着，待回家后再用专门的音效处理软件提高声音的清晰度。梦晓芸依旧把头探出墙外用望远镜盯住航拍飞机，她得在顾明哲收回指令前让它一直固定在半空。

周围的道路很安静，连一辆经过的车都没有。顾明哲在电脑上看着那房间内吃饭交谈的三个人，可以完全看到钱合生的正面脸，很好，这正是顾明哲需要的。夏星菌和傅子悦分别坐于钱合生两侧，但夏星菌的位置离钱合生比较近，虽然侧身对着摄像头，还是能从耳朵以及侧面轮廓辨认出她，而傅子悦的身体就几乎完全背对摄像头，看不见他的脸。他们似乎已经正式进入生意合作的话题，顾明哲努力听着航拍飞机传回的音频，只能听到是有人在说话，但说话内容完全听不清楚，顾明哲在心里骂了一句罪。

画面里的三人突然起身站起来，保镖打开门，夏星菌亲昵地挽着钱合生的胳膊走出去，傅子悦跟在他们身后。在傅子悦起身时，他的侧脸有一瞬间出现在画面里。

这么快就谈完了？顾明哲在心里嘀咕。他看到房间里没有人影了，灯也关掉一片黑暗，以为傅子悦他们要离开了。顾明哲放下电脑，走去梦晓芸身边，探头朝那处房子张望，房子的三楼突然有一丝隐约的光线亮起。顾明哲猛地从梦晓芸手中夺过望远镜想仔细看看，梦晓芸对他这一举动毫无准备，眼前的视线蓦地产生变化，航拍飞机的身影在肉眼里几乎看不见，梦晓芸完全不知道自己此刻还有没有控制着它，她只是还保持着盯住那个地方的姿势。

三楼的窗户被里面用木头封死了，只在木头和窗框的交接处有一条很细小的缝隙，透出点点光亮。顾明哲刚把望远镜对准那处光亮，就听到不远处那两条猎犬狂吠起来。什么情况？顾明哲把望远镜视线转至院子，只见门口拴的两条狗把头冲着院子里一个方向大叫不停，一个壮汉跑来把拴狗绳从铁门处解开，然后拉着狗急急忙忙朝那个方向走去……

"外面发生了什么事情？"位于三楼货物仓库的钱合生皱起眉头，叫一个手下用对讲机问问院子里的人。

对讲机里传来回答，在院子里发现一架玩具飞机。

玩具飞机？钱合生和傅子悦都表情凝重地思索，只有夏星菌立即反应过来是怎么回事，该死的顾明哲，那架玩具飞机该不会是他遥控过来拍摄现场的吧？

尤皓坐在车内听到院子里的动静和对讲机里的说话声，打开车门想出去看看情况，被停在旁边的那辆别克商务车里的司机叫住："喂，你不许下车，这是上头的命令！"尤皓才不会听一个司机的命令呢，他大步朝狗吠叫的地方走去。

"喂，谁允许你过来的？给我坐回车里去！"院子里为首的那个壮汉冲尤皓骂道。

"把那飞机给我看看。"尤皓觉得突然冒出来的飞机有异。按照刚才听到的对话，这架玩具飞机是突然出现在地上，院子里有什么东西那帮人之前很仔细地搜查过，地面上一定没有这架飞机的存在。

钱合生的手下蔑视地瞧了瞧尤皓，没有理会他的要求。"不是叫你一直待在车里不许下车吗，你听不懂人话啊，还站在这儿干什么，回车里去啊！"

尤皓那暴脾气哪里容得这些小喽啰指使，他面露凶光攥紧拳头，一副要干架的气势。那四个壮汉立即气势汹汹地把尤皓围住，一个人掀开衣服，露出腰间别着的一把手枪，说："哥们儿，识趣点，不要逼我们动手哦。"看到他们有枪，尤皓不敢硬来，很不情愿地与他们僵持片刻，走回车上去。

三楼，一整层楼的货物，纸箱一个一个堆积，箱子里是毒品，数落十分庞大。这是钱合生和傅子悦要共同合作的项目。听到手下汇报了院子里的情况，钱合生立即叫那两个手下看好货物，然后叫傅子悦和夏星菌跟他一起下楼。

另一边，顾明哲听到狗叫声消失，又把望远镜的视线掉回楼上。视线扫过二楼，之前航拍飞机停着的地方已经没了飞机的影子，顾明哲又举着望远镜四处张望，没有找到它，然后他猛地扭头看向地上的电脑，拍摄画面已经消失。糟糕！顾明哲意识到刚才院子里的骚动似乎是跟航拍飞机有关。

顾明哲迅速把电脑合上塞进书包里，背起书包骑上自行车，他得过去探明清楚。

梦晓芸见顾明哲要一个人离开，慌了，拉住自行车后座开口问："不带上我吗？"

顾明哲已经来不及捂住梦晓芸的嘴，该死，她发出声音了！

尤皓坐在车内，院子里出现一架飞机模型后他一直把自己的听觉范围扩大，努力听着附近所有的动静，连飞蛾扑腾翅膀声他都没放过。突然尤皓听到了一声女人说话的声音，而且那个声音似乎还有些耳熟，尤皓仔细听着，希望能再听到一点什么声响。

顾明哲真想发脾气把梦晓芸给痛骂一顿，他迅速在手机上输入字："我过去看看情况就回来，在这安静等我几分钟，再次警告你不许说话！不许说话！"

梦晓芸不知道自己刚才闯祸了，她完全分不清现在是何情况，她害怕自己一个人待在这儿，她一直死死拉住自行车后座不停摇头表示拒绝。

十万火急，顾明哲没空功夫跟梦晓芸拉扯，他要过去拿回航拍飞机，最好还能冲到三楼看一看那儿是什么情况。顾明哲又在手机上输入字然后递给梦晓芸看，"你在这里用望远镜注意下那边的情况，最好能想办法帮我控制一下那两条狗。"在梦晓芸看手机放松警惕的刹那，顾明哲扳开梦晓芸抓在后座的手，骑上自行车就一溜烟消失了。

"喂，顾明哲——"梦晓芸受惊地大喊一声，她呆呆地注视着顾明哲消失的方向，一阵冷风吹过，周围安静得可怕，梦晓芸抱紧自己的胳膊瑟瑟发抖。附近应该不会有怪兽出没吧？

顾明哲？尤皓听到这一声喊叫，心里暗叫不妙，他得立即通知老大，但傅子悦和夏星菌两人的手机都放在车里，无法打电话通知他们，尤皓只得下车冲往院子。院子里的几人把尤皓围住，"喂，给我老实坐回车里去！"

"有紧急事故，我要上去通报一声。"尤皓想硬闯。

猎犬冲着尤皓露出锋利的牙齿，一个壮汉也掏出手枪对准尤皓，威胁道："你再往前走一步试试！"

傅子悦和夏星菌跟在钱合生身后走出屋，看到院子里手枪指着尤皓这一幕，傅子悦的眼神立即严峻起来。他看了猎犬一眼，控制了猎犬的意识。猎犬突然就跳起来把举着手枪的那人扑倒，锋利的牙齿狠狠咬住那人握着手枪的那只手，那人发出一阵惨叫。另外两个壮汉立即拉住狗绳，想把猎犬拉开。

尤皓知道这是傅子悦操控的，在心里对那个手腕快被猎犬咬废掉的小弟鄙夷地冷笑。尤皓迅速跑至傅子悦身前，在傅子悦耳边说："顾明哲在附近，还有，梦晓芸也在。"

"什么情况？"傅子悦皱起眉，梦晓芸怎么也会在？

"我听到梦晓芸叫顾明哲名字的声音。"尤皓说。

"就他们两人吗？还有没有别的帮手？"傅子悦问。

尤皓摇头。

院子里的两个人还在拉住发疯的猎犬，另外三人跑来把钱合生护在中间，敌意地盯着傅子悦他们三人。傅子悦注意到那些小弟的手贴在腰间，随时准备着要掏枪的架势。傅子悦善意地提醒钱合生，叫钱合生回到楼梯的阴影内，不要把脸暴露了。几人退回楼梯处。

"顾明哲怎么能知道这个地方，是你带过来的吗？"钱合生质问。

"我跟他没有任何关系，我也不清楚他到底有何目的，不过，他出现在这里绝对有问题。"傅子悦说。

钱合生叫手下加强防备，有外人闯入了。

"今天的事情就先谈到这里，我们也该走了。"傅子悦对钱合生说。

"你们现在还不能走。"钱合生拦住傅子悦，"你们先在二楼房间里待着，等事情弄清楚了才能离开！"

傅子悦和钱合生对视几秒，电光火石间浓浓的火药味。钱合生并不信任傅子悦！

"好，我们先在二楼待着。"僵持片刻，傅子悦妥协。

院子里的另一只猎犬突然又左顾右盼地狂吠起来。

"该死的畜生，乱叫什么叫！"拉着狗的壮汉骂道。

"它应该发现了什么。"傅子悦提醒。他知道顾明哲移动的速度，快得别人根本看不见踪影，或许顾明哲就在这个院子里！

钱合生不管提醒，催促一个手下带傅子悦三人上楼。他就留在这儿。

傅子悦和尤皓匆匆交换了一个眼神，先迈出脚步上楼。一个壮汉拿枪对着他们，走在最后面。看着他们三人走进刚才吃饭的房间后，壮汉准备把门合上。傅子悦突然对他叫了一声："嘿……"壮汉抬头看了傅子悦一眼。两人的视线交汇时，壮汉的眼神立即变得呆滞，像个木偶般站立不动。尤皓迅速从壮汉手中拿过枪，还从壮汉身上搜出一把小刀，把它装进自己口袋里。

"上头好了没？"壮汉的对讲机里发出声音。

"已经把他们锁在屋里。"傅子悦命令壮汉对着对讲机回答。

"很好，你守在上面。"对讲机里说。

傅子悦低声吩咐尤皓专心听着附近的动静，确认顾明哲还有没有带别的帮手来，然后又叫夏星菡穿墙进入二楼和三楼所有的房间看看这儿货物的情况。

夏星菡冲傅子悦会心一笑，小事一桩。她脱掉高跟鞋拿在手中，赤脚踩在地上，迅速穿墙查看这儿的情况，她在心里暗暗地骂着顾明哲，那个家伙怎么做事的啊，就这么不小心暴露了自己，别把她也牵涉进去啊！

"手机带了吗？"傅子悦问尤皓。

尤皓把自己的手机递给傅子悦。

傅子悦拨通梦晓芸的电话，那端响了好久一直没人接听。

梦晓芸的手机调成静音模式，放在书包里完全不知道有电话进来。她躲在墙后，把脑袋探出墙外用望远镜盯着不远处那个院落，那边是什么情况，狗一直在叫，顾明哲到底什么时候才回来？她好想回家啊！梦晓芸想起顾明哲临走时拜托的事情，他叫她控制一下那两条狗，梦晓芸也被狗的狂吠弄得心烦意乱，但她看不见狗的身影，无法直接用意念的能力强制合住狗的嘴巴。梦晓芸集中注意力，顺着狗的叫声在脑中想象着狗嘴巴张大的样子，画面感渐渐变得真实，她强制合上了那两张想象中的狗嘴，狗的叫声竟然止住了。老天，我竟然做到了！梦晓芸在心里欢呼。这不是梦晓芸第一次靠想象来施展意念的能力，她以前也有过几次肉眼没有直接看到实物就能控制它们的例子，她完全不清楚自己的能力到底有多么强大，未开发的潜能空间还非常大。

猎犬的嘴巴突然合上，它们似乎很用劲地想把嘴张开，但无济于事，只能从胸腔里发出痛苦沉闷的呜呜声。院子里的几个壮汉不知猎犬到底出了什么状况，他们还指望着从它们叫声的朝向寻找敌人呢，那两条畜生竟然不叫了，还莫名地趴在地上一动不动，怎么拉都拉不起来，急得他们破口大骂。

傅子悦也听到狗吠声突然消失，从二楼的窗户拉开一点窗帘看向楼下，他看出狗的异样，它们被梦晓芸控制了！梦晓芸那丫头到底掺和进什么事情里？她电话也不接，不知道人现在躲在哪儿，这么危险的地方竟然也敢跟着过来，那丫头到底有没有脑子啊！

没有了狗的威胁，顾明哲在院子里窜来窜去就方便多了，他在心里暗暗夸奖梦晓芸干得漂亮。顾明哲已经靠近院子，看了看围墙上的几处监控摄像头，他扛起自行车，极其冒险地直接瞬间从院子大门穿过，跑过院子，跑进屋内，跑上楼梯……顾明哲从院子里几个壮汉身边经过，从一楼楼梯口的钱合生身边经过，他移动的速度极快，看到黑影的人也不确定自己刚才是不是看到了什么东西。两条猎犬是嗅到有陌生人的气味闯入，但它们被梦晓芸用意念控制着四条腿趴在地上无法动弹。顾明哲迅速跑到三楼，继续扛着自行车，不能把它停靠在哪儿，若他真要逃走时骑车比跑步的速度快很多，它是个甜蜜的负担。顾明哲探头看了看，三楼的门外有两个人守着，他不能硬闯，这时扛在肩上的自行车刚好可以成为武器。顾明哲瞬间移动至那两人跟前，那两人还未反应过来时已经被他用自行车狠狠地砸向他们的头，他们即将倒地时顾明哲又迅速托住他们，让他们的身体平稳无声地躺到地上。

"楼上有动静。"虽然顾明哲行事已经十分小心，但窸窸窣窣的声音也没能逃过尤皓的耳朵。

傅子悦叫尤皓上楼看看。

尤皓小心走上楼，他站在楼梯口探头朝三楼的走廊看了看，地上躺着守门的那两个壮汉，看来已经被袭击。不妙，顾明哲已经来到三楼！那小子能在众目睽睽的防守下进到现场也挺厉害的嘛。尤皓几乎能确定就只有顾明哲一人闯入，他的速度很快可以来去自如，但别人就无法穿过院子上楼来了。只有顾明哲一人，尤皓就没那么紧张，他小心向门的方向移动……

仓库内，正在清点货物情况的夏星菌在听到门被推开发出"吱"的一声时，立即警觉地躲到箱子后，她的双眼已经在黑暗中适应了一段时间，借着门外透进来的微光，她很清楚地看到一个人走进来——是顾明哲！夏星菌并没有马上现身，她想看看顾明哲到底想干吗。

不能开灯，顾明哲花了几秒时间适应黑暗，三楼似乎是个仓库，堆积着数量可观的箱子，他不用猜也知道箱子里装的是毒品。这儿的确是钱合生的一个仓库据点。顾明哲掏出手机给老黑发去一条短信——目标已确认，速来！顾明哲打开一个箱子，看了看箱子内一包一包的白色粉末，突然感觉到身后有动静，他迅速扭头移动到那人身后把那人的两只胳膊反手钳制在背后，那人发出一声惨叫。顾明哲看到那人的脸，竟然是夏星菌，他松开她，她揉着被捏疼的手腕狠狠瞪着顾明哲。

夏星菌很想开口大骂顾明哲，忍住了，她怕被尤皓听见。

"不要干扰我办事！"顾明哲也不敢开口，迅速在手机上输入一行字。

夏星菌有一堆问题想问，诸如：你怎么那么笨就把自己暴露了？你来这儿到底是何目的？你到底是什么身份？疑问太多，夏星菌更痛恨的是顾明哲那家伙别把她牵涉进什么危险中！

"你最好立即离开。还有，警告你不要出卖我！"夏星菌在顾明哲的手机上输入。

"放心。"顾明哲在手机上说。

"我先下去了，你装作没有在这儿见过我。"夏星菌输入。

顾明哲和夏星菌两人把头凑在一块儿的画面被尤皓在门外偷看到。他不动声色，并没去打扰他们两人。待看到夏星菌准备离开，尤皓小心地后退，也下楼去了。回到傅子悦待的房间，尤皓并没有上报此事。夏星菌也随后就回来，笑着说楼上的几个房间全是仓库，货物数量十分庞大。尤皓看了看夏星菌，夏星菌总觉得尤皓的眼神十分奇怪，她有些心虚。

突然，尤皓听到一阵异样的声音，有车靠近，而且还不止一辆车！尤皓立即在傅子悦的耳边汇报，声音很小，没有让夏星菌听见。夏星菌注意到傅子悦的脸色瞬间变得十分严峻，她心里咯噔一下，该不会是自己暴露了吧？

"我们得立即离开。"傅子悦说。

"钱合生肯放我们走吗？院子里那么多人，很难硬闯出去。"尤皓说。

傅子悦扫视尤皓一眼。尤皓立即嘘声，他忘记了老大的能力。院子里也突然出现混乱，响起连续的叫骂声。

"在院子里发现的那架玩具飞机被人夺走了。"尤皓竖起耳朵听，告诉傅子悦。

"哼，顾明哲也真不怕死。"傅子悦冷笑。

那架飞机原本被一个壮汉拿在手中，突然他就莫名感觉自己膝盖后侧被猛地踹了一脚。手一松，那架飞机瞬间就消失了。

"他妈的，你们刚才有没有看到是怎么回事？"他叫骂着站起身，扭头间。

众人面面相觑，刚才似乎闪过一团黑影，但没人看清那是什么。

"见鬼了不是！"被夺走飞机的壮汉骂道。

大家提高警惕，四下查看。钱合生站在楼梯口的阴影中思索，那个闯入的人甚是大胆，为何就一直不知道他躲在哪儿？院子的大门已经紧闭，一个手下守在那儿，闯入者无法逃出去，那人此刻还在这个院子内！钱合生叫负责查看监控录像的手下仔细看监控，手下坐在地上把电脑放在大腿上，一直盯着电脑上八个分画面，刚才他就几次看到画面上一团黑影闪过，他把监控画面倒转回去，定格在那个黑影的瞬间，截图放大，由于黑影移动的速度太快，监控捕捉到的画面十分模糊，不能确定那黑影具体是个什么东西。

　　"那是顾明哲。"楼梯上，傅子悦走下来，冷冷地说。

　　钱合生扭头看着他们三人，不是把他们关起来了吗，难道他们还有同伙把他们放出来了？

　　"钱先生，你要相信我，我绝对是和你站在同一边的。现在情况紧急，我没时间多解释，我们最好都立即离开这儿，顾明哲还有同伙赶过来了……"傅子悦说。

　　"我凭什么相信你？"钱合生挥了挥手，院子里的手下立即跑过来两人，从腰间掏出枪指着傅子悦和尤皓。

　　"你最好相信我，不然你这儿就危险了。现在你要防备的不是我，而是想想如何把楼上的货物全部转移。"傅子悦说。

　　钱合生若有所思，事情严重到要转移货物的程度的话……难道是警察来了？哼，若真是警察来了，那也是傅子悦他们引来的！而且他派守在来这里的必经之路上潜伏的手下并没有向他汇报有异常。

　　尤皓听到有车靠近，而且他还听到了女人的一声尖叫，他想把头凑去傅子悦耳边汇报，他的脚才刚抬起来，钱合生的一个手下就呵斥起来，举着枪对准尤皓叫他不许动。尤皓不敢动，傅子悦扭头看了看尤皓，知道他一定是又听到什么不对劲的声音。傅子悦不想再停留在这儿跟钱合生对峙，若真有警察赶来，大家都危险，他不能让警察看到他的脸。傅子悦准备用超能力去控制那两个举枪的手下……

　　突然，院子里那两条原本很奇怪地趴在地上不动也不叫的猎犬开始站起身狂吠起来，又恢复了它们该有的状态。

　　狗恢复正常了……难道……傅子悦心里闪过梦晓芸的名字，她不再控制它们。

303

猎犬冲至铁门处对着外面狂吠。很快，院子外有车灯连续闪了三下，那是他们的暗号。是自己人，守门的壮汉把门打开，放那辆车进来。

"老大，有三辆车赶过来了，"驾驶座上的壮汉下车急急忙忙地说。"还有，我们发现这个女人躲在附近鬼鬼祟祟地用望远镜看着这边。"他叫后排的同伙把那已被打晕的女人拖出来。

是梦晓芸！傅子悦和躲在一楼厨房的窗户张望外面情况的顾明哲同时在心里惊呼。糟糕，那丫头怎么落入钱合生那帮人的手中！顾明哲开始后悔把梦晓芸一个人丢下，看她现在昏迷的样子，那帮人刚才到底怎么对她了！

壮汉把梦晓芸从车里拖出来扔到地上，钱合生觉得这个女人有点面熟，似乎在哪儿见到过。钱合生叫手下说清楚点，什么样的车赶过来了？手下不能确定那是不是警车，没有警车的标志，两辆轿车一辆商务车开上了院子外的那条马路。他们发现那三辆车时是在两公里多开外，此刻估计马上就到这儿了。

"提高警惕！"钱合生下达命令。他叫司机把车开来，他要立即离开。钱合生简短地交代手下看护好货物，以及……先不要放傅子悦他们走。

钱合生急急坐上车离开，院子大门打开时，顾明哲其实可以趁机迅速溜出去，但他不能丢下梦晓芸不管……顾明哲但愿傅子悦会出手相救，梦晓芸对傅子悦来说还有很多利用价值……顾明哲从厨房窗户向外看，傅子悦依旧待在楼梯口的阴影中，两个壮汉举着枪指着他们，叫他们三人上楼去……

蓦地，举着枪的两个壮汉奇怪地垂下手，眼神变得呆滞。傅子悦控制了他们。

"那些车还有多远？"傅子悦问尤皓。

"一辆已经去追钱合生的车，另外两辆就停在附近。"尤皓回答。

那两辆车还没有立即闯进来查封这儿，奇怪。傅子悦也没空功夫去琢磨来者的心思，他得马上离开。

傅子悦迅速控制了所有钱合生手下以及那两条猎犬的意识，人和狗都呆呆僵直地站立不动，就像雕塑般。

尤皓去开车，傅子悦抱起昏迷的梦晓芸上车，扬长而去。

两辆警车就停在院子外面几百米的地方，老黑在等待顾明哲的通知。

看到傅子悦的车开走，手下问老黑要不要跟上去，老黑摆摆手，他们的首要目标是钱合生。

顾明哲待看到梦晓芸被傅子悦平安带走后，松了口气，发送消息给老黑：行动！

老黑他们一帮人立即把车开至院子门口，一共十个人下车。院子里钱合生的那帮手下在傅子悦离开后，瞬间恢复正常意识，他们还来不及摸清楚状况，就闯入一帮警察，警察亮出工作证，说要检查这个屋子。

院子里的壮汉嬉笑着说这里是自家住宅，警察有搜查令吗？三个壮汉腰间插着枪用衣服遮挡着。顾明哲之前发信息告诉他这里至少有八个人，那么另外至少还有五个人躲在房内俯视着院子，从高处射击的话警察处于劣势。要尽量避免人员伤亡。

"不要干扰警察查案！"老黑的一个手下已经忍不住呵斥道。

"呵呵，警察也要按规矩办事啊，有搜查令吗？"钱合生的手下笑着说。

与此同时，顾明哲已经瞬间移动上楼，楼上的那些人根本来不及看清他就已经被他迅速用自行车砸晕。顾明哲把他们身上的枪都收走，立即发送消息给老黑："楼上已解决，安全。"

老黑看到短信，对身旁的手下示意一个眼神，几个警察立即掏枪指着那三个壮汉，壮汉朝楼上窗户看了看，想寻求帮助，可楼上一直没动静。该死，楼上那帮人到底在等什么，快开枪啊！楼下的三个壮汉在心里骂着。

一切进展得很顺利，没有发生枪战，警察也没有人员伤亡，老黑很感激顾明哲解决掉楼上的一帮人。但顾明哲人呢，警察搜查屋子时并没有看到顾明哲的人影，院子大门处也有警察守着，完全不知道那小子是怎么离开这里的，有时老黑也觉得顾明哲实在是有着某种过人之处。

仓库里装满毒品的箱子全部被警察搬走，钱合生的手下也全部被带回警察局盘问。警察们并没有注意到其实钱合生还有两个手下，他们原本被派在路口的另一端站岗，看到警察的车离开，后面还跟着几辆他们同伙的车，开车的人他们并不认识，他们开始面面相觑，商量一番，在黑暗中发动车子回到那处院落，那儿一片凌乱，已经静无声息，他们进屋转了一圈，临走时把那地上躺着的梦晓芸的书包捡起来带走了……

梦晓芸被傅子悦带去他家。傅子悦把夏星菌先打发走了，留下尤皓作为保镖。夏星菌离开时是一万个不情愿，她找借口说需要讨论一下刚才的突发状况，傅子悦不耐烦地挥挥手，示意夏星菌别说了，一切等他指示。夏星菌怨恨地看着梦晓芸，梦晓芸一脸魂不守舍很招人想保护她的模样，夏星菌看着就想用长指甲在梦晓芸脸上狠狠地抓出几道血痕。

尤皓在客厅里看电视，傅子悦扶着梦晓芸去卧室，她虽然人是醒过来了，意识却十分混乱。在傅子悦从地上抱起梦晓芸的时候，她的眼睛已经睁开，映入眼帘的是好几个胳膊上有文身的男人，梦晓芸不知道自己怎么就进入到那个院子里去了，她的上一秒记忆是她正举着望远镜看那个院子时，身旁突然停下一辆车，然后里面跑出来一个男人凶狠地问她在这里干吗。梦晓芸哆哆嗦嗦地不知如何回答，突然，那男人就用一张浸湿了乙醇的布捂住她的嘴鼻，她渐渐失去知觉，然后……然后……待梦晓芸再次睁开眼时，怎么就已经被傅子悦抱在怀里？顾明哲呢，他去哪儿了？梦晓芸一直低着头，傅子悦还没机会与她眼神对视，她今天没有戴着那副该死的眼镜，他可以控制她的意识！

傅子悦温柔地照顾着梦晓芸，坐在她身旁握住她冰冷的手，关切地说："别怕，我就在你身边……"傅子悦没有用言语逼问梦晓芸，只是耐心地等梦晓芸自己放松下来。

"书包，我的书包呢？"良久，梦晓芸终于缓过神来，第一反应就是惊慌失措地四处张望自己的书包。

"什么书包？"傅子悦问。

梦晓芸抬头看向傅子悦，四目相对，她的目光立即变得呆滞。终于找到机会控制她！傅子悦勾了勾嘴角笑。

现在事情就变得好办了，梦晓芸失去自我意识，傅子悦问她什么问题，她就只能绝对地老实交代，是没有经过大脑思考筛选的最原始的数据。从梦晓芸当日在会所的案发现场被顾明哲带走开始，之后的每一个细节梦晓芸都一五一十地说了出来。顾明哲住的地方的真实情况，顾明哲要梦晓芸配合他行动的情况，包括这次顾明哲带她去那个农家院落附近的目的等等，但傅子悦问梦晓芸知道顾明哲的家住在什么路上，他的真实身份是什么，以及他是在跟警察合作吗……这些问题梦晓芸都回答不上来。傅子悦掌握了所有梦晓芸知道的关于顾明哲的信息，那些内容他大概也猜出来了，只是最关键的几点信息梦晓芸却无法告知，这令傅子悦有些恼怒。

待傅子悦不再控制梦晓芸的意识时，梦晓芸眨眨眼，完全不知道刚才发生过什么，她的最后一刻记忆还停留在寻找书包，她望着傅子悦，又问了一遍："我的书包呢？"

"你去那里时背着书包吗？"之前梦晓芸开口说话时傅子悦只顾上立即去控制梦晓芸的意识，没去在意她这句话，此刻傅子悦突然发现不妙。书包就代表着梦晓芸的身份，它落入警察手中还好，若是落入钱合生手中那就糟糕了……

尤皓突然跑来敲卧室的门。

"什么情况？"傅子悦走出卧室，把门合上问。

"有异常。"尤皓汇报。

这个小区的门禁很森严，顾明哲来到楼下大堂时，看门的保安立即起身询问顾明哲要去几楼。顾明哲瞬间移动搜了一下保安身上的东西，拿走门卡，笑眯眯地随意报了一个数字——二十三楼。保安立即拨电话询问二十三楼的住户是否知道有访客来临。在保安低头拨电话的时候，顾明哲已经瞬间移动至电梯门口，刷了刷偷来的那张卡—电梯毫无反应。顾明哲准备走楼梯上去，安全通道的门锁着，他看到门边有刷卡的机器，试了试偷来的那张卡，门开了。顾明哲迅速溜进去。一切发生的很快，只在保安低头拨电话的瞬间，待保安抬头时，眼前已经没了人影。

尤皓听到楼下保安和那人的对话，不能确定说出那个声音的人的身份，但今晚情况特殊，要随时防备着。

片刻后，门铃响起。尤皓立即用询问的眼神看了看傅子悦，傅子悦摆摆手，叫尤皓去客房待着别出来。傅子悦走去大门的猫眼看了看外面，来人果真是顾明哲。

傅子悦打开门，面带微笑地看着顾明哲。顾明哲也露出笑嘻嘻的表情。

"真是稀客呀。"傅子悦说。

"可以进去吗？"顾明哲问。

傅子悦欠身让开。

顾明哲把自行车靠门边，鞋也没脱直接走进去，傅子悦突然拉住顾明哲的胳膊，说："你先不要去打扰梦晓芸，她还没从惊吓中缓过来。"

呵呵，一向冷漠的傅老板何时也开始关心起人了？真是奇迹。顾明哲大摇大摆地坐到沙发上，他知道傅子悦一直死死盯住他，防止一恍惚时他就跑去把梦晓芸掠夺走了。

"放心吧，我来是有事情要跟你谈。"顾明哲跷起二郎腿踩在茶几上，从书包里取出一张打印纸扔给傅子悦，那是他用航拍飞机偷拍下来的一个画面。

放大的画面像素不高，可以看到房间里坐在圆桌旁的三个人，钱合生的脸正对镜头看得十分清晰，夏星菌半侧着身，可以依稀从脸部侧面轮廓辨认出她的身份，而自己呢，傅子悦勾勾嘴角，他的脸并未出现在画面中，那上面只有他的一个背影。

"这能说明什么吗？"傅子悦冷笑着把打印纸扔回给顾明哲。

顾明哲还是一副吊儿郎当笑嘻嘻的表情，又从书包里取出一张打印纸扔给傅子悦。

第二张照片中，似乎是傅子悦不经意扭头的瞬间，刚好把侧面轮廓暴露在镜头里。傅子悦的脸色阴沉下来，他看着顾明哲，问："你到底想得到什么？"

"这张照片，只有你知我知，我可以不把它交给警方。"顾明哲说。

傅子悦从雪茄盒里取出一支雪茄，点燃，深深地吸了一口，盯着躲在眼镜后面的顾明哲的眼睛，他真想把那副该死的眼镜打碎，然后就可以知道一切真实答案。傅子悦真的……十分诧异，顾明哲何时变成了那种身份？"你是警方的卧底？"傅子悦问。

顾明哲只是微笑，并没有回答。

"这是一份很危险又见不到光的职业，你真是高尚啊。"傅子悦嘲弄地笑。

"现在可以做个交易了吧？"顾明哲问。

"我们之间还需要做交易吗？呵呵，听着真是伤心啊。"傅子悦又抽了一口雪茄。从小一起长大，说好要一辈子都携手共进的两人，为何落得如今这般境地。傅子悦的内心里真的很悲哀。

顾明哲简明说出自己想要的东西，他这次只是针对钱合生，傅子悦在做什么勾当他不管，如果傅子悦愿意合作，他会重新剪辑视频，拍摄的饭局过程中不会出现任何傅子悦和他美丽的助理的身影。作为交换条件，傅子悦必须为顾明哲提供能够把钱合生判进监狱的确切证据，今晚查获的那些毒品并不能完全指控钱合生，顾明哲想要从傅子悦这儿得到更多的信息。以及，顾明哲要傅子悦保护好梦晓芸，如果钱合生知道梦晓芸的存在，一定不会轻易放过这条线索……

"她在你这儿比较安全。"顾明哲说。

"你觉得我会答应你讲的这些条件吗？"傅子悦问。

"你别无选择。"顾明哲推了推眼镜，起身要离开。他扭头看了一眼卧室门，他猜想梦晓芸一定在里面，他并没有瞬间移动去看看她，他不想打扰她，今晚……她一定受了不小的惊吓，此后梦晓芸的生活真的要发生翻天覆地的变化了，她……能承受得住吗？

"出电梯时注意点，小心钱合生派人在楼下监视着。"傅子悦提醒，他可不想让钱合生知道他和顾明哲有来往。

"保护好她。"顾明哲临走时嘱咐。

傅子悦并没有承诺什么。回到卧室，梦晓芸还躺在沙发上愣愣地低着头不知在想什么。傅子悦走去温柔地握住梦晓芸的手，安慰她一番，他抚摸着她头发抱她上床躺下，劝她吃下一颗安眠药好稳稳地睡一觉，梦晓芸乖乖地吃下安眠药，抬头恳求地看着傅子悦，问："你能躺在我旁边陪着我吗？"梦晓芸说这话这并不是什么色情暗示，她只需要知道傅子悦在身边她就安心许多。梦晓芸的脑子里好混乱，反复出现那个凶悍的男人用毛巾捂住她嘴并钳制住她胳膊把她压在墙上的画面，被那么恐怖地对待还是第一遭。

"好，我会一直陪着你。"傅子悦柔声说。他替她盖好被子，他也和衣躺在一旁，一直握着她冰凉的小手，眼神温情地注视着她。很快，安眠药发生功效，梦晓芸呼吸均匀地睡着。傅子悦看到梦晓芸的脸部表情舒缓下来，纯洁而无辜，今晚不会有噩梦惊扰她。傅子悦抚摸梦晓芸的脸颊，多么干净的一张脸，他在她额头上印下一个吻，她平静的生活是再也回不去了吧！

傅子悦下床，上楼想去露台喝点酒吹吹风，没有酒精的催眠他是无法入睡。尤皓已经先一步坐在露台上喝起酒。尤皓为傅子悦倒上一杯威士忌，加入冰块，他们需要谈谈今后该怎么办，这件事可不是只是傅子悦一个人的事情，若事情没办好尤皓原本能分到的巨额钱财也打水漂了，尤皓不是那种愿意白冒险的人。

尤皓心里的算盘傅子悦怎么能不清楚，傅子悦还没想好接下来的计划，只能走一步算一步。呵呵，傅子悦也难得遇到自己不能控制大局的时候，不过……他也不可能让别人控制他！

与此同时，没法安心睡觉的人还有钱合生，他乘车逃脱后住进用别人身份证开的酒店套房里，对着赶来的李品军和许成业狂躁地发了一通脾气。李品军和许成业早就看傅子悦不爽了，钱合生要把一些原本属于他们的业务交给傅子悦去做，他们怎可眼睁睁地看着捞钱的机会被傅子悦抢去！李品军和许成业你一言我一语地把这次警方闯入仓库的事件怪罪到傅子悦头上，不是那小子把警察带去的还会有谁？李品军和许成业还自告奋勇地要去把这件事情查清楚；他们两人针锋相对多年，难得有这么团结的时候。

那两个之前被安排的路口站岗的小弟来到钱合生住的套房，汇报了他们赶回仓库时见到的情况，其他兄弟们已经不在了，货物也全部被运走，只在院子里捡到一个书包。

李品军抢先拿过书包，倒提着书包把里面的东西全部倒在地毯上，然后从一堆零碎的东西里首先捡起钱包，打开看了看，里面有一个女孩的身份证和学生证，梦晓芸，二十岁，音乐学院学生。这个名字李品军还记得，不就是那个顾明哲在会所杀人时报警的女孩子吗？钱合生从照片上认出这就是那个被两个手下弄晕带回院子的女孩，一个女学生掺和进来是什么情况？经李品军提醒，钱合生记起顾明哲的案子里这个女孩的角色，不免皱起眉，怎么又是她，出现了两次那就不是无缘无故的巧合。在上次顾明哲案发后钱合生就曾对梦晓芸做过一次详细调查，知道她和傅子悦有来往，傅子悦轻描淡写地说她只是他公司里聘请的一位钢琴老师，现在看来，她不容小觑，似乎还扮演着某个重要的角色。

李品军又抢先站出来说这件事情交给他去办。

很快，梦晓芸家里就闯入一帮面容不善的男人，他们将防盗门强制撬开，然后把睡着的梦晓芸父母拉起来，质问梦晓芸人在哪儿。梦晓芸的父母战战兢兢地坐在沙发上，看着这帮流氓模样的人在家里翻箱倒柜，不知女儿惹了什么事情。一个人拍了拍钢琴盖，一屁股坐上去，梦晓芸的母亲知道那架钢琴是女儿的宝贝，她提醒道："别……别坐在那琴上。"

"他妈的，我想坐哪儿还要你管！"那人说着就拿起钢琴旁的凳子狠狠砸在琴盖上，琴盖被砸凹陷一个坑。

梦晓芸的母亲还想说什么，被老公拉住。

"给我老实点，真不知道梦晓芸在哪儿吗？"李品军大声问。

"大哥，请问你们找我家闺女到底是何事？"梦晓芸的母亲声音颤抖地问。晚上过了十一点还没见女儿回家，梦晓芸的父母都有些担心，母亲连续给梦晓芸打了好几个电话都无人接听，而此刻却有一帮黑社会模样的男人闯入家里来要找女儿，父母的担忧更深了，女儿怎么会招惹上这种人啊……

李品军在手机上找出傅子悦的号码，然后叫梦晓芸的母亲用她自己的手机拨过去，问问对方梦晓芸现在在哪儿，并警告梦晓芸的母亲说话声音正常点，若她不小心暴露了这儿的情况，有她好受的！梦晓芸的母亲战战兢兢地接过电话，她看了看手机上显示的名字，傅子悦。这个名字梦晓芸的母亲有印象，她知道女儿兼职授课的一家公司的老板就叫傅子悦，女儿说起他时脸上还不由自主地露出红晕，母亲当时就怀疑梦晓芸是不是喜欢那个男人，尤其在梦晓芸失踪一个多星期刚回家不久，楼下就有一辆车来接她去吃晚饭，母亲看到他们两人拥抱亲密的模样，她敢肯定那个开着跑车来接女儿的男人就是傅子悦！

"快打啊！"李品军不耐烦地吼。

梦晓芸的母亲拨通电话。

"喂，傅先生啊，我是梦晓芸的母亲，抱歉半夜打扰您啊，我女儿现在还没回家，我想问问你知道她去哪儿了吗？"梦晓芸的母亲尽量不让声音颤抖，说完眼睛看了看李品军。

"晓芸不在家吗？你打她电话能联系上吗？"傅子悦问。

"一直联系不上她，所以想问问傅先生……"

梦晓芸的母亲竟然有他的电话号码，傅子悦觉得有异，他装作语气亲切地继续和梦晓芸的母亲寒暄，听出她声音里的不对劲，他说他会帮忙找找梦晓芸。傅子悦还故意提到梦晓芸有个关系很好的朋友叫顾明哲，或许他会知道。傅子悦把顾明哲的电话号码告诉梦晓芸的母亲，那个号码这段时间一直都是关机状态，打不通无所谓，只要把矛头转向顾明哲就是了。

讲完电话，傅子悦和尤皓互相看了一眼。"他们找去梦晓芸家里了。"尤皓说。

看来……钱合生已经怀疑梦晓芸的存在，呵呵，顾明哲知道自己把一个小丫头带入被恶人追杀的境地中良心会受到谴责吗？以顾明哲那副好心肠，说什么也不会舍得梦晓芸落入钱合生那伙人手中吧。傅子悦知道梦晓芸此刻是他手中的一副牌，就看他怎么去打那副牌。

"他们也会找到这里来的。"尤皓担忧。那伙人有枪，天知道他们会闹出什么事来，老大的超能力再厉害也不可能同时对付那么多亡命徒啊。"要不……把梦晓芸交给他们，这样也可表示咱们的诚意，说明这次警察闯入的事件和我们并没有任何关系。"尤皓说。

傅子悦摇摇头。

"该死！这笔钱不仅没赚到，还惹了个这么大的麻烦。"尤皓不爽地抱怨。

"你跟着我也赚了不少钱，少赚一次又死不了人。"傅子悦冷冷地说。

尤皓也只能在心里反抗地骂几句，他知道自己这些年来都是跟着傅子悦才能赚这么多钱，若凭他一个人单干，他那听觉灵敏的能力有个屁用，不过……若是能依附一个强大的组织，凭他的能力也能混个不错的地位。为何就一直没遇到别的具有超能力的组织呢？世界人口这么多，具有超能力的人不至于就他们这几个吧？

两人继续喝了一会儿酒，傅子悦还是没有困意，若吃颗安眠药让自己沉沉睡去中途发生什么事情也不可控制了。傅子悦回到卧室，躺在梦晓芸身边，她睡得真安稳，仿佛天塌下来也与她无关。傅子悦枕着胳膊呆呆地注视着梦晓芸，第一次，和一个女人躺在一张床上却什么肉欲都没有。傅子悦感觉很奇妙，经历过无数个寂寞的夜晚，突然有人在身边静静陪伴，那么小小的易碎的可人儿，需要他的呵护。傅子悦就这么在昏暗中注视着梦晓芸的侧脸，竟然不知不觉睡着了……

安眠药的功效只持续了四个多小时，梦晓芸睁开眼，扭头看到躺在自己身边的傅子悦，一时以为是在梦中。梦晓芸犹豫地伸出手，轻轻触碰傅子悦的脸颊，肌肤接触的刹那，指尖感受到温暖，全身竟像有一股电流窜过。

梦晓芸小心地抽回手，怕惊扰了傅子悦的睡眠。是真的，他是真的。梦晓芸在心中欢呼。花了点时间才回忆起自己身处何地，那些遭遇袭击的恐怖画面没有来骚扰梦晓芸，此刻她只觉得幸福甜蜜，能和傅子悦这么近距离地一起躺着，她是如此幸运。梦晓芸一动也不敢动，甚至连呼吸都变得小心翼翼，她一直呆呆地注视着傅子悦，她还从未如此仔细又大胆地看清他的脸，以前面对他时她总是自卑地低着头。

房间的光线一点一点变亮，梦晓芸不知自己这么呆呆地注视了多久，傅子悦的长睫毛动了动，他翻了个身，诧异自己竟然睡着了。这一觉睡得似乎很安稳。傅子悦扭头看向梦晓芸，她对他微笑，羞涩地说了句："嗨。"

"嗨。"傅子悦伸手抚摸梦晓芸的脸庞，"昨晚睡得好吗？"

"很好。"梦晓芸真的好喜欢和傅子悦眼神对视的感觉，他的眼睛好温柔好迷人，她一点也不怕它。她好希望两个人就这么注视着彼此直到永远，永远。

今日傅子悦没有去公司，他要梦晓芸这几日也继续待在他家，他说她出去会不安全。梦晓芸还不明白自己卷入了什么危险中，她说她需要去学校上课，需要回家以免父母担心。傅子悦没有告诉梦晓芸半夜她家发生的事情，他只是说自己已经联系过她父母，告诉他们这几日她会住在他家。梦晓芸睁大眼，不敢相信傅子悦竟然告诉她父母他是她的男朋友，她脸红发热，男朋友耶，这个词她想都不敢想。

三个人坐在餐桌前吃早餐，尤皓一直在观察那两人，昨晚他们睡在一张床上，他竟然都没听到任何动静。梦晓芸有些担心傅子悦会不会问她昨晚的事情，她怎么和顾明哲有暗中来往？为什么会出现在那个荒郊野外的地方？她不太会撒谎，没有顾明哲指点，自己一定会说错话。梦晓芸吃饭时一直低着头思考着她该如何圆谎，却迟迟没等到傅子悦的盘问。她不知自己是不是该庆幸他不是一个爱盘根问底的人，她很喜欢他这点。

待在傅子悦家的时光一点也不觉得枯燥，有钢琴在，梦晓芸可以坐在钢琴前一连就弹奏好几个小时。在这儿梦晓芸不会有在顾明哲家那种被囚禁的感觉，她身心都是愉悦的，而且傅子悦还在身边，空气中全是他的味道，呼吸都变成一件开心的事情。

尤皓觉得耳边整天响着钢琴声是一种噪音，他更愿意傅子悦把梦晓芸交给钱合生，那么大家的日子都好过，不用像现在这般神经紧绷。尤皓听

313

到傅子悦在书房里讲电话的声音，知道钱合生一早就从香江辗转回到赌城，S市这边的事情交给李品军和许成业负责处理。尤皓还听到傅子悦向警察局的周警官打听消息，虽然昨晚钱合生手下的人被抓住几个，货物也被没收，但由于并没有当场抓住钱合生，他的手下也死活不肯供出他，还没有拿到钱合生涉罪的直接证据。周警官说局里风头很紧，不清楚还掌握着什么证据，反正大家最近行事小心点，叫傅子悦没紧急事情也不要联系他。傅子悦问出了昨晚行动的指挥人外号叫"老黑"，或许那人就是顾明哲的直接上司，周警官在警察局里查不出顾明哲的员工资料，无法证明顾明哲是否就是卧底。尤皓回想了一下顾明哲失踪几年后再次出现的种种行为，原来是去做警察了啊，呵呵，若警察都是有超能力的人那天下就太平了。尤皓嘲笑道。尤皓还听到了夏星菌打电话来抱怨，李品军一早就带着一帮人浩浩荡荡地冲去傅子悦的公司闹了一场，把傅子悦办公室那套茶具都砸了，放言傅子悦不出面交代清楚这公司也别想办下去。夏星菌花了好大的工夫才把李品军那帮人送走，前台还询问是否需要报警，被夏星菌痛骂了一顿。

夏星菌跟尤皓通电话时听说梦晓芸昨晚和傅子悦睡在一张床上简直气炸了！"我会帮你密切留意他们两人。"尤皓阴笑着说，他听到夏星菌的手指关节捏得咯吱响的声音，心里一阵幸灾乐祸，这算是他了无生趣地待在傅子悦家里找到的一点乐子。尤皓想起昨晚在仓库的三楼看到的夏星菌和顾明哲交头接耳的一面，他很想立即盘间夏星菌，顿了顿，还是忍住好奇心，他得利用它来谋求更大的福利，还是等待更好的机会来临时再说。

李品军又带着人假办警察去梦晓芸的学校查问了一番，老师和同学只记得是有梦晓芸这一个人的存在，但没有人跟她有什么亲密接触，她是个不爱说话的孤僻的学生。李品军查过梦晓芸的手机，那丫头几乎只和傅子悦一人通话，尤其是微信聊天记录里傅子悦各种温柔关心的话语，李品军断定梦晓芸是傅子悦的女人。手下说要不直接冲去傅子悦家看看究竟，李品军沉思，毕竟还不能完全确认昨晚的警察是傅子悦带去的，若傅子悦真的和警方勾结，他们贸然闯入只会把自己也载进去，还得从长计议。李品军派人在傅子悦家楼下监视他的动静。

午饭有阿姨买好菜上门来做，饭菜很丰盛，和在顾明哲家里逃难的日子完全是天壤之别。三个人沉默地吃饭，没有交谈，气氛也不算尴尬。梦晓芸没有问自己需要在这儿躲多少天，她喜欢这里，如果每天都这么和傅子悦在同一张餐桌上吃饭她躲一辈子都愿意。吃完饭梦晓芸还说要帮阿姨洗碗，她热心地开始收拾桌上的盘子，阿姨诚惶诚恐地制止她，笑着说小姐的手这么细嫩漂亮不能弄伤了。傅子悦的视线扫过梦晓芸的手，才注意到她没有戴着手表。她身上干干净净一件装饰品都没有，他送过她好几样首饰她都不喜欢吗？

"为什么不戴我送你的那块表？"傅子悦问。

"那个……那块表太贵了，我怕弄坏它。"梦晓芸手中的盘子被阿姨夺走，扭头愣愣地眨眨眼。

"弄坏了我再买块新的给你。"

"没必要那么浪费，手机也可以看时间的。"梦晓芸说。可惜她手机也掉了，身份证、学生证、钥匙都在书包里，全部都丢了。还有顾明哲给她的那个单独联系用的手机，没有那个手机顾明哲是不是都联系不到她了？顾明哲知道她现在在傅子悦家里吗？哎，不要去管那家伙，那家伙居然把她一个人丢在荒郊野外置她于危险中不顾，枉费她还信任他！

阿姨收拾完毕，傅子悦递给阿姨五百块钱作为贿赂，叮嘱她若遇到什么人千万不能说是为他工作，以及家里还有一个女孩在。阿姨已经为傅子悦帮佣了三年多，算是可靠之人，她多拿了钱很开心，点头说好。阿姨话刚说完，整个人突然就呆若木鸡地站在那儿，傅子悦问她上楼来时是否被陌生人问过话，阿姨回答说没有。傅子悦收回眼神，阿姨恢复了正常，对刚才发生的事情完全没有任何记忆。

梦晓芸站在一旁愣愣地注视着那一幕，待阿姨离开后，她颤抖着声音问："刚才……刚才你是不是控制了阿姨？"

"以防万一。"傅子悦轻描淡写地回答。

"这样随意控制别人不……不太好。"梦晓芸说。

傅子悦勾了勾嘴角，他不需要别人来评判他。

"那个……"梦晓芸蓦地想起什么，眼镜，她在这里一直没有戴上眼镜！眼镜在她丢失的书包里呢。

傅子悦等待梦晓芸说下去。

"我在这里时你有没有……有没有……"梦晓芸犹豫不定，声音轻得就似自言自语。

"没有。"傅子悦不待梦晓芸说完就回答，他明白她指的是什么。"晓芸，你忘记我说过的话吗，我永远不会用它来控制你的意识。"

梦晓芸低下头，她不该怀疑傅子悦，她是不是伤他的心了？梦晓芸的内心十分自责。

尤皓在一旁扑哧一声笑了。傅子悦扭头冷冷地瞪了尤皓一眼，尤皓赶紧找借口上楼去。呵呵，梦晓芸那丫头也真好骗。尤皓想。

中午夏星菌从公司事务中脱开身，按照傅子悦的交代跑去商场为梦晓芸挑选了几套换洗的衣服，连内衣内裤都要帮梦晓芸买好，夏星菌想想就一阵火大，她成了梦晓芸的佣人不成！她提着几袋衣服来到傅子悦家楼下，傅子悦竟然还不许她上楼，叫尤皓下楼去拿，夏星菌恨得在心里把梦晓芸骂了个体无完肤。

尤皓来到地下车库，看到夏星菌那副表情就知道她心里不爽，他嬉笑着故意调侃她真是大度啊还帮情敌买衣服。夏星菌忍住怒火，把几袋衣服交给尤皓。

"我有个问题很好奇，不知该不该问。"尤皓接过纸袋时把脸凑向车窗户，胳膊肘托在窗框上，笑得很诡异。

夏星菌以为尤皓又想说什么关于梦晓芸和傅子悦的暧昧事情来刺激她，白了尤皓一眼，叫他把胳膊拿开，她要关窗户了。

"别急着走嘛，说不定待会儿你还得求我呢。"尤皓笑得更神秘了。

"呵呵，你也太高估自己了吧。"夏星菌不耐烦地发动车子。

"昨晚……你跟顾明哲……"尤皓缓缓地说。

夏星菌准备踩油门的脚立即停下，她扭头瞪着尤皓，他到底想说什么！

"需要我提醒得再清楚点吗？老大叫你去三楼盘点情况时，你跟顾明哲交头接耳在干什么呢？"尤皓说。

夏星菌到底是江湖经验丰富的人，情绪控制得很好，脸部表情没有丝毫的慌乱。夏星菌知道当时她和顾明哲是用手机打字交流，尤皓并没有听到任何她和顾明哲的交谈，不用担心什么。夏星菌不知尤皓看到多少，或许他只是想唬她。夏星菌冷笑一声，"我当时撞上顾明哲也在，跟他周旋一下又怎么了？"

"周旋时干吗不直接说话交流，还举着个手机干吗呢？"

"就是不想让你听到话！"夏星菌哼一声。

"我还没有跟老大报告此事。"尤皓的笑容更意味深长了。他把头伸进窗户内，压低声音说。

"随便！"夏星菌没挂挡踩了两下油门，车子发出嗡嗡的声音，提醒尤皓快点把脑袋缩回去。

"出去时注意看看车库里哪辆车里有人，最好把车型号和车牌号看清楚。"尤皓知道自己的目的会达到，就给这女人时间去掂量吧。

夏星菌看都没看尤皓一眼就关上车窗。

待尤皓回到傅子悦家时，就收到了夏星菌告知车型号和车牌号的短信。

"他们在车库里。"尤皓给傅子悦汇报。

傅子悦点了点头。

"如果他们冲上来怎么办？若只有我们两个人还好，拖着梦晓芸那丫头就不好说了……"尤皓说。

"呵，你还没弄清事实吧，梦晓芸比你我两人都要强大得多。"傅子悦说。

尤皓不置可否，他在心中嘲笑老大这次该不会动了真情吧？

梦晓芸拉着傅子悦坐到钢琴前，说要教他弹钢琴，两人还真的就像模像样地一个教琴一个学琴。弹琴的时候，傅子悦觉得身心是放松的，尤皓却在楼顶的露台一根接一根地抽烟，觉得琴声烦死了，他真想把听力屏蔽掉，又怕错过什么傅子悦和梦晓芸之间的悄悄话。

与此同时，顾明哲从电脑上拔下移动硬盘，戴上鸭舌帽和眼镜，准备出发。昨晚用航拍飞机拍摄到的视频还算满意，钱合生和傅子悦之间的对话用特殊音频软件处理过后尚可听清内容，谈话里有提及那批毒品的交易，可以作为直接起诉钱合生的证据。但顾明哲复制到移动硬盘里的视频并不是拍摄的原件，他剪辑过了，把画面两端坐着的夏星菌和傅子悦的身影都剪掉，视频并没有他们两人脸部的出现，辨别不出饭桌上除了钱合生外另外两个参与者是谁。剪辑视频时，顾明哲对着电脑思索了很久，他一夜没睡，啤酒喝了一罐又一罐，手指不停地在桌面上敲击，把指甲都磨秃了。顾明哲脑子里很乱，喝了酒后不是该意识模糊吗，为何那些记忆深处的画面反而变得更清晰呢？他和傅子悦在冬天里盖着破旧单薄的被子躺在水泥地上紧紧拥抱着互相取暖；从街上抢到一个小孩喝剩的半盒牛奶一口一口地分着喝；半夜躺在操场上看着星空大声唱歌；报复老是欺压孩子的指导员令他在星期一的升旗仪式上当着全部人的面突然脱掉裤子忏悔；两个小脑袋挤在一起从门缝里偷看女生洗澡……无数的画面不受控制地从顾明哲的脑海里冒出来，历历在目，仿佛一切就发生在昨天，他和傅子悦还是稚嫩的小孩，天真地幻想着美好的未来。内心经过激烈的争斗，顾明哲还是决定最后给傅子悦一次机会罢，真的是最后一次了。

顾明哲骑着自行车来到市区的地铁站，看了看时间，在书报亭里挑选了一张报纸埋头看起来，待秒针还有四十一秒到下午一点时，顾明哲把报纸钱扔给商贩，扛着折叠过的自行车下至地下，去地铁站的卫生间方便。顾明哲刚解开运动裤的松紧带，一个矮胖的男人就站立到他身旁的小便池，黑衣黑裤戴着黑色墨镜，一边解皮带一边干咳了一声。两人并着肩，不动声色地各自小解完，提起裤子时，顾明哲从裤子口袋里掏出移动硬盘迅速塞进老黑的裤子口袋，老黑感觉到口袋里多了一样东西，若无其事地系好皮带。

原本以为事情就这么办好了，顾明哲准备离开，老黑突然说了声："等一下。"然后亮出警察证把厕所里的人都赶了出去，还有刚准备进来方便的男人，被老黑呵斥一声推出去，那人想反抗，老黑把警察证往他眼前一亮，"警察要办案，你给我滚远点。"那人识趣地离开。

老黑反锁住门，又走去几个隔间把门推开，看了看里面是否有人，猛力地拍打一个锁着的隔间的门，叫里面的人快点结束出来，警察要办案厕所暂停使用了。里面的人匆匆上完大号，推开隔间门时疑惑地看了一眼站立在门口的老黑，老黑连洗手都不让人家洗就强制推着那人出去。清场完毕，老黑再次把厕所门反锁起来。

顾明哲不解老黑为何突然亮出身份大动干戈，不是容易暴露两人吗？

"昨晚你是怎么回事！这次明明可以把钱合生那家伙在现场抓个正着，要行动时你为何突然叫我们等一等？就是等了那么几分钟时间就让钱合生给跑掉了！你他妈给我解释清楚！"老黑取掉墨镜大吼，眼中的凶光可以杀人。

"当时钱合生正在谈生意，我想着再探听一点什么，没想到他手下突然就发现你们来了，我也是没料到你们会暴露自己。"顾明哲耸耸肩。

"就差一步啊，就差一步你就自由了，你却自己把它毁掉了！"老黑一副不相信顾明哲的表情。

"我也没料到钱合生能逃掉。"顾明哲装作若无其事地说，其实心中无比懊恼。真的只差一步，他就可以不用过那种掩人耳目的生活。可是当时梦晓芸还在那帮人手中，他不可能置梦晓芸于不顾。那是个措手不及的意外。

"视频拍摄的内容可以定罪吗？"老黑问。

"该拍摄的都拍摄下来了。"

"可以确定跟钱合生谈生意的那伙人的身份吗？"

"好像不能，我没看到他们的正面脸。"顾明哲说。

"你在现场待了那么久，居然连他们的脸都没看到？"老黑发火。

"没办法，当时我能躲藏的地方不多。"顾明哲解释。

老黑不满地把顾明哲骂了一顿，一组人跟踪了多年的案子，眼看就可以完美收工，却在节骨眼上让钱合生给跑掉了，老黑的怒气可想而知。再次找到这样的机会就难了，只能看看视频拍摄的内容是否有强有力的证据。老黑叫顾明哲继续潜伏，顾明哲始终一副逆来顺受的态度，没有忏悔，也没有表达决心。

厕所门不断被敲响，老黑冲顾明哲发完脾气后说他先走，顾明哲进到一个隔间把门关上，看着时间，待一分钟后再离开。谁知老黑刚走出地铁口就被几个人冲过来用麻布口袋罩住头暴打了一顿，那伙人从身后袭击，老黑措手不及，只能手脚乱挥着抵抗，身上的东西也全部被抢劫一空。整个过程只持续了几十秒的时间，那伙人光天化日在大街上行暴，有多名路人围观却不敢上前阻挡，有个年轻人还想举着手机拍摄行暴过程，被歹徒冲过去给了他脸上一拳，夺过手机狠狠摔倒地上。那伙人揍完老黑拿到东西就迅速跑上路边停着的一辆无牌破旧商务车，待老黑取掉罩在头上的麻布口袋时，歹徒已经扬长而去。

"妈的！"老黑吐掉口中的血，摸摸裤子口袋，移动硬盘和手机都被那伙人拿走。一定是钱合生派人干的！老黑在心中一阵大骂，他居然被人在大街上给暗算，岂有此理！脸被打出瘀血，墨镜也被打碎了，老黑扔掉墨镜，拽住围观的一个路人的衣领大声问："你有没有看到他们上了什么车？有没有看到？"路人被老黑凶狠的模样吓得颤抖说不出话来。老黑看

319

到一个年轻人弯腰拾起地上摔碎屏的手机，他立即去抓住那人的胳膊间话，年轻人刚才也是受惊不小，还被揍了一拳手机也摔坏了，十分憋屈。

"好像是一辆灰色的车。"年轻人说。

"什么车型？"

"……别克吧。商务车。"

"车牌号？"

"没有上车牌。"年轻人说着检查自己的手机，还好只是屏幕摔碎，手机还能用。

老黑一把夺过年轻人的手机，给下属打电话让附近的交警追铺一辆灰色无牌别克商务车。

顾明哲走出地铁口，匆匆瞥了一眼，蓦地看到老黑的模样，不禁瞠目结舌。顾明哲也顾不上避嫌，走去询问老黑发生什么事情。老黑鼻青脸肿地破口大骂那帮暴徒。

"看来你被跟踪了。"顾明哲说。

"视频还有备份吧？重新拷一份给我。"老黑拍掉身上的灰尘。

老黑一向是一副威严不容侵犯的形象，顾明哲心想钱合生胆子也真大，竟敢明目张胆地行暴。

"还掉了什么东西？"顾明哲问。

"手机钱包。"

"手机……"

"妈的，手机里装了不少内容。"老黑骂。

"那个手机也被拿走了吗？"顾明哲指的是他们私人联系用的那部手机。

"嗯。"老黑表情凝重。

"你也被打了？"顾明哲看向检查手机的年轻人，那人的脸上也有一团瘀血。

年轻人打开刚才拍摄的视频，只有短短六秒时间的内容，他叹着气又摸了摸碎裂的屏幕，真倒霉。

"还好，可以看清两个人的脸。"顾明哲听到声音，抢过手机看了看，然后把它交给老黑。他迅速左右张望，想发现是否还有异常的人在附近监视着，然后骑上自行车以正常速度离开。他身后是老黑和那年轻人争执的声音，年轻人叫老黑把手机还给他，老黑骂着说这是警察要拿走的证据……

抢劫老黑的人是许成业派去的，他为了向钱合生邀功，竟敢直接去警察负责人的头上动土。当手下把从老黑那儿抢劫来的东西交给许成业时，他露出得意的笑容，哈哈，跟踪老黑是明智的选择，这次被他发现可用的信息了。

两部手机，一个钱包，还有一个移动硬盘。许成业叫人把移动硬盘插进电脑，看到里面视频的内容时惊得半晌说不出话来，靠，警察居然掌握了这么重要的内容，得赶紧给老板汇报。钱合生看到这个视频时也脸色凝重，谈话里涉及这批毒品如何处理的内容，完全可以作为强有力的呈堂证据。这个视频顾明哲应该刚交给老黑，老黑或许自己也还没看过，他们还可以有一口喘气的机会，要在顾明哲再次把视频交给老黑前把他给解决掉……许成业说他已经派人一直跟踪老黑，现在还有一个有利的消息，他从老黑的手机里发现了一条可以寻找到顾明哲的线索……

老黑的两部手机都在许成业手中，虽然信息和通话记录都删除得很干净，但没关系，可以叫黑客去查询这两部手机的所有通话记录，尤其是昨天晚上和今天的通话，必然是跟顾明哲有过联系。其中一部手机的通话记录很少，联系方都显示为"未知号码"。许成业叫黑客去追踪这个"未知号码"的信源发射地，锁定那些通话都是从同一个地方发射的信号，在 S 市郊区，可以确定方圆五百米左右的大概范围。许成业立即就带几个小弟赶往那个区域。

这儿完全是农村，大片的农田，有一片集中的农户房子一幢挨着一幢。许成业的小弟拿着顾明哲的照片问了几个村民，他们都摇头说没见过这人。问来问去，终于问到一个老妇女，说这附近倒是有一户人家很奇怪，房子没和他们挨着，不过也离得不太远，一直没人看见过那座房子里住的是什么人，院子大门一直锁着也没灯光透出来。许成业立即叫小弟开车去找那所房子。

房子位于一片农田包围中，道路非常狭小完全不能通车。围墙很高，

321

盖住了里面房子的高度，大门也是铜质的很厚重牢固的样子，许成业的小弟还发现了两处疑似摄像头的东西，普通的农民房子可不会布置成这样，倒像某个有钱人在农村建的度假别墅。围墙顶端全都装了铁丝电网，防盗很森严的样子。

"闯进去！"许成业下达命令。

这帮小弟都是在社会上混的人，偷鸡摸狗的手艺会一点，有人就很擅长开锁，可惜这道铜门安装的锁不是普通家庭那种防盗锁，门上没有锁眼，是刷卡通过电子控制，小弟鼓弄一番门还是纹丝不动。许成业在一旁看急了，骂着说不会弄就不要自告奋勇。大家把目光放到围墙上的铁丝网，把铁丝网剪断翻墙进去或许可行。车上带的工具不够，两个小弟开车跑去别的农户家里花钱借来一架梯子，一人爬上梯子小心翼翼地用衣服裹着钳子的手柄，把铁丝网剪断几根，然后用平常拿来打人的棒球棒把铁丝网弄出一个比人宽的大洞，两个人翻墙进入到院子内。很快，围墙内传来声音："屋里没人。"

"快把门给我打开！"许成业不耐烦地吼。

铜门上装的是密码锁，一个小弟刚胡乱在密码器上输入几个数字，警报声音就尖锐地响起，小弟手忙脚乱地想关掉声音，在警报器上把所有键都按了一遍，完全无济于事，警报声更响亮了。

许成业在墙外气得暴跳，干脆自己爬楼梯从围墙上翻进去，留下两个小弟在外面守着。过了一会儿，警报声渐渐自动消失，许成业把闯祸的手下骂了一通，然后领着他们进到屋内。屋子里很凌乱，似乎遭遇过一场翻箱倒柜，各种东西散落一地，台式电脑也被暴力砸碎，衣柜里还留有很多衣服，但似乎该被拿走的东西都已经被带走了。许成业在房子里转了一圈，把每个抽屉柜子和角落都搜查一遍，没发现什么有价值的东西。这儿倒是可以看出是有人居住的样子，冰箱里还有速冻的食物呢，但留在这儿的东西完全不能证明居住者的身份。许成业叫小弟把砸碎的电脑和主机带走，看里面能不能弄出什么没被毁坏的信息。许成业感叹这顾明哲的生活环境弄得还真舒服，游泳池篮球场桌球室健身房等娱乐设施很齐全，院子也小桥流水搞的跟个园林一样，防备还很森严，哼，还不是被他找到老巢了，只不过慢了一步，顾明哲那小子已经搬走。

留下两个小弟继续留在屋里，叫他们在这儿住几天，看看能不能等到顾明哲回来。许成业的行动扑了个空，心里很恼火，想想离偷袭老黑只过了三个多小时，顾明哲那家伙竟然这么快就搬走，反应真够迅速，也不得不佩服那小子。带回的电脑和主机叫黑客鼓弄一番，说内部重要的部件都被取下了，他们带回来的只是一个没用的空壳。

顾明哲匆匆把一些重要的东西拿走，只装了半个箱子，另外一半箱子里装的全是一叠一叠的现金，他没有任何银行存款，也不可能去银行取钱留下记录，没有信用卡，只用现金。顾明哲住到郊区的一家便捷型酒店，登记住店时用的是老黑拿别人的身份去办理的临时身份证。顾明哲看着狭小简陋的房间，从冰箱里取出一罐啤酒喝起来，这种躲藏的生活真不是滋味。

房间里没有保险箱，顾明哲把现金用塑料袋一小包一小包地包好，塞在床垫下面，这种破酒店的保洁人员还不至于这么仔细地把床垫也掀起来清理。待安顿好后，顾明哲又去小杂货店添置了一些衣物和生活用品，买了一箱啤酒，重新买了移动硬盘，把昨晚拍的视频拷贝到移动硬盘里，然后就无所事事了。顾明哲不能主动联系老黑，老黑的手机丢了后他还不知道新的联系方式，他等着自己的手机响起。

李品军通过梦晓芸的书包里的手机查到那几起"未知号码"的记录，追踪到来电的信号发源地，气势汹汹地带着一帮人前往那个地方，看到许总的两个小弟竟然在屋子里，发现自己慢了一步，大骂许成业那只老狐狸，竟想独自去邀功。李品军打电话给许成业，两人互相指责一番，还是谁也不肯把自己掌握的情报共享。

过了没多久，李品军又掌握到另一个情报。手下的人把收集到的所有关于顾明哲和傅子悦的资料上交给李品军，李品军浏览着，突然发现一个不对劲的地方，顾明哲和傅子悦竟然念的是同一所高中和大学！之前钱合生就派人调查过顾明哲，觉得他的资料很简单，没有看到什么不对劲的地方，那是因为没有把顾明哲和傅子悦联系起来，此刻把他们的资料一对比，就看出关联。两个人念同一所学校，或许在校期间就已经认识，而且很奇怪的是，两个人的小学资料和初中资料都无从查询。李品军叫来手下间这资料是怎么回事，怎么没有他们两人十五岁以前的资料？手下说叫人从档案系统里调出来的个人信息，他们两人十五岁以前的记录是空白。"或许……是被故意删除了。"那十五年间到底有什么需要隐藏，这是李品军所不解的，童年时代会有什么不为人知的秘密吗？虽说资料不齐全，但李品军断定顾明哲和傅子悦很早就认识了，这次警察能突袭仓库就是他们狼狈为奸搞的破坏。哼，李品军为自己掌握到重要证据而得意，立即打电话向钱合生邀功，然后带着手下去跟傅子悦摊牌。

其实傅子悦一直在等着钱合生的人联系他。傅子悦不主动，并不表示他不想解释，这起意外弄乱了他的计划，以及……赚大钱的机会。傅子悦爱钱，最爱的就是钱，有了钱就可以拥有一切，他痛恨顾明哲令他损失惨重，还惹了一身非常棘手的麻烦。傅子悦今天在家里待了将近一整天，很无聊又无法放松，把自己囚禁的滋味真不好受。傅子悦见梦晓芸似乎像没发生过任何事情一般，自得其乐，除了吃饭时间外一直坐在钢琴前弹奏，完全沉浸在自己的音乐世界中。傅子悦偶尔会坐到沙发上抽着雪茄看着梦晓芸的背影发呆，她穿着白色T恤的背影干净美好，有时自闭症也是一种好东西，活在自己的世界中，完全不会受周遭世界的影响。夏星菡为梦晓芸买衣服时特意挑选了和傅子悦喜好完全相反的风格。她知道傅子悦喜欢女人穿得很性感富有女人味，所以故意买了朴素宽松的运动装，以为这样傅子悦就不会对梦晓芸产生任何兴趣。

李品军打电话联系傅子悦说要谈一谈。傅子悦把梦晓芸一个人留在家里，尤皓有些担心，万一钱合生那边的人闯进来怎么办，傅子悦轻描淡写地说他们不会，他们不能确定梦晓芸就在这儿，何况，家里也不是那么容易就能进来的，他们还不至于暴力闯入。傅子悦临走时叮嘱梦晓芸现在就去洗澡睡觉吧，屋内千万不能开灯，任何人按门铃都不可以去开门也不要说话回应……交代一番，傅子悦递给梦晓芸一个手机，老式的诺基亚，说如果有紧急情况时拨通讯录里唯一的号码。傅子悦还特别叮嘱梦晓芸不能用这手机打其他的任何电话，尤其是不能联系她父母。梦晓芸乖巧地点点头。

离开时，屋内的全部灯都熄灭了。傅子悦和尤皓乘电梯下到地下车库，发动车子时，尤皓听到附近两个男人交谈的声音，说"他们要出发了，等几分钟我们上楼看看去"。尤皓刚想回头告诉傅子悦，傅子悦伸出食指在嘴边做了个"嘘"的手势，尤皓不明白，但知道老大叫他别说话一定是有理由的。尤皓把车开出小区一段距离了还在努力听着傅子悦家那边的动静，他的听力范围有限，只能听到几公里范围内的声音。尤皓听到两个马仔想

让我住进你心里

上楼，威胁保安交出可以启动电梯的门卡，被保安在桌下按响警报，迅速就有多个保安赶来，两个马仔赶紧逃跑……尤皓咧嘴笑了两声，蠢货。尤皓从后视镜里看了看傅子悦，不敢开口说任何话，后来家里的情形就不得而知了，尤皓的车行驶得越来越远……

下了高架，等红绿灯时傅子悦把手机递到前排，尤皓看了看上面写的内容：车上可能被装了窃听器，你找机会仔细检查一下，现在我们故意说点话给他们听听。

原来如此。尤皓佩服老大的心思缜密。

"老板，你觉得会所那边是个什么情况？顾明哲这家伙真够可恶的，不仅毁了我们的生意，还莫名其妙地把我们拉下水，搞得像我们在背后搞鬼一样。那家伙我第一次见他时就看不惯，以后别让我遇到他，不然非暴打他一顿不可。"尤皓故意愤愤地说。

傅子悦冷笑一声。

"他妈的想想就来气，本来事情进展的多顺利，业务都快谈成了，怎么就闯进来一帮警察！眼看要到手的钱都没了。"尤皓说。

"事情还没完全黄，看看能谈出个什么结果吧。"傅子悦说。

"我看谈不出什么好结果，钱合生那边绝对在怀疑我们，他妈的真是冤屈，这事情跟我们有个毛关系啊！"尤皓说。

车里果真被偷偷装了窃听器，两人在车里的对话被李品军听到，李品军心里闪过一丝"难道他们真跟顾明哲没关系"的念头。

夏星菌先傅子悦一步到达会所，穿得光彩照人笑得花枝招展，挽着李品军的胳膊各种献媚勾搭，有她在场，肃杀的气氛总会缓和一些。傅子悦出门从不带一群小弟弄排场，他的身边有夏星菌和尤皓就够了，三个人合作多年，一个眼神一个微小的动作互相就心领神会。而李品军带着六个小弟站在身后，想在气势上压迫傅子悦。

谈了一个多小时，李品军一直火气很大保持着高分贝说话，就算把证据摊开，也被傅子悦巧妙地否认他和顾明哲的关系。李品军说他们已经找到顾明哲的家，可惜赶去时顾明哲已经搬走，傅子悦不动声色，内心却有点惊讶，他找了顾明哲的家多年却一直没线索，却被李品军他们找到了。李品军得意地说还多亏了那个叫梦晓芸的女孩，然后似笑非笑地看着傅子悦，若他找到梦晓芸并把她交出来，钱合生就可考虑跟他继续合作。

傅子悦勾勾嘴角笑，说："一个刚成年的小丫头，你们怎么对她有那么大的兴趣？"

"那可是一个不简单的小丫头啊。"李品军笑。

傅子悦好奇李品军知道梦晓芸的事情有多少，就算调查梦晓芸的资料也看不出她具有什么超能力，只是个有些奇怪的女孩儿而已。

右边口袋里的手机突然震动起来，傅子悦并没在意，那个是他对外公开用的手机，若是梦晓芸要联系他，震动的会是放在左边口袋的那个私人手机。手机一直震动着，李品军就像算准了时间突然不说话，房间里安静时震动的声音就变得明显。

"谁的手机在响？"李品军故意问。

傅子悦掏出手机，没有显示名字的号码，不过他对这个号码有印象。

"喂，傅先生啊，我家闺女现在还没有回家，也联系不上她，你那边有她的消息了吗？"梦晓芸母亲的声音。

"我也没有。"傅子悦回答。

"我家闺女到底惹什么事情了？有几个人正在我们家威胁着我们，傅先生拜托你行行好，知道梦晓芸在哪儿的话就告诉我一声，我……我老公已经被他们打的站不起来……"梦晓芸母亲的声音里流露出害怕。

"要不要我帮你报警？"傅子悦的语气不带一丝感情。

通完电话，傅子悦看了一眼李品军，脸色十分难看。"威胁我？"傅子悦冷冷地问。

"老板希望尽快见到梦晓芸，就有劳傅总你多费心了。"李品军笑。笑着笑着，李品军脸部表情就变得僵硬起来，下一刻，李品军身后的几个小弟也是同样的呆滞表情，一动不动地站立着。

"请问李总您现在掌握了多少关于梦晓芸和顾明哲那两人的情况？接下来对此有什么计划吗？"傅子悦装模作样地问。

李品军毫无思考能力，傅子悦问什么他就一股脑儿把真实情况全部和盘托出，包括下午袭击了警官老黑，如何找到顾明哲家的地址，连准备怎么对付傅子悦都老老实实地交代出来。他们在傅子悦的几辆车上都安装有窃听器，还在傅子悦家门口装了摄像头，随时监控着傅子悦的行踪。此外更严重的是：钱合生亲口交代过，若是情况变糟糕就对傅子悦下狠手。

傅子悦问好话，收回眼神，李品军和他的手下们恢复正常意识，对刚才发生的事情毫无记忆。

"傅总啊，老板给你两天的时间把事情办好。"临走时，李品军意味深长地笑着说。

傅子悦一副面无表情的扑克脸，没有承诺，却知若不能给钱合生一个交代，钱合生一定不会给他好日子过。

待傅子悦离开，李品军的一个手下把梦晓芸的手机递给他，说刚才梦晓芸的手机有人连续打了三个电话进来。李品军回拨显示名称为"简雨欣"的号码，那边一接起电话就劈头盖脸地一连串指责，大声吼着梦晓芸你太过分了，又一次不提前请假就玩失踪，害得学生和家长在那儿一直干等，你是不是不想继续工作啦……李品军的耳朵被简雨欣的高分贝声音轰炸，连连把手机拿离耳边，待简雨欣噼里啪啦地痛骂了两三分钟，终于缓口气减慢语速，李品军这才有机会干咳两声，说了声"喂。"

怎么是男人的声音？简雨欣诧异。

"请问你认识这个手机的主人吗？我捡到这部手机，不知道该怎么还给它主人。"李品军随口遍个理由。

问到简雨欣琴行的地址，李品军立即带人赶过去。商场已经快打烊，琴行里只剩简雨欣一人，突然闯进来四个男人，说是来还捡到的手机，待简雨欣走近他们时，就被他们捂住嘴拖进一间教室，门被合上，简雨欣一阵挣扎，被来人用胶带绑住嘴和手脚粗鲁地按在地上。

李品军咳嗽一声，说："你听好了啊，我有话要问你，你不许大声喊叫，不然小心被揍啊。"

简雨欣睁大惊恐的双眼，点点头。

手下拉起简雨欣让她站起来，简雨欣刚才挣扎时弄掉了一只高跟鞋，两条腿一高一低地站着非常别扭，她不敢再反抗，这帮人似乎很凶残。一个手下一把撕掉简雨欣嘴上的胶布，那一瞬间痛的就像一层皮都被撕掉了，简雨欣"啊"一声叫唤，立即脸部遭受一记响亮的耳光。男人力气很大出手又重，简雨欣眼冒金星身体摇晃得站不稳，双脚脚踝又被胶布绑着无法保持重心，斜斜地摔倒在地上，头部也撞击地面，好痛……这次简雨欣咬住嘴唇没让自己叫出声来。手下又粗鲁地把简雨欣拉起来，还好今天她穿的是裤子，不然就走光了，简雨欣平常风风火火的性格也知道害怕了，不会被他们强奸吧？

"我问你，知道梦晓芸平时跟哪些人比较熟吗？"李品军坐在琴凳上，开始问话。

简雨欣想了想，她又不知道梦晓芸的私生活，就只见过两个男人到琴行来找过那丫头。简雨欣说出那两个人的名字，并说那两个男人好像都在追求梦晓芸。

李品军冷笑，梦晓芸和傅子悦及顾明哲的关系果真不简单，他更加坚信傅子悦和顾明哲老早就认识。梦晓芸这女孩似乎是事件的关键人物嘛。李品军叫简雨欣给傅子悦打电话，声音要保持平常语气，胆敢说错话饶不了她。简雨欣颤抖着嘴唇按照李品军教她的话说，间傅子悦现在梦晓芸是不是跟他在一起啊。简雨欣尽量让自己的声音听起来正常，还是有三次结巴，傅子悦敏感地蹙蹙眉，那个老李居然还找去琴行了，真是不择手段啊。

"我最近也没跟她联系过。"傅子悦说。

"求求你就让梦晓芸接电话吧。"简雨欣说。

"抱歉，梦晓芸真的没跟我在一起，你可以多打几次她的电话试试。"傅子悦说话毫不带感情。

挂掉电话，李品军大骂了几声，他就不信找不出梦晓芸那丫头。临走时李品军威胁简雨欣敢报警的话就叫人来砸掉她的琴行，然后丢下手脚被绑着的简雨欣离开了。简雨欣赤脚跳到前台找到剪刀，艰难地把脚踝和手腕上的胶布剪断，揉着疼痛的手腕对刚才那几个男人一阵诅咒。简雨欣气急败坏地给梦晓芸的母亲打电话，知道梦晓芸家里也遭遇歹徒暴力威胁，梦晓芸那丫头到底惹出什么事了啊？简雨欣间梦母要不要报警，梦母害怕地说那帮人威胁他们若是报警就让他们断手断脚。梦母哭诉着，简雨欣只能忍着火气安慰梦母，她想了想好像有个学生的父亲是在派出所上班，她说她拜托那位学生的父亲试试，看能不能找到梦晓芸。

对于这一切梦晓芸毫不知情，她正安详地睡着。梦晓芸晚上也曾受惊，听到门外连续不断响着的门铃声，她想起傅子悦的叮嘱不敢去开门，缩在被子里捂住脸数着门铃一共响了二十六声。梦晓芸的脑子里又开始出现昨晚被人袭击时的画面，她很害怕，那些人又来抓她了吗？梦晓芸好后悔认识顾明哲，自从遇到他后她的生活就不复平静。梦晓芸努力让自己去想被袭击后醒来睁开眼看到的第一个画面，是傅子悦关切地望着她的双眼，这样想恐惧感就消失了,她喜欢他看着她时的眼睛。

待傅子悦回家,轻轻推开卧室的门,梦晓芸听出傅子悦的脚步声,瞬间就掀开被子坐起身,欢呼道:"你回来就好!"简单的几个字,傅子悦却突然愣了愣,有人等着他回家,这种感觉好奇妙。知道傅子悦就在身边,梦晓芸安心了,她很快就沉沉睡去。

家里突然不再是他一个人,傅子悦有点不习惯,他走路时都变得小心翼翼,怕发出声响惊醒了梦晓芸。傅子悦两次轻声把卧室门推开一条缝,静静看着床上熟睡的梦晓芸,这么看着,看着,傅子悦总是冷若冰霜的脸部表情也渐渐柔和起来。今夜是梦晓芸在这里的第二晚,傅子悦不知还能这么把她藏起来多久,他不能整日守候着她,他还有很多工作需要处理,明天得去公司了吧。他足不出户反而更引人怀疑。但是……让梦晓芸一个人待在家里傅子悦真的不放心,李品军的人应该一直监视着他,随时有可能闯入进来。钱合生给了傅子悦两天的期限,两天后将会是什么局面?

之前在会所里李品军讲的话夏星菌和尤皓也全知道,他们心里有些不安,却见傅子悦依旧一副淡定的神色,不知老大对此有多大的把握。尤皓送傅子悦到家,傅子悦叫他把夏星菌送回去后就早点休息,车子里装有窃听器,他们不敢有过多交谈。尤皓载着夏星菌离开傅子悦家的小区,尤皓问:"要不要去喝一杯?"

夏星菌冲后视镜瞪了一眼。

"当你答应了哦。"尤皓笑。

尤皓对傅子悦在梦晓芸这件事情上的行为不满意。为了一个女人至团队于危险中,还丢掉那么一单赚大钱的机会,尤皓可不能这么容忍老大胡来。

"我累了,早点回家休息。"车里有窃听器,夏星菌不敢直接开口骂人。她知道尤皓是想跟她谈论哪件事情,她暂时还不想表态,她倒想看看傅子悦这两天会如何行动。两天的期限,呵呵,傅子悦应该掂量得清楚,以夏星菌对傅子悦多年来的了解,相信他不会为了一个区区女人把自己置于危险中。

包里的手机突然响起,夏星菌看到一个陌生的座机号码,以为是广告推销的电话,按掉了。很快,手机收到一条微信,是顾明哲发来的一接电话。

"五分钟后再打来。"夏星菌惊了惊，顾明哲居然还敢联系她！

"在最近一个出口下高架吧，我约了人谈点工作。"夏星菌对尤皓说。

"哟，不是说累了想早点回家休息吗？"尤皓从后视镜里看了看夏星菌。

"我做什么事情需要向你解释吗？"夏星菌的表情是临危不乱的淡定。

"你准备去哪里啊，我送你过去。"尤皓冷笑一声。

"不用了。"夏星菌说。

车子从最近的高架出口驶出，夏星菌在路边下了车，然后招手上了一辆出租车。尤皓放下夏星菌后车子并未停留，直接往前开，他知道夏星菌会一直盯着他的车子消失在视线内。尤皓在前方的红绿灯处右转，绕了一圈又回到刚才夏星菌下车的地方，他听见夏星菌上了出租车后对司机说出的是她家的地址。尤皓朝那个方向开去，耳朵努力从一堆声响中辨别夏星菌的声音，声音太过嘈杂，他听了好久还是没找出夏星菌的声音。

五分钟后，电话很准时地响起。

"我是顾明哲。"对方第一句话就这么说。

"找我干吗？"夏星菌没好气地说。

"方便吗？找个地方谈一谈。"

"我们没什么好谈的。"夏星菌说。她害怕尤皓还在监听她的说话，不敢直接质问顾明哲，小心自己的措辞，"我答应的事情已经做到了，你承诺的那部分尽快搞定吧。"

"出了点小意外。"顾明哲说。

"哼，的确是意外，但这个意外可不小呢。"

"我答应你的事情一定会做到。现在我们需要见面谈一谈。你看下微信，我发了个东西给你，然后我一分钟后再给你打电话确认地址。"顾明哲挂掉电话。

夏星菌很不耐烦地点开微信，顿时傻眼。这……这不是昨晚她和钱合生一起在仓库吃饭时的照片吗？可以清楚辨认出照片中的女人就是她。还有一段音频，夏星菌点开，听到自己和钱合生交谈的声音，里面恰好是谈及那批货的处理事项。夏星菌气得咬牙，可恶，顾明哲那小子居然给她下套！

"考虑好了吧？"一分钟后，顾明哲的电话又打来。

"说吧。"夏星菌扭头看看身后是否有尤皓开的那辆劳斯莱斯的影子。

顾明哲报上一个地址。

夏星菌立即叫司机前往那个地方。一路上夏星菌不时回头看看，心想尤皓应该没有这么神通广大跟踪她。

来到和顾明哲约定的酒吧，夏星菌四下张望，没有在拥挤的人潮中看到顾明哲。夏星菌走去吧台点了一杯 mojito，单身美丽的女人总是容易招蜂引蝶，夏星菌才刚坐下没几分钟就已经有三位男士走来搭讪，以往夏星菌在酒吧很喜欢和男人眉来眼去，暧昧调情是种生活调味品，今晚她一点兴致都没有，她很生气，一向是她给别人下套，如今她却陷入别人的套中，她绝不可原谅顾明哲！

刚板着脸气冲冲地把一个搭讪的男人赶走，突然肩膀就被一只手搂住，夏星菌正想回头骂呢，看到顾明哲笑嘻嘻的脸，她更气不打一处来。

"跟我来。"顾明哲说。

夏星菌左右看了看，没有看到熟人，紧跟着顾明哲穿过拥挤乱舞的人潮走去洗手间。两人挤在狭小的一间洗手间里，门稍微隔绝掉一点外面震耳欲聋的音乐声，但说话还是需要把嘴凑近耳朵说才能互相听得见。顾明哲在夏星菌的耳边说出他需要她帮忙的事情，他的身体贴着她，嘴唇离她的耳朵很近，能感受到他呼出的热气，如果换作别的男人，夏星菌已经搂着对方的脖子用一双媚眼勾引得对方神魂颠倒了，但顾明哲从不吃夏星菌这套，她一直双手交叉抱在胸前面无表情地把他说的话听完。

"你先回答我一个问题，你是不是警察的卧底？"夏星菌在点头前需要知道真相。

顾明哲咧了咧嘴角。

夏星菌突然觉得顾明哲这个笑容跟傅子悦常露出的表情好像，她以前怎么就以为他们是截然不同的人呢？

"是，还是不是？"夏星菌问。

"不重要。"顾明哲说。

"你会让傅子悦坐牢吗？"夏星菌问。

顾明哲的脸上闪过一秒的迟疑。

不用顾明哲回答，夏星菌已经知道答案。她放心了，她知道自己该怎么做。

两人在洗手间里待了十几分钟，外面已经排起长队。待门打开，洗手间里走出的是一男一女，情况就显得暧昧了。外面排队的人抱怨起来，靠，原来有人在里面"打炮"。酒吧里常有这种事情发生。夏星菌听到了那人的抱怨，心底的怒火烧得更旺，她需要一个发泄的途径。

顾明哲走出洗手间后迅速就消失无踪迹，夏星菌去吧台要了一杯白兰地一口喝下，她需要喝点烈性酒。打车到尤皓家，夏星菌直接穿门而入，尤皓听到动静，从厨房里出来，他正在吃泡面呢，衣服上还溅了几滴油渍。尤皓见是夏星菌，没好脸色地冷笑一声。尤皓之前把夏星菌跟丢了，不知她鬼鬼祟祟地跟谁去见面，总像是没好事。尤皓刚想戏谑地调侃夏星菌，夏星菌什么话都没说就扑上来脱尤皓的裤子，尤皓愣了愣，喊着："嘿，急躁什么啊？"他并没有拒绝。夏星菌闻到尤皓嘴里散发出的泡面的味道，她觉得恶心，不过没关系，她并没打算跟他接吻。夏星菌把尤皓推到厨房门口的墙上，掀起自己的裙子……

【十】

科学研究表明，男女渴望对方时身体会分泌所谓的性荷尔蒙的睾丸素和雌激素，当这份渴望持续着并更深层次时，身体会分泌多巴胺和羟色胺，羟色胺是男女由性冲动发展为爱情最重要的化学物质。羟色胺这种东西十分有趣，它会让一个人头脑暂时失去理智，会让人变得盲目。在梦晓芸见到傅子悦时，身体中一定分泌了羟色胺这种东西，她光是知道他在附近，仿佛空气中都是他的气息，她的心就是欢喜的。

清晨醒来，发现傅子悦并未躺在自己身边，梦晓芸一时还有些恍惚，他们只共眠了一晚而已，她仿佛就已经习惯，似乎以后的每个清晨醒来都能看到他就在触手可及的地方。梦晓芸轻声走出卧室，去别的房间寻找傅子悦，小心推开一扇合着的门，透过狭小的门缝看到还在睡眠中的傅子悦，她微笑，她可以这么静静地看他一整天也不厌烦。此时梦晓芸已经不再怀疑傅子悦是不是坏人，他是这个世界上除了父母以外对她最好的人，她以前怎么就轻信顾明哲的话对傅子悦有过怀疑呢。他救了她，保护她，照顾她，他就像那个踩着七彩祥云而来的大英雄。

梦晓芸就这么面带微笑靠在门边看了傅子悦好久，房间里很昏暗，她看不清他的脸，光是这么看着他的轮廓就已经无比幸福。中途她很依依不舍地去刷牙洗脸，去厨房煮粥，上了两次洗手间，结束后又迅速轻声走去那间房的门口继续看着他。傅子悦的睡眠不稳，总是翻身，梦晓芸好想钻入他梦中化身天使为他唱催眠曲安抚他。

待傅子悦睁开眼看到门外透进来的光亮，看到门外的身影，傅子悦愣了愣。傅子悦的身体没有动，眯着眼静静注视着门外的梦晓芸，这丫头在干吗呢，站在那儿一动不动地看他有多久了？被偷看着，傅子悦并没有感到厌恶，这种感觉很奇妙，也有点温暖。

"咳咳……"傅子悦故意咳嗽一声。

梦晓芸慌张地跑开。

傅子悦笑，她呀……好可爱。

洗漱完毕，傅子悦走进客厅，轻声呼唤梦晓芸的名字。梦晓芸急急从厨房里跑出，羞涩地咧嘴冲他笑，说："早饭我已经做好了，一起吃啊。"

就像共同生活的夫妻，早晨一起坐在餐桌前吃饭，如果今后的每一天都是这般美好那是梦晓芸最大的心愿。傅子悦说他待会儿要去公司上班，叮嘱梦晓芸乖乖待在家，任何人按门铃都不能去响应。梦晓芸不知自己还要躲多久，傅子悦安抚她，他会联系她父母替她解释，她什么都不用担心。

阿姨买了菜过来，在楼下大堂电梯口按响傅子悦家的对讲机，傅子悦从可视器上看了看阿姨的面孔，按下电梯通行键。门打开，阿姨就战战兢兢地面露歉意，她身旁还跟着两个身强力壮的男人。

"傅先生，我……"阿姨想解释她是被威胁的。

一个壮汉笑嘻嘻地打断阿姨的话，说："傅总，李总叫我们过来跟你喝杯茶……"话音刚落，那人脸上的笑容就僵硬了，一动不动地站在原地，他身旁的伙伴接着也是同样的反应。

阿姨低着头不知所措，她担心自己把陌生人带上楼会不会被炒鱿鱼，昨日傅先生还特意叮嘱过她，她不是有意这么做……

"阿姨。"傅子悦叫了一声。

阿姨抬起头，目光和傅子悦的目光交汇时，立即也被傅子悦控制了意识。

"阿姨来了吗？"梦晓芸朝大门走来。

傅子悦回头说："你上楼去，我没叫你下来前不要下楼。"

梦晓芸眨眨眼，傅子悦的脸色……好吓人。

"上楼！"傅子悦吼。

简直和平时温柔的傅子悦判若两人，梦晓芸有些委屈，她做错什么事情了？梦晓芸扭头朝楼上跑，眼眶泛红，他为何突然莫名其妙地对她这么凶？

门外的三人呆呆地站着，傅子悦走出去按了下楼的电梯，命令那两个壮汉走进电梯，他按了一楼，然后把电梯门合上，冷若冰霜地命令阿姨跟他进屋。

电梯门合上的刹那，那两个壮汉就恢复了自我意识，奇怪他们怎么站在电梯里，他们不停地按电梯上的数字，可惜没有门卡是无法操作的，他们只能眼睁睁地看着电梯一层一层地往下。

"奇怪，我们刚才有进去傅子悦家搜查吗？"一个问。

"没有印象，我怎么记得我上一秒是刚见傅子悦打开门呢？"另一个说。

两人面面相觑，搞不清他们怎么就乘电梯下楼了。

楼上，阿姨进屋后傅子悦就开始盘问她。阿姨老实地交代，她在刚走进小区时就遇到那两个陌生男人，他们问她是不是帮佣的阿姨？在几楼帮佣？帮佣的那户人家有几口人？昨天傅子悦专门叮嘱过她，她心里有底，随口撒谎说她在二十一楼帮佣，那户人家是一对夫妻两个小孩。那两个男人一直跟在她身后，她在电梯口按响傅子悦家的门禁系统时他们就站在旁边，不想招惹麻烦的她并没有向大堂的保安求助。谁知他们跟随她走进电梯，待电梯门一合上，一人就目露凶光地亮了亮他腰间的刀，叫她老实点配合……

傅子悦问完话，念及阿姨并没有把梦晓芸在这儿的事实告诉那两个男人，没有为难阿姨。待阿姨恢复了自我意识，见自己已经进屋，那两个尾随她上楼的陌生男人并不在身边。阿姨不知是傅子悦把他们赶走了还是怎么回事，她不停地道歉，说自己在傅家帮佣了三年多一直兢兢业业没有犯过错误，希望傅先生这次一定要原谅她。傅子悦摆摆手，叫阿姨做饭去吧。

刚才这波麻烦只是开始而已，钱合生虽说给傅子悦两天的缓冲时间，这两天里也不得安宁啊。傅子悦坐在沙发上点燃一根雪茄，在手机通讯录里找到顾明哲的电话，那个号码还是处于关机状态，那家伙……就这么把一个烂摊子丢给他吗！

傅子悦忘记上楼去叫梦晓芸下来，他陷入思考，手中雪茄的茄灰逐渐增长，时间一分一秒地向前走。梦晓芸坐在楼上楼梯拐角处的地板上，地板的冰凉传遍她全身，连心都一点一点变冷。梦晓芸双手怀抱膝盖，脸埋在膝盖间，还在想着刚才傅子悦对她的吼叫，他的表情真的好吓人，她就像第一次被大人呵斥的小孩，满肚子的憋屈。梦晓芸数着时间，一，二，三，四……六百，六百零一……楼下只听见阿姨做饭的声响，没有傅子悦的呼唤，也没有他的脚步声，他仿佛把她遗弃了。

"晓芸——"傅子悦站在楼梯下喊。

梦晓芸立即站起身，匆匆跑下楼。

"我现在要去公司，你一个人好好吃饭，乖乖待在家里。"傅子悦并未去仔细观察梦晓芸眼中的难过。

梦晓芸抿着嘴唇不说话。

傅子悦去衣帽间换好衣服就离开，梦晓芸愣愣地坐在沙发上，他态度突然的变化令她无所适从。她做错什么事情了？他似乎有些生气？他是不是不再对她好了？梦晓芸的脑子里乱极了，她大多时候可以没心没肺不考虑任何人的感受，但是她在乎的人一点轻微的举动都可给她带来巨大的伤害。

监视傅子悦的那两人见他独自离开，心想他不可能把梦晓芸一个人丢在家里，莫非她真的没在？那两人尾随傅子悦的车也离开小区。傅子悦没有让尤皓来接他，自己开着兰博基尼跑车去公司，或许这辆车上也被装了窃听器，被人监视的感觉真不好受。车开上高架时电话响起，是那个私密联系的手机。傅子悦看了看，是个固定电话的号码。

"喂。"傅子悦接起，老式的诺基亚手机连蓝牙功能都没有，现在 s 市的交规非常严格，开车时打电话会被罚款，傅子悦毫不在意。

"这里是希望之家汽车修理厂，傅总，您之前订购的一个零件已经到货，请问您何时有空把车开过来维修？"电话那端说。

希望之家？听到这个名字傅子悦蹙了蹙眉，这是一个很敏感的词，是他和顾明哲儿时成长的孤儿院的名字。对方的声音并不是顾明哲的声音，他也没有在修理厂订购什么零件。

"存杰指导员说他现在手上有几个改装车超赞的设计，或许傅总您过来修车时可以看一看。"对方又说。

存杰？这是儿时在孤儿院时管理他们这批小孩的指导员的名字。出现第二个熟悉又隐秘的词语，这不会是巧合。傅子悦的表情严峻，这两

让我住进你心里

个词语只可能是顾明哲才知道。或许是顾明哲叫人给他打的电话吧？傅子悦想。

"我现在先去公司处理事情，下午两点把车开过去维修。"傅子悦说。

"好的，我们恭候您的光临。"对方挂掉电话，同时也把嘴边的变声器塞口袋里。顾明哲和傅子悦约定好见面时间，但愿那小子知道见面地址是在哪里。

傅子悦不知自己的手机是否被监听，就算被监听了也发现不出什么破绽，那是只有他和顾明哲才知道的两个名词啊。但对方是如何知道他这个私密手机的号码？傅子悦疑惑。

到达公司，是午饭时间，傅子悦在来的路上已经让夏星菌为他订了披萨，他才刚坐下夏星菌就端着热热的披萨进来。昨日办公室被李品军带人闹事，茶具被砸，书柜上的玻璃也被砸碎，墙上还有一幅名贵的画也被损坏，但今日到达办公室时，一切都已经修复如初，就像那场闹事从未发生过一般。傅子悦夸奖夏星菌办事利落，夏星菌笑，就是因为如此她才能呆在傅子悦身边多年。

"那边的事情有什么指示吗？"夏星菌问。

"走一步算一步。"傅子悦说。

哦？这可不像老大的风格，老大做事一向是控制大局胜券在握，哪能没有事先规划？

"总得有点 A 方案 B 方案吧？"夏星菌说。

傅子悦从容地打开披萨盒子，手抓起一块吃起来。夏星菌等了几十秒，见傅子悦并不打算跟她谈谈，识趣地退出办公室。

昨日才一天没来公司，就堆积了好多工作待处理，不要以为傅子悦只是凭借自己的超能力胡作非为，他能把公司的规模做这么大也是很努力在工作，赚钱不是儿戏。傅子悦处理工作邮件，看项目合同，交代夏星菌去联系客户，忙了一个多小时，看看手表，该出发了。

"你这是要出去吗？"见傅子悦提着包走出办公室，夏星菌起身问。

"要出去谈点事情。"

"需要我陪同吗？"夏星菌问。

"不必。"傅子悦说。

很快尤皓就走到夏星菌的办公桌前，老大平时出去谈事情都是叫尤皓做司机，今日却单独行动，似乎有猫腻。尤皓和夏星菌交谈几句，都对傅子悦开始对他们有隐瞒十分不满，团队合作间不该傅子悦一人独断专行。

"我们三个人应该坐在一起好好谈谈了。"尤皓说。

"今天找个时间。"夏星菌难得附和尤皓。

尤皓很想跟踪傅子悦去看个究竟，转念想到李品军那边自会有人跟着傅子悦。傅子悦的兰博基尼跑车刚开出地下车库，后面就尾随一辆破旧的老款大众轿车，性能当然无法跟兰博基尼比，跑车的速度太快，他们跟上傅子悦的车可是有点连性命都不顾的感觉，差点就引起几起交通事故，还好没有跟丢。

在傅子悦儿时成长的孤儿院西北角的斜对面街头，以前有一家修车店，很小的店铺，修理一些自行车摩托车之类的，并不修理轿车。

七八岁时，那时傅子悦和顾明哲总是爬上围墙，坐在墙头看着孤儿院外面的世界。那时的私家轿车还不多，摩托车也算是一个奢侈品。他们觉得那是个好东西，比跑步的速度快多了。傅子悦笑着说，若他骑上摩托车或许就可以跟顾明哲的速度相比。他们可以坐在墙头呆呆地看那家修车店维修摩托车好几个钟头，傅子悦说他以后有钱了一定要买一辆摩托，载着顾明哲去任何他想去的地方，这样顾明哲就不用老是运用自己的超能力后身体承受不了。那时他们对自己的超能力还处于十分懵懂的阶段，不能控制自如。顾明哲每次瞬间移动后都反胃想吐，有时还会有头晕眼花的症状。傅子悦以为这是使用超能力的后遗症，等他们有了摩托车后就可以省去顾明哲瞬间移动的难受。

傅子悦萌生了去偷一辆摩托车的念头，他想给顾明哲一个惊喜，当作即将到来的顾明哲的生日的礼物。那时他还没有太多偷盗经验，最多只是偷点街头路过的小孩手中的零食。傅子悦观察了那家修车店好久，在顾明哲生日的前几天终于看到一辆造型不错的摩托车开进修车店，傅子悦和顾明哲坐在墙头，他问顾明哲喜不喜欢那辆摩托车，顾明哲说喜欢，傅子悦的眼中立即闪过喜悦的光，就是它了。他心里开始谋划如何拿到那辆摩托车。修理摩托车的时间并不会太久，傅子悦借口说他肚子不舒服想去厕所，顾明哲陪着他爬下墙头，说在教室里等他。待顾明哲进去教室后，傅子悦就一个人翻墙跑去那家修车店，一个好奇的小孩并未引起修车师傅的警惕，傅子悦还和修车师傅交谈，说他好羡慕师傅的手艺。待师傅说车子已经修好了，突然身体就变得僵硬，站在那儿一动不动。哈哈，傅子悦在心中大笑，他成功控制了别人。傅子悦又运用同样的方法控制了站在一旁等车的车主，然后大摇大摆地推着摩托车离开。傅子悦还不会骑摩托车，推着它跑了好长一段路，他矮小的身体显得摩托车十分庞大，他吃力又紧张地大口喘气，好不容易才把它推到事先想好的地方藏起来。离顾明哲的生日还有四天，傅子悦等不了那么久，摩托车随时可能被别人发现，他当晚就在寝室熄灯后把顾明哲拉起来，说要带他去个地方，他们逃过巡逻老师的眼睛，翻墙出去，来到附近一个住宅的楼梯口。傅子悦得意地摇晃手中的钥匙，拧开一辆摩托车的锁。这……顾明哲睁大眼，不可思议地听着摩托车启动的声音，那嗡嗡声听着是那么刺激。

"走，我带你去兜一圈。"傅子悦学着电影里街头霸王的口吻说。

"你怎么会有钥匙？"顾明哲问。

"喏，以后这钥匙属于你了。"傅子悦豪爽地说。

"你是偷来的？"

"管它那么多干吗，反正它以后就是属于你的。这个生日礼物不错吧，我够哥们儿吧！"傅子悦笑。

顾明哲上下摸着摩托车，它比玩具强多了，虽然他从小也没碰过什么玩具。

两人之前并未骑过摩托车，摩托车才刚朝前开了一米多就重重地摔倒在地，两人被摩托车沉重的车身压住腿，吃力地爬起来，又继续不畏惧地骑上摩托车。那晚他们摔倒了好多次，身上多处擦破皮，但他们依旧玩得很开心，很快就无师自通地把摩托车开得很顺手。两个小孩在半夜无人的街头一路兴奋地大叫，想着或许他们就可以开着这辆摩托到天涯海角，他们讨论说首先要开去北京瞧瞧首都，还说要开去美国，还说要开去非洲的沙漠……

哼，真是天真。现在回想起来，傅子悦脸上露出鄙夷的神色，那时怎么会以为骑着一辆破摩托车就能到美国到非洲呢？不过……那时候的快乐是真的，礦易就能开心地笑，日子无忧无虑。虽然傅子悦每年都会匿名捐一笔巨款给那个孤儿院，想改善那里的居住环境和孩子们的生活条件，但他从未再回去过那个地方。

傅子悦经过孤儿院的大门，已经不再是十五年前的样子，写着"希望之家"几个大字的招牌换过了，看着崭新朝气，围墙内也建起了更高的大楼，至少从外观看来孤儿院的条件改善不少。傅子悦露出微笑，他每年捐的那三百万还是起了一点作用。

车子开到记忆中那家修车店的地方，店铺还在，规模已经扩大了三四倍，也不再是修理自行车和摩托车的地方，改为修理轿车，令傅子悦惊讶的是从前那个修理摩托车的师傅竟然还在，不过他已经不再穿着当年那件似乎从未更换过的充满油渍脏脏的灰色工装，而是穿着干净整洁的衬衣，似乎变成了这家店的老板。傅子悦从后视镜里看了看后方街道，有一辆一直跟着他的黑色大众轿车减慢速度停靠在路边，傅子悦把车开进修理店，好奇顾明哲打算怎么跟他会面。

见一辆兰博基尼跑车光顾修车店，老板惊讶地张大嘴，他们这里还从未接待过高档车。傅子悦满不在乎地说做下全车检查，看看车子有没有毛病，老板还以为自己听错了，这辆超跑真的要在他们店里检查？

已经到达顾明哲指定的地点，傅子悦看了看时间，还差三分钟到两点。傅子悦坐进修车店内简陋的沙发上等候。很快，那辆黑色的大众轿车也开到修车店，说是要检查一下。车里下来三个男人，站在路边抽烟，这么近距离地监视，他们认为傅子悦在修车时也搞不出什么花头。傅子悦在手机上浏览新闻，看着时间一点一点接近两点，他有些焦急，这里并不是会面的好地方。

两点整，口袋里的手机震动起来。傅子悦看了看门口站着的三个李品军的手下，他拿起茶几上的一本杂志举至眼前，身体稍微向他们侧了侧，挡住他们的视线。

"傅总，您好，这边是福利院，您之前说想资助几个即将念大学的学生，资料我们已经准备好，您何时方便过来谈一谈？"对方说话的声音又变换过了，不是上午打电话来时那个声音，固定号码也换了一个。对方说话很谨慎，也在担心这个电话会被监听，巧妙地用一个幌子来掩饰。

"我刚好在附近，现在过去。"

"我在教务处等您。"对方挂掉电话。

傅子悦把杂志放到大腿上，装模作样地打了个哈欠。通话时间很短，李品军的手下刚想靠近看看，傅子悦就已经恢复常态。刚才说话的人是顾明哲吗？声音不对，或许用假音伪装。傅子悦迟疑了一下，心想不会落入别人的圈套吧，但应该不会有别人知道他曾在孤儿院生活的经历。傅子悦沉思几秒，然后起身朝自己的车子走去。

"检查得怎么样？"傅子悦问维修师傅。

"车况很好，平时您应该很爱惜车吧。"

"还需要多久能检查完？"

"呃……二十多分钟吧。"师傅说。

"那里是一所孤儿院吗？"傅子悦看了看斜对面的孤儿院。

"对。"

"我过去逛逛，你们仔细点检查车子啊。"傅子悦说。

见傅子悦离开修车店，那三个男人也随后跟上。傅子悦没有回头，他知道自己被跟着。

孤儿院不能随意让外人进出，守门的保安还未开口拒绝，和傅子悦的眼睛相视的瞬间，就乖乖地听从命令把大门打开。傅子悦轻松进入孤儿院，然后又命令保安立即把大门关上。傅子悦一转身，保安就恢复了自我意识，想前去阻拦傅子悦，突然又见门口来了三个男人说要进来，保安只好先忙着去应付那三人。

傅子悦径直朝记忆中教务处的方向走去。这儿的整个大格局没有多大变化，只是建造了一座崭新的六层高的大楼，多种了一些花草树木，操场翻新过，其余似乎还是记忆中的模样。一些孩子嬉笑打闹着经过傅子悦身边，傅子悦看着他们，就像看着儿时的自己和顾明哲，但愿他们长大后都能有个美好的未来，不要像他和顾明哲一样，他们两人的生活……都不是正常人过的。

以前的教务处在旧教学楼的第二层，现在这里已经不是教学楼，两层高的老式建筑破败不堪，外墙上稀稀拉拉地挂着爬山虎，几间门都紧闭。傅子悦走到二楼靠近楼梯口的那间房间，门上端以前挂着"教务处"三个字的牌子已经摘掉。他推了推门，门没锁，里面是长期没有开窗户造成的陈腐气味。傅子悦扫视一眼，里面并没有人。

现在这间办公室变成了存放物资的仓库，傅子悦看着墙上张贴着的校训还在，纸已经多处破损，上面的字也腐蚀模糊。傅子悦感慨万千，曾经他和顾明哲多次被指导员叫到这间办公室训斥，指导员说他们两人是学校里最不听话的学生，最爱惹是生非，最不遵守规矩。经常指导员训斥着就被傅子悦控制住意识，然后开始一边伸手打自己的脸一边道歉，有时顾明哲会瞬间移动偷走指导员的办公桌抽屉里那些没收来的小说，或是从指导员的钱包里取走几张钞票，每次他们从指导员的办公室里走出来后都相视着哈哈大笑。

重新回到这个孤儿院，傅子悦脑中总是不由自主地冒出隐藏在记忆深处的他和顾明哲共同生活的画面，他想驱赶那些画面，曾经的兄弟情已经不复存在，他不想让自己冷酷的心受到干扰。顾明哲选择这个地方见面，是别有用心罢。

门轻轻被推开，傅子悦警惕地盯住门，只见一个黑影迅速溜进来，然后清晰的人身出现，顾明哲戴着一副框架眼镜歪嘴笑了笑。两人互相对视了几秒，都没有说话，似乎想从对方的脸上看透点什么。

"长话短说，我时间不多。"傅子悦冷冷地说。

"梦晓芸还好吧？"顾明哲问。

"只是暂时安全，但我不能保证明天会发生什么危险。"傅子悦勾了勾嘴角，顾明哲第一句话竟然是关心一个女孩。

"相信你应该不会希望失去她。"顾明哲笑。

傅子悦总觉得顾明哲那个笑容是个嘲讽，他的脸色很阴冷，他不是过来跟顾明哲鼓唇摇舌的。

"这么多年过去了，我想我们可以再次像以前那般合作一次。"顾明哲说。

哼，同心协力吗？傅子悦发出一声冷笑，当年是谁提出要分道扬镳的？

"子悦，我需要你协助。"顾明哲说。

"你是在请求我吗？"傅子悦问。

"就算我请求你。"顾明哲看了看傅子悦，沉默片刻说。

"呵呵，是，还是不是？"

"是。"顾明哲屈服。

"在我考虑前，我需要你摘掉眼镜。"傅子悦盯着顾明哲的眼睛。

顾明哲愣了愣，摘掉眼镜就意味着会被傅子悦控制意识。儿时傅子悦稚嫩的声音闪过顾明哲的脑海——放心吧明哲，我永远永远也不会用这种超能力去控制你，因为你是我在这世界上最在乎的人。顾明哲苦笑，思量，

让我住进你心里

最后只能选择答应。他已没有别的选择。

看着顾明哲缓缓摘下眼镜，傅子悦冷笑，他等待顾明哲向他屈服这一刻已经等了好多年，他的内心泛起激动的成就感。顾明哲，你终究还是对我低头了！

没有眼镜的阻挡，傅子悦可以从顾明哲那里得到所有自己想知道的信息，而且是百分百真实的信息。傅子悦想知道顾明哲是如何走上警察卧底这条路，想知道这些年顾明哲都经历过什么，以及这次顾明哲打算如何跟他联手对抗钱合生……但是傅子悦问的第一个问题却是——"你喜欢梦晓芸吗？"

"喜欢。"顾明哲眼神呆滞地回答。

拖着行李箱，重新换一家简陋的酒店入住，顾明哲不知道自己这种居无定所东躲西藏的日子何时才能结束。顾明哲不喜欢现在的生活，当初决定做个警察是以为这份职业具有正义感，而他的超能力在行动中也能发挥很好的作用，他想惩治坏人。那是顾明哲被傅子悦陷害进入监狱时做的决定，他要抓真正的坏人，而不是令无辜的人被冤枉。或许，还是儿时警匪片看多了，警察并不是什么英雄的职业，尤其是卧底，这完全不是人过的生活嘛。

顾明哲躺在硬邦邦的床上，头有些晕沉，脑子里仿佛有什么东西被抽走了，他知道是自己的心理作用在作祟，之前他有几分钟的时间处于毫无意识的状态，他被傅子悦控制了大脑。这是傅子悦第二次控制顾明哲，上一次顾明哲被控制是八年前，那时他被陷害进了监狱，这一次，傅子悦又打算对他下什么毒手？说实话，顾明哲如今并不信任傅子悦，傅子悦应该也不信任他，呵呵，这种感觉真糟糕。

被控制的那几分钟，到底发生过什么事情？顾明哲绞尽脑汁回忆，关于那几分钟还是一片空白。顾明哲只记得意识重新恢复时，看到傅子悦似笑非笑的眼神，傅子悦说："我知道接下来我该怎么做了，我会联系你，以后由我主动联系你。"傅子悦喜欢主动权掌握在他的手中，他才不要像之前那般只能干等着顾明哲联系他。傅子悦已经从顾明哲那儿问到他那个私密的手机号码，以及前几年大概的状况和接下来的打算。"顾明哲啊顾明哲，看你选择了一种什么样的生活啊，这就是你喜欢的生活方式吗？"傅子悦嘲笑地勾勾嘴角。顾明哲面无表情，内心却很愤怒，他想过什么生活不需要别人为他提意见，尤其是傅子悦！上一家旅馆的行踪已经暴露给傅子悦，顾明哲回去后就迅速退房，他对傅子悦的防备心太强，怕被出卖。

顾明哲很怀念那个居住了多年的农家院落，那是他一点一点布置起来的温馨的家，闲暇时可以游泳、打篮球、打桌球、健身、在鲜花围绕的亭子里看看书，一种隐士的生活，简单舒适。等他把这件事情解决好……那时他就可以恢复正常人的身份，他要重新布置一个新家，他要可以悠闲地走在阳光底下，他还想重新回到校园里念书，跟单纯乖巧的女生谈恋爱……哎，那才是普通人过的生活，也是顾明哲原本想要的生活。前天晚上他就以为自己即将实现这个愿望，那是一个多么好的抓住钱合生的机会，然后他的通缉犯身份会被抹掉，他的卧底日子也将结束，从此光明的生活等着他。只是犯了一个小错误，整个计划就被颠覆，不止从头再来那么简单，而是变得艰难无数倍。一切只是因为梦晓芸。顾明哲在天花板上勾画着梦晓芸的脸，干净的不施粉黛的脸，她在傅子悦那儿……一切可好？

手机突然响起，顾明哲猛地从床上跳起来，他还以为是傅子悦联系他。看到荧幕上显示着"未知号码"，顾明哲苦笑，是老黑。老黑简单跟顾明哲交流一番，移动硬盘他已经拿到，也看过里面的视频内容。顾明哲担心钱合生那边已经派人二十四小时跟踪老黑，不敢再跟老黑约在外面见面，便把移动硬盘放在老黑家附近的一家社区杂货店里，塞了一百块钱给老板，说待会儿有个穿一身黑的平头矮胖男人来取走。收到取货地址，老黑提前下班，在那家杂货店买了一包烟，然后把硬盘装口袋里。老黑告诉顾明哲，视频里的内容虽然有提及毒品交易的事情，但还不能以此就对钱合生完全定罪，钱合生可以否认视频发生的场地是前晚被突袭的仓库，因为没有在现场抓住钱合生，就算被缴获的那批毒品数量庞大，足够致人坐十几年的牢，但有个屁用。老黑说话的语气很激动，潜伏追踪了钱合生这么多年，前晚是个多么好的机会，就差了那么两三分钟的时间即可当场抓住钱合生，然后大家的日子都好过了，顾明哲啊顾明哲，你当时脑子里进水还是另有隐情？老黑有些怀疑，前晚还有另外一辆车也跑掉了，那辆车里坐的应该就是跟钱合生一起在饭桌上谈生意的那伙人，那一男一女是什么身份？视频里为何就刚好看不到那两个人的脸？顾明哲是否故意放走他们？老黑叫顾明哲找出那一男一女，或许可以从他们身上查找一些钱合生的罪证，让他们作为证人指控钱合生。

顾明哲不承认自己看到了那两人的脸。他在心里嘀咕：叫傅子悦做指控证人，呵呵，那是完全不可能的事情。但顾明哲知道傅子悦会换种方式跟他合作，他有原版视频作为把柄，暂时有一线生机。

顾明哲脑中的真实信息已经被傅子悦提取，傅子悦得知顾明哲打算让他交出窃取的钱合生的洗黑钱账户，并且继续去跟钱合生谈生意合作，创造出一个人赃并获的机会。傅子悦还得知，夏星菌和顾明哲两人长期以来都有合作。呵呵，果真如他所料，夏星菌一直在背后偷偷地搞一些小动作，看来身边真的没有可以完全信任的人啊，这个团队……越来越接近崩盘的边缘。大家只是因为利益关系才聚集在一块儿，各自打着小算盘，随时可以出卖对方。

还是梦晓芸更听话一些。夏星菌因为爱美整天戴着美瞳，尤皓也戴着近视眼镜。傅子悦无法控制他们，他能控制的只有梦晓芸。梦晓芸在家里没有吵闹着说无聊，没有任性地惹是生非，那么乖巧安静，这点令傅子悦很满意。只是梦晓芸的内心太敏感脆弱，傅子悦完全不知自己早上怎么就令她陷入忧伤的情绪，他回家时她的双眼还有些微肿，坐在钢琴边呆呆地扭头看着他进门。傅子悦看出梦晓芸表情的不对劲，他温柔地问她是不是在担心什么，得知早晨不经意伤害了她，傅子悦哑然失笑，那样也叫伤害？白纸一般的女孩儿，上面会出现什么色彩全由他来描绘，傅子悦会一点一点把梦晓芸塑造成自己期待的样子。

才回家没一会儿，李品军给傅子悦打电话来，说是有点事情想当面谈谈。傅子悦对现在的局面很厌烦，下班后都没个可以放松的时间。傅子悦叫尤皓来接他，问尤皓事情结果怎么样，尤皓刚去查过顾明哲先前居住的那家酒店，得知他已退房离开，是以一个叫"马华"的身份开房的。

"马上到傅子悦家。"尤皓给李品军发送一条短信。

"等夏星菌消息。"李品军回复。

尤皓接走傅子悦，在车上把顾明哲用的假身份证号码递给傅子悦，傅子悦发信息叫夏星菌去找黑客查这个身份证。傅子悦需要掌握顾明哲的行踪，主动权要握在他手里，他不是那个被别人牵着鼻子走的人。

夏星菌把身份证号码转发给黑客后，戴上墨镜，一身休闲打扮打开车门。其实在李品军给傅子悦打去电话说要面谈的时候，夏星菌也同步接到通知，她开了一辆长期没清洗的老款奥迪A4车前往傅子悦家。

尤皓已经给李品军泄密说梦晓芸就在傅子悦家里，他们愉快地谈了笔交易，尤皓想成为钱合生身边的人，他想要做更大的买卖，他觉得自己的能力已经足够脱离傅子悦而单干了。有了夏星菌的帮忙，事情就会变得更顺利。在尤皓的煽风点火下夏星菌同意了和李品军的合作。她恨，她哪点比不过梦晓芸那丫头，她一定要把那丫头从傅子悦身边除去！尤皓在一旁故意说了好多刺激夏星菌的话，夏星菌怒火中烧，觉得这次是个好机会，而且傅子悦并不会怀疑到她头上。李品军只要夏星菌帮他把傅子悦家的门打开就行，他以为夏星菌长期跟在傅子悦身边能够拿到钥匙开门，殊不知夏星菌是直接穿墙而入。夏星菌和尤皓的特殊本领若是被李品军知道，或许那些"正常人"要开始重新思考人生了。

在门口听了听动静，很安静，不知道梦晓芸那丫头一个人在屋里干吗？据尤皓说，梦晓芸居然跟傅子悦在一张床上睡觉，想到那个画面夏星菌就气得咬牙切齿恨不得把梦晓芸碎尸万段。夏星菌试探性地把头伸了半截到墙的那端看了看，屋里就像没人一般。她伸手穿过门，轻轻地把门解锁，往外推开一条细缝，然后把门外鞋柜上的一只鞋塞在门缝底端，这样门就不会自动重新合上。事情办好后夏星菌冷笑着离开，来到地下车库，朝等候在那儿的李品军手下比了个OK的手势，自己开着车扬长而去。夏星菌需要赶去会所，制造一个自己不在场的证据。

待傅子悦回到家，屋里已经没了梦晓芸的身影。门好端端地锁着，傅子悦呼唤梦晓芸的名字，却没有得到回应。他不喜欢玩捉迷藏游戏，她躲到哪儿去了？傅子悦把楼下每个房间看了一圈，然后一边大声叫着梦晓芸的名字一边上楼，在楼顶露台他看到地上掉落的雪茄，那是他出门前抽剩下的半截雪茄，他离开后梦晓芸捧着那支雪茄仿若珍宝地在鼻子前闻了又闻，梦晓芸还把它含在嘴里，上面有傅子悦嘴唇接触过的痕迹，这样就好似……他和她在接吻……傅子悦捡起地上掉落的雪茄，皱起眉头仔细观察四周，并没有混乱的痕迹。

梦晓芸去哪儿了？傅子悦有些不安，他已经确定她不在屋里，他给她的紧急用的手机也还在卧室的床头柜上放着，或许她只是在家待得无聊了出去逛一圈。该死，不是叫她乖乖待家里不要出去吗！傅子悦给梦晓芸的母亲打去电话，得知梦晓芸并没有回家，两天没有女儿的音讯，梦晓芸的母亲很担心着急，傅子悦安慰她一番，得知梦母已经叫简雨欣帮忙报警寻找梦晓芸，傅子悦在心里骂了一句。傅子悦又给周警官打去电话，得知周警官早已经把梦晓芸的寻人报警记录给抹掉，傅子悦蹙蹙眉，周警官为何对梦晓芸的事情也开始上心了？傅子悦还想多跟周警官谈一谈，周警官说声"最近情势紧张咱们最好还是不要联系"先挂掉电话。傅子悦是个聪明人，总觉得周警官的行为有些不对劲，周警官是担心自己的安危想退缩自保？或是被钱合生收买了？傅子悦觉得后者的概率大些。

时间一分一秒地过去，一瓶红酒已经见底，一支雪茄也抽完，梦晓芸还没有回来。傅子悦的焦虑感逐渐增强，此时将近晚上十点，像梦晓芸那样的乖乖女不会半夜还在外面乱逛，她到底去哪儿了？不安的念头不由自主地往上涌，把酒杯里最后一口红酒喝光，傅子悦拉开书房里一个抽屉，抽屉里躺着一排老款的诺基亚手机，他选了其中一部，拨通那个从顾明哲的脑中套取的电话号码。

"你怎么不好好看着她！"得知梦晓芸失踪后，顾明哲暴躁地提高音调吼。

"我不可能二十四小时对她寸步不离。"傅子悦平淡地说。

傅子悦突然发现李品军在几小时前找他去谈话是调虎离山之计，他中了别人给他下的套，心里很不爽，这么多年来一向是他给别人下套。

两人在电话里讨论了一下目前的形势，八年来两人还是第一次在某件事上同心协力，这种感觉很奇妙。两人要再次合作了，不是用把柄来威胁对方配合，而是心甘情愿主动联手配合。

之前梦晓芸住在顾明哲家里时，顾明哲曾偷偷给她的手机内装了一个定位追踪系统，那部手机和梦晓芸的书包一起落入李品军手中，如果梦晓芸是被他们抓去的话可以试一试那部手机的定位，说不定就能找到梦晓芸。

商讨好计划，两人就开始行动。顾明哲迅速定位出那部手机所在的地方，他的速度比较快，可以先一步赶到那儿，观察一下形势，确定梦晓芸真的在那里傅子悦才想办法过去跟他会合。傅子悦要摆脱李品军手下的监视赶到那个地方真的需要想想办法，不能打草惊蛇。这次行动还不能指派夏星菌和尤皓帮忙，李品军能确定梦晓芸就在他家而且还神不知鬼不觉就把梦晓芸给带走，总像是有内鬼帮忙，傅子悦不信任身边的任何人。

换上一身运动的装扮，傅子悦去地下车库装模作样地在车上提出一袋东西，然后朝车库外走。他要主动引诱监视的人出现，只有面对面时他才能控制对方的意识。傅子悦慢慢走去小区内部的超市，在超市里买了几盒酸奶和果汁，付款时他瞥见门外有两个探头探脑的男人，就是下午跟着他去修车店的男人，很好，找到目标了。傅子悦低头付款，突然猛地扭头看向那两个男人，其中一人的眼神刚好和傅子悦的眼神对视上，立即就被傅子悦控制住。另一个穿黑色 T 恤的同伙还不知道发生了什么事情，他的目光还没有机会被傅子悦捕捉到，他只见同伙径直朝超市里走，而傅子悦提着两袋东西迎面走来，被控制住的那人在和傅子悦错身时突然撞了他一下，傅子悦故意把手中的袋子掉到地上。

"走路小心点！"傅子悦说。

另一个同伙笑嘻嘻地帮傅子悦提起袋子，把它递给傅子悦时对视上傅子悦的眼神，他立即也变得面无表情。

"梦晓芸是不是被你们带走了？"傅子悦问。

"是。"一人回答。

"她被带到什么地方去了？"傅子悦问。

"我们不知道。"

"你们怎么进屋带走的梦晓芸？"傅子悦问。

得知是有人先帮他们把傅子悦家的门打开，他们才顺利进屋，傅子悦的眼神变得十分严峻。但他们两人只是按照上头的指示办事，也不知道协助他们开门的那人是谁，上头不会把这么详细的信息告诉他们。

待那两人蓦地恢复自我意识时，发现自己被四个保安压在地上死死钳制住。他们不知道刚才发生了什么事情，为何会在超市里被保安制服？他们怎么也想象不出自己刚才正持刀威胁超市收银员把柜台里的钱全部交出来，而且还笨到被接到报警赶来的保安当场逮住。那两个人完全懵掉了，他们不是前一刻还在跟踪傅子悦吗？

傅子悦冷笑着离开，开车赶去顾明哲定位出的地址，他等待接收顾明哲进一步的消息。傅子悦很担心梦晓芸的安危，李品军那帮人做事会不择手段，傅子悦不希望梦晓芸受到任何伤害，她的心还不够坚强，但或许经历一点磨难也可锻炼梦晓芸的心智，她需要变得心狠手辣才可成为他的助手。傅子悦安慰自己，凭梦晓芸的能力，李品军那帮人应该不是那么容易就能伤害她……

的确，李品军那帮人此时已对梦晓芸感到一种畏惧。去傅子悦家抓梦晓芸的过程十分顺利，五个壮汉闯进去，在楼顶露台发现了梦晓芸，那时她正捧着傅子悦出门前抽剩下的半截雪茄发呆，没注意到身后悄无声息地走来一个人，那人用浸湿了乙醇的布从身后猛地捂住梦晓芸的嘴鼻，她来不及挣扎反抗就被乙醇给弄晕，那伙人轻轻松松就把梦晓芸带走。可是……奇怪的事情开始接二连三地发生……

李品军赶到手下关押梦晓芸的房子时屋里乌烟瘴气，梦晓芸眼睛被布罩着手脚被胶带绑着躺在沙发上，七八个男人围在她周围打牌，不免皱皱眉头间他们有没有欺负她？几个男人笑，没有碰过她，她长得又不好看身材也不火辣，欺负她干吗？梦晓芸恢复知觉时发现眼睛被东西遮住了，看着微弱的光亮从黑布透进来，她一时不知道这是怎么回事。梦晓芸想把眼前的布拉开，才发现手完全无法动弹，手腕上似乎有什么东西绑住了她，她挣扎着大喊着傅子悦的名字，只听到周围好多男人发出一阵笑声。

"看来她是傅子悦的女人咯。"一个手下对李品军说。

李品军冷笑着叫手下把梦晓芸扶正坐到沙发上，解开罩住她眼睛的黑布。

这里是……强烈的光线突然刺激她的双眼，梦晓芸不由得眯起眼，还不适应这亮光，眼前的人影恍惚模糊。眼前有好多男人，陌生的男人，看着就不怀好意的男人，他们全都盯着自己，发生什么事情了？梦晓芸缩了缩身子，全身细胞紧绷，自己好像被绑架了。

"这书包是你的吧？"李品军提起梦晓芸前晚掉的书包间。

那是我的书包！梦晓芸惊得瞪大眼，里面有好多重要的东西，家里的钥匙、身份证、学生证、图书馆卡、手机、上课笔记等等，梦晓芸好想要回自己的书包。

"前天晚上，你跑去那个荒郊野外的地方干吗？"李品军说话的态度还算客气，他拉一条凳子坐到梦晓芸对面，眼睛好奇地上下打量着梦晓芸。长相身材都很普通的女孩儿嘛，一个大二的学生能有何能耐，在前晚的事件中她能发挥什么作用呢？李品军十分好奇。

梦晓芸很不习惯别人盯着她看，而且还是这么多男人同时都盯着她，她垂下眼帘看着自己的脚，两只脚的脚踝被胶布绑在一起，她想跑也跑不掉。

"喂，问你话呢！快点回答！"站在李品军身边的一个手下不耐烦地吼。

梦晓芸咬着嘴唇，傅子悦现在在哪里？他知道自己被绑架了吗？她好想他立即出现把她带回家……

"不要敬酒不吃吃罚酒！快点老实回答问题，不然有你好受的！"那手下用力捏起梦晓芸的脸颊，强制把梦晓芸的脸抬起来。

可恶！梦晓芸试图摇头把那男人的脏手甩开，但她完全无法动弹，她痛恨别人与她肢体接触。情急之下，梦晓芸看到茶几上的烟灰缸，她盯住它，控制它猛地砸向那男人的头部……

哎呀——那男人叫唤着松开梦晓芸，捂住自己被砸的脑袋痛得龇牙咧嘴。"谁扔的！"那人大吼着环视一圈。

没有人回答。

"他妈的！谁扔的给我站出来！"那人揉着脑袋，刚才那一下砸得真狠。

大家面面相觑，没有谁看到有人拿起烟灰缸扔过去，但烟灰缸不至于自己飞起来去砸人吧？

"你一边去，别干扰我问话。"李品军叫手下让开。

李品军继续盘问梦晓芸，梦晓芸嘴唇紧闭，一个字都不说。李品军问了几次后也十分不耐烦，这个小丫头，看来得给她点颜色瞧瞧！李品军在一个手下耳边说了几句话，那手下点点头，然后走近梦晓芸一把揪起她的马尾，很用力，几乎是想把梦晓芸整个人都提起来。

"我们这里这么多男人，你不会想让我们每个人都强奸你一次后你才能变乖吧？给我开口说话，不然我把你衣服全扒光！"李品军的手下面容狰狞地威胁梦晓芸。

好痛……梦晓芸的头皮仿佛快被扯下来，她很害怕，想起上次被一个男人猥亵的经历，在傅子悦的会所里，那个男人试图想强奸她，那个画面光是想起来就觉得恐惧恶心。傅子悦啊，这次你会出现吗，你快来救我离开这个鬼地方啊……

见梦晓芸的眼中流露出恐惧的神色，似乎还含着泪光，那个手下松开抓着梦晓芸马尾的手，恶声恶气地说："知道听话就好，不然……呵呵，你懂得下场。"话音刚落下，那个之前掉落到地上的烟灰缸又突然飞起来砸向那人的后脑勺，那人完全没有提防，烟灰缸重重砸到他的头，他痛苦地捂住被砸中的地方，火冒三丈地朝身后看了看，吼："谁搞的恶作剧！"

大家再次面面相觑，真的没有谁去捡起烟灰缸然后把它扔出去，它似乎是……自己飞起来的！

两次被一个烟灰缸打断进程，李品军皱起眉头，这个烟灰缸有什么毛病？李品军叫人把烟灰缸递给他，翻来覆去看了看，只是个普通的烟灰缸。"扔到窗外去。"李品军对一个手下吩咐。

"大家把眼睛睁大点啊，我们中是不是出现一个这丫头的帮手，别让我逮到你！"李品军凶狠地呵斥。

大家互相交换了一下眼神，原本吊儿郎当觉得审问一个小丫头无须太戒备，都在抽烟交头接耳等着老大问完话好继续打牌喝酒，此刻大家都把细胞警惕起来，留意着客厅里的一举一动。

"确定房间里没有别人？"李品军问手下。

手下去各个房间查看一遍。"没有发现别人。"手下说。

审问继续开始。李品军想知道梦晓芸前晚为什么会去那个仓库？她是被顾明哲带去的还是被傅子悦带去的？顾明哲和傅子悦那两人到底是不是同伙关系？问话过程中怪事情接二连三地发生，李品军坐的椅子突然莫名掀倒把他给摔倒在地上；茶几上喝了一半的可乐瓶子突然飞起来洒了一个正在威胁梦晓芸的手下一身可乐；一人用打火机点烟时打火机冒出的火苗突然变成最大火力，烧到那人的眉毛；门口地上的鞋子突然就砸向正在用脏话骂梦晓芸的人的脸；茶几突然就撞向对着梦晓芸面露凶相的一人的肚子，然后重重地把那人压倒在地……

无法解释的诡异事件连续发生，一群男人都提高警惕，四处张望着观察周围的物体，担心冷不丁又会有什么东西乱飞起来把人弄伤。那些东西怎么可能自己乱飞啊？李品军沉思片刻，皱着眉把目光看向梦晓芸，屋里的一群手下他都接触过很长一段时间，在他们身上不可能引出这种奇怪的现象，房间里只有一个外人，难道这些诡异事件都是梦晓芸那丫头造成的？

李品军盯着那个其貌不扬的女孩儿，怪不得她对傅子悦和顾明哲来说那么重要，或许她真有什么特殊的本领，就像会变魔术一般，但她手脚都被绑住身体也没离开过沙发，她是怎么做到让那些东西乱动的呢？问了一个多小时也没从梦晓芸口中间出半个字，那女孩的双唇一直紧闭，头也总是低垂着，一副倔强的表情。是不是该给那丫头来点狠招术？李品军一向不会对女人大打出手，但那丫头实在令人头痛，他原本以为只是简单的问话，结果过程这么麻烦，大半夜是出去找乐子的时间，大家都不想继续在这儿耗着。

"按住她身体！"他对下面的人吩咐。两个手下立即把梦晓芸死死按压在沙发上。梦晓芸想挣扎，他们的手接触到她裸露的胳膊肌肤，汗津津的脏手令她无比恶心，她柔弱的力气完全无法反抗。一个手下走近梦晓芸，从腰间拔出一把折叠军工刀，刀背折射出灯光发出阴森森的白光，他把刀背贴在梦晓芸的脸上轻轻拍了拍，威胁说："你再要什么鬼把戏，不老老实实地交代清楚，我就在你白嫩的脸上划一刀。你可想清楚哦。"话音刚落，那人的动作就变得奇怪起来，他似乎在竭力与那把刀对峙，他使劲想把胳膊往前伸，那把刀却好像有一股强大的推力，刀尖一点一点接近他的脸……

"靠，什么鬼情况，谁快来帮我按住这把刀！"那人大吼。

大家看他的动作十分扭曲奇怪，还没明白是怎么回事。

"刀！这把刀他妈的自己想来刺我！"那人说话的腔调都颤抖起来。他已经使出全身力气，却无法强过刀的力气，一把小刀怎么会有这么大的力气……

一人慌忙上前帮忙往外拉，刀尖突然就调转方向，顺着帮忙的人拉动的方向瞬间朝他刺去，在那人的锁骨处划破一道血痕，军工刀很锋利，伤口有六七厘米长，刺及皮下肉部，鲜血长流。那人叫唤着松开手去捂住伤口，握刀的跟班一失神，那把刀又开始想去刺伤他，他赶紧双手死死握住刀柄把它往外拉。房间里变得混乱起来，三四个人去一起按住那把刀，都感受到了它在散发出强劲的力量，好不容易把刀按压在地上，却不敢松手，它一直在挣扎，似乎随时都可能刺伤自己。

"把它扔到窗外去！"一人喊着。

三四个人齐心协力把刀抛出窗外。就在大家都松口气之时，那把刀莫名地又从窗外飞进来，见人就乱刺，大家紧盯着那把在半空中飞来飞去的军工刀，对它东躲西闪，叫骂着，又不敢靠近它。有人用椅子去砸它，它灵敏地躲开了，有人脱掉衣服想去把它打到地上，它就像具有思考能力般闪开，大家一时都被这把刀吸引去注意力，把梦晓芸丢在一旁。李品军被两个手下护在身后站在墙角，看着一群人被一把小刀玩得团团转，大骂他们没用。

梦晓芸的目光追随着那把军工刀，她觉得很好玩，嘴角扬起幸灾乐祸的笑容。

又有两个人在和刀的混战中被割伤，一人被划破头皮，一人被划破胳膊，一伙人好不容易再次把那把军工刀按压在地上。另一人腰间别着的一把刀在弯腰时被梦晓芸发现，她放弃操控那把被按在地上的刀，转而操控那人腰间别着的刀，那人毫无防备地被一刀捅入臀部，刀稳稳地插在他的肉里。

"快把它拔出来！哎呀我的屁股啊——"那人叫唤着叫人帮忙，一人帮他从肉里拔出那把刀，刀尖上全是鲜血。

"靠！这把刀也活了！"那人叫骂。

房间里乱哄哄的一片嘈杂，刚制服了这个物体，另一个物体又成为凶器，大家手忙脚乱，全都傻了眼。

李品军躲在两个手下的身后看着这一局面也不禁咋舌，他观察了一会儿那些乱飞的物体，又看看梦晓芸，那丫头很安静地坐在沙发上一动不动，难道她真的会妖法不成！

"梦晓芸，我们停战！我们大家都心平气和地坐下好好交流行不行，你快叫这些东西都住手。"李品军突然冲梦晓芸大喊。

梦晓芸扭头看向李品军，同一瞬间，在半空乱飞的东西眶当落地，立刻变得跟普普通通的物体无异。梦晓芸看着李品军的目光毫无畏惧，之前的害怕感消失了，她此刻很自信，他们无法伤害到她。

大家四处张望，警惕的细胞还未放松，但是房间里的东西莫名又恢复正常，这种现象……该如何解释？大家把目光都看向梦晓芸。

李品军张开双手，一边走近沙发一边对梦晓芸说："我没带武器哦，我不会伤害你，他们也不会伤害你。"李品军叫手下全部站到他身后，不要乱动。走至离沙发还有一米多远的距离，李品军停下脚步，他担心靠梦晓芸太近会出现什么危险，天杀的，他居然对一个小丫头产生了害怕之意。李品军扶起歪倒在地上的一把椅子放正，他坐在椅子上，隔着一米多远的距离若有所思地盯着梦晓芸，而他的一帮手下还心有余悸，他们聚集在李品军身后，眼睛忍不住想四处瞟，戒备着稍不留神时哪里又飞出一把刀刺伤了他们。

"我这里有几个伤者，我先叫他们离开去包扎伤口，可以吗？"李品军尽量让自己说话的语气客气一些，他得哄着这丫头。

梦晓芸看了看那几个被刀刺伤的男人，尤其是一人的臀部被刀刺得特别深，鲜血把裤腿都染红了。梦晓芸不想伤害人，她是迫不得已。梦晓芸点点头。

李品军咧嘴笑，叫那受伤的四个人离开。临走前他在一人的耳边说了几句话，那人点头表示明白。四个人离开房间的样子十分狼狈，捂着伤口有点落荒而逃的感觉，梦晓芸看着那道防盗门打开又合上，她瞥见门打开时锁的侧面插鞘的样子，她尝试着控制锁的插鞘，不让它弹出来锁住门，这样门只是合上了却没有锁住，外面的人要进来轻轻一推门就打开了。梦晓芸期待着傅子悦会找到这个地方，前来救她出去时门不会成为障碍。

"刚才的一切，是你做的？你是怎么做到让那些东西听你的话？"李品军的内心奇异地激动，像发现了新大陆一般。

梦晓芸才不会承认她用超能力控制那些物体，她不会让"正常人类"知道他们这类特殊人物的存在。

"我先给你松绑，我们像朋友那么相处好不好？"李品军好言好语地说。

梦晓芸点点头。

李品军叫一个手下去给梦晓芸松绑，手下从地上捡起一把刀，他迟疑地看了看那刀，它该不会突然又变活了刺伤他吧？他心里有种畏惧的阴影。那人用刀割开绑住梦晓芸手脚的胶布，然后把刀折叠合上插在腰间，想了想，又觉得不妥，可别冷不防它自己又乱动，他赶紧把刀扔到一边的地上去。

梦晓芸活动了一下自己的手脚，被胶布绑过的地方发红，有些痛，她真讨厌自己陷入这种电影里才有的黑帮情节。梦晓芸终于开口说话，指着地上的书包对李品军说："把它给我。"

李品军叫手下把书包递给梦晓芸。梦晓芸在书包内翻找一番，除了手机外其他东西都还在。"我手机呢？"

"手机迟点还给你。"李品军说。

"现在给我。"梦晓芸直视李品军。

李品军迟疑几秒，露出两排被烟熏黄的牙齿笑着说："把手机给你可以，你先回答我刚才的问题，这些东西自个儿会乱动，你是怎么办到的？"

梦晓芸咬着嘴唇，直直地盯着李品军。如果她能控制人就好了，她一定就把这些人都抛出窗外去，若是熟睡中的人她就可以操控他们的身体，但清醒的人类具有反抗意识，她敌不过他们大脑的自我控制。

那丫头倔强的眼神，突然令李品军有些毛骨悚然，在江湖上行走二十多年，见识过不少怪事，但是今晚这种怪事还是第一次见到，他一定要弄个明白。

此时顾明哲已经赶到这个小区。手机定位的位置只能看出是在这幢楼，但具体是哪个楼层却不清楚，顾明哲叹口气，但愿老天眷顾自己。顾明哲一层楼一层楼挨家挨户地把耳朵贴在门上听动静，还好他移动的速度很快，跑了十几层楼也不过只花了一两分钟的时间，不算太耽误。在十七楼的一户人家，顾明哲注意到地上有几滴血迹从门口一直延伸至电梯，这是不寻常的迹象，难道梦晓芸受伤了？天杀的，这伙人居然对一个小女生下毒手！顾明哲心里升起怒火，他一定不会放过他们！

顾明哲几乎可以确定梦晓芸就在这户房内，他把耳朵贴在门上听了听，若是尤皓在就能够清晰听见屋内的所有动静，夏星菌在的话就可以把脑袋直接穿墙进去探视，还可以顺便把门也打开，呵呵，顾明哲终于意识到傅子悦的那两个帮手是多么具有利用价值。顾明哲把详细地址发送给傅子悦，傅子悦回复说几分钟赶到。

只是试探性地拧了拧门把手，门却一拧就拉开了。顾明哲惊了惊，有种中奖的感觉，他们居然会忘记把门锁上。他小心翼翼地把门推开一条缝，看到屋内几个男人的身影，视线角度不好，看不到梦晓芸是否在里面，但他能确定说话男人的声音很熟悉。就是这里！顾明哲深吸一口气，待会儿行动时可千万别有闪失啊，他难得在瞬间移动时感到紧张，他不想因为自己令梦晓芸陷入更糟糕的危险局面。屏住呼吸，顾明哲迅速推门而入，又把门轻轻合上，跑进视线能够看到客厅的一个卧室内，卧室里没人，刚好可以作为他的容身之处。一系列动作只发生在一两秒内，客厅里的几个男人压根就没注意到有人闯入。

坐在沙发上的梦晓芸却捕捉到那一两秒的瞬间移动，她对别人的超能力十分敏感，顾明哲以前也感叹过这么多年来他只有梦晓芸一人能够看出他颇为自豪的瞬间移动。顾明哲来了！梦晓芸心中大喜，虽然不是她一直期待的傅子悦，但至少也是不会伤害她的熟人，她感到心安，这下可以离开这个鬼地方了。

梦晓芸看了看那扇卧室的门，琢磨该如何配合顾明哲，她必须把客厅内这几个男人的注意力转移才行。

"我已经顺利进屋，屋内有六个男人，梦晓芸暂时没受伤。"顾明哲发送信息给傅子悦。他从卧室的门缝里往外看，客厅的地板上一片狼藉，连椅子桌子和茶几都东倒西歪的，梦晓芸那丫头挺厉害的嘛，看来这么多男人都不是她的对手。不过……梦晓芸在这些人面前施展自己的超能力，不就暴露出她"非正常人类"的身份？顾明哲心头一紧，他不希望看到原本一个无忧无虑的少女变成一件武器！

顾明哲移动角度，尽量越过一个男人的肩膀看到梦晓芸的脸，他看到她的瞬间，他发现她也正看向他，四目相对，顾明哲心里咯噔一下，难道她知道他躲在这里？那丫头真是令顾明哲惊叹，只有她曾经多次捕捉到他的瞬间移动，她天赋极好，能力的确在他和傅子悦之上，只是梦晓芸不自知，她的超能力尚未开发的空间非常大。顾明哲和梦晓芸对视着，她的眼神里毫无害怕之色，完全和他当初认识的那个总是低着头眼神闪躲手足无措的丫头不一样。

"我想上厕所。"梦晓芸突然开口说话。

李品军皱皱眉头，顿了几秒，同意了梦晓芸这个请求。

两个手下跟着梦晓芸去厕所，等候在厕所门外，并且听着里面的动静。李品军本想泡壶茶喝，折腾了一个多小时连口水都没顾得喝上，又担心热茶可别自个儿溅在他脸上烫伤他，转而叫手下从冰箱里拿听可乐大口喝掉。贴身跟班和李品军讨论着对策，再这么客气地跟那丫头耗下去也问不出什么东西，还是想办法来硬的，李品军不耐烦地说我自有分寸。

"那个……你们有卫生巾吗？"厕所门突然打开，梦晓芸探出半个脑袋问门口站着的两人。她窘红着脸，鼓起好大的勇气才肯开口提出这样的要求，这是她唯一能想到的借口，让厕所门微微敞开可容一人进出的空间，或许顾明哲能够抓住这个机会迅速溜进厕所来。但是……顾明哲会明白她的意图吗？但愿他有这么聪明……

门口的两个男人笑起来，他们这里怎么可能有女人的这种东西。

"需不需要我出去帮你买啊？"一人调戏地说。

在那两个男人分神时，顾明哲迅速抓住机会跑进厕所。门口的男人只感觉到有一阵风吹过。

梦晓芸把厕所门合上。

"快点解决啊，别想着在里面搞什么鬼把戏！"一人警告地大喊。

梦晓芸转身看着顾明哲，激动得微微颤抖，她情不自禁地扑入他怀中，仿佛自己安全了，得救了。又是他，又一次在她危难时出现！为什么赶来的人不是傅子悦，难道傅子悦又一次置她于不顾？梦晓芸心里既欢喜又忧伤，她多么希望此刻站在她面前的是傅子悦啊！

"有没有受伤？"顾明哲关切地问。

梦晓芸摇摇头，眼泪不受控制地流出来。刚才面对那些人的穷凶极恶时她一点都没有想哭的冲动，现在终于可以松懈紧张，露出真实的柔弱。

"别害怕，我会想办法带你离开这儿。"顾明哲伸手抹去梦晓芸脸上的泪水。

梦晓芸信任地点点头。

两人商量决定待会儿梦晓芸走回客厅时尽量靠近大门，然后顾明哲找准时机迅速背起她一起跑出去，瞬间移动应该不会出岔子。

但两人都想得太简单了。当梦晓芸走出厕所正要向大门方向走去时，突然响起敲门声，一人正要去开门，门却被外面的人推开了，进来的男人叫嚷着"靠，你们怎么没锁门啊！"大家都有些疑惑，门居然没反锁吗？

进来的不止一个男人，而是三个完全陌生的面孔，梦晓芸惊了惊，他们又叫了帮手过来？

门被反锁上，梦晓芸还呆呆地站在那儿。刚进来的一个男人看了看李品军，李品军点头示意一个眼神。

"梦小姐——"李品军叫了梦晓芸一声。

梦晓芸扭头看向李品军，就是这么注意力转移的瞬间，刚进来的一个男人突然就冷不防地掀开外套拔出腰间插着的工具枪向梦晓芸射去一击，针头插入梦晓芸的后背。那是麻醉枪，针头上的药剂迅速在梦晓芸体内扩散，梦晓芸只感觉到一下疼痛后就全身酥软无力地跌倒在地上，她睁着惊恐的双眼朝厕所的方向看去，她没有力气施展超能力，眼睛挣扎了几秒就沉沉合上。

李品军露出奸笑，哼，这下看你还如何使用妖法。之前离开的伤员在李品军的交代下叫来帮手，而且，还准备了一个更大的计划……

"去看看她。"李品军吩咐贴身跟班。

跟班走近梦晓芸，他的神经已经被梦晓芸弄得十分紧张，小心地先伸脚踢了踢她，见她毫无反应，这才放心大胆地蹲下身察看。"昏迷了。"他说。

新来的帮手立即取出带来的更紧实的麻绳绑住梦晓芸的手脚，并且用麻布口袋罩在梦晓芸的头上，然后两人合力扛起梦晓芸走出大门，李品军和一帮手下也跟着离开。

他们要把梦晓芸带去哪里！顾明哲震惊得无以复加，这是他没料到的新局势。顾明哲赶紧给傅子悦打电话，问他到哪里了，傅子悦快接近小区，听见电话中顾明哲十分着急的声音，当得知梦晓芸被那伙人用麻醉枪弄晕被扛去别处时，傅子悦的脸色十分阴冷，他大声骂："你怎么搞的，怎么就眼睁睁地目睹她被弄晕！"

"现在不是吵架的时候。"顾明哲说，"他们刚下楼，我来找你汇合。"

顾明哲临走时看到落在客厅地板上的粉色书包，那是梦晓芸的书包，他捡起它背在肩后，又顺便捡起地上的一把军工刀，他做好了要恶战的准备。顾明哲迅速下楼，刚好赶上那帮人开着车驶出车库，顾明哲扛起停靠在车库里的自行车，一溜烟地追上去。

"他们从西门离开，你在哪里？"顾明哲又继续追了一截路，把定位发送给傅子悦。傅子悦终于赶过来，车行驶时突然侧边就传来一阵敲击窗户的声音，他扭头看到顾明哲小跑跟他车保持同样速度，他把门锁解除，车子并没有丝毫减速，他知道顾明哲能行的。顾明哲跑步着在车子行驶速度九十多码时先拉开后排车门，把自行车和书包塞进去，然后又拉开副驾驶座的车门，在车子高速行驶时跳进车内，这一系列动作十分酷，或许是在好莱坞动作电影里也难得一见的高难度动作，路边有几个行人看到那一幕，惊得目瞪口呆，刚才跳进车的那人的跑步速度也快得太夸张了吧，身手敏捷得不可思议。

傅子悦勾勾嘴角，也佩服顾明哲的身手。傅子悦一路超速闯红灯紧跟着李品军乘的商务车，他今晚开的是一辆奥迪 A8，这已经是他最低调的一辆车了，但用作跟踪还是太过显眼。

"靠，你就不能开一辆破车出来吗？"顾明哲抱怨。

傅子悦不说话，眼睛紧盯着李品军的车。

"梦晓芸的能力应该已经暴露了。"顾明哲说。

傅子悦一惊，眉头紧蹙。钱合生那帮人若知道梦晓芸还有这种厉害的本领，一定也想加以利用，那就糟糕了……傅子悦应该预料到这种情况，危难时梦晓芸会什么都不顾地施展超能力来保护自己，暴露自己是必然的，难怪他会对她射击麻醉枪，他们敌不过她。

"他们要把梦晓芸转移到什么地方去？"顾明哲担心。

顾明哲叽叽喳喳地自言自语接下来会出现的各种可能情况，以及该如何才能救出梦晓芸，傅子悦从头到尾都没有说话，他心中只有一个坚定的信念：一定要救出梦晓芸！

"你怎么不把尤皓和夏星菌叫来帮忙？"顾明哲问。有那两人的协助事情会好办一些。

"他们不可靠。"傅子悦终于开口说话。

顾明哲冷哼一声，这家伙，任何人都不信任嘛。

前方李品军的车辆突然放慢速度，然后把车停到路边。傅子悦不能太刻意地也把车停下来，只得稍微减慢一点速度朝前继续开。

"他们发现咱们了。"顾明哲很有经验地说。

"该死！"傅子悦用力拍击方向盘。

"你的车牌号不是用自己的名字登记的吧？"顾明哲问。

"我没那么笨。"傅子悦说。

"继续朝前开，打消他们的怀疑，我可以定位梦晓芸的手机跟踪他们。"顾明哲说。

那小子，竟然偷偷地在梦晓芸手机里装了定位追踪系统，他这样随时掌握她的行踪有多长时间了？傅子悦有些不爽。

连线上跟踪装置，地图上有个红点在移动，那伙人改道了。顾明哲指挥着傅子悦在和他们平行的道路上行驶。

"我说你要不要去偷辆低调点的车开？"顾明哲突然建议。

"哦？你要抛开道德限制重操旧业了？"傅子悦发出冷笑，"你不是义正词严地说过自己再不会干任何偷鸡摸狗的不法事情吗？"

"哎，顾不了那么多了，就那辆车，前方那辆黑色荣威。"比起犯罪感还是救梦晓芸更重要。

傅子悦加大油门，开到和那辆荣威轿车平行的位置。他打开车窗喊："师傅，我问个路。"

荣威轿车的司机扭头看向傅子悦，目光和傅子悦对上时，立即就被控制住意识。车主将车停靠在路边，眼神呆滞地下车，傅子悦抛弃自己的奥迪A8和顾明哲坐进荣威轿车里。车扬长而去后车主才恢复自我意识，没明白自己的车怎么就开走了呢，他跑着追了一段路，气喘吁吁地想掏手机报警，才发现自己的手机和包都在车里……

多年没做过盗窃的事情了，此时脑子里的往事总忍不住想往外涌，顾明哲压制住那些和傅子悦携手共进的回忆，那些甜美又感伤的回忆。两人坐在车内，都有种熟悉的小激动，好兄弟协作做事的那份快感已经有多少年没经历过了？可是两人都不愿意承认这种喜悦，仍旧面无表情。那帮人已经把车开上了高速公路，看来要把梦晓芸带去一个更加私密的地方。麻醉剂的持续药效有多少时间？梦晓芸醒来后挣扎时他们会不会暴力对付她？傅子悦和顾明哲心里都在担心这些问题。

手机定位的红点终于停止移动，顾明哲说他先跑过去看看，还没待车停下他就打开车门一溜烟消失了。

这儿是松江区的一片别墅地带，半夜里十分安静，李品军他们的车驶进一幢别墅改造的诊所的车库，待车库门缓缓关闭后，才叫人把梦晓芸扛下来。有人出来接待，领着他们下去地下室，那儿封闭没有任何窗户，只有一个楼梯口可以进出，适合防守，隔音效果也很好。一个穿着白大褂的中年男人迎上来，看看一人肩膀上扛着的梦晓芸，问李品军："那个奇怪的女孩就是她？"

"对，好好瞧瞧她。"李品军说。

"麻醉药的剂量应该快到时间了。"穿白大褂的男人捏了捏梦晓芸的脉搏后说。他姓施，是集团的私人医生团队里的一名医生，这帮犯罪分子经常打斗受伤或是吸毒过量引起生命危险，都是在集团内部的诊所里接受治疗。这儿就是集团内部的诊所所在地，隐藏在一处老旧的别墅区里，门口挂着诊所的牌子，却不对外营业。

施医生让助手用手术床上专业的捆绑带把梦晓芸的整个身体都牢牢固定住，使她的任何关节都无法动弹，就算出现意外她中途醒来也无法挣扎。施医生又给梦晓芸注射了一剂麻醉剂，然后给她嘴部戴上氧气罩，打开检查仪器的开关。

"你们先在外面等。"施医生回头对李品军和他的一帮手下说。他不喜欢手术室里乱哄哄的。

李品军叫手下全部出去。

"你也出去。"施医生对李品军扬扬眼。

李品军坚持要留下来目睹整个过程。

施医生极不情愿地让李品军留在手术室里，要他尽量站在墙边，别碍手碍脚或指手画脚。施医生大半夜的被电话从睡梦中叫醒，说要来检查一个不知什么身份的女孩，心里十分不爽，但愿这个女孩真像那帮没文化的粗人口中说的那般"像个妖女"。妖女？呵呵，施医生回味着这个词，倒是有些好奇。

施医生开始给梦晓芸做脑 CT 扫描。电脑中出现了各种扫描分析数据，暂时看起来很正常。李品军也好奇地凑过去想看，刚开口想问问题，就被施医生不耐烦地挥手叫他站远点，别碍手碍脚。十几分后，脑部全面扫描完毕，施医生又仔细地检查一遍各种数据，就是一个普通正常人的脑部数据，没发现任何异样。

"结果怎么样？"李品军急切地问。

"再检查身体看看。"施医生说。

各种仪器对着梦晓芸的身体作全面检查，刺鼻的消毒水味道，冰冷的仪器，探究的双眼和内心，这是梦晓芸儿时的噩梦中经常出现的情节。那时梦晓芸还懵懂无知，在父母面前表现自己操控物体的本领，吓坏了父母，父母带着她去医院检查了好多次，她好害怕那些陌生的双眼盯着她，仿佛她是个"怪物"一般。那时的经历造成梦晓芸对医院的恐惧，此后她选择装傻，隐藏自己的特殊能力，让自己看起来就是个普通人。此刻梦晓芸昏迷着，还不知自己又一次躺在检查室里被各种冰冷的仪器探测着。身体全面检查下来并没有任何异常。

"有发现什么吗？"见施医生取下手套和口罩，李品军着急地问。

"一切正常。"施医生说。

"没有哪里不对劲吗？"李品军感到奇怪。

施医生很疲惫，打了个哈欠，大半夜的到底把他叫过来折腾什么！

"是不是这里的检查设备规格不够？"李品军嘀咕。

"李总，这个女孩的身体各项指数完全正常，你那帮手下之前汇报的情况是不是他们在吸毒吸嗨后产生的幻觉啊？他们吸嗨后还会看到自己升上天堂了呢，这你也相信吗？"施医生鄙视地说。为集团诊所工作以来，施医生经常都会面对吸毒吸嗨了送来紧急抢救的成员，他们各种天马行空的胡说八道他听多了，他只是拿高工资尽一个医生的职责，对于这些人他是相当瞧不起。

"当时我也在场，你觉得我也产生幻觉了吗？"李品军提高音调。

施医生解开白大褂的系绳，说他要回家睡觉了。

"你再仔细检查，她身体里一定有哪里不对劲。或者……她是不是学了某种巫术？"李品军问。

施医生笑起来，他是学医的，只相信科学，才不会有什么巫术存在。

"你刚才是在嘲笑我吗？"李品军对刚才施医生的笑容很不悦。

施医生耸耸肩。这里是集团独立的诊所，他不归李品军管，压根也不需要畏惧李品军。

"你先别走，等我证明给你看！"李品军暴跳着说。他在心里骂着一连串的脏话，这个医生竟敢嘲笑他！

哦？施医生扬扬眼，身上的白大褂并没有脱下来。

"把那丫头弄醒，我证明给你看我们是不是胡说八道！"李品军几乎是吼叫着说。

"麻醉药效还要过一会儿才能消解。"施医生说。

"那你想办法让她立即醒过来！"李品军插着腰命令道。

在等待傅子悦停好车走过来之际，顾明哲迅速移动绕着诊所转了一圈，没有找到可以进入室内的缺口，大门紧闭，车库门紧闭，每扇窗户都安装有防盗铝栅栏，完全无法偷偷溜进去。诊所外围似乎连躲避监控摄像头的死角都没有。待顾明哲远远地看到傅子悦朝他走来时，傅子悦身边跟着一个穿保安制服的中年男人，那人表情木讷，一见便知是被傅子悦控制了意识。还是那小子诡计多端，顾明哲嘀咕。

傅子悦控制那保安去按响诊所的门铃，他和顾明哲两人蹲在保安身后，诊所里负责看监控的人看不到他们两人的身影。大半夜的小区保安跑来按门铃干吗？一个小弟从猫眼里往外看了看，问："什么事情啊？"

"把门打开说话。"保安按照傅子悦的口型复述。

"到底什么事情？"门内的人很警惕。

"把门打开，我接到隔壁邻居投诉你们这儿有非法活动。"保安说。

小弟犹豫着，心想大伙儿人都在地下室里，就算保安进来在大厅里张望也看不出什么，这儿安静得连鬼都没有。小弟准备塞点钱给保安了事，也没打电话通知李品军，自作主张地把门打开，刚张嘴想说话，整个人就变得呆若木鸡，和保安同样的僵硬姿态。顾明哲迅速溜进去，在大厅里转了一圈，巡视了几个监控摄像头的方位，找到一个安全的角落站定，然后回头对傅子悦用嘴型无声地交流。两人从小就整日混在一起，经常不发出声音用嘴型交流，练就了读嘴型的好本领。傅子悦心领神会，继续蹲在门口，问那小弟监控室在哪里，然后传达给顾明哲，等待顾明哲先去解决掉看守监控摄像的人。

顾明哲像一阵烟般来到监控室门口，摸了摸口袋里的军工刀，想想罢了，不能伤害无辜，转手拿起前台处的一把椅子，推开门迅速朝那人的头部用力砸下去，又在那人要倒在办公桌前扶住他的头部，不让他发出一点声响。迅速翻找出可以用的材料，用护士的衣服绑住那人的手脚，解开他的皮带把他的胳膊从后背固定在窗户的防盗栅栏上，又用他的袜子塞在他的嘴里，脱掉他的裤子把他的嘴封住并在防盗栏上系了个死结。算是马马虎虎地把那人给绑起来了，目前只能这样匆匆应付。关掉了电脑监控，顾明哲又迅速在一楼和二楼兜了一圈，安安静静没有一个人影。其他人都聚集在哪儿？

傅子悦从开门的那个小弟口中问到全部人都在地下室里，把保安打发走，又把这个小弟打晕，找工具把他和监控室里的那人绑在一起，傅子悦和顾明哲开始着手去地下室营救梦晓芸。顾明哲把从小弟身上缴械的军工刀递给傅子悦，说防身用，傅子悦过分信任自己的超能力，并没

363

有接过。去地下室的通道很隐秘，若不是间清楚小弟入口在哪儿，或许傅子悦和顾明哲还找不到呢。原本房屋内并没有地下室，是后期私自偷偷挖掘修建，入口在车库内，利用障眼法修建了一面外表看起来像墙壁的门，门上挂着一幅廉价油画。傅子悦试探性地推了推这面墙，墙移动了，露出通往地下室的楼梯，楼梯很窄，刚好只能容两个人并排的宽度。傅子悦和顾明哲听了听下面的动静，下面的人似乎在打牌喝酒，从说话的声音判断人数不少，傅子悦和顾明哲对视一眼，无须说话商议就默契地并肩小心翼翼地走下台阶。

台阶底部有三个小弟在那儿看守，一边喝啤酒一边斗地主，把楼梯口完全堵住，势必要从他们那儿才能进入内部，就算顾明哲运用瞬间移动不推开他们的话也没有空隙越过去。傅子悦从楼梯拐角处朝下瞄了几眼，他决定自己先上。必须要和他们的视线交汇才可以控制他们，傅子悦知道这样做有点冒险，但别无他法，他只能先暴露自己。傅子悦从楼梯拐角处走出去，他轻轻吹了声口哨，看守的三人立即抬头朝楼梯上端看来，傅子悦迅速把他们的意识控制住，那三人眼神呆滞地坐在椅子上，很好，没有出现差错，傅子悦得意地勾勾嘴角。他回头冲顾明哲扬扬眼，顾明哲立即心领神会，瞬间移动到楼梯口查探了一下地下室内的情况。地下室的空间很大，一整个大通间密密麻麻摆满了三四十张病床，有十几张病床上都躺着男人在输液，这儿专门用来治疗那些吸毒过量失去意识的成员，所以修建在地下室内，防止有关部门检查。此外还有五个男人在喝酒打牌，并没有看到梦晓芸和李品军的身影，不过顾明哲注意到有三个关着门的房间，不知梦晓芸是否在其中一个房间？

顾明哲把看到的情况轻声告诉傅子悦，包括打牌的人中有一人戴着眼镜。

"你知道该怎么配合我。"傅子悦说。有人戴眼镜的情况曾经两人多次遇到过，总是顾明哲瞬间移动去把那人的眼镜摘掉，然后傅子悦就可以顺利控制那人，这种配合对他们来说很简单。

"喂，你们三个怎么发起呆了啊？"正在两人准备行动之际，地下室里突然传来一声喊叫。

被傅子悦控制的那三个守门人呆若木鸡地坐在椅子上，在别人看来是有些怪异。

糟糕。傅子悦心里咯噔一下。

另一桌打牌的人中有一人站起身，朝这三人走来，一边走一边喊这三人的名字。

傅子悦和顾明哲对视一眼。要开始行动了！傅子悦无法同时控制三人一起说话交谈，他只能让其中一人动了动身体，把脑袋朝楼梯上探了探，说："上面好像有什么动静，我去看看。"那人起身站在楼梯口一副查看的模样。另一边走来的那人也走至楼梯口，想看看是什么情况，眼睛刚往楼梯上端看过来，就被傅子悦控制住意识。

要速战速决，不能迟疑，以免地下室内的其他几个人产生怀疑制造出别的麻烦。傅子悦和顾明哲交流一个眼神，互相点了点头，两人走下楼梯，走入地下室，那边喝酒的四人看到突然出现了两个陌生人，刚想张嘴问他们是何人，整个身体就僵硬起来，包括那个戴着框架眼镜的男人，根本来不及反应就被顾明哲瞬间移动摘掉了眼镜，待他意识到自己的眼镜被摘掉后，表情凶狠地朝站在傅子悦身后举着他的眼镜的顾明哲望去，顾明哲努力用眼镜把那人的目光引向能和傅子悦的目光交汇的方向，然后傅子悦顺利把他也控制住。很好，轻易就把地下室内的几人搞定，那些躺在病床上昏睡的人可以暂时不去管他们。被傅子悦控制住意识的那八个人很乖地排成长队一前一后地走上楼梯，来到楼上，交代出梦晓芸此刻在哪里后，他们几人被傅子悦和顾明哲打晕绑住手脚关在一个病房内，他们应该很快就会清醒过来，留给傅子悦和顾明哲的时间并不宽裕。

地下室的病房内，梦晓芸被施医生注射了一针，从麻醉昏迷中立即苏醒，她动了动眼皮，白炽灯的光线照得她一时睁不开眼。待适应光线后，梦晓芸茫然地睁大眼环顾四周，看到有四双眼睛盯着自己，她想挣扎，才发现自己的身体被牢牢地锁在病床上完全无法动弹。混蛋，放开我！梦晓芸想张嘴尖叫，大量氧气涌入她肺部，她的嘴上被罩着氧气罩，她大口吹气想把它弄掉，可惜无济于事。蓦地，梦晓芸看到了身旁的几台仪器，她的头也被固定住无法扭动，但她努力斜着眼去看它们，她对它们很敏感，那些冷冰冰的仪器曾经在记忆深处的噩梦中对着梦晓芸一次又一次地做检查。她又一次被当作实验品，她不是什么怪物！梦晓芸继续挣扎着，明知身体无法动弹，她还是试图想挣脱开那些绑住她的工具。

"嘿，安静点，你这样挣扎是没有用的。"施医生说。他站在病床旁，以一种居高临下的眼光俯视着梦晓芸。

可恶！梦晓芸看到这人身上披着的白大褂，他一定是个医生，他之前对她做过什么！梦晓芸冲动地没去想是否会暴露自己的"特殊"，眼睛往左侧一瞪，工具台上的一把检测心跳的听诊器立即飞起来朝施医生的头部砸去。

"哎哟——"施医生毫无防备地头部遭受一击，痛得龇牙咧嘴地捂住头叫唤。

李品军扑哧一笑，"哈哈，这下你该不会说这是幻觉了吧。"

施医生揉揉头部被撞击的地方，看到地上掉落的听诊器，回头问助手："你看到什么了吗？"

"好像……就是听诊器打的。"助手说。

施医生弯腰捡起听诊器，看了看它，又若有所思地看着梦晓芸，那丫头的眼睛毫不畏惧地怒视着他。"你让它飞起来试试。"施医生说。

听诊器在施医生手中一动不动。

"听说你能让东西变活，你展示看看。"施医生又说。

梦晓芸只是瞪着他。

"你那样跟她交谈是没用的，那丫头就像个哑巴一样。"李品军不耐烦地从施医生手中夺过听诊器，猛地就用它朝梦晓芸的大腿打去，出手极狠，痛得梦晓芸腿部一阵痉挛。

梦晓芸想张嘴叫唤，氧气罩上布满了她呼吸的湿气。她真是痛恨死了这些人。

墙边的一把椅子飞起来朝李品军砸去，李品军早有戒备，身体一闪，躲开了飞来的椅子。"哼，你看，又有东西自己动起来了。"李品军得意地说。

刚才这一幕施医生和两个助手都看到了，惊得目瞪口呆。椅子真的是自己飞过去的！

椅子似乎并不想放过李品军，又继续朝李品军砸去，李品军东躲西闪，在房间里跳来跳去，样子颇有些狼狈。

"你看，你看！"李品军不忘回头冲施医生喊，"这是幻觉吗？我说了那丫头会妖术！"李品军光顾着说话忘记防备了，话音刚落，后背突然就被那把椅子砸中，身体朝前趔趄几下，还好没摔倒。

"你这死丫头！"李品军气坏了，冲至病床旁就掐住梦晓芸的脖子，很用力，掐得梦晓芸呼吸不畅。

梦晓芸的身体被固定得很牢，完全无法挣扎，她感觉自己快要窒息了。头部无法扭动，梦晓芸只得努力把眼睛斜视着寻找什么可以控制的东西，视线能够看到的东西一样一样地飞起来，但由于脖子被掐紧呼吸非常不畅，她无法很好地集中注意力，那些东西在半空中摇晃几下又掉落下去，完全不能成为攻击人的武器。

李品军似乎意识到一点什么，那丫头被他掐住脖子时并没有看他一眼，而是眼睛在别的地方看来看去，被她所看之处就有东西动起来……李品军并不清楚梦晓芸的"妖术"是如何施展的，他只是带着试探性地从她脖子上挪出右手覆盖到她的双眼上，周围的一切物体蓦地就恢复安静了……

哈哈，原来问题出在这丫头的眼睛上！李品军像发现新大陆般兴奋，把左手从梦晓芸的脖子上松开，她立即咳嗽不断，差点就要窒息了。

"眼睛！重新检查她的眼睛！"李品军的右手继续遮挡住梦晓芸的眼睛，激动地回头冲施医生说。

看到刚才那一幕幕怪异的现象，施医生和两个助手都还没回过神来，目瞪口呆地站在那儿。

"我说你傻站着干吗，没见过世面啊！"李品军鄙夷地冲施医生大声喊。他摘掉梦晓芸脸上的氧气罩，拍了拍她的脸间："你说，你的眼睛是不是有什么问题？"

梦晓芸"呸"一下就朝着上端吐出一口痰。她的双眼看不见，只感觉到李品军说话时有唾沫星子溅到她脸上，她完全没多想就以此表达她的愤怒。痰刚好吐到李品军脸上，李品军大骂着用衣袖擦掉痰，他居然被一个小丫头给侮辱了，李品军气急败坏地给了梦晓芸响亮的一耳光，她雪白的脸部肌肤立即出现三道鲜红的手指印。

367

"嘿，不要对一个小丫头动粗。"施医生制止。

"这丫头太放肆。"李品军哼哼道。他的右手一直覆盖在梦晓芸的眼睛上，他发现这招真的管用，他不用担心何时身后又会遭受莫名的杀伤。

"先让她昏迷，我才好检查她的眼睛。"施医生似乎也确信那些东西自己会飞是梦晓芸的眼睛在作怪，这不，蒙住她的双眼她就无法施展"妖术"

了。妖术，施医生回味这个词，他只相信科学，他要用科学去解释这个女孩是如何做到操控那些物体的。施医生有些兴奋，若他发现了什么学术界不知道的奇异成果，那么他就出名了！

施医生叫助手往针筒里加一剂麻醉剂，短时间内连着给人注射三剂全身麻醉是很伤害身体和大脑神经的，助手有些迟疑地看了看施医生，说："这……不太好把。"

"叫你做什么你就照办，快点。"施医生不耐烦地催促。

另一个助手帮施医生重新系好白大褂的带子，为他戴上消毒帽和消毒手套，施医生拿到加满麻醉剂的针管，刚按住梦晓芸的手腕，手术室的门突然被一脚踢开……

傅子悦和顾明哲站在门口，看着手术室内的几人，该死，为何手术室内的四人除了李品军外都戴着框架眼镜！还是那些四肢发达头脑简单的人不会近视好对付，这些书读多了的人眼睛总是近视。梦晓芸就躺在病床上，身上被牢牢绑着，李品军的手竟然还捂住了她的双眼，难道他知道了什么？

"你们……你们怎么进来的？"李品军扭头看着傅子悦和顾明哲，"小张——小刘——妈的你们死哪儿去了——"李品军大喊着手下的名字。

傅子悦和顾明哲完全没有跟这些人多费口舌，他们要尽快带梦晓芸离开这个鬼地方。

"从左到右。"顾明哲对傅子悦说。

傅子悦心领神会。

顾明哲瞬间移动，从最左边的施医生开始发动进攻，摘下施医生的眼镜后，又把施展医生的脸扭动朝着傅子悦的方向，傅子悦立即把施医生的意识控制住。运用同样的方法，顾明哲和傅子悦配合着把另外三人也控制了，顾明哲赶紧把李品军放在梦晓芸眼睛上的手拉开，让梦晓芸的双眼重新恢复正常视觉。

"嘿，没事吧？"顾明哲低头关切地看着梦晓芸。

看到熟悉的面孔，梦晓芸激动得想流泪。

傅子悦也朝梦晓芸靠近。

他也来了！梦晓芸看到傅子悦，立即觉得心安。

"傅子悦！"梦晓芸呼唤他的名字，身体挣扎着想坐起来，无奈动弹不了。顾明哲和傅子悦帮梦晓芸松绑，梦晓芸的身体能活动后立即扑入傅子悦的怀抱，两只胳膊紧紧搂住他的脖子，脸贴在他胸膛上哇哇大哭起来。

"好了，没事了，我带你回家。"傅子悦揉揉梦晓芸的头发。

顾明哲站在一旁耸耸肩，他显得像个局外人，梦晓芸的眼里只有傅子悦。

"给他们一人打一针麻醉。"傅子悦看着施医生的眼睛命令。

施医生乖乖地照做。那三个人就算被打针也没有任何反抗，眼皮眨都没眨一下。

"给自己也打一针。"傅子悦又命令。

确定他们四个人在自己离开后不能立即追出来，傅子悦扶着梦晓芸下床，梦晓芸脚触地后身体完全站不稳，麻醉剂的影响还未消散，她此刻四肢无力头晕眼花，根本就无法自己走路。傅子悦二话不说一把横抱起梦晓芸，然后扭头对顾明哲扬扬下巴，"我们走。"傅子悦似乎从顾明哲脸上看到几丝失落的表情，他愣了愣，那家伙……真的喜欢梦晓芸啊。但傅子悦并不打算把梦晓芸交给顾明哲，他抱着梦晓芸大步跨出去。

此刻的傅子悦在梦晓芸眼中英勇伟岸得像个天神，她脸上虽然还残留着泪痕，但嘴角已经不由自主地舒展开，有傅子悦在，梦晓芸就觉得安心。

顾明哲被他们两人丢在身后，显得有些落魄，好像不再有他的事儿了。

刚走至楼梯口，楼梯上端突然就传来一阵咚咚咚下楼的杂乱脚步声，傅子悦愣了愣，看到一群人手中操着家伙冲下地下室，看来之前把他们打晕的那一击太温柔，绑得也不够牢固，若是只有傅子悦和顾明哲两人或许还能与之一搏闯出去，梦晓芸这身体连站都无法站直，两人还得时刻分心照顾她以免她受到什么伤害。

楼梯很狭窄，只能容两个人并排走，一帮人挤在楼梯上完全堵住了傅子悦和顾明哲他们离开的道路。走在最前端的两个人站在楼梯口手中举着小刀目露凶光地瞪着傅子悦他们，身后有人推开前端那两人，挤到最前面，高高晃了晃手中的枪，哼哼冷笑两声，那人看了看顾明哲，又看了看傅子悦，刚张嘴准备说句示威的话，整个人就僵直不动了。

"给我们老实点，把那女孩儿放下！"等了片刻见那举枪的兄弟没有说话，身后的另一人对着傅子悦大声呵斥一声。

那人的目光和傅子悦的目光交汇时，也整个人僵直不动。

"喂，喂。"见两个兄弟挡在最前面一动不动，身后的人推推他们，还是没有反应，"发什么傻啊，喂，我说你们两个堵在这儿干吗，往前走啊！"

身后还有七八个人全都站在狭窄的楼梯上，不知道前面发生什么状况，嚷嚷着。

最前端举着枪的人突然就掉转身体，把枪对准后方的人。楼梯后方的人吓了大跳，"靠，你……你……把枪对着我干吗！"

"全都给我上楼去！"举枪的人说。

后方的人面面相觑，这人是内奸？或者……难道中邪了？那人有枪在手，这枪可不是摆着玩玩的假枪，里面装的可是真正的子弹。

"喂，我说你怎么回事儿？来真的是不是？"后方还有个人手中也有一把枪，挤到前端来把枪口对准那个突然叛变的人。

傅子悦在地下室内视线有限，不能看到楼梯上所有人的眼睛，只能控制着持枪的一人，命令他开枪。在一阵争夺中那人胡乱朝着一个方向开了一枪，打中一个弟兄的肩膀。

中枪的人立即发出一声惨叫，捂住鲜血直流的左肩吼着："把他给灭了，居然想开枪杀老子！"

楼梯上一阵混战，一人难敌众人，被傅子悦控制着的那人很快就让人夺走了枪，被按倒在地上遭到一顿毒打。

"我来背她。"顾明哲移动到傅子悦身边说。

现在不是计较梦晓芸属于谁的时候。傅子悦抱着梦晓芸放到顾明哲的背上，揉揉她的头发说："乖，记得一定要抱紧他。把眼睛闭上，什么都不要看，我们很快就带你出去。"

梦晓芸不肯把眼睛闭上。她看着楼梯上那帮凶神恶煞的男人，他们把被傅子悦控制住意识的那人打得鼻青脸肿鲜血长流，那人已经失去知觉，然后像垃圾般被他们一脚踢开，从楼梯上滚到傅子悦脚前，模样十分惨烈。梦晓芸看到这血腥的画面，很想把头扭开，眼睛又不由自主地无法移开视线，自己害傅子悦和顾明哲陷入了危险境地，梦晓芸十分自责，他们两人可千万别受伤啊。梦晓芸紧紧环抱着顾明哲的脖子，身体紧张得颤抖，她感觉到顾明哲的身体也是僵硬紧绷着，他的脖子后端已经开始浸出汗水。

原本睡在病床上输液和养伤的十几个人被嘈杂声惊醒，没搞清楚是什么状况，但打斗令他们兴奋起来，毒品对他们的神经刺激作用还在，兴奋得拔掉输液针头就翻身下床，把傅子悦和顾明哲团团围住，一副加入战斗的架势。

"一起上！"楼梯上那帮人已经不愿意跟傅子悦和顾明哲多费口舌，号召着地下室内的十几个弟兄直接一窝蜂向傅子悦和顾明哲扑去，他们一共有二十多个人，在人数上占了很大的优势。这时顾明哲已经顾不上暴露自己的超能力，面对攻击瞬间移动，东躲西闪，但一直找不到机会从楼梯口逃出去。堵在楼梯口的三人戒备地握紧凶器，他们的视线主要盯着背着梦晓芸的顾明哲，那小子的身影总是一瞬间就消失，然后一瞬间又从别的地方冒出来，真奇怪，那小子的身手也太敏捷了。

顾明哲背着梦晓芸，担心在快速移动时她会从他背上掉下来，他的双手一直紧紧托住她的大腿，腾不出手来对付这些李品军的手下，只能躲闪，还要不时去帮助傅子悦免得他遭到袭击。

傅子悦无法同时控制住全部人，还好大学时学了几年跆拳道，平时也爱健身练拳击，虽然未正式打过什么架，但招架这些平时打架成性的马仔还是可以还击几下，无奈他们手中有木棒或是小刀，他赤手空拳一人难敌众人，被木棒打中了几次，胳膊也被刀划破一下。傅子悦只在打斗中找到机会控制住两个人的意识，靠控制那两人帮他抵挡了一些攻击，但被多人围攻着傅子悦明显处于弱势，把自己弄得手忙脚乱十分狼狈。顾明哲多次在傅子悦快要被袭击时瞬间移动过去一脚踹开那人。

看到二十多个人拿着凶器对付傅子悦和顾明哲两个赤手空拳的人，许久还没把那两人拿下，堵在楼梯口的两个持枪的人互相对视一眼，准备动真格了。关键时刻，也顾不上会不小心杀死傅子悦或顾明哲，他们又不是没杀过人，照样逍遥法外。

"砰——"一声枪响，傅子悦的大腿中了一枪。他趔趄着单腿跪到地上，捂住中枪的部位，脸上露出痛苦的表情。

"傅子悦！"梦晓芸大喊，挣扎着想从顾明哲背上跳下去。

顾明哲往上背了背梦晓芸，叫她不要乱动。

跪下的傅子悦很快被一人拿着木棒狠狠地朝着头部打了两棒，他眼冒金星地倒在地上，挣扎着想爬起来，又被人往后背和腰上用力踩了几脚，他被踩趴在地，感觉腰都要断了。这几下袭击使傅子悦疼痛难耐，趴在地上几乎成为任人宰割的鱼肉，那一群马仔大笑着一起围攻上去，对傅子悦拳打脚踢，还对着傅子悦的肩胛骨捅了两刀，傅子悦咬着嘴唇双手抱头没有发出一声呻吟，他努力扭过头把眼睛朝向他们，虽然手脚不能反击，但他还试图能与某个人的眼神交汇然后控制那人协助自己。待一人举着刀想对着傅子悦的胸前捅去时，机会终于来了，那人看到了傅子悦的眼睛，就在刀尖几乎快要碰到傅子悦的胸口时蓦地停下动作，眼神变得呆滞起来。躲过了这致命的一击，傅子悦完全来不及松口气，他控制那人举着刀刺向别人，那人像发疯般挥舞着刀见人就砍，连续有四五个人被砍伤。

那些马仔见有人突然叛变了，纷纷向那人发动进攻，给了傅子悦喘息的机会，他挣扎着想从地上爬起来，大腿上的枪伤和背部的刀伤一牵动就痛得几乎要晕过去。傅子悦试了几次都没把自己从地上支撑起来，顾明哲瞬间移动过去想拉傅子悦一把，傅子悦的身体发不出任何力气，太沉重，顾明哲拉了两次都没把傅子悦拉起来。顾明哲的背上还背着梦晓芸呢，担心梦晓芸会从他背上掉下去，他无法蹲下身去抱傅子悦，有人向顾明哲发动攻击，顾明哲只能丢下傅子悦又瞬间移动躲开。

"把我放下来，别管我，去救傅子悦啊！"梦晓芸大喊，老是挣扎着想从顾明哲背上跳下来。

顾明哲一边躲避着攻击一边还要阻止梦晓芸往下跳，梦晓芸这心急的举动给他增添麻烦。"别乱动，我叫你别乱动！"顾明哲警告梦晓芸，梦晓芸几次就差点从他背上滑落下去，他又把她往上托了托。"你跳下来也不能救到他，你落入他们手中傅子悦遭受的痛苦就白受了，我叫你别乱动啊！"

梦晓芸根本听不进顾明哲的劝告，她的双眼一直盯着傅子悦，每看到他遭到一拳或一脚她就似乎感同身受地颤抖身体。梦晓芸不停地摇晃顾明哲的肩膀，不断重复着要他快去救傅子悦……

顾明哲真是吃不消她给自己添麻烦，如果她不乱动或许他还有机会去多拉傅子悦几把。"别乱动啊，我说了你跳下去也没用。发挥你的本领，你可以帮助傅子悦的！"顾明哲突然想到，他之前一直忙着躲闪，忘记这点了。

发挥我的本领？梦晓芸愣了愣，对哦，她怎么只顾着大喊大叫忘记她也可以帮上忙啊！真该死，她怎么没一开始就想到这点。她环视四周，努力盯住一张病床，让病床飞起来向伤害傅子悦的人砸去，沉重的病床压得那人哇哇大叫，那人的肩膀以下都被病床压着，无法抽出身，另外两个人合力想帮忙推开，那张病床突然就翻转把他们砸倒在地，一人的腿被砸得骨折，另一人的头部被撞击趔趄着眼冒金星……梦晓芸又操控起另一张病床飞起来，沉重的病床成为很好的攻击武器，飞过去把那帮人猛撞一击，那些人开始对病床躲来躲去，稍微可以分散他们对傅子悦的拳打脚踢。可惜有人向顾明哲发动进攻时顾明哲就背着梦晓芸瞬间移动躲开，梦晓芸的视线无法固定，病床就不受控制地掉落到地上……

其中两三个之前见识过梦晓芸"妖术"的马仔大声喊着提醒弟兄们注意拿稳手中的刀，别让它们把自己捅伤了，还叫着让大家去进攻顾明哲，制止那丫头再使用什么"妖术"。

两个持枪的人很想给顾明哲一枪，傅子悦已经差不多没有还击能力了，制服顾明哲就可以拿下那丫头。但他们不敢随意朝顾明哲乱开枪，他背着梦晓芸呢，万一不小心打中了她就麻烦了，那丫头是李品军需要的人物，没有得到李品军的允许，他们也不敢弄伤她。那两人举着枪瞄来瞄去，但顾明哲移动的速度太快，那两人完全跟不上顾明哲的节奏。

"你能不能移动慢点，我无法集中注意力控制病床。"梦晓芸对顾明哲哀求。她看到傅子悦又试图想从地上爬起来，但试了几次都无济于事，他受伤太重，流了好多血，梦晓芸看着就心痛。

顾明哲哪里有喘息的时间停着不动，一群人蜂拥向他发起进攻，他移动的速度虽然很快，但招架这么多人还是躲得气喘吁吁，一刻也不得停留，刀子也几次与他擦身而过，他越来越紧张，越来越处于弱势……

在一片混乱中持枪的人好不容易逮到一次机会，也顾虑不了或许会伤到自家兄弟，砰一枪就朝顾明哲大腿的方向打过去，对顾明哲来说子弹飞行的时间可以分解成二三十秒那么长，但他听到枪声时子弹已经几乎就要接近他，他在最后一秒时间里迅速地躲闪开，子弹从他的裤腿边擦过，打中了身后另一人的腿，被子弹打中的人哎哟叫唤着跪在地上……

373

"砰——"又是一枪响起，顾明哲又一次惊险地躲过了子弹，但一边躲闪着一群人的进攻还得提防有人朝他开枪，真是忙得够呛，他不知自己能否应付得过去。

看到顾明哲这样傅子悦也很着急，他一向是从容自信的，以为自己的能力足够强大，而今他还是难挡众敌。傅子悦颓然地躺在地上，放弃了支撑自己的身体站起来的尝试，他一起身就有人来对他拳打脚踢，顾明哲就会分心想来救他，顾明哲现在不能分心，那小子可千万别被子弹打中，梦晓芸只有靠顾明哲才能逃离这里。在这种危难的时刻，傅子悦竟然首先想到的是让梦晓芸能够安全离开，完全没有考虑自己会被这帮人抓住，他何时变得如此高尚了？傅子悦还没有空闲去细想这个问题，今后他若思考起来，会不会觉得此刻的行为很愚蠢可笑？

傅子悦的双眼一直盯着那两个持枪人的方向，他试图"喂喂"地朝那两人叫喊吸引他们向自己看来，地下室里声音太嘈杂，那两人根本就没听到傅子悦的叫喊，而且他们的注意力完全放到顾明哲身上。再这么耗下去顾明哲早晚会筋疲力尽反应力减弱，到时候他们三人都逃不掉了。

"顾明哲，你们先走，不要管我！"傅子悦扯开嗓门大喊。

这家伙怎么还有力气讲话，真恼火！持枪的一人不由分说地朝着傅子悦就开去一枪。

啊——晓芸失声尖叫，看到子弹几乎就快打中傅子悦，他却来不及躲闪。在千钧一发的时候梦晓芸用尽全力定住了子弹，子弹停留在半空，离傅子悦的身体就差了那么几厘米的距离，好险。子弹一动不动地在半空顿了三四秒，傅子悦呆呆地看着子弹，然后顾明哲躲避攻击一个瞬间移动，梦晓芸盯住子弹的注意力被分散，子弹垂直掉落到地上。

见发射出去的子弹莫名地在半空停顿又掉落到地上，开枪的人恨得咬牙，一定是梦晓芸那丫头的"妖术"。那人想朝傅子悦再开一枪，刚与傅子悦的眼神交汇，瞬间就被控制住意识。傅子悦的脸部表情很阴冷，终于被他逮到机会，现在是他还击的时刻。傅子悦没有多浪费一秒的时间，命令他侧身朝身边持枪的另一人胸口开了一枪，另一人中枪倒下，手枪也摔出身外，他睁着不可思议的双眼看着朝自己开枪的人，胸前鲜血长流，呼吸也越来越急促。

看到有弟兄中枪，其余的人一时不知道该帮谁，那两人到底为何互相悦身边，举着枪与那帮人对峙，那帮人一时不敢轻易向前发动攻击，这为顾明哲拖延了一点时间。

"你能不能站起来？"顾明哲问傅子悦。

"别管我，你先带着梦晓芸离开。"傅子悦说。

梦晓芸又想从顾明哲背上跳下来去扶傅子悦，被顾明哲按住呵斥："喂，我说你这家伙不要添乱好不好，乖乖趴我背上，我没空跟你拉扯。"

与此同时，傅子悦控制着持枪那人又朝另外三人分别打了一枪，他不想杀死人，没有打中他们的致命要害。其他人立刻向持枪那人扑过来，他们要夺走他手中的枪。手枪里一共有七发子弹，已经用掉五发，傅子悦不敢在没瞄准时胡乱命令那人开枪，眼看那人就快被制服，梦晓芸突然冲傅子悦喊："叫他把枪用力往上抛，快！"

傅子悦明白了梦晓芸的意图，立即命令那人把枪用力向上抛，梦晓芸盯住它，操控它一直飞到天花板最顶端，贴着天花板迅速移动，然后飞到了傅子悦手中……

"干得漂亮！"傅子悦夸奖梦晓芸。

梦晓芸冲傅子悦咧嘴笑。

傅子悦和顾明哲一人一把手枪在手，气氛变得紧张起来，那帮马仔把他们围在中间，却也不敢轻举妄动。顾明哲把一只手伸向傅子悦，傅子悦随即握住他的手，借助顾明哲的拉力尝试着想站起身。痛……傅子悦的全身骨骼肌肉似乎没有一寸完好的地方，肩胛骨中刀的伤口一发力就鲜血长流，左腿中枪也使不出一点力气，右腿蹬地好不容易借助顾明哲的拉力支撑起上半身，又因牵扯到伤口一阵剧痛袭来虚弱地重新倒下。

"你能不能走路？"顾明哲继续戒备地盯着四周，头也没回地问傅子悦。

傅子悦希望答案是"能"，但他知道自己目前的状况没有顾明哲的搀扶是无法行走。

375

两伙人这么干对峙了一两分钟，双方都不敢轻易出手，时间一分一秒地流失，每个人都高度警惕。顾明哲和傅子悦两人的枪里加起来一共有七发子弹，可以解决掉七个人，但还剩下七八个人需要对付，能逃出去的胜算并不高。

在顾明哲停留原地的时候，梦晓芸就能集中注意力操控物体了。梦晓芸没有询问顾明哲和傅子悦的意见，自作主张地盯着那些人身后的一张病床，病床飞起来就朝几人砸去，使得那帮马仔躲来躲去叫骂声不断，场面一时又混乱起来。

"你先下来站好。"顾明哲纠结一番后松开托着梦晓芸大腿的手，对梦晓芸说。

梦晓芸早就想从顾明哲背上跳下来，让顾明哲去背傅子悦。

顾明哲弯腰一把搀扶起傅子悦，傅子悦的胳膊勾着顾明哲的肩膀，刀伤和腿伤很痛，他咬牙强忍着不露出软弱。曾经的傅子悦多么不可一世，如今却鼻青脸肿衣服裤子上浸满血迹狼狈不堪，但现在也不是计较那么多的时候，傅子悦只能右腿单腿站立，他把身体的重量几乎都斜靠在顾明哲身上。顾明哲想带着两人瞬间移动从楼梯口跑掉，他一只手夹在傅子悦的腋窝下搂着他，一只手去抱梦晓芸，尝试了一下，根本无法同时抱起两个人，他的体力在先前的战斗中已损耗了大半。

"带她先走！"傅子悦对顾明哲说。

"我不会丢下你。"顾明哲肯定地回答。

"再这样耗下去我们三个都出不去，你带她先走，不用担心我。"傅子悦又对顾明哲说一遍。

顾明哲摇头。

梦晓芸继续专心地操控病床攻击人，那些人躲来躲去，却又奈何不了沉重的病床，也无法联合起来群攻梦晓芸这边的三人。

"那我们一起把他们全部干掉。"傅子悦见顾明哲态度坚决，在心中叹口气说道。

顾明哲扭头看了傅子悦一眼，两人对视的这一瞬间是多么熟悉，曾经他们每次要同心协力做某件事时都会这么相互看一眼，然后无须言语就默契地配合完美。

说干就干，顾明哲狠下心不考虑任何后果，毫不留情地朝那帮人连开了几枪，几人纷纷中弹倒下，顾明哲和傅子悦手中都只留存最后一发子弹，他们不敢再轻易开枪，要把它留作防身之用。傅子悦寻找机会控制住对方中的几人，让他们互相攻击，现在对他们虎视眈眈的人数减少了大半，还剩下七个人具有攻击力。傅子悦和顾明哲又互相看了一眼，他们心中都在计算敌人的人数，计算冲出去的胜算，再加上梦晓芸操控着病床攻击那些人，还是有希望打败他们的。傅子悦和顾明哲眼神中流露出的信心变浓了。

顾明哲决定主动发动进攻，他把傅子悦交给梦晓芸，把手枪也递给她，交代她一定要把枪拿好，枪的保险他已打开，若她迫不得已时一扣动扳机即可开枪，但一定要小心别让枪走火了。梦晓芸拿过枪，她第一次接触这种东西，非常忐忑，真的需要杀人吗？梦晓芸另一只手紧紧搂着傅子悦，他的身体好沉重，全部重心都压靠在她身上，看到他如此虚弱无力梦晓芸真的好心疼好自责，待他们离开这里，她一定要好好地陪他疗伤，她恨不得把全世界所有的好都给他……

稍微一分神，病床就颓然掉落到地上，梦晓芸赶紧集中注意力盯住病床，重新操控它去攻击敌人。顾明哲能够一个人瞬间移动后，就可出手与那些人干架了，他移动的速度快得那些人根本还未看到他的人影就被他一拳揍去，他们想还击，却拳脚扑了个空，根本就碰不到顾明哲的身体一下，被顾明哲揍得眼冒金星，气得那些人暴跳大骂，这小子怎么神出鬼没得不像寻常人啊。但他还是心地太善良，夺走几个人的刀后也只是刺伤他们的腿，没有一刀刺向他们的要害。若顾明哲再狠心一点，会更加迅速地就解决掉所有人。傅子悦又控制住一人帮顾明哲的忙，再加上梦晓芸操控的病床，终于把那些人全部打趴在地。

三个人默契地对付二十多个打架能手，竟然把那些人都解决了，顾明哲重新回到傅子悦和梦晓芸身边时，三人相互看了看，脸上不由自主地露出微笑。

"上来！"顾明哲弓背朝向傅子悦。

傅子悦没有逞强，他知道自己是无法行走，他在梦晓芸的搀扶下爬上顾明哲的背部，让顾明哲背起自己。

"我们走！"顾明哲说。

梦晓芸拉着傅子悦的手，他的手很冰凉，但扔有力地握住梦晓芸的手，怕她跟丢了。三人一步一步地走上楼梯。地下室里横七竖八躺着二十多个重伤的人，痛苦的哀嚎声此起彼伏，显得三人离开的背影有着英雄般的色彩。

今夜经历的这一切，绝对是梦晓芸一生也不会忘掉的记忆，她从未亲身见识过这种场面，或许是无数人一辈子都无法遭遇的事情。梦晓芸的手中还握着枪，以前连蚂蚁都不会去踩的她却伤害了好几个人，接下来的一段时间她每天都会做噩梦吧。但是……她的身边有傅子悦和顾明哲，他们奋不顾身地来救他，三人同心协力相互帮助的温情让梦晓芸感怀。

推开诊所的大门，清凉的风吹拂三人的面庞，能呼吸到新鲜空气的感觉真好。已经清晨五点多，天色微微开始变得灰朦，忙活了将近六个小时，三人都筋疲力尽，一步一步走得十分缓慢。安全了，他们成功逃了出来，这暂时的安全也令他们欢欣，过了这一刻，等待他们的将是更加复杂危险的局势，那帮人不会轻易放过他们三人。但是管它的呢，以后的事情留作以后再应付，此时此刻，他们拉着彼此的手，心连成一条心，这种携手共进的感觉真好。

三个人彼此看了一眼，会心地发出一阵大笑。

"我说你停车到底停在哪儿的？怎么走了这么久还不到地方，你知不知道背着你很重呀！"顾明哲对傅子悦说。

"我不是得把它停在一个不引人注意的地方嘛！"傅子悦没好气地说。

"你就不能想想我们再回到车上时得多麻烦啊。"顾明哲恢复了他冷嘲热讽的语气。

"你不是很狂妄自大嘛，现在怎么开始抱怨累了？"傅子悦也恢复了他针锋相对的作风。

见他们两人又变得像以前那般互相看不惯，梦晓芸咯咯咯笑出声。他们呀，就是嘴硬，其实他们各自的心中都很在乎对方呢……